자명한
것들과의
결별

김명인 평론집
자명한 것들과의 결별

초판 발행/2004년 10월 25일

지은이/김명인
펴낸이/고세현
편집/김정혜 문경미 안병률 김명재
미술·조판/윤종윤 정효진 신혜원 한충현
펴낸곳/(주)창비
등록/1986년 8월 5일 제85호
주소/경기도 파주시 교하읍 문발리 513-11 우편번호 413-832
전화/031-955-3333
팩시밀리/영업 031-955-3399 · 편집 031-955-3400
홈페이지/www.changbi.com
전자우편/literat@changbi.com

ⓒ 김명인 2004
ISBN 89-364-6316-0 03810

자명한 것들과의 결별

김명인 평론집

창비

세번째 평론집이다.

이제라고 해야 할지 벌써라고 해야 할지 가늠이 잘 서지 않는다.

비평업을 시작한 지 햇수로 20년이다. 고백하지만 비평가라는 직업 아닌 직업을 가지리라 혹은 가지게 되리라고 어렴풋이 생각하기 시작한 걸로 따지면 30년이다. 무슨 생각으로 나는 소년시절부터 이 일 아닌 일에 마음을 두게 되었을까. 뭔가 서릿발처럼 차고 예리한 것, 반듯하고 가차없는 것, 그러면서도 안으로 뜨거운 어떤 것에 대한 열망이 그 시절부터 내 속에 자라고 있었던 듯싶다. 30년이 지난 지금도 그런가. 자문한다. 그렇다. 자답한다. 나는 아직 비평가다. 내가 아직 비평가라면 세번째 평론집은 늦은 것도 빠른 것도 아닐 것이다. 그저 한 과정의 표백일 뿐.

4년 전에 내놓은 두번째 평론집 『불을 찾아서』에서는 확실히 자기연민이랄까, 자의식이 지나치게 도드라졌었다. 지금 생각하면 조금 과잉이고 엄살이었다. 또 뒤집어보면 그것은 1990년대 동안의 침묵과 나태에 대한 자기합리화이기도 했다. 놓친 시대를 빨리 따라잡아야 한다는 강박도 컸다. 그리하여 전반적으로 경직되어 있었다. 이번에 묶는 이 세 번째 평론집은 그러한 과잉의 긴장에서는 확실히 놓여나고 있다. 그리고 『불을 찾아서』의 집중성에 비하면 이 책은 발산적이고 이완되어 있다. 수록된 글들의 잡종성이 그렇고 체제가 그렇고 생각들이 그렇다. 그러나 그게 좋은 건지 나쁜 건지 역시 잘 판단이 안된다.

'자명한 것들과의 결별'이라는 일견 단호해 보이는 제목을 얹었다. 그러나 사실 이 책에 단호한 것은 하나도 없다. 왜냐하면 자명한 것은 대개 단호한 것이니까. 그러므로 이 제목의 취지에 충실하자면 '결별' 선언조차도 자명해서도 단호해서도 안된다. 엄밀히 말해서 이 책의 제목에는 자명한 것들과 결별했다는 과거형이 들어 있는 것이 아니라 결별하고 있다는 현재형, 결별하고 싶다는 원망형, 심지어는 결별해도 좋을까 하는 유보형까지 두루 들어 있다고 하는 게 좋을 것이다. 그게 솔직한 내 심정이다.

내 지나간 젊은 날들은 분명 견고하고 자명한 것들에 주박(紂縛)되어 있었다. 그것은 즐거운 주박이었다. 하지만 이제 그것이 즐겁지 않다. 그렇다고 답답해 못 견디겠다거나 지금 당장 드는 칼로 그 밧줄을 단번에 끊어버려야 한다고 생각하는 것은 아니다. 다만 그 안에서 더이상 즐겁지 않다는 것이다. 때론 즐겁지 않아도 견뎌야 할 일도 있는 법이다. 어떻게 될지는 모르겠다. 하지만 나는 내 이 주박을 주박으로서 바라보고 있다. 그리고 그 바라봄은 조금만 더 시간을 달라고 한다. 어쩌면 남은 생 전체를 다 바쳐도 이 바라봄은 끝나지 않을 수도 있다. 그리고 그 바라봄 자체가 하나의 운동성을 지니고 무엇인가를 결과하게 될 수도 있다. 조금만 더 기다리도록 하자.

하지만 기다림이란 나태의 다른 이름일 수가 있다. 나는 요즈음의 내 글에서 그런 기미를 읽는다. 내가 그렇게 읽을진대 남들도 마찬가지일 것이다. 처음엔 방법이었던 에두름과 유보가 나중에는 태도가 되고 마침내는 숙명적 장애가 될 것이다. 그것은 무섭다. 무섭다면 경계해야 할 것이다. 그것은 앞으로의 숙제다.

이 책은 잡다하다. 장르로 보면 작가론, 소설비평, 시비평, 메타비평에 이른바 '문학연구물'까지 들어 있고, 집필·발표 시기를 보면 1987년에서 2003년까지 물경 17년에 걸쳐 있다. 처음엔 작품론이나 작가론 등 실제비평 따로, 이론비평 따로, 그리고 연구물 따로 한권씩 낼 수 있을 때까지 기다리기로 했다. 하지만 시간은 갈수록 너무 빨리 흘러갔고 나는 나대로 이 차연의 지속을 감당하기 힘들었다. 강제로라도 한 시기를 묶어 흘러가는 물결 속에 던져넣어야 했다.

1부에는 소설비평들을 묶었다. 이인직(李人稙), 이광수(李光洙), 박태원(朴泰遠), 황순원(黃順元), 김학철(金學鐵), 최인훈(崔仁勳), 황석영(黃晳暎), 이문열(李文烈) 등 자기 시대를 해명하고자 한 진지한 서사적 정신들을 더듬어 이른바 한국적 근대성의 본질에 다가서고자 하였다.

2부에는 메타비평들을 묶었다. 임화(林和)의 온건한 해방기 민족문학론에 대한 급진적 비판에서 80년대식 문학운동론의 정식화를 거쳐 '민족문학'과 '리얼리즘'으로부터의 탈주, 그리고 이른바 문학권력 비판에 이르기까지 내 비평사의 굵은 주름들이 그어져 있다.

3부에는 시비평들을 묶었다. 김영현(金永顯) 시에 기댄 혁명적 낭만주의의 표백, 민병일(閔丙一) 시에 기댄 혹독한 자책, 황지우(黃芝雨)와 백무산의 시에 기댄 공식적 희망과 기형도(奇亨度) 시에 기댄 비공식적 절망까지 80년대에서 2000년대의 내 내면의 궤적이 그려져 있다.

창비는 비평가로서 내 머리를 올려준 곳이다. 그런 고향 같은 곳에서 세번째 평론집을 내는 기분이 새삼스럽지 않을 수 없다. 창비의 모든 식구들에게 고맙지만 특히 어지러운 글의 궂은 설거지를 마다하지 않고 마무리해준 문학팀에 더욱 큰 감사를 드린다.

이제 책망을 듣는 일만 남았다. 피가 터져도 좋으니 누가 실컷 채찍질이라도 해주었으면 좋겠다. 얼얼하도록 뺨이라도 맞았으면 좋겠다. 그런 집중된 질타의 정신을 만나는 일도 쉽지 않은 시대다. 욕을 하고 욕을 먹으면서 때리고 맞으면서 부쩍부쩍 크던 시절이 그립다.

2004년 10월

김명인

차 례

제3부

I

제 1 부

욕스러움의 감각

1980년대의 황석영

1. 황석영과 1980년대

전반적으로 곤핍하다고 할 수밖에 없는 이 21세기 한국문학에 황석영(黃晳暎)이라는 작가의 존재는 참으로 이채로운 바가 있다. 1943년생으로 올해 환력을 맞았지만 지금도 그 또래의 작가들 중에서는 가장 왕성한 작품활동을 거듭하고 있다. 1993년에서 1998년에 걸치는 5년 동안의 영어생활을 끝내고 나와서 벌써 세 권의 장편(『오래된 정원』 상·하, 『손님』)을 냈고 지금도 한 신문사에 『심청―연꽃의 길』이라는 새로운 장편을 연재하고 있다.

왕성하기로 말하면 그말고도 동년배의 조정래와 김원일이 있을 것이다. 주지하다시피 두 작가 역시 싱싱한 현역으로 조정래는 『태백산맥』이라는 걸출한 대하장편에 이어서 『아리랑』『한강』 등 선 굵은 한국근대사 3부작을 완성했고, 김원일은 노인 주인공들을 등장시킨 『슬픈 시간의 기억』이라는 연작소설로 독특한 방식으로 현대사 돌아보기를 시도하여 주목에 값하고 있다. 하지만 두 작가의 시선은 기본적으로 과거를 향하고 있으며 그들의 작품들은 지금 눈앞에서 전개되고 있는 21세기의 문제들에 대한 작가적 대답으로서는 충분하다고 할 수 없다.

하지만 황석영의 경우 왕성할 뿐만 아니라 의연히 문제적이다. 예컨대 그의 작품 『손님』은 해원굿의 형식을 빌려 분단극복이라는 현재적 과제에 대한 하나의 역사적인 동시에 미학적인 대답을 시도하고 있는 것이다. 지금 연재중인 『심청』의 경우도 동아시아라는 미완의 문제틀 속에 자기 문학을 던지는 과감한 실험성을 엿보이고 있다. 저널적 센세이셔널리즘이라는 문제가 있지만 황석영이 잡지, 신문 등의 잇단 '여론조사'에서 계속 '한국 최고의 작가'로 떠오르게 된 데에는 아마도 이런 그의 강렬한 현재적 존재감이 크게 작용했을 것이다.

그의 이런 둔화되지 않는 현실감각은 어디서 오는 것인가. 앞서 그가 5년에 걸친 영어생활을 겪었다고 했다. 그 영어생활은 1989년부터 1993년에 이르는 북한, 미국, 독일을 넘나드는 오랜 방랑에서 연유한 것이다. 그의 40대 후반과 50대 전반을 다 바친 각각 5년씩의 이 방랑과 투옥, 떠돎과 갇힘의 극적인 경험이 바로 그를 과거의 작가가 아니라 조그만큼의 유보도 없는 '오늘의 작가'로 만들었을 것이다. 그 자신이 아닌 어느 누구도 그 10년을 다 짐작할 수는 없을 것이다. 다만 그가 여러차례에 걸친 방북을 통해 달의 저편처럼 이곳에서는 볼 수 없는 분단체제의 다른 한쪽을 읽었을 것이라는 사실, 현실사회주의의 몰락과 자본주의적 세계질서의 재편이라는 세계사적 변동이 진행되는 동안 독일과 미국 등의 역사적 현장에 있었다는 사실, 그리고 그것들을 곰삭이고 깁고 추스르는 5년의 징역생활 동안 그의 작가적 정체성 속에서 어떤 '의미있는 것'이 만들어졌으리라는 사실을 짐작할 수 있을 뿐이다.

그 떠돎과 갇힘의 10년 세월 직전에 80년대가 있었다.

1962년 고교 재학시절에 단편 「입석 부근」으로 사상계 신인문학상을 수상하면서 등단했지만 황석영은 무엇보다 70년대 작가이다. 70년대 초반 「객지」「삼포 가는 길」「한씨연대기」 등 원시적 축적기를 통과하며 급격하게 변동해가는 60년대 말 70년대 초의 남한사회와 그 사람들의 초상을 그려낸 중단편들을 산출한 것이 바로 황석영이었기 때문이다. 그리고 그가 그의 단편들에서 힘주어 그려낸 바 있는, 뿌리뽑히고 짓밟혔으나 그에 굴하지 않는 민중의 꿈을 장대한 서사화폭 속에서 다시 살아숨쉬게 한 것이 바로 1974년부터 연재를 시작하여 1984년에 마친 감동적인 '민중 판타지'『장길산』이었다.

그 민중적 자각과 열망을 소설 속에 각인했던 10년 세월 직후에 80년대가 있었다. 80년대가 시작될 때, 그는 광주에 있었다. 1976년에 해남으로 이사했던 그는 1978년에는 다시 광주로 거처를 옮긴다. 그리고 1980년, 광주민중항쟁이 일어난다. 기본적으로 도시적 인간인 그가 왜 별 연고도 없는 전라도까지 가서 살았고, 또 왜 광주를 향해 나아갔는지 공교롭다고 하지 않을 수 없다. 아마도 그는 광주를 중심으로 활동하던 문인들이나 문화운동가들, 이를테면 윤상원, 김남주, 윤기현, 홍성담 등과 현장문화운동을 함께하면서 그 정수를 『장길산』의 세계에 부지런히 이식했을 것이다. 그러던 중 광주에서의 그 비극적 참사가 일어난다. 하지만 다시 한번 공교롭게도 그 순간, 그는 마침 광주에 없었다. 그리고 얼마 뒤 돌아온 광주에서 그는 다시 제주도로 쫓겨간다. 광주에 살았으면서도 광주에 대한 부채의식을 안을 수밖에 없는 그의 정신적 곤경이 발원하는 지점이다.

1985년, 광주의 진실을 말하는 것이 아직 시퍼런 금기였을 때, 그는 그간 광주의 여러 사람들이 어렵게 모아준 학살과 항쟁의 자료들을 바탕으로 『죽음을 넘어 시대의 어둠을 넘어』라는 제목의 다큐멘터리를 써낸다. 공안당국의 감시망을 피해 어렵사리 출간, 배포된 이 미증유의 기록문학작품으로 광주는 비로소 그 전모를 세상에 내보일 수 있게 되었다.

그러나 그럼에도 불구하고 황석영의 부채의식이나 곤경에 빠진 자의식이 구원받을 수 있는 것은 아니었다. 후술하겠지만 '삶의 욕스러움'에 대한 감각은 신군부정권의 탄압 속에서도 지워지지 않았던 것으로 보인다. 이혼을 하고 가족과 헤어져 서울살이를 시작한 것도 80년대 중반이었다. 그는 1985년 봄 『죽음을 넘어 시대의 어둠을 넘어』와 비슷한 시기에 월남전을 배경으로 한 장편 『무기의 그늘』 상권을 냈고, 1988년에 그 하권을 냈으며, 1987년과 1988년 '일기초'라는 부제가 붙은 「골짜기」와 「열애」라는 제목의 단편 두 편을 발표했다. 그리고 1989년 그는 훌쩍 북한으로 날아갔다. 그렇게 그는 그의 80년대에게 갑작스럽게 이별을 고하게 된다.

이 글은 『죽음을 넘어 시대의 어둠을 넘어』와 『무기의 그늘』과 두 편의 '일기초'로 이루어진 황석영의 80년대를 들여다보는 글이다. 『죽음을 넘어 시대의 어둠을 넘어』 역시 80년대의 황석영의 일부이지만 그 의의와는 무관하게 여기서는 다루지 않기로 한다. 그것은 그가 의도적으로 '史實로서의 事實'을 기록하고자 노력한 글이고, 그런만큼 다른 작품과는 달리 작가 자신의 정념이 냉정하게 배제되어 있는 철저한 논픽션이기 때문이다.

2. 『무기의 그늘』

1) 베트남 전쟁의 본질 읽기

『무기의 그늘』은 전장(戰場)소설이 아니다. 이 소설에서는 베트남 전쟁을 다룬 다른 소설들이나 할리우드 영화에서 흔히 보는 전장에서의 병사들의 극한적인 삶과 죽음이라거나, 살육이라거나 '잘못된 전쟁'에 대한 항변이라거나 이런저런 상투적인 휴머니즘적 갈등 같은 것은 등장하지 않는다. 그렇다고 「지옥의 묵시록」 같은 식민주의와 오리엔탈리즘이 뒤범벅된 감상적 염전(厭戰)주의를 내세우는 작품도 아니다.

『무기의 그늘』은 문자 그대로의 전쟁소설이다. 전쟁이란 민족간, 국가간, 계급간의 모순, 갈등이 급격하게 해결, 혹은 지양되는 격렬한 폭력의 매개과정이다. 그 표면적 양상은 파괴와 살육으로 가득한 하나의 지옥도로 나타나지만, 그 이면에는 극도로 냉정하고 치밀하게 정치경제적 논리와 메커니즘이 작동한다. 『무기의 그늘』은 전쟁이 가진 이러한 이면구조와 표면구조를 동시에 드러내고 있는 것이다. 미국의 베트남 개입은 필리핀에 이어, 그보다 훨씬 더 큰 시장인 동남아시아 내륙 전체를 경영하고자 한 미제국주의의 팽창운동이고, 전쟁은 그 가장 신속하고 효율적인 수단이며, 이미 그 자체가 하나의 거대한 비즈니스인 셈이다. 『무기의 그늘』이라는 제목 자체가 그것을 잘 말해주고 있기도 하지만 이러한 인식은 소설 도처에서 여러차례 반복되어 표출된다.

······전쟁만큼 큰 장사가 어딨어. 양놈들, 암거래만 전담해서 경제공작을 하는 팀이 여럿 있다. 까짓것 우리가 전리품이랍시고 텔리비나 냉장고 몇박스 실어가는 건 문젯거리두 안 된다······ (『무기의 그늘』 상, 44면)

PX란 무엇인가. 아메리카는 세계에서 가장 크고 가장 위대한 나라입니다,라는 표어가 적힌 방패를 들고 로마식 단검을 들고서, 성조기의 옷을 입고 낯선 고장마다 나타나는 엉클 샘의 지붕밑 방이다. 원주민을 우스꽝스런 어릿광대로 바꾸고 환장하게 만들고 취하게 하며 모조리 내놓게 하고, 갈보와 목사와 무기 밀매업자가 사이좋게 드나들던 기병대 요새의 잡화점이다. (···) 상품은 곧바로 생산자의 충복을 재생산해낸다. 아메리카의 재화에 손댄 자는 유 에스 밀리터리의 낙인을 뇌리에 찍는다. 캔디와 초콜릿을 주워먹고 노래를 흥얼거리

며 자라나는 아이들은 저들의 온정과 낙천주의를 신뢰한다. 시장의
왕성한 구매력과 흥청거리는 도시 경기와 골목에서의 열광과 도취는
전쟁의 열도에 비례한다. PX는 나무로 만든 말(馬)이다. 또한 아메리
카의 가장 강력한 신형무기이다. (상, 67면)

　　……어떤 장사꾼이 제 여편네를 매우 때리고 있는 남자를 보고 그
집에 들어왔다. 그는 여편네에게 이익이 있음을 안다. 그래서 여편네
대신에 남편을 몹시 두들겨주었다. 그랬더니 그 집의 형제들이 모두
나와 합세해서 장사꾼을 두들겼다. 지치고 힘들어진 장사꾼이 이웃
집 사람을 불렀다. 그 사람은 장사꾼을 돕는 것에 이익이 있음을 알
았다. 그래서 그는 그 집의 싸움에 참견하게 되었다. 어때 내 말이 불
충분한가? (상, 128면)

　　저 피의 밭에 던진 달러, 가이사의 것, 그리고 무기의 그늘 아래서
번성한 핏빛 곰팡이꽃, 달러는 세계의 돈이며 지배의 도구이다. 달
러, 그것은 제국주의 질서의 선도자이며 조직가로서의 아메리카의
신분증이다. 전세계에 광범하게 펼쳐진 군대와 정치적 힘 보태기, 다
국적 기업망의 그물로 거두어진 미국 자본의 기름진 영양 보태기, 지
불과 신용과 예금의 중요한 국제적 매개체로 정착된 달러 보태기, 다
국적은행의 번창 등의 결합 위에 핏빛 꽃은 피어난다. (하, 271면)

　　그러므로 주인공 안영규 수병이 활동하는 다낭의 암거래시장은 밀림
속보다도 더 전쟁의 핵심이 되며, 그 미국 군수물자의 유통메커니즘을
알게 되면 될수록 그는 이 전쟁의 본질을 더 잘 알게 된다. 소설『무기
의 그늘』은 곧 그런 점에서 가장 비정통적인 정통 전쟁소설이라고 할
수 있다.

2) 교직되는 다섯 개의 시각

이 소설이 위와 같은 의미에서의 전쟁소설이라면, 이 소설을 끌고 나가는 시각은 다면적일 수밖에 없다. 이 소설에는 미국 정부와 미군의 시각, 베트남 민족해방투쟁 주체의 시각, 미국 지배하의 남베트남인들의 시각, 그리고 전쟁의 한 축으로 개입하기를 거부하고 그로부터 끝없이 탈주하고자 하는 일종의 '정신적 난민'의 시각이 있다. 마지막으로 작가의 시각, 즉 이 추악한 전쟁에 어정쩡하게 개입한 한국군의 시각이 그것이다.

전쟁을 일으킨 미국의 시각은 특정한 등장인물들에 의해 매개되어 있다기보다는 작가의 다양한 개입과 내레이션에 의해 드러나고 있다. 그것은 제국주의의 팽창논리이고 베트남인을 비롯한 유색인종 전반에 대한 인종적 우월의식이며, 그에 기초한 야만적 폭력의 정당화 논리이다.

베트남 민족해방운동의 주체의 시각은 후에의 대학생이었다가 해방전선의 전사로 투신하는 팜 민, 그리고 그의 친구이자 철저한 투사인 탄, 또 그의 대학 선배이며 다낭의 공작원인 타트 등에 의해 매개된다. 그들의 조국에 대한 헌신, 흔들리지 않는 신념과 용기있는 행동, 그리고 인내와 절제 등은 이 소설에서 작가가 가장 역점을 두고 긍정적으로 그려내는 부분이다.

남베트남인들의 시각 역시 여러 인물들을 통해 매개된다. 한때는 훌륭한 역사선생이었으나 지금은 아편중독에 빠진 트린, 역시 한때 반정부 학생운동을 하다가 전향하여 오직 부를 거머쥐고 베트남을 빠져나가는 것만이 목적인 팜 꾸엔 소령, 그리고 전형적인 부패군인인 쾅남성장 람 장군, 상이군인으로 한국군 합동수사대에 고용되어 일하는 민완보조원으로 비극적 최후를 맞는 토이가 그들이다. 이들을 바라보는 작가의 시선은 복잡하다. 긍정적으로 그린 것은 아니지만 그렇다고 부정적으로 그리지도 않는다. 다만 작가는 이들의 삶에서 '욕스러움'을 공통적으로 읽어내고 그것을 아프게 응시한다. 왜냐하면 그 욕스러움은 곧 작가 자신이 사는 남한땅에서의 삶의 본질과 크게 다르지 않기 때문일 것이다.

정신적 난민의 시각은 오혜정과 스태플리에 의해 매개된다. 둘다 난민이기는 마찬가지지만 그 난민적 성격은 서로 상반된 근원에서 유래한다. 오혜정은 한국에서 미군상대의 매춘부를 하다가 베트남까지 흘러들어와 미군의 고용원에서 고급 매춘부까지 두루 거치면서 인간 자체에 대해서도, 국가라든가 민족이라든가 가족 등 어떤 정처에 대해서도 어떠한 기대도 희망도 갖지 않게 된, 강제된 난민이며 강제된 보헤미안이다. 반면 미군 탈영병 스태플리는 일종의 히피적 염전주의자로 귀국하는 대신 동남아시아 어딘가에서 평화로운 탈주자의 행복을 누리고자 하는 자발적 난민이다. 강제된 난민 오혜정이 군표장사를 통해 큰돈을 만지게 되는 것과, 자발적 난민 스태플리가 꿈을 못 이루고 탈출 직전에 사살당하는 것 또한 이 소설이 제공하는 흥미로운 아이러니이다. 이들 보헤미안적 난민들은 전쟁과 제국주의 질서에 대한 하나의 대안이기는 하지만 결코 희망일 수는 없는 것이다.

그리고 마지막으로 용병 한국군의 시각이 있다. 주인공인 합동수사대 안영규 수병이 그 시각을 매개한다. 그는 정글에서의 끔찍한 작전의 와중에서 삶과 죽음의 경계를 넘나들다가 갑자기 '무기의 그늘'인 암시장의 세계에 발을 들여놓게 되어 이 전쟁의 의미를 깨우쳐가는 인물이다. 그는 방관자이자 관찰자이다. 하지만 그 방관과 관찰의 목록 속에는 위에서 열거한 네 개의 시각들이 다 들어 있고 그것들에 대한 적의와 공감, 모멸과 연민이 중첩적으로 채색되어 있다. 이 안영규라는 인물의 관찰과 기록을 통해 이 다섯 개의 시각은 마치 퍼즐게임처럼 정밀한 서사 구조로 교직되고 있는 것이다. 그럼으로써 이 『무기의 그늘』은 베트남 전쟁에 대해 씌어진 그 어떤 소설도 따라올 수 없는 총체적인 구경을 획득한다고 할 수 있다.

3) 욕스러움의 감각

작가는 자신의 베트남전 체험을 본격적으로 형상화한 이 소설을 쓰기 위해 70년대 중반부터 노력을 기울여왔다. 1975년부터 『난장』이라는 이름으로 연재하다가 다시 80년대 초에 그 1부를 완성하고, 결국 1985년에 1권, 1988년에 2권을 발간하여 장장 13년 만에 빛을 본 작품으로 전체 기간으로 따지면 10권짜리 『장길산』보다도 더 긴 시간 동안 씌어진 소설이다. 그만큼 객관적인 제약도 적지 않았고, 품도 많이 들었으리라 짐작된다. 그리고 무엇보다 광주항쟁 이후 작가 자신의 신산스럽고 고뇌어린 삶이 또한 이 소설의 완성을 부단히 간섭했으리라는 생각도 든다.

이 소설에도 그런 80년대적인 것이 분명 잘 드러나고 있다.

이 소설 전체를 통해서 드러나는 관찰자이자 내레이터인 안영규는 연민의 시선을 지닌 인물이다. 정글 속을 박박 기는, 그리고 어떻게든 전자제품 한두 개라도 더 꾸려가지고 돌아가고자 하는 '전우들'에 대해서, 화려한 음지의 꽃 같은, 혹은 제 몸 팔아 식구들을 먹여살리다 지친 누이 같은 오혜정에 대해서, 순진한 히피 스태플리에 대해서, 그는 따뜻한 시선을 주는 것 이상의 개입을 한다. 하지만 그들 때문에 관찰자적 평정을 잃지는 않는다.

하지만 그가 꼭 한번 평정을 잃고 분노하는 순간이 있다. 그것은 토이가 해방전선의 즉결재판으로 살해되었을 때이다. 그는 그의 죽음을 확인한 순간 게릴라들의 거점인 반 하오상점을 앞장서서 기습한다. 그 기습에서 이 소설의 또하나의 주요인물인 팜 민이 안영규에 의해 사살된다. 그를 그토록 분노하게 한 토이는 누구인가? 그는 전형적인 남베트남 사람이다. 대대로 상인 집안 출신으로 남베트남군에 징집되어 한쪽 눈을 잃고도 상이연금도 받지 못하고 미군이나 한국군에게 기대어 고되고 욕된 생활을 이어가던 인물이다.

　—…… 나는 베트남 사람이다. 이런 시대에 베트남 사람은 누구나 미칠 정도로 어지러워진다. 해방전선이나 정부군이나 그 어느 쪽에서든지 생각이 복잡하다.

　—너는 어때?

　—너는 내 친구니까 말해주지. 나는 정직하게 말한다. 호치민을 어떻게 생각하느냐고 묻는 것이 제일 빠르다.

　—그래 어떻게 생각하니?

　—소박하게 표현한다.

토이는 먼저 자신의 관자놀이 부근을 손끝으로 찔러 보였다.

　—그의 생각, 넘버 텐.

토이는 다시 자기의 가슴팍을 두드렸다.

　—그러나 맨, 넘버 원.

영규는 그 말을 이해했다. 그러나 토이라는 사람은 이해가 되지 않았다.

　—말은 안다. 너는 모르겠는데?

　—잘 안다. 나 같은 사람은 남베트남의 절반을 차지할 것이다. 이것은 불란서 식민당국과 고 딘 디엠과 미국이 만든 삶이다.

　—그런데 어떻게 총을 쥐나?

　—나는 이미 제대했다. 눈을 다친 상이군인이다. 보상금 못 받았다. 부패한 관리들이 가로챘다. 내가 이렇게 사는 것은 다낭이 내 고향이기 때문이다. 그래서 나는 징집당했다. 지금 나는 가족을 부양하며 여기서 살고 있다. 그뿐이다.

　(…)

─내가 집에 간 뒤에도 오랫동안 전쟁이 끝나지 않으면…… 너는 그냥 이 직업으로 살아갈 테냐?

─몰라, 남베트남에서 먹고 사는 정부군, 관리, 경찰, 민병대 등이 수백만이다. 하여튼 적령기에는 누구나 징집영장이 나온다. 누구나 천불만 경찰서에 내면 빠질 수도 있고, 삼백불이면 공군이나 해군이나 덜 위험한 곳에 배치된다. 그렇게 살고 있다. 단 한 가지 분명한 것은 나는 여기서 한 발자국도 움직이지 않을 것이다. 베트남에서 산다. 내 자식들도. 너도 돌아가면 토이를 그렇게 기억해라. (상, 183~85면)

욕스런 삶이지만 그것은 토이의 운명인 것이다. 그는 남베트남인으로서의 자기의 숙명을 아는 사람이다. 그러던 그가 해방전선 공작원 타트의 정체를 알고 그를 협박하여 돈을 뜯어내려다가 해방전선의 즉결재판을 받고 목숨을 잃은 것이다. 그때 안영규는 처음 분노하고 처음 눈물을 흘린다.

스태플리와 같은 행동은 자신에게 주어지지 않을 것이다. 선택의 여지도 없었다. 그러나 토이의 죽음은, 무수히 죽고 다쳐서 한줌의 재로 아니면 팔다리를 잘리고 병신이 되어서 실려간 다른 한국군 병사들의 것처럼 **욕스러운**(강조는 인용자) 것이었다. 영규는 자기연민 때문에 자신을 향하여 화를 내고 있는 것 같았다. 영규의 뺨 위로 뜨거운 것이 흘러내렸다. 나는 이제 지쳤다,라고 그는 속으로 중얼거렸다. 목이 아팠다. (하, 315면)

작가는 끝까지 남베트남인으로 살다 간 토이의 욕된 삶과 죽음에서 한반도 남쪽의 삶을 운명으로 받아들인 자의 운명적인 욕스러움의 감각을 교감했던 것이다. '욕스러움' 바로 이것이 이 소설을 80년대 소설로 읽게 하는 숨은 키워드인 것이다. 광주에서의 그 학살과 항쟁을 겪고도 또 삶을 살아가야 하는 그 욕스러움의 감각, 그것이 소설의 마지막 부분에 불쑥 튀어나왔다. 아마도 황석영은 80년대 내내 이 감각을 지병처럼 지녔던 것은 아닌지.

3. '일기초' 연작

'일기초'라는 이름으로 묶여 1987년에 씌어진 「골짜기」와 그 이듬해에 씌어진 「열애」는 황석영의 작품세계에서 이례적인 작품들로 기억될 만하다. 설사 일인칭을 사용하더라도 그 이전 그의 작품에는 자기고백의 형식이란 것은 없었다. 나쁜 말로 하면 그는 자기 얘기를 할 때도 대체로 '교훈적'이었고 목에 적당히 힘을 주었다. 하지만 이 두 작품의 경우는 현저하게 고백적이고 그 고백에는 짙은 피로의 더께가 앉아 있다.

1987년과 1988년이면 당시 우리 사회의 이른바 진보진영에 속한 사람들에게는 뭔가 다른 미래에 대한 초조한 기대가 열병처럼 번지고 있었고, 그 시절은 고백은커녕 선언에도 목소리가 모자랄 때였다. 개인사적 사유도 작용을 했겠지만 그때 황석영은 이미 퇴조기가 시작되었다는 것을 알고 있었다. 꼭 집어서 그렇게 말하기는 조금 적절하지 않지만, 그는 후배작가들보다 4, 5년은 먼저 '후일담'을 썼다고 할 수 있다. 그리고 다른 작가들이 90년대에 들어서서 후일담의 링반데룽(環狀彷徨)에 빠져 있을 때, 그는 소설을 쓰는 대신 몸을 움직였던 것이다. 아무튼 이 두 작품의 일인칭 주인공 역시 '욕스러움의 감각'이라는 점에서 『무기의 그늘』의 한 부분을 잇고 있으며, 그럼으로써 황석영의 곤혹스런 80년대를 이루고 있다.

1) 「골짜기」

　살아 있다는 건 무엇일까. 지금 여기 한반도의 남쪽에서 이렇게 살아간다는 것은. 나는 다시 편지를 이어나가려고 앞에 썼던 것들을 읽어보았다.

　언젠가 저를 취조했던 어느 젊은 수사관의 회한 섞인 농담처럼 **삶은 허섭스레기같이 욕스러운 것입니까. 사는 게 다 욕이지……** (강조는 인용자) 하며 혼잣말로 중얼거리던 그자의 꾸민 것 같은 활발한 목소리가 생각납니다. 그래요, 우리는 이렇게 욕된 것으로만 남고 그해 광주의 아우들은 아무런 길도 없는 가시덤불과 돌멩이들뿐인 험로를 향하여 드디어는 깎아지른 절벽을 바라고 일직선으로 달려가버렸습니다. (『황석영중단편전집』 3, 창작과비평사 2000, 250면)

　'일기초, 1980년 겨울'이라는 부제가 붙어 있는 이 작품은 이런 독백 혹은 자문(自問)으로 시작된다. 그리고 '내'가 광주에서 '추방되어' 가 있던 유적지(流謫地) 제주도에서 겪은 세 개의 에피쏘드가 뒤따른다.

　하나는 한라산 기슭의 한 이름없는 동굴에서 발견된 4·3 당시 유골들의 발굴현장을 참관하는 이야기다. '나'는 거기서 "공포 때문에 스스로를 한 시대로부터 유폐시켰던 양민들의 몇줌 안되는 목숨의 흔적들"처럼 "내가 쫓겨난 도시에서의 엊그제 같던 일들도 저렇게 냉혹하고 정밀하게 묻혀져갈 것"(256면)이라고 생각한다. 그 진술 속에는 그 냉혹하고 정밀하게 묻혀져갈 목숨들 앞에서 자기 자신은 무엇인가 하는 물음이 들어 있다.

　또 하나는 어떤 독자로부터의 편지에 관한 얘기다. 유방암 수술로 우울한 나날을 보내던 한 주부가 남편의 권유로, 월북을 기도하다가 잡힌 어떤 소년 좌익수와 편지를 나누는 동안 발생한 어려움을 토로하는 편지를 보내온다. 그 소년 좌익수가 어느날부턴가 자신을 거부한다는 것이다. 그에 대해 '나'는 "내 속의 저 걷잡을 수 없었던 갈등 따위는 모조리 감추고서" 이렇게 그 소년 좌익수를 짐짓 비판하는 "훈계조의 상투적인" 답장을 쓴다.

이런 따위 일상들 가운데 진이의 젊음은 무엇입니까? 어렵고 고되다고 혼자서 훌쩍 아무데로나 뛰어넘을 수는 없습니다. 그것이 분단으로 병든 사회의 질병을 온몸으로 앓아낸 것이라고 할 수는 없습니다. (263~64면)

하지만 이런 '훈계'의 허구는 모친의 부음을 듣고도 폭풍 때문에 뭍으로 건너가지 못하고 후배와 함께 술잔을 기울이던 목로주점에서 만난 한 사내와 관련된 세번째의 에피쏘드에 의해 깨어진다. 방금 교도소에서 나온 사내, 낯모르는 이들에게 술 한잔을 얻어먹는 별 네 개짜리의 사내, 그리고 급기야 "니미…… 이따위로 살 바엔 차라리 저쪽이 나을 것이오, 암만"이라고 내뱉는 그 사내에게 "당신 열심히 살았다구 할 수 있는 거냐 말야. 애들은 고아원에 맡겨두고, 성실하게 일해서 먹구 살았다구 어디 말해보쇼"라고 질책했지만, '나'는 하염없이 눈이 내리는 어두운 밤길을 걸어 돌아가면서 이렇게 독백한다.

사과를 하라고, 너는 반공법에 걸린다고, 나는 끼여들기 싫다고, 너나 뒤집어쓰고 꺼지라고, 살아 있음이 싸움인 사람들에게, 이따위로 살 수는 없다는 사람들에게 빨갱이 혐의나 뒤집어씌우면서 살아갈 건가. 날마다 이 술집 저 골목으로 막걸리 반공법에나 걸리기 똑 알맞게 목구멍까지 차오른 김제 사내. 정말 전도사 부인처럼 진이에게 면회도 못 가면서. 그래 우리가 이 고통받는 상황의 주인이라는

건 안다. 그러면 그 고통의 정말 주인은 누구냐, 누구야. (274면)

"고통받는 상황의 주인"이라 자처하지만, 정말 삶이 싸움이고 욕됨 그 자체인 바로 그 '고통의 주인'들에게 냉정한, 그리고 그럼으로써 결국은 그들의 삶을 방관하고 있는 자신의 '욕스러움'을 그는 말하고 있는 것이다. 확실히 이러한 분열의 인식은 80년대적인 것이다. 적어도 70년대의 황석영에게는 그런 분열에 대한 자의식은 없었을 것이다. 70년대나 80년대나 그는 글쓰는 자였지만, 70년대에는 '고통의 주인'들로부터 '위임받은 자'로서 그는 분열되지 않았을 것이다. 하지만, 80년대는 그에게 그 위임받았다는 인식이 일종의 허위의식이었다는 사실을 깨닫게 한 것이다. 그 고통스런 자의식이 이 소설을 낳은 것은 아닐까.

2) 「열애」

이렇듯 「골짜기」가 고통의 주인과 고통받는 상황의 주인 사이의, 조금 상투적으로 말하면 이른바 '지식인, 혹은 지식인적인 것과 민중, 혹은 민중적인 것' 사이의 분열에 대한 확인이라면, '일기초 2'라는 부제가 붙은 이 작품은 80년대 후반, 이미 고착되어 불변의 질서가 되어가는 한국사회의 계급적 분열에 대한 관찰이며 그 분열 속에서의 자기정체성에 대한 확인이다.

어린시절 영등포 공단지대에서는 '도련님'으로 성장하면서 "일찌감치 서로 다른 두 세상을 훔쳐보면서 자란" '나'는 이른바 일류고등학교인 '그 학교'에 진학하면서 그 일류들의, 예비 신중산층들의 보장된 미래를 향한 행로를 예견했다. 그는 그 길을 "어릴 적부터 어렴풋하게 이건 가짜라고 느껴왔던 삶으로 가게 될 확실한 도정"이라고 보았지만, '그 학교'에서 퇴학을 당했을 때는 '견딜 수 없는 공포'를 경험했다. 그것은 "이제부터 내 앞에 놓인 길은 어디나 뒷길"이라는 사실을 확인했을 때의 그 공포였다.

그러나 이 작품에서 '나'는 "글 써서 먹구 사는" 사람이 되어 이 두 개의 길 사이에 놓인 경계를 자신의 삶의 행로로 살아낸다. 그것은 좋게 말해 경계를 사는 것이지만, 나쁘게 말하면 일종의 분열이었다. 정신은 그 뒷길에 거처를 두었지만, 몸은 어느새 조금씩 그 뒷길을 빠져나오게 되는 그런 분열. 이 작품은 그 분열의 위기가 성큼 코밑까지 다가왔음을 보여준다. 그리하여 조금만 있으면 다시는 떠오를 수 없이 저 수면 밑으로 가라앉게 되는 그 위기.

동창이라고, 한번만 만나자고 하여 만난 옛 동창은 사업에 실패하고 아내와 헤어지게 될 위기를 작가인 '나'의 힘을 빌려 봉합해보고자 한다. 그 동창과 함께 그의 아내를 찾아간 곳은 어느 신흥 아파트 단지 선착순 분양 신청 현장이었고, 그곳에서 그 위기의 부부를 위해 그가 할 수 있는 일은 아무것도 없었다. 하지만 얼마 뒤, 그 동창에게서 전화가 왔다. "깊이 생각한 결과 다시 합치기로 결정을 봤네"라고. 그 동창 부부의 재결합은 물론 사랑과는 무관한 것이다.

'나'는 이런 삶에서 사랑이란 무엇인가를 묻는다.

아 사랑, 그런 게 있기는 한가. 언젠가 시골 청년에게서 들은 얘기가 생각났다. 그의 고향에서는 도무지 여자를 구할 길이 없어 흑산도까지 갔단다. 흑산도에는 파시를 따라 들어갔다가 소개비요, 옷값이요 밥값이요 빚 때문에 꼼짝없이 잡혀 있는 아가씨들이 많단다. 거기서 눈매 서늘하고 건강한 아가씨 하나를 찾아 발동선에 싣고서 달아난단다. 부부가 될 상대를 술자리에서 만날 수는 없어 친구끼리 품앗이로 서로 빼어내다 짝을 지어준다고 했다.

그래 결혼하여 부부가 되어 산다는 건 우리 같은 자들에게 어떤 일일까. 결국 결혼은 겉으로는 온갖 문화적 장치로 위장되어 있지만 물건들이 만든 물건의 산물이고 우리가 어려서부터 훈련받아온 계급적 이해의 표현임을 피할 수가 없다. 우스개 노래처럼 짱구 아버지 짱구, 짱구 아들 짱구, 짱구 남편 짱구, 짱구 마누라 짱구이다. 그래, 이 삶의 삭막함은 우리가 자초한 징벌로서 긴 그림자를 내려뜨리고 저 앞에 뻗어 있다. 서로 고만고만하게 주장하고 용납하고 물러서고 그러고는 함께 상실해간다. 야간학교 아이들 식의 노골적 표현은 억제되는 게 아니라 가뭄의 강처럼 증발해가는 것이다. 나중엔 생활용어 몇마디와 아이들에 대한 질문 응답 몇가지가 남는다. 저 세월 속에는 부동산, 동산, 통장, 고지서, 영수증 같은 것들만 잃어버린 시간의 징표로서 남는다. 흑산도를 탈출하는 것 같은 열정은 우리에게는 없지. 전에 잃어버리고 축소된 꿈만큼만 우리는 서로 타협하지. 미칠 듯 뜨거운 사랑, 그런 건 벌써 이 세상에서 사라졌다. (291면)

더이상 '열애'가 불가능하다는 사실에 대한 확인, 그것은 '욕스러움의 감각'조차도 넘어선 것이다. 그러나 '나'는 불행히도 바로 그 사실을 안다. 욕되게 혹은 삭막하게 살면서 그 욕됨과 삭막함을 또한 견딜 수 없어 이렇게 '일기초'를 써서 되새김질하는 존재로서의 작가. 이 소설은 바로 그는 누구인가를 묻는 것이다. 작가 황석영은 이 작품으로 자기 생애의 가장 깊은 골짜기에 내려섰던 것으로 보인다.

4. 그 80년대로부터의 귀환

이 두 개의 '일기초'를 남기고 황석영은 80년대의 마지막 해에 한반도의 또다른 반쪽으로 훌쩍 날아간다. 그것은 물론 사적인 결정이 아니라 당시의 이른바 '민민운동권'의 공식적 결정에 의한 파견이었다. 하지만 운동가 황석영이 아닌 소설가 황석영에게 그것은 이 80년대적 욕스러움과 삭막함의 골짜기에서 탈출하고자 하는 하나의 생애의 모험이자 기투(企投)였다고 하지 않을 수 없다. 남한땅의 작가로서 민중과 분리되고 생활에서 패배한 상태로 더이상 살 수 없다는 위기의식이 그를 휴전선 저 너머로 달려가게 한 것 아니겠는가.

그 '또하나의 조국'에서는 그를 붙잡았다고 한다. 하지만 그는 그곳을 알고 그곳에 정이 갈수록 한반도의 남쪽, 남조선이 그의 운명임을 자각하게 되었다고 한다. 그는 최근 어느 월간지와의 인터뷰에서 김일성 주석의 뜻이라고 북쪽 잔류를 강권하는 그쪽 인사에게 이렇게 답했다고 한다.

난 이북 체제에서 못 삽니다. 월남자나 월북자는 분단체제에 봉사하게 돼 있어요. 그리고 난 남한 역사의 산물입니다. 내가 통일운동 하려면 내 땅 가서 해야지 왜 여기 있습니까. 또 내 독자가 수백만명이오. 그들을 버리고 내가 어딜 갑니까.

그 말대로 그는 10년 만에 다시 그의 땅 남한의 세상 속으로 돌아왔다. 이 글의 처음에서 말했듯이 그 방랑과 구속의 10년 동안 그 모든 욕스러움과 삭막함의 근원인 분단체제를, 그리고 이 변화하는 세계를 깊이 읽었고 또 깊이 복습했을 것이다. 그 공부가 헛되지 않았음은 그의 근작들이 익히 증명하고 있다. 그는 이제 다시 이 운명의 남조선 땅에서 아시아와 세계를 내다보면서 이 땅의 삶이 근원적으로 지닌 욕스러움과 삭막함을 이 땅의 사람들과 함께 넘어서는 길을 궁리하고 있다. 그렇게 본다면 그에게 그 힘겨웠던 과작(寡作)의 80년대는 오히려 치고올라오기 위해 도달한 생애의 밑바닥 같은 지점이었을 것이다.

— 『작가연구』 2003년 상반기

어느 혁명적 낙관주의자의 초상

■

김학철론

1. 한 시대가 문을 닫는다

2001년 9월 25일, 중화인민공화국 길림성 조선족자치구 연길시 연변병원에서 향년 85세의 한 노인이 눈을 감았다. 그가 지니고 떠난 이름은 김학철(金學鐵), 하지만 그가 1916년 식민지조선 함경남도 덕원군 현면 룡동리(현재의 원산시 용동)에서 태어나 지녔던 이름은 홍성걸이었다. 1916년에서 2001년까지, 원산에서 연변까지, 그리고 홍성걸에서 김학철까지, 한 사람이 태어나 죽을 때까지 전유했던 시간과 공간, 그리고 이름이라 부르는 존재의 기표가 차지하고 있는 이 좁은 듯 넓은 영역에는 참으로 많은 것들이 들어 있다.

김학철. 1916년 원산에서 누룩제조업자의 장남으로 출생. 서울 보성중학 재학중 1935년 상해로 건너감. 한국민족혁명당의 테러활동에 참여. 1937년 중국 중앙육군군관학교(전 황포군관학교) 입교. 1938년 민족혁명당의 군사조직인 조선의용대에 참여. 1941년 태항산 팔로군 근거지에 합류, 이 무렵 중국공산당에 입당. 그해 12월 호가장 전투에서 일본군과 교전중 다리에 총상 입고 일본군에 피체. 나가사끼 형무소에서 4년간 복역, 부상 악화로 한쪽 다리 절단수술. 해방 직후 서울에서 10편의 단편소설 발표. 1946년 월북하여 『로동신문』 기자, 외금강휴양소 소장, 민족군대(인민군) 신문 주필 등 역임. 1950년 중국행. 북경 중앙문학연구소 연구원으로 재직. 1952년 연길에 정착, 전업작가로 활동. 장편소설 『해란강아 말하라』 등 창작. 1957년 '반우파투쟁' 과정에서 탄압받음. 1965년 모택동 우상화와 '반소 히스테리', 경제파탄 등을 격렬히 비판하는 미발표 장편소설 『20세기의 신화』 필화사건으로 10년간 복역. 1985년 이래 장편 『격정시대』 등 여러 권의 소설과 수필, 자서전 등 발표하여 연변과 남한에서 간행. 연변작가협회 부주석 역임. 1994년 KBS 제정 해외동포 특별상 수상. 2001년 사망.[1]

　이것이 그의 생애의 이력이다. 그 이력이 차지하고 있는 시간과 공간, 역사와 지지(地誌)는 길고도 넓다. 그 안에는 한국과 중국, 일본의 동아시아 3국의 근대의 시간들이 대부분 녹아들어 있다. 일본의 제국주의화와 한국과 중국에 대한 침략, 한국의 민족해방투쟁과 내전과 분단, 중국의 항일전쟁과 혁명의 성공과 오류 등이 그의 이력 속에서 구체적 육체성을 지니고 살아 있다. 또한 그 안에는 한국과 중국, 그리고 일본의 여러 공간들이 역시 구체적 물질성을 지니고 그 역사시간을 가로지르고 있다. 그리고 무엇보다 중요한 것은 이러한 구체적인 시간과 공간이 이 생애의 주인공의 삶과 의식 속에서 모순적으로 통일되어 있다는 사실이다. 한 인간(김학철) 속에 동아시아(공간)의 근대(시간)가 통일되어 있는 것이다.

---

1) 이 간략한 연보는 김학철의 자서전 『최후의 분대장』(문학과지성사 1995)과 한홍구 외 편 『항전별곡』(거름 1986), 그리고 연변 발행의 격월간 문예지 『장백산』 2001년 11~12월호의 '김학철선생 추모특집'을 참조하여 작성되었다.

그런데 그 생애는 이제 종언을 고했다. 그리고 아마도 그 죽음과 함께 독특한 시공간적, 물리적 체험으로 충만한 이 모순적 통일도 이제 시효를 잃었다고 할 수 있다. 그가 살았던 시대의 동아시아의 지형과 그가 생을 마감한 시점의 동아시아의 지형은 이미 현격히 달라져 있다. 더이상 그가 살았던 시대와 같은 격변과 유동은 없을 것이다. 그리고 그와 함께 그 당시에는 얼마든지 있었던 김학철 같은 삶의 모델들, 즉 '동아시아 일체형'의 모델은 이제 다시 등장할 수 없을 것이다.

또한 그의 죽음과 함께 고전적 의미의 혁명의 시대 역시 종언을 고하고 말았다고 할 수 있다. 민중들이 직접 무기를 들고 자기에게 들씌워진 운명과 싸워 이길 수 있었던 시대, 격렬한 유동과 변전의 시대, 그 시대를 혁명의 시대라 불러도 좋을 것이다. 이제 다시 그런 시대는 오지 않는다. 한 소년이 어느날 유도복을 넣은 트렁크 하나를 들고 서울을 떠나 의주를 지나 만주를 거쳐 상해로 가는 시대, 한 청년이 대륙을 무대로 간난의 전장을 종횡편력하고 제국주의 일본의 감옥과 사회주의 중국의 감옥에서 도합 14년 동안 갇혀 있게 되는 시대는. 지금은 그런 시대가 아니다. 안정과 성숙인지 아니면 정체와 부패인지 아니면 둘 다인지 모르겠지만 어쨌든 이 시대는 더이상 파란만장의 시대는 아니다. 김학철의 시대는 끝났다. 분명히 그렇다. 하지만 이 종결선언 속에는 끝내 총을 들 기회를 갖지 못한 세대가 총을 들었던 세대에게 느끼는 어떤 종류의 선망이 뒤집어진 채로 들어 있음을 부정할 수 없다. 그리고 그것은 어쩌면 '가지 못한 길'에 대한 부러움과 동경 가득한 낭만적 노스탤지어의 다른 표현이라고 해도 좋을 것이다.

하지만 지금 내가 장송하고 있는 것은 한 시대의 성격이고 그 시대를 바로 그 시대답게 살아간, 당대의 구현체로서의 한 인간이지 그 시대가 넘겨준 과제와, 또 그 시대가 그 과제를 이행하기 위해 축적했던 방법과 양식까지는 아니다. 김학철이 살았던 시기도 지금도 근대라는 점에서는 차이가 없다. 김학철이 총을 들고 맞서 싸웠던 대상도 근대라는 이름의 리바이어던이었고, 지금 우리가 총 없이 맞서 있는 대상도 여전히 그것이다. 단지 역사적 국면이 변화했고 생활세계가 달라졌을 뿐이다. 최원식의 표현을 빌리면 그는 기본적으로 근대 전기에 속해 있었고, 우리는 근대 후기에 속해 있다는 차이뿐일 것이다.[2]

김학철은 생전에 연변에서 다섯 권의 소설집과 두 편의 장편소설, 그리고 전집에 해당하는 네 권의 『김학철 문집』을 간행했고, 남한에서 한 권의 소설집, 세 편의 장편소설, 한 권의 자서전, 두 건의 산문집을 간행했다.[3] 해방 직후 서울에서 약간의 단편소설을 발표하고 1952년에서 1957년까지 5년 동안, 그리고 1980년대 중반부터 세상을 떠날 때까지의 약 15년 등 20년 정도밖에 안되는 기간에 쓴 것으로는 적은 양이 아니다.

'김학철론'이라는 이름을 붙이기는 했지만 이 글은 그의 전 저작을 대상으로 하는 본격적인 작가론에는 크게 못 미친다. 이 글은 단지 그가 각각 1954년, 1965년, 그리고 1986년에 집필하거나 발표했던 『해란강아 말하라』, 『20세기의 신화』(1996년 간행), 그리고 『격정시대』 등 세 편

---

2) 최원식 「80년대 문학운동의 비판적 점검」, 『민족문학사연구』 제8호, 1995년 하반기, 64면. 여기서 최원식은 해방 이전을 근대 전기, 해방 이후를 근대 후기로 나누고 있다. 그러니까 엄밀히 말하면 김학철은 근대 전후기를 공히 살았던 사람이지만 그의 생애의 성격은 근대 전기에 주조된 것이라고 보아야 한다.
3) 현재 확인된 그의 저작 목록은 다음과 같다.
　연변: 소설집 『군공메달』(1951), 『뿌리박은 터』(1953), 『새 집 드는 날』(1953), 『고민』(1956), 『김학철 단편소설선집』(1985), 장편소설 『해란강아 말하라』(1954), 『격정시대』(1986), 저작집 『김학철 문집』 전 4권(1998~99).
　서울: 소설집 『무명소졸』(풀빛 1989), 장편소설 『해란강아 말하라』 전 2권(풀빛 1988), 『격정시대』 전 3권(풀빛 1988), 『20세기의 신화』(창작과비평사 1996), 자서전 『최후의 분대장』(문학과지성사 1995), 산문집 『누구와 함께 지난날의 꿈을 이야기하랴』(실천문학사 1994), 『우렁이 속 같은 세상』(창작과비평사 2001).

의 장편소설만을 대상으로 하고, 그의 자서전 『최후의 분대장』을 참고로 해서 '혁명전사'이자 작가인 김학철의 삶과 문학에 대해, 그것이 오늘의 우리에게 남겨준 것들에 대해 산만한 생각을 늘어놓는 것을 넘지 못한다.

2. 『해란강아 말하라』——김학철을 가둔 김학철 소설

김학철은 1952년 북경에서의 중앙문학연구소 연구원직을 사임하고 연변에 정착하여 연변문학예술계 주임직을 맡았다가 반년 만에 사표를 내고 전업작가의 길로 나섰다.[4] 그가 전업작가의 신분으로 쓴 첫 장편소설이 이 『해란강아 말하라』이다. 한마디로 말하면 이 작품은 식민지 시대 이래의 우리 장편소설적 전통에는 잘 어울리는 규범적 작품이지만 김학철의 작품세계에서는 좀 외떨어졌다고 할 수 있다.

그의 작품세계는 기본적으로 실기(實記)의 세계이다. 단편소설들 중 일부가 간혹 허구적으로 제작된 경우가 있지만 그의 소설들은 대부분 미학적 가공을 최대한 절제하고 자기의 경험의 일부를 그대로 재현하는 방식으로 만들어진다. 그리고 재현도 어떤 의도적인 플롯의 장치에 의지하지 않는 무정형의 재현인 것이 바로 김학철의 득의의 서사법이다. 『20세기의 신화』와 『격정시대』는 그 대표적인 경우로서 대부분 작가의 경험 속에 들어 있는 인물들과 사건들이 실제의 진행과정을 따라 방사

---

4) 김학철 『최후의 분대장』, 문학과지성사 1996, 351면. 여기서 '전업작가'란 글만을 써서 생활하는 작가라는 뜻에서는 자본주의사회에서의 전업작가와 같으나 자본주의사회에서는 글을 팔아서 생활하는 반면 사회주의사회인 중국에서는 국가공무원으로서 봉급과 원고료를 다 받아 생계를 보장받는다는 점이 다르다. 김학철은 이 제도를 무위도식하는 건달패를 육성하는 제도라고 비판하고 있다.

형으로 쉬임없이 퍼져나가고 작가는 그것들을 가급적 통제하지 않고 그대로 놓아둔다. 그리고 그 사이에 끝없이 작은 에피쏘드들이 끼여들어 하나의 다성적인 서사의 큰 다발로 묶여지는 것이다. 그것은 김학철이 해방 직후 나가사끼 감옥에서 갓 출소하여 서울에 와서 발표한 「균열」「담뱃국」 등의 단편에서부터 일찌감치 나타나는 김학철 서사의 기본문법이다.

하지만 『해란강아 말하라』는 이와는 달리 정형적인 짜임에 의존하고 있는 작품이다.

20년대 말에서 30년대 초반 무렵 해란강변의 유수툰 마을, 조선인 이주자들이 촌락을 이루어 살고 있는데 역시 지주—자작농—소작농—농업노동자 또는 머슴—룸펜 프롤레타리아 등의 전형적인 반봉건적 계급구성이 존재하고 있다. 물론 처음에는 소작농들은 지주의 권력에 눌려 병작반수, 즉 5할이라는 고율의 현물소작료를 납입하면서도 소작권을 박탈당할까 무서워 지주에게 대항하지 못한다. 그러나 시간이 가고 중국공산당과 연계된 농민협회 조직이 점차 힘을 얻어가면서 소작농들은 소작쟁의를 벌여 삼칠제를 관철시키게 되고 이를 수용하지 못하는 지주계급은 일변 지주동맹을 결성하고 일변 호시탐탐 만주침략의 구실을 찾고 있던 일본제국주의자들과 내통하여 무장자위대를 결성하는 등 계급투쟁이 전개되어간다. 그 과정에서 빈곤한 소작농들은 점차 계급적, 민족적으로 각성해가고 자작농은 분해되어 소작농 편에 합류하거나 지주측에 가담하거나 하게 된다. 계급투쟁이 점차 진전하고 제국주의자들의 간섭이 강화되면서 투쟁은 전형적인 반제반봉건무장투쟁으로 발전되어간다. 이 과정에서 가난하고 즉자적이었던 농민들은 계급적으로 각성한 항일무장투쟁세력이 되어 중국공산당과 연대하여 반제반봉건투쟁을 전개해나감으로써 그 역사적 정체성을 확보하면서 연변 조선족의 고난의 형성사를 이루게 되는 것이다.[5]

이 작품은 대체로 무리없이 하나의 서사적 완결성을 지니고 연변 조선족의 반제반봉건투쟁의 전통을 형상화하고 있다. 등장하는 여러 인물들의 형상도 각각의 계급적 전형성을 비교적 선명하게 구현하고 있다. 말 그대로 교과서적이고 규범적인 작품이다. 하지만 여기에는 결정적인 결락이 있다. 그것은 작가의 개성이다. 이 작품은 어딘가 김학철의 것이라고 하기엔 부족한 구석이 많다. 마치 이야기꾼이 사랑방에 앉아서 끝없는 이야기보따리를 풀어나가듯 해학과 위트가 넘치는 무수한 에피쏘드들을 자유자재로 넘나드는 동안 어느새 기본 줄기가 잡혀나가는 김학철 소설 특유의 개방형 서사구조는 찾아지지 않고 전체적으로 상당히 엄격하게 통제된 서사구조를 지니고 있기 때문이다. 이러한 정형화된 서사구조가 전형적인 사회주의리얼리즘적 서사의 특징이라고 할 때 김학철의 소설은 확실히 사회주의리얼리즘 소설과는 다른 계열에 놓여 있다.

이렇게 된 데에는 두 가지의 이유가 있을 것이다. 이 서사구조 속에 김학철 자신의 경험이 투사될 여지가 없었던 것이 그 하나고 이 작품이 김학철 개인의 창작이 아니라 거의 집단창작에 가깝다는 것이 또 하나다.[6] 두 가지 이유 모두 이 작품에서 김학철 특유의 서사적 운신폭을 좁

---

5) 이 소설의 이런 서사골격은 1927년 중국공산당 만주성 임시위원회가, 1929년에는 동만주위원회가 성립되고 이어 1930년 「전만농민투쟁강령」이 만들어지면서 동만주 일대에 '붉은 5월투쟁'이 벌어져 일제와 악질지주들에게 심대한 타격을 입히는 등 강력한 반제반봉건투쟁이 벌어졌던 일련의 실제 역사의 전개과정(연변조선족 자치주개황 집필소조 『중국의 우리민족』, 한울 1988, 65~66면 참조)과 대부분 일치한다.
6) 작가의 머리말은 "『해란강아 말하라』 이 소설은 나 한 사람의 창작이 아닙니다"로 시작되어서 "『해란강아 말하라』 이 소설은 그러기에 나 한 사람의 창작이 아닙니다"라는 동어반복으로 끝난다. 이것이 단순한 겸사가 아님은 머리말에 많은 조력자들의 이름이 열거된 데서도 알 수 있다. 이 소설은 조직의 결정으로 여러 사람들의 조력을 받아 만들어진 김학철 대표집필의 집단창작품에 가깝다고 할 수 있다. 실제로 작가는 이 작품을 자신의 작품 목록에 올리는 것을 그다지 마뜩찮아했다. 김학철이 연변에 정착한 것은 1952년, 이미 그

히는 결정적인 원인이 되고 있다.

3. 『20세기의 신화』──비극과 해학, 정치와 미학의 통일

『20세기의 신화』는 김학철이 1957년 중국을 휩쓴 '반우파투쟁'의 와중에서 발표의 자유를 잃고 전업작가로서의 지위를 박탈당하고 난 후, 대약진운동 등을 통해 드러난 모택동 일인독재와 인민생활의 피폐로 요약되는 중국사회주의의 타락을 고발하기 위해 집필한 장편소설이다. 이 소설은 1965년 원고상태로 당국에 압수되었고 이로 인해 그는 반혁명분자로 낙인찍혀 10년 동안 영어의 몸이 되었다.

소설은 전편 「강제노동수용소」와 후편 「수용소 이후」로 나누어져 있는데 전편은 임일평이라는 작가의 시점으로 반우파투쟁과정에서 우파분자로 낙인찍힌 사람들을 수용한 강제노동수용소의 참경을 고발하는 내용으로 되어 있다. 여기에는 터무니없는 이유로 우파로 지목되어 수용소에 들어온 작가, 음악가, 혁명가, 교사, 노동자 등이 살인적인 환경 속에서도 인간적 존엄을 지키려는 의지가, 수용소를 지배하는 타락한 공산당원들의 감시와 전횡에 맞서 어떻게 승리해가는가가 잘 드러나 있다. 그리고 후편은 수용소에서 퇴소하여 사회로 돌아온 이들의 눈에 비친 60년대 초·중반 무렵, 즉 인민공사운동과 대약진운동, 그리고 중소분쟁의 소용돌이가 휘감아돌던 시기의 동요하는 중국사회의 모습을 보여주고 있다.

전에 연변조선족의 해방투쟁사는 종결되었고 그는 조선의용군 출신이라는 또다른 개인사를 지닌 채 그 역사의 끄트머리에 접합되었던 것이다. 이런 점이 이 『해란강아 말하라』에서 작가의 개성이 드러나지 못하게끔 한, 그리고 이 작품이 작가의 애착을 얻지 못한 가장 큰 원인이라고 할 수 있다.

　이 소설은 이 글에서 다루고 있는 김학철의 세 장편소설 중에서 가장 감동적인 소설이라고 할 수 있다. 특히 전편 「강제노동수용소」의 경우 수용소의 참상을 눈앞에서 보는 듯 리얼하게 드러내는 것을 넘어, 그 참경 속에서도 결코 희망과 낙관을 잃지 않는 인간들의 위대함을 감동적으로 그리고 있다. 또한 비장과 해학, 풍자가 절묘한 균형을 이루면서 읽는 이들을 비극적 감상주의나 패배주의로도, 근거없는 주관적 낙관주의와 기계적 역사관으로도 이끌지 않으면서, 인간의 미래에 대한 굳은 믿음에 이르게 하는 미학적 승리를 거두고 있다.

　사실상 김학철의 분신이라고 할 수 있는 조선의용군 출신 수용자 심조광의 아들의 일화, 즉 학교에서 소풍을 간 아이들이 '인민의 적'의 이름이 적힌 쪽지를 찾아내는 보물찾기놀이에서 자기 아버지의 이름이 적힌 쪽지를 찾아내고는 그 자리에 엎어져 끝없이 울었다는 일화[7] 같은 것은 이른바 반우파투쟁의 광기가 어떻게 인민의 영혼을 파괴했는가를 비극적으로 웅변하고 있다. 하지만 그 와중에도 작가는 비극적 정서 속에 몰입하지 않고 수용소 생활에서 일어나는 모든 소극들을 하나라도 놓치지 않겠다는 듯이 여기저기서 웃음보따리를 풀어놓고 이를 때론 해학으로 때론 풍자로 조형하여 비참이 사랑으로, 그것이 다시 그 비참을 만든 것들에 대한 정당하고도 웅숭깊은 거부로 자연스럽게 이어지게끔 하고 있다.

　이 같은 미학적 성취는 이견과 논란의 여지가 없지 않은 이 작품에 나타난 작가의 정치적 입장에 상당한 설득력을 부여하고 있다. 사실 『전환시대의 논리』와 『우상과 이성』, 그리고 『8억인과의 대화』 등 이영희의 3부작을 통해서, 또 『중국의 붉은 별』이나 『번신』 등을 통해서 30년대에서 70년대에 이르는 중국혁명 과정에 대한 우호적 입장을 가지

---

7) 『20세기의 신화』, 창작과비평사 1996, 136~37면.

게 된 우리나라의 '진보적 지식인'들의 경우 50년대 말에서 60년대에 이르는 기간 동안에 중국에서 있었던 이른바 '위대한 실험'의 나날들을 이처럼 격렬하게 부정하고 비판하는 김학철의 태도 앞에서 당황하지 않을 수 없다. 하지만 김학철은 원칙적인 사회주의자의 입장에서, 그 사회의 내부의 경험을 통해 반우파투쟁이라는 명목의 권력투쟁과 그 반이성적 광기, 모택동 일인우상화와 일인독재가 몰고 온 사회적 침체, 인민의 빈곤을 가속시킨 인민공사식 실험의 무모성, 프롤레타리아 국제주의를 배반한 반소 히스테리 등을 격렬하게 비판하고 있다. 어느 편이 옳은가를 판정하는 것은 이 글의 범위를 넘는 일이지만[8] 이 소설 자체가 여기저기 산재한 작가의 메가폰에 의해서가 아니라 구체적 형상과 미학적 직조에 의해 이러한 비판에 강한 설득력을 부여하고 있음은 틀림없다.

어쩌면 이 작가에겐 원칙이 우선이고 그것을 방해하는 온갖 현실은 나중이기 때문에 이러한 격렬한 비판이 나오는지도 모른다. 아닌게아니라 이 소설에서뿐만 아니라 그의 정치적 견해는 어떤 때는 좀 지나친 게 아닌가 할 때가 없지 않다. 이를테면 김일성의 이른바 반종파투쟁과 숙청을 철두철미 일인독재의 확립이라는 목적의 수행과정으로만 본다거나(이런 견해는 정파적으로 '연안파'에 속할 수밖에 없는 조선의용군 출신으로서 함께 싸운 동지들이 해방된 조국에서 전부 파멸해가는 과정을 목도한 그로서는 어쩔 수 없을 것이다), 심지어는 "조선반도의 통일은 이북 정권의 붕괴를 전제로 한다"[9]는, 국내의 극우파의 입장과 방불한 극단적인 언사까지도 불사한다거나, 타계하기 2주 전, 9·11 뉴욕테러에 접하고 "탈레반과 빈 라덴은 철저한 응징을 받아야 한다"고 흥분

---

8) 최근에 이르러 반우파투쟁을 위기에 직면한 공산당의 이성적 비판에 대한 봉쇄책략으로, 대약진운동을 합리성을 무시한 무모한 실험으로 단정하는 견해도 제출되고 있다. 오꾸무라 사또시 『새롭게 쓴 중국현대사』, 박선영 옮김(소나무 2001) 참조.
9) 김학철 「후기」, 『최후의 분대장』, 문학과지성사 1995, 409면.

을 가라앉히지 못했다거나[10] 하는 것 등이 그렇다. 하지만 그가 평생을 사회주의적 도덕성에의 복무를 최우선의 원칙으로 삼고 살아온 불퇴전의 원칙주의자임을 상기한다면 그의 이러한 돌출적 발언들은 사실은 돌출적인 것이 아니라 일관된 신념의 소산에 다름아님을 알 수 있을 것이다. 어쩌면 우리들이 너무나 많은 비원칙적인 것들에 둘러싸여 아무렇지도 않게 비원칙적으로 살고 있기 때문에 그의 올곧은 발언이 돌출적으로 들리는 것일지도 모른다.

4. 『격정시대』—열린 서사구조에 담긴 혁명적 낙관주의

『격정시대』는 김학철의 사전적 성장소설이라고 할 수 있다. 이 소설이 연변에서 처음 출간된 것은 1986년으로 그의 연치가 벌써 칠십을 넘긴 때였다. 62세가 되던 해인 1977년에 10년의 징역형을 살고 나온 그가 10년의 시간 동안 자신의 젊은날들을, 자기 생애에 가장 빛나던 시기의 경험과 기억들을 가다듬어 삼천매가 넘는 큰 화폭에 담아낸 것이 바로 이 작품이다.

1916년 식민지하의 항구도시 원산에서 태어나 보통학교 시절 원산 총파업을 겪고 서울에 유학와서 광주학생사건, 윤봉길 거사 등을 접하면서 민족의식에 눈떠가던 한 소년이 본격적 민족해방운동에 투신하기 위해 중국 상해로 건너가 의열단을 거쳐 중국 중앙육군군관학교(황포군관학교)에 입교하여 다시 독립혁명당 소속의 조선의용대의 일원으로 태항산 근거지에서 팔로군과 함께 항일전쟁에 참가하는 혁명전사로 성장하는 과정을 그려낸 이 소설은 우선 성장소설의 전통이 일천한 우리

---

10) 김해양 「마지막 스무하루의 낮과 밤」, 『장백산』 2001년 11~12월호 9면.

소설사에서 두드러진 성장소설의 성과로 평가되어야 할 것이다. 성장소설이 한 개별자로서의 인간이 성장하면서 자기 삶의 객관적 조건들에 부딪치면서 그것을 극복해가는 과정에서 하나의 보편적 역사주체로 서는 과정을 그리는 것이라면 이 소설은 바로 이런 정의에 부합하는, 그리고 안정된 부르주아사회로의 편입과정을 그리는 서구형 성장소설과 구별되는 제3세계형 성장소설의 보기 드문 한 모델이 된다고 할 수 있다.

또한 이 작품은 그 넘치는 낙관주의로도 우리 문학사에서 독특한 지위를 차지한다. 객관적으로 절박하기 짝이 없는 위기의 순간에도 이 소설 속의 수많은 '혁명투사'들은 낙관적 태도를 버리지 않으며 우스개와 객담을 늘 총보다 더 요긴하게 지니고 산다. 주저와 머뭇거림, 실패와 좌절, 패배의식에 익숙한 한반도 남쪽의 정서로뿐만 아니라, 승리적 관점, 주체적 관점의 견지라는 강박으로 질식하기 십상인 한반도 북쪽의 정서로도 이러한 도저한 낙관주의는 경이로운 것이 아닐 수 없다. 작가는 이 작품의 이러한 낙관주의에 대해 다음과 같이 말하고 있다.

우리 조선의용대(나중에는 의용군)는 혁명적 낙관주의로 충만된 애국자들의 집단이었다고 해도 과언은 아닐 것 같다.
──우리는 민족의 독립을 위해 청춘을 고스란히 바치고 있다.
이런 긍지심 때문이었을 것이다.
일반적으로 '독립운동' 하면 곧 '비장함'과 '처절함'에다 연결시키는 경향들이 있는데 그것은 일면만을 너무 강조하거나 부각한 결과가 아닌가 싶다.
우리들의 경우만 보더라도 그렇지 혈육과 친지들을 다 고국에 남겨두고 단신 외국으로 뛰쳐나와 이역만리 낯선 땅에서 5년씩 10년씩, 15년 20년씩 풍찬노숙의 간고한 생활을 하고 있는데 일년 열두달 삼백예순날을 밤낮없이 우국지심에 잠겨만 있다면 사람이 과연 어떻게 견뎌낼 것인가, 지레 말라죽어버리지.

그러므로 장난기와 농담은 언제나 우리와 더불어 있었다. 아무리 어려운 고비에도 장난기는 우리를 떠나지 않았고 또 아무리 위급한 고비판에도 재치 있는 농담은 역시 오갔다.[11]

엄밀한 의미에서의 혁명적 낙관주의란 혁명의 성공에 대한 확신에서 우러나오는 낙관적 사고방식과 삶에 대한 태도를 말한다. 그것은 어떻게 보면 사상과 생활이 통일된 대단히 높은 수준의 정신적 태도라고 할 수 있다. 하지만 『격정시대』의 인물들을 일관하는, 또는 그 인물들의 언행을 관찰하고 기록하는 작가 김학철이 지니고 있는 낙관적, 또는 낙천적 분위기는 어떤 정치사상적 신념으로부터 논리적으로 도출된 어떤 것이 아니라 대단히 일상적이고 감각적인 수준의 어떤 것에 가깝다. 그것은 삶과 죽음이 늘 함께 있는 자리에 있음으로 해서 생겨난, 그리하여 모르는 사이에 삶과 욕망에 대한 집착에서 놓여난 달관에 가까운 경지라고 하는 것이 더 정확할 것이다. 그것은 확실히 좁은 의미의 '혁명적 낙관주의'를 넘어선 것이며, 의도보다 과정이 더 살아나는, 생동하는 과정 속에서 의도의 정당성이 저절로 설득되는 한걸음 더 나아간 경지로 보인다. 이 작품을 지배하는 낙천적 달관은, 역사적 정당성을 지니지 못함으로 해서 그러한 낙천적 달관을 가지려고 해도 가질 수 없는 안타고니스트(antagonist)들에 대해서 어느새 도덕적 우위를 확보한다.

이 점은 앞서 살펴본 『20세기의 신화』에서도 잘 나타난다. 부당한 고난을 겪는 인물들이 그럼에도 불구하고 펼쳐 보이는 낙천적 달관과 거기서 발생하는 해학은 숨막힐 듯한 통제와 억압의 기제에 어느새 눈에 보이지 않는 균열을 일으키고 그것의 절대성을 해체하여 상대화하고 희

---

11) 『최후의 분대장』 201면.

화화한다. 이러한 미학의 힘은 중국현대사의 한 시기를 지배한 우상을 근저에서부터 파괴하는 정치적 힘으로 전화하는 것이다.

한편 『격정시대』의 열린 서사형식은 이 소설의 이러한 낙관주의적 주조를 아주 잘 뒷받침한다. 앞에서도 언급했지만 김학철의 소설들은 다성적이고 개방적인 서사구조를 가장 주요한 특징으로 갖는다. 그것은 우리 전통의 민담과 같은 서사구조에 가깝다. 작자는 마치 옛날의 이야기꾼처럼 자신의 삶 속에서 보고 듣고 직접 겪은 수많은 이야깃거리들을 한보따리 싸안고서 큰 줄거리가 흘러가는 중간중간에 틈나는 대로 하나씩 꺼내놓는다. 그 이야깃거리 즉 에피쏘드들은 나름대로 또 발전하면서 소설 전체를 넉넉하게 열어놓는 데에 기여한다. 또 이러한 이야기꾼의 이야기에 걸맞은 해학과 골계의 민중적 정서가 이 소설의 도처에서 지천으로 배어나오고 있으며 그 정서를 가능하게 하는 민중적 풍속과 생활에 관한 묘사가 전편을 관류하고 있다. 아마 이런 점에서 우리 근대소설사 전체에서 이 작품에 필적하는 것은 홍명희의 『임꺽정』 외엔 없을 것이다.

흔히 근대소설의 특징으로 드는 '문제적 개인이 훼손된 방식으로 훼손된 세계를 드러내는 것'이라거나 '비극적 아이러니' 등은 기본적으로 닫힌 서사구조를 전제한 것들로서 이 소설의 개방적 서사구조와는 전혀 부합되지 않는다. 또한 이 소설이 지닌 낙관과 해학이라는 미학적 자질들은 비극적 아이러니를 기본으로 하는 근대소설의 일반적 특징과 전혀 어울리지 않는 것들이다. 그것은 이 소설에 등장하는 유·무명의 낙천가 투사들의 투쟁과 일상이 근대적 일상성의 바깥에서 근대를 넘어서는 지점에 위치하기 때문이다. 그리고 또 한편으로 이는 사회주의리얼리즘 소설의 작위적 규율로부터도 자유롭다. 김학철 소설의 이러한 낙관과 해학으로 가득한 열린 서사구조는 그 낙관과 해학이 인간의 미래에 대한 좀더 구원한 신념에서 온다는 점에서, 또 그렇기 때문에 그 미래의 인간을 성마르게 구속하는 어떤 닫힌 서사도 거부한다는 점에서, 낡은 과거의 것처럼 보이면서도 동시에 아직 다가오지 않은 미래의 것이기도 하다는 생각이 든다. 그의 이런 낙관주의야말로 말의 올바른 의미에서 진정한 '혁명적 낙관주의'에 값하는 것이 아닌가.

5. 누가 더 세계인인가

　김학철이 쓴 세 편의 장편소설을 지나 다시 처음으로 돌아가보자.
　앞에서 그의 생애에 동아시아의 근대가 모순적으로 통일되어 있다고 한 바가 있다. 그는 식민지조선에서 태어났지만 중국대륙에서 일본제국주의와 싸웠다. 지금 우리는 이런 이력을 가지려야 가질 수 없다. 혹 일본과 중국, 심지어는 북한까지 다니면서 장사꾼이 될 수는 있을 것이다. 어쩌면 그런 삶에도 동아시아의 근대가 통일되어 있다고 할 수는 있다. 하지만 결정적인 차이는 김학철의 생애는 동아시아 근대를 한몸에 통일하면서 동시에 그 극복을 향해 나아갔다는 사실에서 온다. 그는 작고하기 직전까지도 싸웠다. 제국주의와 싸웠고 잘못된 사회주의와 싸웠다. 그러면서 그는 진정한 사회주의, 인간의 얼굴을 한 사회주의를 기다렸다.
　다른 측면에서 접근해보자. 김학철의 삶의 행로를 살펴나가는 동안 가장 인상적인 것은 그가 지닌 개방성과 세계성이었다. 그의 행로와 행동영역이 기본적으로 국제적일 수밖에 없었던 때문이기도 하지만, 그는 프롤레타리아 국제주의 혹은 제3세계 인민의 연대라는 원칙 아래서 협애한 민족주의의 울타리를 일찍이 넘어섰다. 민족해방투쟁의 주체로서 그는 '조선사람'이지만 민족해방투쟁을 포함하고 그것을 뛰어넘는 사회주의적 인간해방의 길에서는 그는 철저히 '세계인'이었다. 그는 조국을 사랑하고 조국을 위해 몸바쳤지만 조국에 얽매이지 않았다. 그는 중국에서 살았지만 중국에 자신을 끼워맞추지 않았다. 그의 눈은 아직 다가오지 않은, 그러나 언젠가 다가올 새로운 인간의 세계를 향하고 있었기 때문에 이 협애한 일국주의적 국경선과 민족적 편견들을 그대로 받아들이지 않고 회화적 낙관의 힘으로 이를 넘어설 수 있었던 것이다. 그는 늘 미래의 세계인이었다.

지금 우리가 경험하고 있는, 그리고 내면화하고 있는 세계성이라는 것이 자신도 모르게 이루어지는 자본주의적인 비주체적 소외의 결과라면, 그의 세계성은 높은 이념적 주체성에 기초한 의지적 선택의 결과였다고 할 수 있다. 지금 우리에게 필요한 것이 자본주의적 세계화와 그에 대한 일국주의적 저항을 벗어나 진정한 세계성의 맥락에서 근대극복의 전망을 획득하는 것이라면 김학철이 이미 체현한 바의 이러한 세계성은 과거의 것이 아니라 오히려 다시 앞날의 것으로 다가서고 있다.

6. 글을 마치고

나는 김학철 선생이 마치 두 다리가 성한 젊은 청년이기라도 한 것처럼 아직 강건하고 민활한 젊은 노인이었던 1990년 여름 무렵 선생을 처음 만났다. 나는 그해 봄에 나온 나의 첫 평론집을 선생께 드렸다. 선생은 얼마 후 연변에 돌아가서 내게 편지 한장을 보내셨다.

김명인 선생
우리가 서울 시내를 달리며 차 속에서 나눈 이야기들은 우리 모두가 진리를 탐구하는 길에서 부닥친, 행동하는 길에서 부닥친 난점들에 관한 것이었습니다.

력사는 언제나 해결할 수 있는 문제만을 제기하는 법이지요. 그러니까 우리의 노력은 결국에 가서 모든 난문제들을 깡그리 다 해결하고야 말 것입니다.

선생의 글들은 (일어로 된 것까지) 다 읽었습니다. 글이 노성한 데 비해 작자가 너무 좀 젊은 것 같은 느낌인데 당자는 어떻게 생각을 하시는지 모르겠습니다.

김재용(김희민) 내외분께 다정한 안부 전해주시면 고맙겠습니다.

안녕히 계십시오.

김학철
'90. 10. 1.

나는 지금 벌써 날긋해지기 시작하는 누런 미농지로 된 선생의 편지를 앞에 두고 지금 내 앞에 닥쳐 있는 난점들에 대하여 생각하고 있다. 그중에서 도대체 어떤 것들이 해결할 수 있는 단계에 와 있는지 나는 지금 그것들을 문제라고나 생각하고 있는지……

머리 숙여 선생의 명복을 빈다.

─『창작과비평』 2002년 봄호

---

* 이 글을 쓰는 데는 장춘 길림대학 윤해연 교수의 도움이 컸다. 그는 내게 김학철 선생의 문집들과 선생에 대한 추모특집이 실린 잡지 『장백산』을 보내주었다. 이 자리를 빌려 감사의 뜻을 전한다.

근대소설과 도시성의 문제

박태원의 「小說家 仇甫氏의 一日」을 중심으로

1. 문제의 제기

최원식은 수년 전 한 씸포지엄에서의 주제발표를 통해 1980년대 문학운동에 관한 전반적 성찰을 시도한 바 있는데 그 발표문에는 다음과 같은 의미심장한 문학사적 반성이 포함되어 있었다.

우리 문학은 매우 뿌리깊은 농업적 체질을 가지고 있는데, 그것이 바로 낭만주의의 온상입니다. 그것은 우리 문학에 도시를, 이 새로운 단떼적 연옥을 제대로 다룬 작품이 그처럼 드물다는 사실에서도 드러납니다. 다시 말하면 자본주의를 움직이는 기제에 대한 집요한 분석 대신에 자본주의에 대한 체질적 거부에 기인한 일종의 투정 또는 낭만적 초월의 욕구가 혁명문학에도 계승된 점이 없지 않습니다. 그렇다고 농촌을 버리고 도시화의 물결 속에 즐거이 자맥질하자는 것은 아닙니다. 매우 미묘한 문제지만, 유구한 농업의 기억을 자본주의적 생활의 산문성을 극복할 창조적 힘의 원천으로 삼는 것과 농업적 체질의

극복은 차원을 달리하는 문제입니다. (강조는 인용자)[1]

  '단떼적 연옥'으로서의 도시, 그것은 근대자본주의의 산물이자 동시에 그 재생산의 공간일 것이다. 우리에게 근대는 태생부터 굴욕적 식민지체험을 그 다른 얼굴로 지니고 있는 까닭에 그것은 늘 할 수만 있다면 되물리고 다시 시작했으면 싶은 하나의 저주로 인식되어온 측면이 있다. 이러한 '저주로서의 근대'라는 인식은 지난 100년에 가까운 시간 동안 우리의 삶에 서서히 뿌리내려온 근대의 산물들 모두를 일종의 헛것으로 간주하게 했다. 이 헛것들을 어서 거두어내고 그 자리에 뭔가 다른 것을, 우리 것을 다시 심어야 한다는 하나의 강박, "껍데기는 가라"(신동엽)로 대표되는 도저한 반근대적 낭만주의의 강박이 우리의 의식을 오래도록 지배해온 것이 사실이다.

  이러한 강박은 우리의 현재적 삶을 지배하고 규정하고 추동하는 자본주의적 근대의 운동과 그 산물들에 대한 엄정한 이해와 인식을 일정하게 방해해왔다. 사실상 우리의 삶은 대공장과 백화점과 지하철과 멀티채널 텔레비전과 싸이버 스페이스로 이루어진 연옥 속을 헤매면서 마음의 정처는 목가적 세계에 두고 마치 언제라도 일거에 이 연옥을 벗어날 수 있기라도 하는 양하는 이 이율배반적 의식과 그로 인한 세계인식의 소박성 혹은 피상성을 최원식은 문제삼고 있는 것이다. 낭만적 초월의 욕구가 뿌리깊은 농업적 체질에서 오는 것이라는 그의 지적은 옳은 것이지만 이 자본주의라는 이름의 블랙홀은 이제 그 농업적 체질이나 그 산물인 낭만적 초월의 욕망조차도 상품화하거나 교묘하게 이용하는

---

1) 최원식 「80년대 문학운동과 오늘의 문학」, 민족문학사연구소 제2회 씸포지엄 '해방 50년과 한국문학' 자료집, 1995. 5. 10, 37면. 이 글은 「80년대 문학운동의 비판적 점검」이라는 제목으로 평론집 『생산적 대화를 위하여』(창작과비평사 1997)에 재수록된다.

지경에까지 이르렀다고 할 수 있다.

'새로운 단떼적 연옥'으로서의 도시는 상품의 생산과 잉여의 창출이라는 자본주의의 추상적 운동기제가 공간적으로 구체화된 형상이라고 할 수 있다. 바로 이 점에서 문학은 도시를 문제삼게 된다. 문학은 도시라는 구체적 공간적 매개를 통해 자본주의적 근대가 인간들에게 안팎으로 관철되는 양상을 형상화할 수 있는 것이다. 도시를 제대로 탐구한다는 것은 곧 자본주의가 움직이는 기제를 탐구하는 일이라는 최원식 교수의 말은 바로 이런 의미를 갖는다.

우리 근대문학사에서 도시가 단순한 공간적 배경이 아니고 그 자체가 인간의 삶을 규정하는 하나의 역동적 공간으로서 인식되기 시작한 것은 언제인가 하는 문제는 근대 이후의 문학작품들에 대한 면밀한 실증적 독서를 통해 밝혀질 일이다. 하지만 본격적 의미에서의 근대도시가 우리나라에서 형성되기 시작한 1930년대는 이상과 같은 문제의식에 부분적으로나마 값하는 소설작품들을 적지않이 산출하고 있다. 이 시기에는 식민지 수도 서울[京城]을 중심으로 한 도시풍경을 하나의 근대충격으로 받아들이고 도시적 일상성을 작품의 중심에 두는 소설들이 하나의 추세를 이루면서 집중적으로 씌어지기 시작했다. 박태원(朴泰遠), 이상, 이효석, 유진오, 김남천, 최명익, 채만식, 염상섭 등의 이 시기 작품들은 다양한 편차를 지니고 있기는 하지만 이러한 '도시성'[2]을 하나의 기본적 소여(所與)로 삼고 있다는 점에서 공통성을 지닌다.

주지하다시피 30년대는 우리의 식민지적 근대체험의 특수성이 가장 집약적으로 드러난 시기였다. 군국주의적 팽창정책에 의존할 수밖에 없었던 일본자본주의의 특수성이 식민지경영의 특수성으로 관철된 결과

---

2) '도시성(都市性)'이라는 말은 여기서는 도시적인 것 일반을 의미하는 것이 아니라 자본주의가 공간적으로 구체화된 형상으로서의 도시의 성격이라는 의미로 한정하여 사용될 것이다.

이지만 이 시기 우리나라에선 이른바 '식민지 산업자본주의화'가 급격하게 진행되어 근대적 산업시설들이 자리를 잡고 상당량의 생산재가 수입초과되며 농업부문에서 이탈하여 상대적 과잉인구를 형성했던 많은 사람들이 근대적 산업프롤레타리아로 전화하는 등 일종의 산업자본주의적 붐이 일어나고 있었다. 이러한 붐은 그 이전까지 우리나라를 짓누르던 식민지적 정체의 일각을 깨뜨리는 해방적 기능을 수행했다. 일본 산업자본의 대량유입은 금융자본의 유입을 낳았고 이는 다시 통화량의 증가와 이에 기댄 유통경제의 활성화를 낳았으며 이는 전반적으로 일종의 골드러시를 낳아 도시를 발달시켰고 그에 따르는 문명적 분위기를 극적으로 연출하게 되었다.

이는 물론 식민지 민중의 절대적 궁핍을 해결할 수도 본질적인 식민지적 사회구성을 자본주의적 사회구성으로 변질시킬 수도 없는 제한된 변화였지만 그것은 최소한 서울을 비롯한 몇몇 대도시들을 식민지 내의 자본주의적·근대적 특구(特區)로 장식하기에는 부족하지 않은 변화였다. 이제 몇몇 식민지 도시, 특히 서울은 근대적 도시로서의 자기완결성을 확보하여 자본주의의 메커니즘이 여일하게 작동하는 하나의 '공간화된 자본주의'의 형상을 띠게 된 것이다. 이것이 '도시성'을 기본적인 소여로 하는 문학이 탄생하는 발생적 조건이라고 할 수 있다.

하지만 이러한 기본적 소여의 공유가 곧 당대의 소설들로 하여금 '공간화된 자본주의'로서의 도시탐구라는 방향성까지 공유하게 하지는 않았다. 도시탐구를 통한 자본주의 혹은 근대성의 탐구라는 문제는 사실상 근대 리얼리즘 소설에서도 가장 고도의 과제에 속한다고 할 수 있다. 가령 염상섭이 단편 「전화」(1925)에서 전화라고 하는 도시적(근대적) 소품 하나를 둘러싸고 시정인들 사이에서 일어나는 삽화들을 그려내면서 어렴풋이나마 일종의 물신숭배적 상황의 도래를 예감한 것과 같은 그런 예민한 현실감각이 전제되어 있어야 하고, 나아가 그것을 단지 자본주의적 세태탐구에 그치지 않고 자본주의 극복이라는 역사적 전망의 차원으로까지 밀어올리는 힘이 있어야 하는 것이다. 당대의 작가들에게 있어서 도시는 아직 관찰의 대상으로 지나치게 바깥에 있거나 반대로 소외의 원천으로 지나치게 안쪽에 있었다. 박태원, 채만식이 전자의 경우라면 이상, 이효석, 김남천, 최명익 등은 후자의 경우라고 할 수 있다. (박태원은 엄밀히 말하면 양자에 걸쳐 있다.)

이러한 현상의 원인은 어디에 있는가? 여기에는 30년대의 특수한 문학사적 경험들이 가로놓여 있다. 우선 KAPF의 해소로 상징되는, 일본제국주의의 전면적 탄압과 혁명적 전망의 상실로 누구도 현실의 객관적 반영이 곧 현실의 법칙적 극복을 보장한다는 믿음을 갖지 못하게 되었고 파시즘에 대한 패배주의는 문학의 전반적 내성화를 몰고 와 현실에 대한 리얼리즘적 치열성이 약화되었다. 이렇게 리얼리즘적 치열성이 약화된 상태에서 가장 복잡화한 자본주의 탐구인 도시탐구가 제대로 이루어질 수 없었을 것이다. 둘째, 새로운 도시세대인 모더니즘 작가군들의 등장이 이 시기의 문학사적 사건일 텐데 이들은 30년대의 자본주의적 '발전'의 산물인 도시문명에 대한 매혹과 관념적 비판이라는 이중적 태도를 지니고 있었지만, 매혹이 관념적 비판보다 우세하여 도시를 근본적으로 객관화할 수 없었다.

이러한 문학사적 원인들말고도 어쩌면 도시 자체가 리얼리즘적 해명을 거부하는 특성을 지닌 데서 연유할 수도 있다. 자본주의가 무한대의 이윤추구라는 비합리적 욕망의 소산이고 근대도시 역시 그러한 불멸의 욕망이 공간적으로 결정화된 형상이며 본질적으로 디오니소스적 공간[3]이라면 도시로부터 어떤 핵심적 형상을 추출하려는 리얼리즘의 모든 시

---

3) Monroe K. Spears, *Dionysus and the City*, Oxford Univercity Press 1970, 70면. 전혜자 「1930년대 도시소설연구」, 『한국의 현대문학』 제3집(한양출판 1994) 19면에서 재인용.

도는 극도의 난관에 봉착할지도 모른다. 제임스 조이스(James Joyce)가 『율리씨즈』(*Ulysses*)에서 의식의 흐름, 내적 영역의 확장, 지향없는 단편적 의식들의 집적이라는 모더니즘적 접근법에 의존한 것은 더블린이라는 도시에서의 분열된 인간과 삶의 해명을 위해 차라리 필연적인 것이었다고 할 수 있다.

2. 근대소설에 있어서 도시의 의미

소설(Novel)은 기본적으로 자본주의적 시정(市井)의 산물이다. "신에 의해서 버림받은 세계의 서사시"[4]라는 소설에 대한 고전적 규정은 자본주의의 발전과 그에 따른 도시화를 그 역사적 전제로 하고 있다. 인간의 세계가 신에 의해 버림받았다는 것은 근대의 합리주의와 휴머니즘에 의해 인간의 세계가 신적인 것의 지배로부터 해방되었다는 것을 의미하는바 도시는 바로 그 해방된 인간들이 건설한 새로운 해방공간이다. 소설 이전의 서사양식들인 서사시나 로맨스는 신의 지배가 직접적으로 관철되는 세계, 혹은 신의 의지가 인간의 시련과 모험을 통해 관철되는 세계의 이야기로서 그 서사공간은 다분히 자연친화적이고 비합리적이다. 중세적 도시건 농촌이건 아니면 숲이나 산, 바다 같은 자연 그대로이건 이 공간들은 인간의 의지나 욕망에 의해 영향받지 않는, 아니 오히려 인간에게 불가해한 영역으로 다가오고 따라서 공포감과 경외감을 불러일으키는 공간이다. 바로 여기에 신적인 것이 틈입하는 것이다.

하지만 새로운 해방공간으로서의 도시에는 신적인 것이 깃들일 여지

---

4) G. Lukács, *Die Theories des Romans*, Lutherland(1971), 반성완 옮김 『소설의 이론』, 심설당 1985, 113면.

가 없다. 봉건적 질곡(종교적 질곡까지 포함한)에서 벗어난 인간들이 자신의 욕망과 이성에 의해 건설한 도시에는 더이상 신비롭고 불가해한 공간은 남아 있지 않다. 도시라는 공간은 인간에 의해 기획되고 건설되고 장악되는 하나의 의식적 생산물이기 때문에 거기에 해명될 수 없는 부분이라고는 존재할 수가 없다. 인간의 삶도 도시 속에서 비로소 합리적 인과관계 속에 놓이고 그 이성적 해명이 가능하게 된다. 근대 리얼리즘 소설은 사실상 이러한 합리주의와 휴머니즘이라는 자주적 정신과 그 정신이 재생산되는 자본주의적 생산·소비시스템, 그리고 이 정신과 시스템을 담는 공간적 외연으로서의 근대도시라는 세 요소를 떠나서는 탄생할 수 없었다고 할 수 있다.

하지만 이렇게 위대한 근대 리얼리즘 소설들을 낳은 도시라는 해방 공간이 인간으로 하여금 자기를 낱낱이 해명할 수 있도록 허락한 시간은 불행히도 아주 짧았다. 예컨대 그것은 소상품생산과 그 유통을 위한 소박한 경제체제만이 존재하던 이행기의 자본주의에서 신흥부르주아의 합리성과 진보성이 지배하던 산업자본주의 초기에 이르기까지만, 즉 자유와 이성이 절대의 가치로 숭상되고 '보이지 않는 손'의 예정조화가 지배하던 초기 자본주의시대에만 가능했던 하나의 기적이었는지도 모른다. 현실과 인간을 객관적으로 인식할 수 있었고 그 객관적 인식이 곧 전망을 보장하던 시기는 아마도 그 시기뿐이었을 것이다.[5] 자본주의의 발달에 따라 경쟁에 의해 자본가계급 내부에서 상승과 몰락의 드라마가

---

5) 그런데 이 시기를 대표할 만한 리얼리즘 소설이라고 할 수 있는 발자끄의 『인간희극』에 대해서조차 루카치는 "혼돈되고 마성적인 비합리성의 형식"을 갖는다고 했고(『소설의 이론』141면), 아도르노는 "환상을 기반으로, 소외된, 즉 주체에 의해 이제는 전혀 체험되지 않는 현실을 재구성한 것"(「강요된 화해」, 『문제는 리얼리즘이다』, 실천문학사 1985, 207면)이라고 하여 그것이 합리적 근대이성에 의한 세계탐구의 산물이라기보다 하나의 소설사적 우연으로 간주하고 있다는 사실은 이른바 '위대한 리얼리즘'이 설 수 있었던 역사적 토대가 얼마나 좁고 위태로운 것인가를 시사한다고 할 수 있다.

벌어지고 소수의 자본가계급에 의한 과두지배가 이루어지고 노동자계급과 자본가계급 간의 계급투쟁이 격화되어 '평등한 인간'의 환상이 다시 깨지기 시작하면서, 무정부적 생산에 의한 재화의 과잉과 궁핍화에 의한 과소소비, 풍요와 빈곤의 공존 등에 의해 '합리적 이성'의 환상이 깨지기 시작하면서, 먼저 자본주의적 발달을 이룬 나라들이 이윤착취를 위해 전자본주의 혹은 비자본주의 단계에 있던 나라들을 침략하기 시작하면서, 즉 자본주의가 독점자본주의 단계를 넘어 제국주의 단계로 이행하면서 이제 신이 사라진 세계에 물신(物神)이 대신 자리잡게 된다. 다시 불가해하고 신비로운, 그러면서도 신보다는 훨씬 세속적인 어떤 것이 인간과 세계를 지배하게 되는 것이다. 그리고 자본주의가 낳은 자유와 해방의 공간이었던 도시는 이제 통제되지 않는 욕망과 비합리와 소수에 의한 다수의 소외와 인간의 인간에 대한 적의가 끝없이 들끓는 거대한 도가니가 되었다.

이 새로운 도시에서 소설의 운명도 바뀌게 된다. 소설이 소박한 추수적 현실묘사로 객관세계의 본질을 드러낼 수 있는 시기는 지나버리고 물신적 현실이 창출해내는 중첩된 장애물들을 온갖 고투 끝에 넘어서야만 비로소 본질의 한 끝자락을 접할 수 있게 된 것이다. 그러나 그나마 만만치 않은 것은 에밀 졸라(Emile Zola)류의 자연주의가 그 엄청난 현실재현을 위한 고투에도 불구하고 끝내 이 타락한 부르주아적 물신세계의 제대로 된 형상적 전유에 이르지 못한 것에서도 잘 알 수 있다. 그리고 이 자연주의의 고투가 실패임이 판명된 그 자리에서 모더니즘 소설의 역사가 시작되는 것이다.

나중에는 사회주의리얼리즘에 기대어 소설의 운명에 관해 낙관적인 전망을 지니게 되지만 젊은 시절의 루카치(Georg Lukács)가 『소설의 이론』(1915)에서 그려낸 근대소설의 초상은 훨씬 어둡고 절망적인 것이었다. 그에 의하면 소설은 이 세계가 아무런 내재적 의미도 가지고 있지 않다는 것을 확인하기 위한 도로(徒勞)의 여행이다. 하지만 그 여행을 하지 않고는 이 세계의 무의미성조차 확인할 길이 없다. 즉 부재의 확인이 곧 존재의 입증이 되는 아이러니가 소설을 통해 비로소 실현된다. 이렇게 아이러니의 형식을 빌리지 않고는 아무런 의미도 찾을 수 없다는 것은 가장 절망적인 궁경(窮境)이며 이는 사실상 모더니즘의 세계인식과 궤를 같이하는 것이다. 루카치의 계승자인 골드만(Lucien Goldmann)이 내린 바 있는 "타락한 세계에서 타락한 방식으로 진정한 가치를 추구하는 이야기"[6]라는 소설에 관한 역시 아이러니컬한 정의가 모더니즘소설을 이해하고 그에 의미를 부여하는 하나의 고전적 레퍼런스가 되고 있다는 사실은 이를 잘 뒷받침하고 있다.

물론 이러한 근대소설의 어두운 초상이 자본주의적 근대도시의 물신적 성격에서 기인한다는 생각은 하나의 가설일 뿐이다. 하지만 20세기의 근대소설들——흔히 현대소설이라는 이름으로 불리지만——이 거의 공통적으로 지닌 비관적 세계인식, 고립되고 소외된 인간형상과 분열된 내면의 표현, 불연속적이고 뒤틀린 서사구조, 해체된 시간과 공간 등의 특징들은 제국주의시대 이후의 도시가 갖는 일종의 악마적 성격과 일치한다. 루카치는 도스또예프스끼(Dostoevskii)를 일컬어 "현대의 자본주의적 대도시를 그린 최초의 위대한 작가인 셈"이라고 했던바 그것은 도스또예프스끼가 "현대의 대도시생활이 필연적으로 초래한 영혼의 왜곡을 최초로——그리고 지금까지의 누구보다 탁월하게——그려냈"으며 그가 "대도시의 빈궁 속에서 내적 구조와 외적 구조, 즉 영혼구조와 사회구조의 통일성을 문학적으로 통찰"했다고 보기 때문이다.[7] 이는 근대도

---

6) Lucien Goldmann, *Pour une sociologie du Roman*, 조경숙 옮김 『소설사회학을 위하여』, 청하 1982, 12면.
7) G. 루카치 「도스토예프스키」, 조정환 옮김 『변혁기 러시아의 리얼리즘 문학』, 동녘 1986, 136~37면. "새로운 단떼적 연옥"이라는 표현도 이 글에서의 루카치의 표현이

시는 영혼의 왜곡을 낳으며 이 영혼의 왜곡은 바로 도시사회의 근원적 왜곡과 상사적(相似的)이라는 사실을 말해준다.

근대사회에서 인간 영혼의 문제를 제대로 다루기 위해선 근대사회의 여러 성격들을 집약적으로 대표하는 '공간화된 자본주의'인 도시의 문제를 다루어야 한다. 근대인간의 운명을 다루는 근대소설은 필연적으로 근대도시라는 '단떼적 연옥'을 통과해야만 하며 이 통과의례가 바로 소설적 서사의 중심에 놓이게 되는 것이다. 여기에 섣부른 초월은 있을 수 없다. 부르주아 혹은 쁘띠부르주아의 민중과 유리된 고독한 내면을 다루든, 아니면 프롤레타리아의 빈궁에 의해 왜곡된 영혼을 다루든 그것은 이 연옥의 한가운데를 철저하게 통과해야만 그것의 올바른 지양이라는 댓가를 얻을 수 있는 것이다.

사회주의리얼리즘에 입각한 소설쓰기가 만들어낸 『어머니』나 『고요한 돈강』 같은 성과는 사회주의혁명에 성공한, 즉 자본주의의 사슬을 의식적으로 끊어낸 러시아 민중의 혁명적 앙양이 만들어낸 '성격과 환경의 극적인 일치'의 결과라고 해야 할 것이다. 그것은 극히 짧은 혁명적 고양기의 산물이며 그 시기의 극적인 삶들을 포섭했을 뿐 그것이 그 나머지 시간을 지배하게 된 일상성(그것이 자본주의적인 것이든 자본주의를 극복했다고 주장하는 사회주의적인 것이든)조차도 포섭하고 있다고는 볼 수 없다.

80년대 후반 한국 노동소설과 이를 둘러싼 비평적 논쟁을 잠시 돌이켜보자. 당시 사회주의리얼리즘의 원칙을 노동소설에 적용하고자 했던 작가들이나 비평가들, 즉 프롤레타리아적 당파성을 미학적 원리로까지 밀어올리려고 했던 사람들이 산출한 노동소설들은 늘 낭만주의적 딜레마에 빠져들었다. 그 소설들은 노동자계급의 승리(현재적인 것이든 예

다.(135면)

비된 것이든)를 그리고자 하였으며 비평가들은 승리적 전망을 요구했다. 하지만 그 승리는 늘 소국면의 특정현장의 것으로 위축되었고 그저 그 상태에서 환유적인 이해를, 즉 '이 소국면에서의 승리는 곧 전면적 승리를 상징하는 것이다'라는 식의 이해를 독자들에게 강요했다. 하지만 이러한 승리는 결코 전면적 승리와 이어질 수 없었다. 왜냐하면 그 소설들은 지금 이 글이 말하고 있는 '도시적 연옥'을 제대로 통과하지 않았기 때문이다.

80년대의 그 어느 작가도 자기 소설의 인물들로 하여금 후기자본주의의 연옥을, 들끓는 도시적 삶의 한가운데를 통과하게 할 수 없었다. 그리고 타 계급 계층의 삶을 그려라, 노동자들의 일상생활을 그려라 하고 작가들에게 주문했던 그 어느 비평가도 그렇게 했을 경우 과연 당파성에 입각한 승리적 관점을 끝내 견지할 수 있을 것인지 여부를 제대로 고민하지 않았다. 계급적 당파성의 이론으로 철저히 무장한 한 사람의 노동자가 이 자본주의적 연옥 속을 통과했다고 할 때, 그가 우리에게 보여주는 모습은 두 가지 중의 하나 즉 철저히 무장해제를 당해 만신창이로 쓰러진 패배자의 모습이거나 그럼에도 불구하고 아직도 창을 휘두르며 풍차를 향해 돌진하는 돈 끼호떼(Don Quijote)의 모습일 것이다. 전자는 회의했고 후자는 회의하지 않은 것, 그것이 차이이다. 회의하지 않는 영웅의 시대를 향한 돌진, 그것은 로맨스의 영원한 주제이다.

다행히도(?) 우리 소설사는 이러한 자본주의에 대한 전방위투쟁을 감행하는 노동자 돈 끼호떼를 만들지는 않았지만, 그 전방위적 차원의 소설적 사유를 회피한 채 작은 노동현장에서, 소시기의 소국면에서, 노동자들만의 자족적 테두리에서 자가발전된 수많은 소영웅들의 낭만적 모험과 검증되지 않은, 혹은 검증될 수 없는 작은 승리, 혹은 승리에 대한 강박적 전망만을 무수히 산출해낸 것이다. 사회주의리얼리즘에 입각한 소설들이 현대사회에서 처한 운명은 자기시대를 한꺼번에 초월하고

자 하는 모든 낭만주의의 운명이며 극단적으로 말하면 다음의 인용문이 보여주는 '추상적 이상주의'의 운명일 수도 있다.

> 영혼의 좁혀짐에 상응하는 마성이란 곧 추상적 이상주의의 마성이다. 그것은 이상을 실현하기 위해 곧장 앞으로만 치닫는 내적 상태이고 또 마성에 현혹되어 이상과 이념, 보편적 정신과 개인의 영혼 사이에 존재하는 일체의 거리를 망각한 마음의 상태이다. 그것은 또한 가장 순수하고 또 조금도 흔들리지 않는 확고부동한 믿음을 가지고서는 이념이란, 그것이 당위적으로 존재해야 하기 때문에 응당 존재할 수밖에 없다고 결론을 내리는 마음의 태도이다.[8]

근대극복의 전망을 지니든 지니지 못하든, 연옥을 답사하려는 의식적 전제를 지녔든 지니지 않았든, 리얼리즘 소설이라 불리든 모더니즘 소설이라 불리든, 진정한 근대소설은 이 자본주의적 근대도시의 연옥 한가운데를 통과하는 소설이다. 그 과정 중에 소설의 행로는, 구체적으로 문제적 인물의 행로는 바로 그 연옥의 형상처럼 일그러지고 길을 잃기도 한다. 어느 작가도 이것을 두려워해서는 안된다. 이를 두려워한 그 어느 작가도 위대한 작가의 반열에 오른 적이 없고 또 오를 수도 없다. 중요한 것은 이 연옥의 궁극에까지 도달하는 일이고 그 끝에서 절망을 얻든 희망을 얻든 그것은 차라리 나중의 문제이다.

---

8) G. 루카치 『소설의 이론』 123~24면.

3. 박태원 소설과 도시성

1) 「소설가 구보씨의 일일」과 『천변풍경』의 발생적 근거

이제까지 근대도시의 발전이 근대소설에 미친 심대한 영향과 그 근본적 상사관계를 가설적 수준에서 거칠게 살펴보았다. 이제는 그 같은 문제의식을 가지고 원래의 주제, 즉 30년대 소설에서 나타난 도시성의 문제를 본격적으로 고찰할 차례이다.

박태원의 장편 『천변풍경』(1936)이 발표된 후 최재서는 이 작품이 '객관적 태도로 객관을 보았고' '주관의 먼지'가 앉지 않은 카메라, 즉 객관적인 '소설가의 눈'으로 '선명하고 다각적인 도회묘사'를 이루어냈으며 이는 '리얼리즘의 확대'라고 할 수 있다고 평한 바 있다. 그러나 반면에 이 작품에선 작가의 개성이 부재하며 '묘사의 모든 디테일을 뚫고 나가는 통일적 의식' 즉 '사회에 대한 경제적 비판'이거나 '인생에 대한 윤리관' 말하자면 비판의식이나 모랄이 부족하고 청계천변을 하나의 '밀봉된' 공간으로 만들어 더 큰 외부사회와의 관련을 놓치고 있다는 점 등을 한계로 지적했다.[9] 이에 대해서 임화는 『천변풍경』은 파노라마적인 트리비얼리즘일 뿐 리얼리즘이라 불리는 것은 적절하지 않으며,[10] 세부묘사와 시추에이션의 집합물에 불과한, 현실에 무력한 세태소설일 뿐[11]이라고 하면서 최재서의 비평태도를 "문학의 한 부분 조그만 측면에 악착하고 있는 슬픈 상태를 너무나 안일하게 긍정해버리는 태만한 비평정신"[12]이라고 비판했다.

이 두 비평가의 『천변풍경』에 대한 이러한 평가는 당시에 벌어졌던

---

9) 최재서 「리얼리즘의 확대와 심화」, 『조선일보』 1936. 10. 31~11. 7.
10) 임화 「사실주의의 재인식」, 『문학의 논리』, 학예사 1940, 73면.
11) 임화 「세태소설론」, 같은 책 361면.
12) 같은 글 360면.

실제 논쟁의 전개과정 여하와 상관없이 30년대 소설의 성격을 규명하는 데에 하나의 실마리를 제공해준다. 최재서가 『천변풍경』을 '리얼리즘의 확대'라고 한 것이 리얼리즘에 관한 그의 단순소박한 인식과 「날개」와 짝을 이루어 확대/심화로 도식화하는 가운데 저질러진 하나의 지적 태만의 소산이라고 할 수 있지만 그는 『천변풍경』이 작가의 개성이 부재하며, 디테일을 뚫고 나가는 통일적 의식으로서의 비판의식이나 윤리가 부족하다는 점을 날카롭게 지적했다. 이러한 인식은 표면적인 견해차에도 불구하고 사실상 당시 임화의 「세태소설론」에서 「본격소설론」으로 이어지는 일련의 평론들의 기저를 이루는 인식, 즉 30년대 후반 소설들이 '사상성의 감퇴'와 그에 이어지는 '예술적 조화의 상실'이라는 증후를 앓고 있다는 인식과 그리 멀지 않은 거리에 있다. 비판의식이나 모랄의 부족은 곧 사상성의 감퇴에 기인하는 것이며, 작가의 개성이 부재한 카메라 워크로서의 현실묘사는 결국 임화의 '말하려는 것과 그리려는 것과의 분열' 즉 예술적 부조화를 피하고자 하는 작가 박태원의 서사전략의 소산이기 때문이다.

하지만 이러한 동일한 사태판단에도 불구하고 두 비평가의 결정적 차이는 이 사태를 받아들이는 태도에 있다. 『천변풍경』의 이러한 문제가 최재서에게는 하나의 비평적 이슈에 불과하지만 임화에게는 하나의 '위기'로 다가왔다는 점이다. 임화는 KAPF의 해체로 문학을 규정하는 공식적이고 운동론적인 외재적 기준은 사라졌지만 그렇다고 해서 올바른 문학적 현실인식의 내재적 기준까지도 함께 사라졌다고는 생각하지 않았다. 그럼에도 불구하고 30년대 후반의 소설문학은 그 이전과는 본질적인 차이를 드러내며 전직 카프 서기장이자 일급의 맑시스트 비평가인 그에게 새로운 해명을 요구하고 있었다. 이것은 그에겐 문학적·비평적 위기이자 동시에 삶의 위기에 다름아니었을 것이다. 「세태소설론」(1938. 4)과 「본격소설론」(1938. 5)은 그러한 위기에 대한 하나의 자각으로 씌어진 것이다.

「세태소설론」에서 임화는 세태묘사의 번성이 사상성의 감퇴 이후 새로이 소설문학의 특징으로 등장했다고 보았다. 세태묘사의 소설은 당대 소설의 또다른 방향인 내성(內省)의 소설과 대척되는 것인데 임화는 이 두 경향이 사실은 하나의 뿌리를 지니고 있음을 밝힌다.

> 나는 이것을 작가의 내부에 있어서 '말하려는 것'과 '그리려는 것'과의 분열에 있지 않은가 하고 생각한다. 더 자세히 말하자면 작가가 주장하려는 바를 표현하려면, 묘사되는 세계가 그것과 부합되지 않고, 묘사되는 세계를 충실하게 살리려면, 작가의 생각이 그것과 일치할 수 없는 상태다.
>
> (…)
>
> 그러므로 자연 작자의 생각을 살리려면 작품의 사실성을 죽이고 작품의 사실성을 살리려면 작자의 생각을 버리지 아니할 수 없는 '띄렘마'에 빠지는 것이다. 이것은 작자에게 있어선 창작심리의 분열이고, 작품에 있어선 예술적 조화의 상실이다.
>
> (…)
>
> 이런 현상은 말할 것도 없이 우리의 사는 시대의 이상과 현실이 너무나 큰 거리로 떨어져 있는 현실 자체의 분열상의 반영일 것이다.
>
> (…)
>
> 성격과 환경과의 '하아모니'가 본시 소설의 願望임에도 불구하고 작가들이 이런 조화를 단념한 데서 內省에 살든가 描寫에 살든가의 어느 일방을 자연히 택하게 된 것이다.[13]

---

13) 임화, 앞의 책 346~49면.

의식과 세계의 불일치는 작가에게는 치명적인 아포리즘이다. 세태묘사와 내성화는 그 아포리즘을 피해가는 방식이다. 따라서 세태묘사에는 본질적으로 작가의 의식이 결여되고, 내성화에는 본질적으로 객관세계의 형상이 결여된다는 것이다. 임화는 여기서 "성격과 환경과 그 사이에 얽어지는 생활과 생활의 부단한 연속이 만들어내는 성격의 운명"[14]을 소설구조의 기축으로 하는 이상형의 본격소설의 상을 제시함으로써 그 위기를 상대화하고자 했다. 하지만 이 '묘사(환경의!)와 표현(자기의!)의 하아모니!'를 기초로 하는 고전적 소설상은 이 '무력한 시대'에는 단지 과거지사거나 미래의 막연한 숙제로서의 의미밖에는 지니지 못한다.

임화의 당대 소설문학의 경향에 대한 이러한 비관적이고도 아이러니컬한 인식을 가장 잘 뒷받침해주는 작가가 바로 박태원이었다. 1934년에 쓴 중편 「소설가 구보씨의 일일」과 1936년에 완성한 장편 『천변풍경』은 각각 30년대의 내성소설과 세태소설을 대표한다고 해도 과언이 아닌데 이 두 작품이 한 작가에 의해 씌어졌다는 점이 문제가 된다. 그런데 임화는 두 소설은 박태원이라는 하나의 정신 속에 일관되게 들어 있는 같은 뿌리의 다른 두 열매임을 밝힘으로써 자신의 당대 소설의 딜레마에 관한 입론을 강화할 수 있었다.

그러나 나는 「구보씨의 일일」과 『천변풍경』과의 사이에는 작자 박태원씨의 정신적 변모가 잠재해 있다고는 생각지 않는다. 똑같은 정신적 입장에서 씌어진 두 개의 작품이라고 보는 게 가장 타당한 관찰일 것이다.

「구보씨의 일일」에는 지저분한 현실 가운데서 死體가 되어가는 자

---

14) 같은 책 367면.

기의 하로 생활이 내성적으로 술회되었다면 『천변풍경』 가운데는 자기를 산송장으로 만든 지저분한 현실의 여러 단면이 정밀스럽게 묘사되었다.

그러므로 이 두 소설이 훌륭한 의미에서 조화 통합되었다면 우리는 어떤 본격적인 예술소설을 연상할 수가 있다. 그러나 「구보씨의 일일」에 나타난 작자는 『천변풍경』의 세계의 지배자가 될 자격이 없었고, 『천변풍경』의 세계는 「구보씨의 일일」의 작자를 건강히 살릴 세계는 또한 아니었다.

즉 兩個가 다 작자의 예술적 정신적인 飛翔을 위하여는 각각 하나의 重荷이었다. 그러므로 박태원씨는 아직도 두 개의 경향을 兩手에 들고 좀처럼 놓지 못하며 양자의 조화를 시험해보려는 일 이의 단편에선 작자의 자기무력은 저조한 感傷으로 변하고 마는 것이다.[15]

'지저분한 현실과 산 송장이 되어가는 작자'라는 임화의 말을 다른 말로 바꾸면 '타락한 세계와 타락해가는 인간'일 것이다. 임화에 의하면 박태원의 딜레마는 타락한 객관세계를 묘사할 때는 타락해가는 인간이라는 주체가 빠져 있고, 타락한 주체를 표현할 때는 타락한 객관세계에 대한 탐구가 부족하다는 데 있는 것이다.

어떻게 심지어 한 작가에게서조차 이런 분열이 일어날 수 있었을까? 그것은 박태원 개인의 특수한 문제인가? 아니면 당대 소설의 보편적 딜레마인가? 임화에 의하면 그것은 작가 개인의 역량문제라기보다는 보편적 딜레마 쪽에 가깝다. '작가가 주장하려는 바를 표현하려면 묘사되는 세계가 그것과 부합하지 않고, 묘사되는 세계를 충실하게 살리려면 작가의 생각이 그것과 일치할 수 없는 상태'가 그것인데 이는 '현실 자

---

15) 같은 책 350~51면.

체의 분열상의 반영'이라는 것이다. 즉 현실 자체가 분열되었기 때문에 성격표현과 현실묘사의 불일치는 필연적이 된다는 말이다.

30년대 후반의 변화된 현실에 관한 섬세한 천착이 요구되는 것은 바로 이 지점에서다. 이 글의 앞부분에서 잠시 기술한 바 있지만 30년대 후반은 식민지 자본주의의 급격한 발달이 이루어진 시기이며 동시에 군국파시즘이 기승을 부리던 시기이다. 또한 국내의 대부분의 사회운동세력들이 궤멸되거나 지하화하고 전향이 속출하는 민족해방운동의 일대 수세기이기도 하다. 한편으로는 이제까지 지탱되어온 민족해방, 계급해방의 이념이 그 구체적인 토대를 잃고 붕괴해가는 절망적 상황이 전개되는 반면 다른 한편으로는 제한적일망정 유사 산업자본주의의 굉음이 지축을 울리고 휘황한 자본주의문명의 환상이 도시를 중심으로 펼쳐져 식민지 민중의 넋을 사로잡아간 시기가 바로 30년대 후반이었던 것이다.

이는 한편으로는 변혁의 대상으로서의 '현실'이 저 멀리 물러나고 대신 살아가야 할 대상으로서의 '일상'이 앞으로 대두한 시기이기도 하다. 절망과 환상의 공존, 현실과 일상의 자리바꿈이라는 이 배반적이고 분열적인 상황에서 주관과 객관의 분열이 일어나는 것은 차라리 당연한 일이다. 이 시기의 어느 작가도 이런 미증유의 혼돈 속에서 주체를 확립하고 그 확립된 주체의 힘으로 이 분열적인 현실의 중심을 꿰뚫어나가게 하기란 불가능했던 것이다. 그것은 일본제국주의의 파멸과 민족해방운동의 승리와 식민지 자본주의의 허구성과 이를테면 식민지적 근대성의 본질을 궁극적인 수준에서 인식하는 철저함이 없이는 힘든 일이었다. 그 수준까지는 도저히 이를 수 없었던 대부분의 식민지 지식인작가들의 경우 양심의 고뇌가 깊을수록 자아와 세계 사이의 분열 또한 깊을 수밖에 없었을 것이다.

박태원의 두 작품이 보이는 분열적 양상 역시 이러한 보편적 딜레마에서 연유한 것이다. 하지만 박태원의 소설은 임화가 말하듯 주체와 객체 간에 서로 도저히 넘을 수 없는 만리장성을 쌓은 것은 아니었다. 「소설가 구보씨의 일일」은 분명 내성소설이기는 하지만 그 내성지향은 도시의 배회라는 일정한 수준의 객체탐구를 대부분 매개로 하고 있으며, 『천변풍경』은 주체의 탈색이라는 결정적인 한계는 있지만 그러한 객관주의의 지향 자체가 주관에 의한 간섭을 피하고자 하는 하나의 서사전략이라는 측면이 강하다. 무엇보다 이 두 작품은 드물게도 30년대 후반의 식민지 도시와 그 일상성에 대한 의도적인 탐구의 소산이라는 점에서 주목에 값한다. 근대도시라는 환경 자체가 인간과 세계에 대한 사실적 접근을 용이하게 허락하지 않는다고 할 때, 그리하여 성격과 환경 간의 조화라는 본격소설적 이상의 실현이 불가능하다고 할 때, 박태원의두 작품이 보여주는 실험적 성격은 단순히 분열의 결과가 아니라 분열을 전제한 후의 도시적 환경에 대한 새로운 형태의 적응의 결과라고도볼 수 있다. 그것은 박태원 나름대로 연옥을 통과하는 하나의 행로는 아니었을까?

이러한 맥락에서 「소설가 구보씨의 일일」은 임화가 내세운 바 "성격과 환경과 그 사이에 얽어지는 생활과 생활의 부단한 연속이 만들어내는 성격의 운명"을 다루는 이상형의 본격소설이 불가능해진 30년대 후반의 상황에서 자본주의적 도시성과 근대적 주체 사이의 갈등과 충돌그 자체를 기록함으로써 전통적 본격소설의 범주를 뛰어넘는 새로운 소설양식의 창조에 근접해가고 있다고 할 수 있다. 그의 또다른 작품 『천변풍경』의 경우가 주관의 간섭을 배제하는 객관주의적 서사전략을 의도적으로 적용하여 30년대 서울의 단순반복적이며 순환적인 도시적 일상의 시·공간을 그려내는 데는 성공하였지만, 바로 그 주체를 배제한소박객관주의와 작품 속의 인물들에 대한 작가의 온정주의의 간섭으로말미암아 그러한 단순반복적이고 순환적인 도시적 일상의 시·공간 안에 그러한 일상성을 끊임없이 초월하는 자본의 초시간적·초공간적인 운동이 은폐되어 있음을 발견하지 못함으로써, 즉 자본운동의 관철양상을 추출해내지 못함으로써 임화가 말한 바 트리비얼리즘을 벗어나지 못했다는 점과 비교해서도 이「소설가 구보씨의 일일」의 문학사적 존재감은 자못 큰 것이다.

2)「소설가 구보씨의 일일」── 도시성과 근대적 주체의 충돌의 기록[16]

이 소설을 두고 임화는 지저분한 현실 가운데 사체가 되어가는 자기의 하루 생활을 내성적으로 술회한 소설이라고 하였다. 여기서 중요한 것은 '지저분한 현실'과 '사체가 되어가는 자기'가 맞물리는 방식이다. 그리고 그것을 어떻게 내성적으로 인식하는가 하는 점이다.

소설은 말 그대로 소설가 구보씨의 하루를 그리고 있는데 그가 바라보는 도시의 풍경과 그와 맞물리는 자기성찰의 궤적을 살피기 위해 이 소설의 시간적 흐름을 따라가는 방식을 취하고자 한다.

이 소설은 마치 고소설처럼 문장의 첫 어절을 장제목으로 취하고 있는데 처음 두 개의 장, 즉 어머니는과 아들은은 일종의 프롤로그로서 어머니의 시점으로는 외출할 즈음을, 아들의 시점으로는 외출에서 돌아올 즈음을 그려 보이고 있다.

어머니는──여기서는 "직업과 아내를 갖지 않은" 아들의 대책없는 외출을 걱정하는 늙고 쇠약한 어머니의 아들에 대한 우려와 포기할 수 없는 기대가 그려지고 있다. 직업과 아내를 갖는 것, 그것은 생활을 건설하는 일이고 일상을 갖는 일이다. 그리고 세계의 주변에서 중심으로 이동해 들어오는 것이다. 하지만 아들은 좀처럼 어머니의 기대에 접근하려 하지 않는다.

---

16) 텍스트로는 창작과비평사 판『한국현대대표소설선』제3권(1996)에 수록된 것을 취했다.

　아들은——외출에서 돌아온 아들은 어머니의 그런 기대를 부담스러워한다. 아들 역시 생활에 뿌리내리는 일과 뿌리내리지 않고 떠도는 일 사이에서 갈등한다.

　이 프롤로그 이후로는 아들은 일개 가족단위의 한 성원으로서의 사적 존재인 ‘아들’로서가 아니라 한 사람의 사회적 공적 단위인 ‘소설가 구보’로서 도시 배회에 나선다. 그 배회는 곧 이 주인공이 자신의 존재함을 확인하는 유일한 매개가 된다.

　구보(仇甫)는——청계천변 집을 나선 구보는 잠시 어머니 생각을 하지만 곧 잊고 본격적인 배회에 나선다. “그는 어딜 갈까, 생각하여본다. 모두가 그의 갈 곳이었다. 한 군데라 그가 갈 곳은 없었다.” 로맨스의 주인공이나 근대 리얼리즘 소설의 주인공의 특징은 갈 곳이 있다는 데에 있다. 그들에게는 운명이 있고 그 운명이 지시하는 행로가 있다. 그 행로는 곧 그 주인공의 전기적 삶의 한 부분이 되며 거기엔 시대의 운명이 함께한다. 소설미학적으로 그것은 곧 플롯의 역동성에 다름아니다. 하지만 이 소설의 주인공 구보씨에겐 그 갈길이 막혀 있다. ‘어디든 갈 수 있으나 아무 데도 갈 곳이 없는’ 주인공은 출발도 하기 전에 주저앉은 형국이다. 이 막막함, 그것은 곧 모더니즘 소설 일반을 지배하는 가장 강력한 분위기라고 할 수 있다. 이렇게 갈 곳 몰라하는 구보는 설상가상으로 두통과 왼편 귀 이상이라는 병증을 자각한다. 하나의 신경증으로서의 병증의 자각이라는 설정은 이제는 차라리 상투적이라고 할 정도로 모더니즘 소설에 많이 등장하는, 말하자면 세계와의 불화 혹은 부적응(물론 소극적 부정적인)을 상징하는 내면상황의 설정이다.

　구보는——그는 지금 광교를 거쳐 종로를 향하고 있다. 우두머니 서 있는 것이 무의미하여 종로를 향하지만 무슨 사무(事務)가 있어서가 아니다. 머무르는 것도 무의미하고 움직이는 것도 무의미하다. 하지만 그 무의미의 지평에서 문득 욕망이 떠오른다. 그의 발길은 종로 네거리에 있는 화신상회, 즉 백화점으로 향한다. 그의 첫 행선지가 백화점인 것은 의미심장하다. 그것은 물신적 욕망의 문제가 도시의 배회자인 그에게 가장 먼저 다가선다는 의미는 아닐까? 백화점은 무한대의 소비가 이루어지는 곳이고, 상품물신이 완성되는 곳이며 도시적 욕망의 가장 큰 거처이다. 그곳에서 구보가 본 것은 오찬을 즐기고 쇼핑을 하게 될, 아이를 거느린 젊은 내외이다. 구보는 그들에게 경멸과 부러움을 동시에 느낀다. 경멸은 소비대중으로서의 속물적 삶에 대한 것이고 부러움은 그들이 누리는 소시민적인 행복에 대한 것이다. 그들을 바라보고 있는 자신의 손에 들린 단장과 공책에는 행복은 없다. 이 상황은 곧 도시적 환경 속에서 지식인이 겪는 분열적 상황이다. 그는 자본주의의 순환구조 안에 있으면서 동시에 그 바깥에 있고자 한다. 도시와 그 속에서의 '생활'은 그 순환구조 안에서의 삶을 강제한다. 하지만 그는 끝없이 주변을 배회하며 그 안쪽을 관찰한다. 단장은 배회의 도구이고 공책은 관찰의 도구이다. 그의 손엔 도시가 요구하는, 자본주의가 요구하는 생산도구는 들려 있지 않다. 그 안에서 생활하는 사람들에게는 갈 곳이 있다. 그들은 부지런히 전차에서 내리고 또 탄다. 이 '생활'이 없는 주변인의 삶, 한계인의 삶에는 갈 곳이 없다. 하지만 혼자 남는 것은 힘들다. '외로움과 애달픔.' 그는 움직이는 전차에 올라탄다.

전차 안에서——전차 안에서도 그는 "제 자리를 찾지 못한다." 자기가 있어야 할 곳이 아니기 때문이다. 단지 그는 주변인으로서의 고독을 혼자 견디지 못해 다른 사람들의 정해진 행로에 편승했을 뿐이기 때문이다. 백화점에서 받은 '행복의 충격'은 그에게 행복에 대한 기대를 갖게 했지만 어디에 그 행복이 있을지는 알 수 없다. 전차는 종로에서 종묘로 종묘에서 동대문으로 움직인다. 전차 안에서 아는(아마도 선을 보았을) 여자를 만난 그는 그 여자와 시선이 마주칠 것을 겁낸다. 그것은 '안쪽의' 사람들과 그 생활에 얽혀드는 일이고 자기를 그곳에 밀어넣는 일이기 때문이다.

　여자는——구보는 전차 안에서 우연히 만난 여자를 두고 공상을 전개한다. 여자를 아는 체해야 할지 아니면 모른 체해야 할지 그는 고민한다. 그는 자신이 그 여자를 진정으로 사랑하는지 어떤지도 알 수 없다. 여자가 청량리행 전차를 갈아타려고 전차에서 내렸을 때 그는 그 여자를 따라 내리려다 만다. 그리고 다시 따라 내리지 않은 것을 후회한다.

　행복은——그가 여자를 두고 그토록 마음을 쓴 것은 그 여자와의 만남을 '행복'과 연루시켰기 때문이다. 그 행복은 이중의 의미, 혹은 이중의 욕망으로 채워져 있다. 하나는 여자와 결혼하여 영위해나갈 소시민적 삶에 대한 욕망이며, 다른 하나는 청년 구보의 자연스러운 성적 욕망이다. 하지만 그는 그 욕망의 현실화를 감당하지 못했다. 전차는 다시 동대문 훈련원에서 한강교를 향하여 돌아간다.

　일찍이——구보의 욕망의 표백은 계속된다. 그는 예전에 짝사랑했던 친구의 누이를 생각했다. 그 여자는 이미 두 아이의 어머니로 속물성의 늪에 깊숙이 빠져 있었다. 그는 그것은 행복이 아니라고 생각한다. 시계를 들여다보면서 그는 '사원 팔십전짜리 십팔금 팔뚝시계'와 '삼원 육십전짜리 벰베르크 실로 짠 보일 치마'를 사는 것을 행복의 절정이라고 믿는 한 소녀를 생각했다. 구보의 성적 욕망과 여자들의 세속적, 혹은 물신적 욕망이 교직된다. 그는 "자기는, 대체, 얼마를 가져야 행복일 수 있을까"를 묻는다. 물론 구보의 행복은 교환가치적 척도로 잴 수 있는 것은 아니지만 교환가치의 척도로밖에는 표현할 수 없음을 그는 문득 깨닫는 것이다. 그는 조선은행 앞에서 전차를 내려 장곡천정(長谷川町, 소공동)으로 들어선다.

　다방의——다방에는 오후 두시인데도 '일을 가지지 못한' '피로한' 젊은이들이 "제각각의 우울과 고달픔을 하소연"하고 있었다. 그럼에도 그들은 "탄력있는 발소리"나 "호화로운 웃음소리"를 업신여겼다. "근대적 고아(高雅)한 감정"을 모른다며 비웃고 심지어는 가엾어하는 것이다. 일을 가지지 못한 피로한 젊은이들은 말하자면 고등실업자들이고 탄력 있는 발소리나 호화로운 웃음소리의 주인공들은 일을 가지고 돈을 버는 사람들일 것이다. 그런데 전자가 후자를 비웃고 가엾어한다. 그 이유는 후자가 근대적인 고아한 감정을 모르기 때문이다. 여기에도 아이러니와 자기분열이 존재한다. 자본주의의 운동행정 속에 생산과 소비의 주체로 편입하지 못한, 그리하여 생활을 갖지 못한 실업자들이, 생산과 소비의 주체인 생활인들을 경멸하는데, 즉 근대의 주변인들이 근대의 중심인들 을 경멸하는데 그 기준이 "근대적 고아한 감정"의 소지 여부라는 사실, 그것이 아이러니다. 주변인들의 고아한 감정과 내부인들의 속물성, 주 변인들의 편입욕구와 내부인들의 일탈욕구(물론 박태원은 여기까지는 다루지 못하고 있지만) 사이의 역설적 긴장은 기실 자본주의사회를 지 탱하는 생산적 긴장이며 이를 통해 자본주의는 이윤을 창출하고 동시에 문화도 건설하는 것이다. 물론 바로 이 점 때문에 자본주의 하의 인간은 늘 분열을 경험한다. 구보 역시 예외일 수 없다. 조금 전 여인들의 속물 성을 비웃었던 그는 유학 아니면 여행을 꿈꾸며 '금전과 시간이 가져다 줄 수 있는 행복'을 꿈꾸는 것이다. 그리고 그런 꿈을 꾸는 자신을 '애닲 고 또 사랑스럽게' 생각한다. 그것이야말로 대표적인 소시민적 욕망이 며 또 그에 대한 자기변명이다.

그 사내와,——이 다방에서 구보는 자기의 벗은 아니지만 벗의 소개로 인사를 한 적이 있는 한 사내를 만난다. 하지만 전에 그가 구보를 알아 보았을 때 구보는 그를 못 알아보아 그에게 불쾌감을 주었고, 이제 그가 누구인지 알아보게 되었는데도 구보는 그에게 알은체를 하지 못하고 그 를 피하면서 "사람과 사람 사이의 교섭의 번거로움"을 느낀다. 교섭은 상호침투를 낳고 상호침투는 변화를 강제한다. 구보는 그것을 견디지 못하는 것이다. 구보는 다방을 나와 부청(府廳) 쪽으로 걷다가 한길 위에서 덕수궁의 정문인 대한문을 바라보며 그 "너무나 빈약한 옛 궁전"을 보고 우울함을 느낀다. 식민지 현실에 대한 비감일 것이다. 그는 다시 다방 옆의 벗이 경영하는 골동점을 찾았으나 벗은 없고 "한길 위에 사람들은 바쁘게 또 일있게 오고갔다." 그는 문득 창작을 위한 의식적 답사라는 자신의 일을 깨닫는다. 그에게 배회는 단지 무의미한 걸음이 아니라 하나의 일일 수도 있는 것이다. 모더놀로지오, 즉 고현학(考現學)이 곧 그의 일이다. 그 목적의식적 답사가 의도대로 실천된다면 그에게 있어서 도시는 객관화되고 그의 글은 내성의 좁은 영역을 넘어서 전체 현실의 상을 그려 보일 수 있게 될 테지만 그러기에 그의 심신은 너무 피로했다. 그의 심신은 환경을 이길 수 없었던 것이다.

　얼마 있다──그는 다시 걸으며 자신의 신경쇠약을 생각한다. 그는 이 손상된 건강이 소년시대의 남독(濫讀)에서 비롯된 것이라 진단한다. 이는 중의적인 의미를 지닌다. 그의 남독은 육체적 건강과 함께 정신적 건강도 해쳤던 것이다. 그는 몸이 약해서도 식민지 자본주의의 중심부에 편입할 수 없지만 그가 읽은 책들은 그의 정신이 그에 쉽게 편입되지 못하도록 가로막아온 것이다. 구보의 저 "보잘것없는, 아니, 그 살풍경하고 또 어수선한 태평통의 거리" "저, 불결한 고물상들"에 대한 신경증적 혐오는 반자무늬가 눈에 시끄럽다고 문을 양지로 바른 서해(曙海)의 신경증과 통하는 것이 아니라 사실은 이효석의 다음과 같은 신경증과 통하고 있다.

　거리는 왜 이리도 어지러운가.
　거의 삼십년 동안이나 걸어온 사람의 거리가 그렇게까지 어수선하게 눈에 어리운 적은 없었다. 사람의 거리란 일종의 지옥 아닌 수라장이다.
　(신경을 실다발같이 헝클어놓자는 작정이지.)[17]

이런 신경증 속에는 모더니스트들 특유의 근대인식이 잘 나타나고 있다. 즉 근대의 합리적 기획이 만들어낼 어떤 조화로움과 완미함에 대한 기대와 그 비합리적 발산이 만들어낸 무질서와 혼돈에 대한 혐오가 뒤섞인 인식이 그것이다. 그것이 근대추종과 근대혐오의 공존을 낳는다.

다시 구보는 길을 걷다가 아주 영락한 보통학교 시절 옛 동무와의 어색한 만남을 경험하고 "울 것 같은 감정을 스스로 억제하지 못한다." 그는 그 동무의 영락에 작용한 사회적 역사적 힘을 생각했을 것이다.

조그만—그는 한개의 기쁨을 찾아 "사람들 있는 곳으로, 약동하는 무리들이 있는 곳으로" 가고 싶어 남대문을 향한다. 그것은 고독을 이기는 길이기도 하다. 하지만 거기엔 약동은커녕 큰 고독이 기다리고 있다. 수많은 인총들 사이에 흐르는 것은 가난과 불신과 소외, 즉 '군중 속의 고독'이었다. 그리고 그를 결정적으로 우울하게 만든 것은 "문 옆에 기대어 섰는 캡 쓰고 린네르 쯔메에리 양복 입은 사내의, 그 온갖 사람에게 의혹을 갖는 두 눈"이었다. 형사의 눈이다. 부청 앞에서 남대문을 지나 서울역에 이르는 동안 구보의 현실인식이 유난히 예민해지고 있다. 빈약한 옛 궁전, 영락한 옛 동무, 가난과 불신에 묻힌 민중과 그에 대한 억압적 감시와 처벌의 눈길…… 이런 것들은 비록 파편적인 것이긴 하지만 구보의 배회가 단지 자본주의적 근대도시와 그것의 내면적 작용의 탐구가 아니라 식민지 현실의 탐구이기도 하다는 사실을 환기시키는 대목들이기 때문이다.

개찰구 앞에—대합실에서 구보는 금광 브로커로 보이는 사람들을 여러 명 발견한다. 때는 바야흐로 서정시인조차 황금광으로 나서는 때다. 대합실에서 중학시대의 열등생 한 명을 만난다. 그도 황금광이다. 그

---

17) 이효석 「인간산문」, 『이효석전집』 제2권, 창미사 1983, 37면.

는 애인도 한 명 동반하고 있었다. 속물적 자본주의에 대한 혐오감이다.

월미도로——역 밖으로 나와 조선은행 쪽으로 걸으며 구보는 총명한 여자가 야비한 남자에게 몸을 허락하는 이유가 황금 때문이리라 생각한다. 그들은 황금과 성을 교환하는 것이며, 구보는 야비한 황금과 가벼운 성에 대한 경멸과 선망 사이에서 동요한다. 그런 동요는 구두를 닦으라는 구두닦이의 권유를 불쾌하게 거절하는 것으로 이어진다. 구보는 벗을 갈구한다. "벗과 같이 있을 때, 구보는 얼마쯤 명랑할 수 있"기 때문이다.

다행하게도——구보는 다방에 들어가서 마음을 안정시키고 강아지와 수작하며 무료한 시간을 보낸다. 하지만 강아지와 마음을 나누는 일조차도 쉬운 일을 아니었다. 소통의 어려움과 고독의 완강성에 대한 확인일 것이다.

마침내——신문사 사회부기자인 벗이 나타났다. 그는 시인이기도 하다. 그는 구보의 작품을 즐겨 읽고 즐겨 비평하는 독지가이다. 그는 구보의 소설이 "분수보다 엄청나게 늙었음"을 말했다. 구보는 그런 벗의 비평을 실없는 말놀음으로 맞받았다. 역시 진지한 의사소통의 어려움이다.

문득——창밖 아이의 울음소리를 실마리로 해서 한 벗의 무분별한 여성편력과 그로 인한 한 사생아의 불행한 탄생의 이야기를 생각해낸다. 『율리씨즈』를 논하는 벗에게 "그야 제임스 조이스의 새로운 시험에는 경의를 표하여야 마땅할 게지. 그러나 그것이 새롭다는, 오직 그 점만 가지고 과중평가를 할 까닭이야 없지"라고 받는다. 이 부분에서 구보의, 즉 박태원의 작가적 자의식이 드러난다. 똑같이 도시를 다룬 조이스의 『율리씨즈』를 두고 그저 새로울 뿐이라고 말하는 그의 말에는 「소설가 구보씨의 일일」은 새로운 것이 아닌 좀더 본질적인 어떤 것을 지닌다는 자의식이 들어 있는 것이다. 그것은 식민지 작가 박태원의, 자기

문학이 지니고 있는 고뇌와 통찰의 깊이에 대한 나름대로의 숨은 자부심의 노정이라고 할 수 있다. 다방을 나온 벗은 집으로 가고 구보는 다시 "대체 누구와 이 황혼을 지내야 할 것인가 망연하여한다." 그는 다시 갈 곳 없는 도시의 배회자로 돌아온 것이다.

전차를 타고──벗의 귀가를 두고 구보는 "생활을 가진 사람은 마땅히 제집에서 저녁을 먹어야 할 게다"라고 인정한다. 종로 네거리에서 구보는 '노는계집(遊女)'들의 위태로운 걸음걸이를 보고, 그 위태로움에서 그들의 세상살이의 불안정함을 생각한다. 그리고 그 생각은 생활을 가진 사람들이 '하루의 고역 뒤의 안위를 찾아' 그렇게도 기꺼이 집으로 집으로, 걸어가는 것에까지 이른다. 구보는 자신이 아직 집에 돌아가지 않아도 좋은 것을 다행으로 여기기까지 한다. 여기서는 생활을 가지지 않은 구보가 모처럼 생활을 가진 사람들을 제압한다. 생활을 가지지 않은 구보의 아웃사이더적인 시선에 생활을 가진 사람들의 반복되는 일상성이 지닌 근본적인 공허함과 위태로움이 날카롭게 포착되고 있는 것이다. 이 순간이 도시에 있으면서도 도시성에 매몰되어 있지 않은 주변적 배회자의 비판적 시선이 빛나는 순간이다. 하지만 구보는 종로서 옆의 작은 다료에서 그 주인인 벗을 다시 기약없이 기다려야 한다.

여자를/다료에서/이곳을/광화문통, ──구보는 다료에 앉아 사랑하는 남녀의 모습을 보고 질투와 선망을 느끼다가 문득 동경유학 시절의 연애사를 떠올린다. 이때부터 소설은 현재의 환경과 내면의 교호에 과거의 회상까지 가세하여 다소 복잡한 전개를 보인다. 그새 다료의 주인인 벗이 돌아오고 함께 설렁탕집을 가고 그들은 다시 헤어진다. 동경에서의 연애의 회상은 회상 특유의 아름다움으로 반추된다. 하지만 그 연애는 역시 구보의 우유부단함 때문에 깨지고 말았다. 구보는 회억과 그리움에 젖어 거리를 걷는다.

이제──겨우 회상에서 빠져나온 구보는 다시 다방으로 향하는 도중

아버지가 시골에서 딴살림을 차린, 어떤 벗의 조카아이들을 만난다. 그리고 그들로 인하여 웃음을 찾았다.

그래도——구보는 밤거리를 다니는 여자들로부터 성욕을 느낀다. 그리고 그 성욕은 역시 그 한 변형이라고 스스로 생각하는, 편지나 엽서를 받아보고 싶은 욕망으로 이어진다. 성욕이건 서신을 받고자 하는 욕망이건 사람 사이의 소통을 원한다는 점에선 마찬가지이다. 구보가 진정 원하는 것은 소외된 관계가 아닌 서로 소통되는 따뜻한 인간관계였던 것이다.

다방을——구석진 자리가 없어 다방의 한가운데에 앉아 벗을 기다리던 구보는 생명보험회사 쎄일즈맨인 중학 동창을 만난다. 그는 구보를 구포라 부르고 최독견의 『승방비곡』이나 윤백남의 『대도전』을 걸작이라 여기는 무식한 인물이다. 구보는 벗이 오자 그를 피해 다방 밖으로 나간다.

조선호텔——시인인 벗은 뜻하지 않은 엽서를 받는 것 같은 조그만 기쁨을 가진 적 있느냐는 구보의 질문에 석달 밀린 다료의 집세를 독촉하는 내용증명의 서류우편을 받았다는 말로 대답했다. "가난한 소설가와, 가난한 시인과…… 어느 틈엔가 구보는 그렇게도 구차한 내 나라를 생각하고 마음이 어두웠다." 구보의 생각은 다시 궁핍한 식민지 현실로 옮겨간 것이다. 그리고 그 생각은 이내 애인을 갖고 싶은 생각으로 이어진다. 구보는 더 나아가서 아내와 애인과 딸 모두를 갖고 싶다는 욕망을 품어본다. 그러나 그 욕망이 이루어지더라도 마음의 안위는 얻을 수 없으리라고 생각한다. 구차한 식민지 지식인의 고독은 어떠한 위안으로도 덜어질 수 없는 성질의 것이기 때문이다. 고통스런 현실인식과 여성을 통한 위안이라는 남자들의 오래된 마음의 절차. 그들은 결국 까페를 찾는다. 술과 여자를 찾는다.

처음에——벗은 기력과 정열이 결핍되어 있었다. 까페에서 그의 음주

불감증을 놀리던 구보는 이내 온갖 종류의 정신병명을 떠올리다가 그러고 있는 자기 자신도 이미 한개 환자에 틀림없다고 생각한다.

그러면——세상사람들이 다 미친 사람이다. 구보는 자신은 다변증환자라 한다.

구보와 벗과,——구보는 까페의 여급들에게 연민과 동정을 느낀다. 그들의 무지에 대해서도 관대하고 비오는 날 단벌옷이 젖을까 걱정하는 그들의 염려에도 동정하였다. 갑작스런 불행 때문에 여급모집 광고에라도 기대를 걸어야 했던 어떤 여인과 지금 눈앞의 여급들 중 누가 더 불행할까를 저울질해보기도 하였다. 그러나 이런 연민은 확실히 값싸고 감상적인 것이다. 박태원의 30년대 민중현실에 대한 인식은 아직 저급했던 것이다.

오전 두시의——종로 네거리에서 구보는 벗과 헤어져 집으로 향했다. 그러나 그 하루는 위안받지 못한 것이고 잊었던 아들로서의 정체성이 다시 돌이켜진 그의 귀가는 무거운 것이었다. 그러나 그는 "이제 나는 생활을 가지리라. 생활을 가지리라. 내게는 한개의 생활을, 어머니에게는 편안한 잠을"이라고 다짐한다. 그리고 친구에게는 "내일, 내일부터, 나, 집에 있겠소, 창작하겠소"라고 단언한다. 그리고 심지어는 "어머니가 이제 혼인 얘기를 꺼내더라도, 구보는 쉽게 어머니의 욕망을 물리치지는 않을지도 모른다"고까지 생각하는 것이다.

이 작품이 비록 일관된 서사구조를 지니지 못했다 해도 기본적 갈등은 있는바, 그것은 바로 생활과 비생활 간의 내면적 갈등이다. 어머니와 구보의 갈등이 바로 그것이고 백화점에서의 한가족과 구보의 갈등도 그것이며 금광 브로커인 옛 동무와 구보의 갈등, 일찍 귀가하는 벗과 구보의 갈등도 그것이다. 그리고 귀가를 재촉하는 무수한 발길들을 바라보는 일찍 귀가하지 않아도 좋은 구보의 시선을 그리는 부분에선 오히려 구보의 비생활적 입장에 더 많은 무게가 실리고 있다.

그러나 동경유학 시절의 연애에 얽힌 추억을 돌이키면서부터 생활과 비생활의 긴장은 팽팽함을 잃기 시작하여 사람 사이의 소통을 갈구하고 여성적인 것으로부터의 위안을 구하면서, 여급들에게 연민의 시선을 보내면서 점차로 생활 쪽으로 기울기 시작한다. 생활을 획득하겠노라는 구보의 선언은 배회의 결심에 맞먹는 중대한 의미를 갖는 것임에는 틀림없다. 그것은 자본주의적 근대도시의 안쪽에서 정공법으로 승부를 하겠다는 본격소설의 선언일 수 있기 때문이다. 하지만 그것이 이처럼 소시민적 위안에의 갈구에 의해 촉발된 것이라면 그 건강성은 쉬이 의심받게 된다.

이상과 같은 분석적 독서의 결과 이 소설은 식민지 근대(자본주의)라는 30년대의 삶의 조건과 그 공간적 현상형태인 식민지도시 서울에 대한 한 주변인적 주체의 답사와 배회의 기록이라고 할 수 있다. 이 소설은 근대추종 / 근대혐오, 식민지적 현실인식 / 소시민적 안주의식, 생활 / 비생활의 갈등을 기본축으로 하여 전개되지만 그 전개과정이 전통적인 선형적(線形的) 서사구조, 즉 발단－전개－절정－대단원을 축으로 하는 서사구조에 의존하지 않고 도시공간에서의 무지향적 배회와 그 배회 과정에서 만나는 다양한 도시공간 및 현상들과의 비연속적 충돌과 그 반응에 대한 무작위적 기록이라는 비선형적 서사구조에 의존하는 것을 가장 주요한 특징으로 하고 있다.

구보씨는 소설가이지만 소설을 써서 생계를 유지할 수는 없는 룸펜 쁘띠, 고등실업자로서 ‘생활을 가지지 않은 자’이다. 그의 도시답사는 처음부터 ‘갈 곳 없음’을 특징으로 하는 무방향적 배회의 방식으로 시작된다. 왜냐하면 생활을 가지지 않은 자에게 도시는 정해진 행로를 제공하지 않으며 그 역시 도시의 내부에서 관철되는 자본주의 운동논리로부터 소외되어 있기 때문이다. 그러한 배회는 또한 내면의 질병으로서의 신경증을 동반하는데 이는 도시에서의 공간적 배회와 내면의 배회가 일치함을 나타낸다.

이러한 이중의 배회는 화신상회에서 시작하여, 장곡천정의 다방, 덕수궁 대한문, 태평통, 남대문, 서울역, 조선은행, 광화문통, 낙원정의 까페 등을 지향없이 전전하면서 이루어진다. 배회는 상품물신적 소비의 공간인 백화점에서 시작하는데 여기서 구보씨는 소비대중의 속물적 삶에 대한 경멸과 그들이 누리는 소시민적 행복에 대한 선망 사이에서 동요한다. 그는 이어 전차를 타지만 갈 곳이 있는 사람들의 행로에 단지 편승했을 뿐, 소외는 여전하다. 그리고 여자와 결혼에 대한 몽상을 계속함으로써 소시민적 행복에의 욕망에 계속 시달린다.

그는 그와 같은 처지의 생활없는 룸펜들의 공간인 다방에 들어서서야 비로소 근대도시의 주변인으로서 근대도시의 중심을 사는 '생활을 가진 자'들에 대한 비판의식을 회복한다. 그러나 그 비판 역시 중심으로의 편입욕구로부터 자유롭지 못함으로써 아이러니와 자기분열을 면치 못한다.

다방을 나온 그는 길 위에서 자신의 이 배회가 단순한 배회가 아니라 창작을 위한 의식적 답사이며 고현학(modernology)이라는 사실을 문득 자각하지만 살풍경하고 어수선한 태평통 길 위에서의 피로는 그 자각을 압도한다. 도시의 적대성이 피로라는 이름으로 이 주변인을 쓰러뜨리는 것이다. 그리고 이것은 부적응과 근대혐오의 증세인 신경쇠약이라는 형태로 구체화된다. 그는 이 고독과 신경쇠약으로부터 벗어나기 위해 남대문을 거쳐 경성역으로 '약동하는 무리들이 있는 곳으로' 향하지만 그가 그곳에서 만난 것은 적나라한 식민지적 현실, 즉 가난과 불신에 묻힌 민중과 그에 대한 억압적 감시와 처벌의 눈길이었다.

도시의 저녁, 생활을 가진 사람들이 집으로 가는 발걸음을 재촉할 때 생활을 가지지 않은 구보의 눈에 그들의 반복적인 일상성이 지닌 근본적 덧없음과 위태로움이 포착된다. 그러나 그것도 잠시 그는 다시 무료한 주변인으로 돌아가고 벗과 술을 마신 뒤 새벽 두시 그도 역시 어쩔 수 없이 어머니로 상징되는 생활의 중압이 기다리는 집으로 돌아갈 수밖에 없다. 이것이 배회의 끝이며 그 끝은 결국 처음으로 돌아가는 것이다.

구보씨의 이런 하루 동안의 배회의 전말에는 어떠한 인과적 필연도 존재하지 않는다. 단지 한 주변인적 지식인이 식민지 자본주의의 이런저런 도시공간과 충돌하면서 부단히 자신의 자의식과 그 자의식을 위협하는 환경 사이에서 동요하는 모습을 분산적이고 파편적으로, 때론 반복적으로 보여주고 있을 뿐이다. 그러나 이처럼 비총체적·비인과적 서사구조야말로 이 소설이 도시성을 일정하게 내면화하고 있음을 말해준다. 비록 철두철미하게 공간화된 자본주의로서의 도시의 비인간적이고 냉혹한 작동원리를 반영하지 못하고 그에 대한 저항과 회의에 많은 무게를 싣고 있다는 점에서 아직은 본격적인 도시탐구소설이라고 할 수 없겠지만 이제 도시화의 충격이 막 현실화되고 있던 30년대의 현실에서 이 소설은 도시성을 최대치로 반영한다고 할 수 있다.

3) 배회형 소설 ── 도시성에 대응하는 소설양식

어찌되었든 이 같은 비교적 자세한 독서의 결과 임화의 '주관과 객관의 분열'이라는 설득력있는 도식은 이 작품에 한해서는 지나친 단순화로 보인다. 특히 '주장하려는 바를 표현하려면 묘사되는 세계가 그것과 부합되지 않고'라는 말은 더욱 그렇다. 이 작품에서 여러 곳의 도시공간으로 나타나는 외부세계, 즉 화신상회, 장곡천정의 다방, 덕수궁 대한문, 태평통, 경성역, 낙원정의 까페 등은 각각 물신적 소비공간, 생활 없는 고등실업자들의 공간, 나라 상실의 상징, 비합리적 도시발달의 형상, 식민지 민중의 질곡의 공간, 대안없는 위안의 공간 등으로 그려지고 있어 주인공 구보씨의 내면성찰에 적절히 부합하고 있으며 이는 단순한 지향없는 배회의 시간적 기록을 넘어서는 일정하게 계산된 서사전략의 결과라고 할 수 있다.

아마도 임화가 말하는 '묘사되는 객관세계'라는 말은 단순한 배경이나 공간의 의미가 아니라 스토리와 플롯에 의해 재구성된 세계를 의미하는 것인지도 모른다. 그렇다면 30년대 소설에 있어서 주장하려는 바와 묘사되는 세계의 불일치라는 말은 타당할 것이다. 그러나 이 작품은 애초부터 스토리와 플롯에 의해 객관세계를 재구성하고자 하는 의도와는 무관한 작품이었다. 어쩌면 이 작품은 인물과 스토리와 플롯의 일치를 전제하지 않고 분산적이고 파편적인 서사구조에 의존했기 때문에 이런 심리와 환경의 일정한 일치를 이룰 수 있었는지도 모른다. 스토리와 플롯의 매개 없이 내면의식과 객관세계를 직접적으로 조응시키는 방법이야말로 이 작품의 득의의 성취가 아닐까?

앞에서 언급한 것처럼 제국주의시대 이후의 도시가 지닌 충만한 물신성은 그 메커니즘과 그 안에서의 삶의 성격을 손쉽게 이해할 수 없게 만들었다. 도시는 공간적으로는 통일성과 파편성이 공존하고 시간적으로는 연속성과 불연속성이 공존하며, 계획성과 무정부성, 법칙성과 비법칙성이 공존하는 독특한 전체를 형성하고 있다. 하나의 전체적 도시 공간은 우연하고 파편적인 공간들의 집적인 것처럼 보이지만 사실 그것은 자본의 필요에 의해 고도로 통합된 공간이며, 시간적으로도 역시 반복 순환적인 일상적 시간구조 안에는 비일상적이고 초월적이며 연속적인 시간구조가 공존하고 있다.

이런 도시 속에서의 인간을 문학적으로 올바로 형상화하기 위해서는 그에 알맞은 소설적 크로노토프가 제시되어야 한다.[18] 이런 점에서도

---

18) 미하일 바흐찐 『장편소설과 민중언어』, 창작과비평사 1988, 259~468면. 공간적 지표

「소설가 구보씨의 일일」은 시사하는 바가 크다. 미로 속에서의 배회와
그 속에서의 몰시간적 내면성찰이라는 서사구조 자체가 위와 같은 도시
의 성격, 즉 도시성에 적합한 구조이며 도시적인 크로노토프를 구현하
고 있다고 하겠다. 구보의 하루 동안의 지향없는 배회는 비록 현실극복
의 전망을 보여주지는 못했지만 이러한 적절한 크로노토프의 설정에 힘
입어 30년대 지식인의 눈에 포착된 도시적 일상성과 그에 조응하는 내
면의식의 추이를 풍부하게 드러내주고 있다.

　이러한 성취는 이 작품이 ‘여행형 소설’이 아니라 ‘배회형 소설’이라
는 점과 밀접하게 연결되어 있다. 스토리와 플롯을 매개로 인물의 삶의
어떤 시기에서 어떤 시기까지의 기간 동안의 경험을 재구성하여 결국
어떤 행로를 따라 전개되는 하나의 여행을 그리는 것이 ‘여행형 소설’이
다. 루카치는 “소설의 진행은 문제적 개인이 자신을 찾아가는 여행이
다”라고 했다.[19] 그리고 이 여행을 통해 문제적 개인은 현실 속에 침울
하게 갇혀 있던 즉자적 상태에서 명백한 대자적 자기인식으로 나아가게
된다는 것이다. 루카치는 다시 “소설은 시작과 끝 사이에 그 자체의 총
체성이 갖는 본질을 포함한다”고 했다.[20] 그러니까 이 ‘여행형 소설’은
작가의 현실에 대한 총체적 감각을 전제로 하는 것이다. 또는 적어도 성
실한 현실탐사는 계기적으로 세계의 총체성을 드러낼 수 있다는 믿음이
전제된 것이다.

　사실 이 여행형의 서사구조는 원래 소설의 것이 아니라 서사시와 로
맨스로부터 이어져 내려오는 유구한 서사전통이다. 그리고 그 서사시와
로맨스에서는 어떤 초현실적인 운명의 계시가 사건의 인과적 전개과정
속에 궁극적으로 구현되는 것이 가장 큰 특징이다. 즉 여행이 진행되는

와 시간적 지표가 용의주도하게 짜여진 구체적 전체를 말한다.

19) G. 루카치 『소설의 이론』 103면.

20) 같은 책 106면.

매국면이 곧 운명, 즉 총체성이 자기 모습을 드러내는 계기가 되지 못하면 그 여행은 금세 미궁에 빠져들게 된다. 그러나 고도 자본주의의 공간적 현현인 도시에서의 소외되고 물신화된 삶은 그 같은 미궁의 형상을 하고 있다. 그러므로 여행형 소설은 도시성을 드러내는 데 적합한 양식이 되지 못한다. 그것은 말하자면 전(前)도시적 서사양식이다.

이에 비해 스토리와 플롯의 매개에 의존하지 않고 인물의 공간적으로 전방위적이고 시간적으로 단속적인 세계답사의 과정을 추적하는 것을 '배회형 소설'이라고 할 수 있다. '여행형 소설'에는 예정된 운명의 행로가 있는 반면, '배회형 소설'에는 아무런 운명의 계시도 없는 미로만이 존재할 뿐이다. 그것은 여행이 아니라 미로찾기이다. '여행형 소설'에서는 총체성을 해명하는 운명의 계시를 푸는 매개가 되는 선형적 서사구조의 여러 시간적 계기들이 존재하지만 '배회형 소설'에서는 그런 시간적 계기들은 소멸되고 부단히 부딪쳐 확인해야 할 미로형의 공간적 매개들만 존재한다. 그러나 그 공간적 매개들은 선적으로 계기화되어 있지 못하고 우연하고 비연속적인 형태로 흩어져 있다. 이 미로화된 공간들은 그러므로 적대적이다.

20세기 이래의 이른바 모더니즘 소설들은 모두 이러한 적대적 미로로서의 도시성 속에서 문제적 개인이 길을 찾는 고투의 기록이라고 할수 있으며 그런 면에서 '배회형 소설'은 '여행형 소설'을 넘어서 도시성의 형상에 적합한 새로운 소설양식으로 개념화되어도 좋으리라 생각된다. 「소설가 구보씨의 일일」은 바로 이러한 미로찾기를 근골로 하는 배회형 소설의 훌륭한 모델이 되고 있다.

한편 「소설가 구보씨의 일일」을 '산책자 소설'로 규정한 연구가 있어서 이 글의 배회자 개념과 관련하여 일고를 요한다.[21] 이 연구에 의하면

---

21) 최혜실 「'소설가 구보씨의 일일'에 나타나는 '산책자'(flaneur)연구」『관악어문연구』제

구보는 "근대화된 서울 거리를 헤매는 소외된 룸펜 인텔리겐치아"이다. 이 연구에서 광인도 일상인도 아닌 산책자의 정신구조가 '의식의 흐름'이라는 모더니즘적 소설형식을 낳았다고 보는 부분과, "리얼리즘에서 자본주의 극복의 이상적 인물로 '문제적 개인'이 나타남에 비해, 모더니즘에서는 '현재의 파편들 속에서 과거의 진실을 끌어 맞추려고 노력하는 자', '역사의 천사'인 '산책자'가 나타나게 된다"고[22] 한 부분은 이 글이 '여행형 소설'과 '배회형 소설'을 대비시킨 것과 관련하여 주목할 만하다.

그러나 발터 벤야민(Walter Benjamin)이 보들레르(C. P. Baudelaire)에 관해 쓴 평론[23]에서 처음 구사된 '산책자'의 개념은 이 글의 '배회자'와는 상당한 차이가 있다. 벤야민의 '산책자'는 자본주의적 도시에 대한 관조적 관찰자이다. 그는 도시에 대한 매혹이 없는 것은 아니지만 도시의 모든 것들을 우월한 위치에서 거리를 두고 유유자적하게 관찰하는, 일종의 반근대적 귀족적 낭만주의자라고 할 수 있는데 이는 보들레르적 의미에서의 '댄디'를 연상하게 한다.[24] 하지만 배회자는 그처럼 관조적 여유를 지닌 인물이 아니다. 처음부터 근대적인 것들에 대해 근원적인 거리감을 유지하고 있던 산책자와는 달리 배회자는 근대에 대한 매혹과 거부 사이에서, 근대적 욕망의 추구와 그 억제 사이에서, 심하게 동요하는 인물이다. 그리고 도시성에 대한 근원적인 성찰은 바로 그 매혹과 거부 사이의 동요와 긴장에서부터 나오는 것이기도 하다. 이런 면에서

13집, 1988; 정현숙 엮음 『박태원』(『새미작가론총서』 2), 새미 1995에 재수록. (이 글에서는 이 재수록본을 참조한다.)

22) 같은 책 223면.

23) 발터 벤야민 「보들레르의 몇가지 모티브에 관하여」, 이태동 옮김 『문예비평과 이론』, 문예출판사 1987.

24) 김정란 「랭보 혹은 타락천사――진정한 댄디를 찾아가는 여행」, 『아웃사이더』 창간호 (2000년 4월) 28~31면.

「소설가 구보씨의 일일」에서 구보는 산책자라기보다는 배회자라고 할 수 있다. 무엇보다 '산책자' 혹은 '산책자 소설'이라는 개념은 모더니즘 소설의 한 양상을 지칭하는 것인데 반하여 '배회형 소설'이라는 개념은 자본주의적 도시성이 미만한 현대세계에서의 소설의 근본적 존재양상을 지칭하는 양식적 개념이라는 큰 차이가 있다.

4. 결론

도시는 근대자본주의의 산물이자 그 재생산의 공간이며, 상품생산과 잉여창출이라는 자본주의의 추상적 운동기제가 공간적으로 구체화된 형상이다. 그리하여 문학이 도시를 문제삼는 일은 곧 자본주의적 근대가 일상적으로 관철되는 양상을 탐구하는 일이다. 우리 문학사에서 도시적 일상성의 탐구가 시작된 것은 아마도 30년대의 소설문학에서였을 것이다.

30년대에는 전쟁수행을 목전에 둔 일본 군국파시즘의 필요에 의한 것이기는 했으나 식민지조선에서 제한적으로나마 일종의 산업자본주의 초기의 활력과 문명적 분위기가 피어나기 시작했고 그 결과 최소한 서울이라는 공간은 공간화된 자본주의, 즉 근대도시로서의 외양을 띠게 되었다. 하지만 이 당시 우리 문학은 이러한 근대도시, 혹은 도시성에 대한 리얼리즘적 탐구를 수행하기에는 대단히 열악한 조건에 놓여 있었는데 이는 파시즘의 대두와 관련하여 문학에서의 내성화와 리얼리즘적 치열성의 약화가 두드러진 상태였고 도시에 대한 비판보다는 매혹이 더 강했기 때문이다.

그러나 무엇보다도 도시 자체가 그 리얼리즘적 해명을 거부하는 측면이 있다. 초기 도시는 '신이 사라진 시대의 서사시'로서의 소설의 모태였다. 즉 신의 지배로부터 벗어난 인간의 손에 의해 만들어진 투명하게 인간화된 최초의 공간인 이 도시에서 비로소 인간의 이야기인 근대소설이 탄생한 것이다. 그러나 자본주의 발전과 더불어 신의 자리를 자본주의적 물신이 차지하게 되면서 도시는 그 투명성을 잃고 오히려 가장 불가해한 ‘물신의 고향’이 되고 만다. 이로부터 도시는 소박한 추수적 현실묘사로는 그 본질을 알 수 없게 되고 좀더 복잡한 미학적 고투를 통해서만 그 본질의 한자락을 드러낼 수 있게 된다.

여기서 모더니즘 소설의 역사가 시작된다. 즉 이 물신적이고 불가해한 도시의 탐색을 통한 부재의 확인이 곧 존재의 입증이 되는 비극적 아이러니가 바로 소설의 본질이 되는 것이다. 대부분의 모더니즘 소설들이 지니고 있는 비관적 세계인식, 고립되고 소외된 인간상, 분열된 내면상, 불연속적이고 뒤틀린 서사구조, 해체된 시·공간 등의 특징들은 제국주의시대 이후 근대도시의 악마적 성격과 일치한다.

하지만 그것은 피해가야 할 어떤 것이 아니라 통과해야 할 어떤 것이다. 근대극복의 전망을 지니든 지니지 못하든 진정한 근대소설은 이 자본주의적 근대도시의 연옥 한가운데를 통과해야만 그 궁극적 의의를 보장받을 수 있는 것이다. 물론 여기엔 그에 걸맞은 미학적 모험이 따라야 하며 그것은 리얼리즘인가 모더니즘인가 하는 낡은 구분을 넘어서는 문제이다.

이상과 같은 관점에서 이 글은 우리 소설사상 최초의 본격적 도시탐구 소설이라고 할 만한 박태원의 「소설가 구보씨의 일일」과 『천변풍경』을 통해 자본주의적 도시성과 근대 모더니즘 소설과의 근본적 상사관계를 유추해내고 이 작품들이 그 관계를 여하한 미학적 장치를 통해 구현하고 있는가를 고찰해보았다.

그 결과 박태원의 두 작품은 동시대에 임화가 비판한 것과는 달리 의식과 세계의 불일치와 분열의 결과가 아니라 그 분열을 처음부터 전제하고 들어간 박태원 나름의 고도의 서사전략의 소산임을 알 수 있었다. 「소설가 구보씨의 일일」은 처음부터 스토리와 플롯의 일치를 전제하지 않고 분산적이고 파편적인 서사구조에 의존하고 있으며 이는 스토리와 플롯의 도움 없이 내면의식과 객관세계가 직접적으로 조응하게 하는, 근대도시 그 자체의 성격에 걸맞은 효과적인 미학적 전략이라고 할 수 있다. 도시의 미로 속으로의 배회와 그 속에서의 몰시간적인 내면성찰이라는 이 작품의 서사구조는 도시성의 탐구에 적합한 구조인 것이다. 그리고 이는 스토리와 플롯을 매개로 문제적 인물의 운명적 행로를 그려나가는 전통적인 '여행형 소설'과 달리 스토리와 플롯의 매개에 의존하지 않고 인물의 전방위적이고 단속적인 세계답사의 과정을 추적하는 '배회형 소설'이라고 할 수 있는데 이야말로 근대도시의 비의를 파고들어가는 새로운 미학적 모험이 아닌가 한다.

임화는 이 소설을 '말하려는 것과 그리려는 것의 분열' 또는 '주체와 객관의 분열'을 보여준 작품으로 읽었다. 하지만 이 소설은 처음부터 이 분열을 전제로 인식하고 들어간 작품이었다. 이 분열을 관념적으로 서둘러 봉합하는 것이 아니라 이 분열을 서사적 매개를 통하지 않고 직접적으로 확인하여 이를 더 두드러지게 드러나게 하는 것이 이 작품의 목적이었던 셈이다. "성격과 환경과 그 사이에 얽어지는 생활과, 생활의 부단한 연속이 만들어내는 성격의 운명"을 이상형의 본격소설 구조로 내세워 주체와 객관의 분열을 극복하려는 임화의 소설관이 아직도 '여행형 소설'의 범주에 묶여 있었다고 한다면 그것은 '배회형'의 불연속적 서사전략을 택하여 주체와 객관의 분열을 극명하게 드러낸 박태원의 소설전략에 한걸음 뒤처지는 것이었다고 말할 수 있다. 새로운 것이 늘 낡은 것보다 더 나은 것은 아니지만 이 소설에서 드러난 박태원의 새로움은 지금까지도 많은 해명을 요구하는 문제적인 새로움임에 틀림없다.

어쨌든 박태원의 두 작품은 도시성과 근대소설의 상사성을 거칠게나마 확인하게 해주었고 그 미학적 결과물인 '배회형 소설'이라는 개념의 일정한 적실성을 뒷받침해주기도 하였다. 이 '배회형 소설'이라는 개념은 좀더 충분한 이론적 구성과 검증을 요하는 개념이기는 하지만 30년대 소설에 대해서뿐만이 아니라 차후 한국 현대소설 전반의 해명에 유효한 하나의 시각을 제공해줄 수 있는 개념이 아닐까 생각된다. 훗날의 더 심화·확대된 후속작업을 약속하면서 글을 닫는다.

— 『민족문학사연구』 2000년 상반기

| 참고문헌 |

1. 자료

박태원 「소설가 구보씨의 일일」, 『한국현대대표소설선』 제3권, 창작과비평사 1996.

______ 『천변풍경』, 깊은샘 1994.

이효석 「인간산문」, 『이효석전집』 제2권, 창미사 1983.

임화 『문학의 논리』, 학예사 1940.

최재서 「리얼리즘의 확대와 심화」, 『조선일보』 1936. 10. 31~11. 7.

2. 참고문헌

김정란 「랭보 혹은 타락천사──진정한 댄디를 찾아가는 여행」, 『아웃사이더』 창간호, 2000. 4.

전혜자 「1930년대 도시소설연구」, 『한국의 현대문학』 제3집, 한양출판 1994.

최원식 「80년대 문학운동과 오늘의 문학」, 민족문학사연구소 제2회 씸포지엄 '해방 50년과 한국문학' 자료집, 1995. 5. 10.

최혜실「'소설가 구보씨의 일일'에 나타나는 '산책자'(flaneur)연구」,『관악어문
　　연구』제13집, 1988.
아도르노, T.「강요된 화해」, 홍승용 편역『문제는 리얼리즘이다』, 실천문학사
　　1985.

골드만, L.『소설사회학을 위하여』, 조경숙 옮김, 청하 1982.
루카치, G.『변혁기 러시아의 리얼리즘 문학』, 조정환 옮김, 실천문학사 1985.
　　　　『소설의 이론』, 반성완 옮김, 심설당 1985.
바흐찐, M.『장편소설과 민중언어』, 전승희 외 옮김, 창작과비평사 1988.
벤야민, W.『문예비평과 이론』, 이태동 옮김, 문예출판사 1987.
K. Spears, Monroe, *Dionysus and the city*, Oxford University Press 1970.

비극적 세계인식의 회복을 위하여

1990년대 혹은 2000년대 소설들에 대한 단상

1. 내 마음의 박하사탕은 어디에 있는가

한때 소설가이기도 했던 이창동(李滄東) 감독이 만든 영화 「박하사탕」을 보았다. 그 영화의 시간을 거스르는 서사구조는 세기말의 수렁에 혼곤히 갇혀 있는 우리의 멱살을 잡아일으켜 지나간 20년의 시간들과 대질신문을 시킨다. 영화의 주인공은 "나 돌아갈래!" 하고 절규하며 달려오는 기차에 몸을 맡겨 더이상의 시간의 지속을 거부한다. 한 '순수했던' 인간이 살아낸 그 20년의 시간은 훼손의 시간이며 타락의 시간이었지만 그는 죽음으로써 그 훼손과 타락을 끝장냈다. 그는 상처받은 나약한 인간으로 살았지만 영웅으로 죽었다. 자신을 비끄러매고 영원까지라도 돌아갈 것 같은 비참한 운명의 수레바퀴는 그로써 마침내 멈추었다.

나도 그와 같은 시간들을 살았다. 그가 구로공단의 노동자이자 야학의 학생으로 살았던 1970년대 말에 역시 가난하기는 했지만 나는 국립서울대학교의 학생운동가로 살았다. 그가 면회온 연인에게 말 한마디

못 건네고 5월 광주로 출동하여 잘못되어가는 삶의 행로 앞에서 절규하고 있을 때, 나는 이른바 '서울역 회군'의 주역의 한 사람으로 패배하고 도망쳤으며 살아남아 그저 잡히지 않기 위해 떠돌던 서울의 한 버스 안에서 '광주폭동'을 알리는 방송을 접하고 소리도 못 내고 오열했을 뿐이다. 그가 제대하여 경찰이 되어 손에 피해자의 똥과 피를 묻히며 역사의 밑바닥으로 침전되어갔던 그 시절, 무엇보다 훼손되지 않은 첫사랑을 잃은 그 80년대에, 나는 훈장처럼 징역을 살았고 의기양양하게 독재정권과 맞섰으며 비평가가 되어 삶에서 떠나 담론의 왕국에 몸을 실었다. 90년대에 그가 이미 훼손된 삶이 가리키는 대로 똑바로 걸어가 더이상 나아갈 수 없는 삶의 진창 속에 빠져들어갔을 때, 역시 타락했고 깊이 훼손되었음에도 불구하고 내게는 그와 달리 우회로가 있었다. 먹고 살 방도도 있었고 누구 말처럼 '상아탑'에 몸을 기댈 수도 있었다. 내가 과연 90년대를 살았는가? 나는 90년대를 멀찍이 바라보며 우회했을 뿐 아무래도 그 막막한 절망과 끈끈한 욕망이 한데 엉킨 탁한 물속 같은 세월을 제대로 살아냈다는 생각이 들지 않는다. 어쩌면 그 우회와 관망이야말로 가장 90년대다운 타락의 한 현현이 아니었을까?

필연의 끈을 놓치고 산다는 것처럼 적막한 일이 없을 것이다. 「박하사탕」의 주인공은 고통스러웠지만 적막한 삶을 살지는 않았다. 그가 살아낸 20년의 삶은 한발 한발 옴짝달싹할 수 없는 필연의 행로였다. 어떠한 우회도 관망도 허락되지 않는. 그가 도달한 영웅적 죽음의 길은 그런 필연의 연쇄 한복판을 뚫고 나온 인간에게만 열린 길이었다. 그것이 죽음으로 끝나는 비극적 자기확인의 길일지라도 그 길이 허락된 사람은 행복하다. 80년대는 광주진압군과 경찰로, 90년대는 타락한 가구대리점 사장으로 살아간 「박하사탕」의 주인공에게 그 20년은 주관적 관념의 대상물이 아니라 매순간 힘겹게 맞붙어 싸워야 할 객관적 실재였다. 그 객관적 실재와의 싸움과 패배가 절실하고 큰 것일수록 그가 잃어버린

박하사탕은 더욱 더 아름답고 달콤한 것이 된다. 여기서 진정한 비극성이 탄생한다. 존재하는 것의 총체적 타락의 경험이, 더이상 존재하지 않는 것에 대한 절대의 그리움을 낳는 것이다. 나는 주인공이 도달한 이 절대적인 비극적 경지가 못내 부럽다. 내 마음의 박하사탕은 어디에 있는가? 아니 박하사탕의 상실을 고통스러워하던 그 마음조차 대체 어디로 사라졌는가?

2. 변하지 않은 것과 변한 것

90년대 이후 이른바 진보적 지식인들의 변혁운동으로부터의 대이탈은 이러한 근원적 비극성의 상실 혹은 부재와 깊이 연관되어 있다. 80년대가 신군부세력의 폭력과 탄압에 맞선 힘겨운 투쟁으로 점철된 시대이기는 했지만 그 후반으로 갈수록 '순수한' 투쟁의지는 과학의 이름 아래, 정치의 이름 아래, 전략과 전술의 이름 아래 담론화하고 추상화하고 맹목화했다. 이 과정에서 수단이 목적으로 전화되는 전도가 일어나고 많은 지식인들이 이 목적화된 수단의 메커니즘에 무반성적으로 편입되어 움직였다. 80년대 말 90년대 초의 국내외적 상황의 변화가 이러한 운동 메커니즘을 무력화하게 되었을 때 기꺼이 그 메커니즘의 톱니와 나사가 되었던 사람들 역시 함께 무력화하였다. 그러나 그 무력화는 강제된 무장해제의 결과가 아니라 자발적 무장해제의 결과였다. 자발적 무장해제는 곧 자발적 투항으로 이어졌다. 그리고 그 투항의 결과는 비참한 유배나 치욕적 예속이 아니라 놀랍게도 매력적인 안락이었다.

여기에 비극적 세계인식이 틈입할 여지는 없다. 대신 수치스럽지 않을 정도의 욕망과 치명적이지 않을 정도의 비관을 양념으로 한 일상의 안락에 의해 가능해진, 관망과 우회의 포즈만이 무성하게 되는 것이다.

비극적 생체험의 가능성을 자발적으로 봉쇄한 90년대의 '진보적' 지식인들에게 비극적 세계인식이란 그저 '희미한 옛사랑의 그림자'에 불과할 뿐이다. '몰락 이후'의 급격한 공허는 여기서 비롯되는 것이다. 그것은 몰락 이전에 이미 준비되고 있었던 것이기 때문에 그처럼 가파르고 극적일 수 있었다.

내가 이처럼 비극적 세계인식의 담지라는 문제에 매달리는 것은 거기에 드리워진 패배주의의 그림자에도 불구하고 그것만이 이 타락한 세계를 절대화하지 않고 그에 대항해나가는 가장 근원적인 세계인식일 수 있다는 생각 때문이다. 80년대 소설사를 특징짓는 사회주의리얼리즘적 경향성의 대두와 몰락은 80년대 남한의 사회주의적 변혁운동의 성장과 좌절의 과정과 그대로 맞물려 있고 거기엔 분명히 남한 민중의 헤게모니적 몰락이라는 비극성이 가로놓여 있는 것이 사실이다. 그러나 혁명적 낙관주의의 미망에 들려 있거나 혹은 그를 향한 기회주의적 동요에 시달렸던 80년대의 우리 소설은 스스로 그 비극의 한 양상은 되었을지언정 그 비극의 징후를 드러내는 데에는 실패했다. 그것은 일차적으로는 작가들이 80년대적 현실을 진정 민중적 현실의 장에서가 아니라 대신 혁명적 프로그램이라는 시뮬레이션을 통해서 보았기 때문이지만 좀더 본질적으로는 이 자본주의적 근대세계에서 인간 일반이 처한 근원적 비극성을 통찰하지 못한 데서 비롯한다. 민중이란 누구이겠는가? 동시대에 그 비극성을 가장 집중적으로 체현하고 있는 인간들 아니겠는가?

김영현(金永顯)이 있었다. 그의 1989년 작 「멀고 먼 해후」는 검사의 취조를 받던 노동자가 타자수 아가씨의 뒷모습을 보고 성욕을 느끼는 부분 때문에 비평계에 이른바 '김영현 논쟁'을 불러온 것으로 유명하지만 사실 그것보다는 훨씬 더 끔찍한 이야기를 담고 있는 소설이다. 암으로 죽어가는 동료에게 분신자살을 종용하다가 결국 거절당한 한 노동운동가가 그 동료가 보는 앞에서 자기 목숨을 끊는 이야기가 그것이다. 그 비극은 참혹하다 못해 그로테스크하다. 그러나 그 그로테스크함이야말로 그 비극적 상황의 절대성을 드러내는 징표였으며 80년대 초반의 해고노동자들이야말로 그 징표의 지울 수 없는 인광을 온몸으로 뿜어내던 사람들이었다. "적을 죽일 수 없을 땐 자신을 죽이는 거야"라는 말을 남기고 죽어간 그 노동자는 이 잘못된 세계에 맞서 자신의 온 실존을 던져 인간의 존엄을 지켜냈다. 그것을 두고 그때 나는 개인주의적이고 실존주의적이라고 힐난했다. 아마도 그 힐난의 배후에는 집단과 과학에 대한 오만한 신앙이 있었을 것이다.

「멀고 먼 해후」에서 이처럼 당대상황의 역사−실존적 비극성을 극명하게 드러낸 김영현이 이듬해 쓴 「별」에서 '창공의 별'을 불러내 인간의 삶이 이 타락한 지상에 내팽개쳐진 게 아니라 영원으로부터, 신적인 것으로부터 위임받은 어떤 것임을 다시 피력했을 때 나는 거기서 우리 소설사의 한 극점을 읽어냈어야 했다. 타락한 닫힌 세계의 추악함과 창공에 빛나는 별의 아름다움을 대비시키는 일, 그 사이에서 영원히 싸워나가야 할 인간의 비극적 아이러니를 그 구체적 역사과정 속에서 드러내는 일 외에 문학이 할 수 있는 일은 무엇일까? 문학에 있어서 집단과 과학이라는 크리테리아는 돌이켜보면 치명적 사족이었다.

그러나 90년대의 검은 아가리는 이 김영현조차 삼켜버렸다. 나는 그 아가리 속으로 김영현이, 김남일이, 정도상이, 김인숙이, 방현석이, 정화진이 가뭇없이 사라져가는 것을 목도하였다. 그것은 끔찍한 일이었다. 그들이 안간힘을 써가면서 내놓는 작품들은 예외없이 진지한 자기성찰의 옷을 입고 있었음에도 불구하고 그 성찰의 끝은 정도의 차이는 있을지언정 모두 허망하고 무기력했다. 그 허망함과 무기력함은 갑자기 세계의 불가해성 앞에 노출된 데서 오는 당혹감과 깊이 맞물려 있었다. 그 당혹감은 80년대 내내 그들이 가졌던 인간과 세계에 대한 이해가 그 깊이에 있어서 예상 외로 낮았고 안일했다는 것을 드러내준다.

그 무렵 '변한 것은 하나도 없다!'는 말이 종종 외쳐지곤 했음을 기억할 것이다. 그러나 그 말이 옳음을 누구도 시원하게 증명해내지는 못했다. 소설이야말로 한 사회가, 한 세계가 변한 것과 변하지 않은 것을 섬세하게 드러내는 데 가장 뛰어난 양식일진대 '변한 것은 없다'는 구두선을 소설적으로 펼쳐내려는 거의 모든 시도는 실패로 돌아갔다. 왜 그랬던 것일까? 사실은 '변한 것이 없다'도 '변했다'도 모두 맞는 말이었다. 객관세계는 변하지 않았지만 그 객관세계를 인식하는 주체의 인식틀이 변한 것이다. 그러니 '변한 것은 없다'는 당시의 강변은 기실 주체의 인식틀의 변화를 타매하는 발언이었다. 즉 정말로 객관세계가 변함없이 여일함을 자신있게 입증하는 발언이 아니라 과거의 인식틀을 그대로 유지할 것을 요구하는 발언이었던 것이다. 그런데 절대다수의 지식인들은 그들이 기대어왔던 인식틀의 붕괴 혹은 균열을 실제로 경험하고 있었으며 그런 한에 있어서 '변하지 않았다'는 강변은 설득력을 가질 수 없었다. 누가 과연 날것 그대로의 현실을 바라볼 수 있겠는가. 결국 누구든 일정한 인식틀을 가지고 현실을 볼 수밖에 없다고 할 때, 인식틀의 변화는 곧 현실의 변화일 수밖에 없는 것이다.

붕괴된 인식틀을 가지고 아무것도 변화한 것이 없다는 사실을 입증하려는 시도가 허망하고 무기력하게 끝나는 것은 필지의 사실이다. 우리를 둘러싼 객관세계가 정말 호들갑을 떨 정도로 변화했다고는 생각하지 않는다. 자본주의적 근대라는 역사적 조건은 아직도 여일하고 현실사회주의의 붕괴는 그저 근대의 전개과정의 한 소국면이 경과한 것에 지나지 않는다고 보아야 한다. 그렇다면 소설이 했어야 할 일은 정말로 세계는 변한 것이 없다는 사실을 새삼스럽게 확인하는 일이었다. 금방이라도 변혁이 일어날 것 같던 조급한 80년대적 전망의 저편으로 다시 돌아가 호흡을 고르고 변하지 않은 세계를 바라볼 수 있는 근본적이고

도 새로운 인식틀을 다시 벼려내는 일이어야 했던 것이다. 그리고 그러기 위해선 작가들의 자세는 다시금 한없이 낮아져 오체투지의 고행을 기꺼이 감내해야 했다. 정말 온몸으로 온몸을 밀고나가지 않고는 새로운 인식틀은 얻어질 수 없는 법이다.

황석영의 「삼포 가는 길」이나 조세희의 「난장이가 쏘아올린 작은 공」을 떠올리자. 자기 당대의 가장 첨예한 민중현실을 그 핵심에서 장악하고 있으면서도 동시에 고향 상실 혹은 현실의 비극적 초월이라는 보편적 주제를 감동적으로 펼쳐 보인 이 작품들은 기성의 인식틀에 의지하지 않고 또한 그것을 뛰어넘어 작가 자신의 인간과 세계 이해를 향한 주체적 고투를 쏟아부어 빚어낸 결과물이 아니겠는가. 90년대 초반에 씌어진 김원일의 「마음의 감옥」과 최윤의 「회색 눈사람」의 경우는 더 극적이다. 80년대 작가들이 이른바 진보적 작가군으로는 한번도 분류한적이 없는 작가들에 의해 씌어진 이 작품들은, 그 어떤 진보적인 작가나 비평가도 예측하지 못한 방식으로 역사와 세계와 인간의 문제를 근원적차원에서 하나로 묶어 다시금 타락한 세계에 대한 인간의 투쟁이 지닌비극적인 존엄성을 치열하게 환기시켜주지 않았던가.

3. 90년대 소설들이 선 자리 —— 비극의 상실

그렇게 뜨겁던 열광과 기대가 걷히고 나서도, 막막한 공허가 그 자리를 대신 차지하게 되었어도 사람들이 이야기를 원하고 또 이야기가 만들어지는 것은 나에게는 경이로운 일이었다. 혁명이 없어도, 해방이 없어도 민중의 피와 땀냄새가 없어도, 고통받는 이웃에 대한 안타까움이 없어도, 사람과 사람 사이의 연대와 공감이 없어도, 적대적이고 비극적세계에 대한 실존적 저항의 몸부림이 없어도 이야기가 만들어질 수 있

다는 것을, 90년대에 생산되어 읽혀진 소설들은 내게 새삼스럽게 깨닫
게 해주었다.

90년대 소설(이러한 통칭은 늘 문제를 낳는다. 어디든 예외가 있게
마련이고 그 예외의 입장에서는 이러한 홍두깨로 휘젓는 식의 평가는
억울하게 느껴지기 때문이다. 하지만 어느 시기든 그 시기의 주류적 흐
름이란 것도 있게 마련이다. 그것은 작가들의 개별적 성향의 단순한 총
합이나 평균 이상의 어떤 것이며 이러한 통칭은 대개 그 차원의 논의를
위해 불가피한 점이 있다는 것을 이해해주기 바란다)은 서사의 중심이
공공의 영역에서 사적 개인의 영역으로, 역사로부터 일상으로, 전체로
부터 파편으로 옮겨졌다는 큰 특징을 갖는다. 소설이란 게 원래 사적 개
인의 일상적 이야기들이 엮이고 엮이어 만들어지는 것이지만 그러한 사
적 개인의 일상들이 공공의 문제와, 사회와 정치와 역사의 전체적 의미
망에 어떻게 수렴되어가는가를 보여주는 것이, 그리하여 얼핏 세상과
분리된 것처럼 보이는 한 개인의 일상의 파편 속에 한 세상의 기미와 동
향 전체가 무겁게 드리워져 있음을 밝히는 것이 소설적 서사의 기본적
존재의의라고 한다면 90년대의 소설들은 의식적으로든 무의식적으로
든 이러한 역사와 일상, 공공성과 사인성(私人性), 전체와 부분의 연관
을 드러내는 일과는 멀찍이 떨어져 있다.

이것은 분명히 80년대 소설이 보여준 바 있는 하나의 편향성, 즉 개
인의 일상사 속에서 매우 손쉽고 반지빠르게, 그리고 거의 상투적으로
역사를, 전체를 호출해내던 그 편향성에 대한 하나의 역편향의 결과로
이해할 수 있다. 일종의 염증이라고 해도 좋을 것이다. 박상우나 하창
수, 구효서나 이순원은 등단 시기로 보나 연배로 보나 90년대 작가들이
아니라 80년대 작가들인데 이들의 작품세계는 지금 말하고 있는 바와
같은 맥락에서 지극히 90년대적이다. 이들의 작품세계는 각각 다른 개
성에 기초하고 있지만 80년대의 이른바 민중문학의 변혁지향적 주류성

에 합류하지 못하고 복류하다가 그 80년대적 주류성의 해체와 더불어 숨쉴 여지를 얻은 셈이 된다. 이재현이 이런 말을 했다.

물론 우리들은 사회변혁운동에 각자가 헌신해나가는 과정에서 그 뿌리깊은 자유주의적 태도를 지양해왔다. 그러나 그 지양이란 게 다분히 맹목적이고 즉자적인 부정에 불과했다면, 혹은 실질적으로 지양하지 못한 채 공식주의적 담론의 위력에 밀려서 일종의 허위의식 내지는 일정한 자기기만을 해온 것에 불과했다면, 이 **90년대의 초반에는 박상우나 하창수의 최근작에서 보이는 허무와 환멸의 복수**를 피할 길이 없다.[1] (강조는 인용자)

이런 점에선 신경숙의 경우가 더 극적이고 상징적이다. 80년대 중반에 등단한 그의 첫 작품집 『겨울우화』(1990)에 실린 작품들의 세계와 두 번째 작품집이자 그를 일거에 90년대 대표작가 중의 한 사람으로 밀어올린 『풍금이 있던 자리』(1992)에 실린 작품들의 세계는 기본적으로 같은 세계이다. 그런데 전자는 주목받지 못했고 후자는 대단한 각광을 받았다. 신경숙과 더불어 90년대의 대표적 작가로 평가될 은희경이나 윤대녕도 등단이 늦었을 뿐 모두 80년대 세대들이다. 그들도 만일 80년대부터 작품활동을 했다면 같은 경우를 겪었을 것이다. 다음과 같이 털어놓은 은희경의 생각은 90년대 소설의 성격, 또는 90년대 소설의 그러한 성격을 방조한 90년대라는 시대의 성격을 잘 드러내주고 있다.

지금이 80년대였다면 나는 소설을 쓰지 못한다. 특이한 체험이나

---

1) 이재현 「생산적 대화를 위하여·2 혹은 희망과 연대를 위하여」, 『실천문학』 1991년 가을호 277면.

역사적이든 개인사적이든 강렬한 고통이 없는 사람이, 인간이란 어떻게 살아야 하는지 이미 결정이 나 있는 세상에서 무엇을 말할 수 있겠는가. 나 같은 자의 사소한 삶 속에서도 인생의 의미를 찾을 수 있다는 암묵적 동의가 있는 90년대이기에 나는 쓰고 있는 것이다.[2]

'사소한 삶 속에서 인생의 의미를 찾는 것'이야말로 90년대가 작가들에게 준 숙제였을 것이다. 그리고 그것은 앞서의 이재현이 같은 글에서 강조한 바 있는 '개인적 실존의 깊이와 넓이' 혹은 '폭과 다양성'을 옹호하고 천착하는 것과 다른 것이 아니었으리라.

90년대의 소설이 실존의 깊이와 넓이, 폭과 다양성의 영역을 정말 확장했는지는 몰라도 80년대 소설들이 건너뛰었던 삶의 다양한 미시적 국면들의 중요성을 일깨웠다는 점은 인정할 수 있다. 하지만 나는 그럼에도 불구하고 90년대의 소설들은 잘게 부서진 삶의 파편들이 무한히 널려 있는 무변의 광야를 그저 지향없이 떠돈 것에 불과하지 않은가 하는 생각을 지울 수 없다.

이런 생각은 은희경, 신경숙, 윤대녕 들보다 더 젊은, 그래서 80년대의 짐에서 좀더 자유로운 세대들의 작품세계로 가면서 점점 더 뚜렷해진다. 이를테면 배수아나 송경아의 작품들, 백민석이나 이응준 등의 작품들은 그야말로 90년대를 자기시대로 살아나가는 세대들의 경험 속에서 생산되는 것인데 여기엔 처음부터 전체에 대한 성찰, 또는 '전체'라는 관념 자체가 끼여들 여지가 없다. 그러니까 자신들의 작품이 일상성이나 사인성(私人性)에 매몰되어 있고 그래서 파편화되어 있다는 의식조차 이들에게는 없는 것으로 보인다. '이웃의 아픔'을 돌아보라는 말은 이들에게는 80년대 작가들에게 실연의 아픔을 쓰라는 것처럼 낯선 이

---

2) 은희경 「나의 문학적 자서전」, 『제22회 이상문학상 수상작품집』, 문학사상사 1998, 401면.

야기일 것이다. 그 어떤 체계화된 참조항에도 의존함 없이 자기의 경험
세계가 제공하는 단편적 사건들과 즉물적 이미지들을 조합하여 기존의
서사문법을 대체해나가는 것으로 이들 신세대작가들은 90년대 작가로
서의 정체성을 유지해나가고 있는 것이다.

이와는 반대로 대체로 정통의 서사문법을 견지하면서도 일상성의 경
계를 넘는 부분에 대해서는 의도적으로 시치미를 떼는, 좀더 영악한 탈
정치적 서사전략을 견지하는 김영하와 성석제 같은 작가들도 또다른 면
에서 90년대 소설의 전형적인 특징을 나타내 보이고 있다. 이들은 그야
말로 솜씨있는 이야기꾼들이지만 인간의 서사충동이란 단지 재미있는
이야기를 듣고자 하는 충동이 아니라 그 그럴듯한 이야기를 통해 삶과
세계의 더 큰 진실에 도달하려는 충동을 포함하고 있음을 짐짓 외면함
으로써 오히려 90년대 특유의 탈서사주의를 전형적으로 구현하고 있는
것이다. 이와 관련해서는 성석제에 대한 최원식의 다음과 같은 지적이
깊이 음미되어야 한다.

> 80년대의 거대서사에 대한 반동으로 나타난 90년대 소설의 성석제
> 적 경향 역시 골방의 심리주의처럼 서사의 붕괴적 징후였다. 90년대
> 작가 가운데 그 누구보다도 이야기꾼의 재능이 발랄한 성석제가 오
> 히려 소설의 해체를 촉진했다는 반어는 90년대 문학이 직면한 어려
> 움을 단적으로 웅변한다.[3]

이런 상황에서 80년대에 등단했던 것도 아니면서 작품 속에 80년대
의 흔적을 간직하고 있는 작가들은 자연히 별종 취급을 받을 수밖에 없
었다. 공선옥과 한창훈, 그리고 몇년 전 갑자기 세상을 떠난 김소진이

---

3) 최원식 「문학의 귀환」, 『창작과비평』 1999년 여름호 12면.

그 경우라고 할 수 있다. 이들은 90년대적 삶의 조건 속에서도 다루는 제재와 언어, 그리고 스타일에서 차라리 저 멀리 70년대의 민중문학적 전통에 맥을 잇고 있다. 그러나 나는 그것을 80년대의 흔적이라고 생각한다. 그들의 서사는 기본적으로 고통받는 이웃을 향해 있다. 한창훈의 그것에는 퇴영적 낭만주의가 숨어 있고 공선옥의 그것에는 자신의 곤고한 삶에 대한 어찌 보면 건강하기도 하고 어찌 보면 피학적이랄 수도 있는 일정한 집착 내지는 탐닉이 들어 있으며, 김소진의 그것에는 민중에 대한 거의 본능적인 친화감이 가로놓였다는 차이가 있지만 그들에게 공통된 이 민중지향성은 이들 나름의 80년대적 체험과 분리될 수 없는 것이다. 다만 거기서 80년대적 정치편향이 소거되면서 일견 이들의 작품 세계가 70년대적인 소박한 즉물적 민중주의에 더 가까워진 것처럼 보일 뿐이다. 이들의 작품 속에서 발견되는, 탈민중적인 90년대 현실과 생래적 민중지향성 사이의 미학적 갈등은 나를 안타깝게 만든다. 일상성과 역사성 사이의 매개의 단절은 대도시의 신세대 아이들의 일상에서만이 아니라 농촌이나 어촌, 도시 변두리의 가난한 이웃들의 일상에서도 의연 관철되고 있었던 것이다.

　나는 90년대 소설들을 이처럼 역사성 대신 일상성, 공공성 대신 사인성, 전체 대신 부분으로 파편화하여 그 매개를 상실한 것으로 평가했지만 조금 다른 관점에서는 80년대와 대비하여 90년대 소설의 특징을 정치성의 소멸 혹은 부재로 요약할 수도 있을 것이다. 정치야말로 앞서 말한 역사와 일상을, 공공성과 사인성을, 전체와 부분을 잇는 가장 핵심적인 매개라는 점에서 90년대 소설사를 정치빈곤으로 요약하는 것은 옳다. 이것을 80년대의 버릇을 버리지 못한 정치주의적 판단으로 오해해서는 안된다. 그것은 미학적 판단이다. 우리가 지금 대규모로 겪고 있는 소외와 고립과 억압과 부자유는 그것이 일상의 심급에서 겪는 것이건 의식·무의식의 심급에서 겪는 것이건 개인이 공동체로부터 분리되고 더이상 그 공동체를 통해 개별자로서의 또 유적 존재로서의 자기실현의 통로와 전망을 잃게 되면서 일어난 것이다. 인간이 이 자기실현의 통로와 전망을 개척해나가는 목적의식적 행동이 가장 집중적이고 조직적으로 이루어지는 것을 정치행위라고 할 수 있다. 우리가 흔히 말하는 현실정치란 이런 원론적 의미의 정치행위가 속화되고 관습화된 것일 뿐이지 그 본질에서 정치는 신성하고 엄숙한 것이다. 역사와 일상을, 삶의 공공적 성격과 사적 성격을, 전체와 부분을 이어주는 매개를 찾아내는 일이 탐색의 서사양식으로서 소설이 할 일이라면 그 매개의 발견은 곧 정치의 회복이고 진정 해방적인 정치의식을 구축해나가는 일이 된다. 이런 맥락에서 소설의 미학적 과제란 곧 정치적 과제이기도 한 것이다.

80년대 소설을 정치과잉이라 부르는 것은 잘못된 표현일지도 모른다. 엄밀히 말하면 그 정치가 도식화되고 스테레오타입화되어 있던 것을 문제삼을 수는 있어도 정치가 소설미학의 중심문제가 되었던 바로 그 점을 문제삼아서는 안되는 것이다. 90년대 소설이 동시대인들의 삶의 미세하고 풍부한 결들을 포착해내는 데 기여했다는 점은 일단 수긍하기로 하겠지만 정치로부터의 대규모 퇴각과 그로 인한 몰계몽상태로의 침잠은 말하자면 야만으로의 퇴행에 다름아닌 것이다.

하지만 정치의 회복은 말처럼 쉬운 것이 아니다. 80년대에서 90년대를 건너오면서 우리가 알던 정치는 현실정합성을 지닌 역동적인 정치과정이 아니라 하나의 낡은 공식에 대한 맹목적 추수였음이 판명되었고, 그와 동시에 그 정치는 비참하게 장송되고 말았다. 그러나 그것이 미망이었을지라도 적어도 그 정도의 수준이 아니면 꿈조차 꾸는 것도 쉽지 않다. 어디서 어떤 수준에서 정치를 회복할 수 있을까. 이 복잡한 삶의 여러 심급들에 빛을 들이대고 이 심급에서 삶은 무엇인지, 무엇을 해야 좋은지, 무엇과 싸우고 무엇을 지키고 무엇을 얻어내야 하는지를 어떻게 알 수 있을까. 그것을 다시 알게 되는 일은 더디고 어렵다. 더군다나 그것을 다른 사람들에게 일목요연하게 설득하거나 이해시키는 일은 더더욱 그렇다. 저 밑바닥에는 아직도 혁명적 변전에 대한 미망이 채 꺼지지 않은 내 빈곤한 정치적 상상력으로 어찌 다른 사람에게 정치를 말할 수 있을까. 야만의 시대는 야만의 시대다.

소설 속에서, 우리 시대의 이야기 속에서 정치를 회복하는 일은 마치 죽은 신경이 살아나는 것처럼 더디고 힘든 일이다. 컴컴한 어둠을 향하여 더듬이를 내밀듯 그렇게 조금씩 나아가는 일일 것이다. 그러므로 지금 아직도 90년대적 파편의 바다를 유영하고 있는 작가들에게 불쑥 정치의 회복을 말하는 것은 말하는 편에서건 듣는 편에서건 낯설고 서먹한 일이 아닐 수 없다. 그러나 그럼에도 불구하고 더이상 이대로 90년대적 야만과 몽매를, 무엇보다 이 시대에 저질러지고 있는 대규모의 파괴와 소외에 대한 우리 소설의 불감증을 방치할 수는 없다. 죄인들처럼 혹은 채 눈뜨지 못한 벌레들처럼 자기 둘레의 미시적 세계만을 맴돌고 있는 우리 작가들로 하여금 눈을 들어 더 큰 세계를 바라보게 하고 더 큰 걸음을 내딛게 할 방법은 없는 것일까.

어쩌면 정치성의 소멸보다 더 무서운 것은 비극성의 소멸일지도 모른다. 90년대의 우리 소설들은 정치로부터 퇴각하면서 비극적 세계인식으로부터도 함께 퇴각해버린 것은 아닐까. 서사시적 완결을 불가능하게 하는 타락한 세계와 그 세계를 그대로 견딜 수 없는 문제적 인간 사이의 근원적 갈등과 대결이라는, 근대소설 본래의 비극적 동기화가 90년대 소설에서는 과연 살아남아 숨쉬고 있었던 것일까. 내 관찰은 고개를 젓는다. 90년대의 우리 소설은 작은 삶들 속에서의 자잘한 비극에 처한 인간들은 그려냈지만 격조높은 비극적 드라마를 이끌고 가는 문제적 인간을 창조하는 데는 성공하지 못했다. 내가 우리 소설에서 기다리고 요구하는 것은 바로 그런 드라마, 그런 인간이다.

이런 격조높은 비극성의 회복 역시 쉬운 일일 리가 없다. 90년대 우리의 삶은 이런 비극성으로의 접근을 방해하는 삶이었다. 신이 숨어버린 것 정도는 옛날이야기이고 이제는 신이 숨어버렸다는 비극적 세계인식조차도 몰각되거나 소멸되어버렸다. 그 비극적 세계인식, 삶에 대한 비극적 감각을 회복하는 일은 자기 삶의 비극성을 인식하는 일이면서 동시에 그것을 동시대인 일반의 삶의 비극성으로 확장하여 인식하는 일이다. 이런 비극적 감각의 사적 감수(感受)와 그 공적 확장 없이는 문제적 상황, 문제적 인간의 발견은 근원적으로 불가능한 것이다. 그리고 더 큰 문제는 그것이 아무에게나 가능한 것이 아니라는 데에 있다.

다시 처음으로 돌아가자. 앞에서 비극적 생체험 없이 비극적 세계인식은 불가능하다고 말했다. 지나간 90년대, 정작 풍요로운 것도 없었으면서 풍요의 이미지는 넘쳐나고 아무것도 해결된 것은 없으면서 해결의 길로 나서는 것을 방해받았던, 우리 스스로가 무력한 방관자이자 국외자의 삶을 강요받고 또 기꺼이 선택하여 이 세계의 보이지 않는 시뮬레이션 게임에 자기를 하나의 씨뮐라크르로 제공했던 이 시대에, 자신을 비극적 주제로 세우고 그로서 살아가는 것은 얼마나 힘든 일인가. 정작 비극적 삶을 살아간 이웃들은 그것을 객관화해내지 못하고 그것을 객관화하고 증언할 수 있는 작가들을 포함한 지식인들이라는 사람들은 나태와 방관과 우회의 수렁을 빠져나오지 못한 것 아닌가. 그에 비하면 영화 「박하사탕」의 주인공 김영호의 자결은 얼마나 소중하고 또 경이로운 것인가.

4. 비극적 세계인식의 가능성

마치 십자매 한 마리가 아무렇게나 부리질을 해서 접힌 종이의 점괘를 뽑아내는 새점처럼, 게으르고 단속적인 독서의 범위 내에서 몇편의 소설들을 뽑아내 거론하는 것은 허황하고 온당하지 않을 가능성이 크다. 그럼에도 불구하고 나는 근자에 되는대로 읽은 몇몇 작가의 작품들을 실마리 삼아 이 비극적 세계인식의 회복의 가능성을 조심스럽게 타진해보고자 한다.

1) 박범신의 「골방」과 「바이칼, 그 높고 깊은」

박범신(朴範信)은 70년대 작가로 분류된다. 그것도 이문구나, 황석영, 조세희, 윤흥길 등처럼 민중문학적 전통에 놓인다기보다는 최인호, 조선작, 조해일 등이 그랬듯 본격문학과 대중문학의 경계를 넘나든 작가로 기억된다. 그리고 대다수의 70년대 작가들이 그랬듯 80년대에 박범신의 문학은 이렇다할 주목의 대상이 되지 못했다. 그런데 다른 70년대 작가들이 역시 침묵의 늪 속을 빠져나오지 못하고 있던 90년대의 한복판으로 이 작가는 놀랄 만한 비극적 감수성과 자의식을 가지고 돌아왔다. 그렇게 된 내력을 캐는 것은 이 글의 영역을 넘는다. 여기서는 다만 그 내력 끝에 그가 도달한 도저한 비극적 감수성에 대해서만 말할 뿐이다.

박범신의 작품집 『흰 소가 끄는 수레』(1997)에는 여섯 편의 길고 짧은 작품들이 실려 있다. 작가의 말에 의하면 이 작품들 중 다섯 편은 1994년부터 1996년까지의 3년여에 걸친 절필 직전의 작품이다. 그 절필의 내력은 잠깐 들어둘 만하다.

나는 연재하던 소설을 더이상 이어 쓸 수 없다고 실토했고, 지구의를 아무리 들여다보아도 세계를 알지 못하고 연대표를 아무리 외워보아도 역사를 알지 못하는 나의 우매함에 대해 자백했으며, 무당도 기(氣)가 떨어지면 산으로 가듯 나 또한 당분간 산으로 가겠다고 썼다.[4]

세계와 역사를 알 수 없음, 기가 떨어짐…… 이런 것이 한 중견작가
의 절필의 이유였다. 기가 떨어지면 소설 아니라 아무것도 못하게 되는
것이겠지만 그 앞에 세계와 역사를 알 수 없다는 말이 있음으로 해서 그
소설가의 기라는 것이 세계와 역사를 아는 것과 무관하지 않음을 말해
준다. 세계와 역사를 알 수 없다고 절필을 하다니…… 아마도 신세대작
가들은 웃을지도 모른다. 그러나 70년대와 80년대를 자기의 시대로 살
아온 작가들에게는 그것이 이유가 된다. 그리고 그것이 이유가 됨을 바
로 이 작가가 이처럼 보여주고 있다.

「흰 소가 끄는 수레」를 거쳐 「제비나비의 꿈」을 읽으면서 나는 절필
이후의 득의의 작품들임에도 불구하고 그 특유의 스타일리스트로서의
면모가 여전히 걸림돌이 되고 있다고 생각했다. 그리고 스타일에의 경
사는 으레 글쟁이로서의 나르시시즘과 연결되게 마련인데 아닌게아니
라 그의 글쓰기가 그랬다. 그는 나름대로 도달한 고통의 궁경에서조차
자기 글에 대한 나르시시즘에 들려 '멋'을 내고 있었다. 해인사에서 무
주로 가는 신풍령을 넘으면서 또다른 자기를 만나서 꿈인 듯 현실인 듯
사멸의 위기를 넘기게 되는 「흰 소가 끄는 수레」의 이야기는 진지하기
그지없다. 하지만 그 진지함은 '눈물겹다'는 자신의 표현에도 불구하고
아직 치기와 엄살에 둘러싸여 있는 것으로 보였다. 그것은 그의 수사학
과잉에서 온 것이었다. 「제비나비의 꿈」 역시 땅을 일구고 작물을 심고
김을 매고서 아들과의 침묵의 대화를 통해 구원의 경지에 이르는 절필
작가의 절실한 내면이 있지만, 그 절실한 진지함이 좀 속악스럽다 싶기
까지 한 그의 박물학적 현학취미에 가려 빛을 잃고 있는 형국이었다.

그런데 「골방」이 있었다. 이 작품에도 달을 둘러싼 신화학적 지식의

---

4) 박범신 「작가의 말」, 『흰 소가 끄는 수레』, 창작과비평사 1997, 2~3면.

노출이 자칫 같은 영향을 줄 뻔했지만 이 작품에서는 마침내 그의 내면의 절실한 뜨거움이 수사학을 넘어, 스타일을 넘어, 현학취미를 넘어 그의 소설을 구원하고 있었다. 자칫하면 달의 생산력과 골방의 생산력을 등치시켜 그저 한 작가의 절필 포기의 명분을 마련해주는 데 그칠 것 같던 이 작품은, 그러한 손쉬운 등치를 재차 부정하는, 위안도 변명도 다시 칼날 끝으로 몰고 가는 마지막 장의 그 혼신의 부정 때문에 마침내 소설가 소설, 아니 예술가 소설의 한 격을 성취하게 된다. 이런 경지에 오르면 그에게 자기객관화를, 예컨대 이 세계에서의 작가의 존재론에 대한 이해를 굳이 요구하지 않아도 된다. 그는 어둠속을 기어가는 벌레처럼 맹목적이지만, 작가로서의 자기존재의 어둡고 이해할 수 없는 양상을 어둠속에서 피흘리며 더듬어 마침내 알아낸 것인데 그것은 손쉽게 주어지는 이론적 장치들을 통과한 것과는 비교도 할 수 없이 값진 것이다. 이런 처절한 맹목의 아픈 포복과 그 끝에서 얻은 남김없는 자기부정 앞에서 감동이 없다면 이상한 일이다.

그리고 「바이칼, 그 높고 깊은」이 있었다. 여기서 나는 이 작가가 90년대를 자기의 시대로 살아낼 수밖에 없었던 이유를 짐작할 수 있었다. 「제비나비의 꿈」이 한 사람의 아버지로서 이른바 문제아가 된 아들과의 안타까운 대화의 기록이기도 하듯이, 이 작품은 운동권 여대생인 딸과의 애정과 안타까움으로 점철된 대화와 소통의 기록이다. 퇴조해가는 학생운동의 끝자락에서 온몸을 던져 싸우고 있는 그의 딸은 그로 하여금 새삼스럽게 세계와 역사와 인간의 문제에 직면하게 만들었다. 자식에 대한 그의 사랑은 자식이 맞서 싸운 세계에 그도 역시 그의 방식으로 맞서 싸울 수 있게 만들었고 그럼으로써 그 세계를 자신의 것으로 전유하게 한 것이다. 그리하여 90년대는 그의 자식들의 것이면서 동시에 아주 깊은 곳에서부터 그의 것일 수 있었다. 그런 면에서 그는 행복한 작가라고 할 수 있다. 「골방」과 「바이칼, 그 높고 깊은」이 획득한 세계와의 비극적 불화에 대한 깊은 성찰은 그의 삶이 나름대로 당대의 핵심을 통과하면서 끝없이 강제한 것이며 그는 그 강제를 피하지 않고 온몸으로 받아냈던 것이다.

2) 공지영의 「길」

공지영(孔枝泳)도 삶에 대한 비극적 성찰에 도달했을까. 그는 90년대 내내 이른바 '후일담의 작가'였다. 앞서 김영현과 김남일, 김인숙과 정도상, 방현석과 정화진을 이야기하는 자리에서 그의 이름을 빼놓은 것은 공지영의 작품세계가 그들이 한 극점을 지난 곳에서 시작되었기 때문이다. 김영현, 김남일 등에게 후일담은 그야말로 쓰디쓴 에필로그였지만 공지영에게는 그것이 메인스토리였다. 80년대의 변혁운동이 역사의 뒤안으로 사라진 후의 풍경을 자기서사의 중심에 놓게 된 소설가가 공지영이었던 것이다. 김남일 등에게 이 '후일들'은 말하자면 껍데기 같은 것이었으며 살아도 산 것 같지 않은 나날들로, 뿌리를 내리지 못하고 한없이 미끄러지는 텅 빈 시간들이었다. 하지만 공지영에게 이 '후일들'은 어떻게든 뿌리를 내리고 살아야 할 현재였다. 한 시대의 에필로그를 메인테마로 삼아 살아내는 것, 그것이 공지영이 90년대 내내 직면했던 일종의 아이러니였다.

그런데 알고 보면 80년대를 거쳐 90년대를 살아온 많은 사람들에게 그것은 하나의 보편적 현상이었다. 의식적으로 90년대를 거부하고 미끄러지듯 살아갈 수 있는 사람은 많지 않다. 설사 그렇다 하더라도 그들 역시 어떻게든 살아야 했다. 정작 살았으면서 짐짓 살지 않은 듯 가장한 그 삶은 위선적이고 이중적인 삶이었을 가능성이 높다. 앞서 고백했지만 내 삶도 거기서 그리 멀지 않다. 공지영의 후일담소설들은 돌이켜보건대 그 후일을 위선 없이, 도피 없이 현재로서 살아온 한 사람의 기록이었다. 단순하면 단순한 대로 감상적이면 감상적인 대로 그것은 그가 싸운 싸움의 솔직한 수준이었다. 그러나 누구도 그처럼 감상적으로라도 90년대라는 이름의 거대한 '후일'과 싸워본 적이 없었다. 그의 작품을 통해 지나간 80년대가 하나의 상투적인 이미지로밖에 남지 않게 되었다고 비판하지만 그 상투적인 이미지라도 80년대를 붙들고 공지영만큼 오래 싸운 사람도 없었다. 중요한 것은 그것이 그에게는 살아 있는 현재였다는 점이다. 그리고 그 오랜 현재적 싸움 끝에, 즉 몸으로 한 시대를 때운 끝에 도달한 작품 「길」(1997)에서의 삶에 대한 성찰은 그만큼 값지다.

　「길」은 그 삶에 대한 보편적 성찰이 빛나는 작품으로 이 두번째 작품집의 압권을 이루고 있다. 예순살이 다 된 한 영화촬영감독과 수학교사인 그의 부인이 신혼여행 후 처음 남도의 바닷가로 여행을 하게 되면서 겪는 애증의 갈등, 죽은 아들과 관련된 회한 등을 담담하게 그려나간 이 작품은 작중 주인공인 늙은 촬영감독의 상념을 빌려 "산다는 것은 결코 자동사가 아니란다. 그것은 엄정한 타동사지. 삶과 사랑과 네가 꿈꾸던 변혁…… 그것들은 거부할 수 없는 것이고 때로는 폭풍처럼 휘몰아치는 것이라는 걸 나는 알고 있단다" "하지만 벼랑을 넘어서라도 갈 수밖에 없을 때, 그게 누구든 인간은 누구나 저마다 우주와 같은 진실을 가슴에 품고 있는 것이다. 누구도 그것의 경중을 따질 수는 없으리라"라는, 필연과 자유, 운명과 의지가 팽팽히 맞서는 전선으로서의 삶의 진실을 발견해내고 있다. 나는 그 성찰의 진정성 앞에서 공지영의 감상이 삶의 지층 속에서 그간 어지간히 깊이 쌓여 탄화되고 결정화되었구나, 그리하여 마침내 이처럼 빛날 수 있게 되었구나 하고 생각했다. 이제 비로소 그의 소설 속 인물들은 기억과 사건과 관계의 부대낌에 의해 이끌려가는 수동적 존재에서 벼랑을 넘어서는 삶의 의지를 지닌 능동적 존재로서 살아나게 되

었다. 이 순간은 공지영이 후일담의 세계를 제대로 벗어나는 순간이
기도 하다.[5]

이 작품에서 늙은 영화감독의 지난 삶은 그냥 미끄러져 흩어져간 삶
이 아니라 깊은 고통 속에서 단단히 뭉쳐진 삶이었다. 그런 삶만이 적대
적이고 폭력적인 객관세계에 대하여 '우주적인' 품격을 가지고 맞설 수
있는 것이다. 이 작품에서 공지영이 '우주와 같은 진실'을 말했을 때 거
기엔 피하려 해도 피할 수 없이 타락한 세계와 맞설 수밖에 없는 인간의
비극적 운명에 대한 작가의 값진 성찰의 깊이가 배어 있다.

3) 김별아의 『개인적 체험』

박범신이 40대와 50대를 걸쳐 90년대를 살았고 공지영이 30대에 90
년대를 살았다면 1969년생인 김별아는 20대의 대부분을 90년대에 살아
낸 명실상부한 신세대작가라고 할 수 있다. 1965년생인 배수아보다 네
살이 어리고 1971년생인 백민석보다 두살 더 많은 이 젊은 작가의 작품
세계는 그러나 배수아나 백민석의 세계, 즉 신세대작가들이 즐겨 보여
주는 파편화된 도시적 일상 속에서 이루어지는 단자화된 개인의 예측할
수 없는 삶의 행적으로 이루어진 복잡하고 기괴한 세계와는 많이 다르
다. 첫 장편 『내 마음의 포르노그라피』와 아마도 한두 편의 단편을 더
읽고 이제 이 두번째 장편을 읽은 게 고작이지만 두 장편이 모두 자전적
기록의 형식을 지니고 있기 때문인지 그의 작품은 마치 기교도 장식도
없는 수기를 대하는 것처럼 지나치게 평이하고 수수하다.

그런데 이 『개인적 체험』은 그 평이하고 수수한 형식 속에 뜨거운 결
기를 감추고 있다. 어느 작가의 것이든 20대 언저리의 자전적 기록을

---

5) 졸고 「감상에서 성찰로」, 『실천문학』 1999년 가을호 540면.

쓴 소설엔 정신의 날이 가장 서늘하게 빛을 내는 법이겠지만 내가 이 작품을 끝내 한쪽에 밀쳐두지 못한 것은 내가 방관했던 90년대의 한복판을 통과하고서 "치열하게 쓴다는 것은 끝끝내 치열하게 살아낸다는 의미이리라 믿는"다고 감히 말할 수 있는 이 젊은 정신의 기록 앞에서 부끄러움과 반가움을 함께 느꼈기 때문일 것이다.

작품은 그야말로 평이하다. 남다른 문학적 감수성을 지닌 한 여성이 동해안의 한 도시에서 여고를 마치고 서울의 명문대에 진학하여 학생운동에 발을 들여놓고 시간이 지나 한 사람의 개인으로 돌아와 결혼을 하고 아이를 낳고 하는, 그다지 극적이라고 할 수도 없는 이야기일 뿐이다. 대학 입학 전에 버스 안내양으로 잠시 취직을 해서 겪은 경험 이야기나 대학 이후의 잠깐의 노동현장 체험 이야기도 그만한 이야깃거리가 되지 않아서인지 평이할 뿐이다. 그저 그때까지도 공장 팀이 있었나 하는 생각이 들 뿐이었다. 그리고 학생운동에 깊이 참여할 때는 "나는 문학하는 사람이 아니라 운동을 하는 사람이라고 생각"하다가 결국엔 "운동을 하는 사람이기보다는 문학을 하는 사람으로 되돌아와 있었다"는 부분에서도 공감보다는 또 한 사람의 투항자를 받는 느낌으로 개운치 않은 기분까지 들었다.

그럼에도 불구하고 이 소설에는 한 시대를 이제 막 뚫고 나온 정신의 채 식지 않은 뜨거움이 남아 있었다. 1991년 4월에서 6월까지, 이른바 강경대 정국이라고 불리던 아마도 내 기억에 남아 있는, 그리고 내가 참여한 가장 마지막의 대규모 가두집회의 경험이 있었던 시기에 이 소설의 주인공은 당시 거의 모든 정치적 집회가 열렸던 대학 학생회의 간부였다. 이 시기는 강경대에서 김기설을 거쳐 김귀정에 이르는 열 명도 더 넘는 사람들이 분신하거나 투신하거나 타살되던, 유례를 찾아볼 수 없던 죽음의 정국이었지만 '죽음의 굿판을 걷어치워라' 하는 김지하의 배신과, 박홍이라는 자의 매터도어(matador)와 함께 공안정국이 형성되고 이윽고 강기훈 유서대필사건으로 학생운동과 재야운동이 결정타를 입고 회생불능의 나락으로 떨어져버리게 된 시기였다. 이 소설의 주인 공은 이 결정적인 퇴조기의 한복판에 있었다. 여기서 주인공이 펼치는 김지하에 대한 애증의 사유와 이미 '희극으로 되풀이되는 비극'의 수준 으로 떨어져버린 퇴조기 운동의 양상 및 죽음의 정국에 대한 사유는 깊 다. "대안 권력이나 생존권적 요구보다는 싸우는 자신을 설복시키는 것 이 우선"이었다는 주인공의 생각은 90년대 운동에 대한 그 어떤 평가보 다도 치명적으로 당대 운동의 핵심을 찌르는 것이었다. 그리고 더욱 중 요한 것은 그것이 밖에서 이루어진 평론이 아니라 그 한복판에서 피흘 리며 얻어진 사유라는 점이다.

그 한복판에서 피흘린 자만이 그 시대를 평가할 자격이 있는 법이다. 그리고 그 기억만이 간직될 가치가 있는 법이다. "현재를 위해 과거를 조작하는 사람들 사이에서 나는 차라리 선망후실(先忘後失)한 삭망증 환자이기를 자청하고 싶다. 그리하여 내가 선택한 침묵은 더 크고 깊은 침묵의 절규에 대한 부끄러운 대답이었으리라, 믿고 싶다"는 그 주인공 은 아직도 강경대의 죽음을 기억한다. 그 기억은, 그 기억과 관련된 것 들은 좀처럼 지워질 수 없다. 그 기억의 한가운데를 살아가던 주인공은 대학을 나오고 노동현장 체험도 끝내고 결혼도 하고 아이도 낳고 살아 가던 1995년 11월 어느날, 택시를 타고 가다가 프랑스의 좌파 지식인 질 들뢰즈(Gilles Deleuze)의 자살 소식을 전하는 건조한 교통방송의 뉴스를 듣고 울음을 터뜨린다.

나는 모르는 사람인 들뢰즈를 위해 울었다. 땀과 코를 흘리며 한참 을 울다가 꽉 막힌 도로 한가운데서 택시 문을 열었다. 놀란 차들이 일제히 비명과 같은 클랙슨을 울렸다. 이젠 혼자 가는 것이다. 아직 내겐 찢겨 나부끼는 깃발조차 없지만 누구와도 벼르어 가질 수 없는 고독을 달가워하며 맨몸으로 가는 것이다.

내가 전율한 이 순간은, 강경대의 기억과 들뢰즈의 기억이, 한반도와 프랑스와 세계 전체의 실패한 혁명과 바스러져가는 삶들의 기억이 한 사람의 울음 속에서 한스럽게 뒤섞여 소용돌이치는 순간이고, 한 사람의 고독의 선언 속에서 홀연 그 모든 것이 엄숙하게 제자리에 놓이는 순간이다. 이 순간은 한 인간이 황막한 세계와 온몸으로 맞서는 비극적이고도 존엄한 순간이다. 내가 말하는 비극적 세계인식이란 이런 순간을 통과하지 않으면 좀처럼 얻어질 수 없는 것이다.

나는 이처럼 한 시대를 피흘리며 뚫고 나온 정신이 가닿을 수 있는 이 지점에 우리 소설들이 가닿게 되기를 간절히 원한다. 나머지는 별로 중요하게 생각되지 않는다. 내가 읽은 박범신이 그랬고 공지영이 그랬고 김별아가 그랬다. 아마도 이외에도 여러 작가들이 이미 이 지점에 고통스럽게 도달했을지도 모른다. 그것을 못 읽어낸 것은 순전히 내 게으름 탓이다. 그런데 이젠 겸양의 췌사로라도 게으름을, 방관을, 우회를 말하는 나 자신이 참 싫어진다. 이젠 그러지 말기로 하자.

―「실천문학」 2000년 봄호

리얼리즘적 성취와 우의적 변용

황순원의 '해방기' 작품세계

1. 해방기 황순원의 재인식

황순원(黃順元)의 작품세계는 흔히 개인주의적이라거나 또는 실존주의적이라는 평가를 받아왔다. 그것은 그의 대표작들이라고 할 수 있는 『카인의 후예』(1954), 『나무들 비탈에 서다』(1960), 『일월』(1964) 등이 그런 경향을 지니는 데서 주로 기인하는 것이지만[1] 그의 다른 작품들이 보여주는 세계도 전반적으로 그러한 평가에서 크게 벗어나지 않는 것으로 이해되어온 것이 사실이다. 그리고 이러한 평가는 하나의 통념이 되어 황순원에 대한 좀더 폭넓은 연구를 선험적으로 제약해온 감이 없지 않다. 한 작가의 작품이 어느정도 일관된 경향을 띠는 것은 필연적이기는 하지만 한 작가가 일생을 통하여 작품활동을 해오는 동안 그의 작품세계가 어떤 방식으로든 변모를 보이는 것 역시 피할 수 없는 일이다.

---

1) 이보영은 「작가로서의 황순원」(『황순원전집 12─황순원연구』, 문학과지성사 1993, 280~312면)에서 이 작품들을 주로 실존주의적 관점에서 평가하고 있다.

114

그 변모의 폭은 완만할 수도 있고 때로는 급격하고 가파른 것일 수도 있는데 이는 작가의 삶과 그를 둘러싼 역사적 사회적 상황의 굴곡의 진폭과 대체로 비례한다고 할 수 있다.

이런 맥락에서 볼 때 황순원의 '해방기'[2] 작품들은 우리의 주목에 값한다. 이 시기의 그의 작품들은 해방 전(1937~44)에 쓴 작품들과도, 한국전쟁 이후에 쓴 작품들과도 확실히 다른 세계를 보여준다.[3] 그리고 물론 그것은 황순원의 작품세계에 관한 오랜 통념의 바탕이 되고 있는 것과는 다른 세계이다. 이 글은 일단 이 시기의 황순원의 작품들이 지닌 이러한 특수성의 내용을 밝히고, 황순원의 삶과 생각의 어떤 갈피에서

---

2) 이 용어는 통상 1945년 8월 15일에서 1950년 6월 24일까지의 시간대를 지칭한다 하지만 이 용어에 대해 문제점을 제기하는 입장이 있어 검토를 요한다.(조성면 『독자를 통해서 본 미소분할기의 문학』, 인하대 대학원 국문과 '한국문학특강' 1996년 6월 13일 발표문) 조성면은 1945년 8월 15일부터 1948년 8월 15일 남한 단정수립까지의 기간과 그 이후 6·25 발발에 이르는 기간의 역사적 성격의 차이가 뚜렷하므로 '해방기'로 이를 통칭하는 것은 문제가 있으며, 전자의 시기가 미소의 한반도 분할구도가 가장 첨예하게 관철되었던 시기이므로 이 시기를 따로 '미소분할기'라고 부르는 것이 타당하다고 주장하였다. 그는 그러면서도 자신의 용어법에는 문학용어로서의 정합성 문제, 작품적 현실과의 관련문제, 용어의 몰주체성 문제 등이 내재되어 있다는 신중한 태도를 보이고 있다. 이 용어법의 문제에 관해선 좀더 섬세한 검토가 필요하지만 일단 1945년 8월 15일에서 1948년 단정 수립까지만을 두고 볼 때는 이 용어 내지는 '미소동점기' 등의 용어가, 몰주체적이라는 문제점은 있으나 일반 역사학적 용어로서는 일정한 타당성을 지닌다고 볼 수 있다. 하지만 문학사적으로는 적어도 전쟁 전까지의 양상은 단정수립을 전후하여 단절보다는 연속성이 더 강했다고 볼 때 이 용어법을 그대로 도입하는 데는 어려움이 따른다. 이는 황순원의 경우도 마찬가지다. 따라서 이 글에서는 해방기라는 용어를 그대로 사용하되 따옴표를 붙여 차후의 논의를 기대하는 정도로 처리하고자 한다.

3) 황순원의 '해방기' 소설에 처음 주목한 분은 염무웅 교수이다.(염무웅 「8·15 직후의 한국문학」, 『창작과비평』 1975년 가을호) 그는 이 글에서 황순원의 「황소들」「술 이야기(술)」「아버지」「두꺼비」 등을 채만식, 염상섭 등의 작품과 함께 해방기 현실을 증언하는 중요한 작품들로 거론하고 있다. 하지만 이 글은 '해방기'의 리얼리즘적 성과로서 황순원의 작품을 주목했을 뿐 황순원의 전체 작품세계에서 이 작품들이 차지하는 위치나 그 발생적 배경에 관해선 주목하지 않고 있다.

그러한 특수성이 빚어져나올 수 있었는가를 짚어봄으로써 황순원이라는 작가에 대한 통념에 하나의 문제제기를 하는 것으로 그 목적을 삼고자 한다. 연구가 완결적인 것이 되려면 이 시기 이전의 작품들과 그 이후의 작품들 전체와의 비교 속에서 이 시기의 작품들이 황순원 문학에서 차지하는 위치를 밝히는 데까지 나아가, 과연 이 시기의 특수성이 단지 이 시기만의 것으로 한정되는 것인지, 아니면 그 이후의 작품세계에서도 이 시기 작품들이 보여준 작가의 날카로운 현실인식과 리얼리즘적 시각이 잠재적 형태로라도 견지되고 있는지까지도 밝혀내야 하지만 그것은 이 글의 범위를 훨씬 넘는 과제이다.

이 글의 고찰대상이 되는 '해방기' 황순원의 작품들은 그로서는 두번째 창작집[4]이 되는 『목넘이마을의 개』(육문사 1948)에 실린 「술」(1945. 10), 「두꺼비」(1946. 7), 「집」(1946. 8), 「황소들」(1946. 12), 「담배 한 대 피울 동안」(1947. 1), 「아버지」(1947. 2), 「목넘이마을의 개」(1947. 3) 등 일곱 편 전부와 세번째 창작집인 『곡예사』(명세당 1952)에 실린 열한 편의 단편과 장편(掌篇) 중 「모자」(1947. 11), 「이리도」(1948. 5), 「무서운 웃음」(1949. 4) 등 세 편이다.[5] 이외에 장편 『별과 같이 살다』가 1947년 무렵에 완결되었으나 이 글에서는 일단 연구대상에서 제외하였다.

'해방기' 문학에 관한 연구가 그 중요성에 대한 강조의 빈도와 강도에 비교할 때 아직 기초적인 자료의 정리조차도 불충분한 아주 초보적인 단계에 놓여 있는 현실에서 황순원의 이 시기 작품들에 대해 성급한 평

---

4) 그의 첫 창작집은 후에 『늪』으로 개제되는, 1948년 8월 한성도서에서 출간된 『황순원단편집』이었다. 여기엔 「늪」 「닭제」 「거리의 부사」 등 초기작 열한 편이 실려 있다.

5) 이 글의 텍스트로는 『황순원전집 2—목넘이마을의 개 / 곡예사』(문학과지성사 1994)를 사용했다. 여기서 각 작품 뒤에 달린 괄호 속의 연월은 발표일이 아니라 탈고일이다. 탈고일을 기준으로 해야만 해방기의 급박한 현실상황 속에서 그에 대응하는 작가의 인식의 성격과 그 변화양상을 섬세하게 포착할 수 있을 것이다. 이 탈고일은 「연보」(『황순원전집 12—황순원연구』, 문학과지성사 1993, 344~59면)에 의거했다.

가를 내리는 것은 아직 위험하다. 하지만 그의 '해방기' 작품들이 동시대의 다른 중요한 작가들, 예컨대 문학가동맹 계열의 이태준이나 지하련, 안회남, 엄흥섭 등이나 중간적 입장에 섰던 채만식, 염상섭 등의 작품들과 비교할 때 다 같이 넓은 의미의 리얼리즘적 경향성 위에 서 있으면서도 남다른 독특한 깊이를 지니고 있었다는 사실은 우선 인정되어야할 것이다. 하물며 그의 1950년대 이후의 작품세계의 지배적 성격에 얽매인 나머지 이 시기의 작품들에 대해 의당 행해져야 할 정당한 평가에 소극적인 태도를 보일 수는 없다. 무엇보다 그의 작품들이 말한다.

2. 리얼리즘적 성취와 우의적 변용

'해방기'에 씌어진 황순원의 작품들은 경향으로 볼 때 크게 둘로 나눌 수 있다. 하나는 이 시기의 우리 민족과 민중이 처한 현실의 여러 부분을 사실적 필치로 날카롭게 해부하여 주어진 '해방'의 허구성, 즉 반민족성과 반민중성을 드러내고 있는 작품들이며, 또하나는 우의(寓意), 즉 알레고리적 기법으로 정치적 폭력과 책략이 난무하던 당대 현실을 빗댄 작품들이다. 전자의 계열에 속하는 작품들이 「술」「두꺼비」「집」「황소들」「담배 한 대 피울 동안」「아버지」「모자」 등이고, 후자에 속하는 작품들은 「목넘이마을의 개」「이리도」「무서운 웃음」 등이다.

1) 리얼리즘적 성취를 이룬 작품들

이들 중에 우선 주목할 작품은 「술」이다. 이 작품은 해방 이후 황순원의 첫 단편이며 그가 아직 월남하기 전인[6] 1945년 10월에 탈고된 것으

---

6) 황순원은 그가 32세 되던 1946년 5월 가족과 함께 고향을 떠나 월남을 단행했다. 지주

로 해방 직후의 그의 만만치 않은 현실인식이 잘 나타나고 있다. 해방과 함께 일본인들이 경영하던 여러 산업시설들이 한국인 노동자들의 수중에 놓이게 된 상황에서 노동자들 내부에서 일어날 수 있는 이해관계의 대립과 의식의 변화과정을 그려낸 이 작품은 무엇보다 냉정한 관찰자적 자세로 일관되어 있다는 점을 특징으로 한다. 15년 동안 나까무라 양조장에서 주임서기로 근무하면서도 같은 한국인 노동자들로부터 신임을 잃지 않아 해방이 되자 노동자 대표로 양조장을 접수하게 된 준호라는 인물이 지배인 사택에 입주하면서 점차 가진 자들의 삶의 양식에 익숙해지고 급기야 자신이 이 양조장의 관리인으로, 즉 자본가로 변신하는 것을 자연스럽게 여기게 되며, 결국 철저한 자주관리를 추구하는 동료 노동자들과 반목·갈등하다가 자멸하는 과정을 황순원은 적절한 비판적 거리감을 유지한 섬세한 심리묘사로 냉정하게 묘파하고 있다.

이러한 어떤 날, 준호는 별나게 방안 구석구석이 허전함을 느끼게 됐다. 이게 아무래도 제자리에 놓여 있어야 할 가구들이 없어진 탓이리라. 사실 가구야 무슨 죄가 있느냐, 건섭이가 일본적인 것은 일소해버려야 한다는 말에도 이 가구 같은 것은 들지 않았으리라. 하여튼 이렇게 방안들이 텅 비어서는 큰 집으론 격에 맞지 않아 안됐다. 준호는 광으로 치웠던 가구들을 도로 내다 제자리에 놓기로 했다.[7]

그래 젊은놈이 양조장을 위해 열을 내어 일할 생각은 않고 자리 탓만 내? 조선사람은 이래서 망하는 거야! 게다가 십년장이 넘는 날 보

집안이라는 그의 출신이 그가 비교적 진보적 지식인이었음에도 불구하고 그의 월남을 강제했던 것으로 보인다. 김동선 「황고집의 미학, 황순원 가문」, 『황순원전집 12—황순원연구』(문학과지성사 1993) 참조.
7) 『황순원전집』(이하 『전집』) 2, 21면.

고 동무, 동무, 하고 부르겠다? 나도 첨에는 서로 믿고 누구보고나, 동무, 동무, 했지만, 글쎄 이제 와서도 이 머리에 피도 안 마른 놈이 날보고 동무, 동무, 하고 부르다니! 어디 그뿐인가! 양조장 안 어중이떠중이 전부가 날 보고 동무라 부르겠다? 원 벤벤치도 않은 것들이~ 어떻게든 내 손으로 먼저 돈있는 자리를 뚫어 자본을 대야겠다. 누구 좋은 사람이 없나?……[8]

앞의 인용문은 준호라는 인물이 부르주아적 생활감정에 빠져드는 심리를, 뒤의 인용문은 그가 자본가의식을 지니게 되는 심리를 포착하고 있다. 이러한 냉정한 관찰자적 시각은 사실상 작품을 지배하고 있는 노동자계급적 당파성과 적절하게 어울려 강한 낙관주의적 울림을 전해준다는 점에서 부르주아적 관조주의의 시각과는 전혀 다른 효과를 낳게 된다. 이는 이 작품이 씌어진 이듬해인 1946년 1월 조선공산당 중앙위가 제시하고[9] 2월의 문학자대회에서 공식화된[10] 창작방법인 '혁명적 낭만주의를 계기로 내포한 진보적 리얼리즘'이 대개 긍정적 전망의 낭만적 선취라는 도식성을 초래하기 쉬웠다는 점을 고려하면 황순원이 선택한 부정적 주인공의 사회적 인격적 몰락을 통한 긍정적 전망의 대비적 부각이라는 방법론은 훨씬 설득력있어 보인다.

똑같이 이러한 냉정한 관찰자적 자세를 유지하고 있는 또하나의 작품이 「집」(1946. 8)이다. 이 작품은 쓰러져가는 한 채의 집을 둘러싸고 두 인물이 벌이는 대립을 그리고 있다. 그 한 사람인 전필수는 소작농

---

8) 『전집』 2, 27면.
9) 당중앙 『조선 민족문화 건설의 노선』, 1946. 1. 이 문건은 전국문학자대회(2. 8~9)가 끝난 뒤 『해방일보』(2. 9~10)에 게재된다.
10) 김남천 『새로운 창작방법에 관하여』, 『건설기의 조선문학—제1회전국문학자대회자료집』, 조선문학가동맹 편, 여기서는 최원식 해제본(온누리 1998), 121~26면.

출신이지만 해방 직후 고물상으로 돈을 벌어 이 작품의 무대가 되는 서당골의 지주인 민창호의 땅을 사서 신흥지주가 되는 사람이다. 또 한 사람은 오랜 동안 자작농으로 버티어왔으나 결국 일제말의 그악스런 공출과 아들의 노름버릇 때문에 소작농으로 전락한 막동이 할아버지이다. 사건은 전필수가 막동이네의 채전과 집터에 눈독을 들이고 있던 차에 그렇지 않아도 투전으로 땅을 모두 날린 막동이 아버지가 다시 그 채전과 집터를 전필수에게 맡기고 투전 밑천을 얻어갔다가 집까지 날리기 직전에 다시 채전과 집터를 되찾았으나 실수로 그 집에 깔려 죽게 되는 이야기이다. 그러나 이 작품의 골자는 결국 땅을 둘러싸고 지주와 소작농 간에 벌어지는 각축에 있다. 신흥지주인 전필수와 소작농인 막동이 할아버지는 해방이라는 유동적인 상황을 맞아 땅을 확보하려는 강력한 의지를 펼치는 것이다.

황순원의 냉정한 관찰자적 시각은 이 두 사람의 대립과 각축을 결코 표면적으로 노골화하지 않으면서도 이 작품의 주된 갈등으로 부각시키는 기능을 훌륭히 수행한다. 신흥지주 전필수는 과거의 지주들과는 전혀 달리 동네 사람들의 인심을 얻는 처신에 성공하며 막동이네의 손바닥만큼 남은 땅과 집을 노리면서도 그 의도를 전혀 겉으로 드러내지 않는다. 그리고 막동이네는 할아버지와 아버지, 막동이의 3대에 걸친 노력에도 불구하고 막동이 아버지의 일순간의 노름벽에 의해 회생불가능한 몰락의 과정을 밟는다. 그러니까 분명 계급적 대립을 다루면서도 예컨대 '악덕지주—선한 소작농'의 구도에 의존하지 않음으로써 오히려 해방이 되었음에도 지주—소작 관계가 온존하게 되는 현실의 필연성을 객관적으로 드러낼 수 있는 것이다. 막동이 아버지의 죽음과 다음과 같은 결말 처리는 소작농민측의 예정된 패배를 보여준다.

순간 막동이의 시야를 고래같은 기와집이 가로막아버렸다. 그러나 무엇을 찾는 듯한 막동이의 눈은 그냥 앞을 막는 기와집 용마루 너머 하늘 저쪽에 부어진 채로 있었다.[11]

이와 같은 냉정하고 객관적인 자세에도 불구하고 이 작품은 「술」과 같은 수준의 리얼리즘적 성취에는 못 미치는 것으로 보인다. 상당한 독농가였던 막동이네의 몰락이 계급관계상의 필연성을 충분히 반영하지 못하고 도박이라는 개인적 우연성에 기인하게끔 하는 것, 지주―소작 간의 대립이 지주 개인과 소작인 개인의 문제로 시종하는 것, 당시의 지주계급과 소작농민계급들의 사회적 투쟁이나 정치적 상황이 전혀 반영되고 있지 못한 것 등이 바로 이 작품의 리얼리즘적 성취를 가로막는 요인들이며 역사적 상황을 개인화하는 데 능숙한 황순원이 빠져들기 쉬운 약점의 구체적 실례들인 것이다.

「황소들」(1946. 12)은 미군정당국의 무차별적인 공출 강행으로 막바지에 몰린 농민들이 집단적으로 지주들의 창고를 습격하는 과정을 그린 작품이다. 이 작품은 그해 10월 1일 대구에서 쌀배급을 요구하는 1만여 명의 시민들의 시위로 시작된 10월폭동이 전국적으로 확산되어 연인원 230만 명이 참여하는 반제 '인민항쟁'으로 발전하는 과정[12]에서 바로 그 폭동의 주체인 농민의 입장에서 씌어졌다는 점에서 주목을 요한다.

이대로 가단 아무래두 다 굶어 죽을 목숨여. 누가 공출을 안하겠다는 건 아니여. 공평하게 해달라는 거지. 어떤 사람은 광 속에 쌀가마니를 가득 들이쌓아놓구 몰래 일본이나 다른 데루 팔아먹게 왜 내버려두느냐 말여. 밤낮 없이 사람들만 들볶아댔자 뭐가 나올 거여, 아

---

11) 『전집』 2, 88면.
12) 한국민중사연구회 편 『한국민중사 Ⅱ―근현대편』, 풀빛, 254면.

무래두 이대루 가다간 다 죽을 목숨여.[13]

작가는 이에 덧붙여 이러한 무리한 공출은 이미 일제말에 한번 경험
했던 것이라는 사실을 환기시킴으로써 미군정의 공출제도의 착취적 성
격과 나아가 미군정의 반민중성을 폭로하고 농민들의 폭동적 항쟁에 역
사적 근거를 보강해준다.

하기는 바로 해방 전해 겨울 공출 때 아버지가 그 왜놈 순사에게
몹쓸 매를 맞은 뒤 충주로 붙들려갔을 적에도 밤마다 어머니는 저렇
게 혼자 앉아 기움질을 하고 있었다.[14]

그리고 표면적으로는 소년을 내세워 일인칭 관찰자 시점을 유지하지
만 그 소년으로 하여금 단순한 관찰자로 머무르게 하지 않고 끝없이
"어서 가자, 어서 가자" 하는 동참의 의지를 다지게 함으로써 스스로도
이 상황에 대한 적극적인 참여의 자세를 드러낸다.

지금까지 살펴본 세 작품이 노동자와 농민 문제에 관련된 것이라면
「두꺼비」「담배 한 대 피울 동안」 그리고 「모자」는 해방기에 월남민 혹
은 도시서민으로서의 작가 자신의 고단한 생활체험과 그 고단함을 낳은
잘못된 현실에 대한 비판적 인식이 잘 스며 있는 작품들이다.

「두꺼비」(1946. 7)는 해방이 되어 만주로부터 피난온 주인공이 수용소
에서 기거하면서 먹고살 길이 막막하여 양복을 팔아 감자를 사서 끼니
를 때우는 생활을 하는 중에 소학교 동창을 만나 그에게 이용만 당하는
절망적인 이야기를 담고 있다. 그 결말은 그저 경향적 분노의 표명으로

---

13) 『전집』 2, 98면.
14) 『전집』 2, 91면.

끝나기는 하지만, 다음과 같은 주인공의 소외의식은 어설프게 '해방된' 조국이 얼마나 비정하고 적대적인 것인가를 잘 보여주고 있다.

> 현세는 누워서 자기네에겐 전쟁이 끝난 것이 아니고 지금 한창 하는 중이라는 생각을 하곤 했다. 마포가 물에 잠기고, 평택이 떴다는 소식도 전쟁으로 어느 곳이 함락되었다는 것만 같았다. 그래 지금 자기네는 피난온 것이다. 고국 아닌 어느 곳으로.[15]

「담배 한 대 피울 동안」(1947. 1)은 만년 재판소 서기생활을 하며 어렵게 가정을 꾸려나가느라 선친의 막역한 친구였던 어른의 취직 청탁조차 들어줄 수 없는 처지에 있는 주인공이 우연히 신문기사에서 일본으로의 밀항자들이 늘어가는데 그들이 대부분 해방 전에 일본에서 거리의 여자로 살던 여성들이라는 기사를 읽고 느끼는 동정을 담은 작품이다. 일본으로 다시 돌아가는 것이 차라리 나은 해방된 조국에서의 고단하고 욕된 삶은 앞서 「두꺼비」에서의 전재민의 경우와 같은, 조국으로부터 소외된 삶이다.

그러나 이 주인공의 삶도 그러한 동정에 얽매여 있기조차 버거울 정도로 어렵다는 사실이 당시 '해방된 조국'의 곤핍한 실상을 말해준다.

> 그러나 다음 순간 그가 으스스 등을 한번 떨면서는 이미 다른 아무것도, 지금의 여자 생각도, 거기에 따른 판결의 광경도, 〈밀항자 속출〉의 기사도 사라지고 그저 춥다는 생각에 자기네는 이 남은 겨울을 어떻게 나느냐 하는 걱정이 머리를 드는 것이었다.[16]

---

15) 『전집』 2, 54면.
16) 『전집』 2, 122면.

「모자」(1947. 11)는 「담배 한 대 피울 동안」의 연장선상에 놓인 작품으로, 어느날 가난한 주인공 집 담장을 넘어온 '체코슬로바키아제' 겨울 모자 한개가 가난한 월급쟁이인 주인공에게는 주체하기 힘든 사치품이지만 그 원주인인 사장 동생에게는 그저 술에 취하면 아무 집 담장에나 넘겨 던져버렸다가 다시 찾는 하나의 유희의 도구에 불과하다는 사실을, 모두 가난했던 그 시절에도 계급격차는 엄연했다는 사실을 상기시킨다.

「아버지」(1947. 2)는 이 시기는 물론 황순원의 전 작품세계를 통해서 거의 유일하다고 할 수 있는 자전적 성격의 작품인데 앞서 살펴본 바 있는 그의 해방기 민중현실에 대한 이해와 관련하여 그의 이 시기의 정치적 입장의 일단을 엿볼 수 있어 흥미롭다. 그의 아버지가 과거 3·1운동 때 함께 투옥되었던 사람을 시내에서 우연히 만나 이야기를 나눈 장면이 그것이다.

그르다가 무슨 말끝엔가 그이가 이번 서울 올라온 건 신탁통티 문데 때문이란 거야. 시굴서는 어뜨케 종잡을 수가 없다구 하드군. 신탁통틸 찬성해야 할디 반대해야 할디 말이야. 그걸 분명히 알아가지구 내레가서 자기 사는 고장에서 운동을 닐으키겠다는 거야. 결국 어느 모루든 왜놈식의 무단정티가 이 땅에 다시 활개를 쳐서는 안된다는 거디.[17]

언뜻 들으면 중립적인 입장같이 들리지만 "어느 모루든 왜놈식의 무단정티가 이 땅에 다시 활개를 쳐서는 안된다"는 말은 의미심장하다.

17) 『전집』 2, 128면.

이미 당시의 정세가 신탁통치 반대를 주장하는 우익측에 유리하게 돌아가고 있었고 이 우익측에는 그 아버지의 친구가 걱정하는 "왜놈식의 무단정티"를 얼마든지 전개할 소지가 있는 세력이 포함되었다. 따라서 비록 아버지의 감옥동지의 말을 빌린 것이긴 하지만 황순원이 찬탁의 입장에 기울었음을 조심스럽게 시사받을 수 있다.

2) 우의적 작품들

황순원의 작품들이 짤막한 전설이나 옛이야기 등을 적절히 활용하고 있음은 이미 다른 평자에 의해 지적된 바가 있다.

작가 황순원의 특징이 되어 있는 간결하고 세련된 문체, 군더더기 없는 구성과 훈기있는 여운 등은 우리의 전통적 산문문학에선 낯선 요소들이다. 그럼에도 불구하고 그의 문학은 외래적인 것에서 아주 멀리 떨어져 우리 전통의 한복판에 서 있다는 느낌을 강력하게 촉발한다. 당연히 그래야 할, 그러나 많은 작가들이 소홀히해온, 모국어의 세련에 대한 작가의 각별한 집착 때문이기도 하지만 근본적으로는 그가 우리의 옛애기의 정통의 전수자이자 활용자라는 사실에서 똑바로 나온다고 생각된다. 기법적으로는 현대적 세련을 거쳤지만 옛애기의 전승과 활용이라는 점에서는 토착적인 것의 주류에 자리잡고 있는 것이다.[18]

실제로 앞서 살펴본 사실주의적 기법의 작품들인 「두꺼비」「황소들」「담배 한 대 피울 동안」 등에는 각각 적절하게 민간설화들이 자리하고 있는 것이다.[19]

---

18) 유종호 「겨레의 기억」, 『전집』 2, 257면.

「목넘이마을의 개」(1947. 3)는 앞의 작품들처럼 한두 개의 민간설화를 차용하는 수준을 넘어서 작품 전체에서 해당 설화의 비중이 거의 전체를 차지하는 작품이다. 그리고 그 설화는 그저 하나의 이야기가 아니라 당대의 현실에 밀접하게 대응됨으로써 우의(寓意, 알레고리)적 성격을 강하게 띠게 된다. 우의는 풍자와 마찬가지로 작가가 현실에 대항하는 하나의 우회적 선택이라고 할 수 있다. 앞서의 작품들이 사실적 기법으로 정공법을 취한 결과라면 이 작품은 점차 악화되어가고 있는 남한의 현실 속에서 작가가 일종의 자기검열을 행하여 현실을 우회한 결과인 것이다.

이 작품은 목넘이마을이라는 일제하 만주 유이민들의 통과지점이 되는 한 마을에 유이민들이 키우던 개로 생각되는 배고픈 신둥이 개가 출현하면서 일어난 이야기를 내레이터인 '나'가 외가가 있던 목넘이마을의 간난이 할아버지로부터 듣고 다시 이야기하는 방식으로 진행된다. 이 신둥이는 길을 잃고 배가 고픈 나머지 목넘이마을의 방앗간이나 다른 개들의 밥그릇을 핥으며 연명을 한다. 그러던 중 이 개를 귀찮게 여기던 마을 동장네 형제가 이 개를 미친개로 몰아 잡으려고 마을 사람들을 다 동원한다. 그러던 중 마을의 개들이 신둥이와 어울리게 되자 동장네 형제는 그 개들까지 미친개로 몰아 그중 두 마리를 이웃마을 유지들과 함께 잡아먹고, 마을 사람들에겐 신둥이를 잡으면 해먹으라고 선동한다. 그러나 신둥이가 미친개가 아님을 이미 알고 있는 마을의 간난이 할아버지는 이미 다른 개들의 새끼들을 임신하고 낳은 신둥이를 발견하고도 그 사실을 숨기고 오히려 그 강아지들을 마을로 데려와 번식시킨다.

이 이야기는 표면적으로 읽으면 "뿌리뽑힌 삶의 가파로움을 보여주

---

19) 같은 글 257~60면.

면서 새끼 밴 짐승을 차마 죽이지 못하는 생명에의 외경을 주제로"[20] 한
다고 할 수 있다. 하지만 좀더 자세히 읽으면 당시의 사회상과의 대응관
계가 아주 긴밀하게 작용함을 알 수 있다. 신둥이를 가난과 시련에 시달
리고 방황하는 당시의 우리 민중이라고 상정한다면, 동장네 형제는 배
고픈 민중의 작은 소망마저 짓밟는 지배세력이라고 볼 수 있고, 신둥이
를 미친개로 모는 것은 마치 민중의 정당한 요구를 '빨갱이'의 선동으로
몰아치는 것과 대응되고 신둥이와 어울린 동네 개들을 이웃마을의 유지
들과 어울려 잡아먹는 것은 마치 지배세력이 외세와 결탁하여 민중운동
을 탄압하는 것과 대응된다고 할 수 있다. 간난이 할아버지의 보호로 신
둥이가 이미 죽은 개들의 새끼를 낳아 그 새끼들이 마을에 퍼지는 것은
착취와 탄압에도 불구하고 마침내 민중의 평화와 행복을 지향하는 꿈이
실현됨을 뜻한다고 할 수 있다.

「이리도」(1948. 5) 역시 「목넘이마을의 개」와 마찬가지로 아마도 작가
자신일 내레이터가 중학시절 들은 이야기로서 그 이야기의 전승자는 친
구인 만수의 외삼촌인데 그가 흥안령 저쪽 몽고벌판에서 직접 겪은 일
이다. 공교롭게 한 몽고인의 집에 이 만수 외삼촌과 일본사람이 동시에
묵게 되었는데 밤에 이리떼가 나타나자 그 일본사람이 주인의 만류와
경고도 무시하고 이리떼에게 총을 쏘고 덤비다가 희생되었다는 것이다.
이 이야기에도 「목넘이마을의 개」와 같이 어떤 우의성이 깃들였음을 알
수 있다.

곧이곧대로 좁게 읽을 때 이리의 보복은 일단 피를 보고 나서는 물
불 가리지 않고 끝장을 보고야 마는 집단폭력에의 물리칠 길 없는 지
향과 그 끔찍함을 나타낸다. 어리수굿해 보이면서 인정 있는 몽고인

---

20) 같은 글 260면.

과 성급한 오기의 일본군인(군인이 아닌 그냥 일본인임—인용자)은 관용과 폭력에의 호소를 제가끔 대표한다고 볼 수 있다.[21]

유종호는 이 우의성을 이렇게 이해하면서도 이 이야기를 경험세계의 사람이 소년들에게 경험세계의 실상을 전해주는 하나의 이니시에이션 스토리로 넓게 받아들여야 한다고 말했지만, 이 끔찍한 이야기 속에는 분명히 황순원 나름의 우의 전략이 개재되어 있다. 다만 그 우의 자체가 「목넘이마을의 개」처럼 비교적 명료하지 않고 그야말로 인간세계의 폭력적인 그악스러움에 대한 염증의 표현으로 추상화되어 있을 뿐이다.

「목넘이마을의 개」와 「이리도」가 둘다 우의성을 지니고 있으면서도 전자가 비교적 명료하게 우의의 내용이 들어 있고 후자는 그렇지 못하고 추상화되어 있는 데에는 두 작품 사이에 놓인 일년여의 시간의 작용이 개재된 것으로 보인다. 1947년 3월과 1948년 5월 사이, 그 기간은 남한사회에서의 진보적 전망이 속절없이 퇴색해간 시기이며 진보적이지만 본질적으로 개인적인 한 지식인이 세상의 어찌할 수 없는 야만성과 폭력성에 대해 염증을 느끼기에는 충분한 기간이라고 말할 수 있다.

하나의 거친 가설이겠으나 이러한 점은 다시 일년 남짓 후에 씌어진, 똑같이 짙은 우의성을 드러내고 있는 장편(掌篇)소설 「무서운 웃음」(1949. 4)에서 확인된다. 내레이터의 회상인 이 작품의 이야기는 간단하다. 어느날 동네 고양이가 어쩌다가 솔개를 잡은 일이 생겼고, 며칠 뒤 아마도 솔개를 잡은 후 자신이 생긴 고양이가 매사냥꾼인 민턱영감네 매까지도 노리고 접근하였으나 결국 매를 잡지 못하고 대신 제 눈을 매

---

21) 같은 글 262면.

에게 파먹혔다는 이야기인데, 중요한 대목은 고양이가 매에게 접근하도록 방조하고 결국 자기 매가 고양이 눈을 쪼아먹은 데 만족한 민턱영감의 황홀해하는 웃음에 대한 내레이터의 끔찍했던 기억이다. 인간의 간계와 가학적 잔인성에 대한 끔찍한 확인, 그것이 이 짧은 우화의 주제라면 이는 작가 황순원 나름의 당대 역사로부터의 시달림과 사투에서 얻어진 것이라 할 수 있다. 왜냐하면 이 작품이 씌어지기 전의 일년 동안은 곧 남한에서 단정이 수립되고 그 과정에서 진보적인 지식인의 한 사람이었으면서도 남한에 남을 수밖에 없었던 작가가 좌절과 굴욕이라는 댓가를 치른 시간이기 때문이다.

3. 전기적 사실들과의 관련성

이상으로 황순원의 '해방기' 단편들을 일별해보았다. 그 결과를 다시 한번 정리해보면 해방 직후의 작품인 「술」에서 1947년 11월의 「모자」에 이르는 작품들은 현실에 대한 적극성과 소극성, 사실주의적 기법 사용과 우의적 기법 사용 등의 작은 차이는 있으나 기본적으로 날카롭고도 진보적인 현실인식에 기초한 비판적 리얼리즘 소설들이라 볼 수 있으나, 1948년 5월의 「이리도」와 1949년 4월의 「무서운 웃음」은 우의성과 장편(掌篇)화로의 퇴각이 현저하고 그 내용에서도 현실에 대한 염증과 거리감이 두드러지게 나타난다. 사실상 「모자」 이후 6·25가 발발하기까지 약 2년 반에 이르는, 30대 중반의 한창때의 작가들에게는 결코 짧지 않은 기간 동안 고작해야 그야말로 손바닥만한 글 두 편을 썼을 뿐이라는 사실 자체가 심상치 않은 것이다. 그것은 그만큼 작가에게 가해진 시대고가 무거웠다는 말이 된다. 이렇듯 해방과 더불어 범상치 않은 리얼리즘 소설들을 적지 않이 써내고 진보적 전망이 가로막히자 작품세계도 덩달아 위축되어간 황순원의 작가적 경로를 좀더 깊이 이해하기 위해선 그와 관련된 전기적 사실들을 살펴보는 일이 적지 않은 도움이 될 것이다.

창작집 『목넘이마을의 개』에는 소설가 강형구(姜亨求)[22]의 「발(跋)」이 붙어 있다. 이 「발」에는 이런 구절이 있다.

평양에서 상경한 순원을 내가 처음 만난 것은, 시인 용악의 소개로, 청운동 어떤 노점 술집에서다.

순원 하면 곧 「별」(『인문평론』에 1941년 2월에 발표한 단편—인용자 주)을 생각해오던 나로서는 인사가 바쁘게 「별」에 대해서 이야기 안할 수 없었다. 그랬더니 순원은,

"그건 그때로서의 혹 좋은 게 있었던지 몰라두 지금은 또 지금이 있지 않갔소."

하며 소주잔을 권하는 것이었다.

순원은 벌써 그때 작가로서의 좀더 높은 세계로 탈피하여 있었던 모양이다.[23]

해방 전 작품을 기억하고 있는 초면의 강형구에게 황순원이 던진 "그건 그때로서의 혹 좋은 게 있었던지 몰라두 지금은 또 지금이 있지 않갔소"라는 말은 그가 해방 전의 자신의 작품세계를 부정하고 해방 후의

---

22) 해방기에 활약한 문학가동맹계 작가로서 현재까지 그에 대해 필자가 아는 바는 1947년 2월에서 1948년 7월에 이르는 동안 『문학』 『우리문학』 『협동』 등의 잡지에 「연락원」 「탈피」 「목석」 「조춘」 등 네 편의 단편을 발표했으며, 『문화일보』 1947년 4월 28일에서 30일 사이에 「작가가 본 작가—사숙과 교우의 메모」라는 제하에 이태준, 박태원, 김남천, 허준 등에 관한 인상기를 집필했다는 사실 정도가 전부이다.
23) 『전집』 12, 332면.

달라진 현실 위에서 작품을 쓰겠다는 일종의 출사표로 볼 수 있다. 그의 해방 전 작품세계를 검토하는 일은 이 글의 범위 밖의 일이므로 대신 그에 대한 한 평자의 평가를 인용해보겠다.

> 황순원의 소설은 당시의 사회정세에 대한 저항적 민족의식을 비유적으로라도 보여주지 않고 있다. 그 대신, 그의 소설에서는 병약하여 도시에서 귀향한 주인공의 권태스러운 나날이 취급되고 있거나, 「배역들」에서처럼 화가들의 보헤미안적 생활이 취급되고 있다. 바꿔 말하여, 황순원의 작품세계는 주로 주인공의 정신적 분위기를 다룬 도시적 감성의 세계이다. (…) 그에게는 민족집단보다도 삶의 복잡한 내력을 배경으로 가진, 개성과 심리의 소유자인 개인의 내면이 더 중요한 것이다.[24]

이런 세계에서 「술」이나 「황소들」의 세계로의 변화는 급격한 것이기는 하지만 그렇다고 단순히 기회주의적 변신으로는 도저히 이루어질 수 없는 일이다. 이는 그가 비록 일제말에 소설을 쓰기 시작하여 도저히 민족현실에 대한 관심을 작품 속에 표현할 수 없었다 하더라도 해방 전부터 어느정도 진보적 사상을 내면화하고 있었음을 말해준다. 이러한 추정은 그의 일제 말기의 체험이 들어 있는 소설 「내 고향 사람들」(1961)에서 약간의 증빙을 획득한다. 그 소설에는 그의 집을 방문한 일본인 주재소 주임이 그의 서가에서 일본 맑시스트 카와까미 하지메(河上肇)의 저서 『가난뱅이 이야기(貧乏物語)』와 숄로호프(M. Sholokhov)의 일어판 『고요한 돈강』 『개척된 처녀지』 그리고 일본의 좌익작가들인 토꾸나가 스나오(德永直)와 시마끼 켄사꾸(島木健作) 등의 작품집을 발견하

---

24) 이보영, 같은 글 284면.

는, 혹은 발견할까봐 그가 노심초사하는 이야기가 나오는 것이다.[25]

이보다도 더 그의 사상적 지향이나 진보적 자세를 실감으로 보여주는 예는 앞서도 지적했지만 그의 자전적 소설 「아버지」에 들어 있다. 이 소설에서 그는 언제나 "사람이란 어려운 때에 더 옳은 길을 가야만 한다"고 말하는 아버지를 남강 이승훈 선생처럼 "늙으실수록 아름다워지는 유의 남자"라고 생각한다.[26] 이 작품이 씌어진 1947년 2월은 신탁통치 문제를 두고 좌우가 대립하면서도 합작논의가 진행되고 한편으로는 이승만의 단정수립에 관한 정읍발언의 영향으로 정국이 극히 불안할 때였다. 이럴 때 옳은 길을 가야 한다고 말하는 3·1운동 투옥자인 아버지와 그를 아름답다고 하는 아들의 이야기를 쓴 작가의 생각은 그리 짐작하기 어려운 것이 아니다.

이 시기 황순원의 사상적 일면을 확인할 수 있는 또하나의 자료는 조연현에게서 나온다.

창간호가 나온 지 수주일이 지난 어느날 나는 모기관으로부터 출두하라는 전화를 받았다. 나를 출두시킨 그 기관원은 '공식적인 소환이 아니고 사적인 상의'라는 전제하에 『문예』가 왜 '용공적 편집'을 하느냐 하는 것을 물었다. 나는 『문예』가 '용공적 편집'이라는 까닭을 전혀 알 수 없었다. 그 말의 구체적 의미를 나는 반문할 수밖에는 없었다. 그가 '용공적 편집'이라는 구체적 내용은 창간호에 염상섭, 최정희, 황순원 세 분의 작품을 게재한 것을 의미했다. 문단사정이나 문학에 관해서 전혀 아무런 지식을 가지지 못한 이 기관원에 대해서는 나는 상당히 긴 설명을 하지 않으면 안되었다. (…) 나의 설명을

---

25) 『전집 4—너와 나만의 시간／내일』, 문학과지성사 1991, 134~35면.
26) 같은 책, 같은 면.

들은 그는 그 기관에 보내진 한 장의 장문의 투서를 내보였다. 200자 원고지 10여 장에 달하는 그 투서의 요지는 염, 최, 황 세 작가는 문학가동맹에 가입 또는 중간적인 회색적 태도를 견지해온 작가들로서 근신할 위치에 있다. 이러한 작가를 중요한 창간호에 반영시켰다는 것은 용공적 태도이다. 그러니까 『문예』지에 경고를 주어야 한다는 것이었다.[27]

이 글이 한 사람의 회고록의 일부분이고 『문예』지가 창간된 것이 1949년 7월로 이미 남한의 문단이 우익측의 장악하에 들어간 상황에서 그들 내부의 추한 권력다툼이 반영된 자료로서 어느 만큼 객관적 신빙성이 있을지는 의문이지만 염상섭, 최정희, 황순원 등 세 작가에 관해서는 그 이름까지 구체적으로 거론된 것으로 보아 그들이 "문학가동맹에 가입 또는 중간적인 회색적 태도를 견지"했다는 사실은 일단 신빙성이 있는 것으로 보인다. 황순원의 경우 문학가동맹에 가입한 사실이 있는지 있다면 어떤 시기에 어떤 형태로서였는지, 아니면 그저 "중간적인 회색적 태도"를 견지하는 데 그쳤는지, 그렇다면 그 태도는 구체적으로 어떤 태도를 의미하는지 현재로서 밝혀진 바는 없다. 그리고 그가 남한 단정수립 이후 보도연맹에 가입했다는 설이 있는데 그 구체적인 정황은 어떠했는지도 알 수 없다. 하지만 분명한 것은 이 인용문에서도 볼 수 있듯이 그가 해방기 내내 좌경적이거나 최소한 중간적 입장에 서 있었다는 사실이다.

이러한 몇가지의 전기적 관련 사실들을 고려할 때, 그의 '해방기' 작품들이 전반적으로 비판적 리얼리즘의 경향을 견지한 것이나 1948년 단독정부 수립 이후에 거의 절필에 가깝게 작품활동이 저조해지고 그나

---

27) 『전집』 2, 127~29면.

마 강한 우의성을 띤 단 두 편의 장편(掌篇)밖에 남기지 않았다는 것 등
과 관련된 의문은 자연스럽게 해명될 수 있을 것이다.

—『인하어문연구』 제3집, 1997

『鬼의 聲』과 한 친일개화파의 세계인식

1. 서론

1) 연구목적

이 글은 신소설 작가이자 한일합방의 주요한 막후인물의 하나였던 국초(菊初) 이인직(李人稙)이 쓴 장편소설 『귀의 성』[1]에 나타난 세계인식을 검토하여 그가 어떻게 하여 한 사람의 '친일개화파'[2]가 될 수밖에

---

1) 1906년 10월 14일부터 1907년 5월 31일까지 천도교 기관지인 『만세보(萬歲報)』에 15장 134회에 걸쳐 연재되었으며, 1907년 10월 3일 김상만책사에서 상권이, 1908년 7월 25일 중앙서관에서 하권이 각각 단행본으로 간행되었다.(田尻浩莘 「국초이인직론」, 연세대학교 대학원 1991 참조) 이 글은 위의 상·하권을 『혈의 누』『빈상설』과 함께 1978년 아세아문화사에서 『한국개화기문학총서―신소설·번안(역)소설』이라는 전집 제1권으로 묶은 영인본(이하 영인본)을 저본으로 삼되, 본문 중의 인용문은 편의상 현대문으로 고쳐진 안치경 편 『한국대표신소설전』(번양사 1992) 소수본(이하 번양사본)에서 취했다.

2) '친일개화파'라는 용어는 자주 사용됨에도 불구하고 사실상 정확한 개념규정이 이루어지지 못한 용어라고 할 수 있다. '개화파'라는 말이 1860년대의 오경석, 유대치, 박규수 등의 '초기개화파'에서부터 1880년대의 '개화당'으로 묶이는 급진개화파, 이른바 '경장내각'을 구성하는 1890년대 초의 온건개화파, 그리고 1890년대 말의 독립협회로 대표되는

없었는가를 살펴보는 것을 목적으로 한다.

작품을 읽을 때 작가의 세계관이나 정치적 입장을 지나치게 의식하는 것은 종종 작품의 진정한 숨은 가치를 간과하게 만들고 오독을 일으키기도 하지만 작가의 전기적 사실에 대한 이해와 이에 기초한 작품에 대한 가설적 예단은 하나의 필요악이라고 할 수 있다. 이인직의 전기적 사실 중 유년기와 청년기의 행장의 대부분은 아직도 베일에 싸여 있지만[3] 1900년 일본유학 이후의 그의 행장은 비교적 소상히 밝혀져 있으며 그 결과 그가 한일합방에 깊숙이 관여한 적극적 친일파라는 사실은 이제 상식이 되었다.

그는 1900년 2월 관비유학생으로 일본유학의 길을 떠나 동년 9월 일본 헌정당(憲政黨)이 설립한 동경정치학교에 입학하여 1903년 7월에 이 학교를 졸업한다.[4] 이 학교에서 이인직은 1883년 일찍이 일종의 친

'후기개화파' 등에 이르기까지를 광범하게 지칭하는 것과 마찬가지로 이 용어 역시 개화파를 구성하는 다양한 인물들 중에서 친일적 경향을 보이는 인물들에 대한 범칭으로 쓰이는 경우가 많기 때문이다. 더구나 '친일'이라는 규정이 갖는 협소하고 자극적인 인상 때문에 이 용어를 과학적으로 적용하기가 그리 쉽지 않은 것도 사실이다. 예컨대 김옥균과 이인직을 똑같은 '친일개화파'라 부를 수 있지만 두 사람에게 있어서 '친일'의 성격은 상당한 차이가 있는 것이다. 이 용어를 정확히 규정하기 위해선 좀더 엄정하고 광범위한 연구가 요구된다고 할 수 있다. 이 글에서는 일단 1905년 을사조약체결 이후 한일합방에 이르는, 이른바 애국계몽기라고 일컫는 시기 동안의 '친일개화파' 즉 '친일=매국'의 등식이 성립하는 시기의 좀더 노골적인 '친일개화파'들을 일컫는 말로 한정하기로 한다.

3) "국초 이인직은 1862년 7월 27일(음력) 한산(韓山)이씨 윤기(胤耆)와 전주이씨 사이의 차남으로 태어났다. 그리고 몇살쯤인지 알 수 없으나, 3대조 면채(冕采)의 직계 은기(殷耆)가의 양자로 들어간다. 그의 주거는 경기도 음죽군 거문리(현재의 이천군)였던 것 같고, 연소기에는 한문을 배웠다고 한다. 족보에 의하면 그가 5세(1866) 때 그의 실부 윤기가, 11세(1872) 때 의모 남원윤씨가(의부 은기의 사망연도는 기재되지 않음), 18세(1879) 때는 실모 전주이씨가 사망한 것으로 되어 있다. 그런 사정으로 미루어 그는 고아와 거의 같았고 어린시절은 결코 행복하지 않았던 것 같다."(田尻浩幸, 앞의 글 5~6면) 이것이 그의 유·소년기의 행장에 관한 가장 최근의 연구성과인데, 그가 1900년 39세가 되기 이전까지 어떤 일을 했으며 또 어떤 연유로 관비유학생으로 뽑히게 되었는지는 아직도 전혀 밝혀진 바가 없다.

일론인 북방남개론(北防南開論)을 펴다가 유배되고 갑오경장 무렵 개화관료로 활약하다가 일본으로 망명하여 있던, 후에 특사로 귀국하여 친일내각에서 농상공부대신까지 지내게 되는 조중응(趙重應)을 만난다. 그는 이 조중응과 함께, 후에(1906년) 통감부 외사국장이 되는 소송록(小松綠)의 제자가 되어 사실상 합방의 조선측 공작원이 되기 위한 준비를 시작하였다. 그러던 중 러일전쟁이 발발하자 이인직은 1904년 2월 일본군의 조선어 통역관으로 종군하였고, 5월 통역에서 해고되었다. 1905년 3월에는 일본의 식민지지배를 위한 일종의 괴뢰단체로 여겨지는 동아청년회[5]에 참여하고, 1906년 2월에는 일진회의 송병준에 의해 창간된 『국민신보(國民新報)』의 주필로 취임한다. 그러다가 4개월 만에 『국민신보』의 대항지로 창간된 천도교의 기관지 『만세보』의 주필로 자리를 옮긴다.[6] 이 『만세보』의 지면을 빌려 이인직은 자신의 대표작들인

---

4) 이 학교의 성격에 대해 최원식 교수는 "일본의 아시아침략을 위한 거점의 하나"라고 보고 있다. 최원식 「애국계몽기의 친일문학」, 『한국근대소설사론』, 창작과비평사 1986, 287면.
5) 이 단체의 설립주체자와 활동내용은 뚜렷이 알 수 없으나, '지식과 사교에 의해 동아인의 단경을 일으키고 동아의 전국면에 문명의 보급을 꾀하려는' 취지를 보면 일제의 식민지침략을 합리화하는 일종의 대동아공영권적 발상에 기초하는 친일적 단체임을 알 수 있다. 田尻浩莘, 앞의 글 7면 참조.
6) 이인직이 『국민신보』에서 『만세보』로 자리를 옮긴 것에는 일본제국주의 세력 내의 군부와 민간세력 간의 갈등과 구 동학교 내에서의 일진회 세력과 손병희의 천도교 세력 간의 갈등이라는 이중의 갈등이 작용한 것으로 보인다. 원래 일진회는 일본군부의 조종을 받는 송병준과 손병희의 지휘 아래 있던 망명객 이용구의 연합세력이었으나 이용구가 손병희를 배반하고 일본군부의 영향력 아래 들어가면서 손병희와 결별, 독자세력화하게 된다. 이에 손병희는 1906년 특사로 귀국하자 동학을 천도교로 개명하여 세력을 재정비하였고 이 과정에서 일제의 민간인 세력을 대변하는 이등박문의 통감부와 일정하게 손을 잡게 된 것으로 보인다. 이인직이 『국민신보』에서 『만세보』로 옮기게 된 것은 그가 이완용―소송록―이등박문으로 이어지는 일제 민간인 세력과 밀접하게 닿아 있었다는 점에서 자연스러운 것이라고 할 수 있다. 이러한 전반적 사정에 관해서는, 최원식, 앞의 글 289~90면, 田尻浩莘, 앞의 글 7~8면 참조. 동학세력 내의 갈등양상에 관해서는 김경택 『한말 동학교문의 정치개혁사상운동』(연세대 대학원 1990) 참조. 다만 최원식은 『만세보』가 1906년 2

『혈의 누』『귀의 성』을 연재한다. 『만세보』는 1907년 6월 29일, 일년을
채 못 채우고 운영난으로 종간을 고하고 7월 8일 모 일본인에게 칠천원
에 팔린다. 이 무렵 이인직은 쇠락해가는 『만세보』의 주필을 겸하면서
동시에 이해조(李海朝), 박정도 등과 함께 잠시 『제국신문』의 편집사원
으로 일하게 되지만,[7] 『만세보』가 이완용의 후원으로 『대한신문』으로
바뀌어 7월 18일 재간행되자 바로 그 사장으로 취임한다. 그리고 9월 7
일부터는 이 신문에도 「강상선(江上船)」이란 소설을 연재하였다고 한
다. 이 신문은 이완용 내각의 기관지 역할을 했으며 이인직은 당시 법부
대신이었던 조중응과 함께 이완용 일파의 선봉에서 친일활동의 주도권
을 놓고 일진회 세력과 항쟁했다. 1908년이 되자 이인직은 한편으로는
『치악산(雉岳山)』 상편과 『은세계(銀世界)』 상편 등을 간행하고 『은세
계』를 원각사(圓覺社)에서 공연하는 등 문예활동을 벌였지만, 다른 한
편으로는 그해 8월 3일 일본연극계 시찰이라는 명목으로 도일하여
1909년 5월 귀국하고, 다시 7월말경 도일하여 9월 23일 귀국하는 등 잦
은 일본행을 하게 된다. 이러한 잦은 도일은 1910년에도 8월 22일 한일
합방이 이루어지기 직전까지 두 차례나 더 이어지는데 이 일본행이 합
방을 앞두고 이완용 일파가 일진회세력에 대항하여 합방의 주도권을 확

<hr>

월에 『국민신보』와 함께 창간된 것처럼 기술하였으나, 田尻浩莘의 글에 의하면 그해 5월
10일 허가를 받아내서 6월 17일 창간과 함께 그 주필을 맡은 것으로 되어 있다. 또한 田尻
浩莘는 같은 글에서 『국민신보』의 경우도 송병준에 의해 그해 2월 창간되기 전인 1905년
9월에 같은 이름으로 이인직이 서병길, 이윤종 등과 함께 창간준비를 했던 것으로 기술하
고 있는데 이는 이인직이 언론을 장악하기 위해 얼마나 애썼는지를 알려주는 좋은 증거가
된다.

7) 『제국신문』 1907년 6월 8일자 社告; 田尻浩莘, 앞의 글, 각주 26에서 재인용. 이 『제국신
문』은 1898년 8월 10일 창간된 애국계몽운동세력의 민족주의적 입장을 반영하는 신문으
로 1910년 8월 2일 폐간되기까지 반일적 경향을 유지해온 한글전용의 대표적 민족지였던
바, 이인직이 한달 남짓이나마 이 신문의 기자로 참여했고, 이 신문에 『혈의 누』 하편을
연재했다는 사실은 흥미롭다.

보하기 위한 비밀공작의 일환이었다는 것은 이미 당시에도 널리 알려져 있던 사실이었다.[8] 또한 이 시기에 이인직은 대동(大同)학회에서 공자교회로 이어지는 친일수구적 유림들의 조직화를 위한 활동에도 적극 참여한다.[9] 이러한 그의 적극적 친일행각은 합방 이후 한미한 출신임에도 불구하고 그가 경학원 사성(經學院 司成)이라는 관직에 진출하고 연봉 900원이라는 적지 않은 보수를 받게 되는 것[10]을 가능하게 했을 것이다. 이 한국문학사상 한 봉우리를 이루는 신소설 작가이자 누구보다도 열성적으로 일본제국주의 침략의 앞잡이 노릇을 수행한, 삶의 많은 부분이 아직도 비밀에 싸여 있는 '문제적 인간' 이인직은 1916년 11월 25일 총독부병원에서 신경통의 악화로 인해 죽음을 맞았다. 그의 죽음에는 총독부에서 내린 병기위독 상여금 450원과 연봉 승급액 천원이 따랐고, 아현 화장장에서 거행된 장례식은 이완용의 형, 조중응의 아들을 비롯, 경학원 직원 일동과 다수의 총독부 관리들이 참석한 가운데 천리교식으로 치러졌다고 한다.[11]

---

8) 『대한매일신보』, 『대한민보』 1909년 12월 17일자; 田尻浩莘, 앞의 글, 각주 48에서 재인용. 특히 1910년 8월 4일의 도일은 합방을 위한 소송록과의 막바지 밀담 때문이었으며 그 정도로 이인직은 이완용의 신임을 받은 합방정국의 중요인물이었다.

9) 강명관 「일제 초 구지식인의 친일적 문예활동」, 『창작과비평』 1988년 겨울호.

10) 경학원 사성이라는 직책은 관직 서열로는 대단한 것은 아니었다 할지라도 정식의 환로를 밟지 않은 이인직 같은 인물에게는 결코 낮은 직책은 아니었다고 할 수 있다. 게다가 그가 합방 전부터 대동학회, 공자교회 등 친일유림 조직화에 앞장섰음을 감안한다면 이 직책은 단순한 한직은 아니었을 것이다. 실제로 이인직은 죽기까지 이 직책을 상당히 정력적으로 수행한 것으로 나타나고 있다. 田尻浩莘, 앞의 글 16~18면. 또한 그의 연수당(연봉) 900원은 경학원 고문인 박제순, 조중응 등 13인의 1,600원, 찬의 18인의 1,000원에는 조금 못 미치지만 같은 사성인 박치상의 600원에 비하면 특별대우라고 할 만큼 많은 것이다. 이로써 미루어볼 때, "그러나 이인직은 합방 후 오히려 버림받는다"는 최원식의 기술(앞의 글 291면)은 약간의 재고를 요한다고 할 수 있다.

11) 윤명구 「이인직과 그의 소설」, 『개화기소설의 이해』, 인하대 출판부 1986, 90면 및 같은 글 18면.

이상으로 친일로 일관된 그의 공적 생애를 조금 장황하게 더듬어보았지만 그 생애의 기록 자체만 가지고는 그가 왜 그토록 일관되게 친일의 길을 걸었는지 알 수가 없다. 하지만 다행히 그는 한 사람의 친일파이기 이전에 한 사람의 작가였으며, 작가로서 그는 작품을 남겼다. 그가 남긴 몇편의 신소설 작품들은 그의 생애에 관한 어떤 기록도 알려주지 않는 사실, 즉 그의 친일이 새로운 시민계급에 의한 자주적 근대화를 가로막아온 봉건조선사회에 대한 극도의 적대감과 그런 현실에 대한 비극적 인식의 소산이었다는 사실을, 그를 대신해 소설 속에서 생동하는 형상들을 통해 자세히 일러주고 있다. 물론 이는 단지 이인직의 작품에만 한정된 사실이 아니라 당시의 신소설 일반의 보편적 특질임은 이미 임화가 정확히 밝힌 바 있다.

그러나 신소설이란 거울 가운데는 새로이 발아하고 성장하고 있던 개화의 조선, 청년의 조선의 자태보다는 더 많이 낡은 조선, 노쇠한 조선의 면모가 크고 똑똑하게 표현되었다. 전혀 와해과정 가운데 있는 봉건조선의 도회(圖繪)를 그린 것이 신소설의 주요한 목적이었다고 말해도 과언이 아닐지도 모른다. 그만치 신소설의 전편이 모두 배경도 양반의 세계요, 인물도 낡은 인물이 주요, 사건도 낡은 배경과 낡은 인물 가운데서 일어났다.

이것은 아마 그때 아직 개화조선에 비하여 봉건조선의 실재력의 강대한 반영이기도 할 것이며, 타방 개화조선의 당면목표가 새로운 것의 건설에 있는 것보다 낡은 것의 파괴에 있었기 때문이기도 하다.

그렇기 때문에 본래로 말할 것 같으면 개화조선의 성장 앞에 무참히 붕괴되는 구세계 봉건조선의 몰락비극이 그려져야 할 것임에도 불구하고 오히려 강대한 구세계의 세력하에 무참히 유린당하고 노고하는 개화세계의 수난역사로서 모든 신소설이 씌어진 것이다.[12] (강조는 인용자)

하지만 오직 이인직의 작품들만이 이러한 개화세계의 비극적 수난사를 온전히 담을 수 있는 예술적 품격을 제대로 갖추었다는 평가도 과장은 아닐 것이다. 을사조약 이후 한일합방이 되기 전인 1906년에서 1908년의 짧은 기간 동안 집중적으로 씌어진 그의 몇 안되는 신소설 작품들은 동시대에 씌어졌던 다른 개화기 소설들이 지닌 단순소박한 계몽적 도구성과는 분명히 구별되는 문학적 품격을 지니고 있다. 그의 소설들은 그의 정치적 소신인 친일개화사상의 단순한 메가폰은 아니라는 것이다. 비록 그의 작품들 속에는 그러한 정치사회적 입장들이 여러군데 산견되고 있으며 주제적 측면에서도 궁극적으로 조선의 현실에 대한 절망과 그 필연적 귀결로서의 친일의 선택이라는 그의 내면의 지향이 자연스럽게 드러나고 있다는 점이 그를 동시대에 보기 드문 근대적 예술가로서의 작가의 반열로 끌어올리고 있다.

『혈의 누』는 이인직의 데뷔작이자 신소설의 효시로서 주인공 옥련의 기구한 운명을 통해 봉건 구세계의 붕괴와 근대 신세계의 필연적 도래를 역설함으로써 신소설의 일반적 주제의식을 대표하는 역할을 한 것으로 평가되고 있다. 하지만 이 작품을 이인직의 대표작으로 삼기에는 주저스러운 점이 없지 않다. 이인직의 작품세계의 본령은 이런 식의 주인공의 파란많은 '개화행장'에 있다기보다는 그야말로 "강대한 구세계의 세력하에 무참하게 유린당하고 노고하는 개화세계의 수난역사"에 있다. 『귀의 성』과 『은세계』를 지배하는 주제가 바로 그것인데 특히 이 두 작품은 표층적으로 개화사상을 역설하고 있을 뿐인 『혈의 누』나 『모란봉(牡丹峰)』과 달리 왜 봉건체제가 붕괴되어야 하고 근대세계가 도래해

---

12) 임화 「개설신문학사」(『조선일보』 1940년 2월 7일자), 임규찬·한진일 편 『임화신문학사』, 한길사 1993, 163면.

야 하는가를 그 압도적인 비극성을 배경으로 심층적으로 설득력있게 보여주는 신소설의 압권이라고 할 수 있다.

이중『은세계』가 이인직의 독창성 여부가 논란의 대상으로 떠올라 아직 좀더 검토되어야 할 소지를 남겨놓고 있다고 할 때,[13) 현재까지 이인직의 명실상부한 대표작은『귀의 성』이라고 할 수 있으며『귀의 성』을 본질적으로 접근하는 길이 될 것이다.

2) 연구방법

문학작품에서 작가의 특정한 사상적 경향이나 의지를 읽어내는 일은 자칫하면 쇄말주의적 연구태도로 빠질 우려가 많다. 즉 작품의 구조나 전체적 맥락과는 무관하게 작품 속에서 작가가 대화나 지문을 통해 행한 진술에서 어떤 사상의 편린을 찾아냄으로써 작가의 사상적 경향을 짐작하고자 하는 연구태도가 그것이다. 그러한 표층적 접근법에서는 문학작품은 그저 하나의 메씨지의 집적물일 뿐으로 하나의 작품이 때로는 작가의 의도와 갈등하면서까지 궁극적으로 드러내 보이는 총체적 현실성에 대한 관심은 애초부터 자리가 없게 된다.

이른바 '개화사상'과의 관련성에 지나치게 주목한 나머지 신소설을 '현실의 형상적 반영'인 하나의 예술작품으로 읽는 대신 예컨대 자유민권사상, 신교육사상 등 몇몇 정치·사회사상의 번역물로 읽는 이러한

---

13) 최원식의「은세계연구」(『민족문학의 논리』, 창작과비평사 1982)와 이상경의「은세계재론」(『민족문학사연구』제5호, 1994)은 이 논란의 양극점을 이루고 있는바, 전자가『은세계』의 전·후반부의 이질성을 이인직의 독창성에 대한 부정으로 이끌어갔다면, 후자는 그 이질성을 부르주아작가로서의 이인직의 한계의 노정으로 볼 뿐 독창성은 긍정하는 쪽이다. 엄밀한 실증적 검토가 다시 이루어져야 하겠지만, 작품에 관한 논란을 해결하는 열쇠는 늘 작품 자체에 있는 것이라면 현재로서는, 세계관뿐 아니라 작품내적 양상에서의 이질성의 여러 증좌들을 꼼꼼히 보고하고 있는 최원식 교수의 입장에 좀더 무게를 실어주게 된다.

태도는 오래도록 신소설 작품 자체에 대한 좀더 심층적인 접근을 지체시켜왔다고 할 수 있다.

서구의 근대의식이 지니는 가장 중요한 특징의 하나가 인간중심의 휴머니즘, 즉 인간의 존엄성·인권·자유·평등 등이 그 핵심이 되어 있는만큼 개화기의 주조를 이루는 시대의식도 자연히 여기에 귀착될 수밖에 없는 동시에, 그 기초작업이 되는 계몽성 또한 필연적으로 수반되지 않을 수 없었다. 따라서 신소설의 주제도 이에 연관되는 자주독립·신교육·여권존중·계급타파·자유결혼·평민의식·자아각성에 의한 현실고발 등이 다루어졌다.[14]

문제는 작중인물의 입을 통한 이와 같은 몇마디 발언에 용해되어 있는 주제항목들이 작품 전편을 통독했을 때 종합적으로 얻어지는 주제와는 괴리가 있다는 것이다.
(…)
그러므로 신소설의 부분부분에 대화나 지문에서 드러나는 자주독립·기성인습타파·신교육·여권존중·계급타파·자유결혼·평민의식 및 자아각성 등으로 열거되는 신소설의 주제항목은 신소설 속에 주제로 용해되지 못한 단순한 제재들이라고 생각해야 옳을 것 같다.[15]

앞의 인용문은 70년대에 신소설연구에 한 획을 그은 전광용의 박사학위논문(서울대 1983)의 일부이다. 하지만 신소설의 주제를 작품에서 등장인물에 의해 '진술된 것'에서 찾는 표층적 접근에 머무른 그의 논문

---

14) 전광용 『신소설연구』, 새문사 1990, 19~20면.
15) 윤명구, 앞의 책 46~47면.

은 신소설연구에 있어서 하나의 바람직하지 않은 상투형으로 남아 한동안 신소설의 온전한 문학작품으로서가 아니라 그저 하나의 계몽적 문건으로 인식하게 하는 부작용을 낳았다고 할 수 있다. 두번째 인용문은 윤명구가 1986년에 쓴 저술의 일부로서 그즈음에 와서야 비로소 그러한 부작용이 올바르게 극복되고 있음을 보여준다.

작가가 작품을 통해 드러내고자 하는 사상은 물론 작가가 대화나 지문을 통해 표나게 역설하는 바를 통해서도 나타나는 것이지만 그것은 작가가 작중인물을 그저 "시대정신의 메가폰"[16]으로, 사상의 꼭두각시로 내세우는 경우에만 그러하다. 환경과 사건과 인물의 전형성을 획득한 진정한 리얼리즘 소설의 경우 그것은 흔히 표면적으로는 은폐되고 좀더 복잡한 심층적 접근을 통해서만 그 본모습을 보여줄 것이다. 즉 긴장한 리얼리즘적 "예술작품은 관념적인 장광설과 유기적인 연관이 없는 디테일 등으로 이루어진 날조여서는 안된다. (…) 예술작품은 예술가의 직접적이고 신선한 체험으로부터 출발해서, 상상력이 약동하는 엄밀한 형상사유의 단계를 거쳐 예술가의 주체성이 담긴 생기넘친 통일체

---

16) 칼 맑스 「베를린의 라쌀레에게 보내는 편지」(1859년 4월 19일 런던에서), 맑스 엥겔스 『전집』 제29권 590~93면. 조만영 편 『맑스주의 문학예술논쟁─지킹엔 논쟁』, 돌베개 1989, 39~40면. 이 편지에는 "그리고 당신은 당신 나름대로 더 셰익스피어화했어야만 했습니다. 저는 당신이 쉴러화한 것, 즉 개인들을 시대정신의 단순한 메가폰으로 전락시킨 것이야말로 가장 중대한 오류라고 여깁니다"라는 부분이 나온다. 이 편지는 페르디난트 라쌀레가 지은 『프란츠 폰 지킹엔』이라는 희곡에 대한 맑스의 비평의 형식으로 씌어진 것이다. 이 작품은 기사 지킹엔이 영주계급에 대항하여 독일해방운동을 일으키지만 실패로 끝나는 이야기를 담고 있는데, 여기서 라쌀레는 본질적으로 지배계급에 속한 기사계급을 혁명주체로 내세우고 이들의 입을 빌려 혁명의 대의를 역설하는 대신, 당시의 진정한 혁명세력인 농민계급을 무시하는 오류를 범했다. 맑스는 라쌀레가 지킹엔을 하나의 메가폰으로 삼아 자신의 정치적 견해를 그대로 전달하는 방식을 문제로 삼아 이를 쉴러의 희곡 『돈 카를로스』에서 포사라는 인물이 스페인국왕 앞에서 장광설을 늘어놓는 경우와 관련시켜 '쉴러화'했다고 한 것이며, 이것을 셰익스피어 인물들이 지닌 생동성과 비교한 것이다.

로, 즉 제2의 자연으로서 창조"[17]되는 것이므로 그저 표면적인 대사 몇 마디나 지문 몇부분에 의해서는 그 진정한 주제의식을 찾아볼 수 없는 것이다. 그것은 개개의 형상을 통해서, 그 형상들이 엮어나가는 전체적 사건의 진행과정 속에서 조금씩 모습을 드러내다가 그 대단원에 이르러서야 마침내 전모를 드러내는 그러한 성질의 것이다.

이 글이 『귀의 성』에 나타난 친일개화파로서의 이인직의 세계인식을 살펴보는 것을 목적으로 한다고 할 때, 그것은 이상과 같은 맥락에서 좀 더 심층적 접근방식에 의해 이루어질 것이다.

첫째, 작품의 서사구조에 대한 분석을 통해 작가 이인직이 당대 현실의 어떤 측면을 소설적 현실로 채택하고 그 현실을 어떻게 전개시켜가는가를 살펴봄으로써 그의 당대 현실에 대한 기본적 시각(perspective)을 파악한다. 둘째, 주요한 작중인물들의 개성적 면모들을 살펴봄으로써 작가가 동시대인들의 욕망과 의지를 어떻게 이해하고 있는가를 파악한다. 작품 속에 들어 있는 작가의 세계인식을 드러내고 이해하는 일은 이 두 방식을 통과하면 거의 가능할 것이지만 표층적으로 드러나는 작가의 세계인식이나 사상의 편린들 역시 일정한 중요성을 가지기 때문에 세번째의 방식, 즉 작품의 대화나 지문 등 디테일에서 작가가 의도적으로 드러내고자 한 자신의 정치·사회적 입장들을 파악하는 방식 또한 보충적으로 이용될 것이다.

적어도 이상과 같은 세 차원의 접근방법을 통과했을 때에야 비로소 작가의 세계인식과 사상, 그리고 당대의 보편적 시대정신이 어떻게 한 작품을 통해 구현되는가를 총체적으로 파악할 수 있으리라는 것이 이 글의 입장이다.

---

17) 尹東 勉 『리얼리즘이란 무엇인가』, 이현석 옮김, 세계 1987, 107면.

2. 본론

1) 『귀의 성』의 서사구조

이 작품은 몰락해가는 봉건적 지배계급과 이로부터 벗어나고자 하지만 아직도 그 속박에 갇혀 있는 신흥계급 간의 갈등을 기본축으로 하고 있다. 그 갈등은 다음과 같은 경로를 통해 형성되고 고조되고 해결된다.

① 춘천 사는 강동지라는 사람은 일정한 부를 축적한 평민인데 부임해오는 춘천부사들의 탐학에 의해 축적한 재산을 거의 다 빼앗겼다.

② 호색한인 김대감이 부사로 부임해서 강동지의 딸 길순이를 탐하자 강동지는 딸을 김대감의 첩으로 보내 그 댓가로 탐학의 모면과 부의 회복을 도모한다.

③ 이 사실을 알게 된 서울의 김대감 부인의 투기로 김부사는 임기도 못 채우고 귀경하여 승지의 자리에 오르게 되며 강동지와 그 딸은 김대감의 불투명한 약속을 믿고 서울로 올라가 측실이 될 날만을 기다린다.

④ 기다리다 지치고 부인과 임신한 딸의 재촉에 몰리던 강동지는 딸을 데리고 무작정 서울의 김승지 집으로 올라가 김승지의 조처로 성내에 기거하게 되고 강동지는 일단 귀향한다.

⑤ 우유부단한 김승지가 본부인과 춘천집(길순)의 사이를 별 대책없이 오가는 동안 춘천집은 출산을 하고 본부인은 몸종 점순을 통해 춘천집의 소재를 파악한 후 점순과 함께 춘천집 모자를 죽일 흉계를 꾸민다.

⑥ 오래도록 춘천집의 환심을 사둔 점순은 정부 최가를 하수인으로 삼아 춘천집을 속여 서울 근교에서 마침내 춘천집 모자를 살해한다.

⑦ 불길한 꿈을 꾼 강동지 내외는 즉시 딸을 찾아 상경하였다가 점순과 최가가 살해범이라는 사실을 알아낸다. 김승지 역시 그 사실을 알게

되고 우연히 춘천집 모자의 시신까지 목격한다.

⑧ 일이 탄로난 것을 안 점순과 최가는 김승지 부인으로부터 돈을 얻어 부산으로 도망갔으나 돈보따리를 도둑맞아 재차 김승지 부인과 연락하는 과정에서 소재를 파악당하고 강동지는 이들을 추적하여 모두 척살한다.

⑨ 김승지 부인마저 척살하고 이미 김승지로부터 많은 돈을 받아낸 강동지는 부인과 함께 부산에서 배를 타고 함경도를 거쳐 해삼위(블라지보스또끄)로 종적을 감춘다.

이러한 줄거리를 축약하여 윤명구는 이 소설이 크게 동기-살인-보복의 삼단구조로 나뉘며 그 동기는 다시 김승지 부인의 축첩관습 거부와 강동지의 신분상승 및 재물욕으로 나뉜다고 보았다.[18] 그런데 이 두 인물의 각기 다른 두 개의 동기는 하나의 동일한 원인에 뿌리를 두고 있다. 그것은 곧 김승지의 축첩행위이다. 이 소설이 봉건지배계급과 신흥계급 간의 갈등구조로 이루어져 있다고 할 때, 그것은 구체적으로 김승지로 대표되는 이미 사멸화되어가고 있는 봉건적 질서를 하나의 안타고니스트로 하고, 그 질서로부터 해방되고자 하는 김승지 부인, 강동지 그리고 점순으로 대표되는 반봉건적이고 근대적인 인간형들을 프로타고니스트로 하는 구조임을 알 수 있다. 사건의 표층적 전개과정에서는 강동지와 김승지 부인·점순은 대립하지만 심층구조에서 보면 이들은 모두 우유부단하고 무능하지만 고비고비마다 사건을 이끌어가는 주동적 역할을 수행하는 김승지와 대립하고 있다. 그리고 김승지를 제외한 이들 모두는 죽음을 당하거나 이 땅을 떠나야 하는 비극적 운명을 맞는 것이다.

---

18) 윤명구, 앞의 책 102면.

여기서 우리는 다시금 "강대한 구세계의 세력하에 무참하게 유린당하고 노고하는 개화세계"라는 예의 임화의 고전적 명제를 떠올리게 된다. 강인하고 자주적인 개성을 지닌 근대적 인물들이 그 온갖 책략과 노고에도 불구하고 우유부단하고 나약한 전근대적 인물과 그가 대표하고 있는 완강한 봉건적 잔재 앞에서 서로 대립하고 서로를 파멸시키면서 비극적으로 소멸해가는 것이 이 작품이다. 작가 이인직은 이러한 비극성을 관철하기 위하여 권선징악과 해피엔딩이라는 구소설적 장치들을 과감하게 포기하는 대신 욕망과 광기가 적나라하게 펼쳐지고 그것이 남김없는 파탄에 이르는 섬뜩하고 잔인한 역정을 그로테스크할 정도의 사실적 필치로 비정하게 이끌어가고 있다. 그리고 이러한 비정한 사실성은 이미 다른 논자들로부터도 크게 주목을 받은 바 있다.

한국 근대소설의 원조의 영관(榮冠)은 이인직의 『귀의 성』에 돌아갈밖에는 없다. 당시의 많은 작가들이 모두 작중 주인공을 재자가인으로 하고 사건을 선인 피해에 두고 결말도 악인필망을 도모할 때 이 작가분은 『귀의 성』으로서 학대받은 한 가련한 여성의 일대를 우리에게 보여주었다. (…) 여하튼 이 『귀의 성』뿐으로도 이 작가를 조선 근대 소설가의 조(祖)라고 서슴지 않고 명언할 수 있다.[19]

특히 재래의 고대소설이 고진감래·권선징악을 내세우기 위하여 사건을 해피엔딩으로 끌고 갔는데, 『귀의 성』에서 작자는 끝까지 객관적 위치에서 냉정하게 사건을 다루어 참상에 빠지는 인물을 가는 대로 내버리고 하등의 설교도 하지 않았다.[20]

---

19) 김동인 『한국근대소설고』 182면; 전광용, 앞의 책 123~24면에서 재인용.
20) 전광용, 같은 책 141면.

그러나 다시 강조한다면 중요한 것은 냉정한 객관성이나 사실성 자체가 아니라, 그 객관성과 사실성이 드러내고 있는 조선 후기의 근대지향적 인물들이 겪는 파탄적 비극성이다. 바로 이 점이 『귀의 성』을 리얼리즘 소설로 자리매김하게 만든다. 새로운 세계에의 전망은 엿보이지만 그 현실적 성취는 가로막힌 상황——이것이 이인직이 파악한 금세기 초의 조선민중, 특히 새로운 세계의 주체로서 발돋움하고자 하는 신흥시민계급이 처한 비극적 상황이었고 『귀의 성』은 『은세계』와 함께 이 상황을 생동하는 형상으로 보여준 것이다.

2) 『귀의 성』의 주요인물들

① 김승지: 아마도 우리 소설사를 통틀어서 이처럼 우유부단하고 중심없는 인물은 좀처럼 찾아보기 힘들 것이다. 일찍이 임화는 그를 두고 이렇게 말했다.

그런데 전체로서 역시 주목할 바는 전술에도 접촉한 것처럼 '김승지'라는 인물이다. "춘천집을 보면 춘천집이 불쌍하고 부인을 보면 부인이 불쌍하여" 어디에도 외우치지 못하고 결단할 수 없고 무능력하고 그저 호색, 탐재한 양반의 전형으로, 소설에 등장하는 모든 인물이 유형적이거나 혹은 어느 때에 가서는 과장되어서 현실성이 없으나 김승지만은 끝까지 산 인간이었음은 특필할 가치가 있다. 나중에 침모하고 부부가 되는 것도 조금도 부자연하지 않았다. 조선의 부오로모프[21]라고 할 수도 있다. 이 인물은 아마 신소설이 창조한 최대의 인간형일 것이다.[22]

---

21) 오블로모프의 오식, 오블로모프는 러시아 작가 곤차로프의 소설 제목이자 그 소설에 나

그는 우선 공처가로 등장한다. 본부인이 칠거지악에 해당되고도 남을 투기와 패악을 일삼는데도 꼼짝 못하고 모든 일을 본부인의 주장에 따른다. 그러면서도 그는 끊임없이 다른 여자를 넘본다. 춘천부사로 부임하자 강동지의 딸 길순이를 탐내어 첩으로 삼고, 그 춘천집이 서울로 올라온 후에도 그냥 내치지 않고 집을 마련하여주고 지속적인 관계를 갖는다. 게다가 우연한 사건으로 춘천집과 함께 기거하게 된 침모와도 관계를 갖고 나중에는 결국 이 침모를 아내로 맞는다. 이는 결국 그가 문자 그대로의 공처가가 아님을 보여준다. 그가 다른 등장인물들과 맺는 관계는 전부 형식적이고 편의적인 관계이다. 그는 자신의 아내뿐만 아니라 그 누구와도 진정한 관계를 맺지 않는다. 그는 어떤 인간관계에서도 고통이 빠지지 않고 그 관계를 철저히 즐기는 그런 인간형이다. 그는 벼슬아치로서 나라에 충성을 바친 적도 없고 지아비로서 아내와 첩에게 진정으로 사랑을 준 적도 없는 사람이다. 그저 매 상황을 기회주의적으로 모면해나가면서 결국은 아무런 상처도 입지 않고 자신을 보존해나간다.

김승지가 그 첩의 집에 간 것을 그 부인이 소문을 듣고 그렇게 말하는 줄로 알고, 역적모의하다가 발각된 놈의 마음과 같이, 깜짝 놀라던 차에, 그 부인이 천연히 말하는 것을 듣고 일변 안심도 되고 의심도 난다.[23]

짧은 순간이지만 이 인용문은 우유부단하면서도 본질적으로 교활한

오는 주인공의 이름. 전형적인 러시아 귀족의 비생산적 성격을 드러내는 인물로 유명함.
22) 임화 「개설신문학사」, 앞의 책 187~88면.
23) 『귀의 성』 영인본 174면; 번양사본 364면.

그의 인간성을 정확히 보여준다. 그런데 그의 이러한 우유부단하고 기회주의적인 삶의 방식은 타인들에게는 여러 겹의 비극을 안겨주는 가장 결정적인 요인이 된다. 무책임한 축첩, 부인의 투기와 행악의 방임, 가정 내에서의 무능 등의 그가 지닌 인간적 약점은 모두 비극의 씨앗이 되는 것이다. 이렇게 볼 때 이 김승지라는 인물이야말로 이 소설의 진정한 주동이라고 할 수 있다.

이렇듯 타락하고 무능한 김승지 같은 봉건지배층이 김승지 부인, 점순, 강동지 등 근대적 욕망에 불타는 인물들을 비극적 파국으로 몰아넣게 되는 아이러니는 이 작품이 지닌 가장 냉혹한 리얼리티를 이루며 이 점이야말로 작가 이인직의 탁월한 현실인식의 소산이라고 할 수 있다. 붕괴되고 몰락해야 할 인물은 살아남고 일어서야 할 인물들은 죽거나 도망해야 하는 이런 상황은 곧 봉건 말기의 조선사회에 대한 허무주의적 부정을 낳게 되는 것이다.

② 강동지: 소설 속에서의 이 인물의 성격의 급격한 변모와 그에 따른 소설 후반부의 문제는 이미 평자들에 의해 하나의 약점으로 지적된 바 있다.[24] 하지만 강동지의 성격에 어떤 급격한 변화가 있었다고 보는 것은 속단이다. 강동지는 원래 양반과 돈, 두 가지를 무서워하는 사람이다.

강동지가 성품은 강하고 힘은 장사이라, 하늘에서 떨어지는 벼락도 무섭지 아니하고 삼학산에서 내려오는 범도 무섭지 아니하나, 겁나는 것은 양반과 돈이라, 양반과 돈을 무서워하면 피하여 달아나는 것이 아니라, 어린애 젖꼭지 따르듯 따른다.

따르는 모양은 한 가지나, 따르는 마음은 두 가지다. 양반을 보면

---

24) 임화, 앞의 책 187면; 윤명구, 앞의 책 102면.

대포를 놓아서 무찔러 죽여 씨를 없애고 싶은 마음이 있으면서 거죽으로 따르고, 돈을 보면 어미 아비보다 반갑고 계집 자식보다 귀해하는 마음이 있어서 속으로 따른다.

그렇게 따르는 돈을 이전 시절에 남부럽지 아니하게 가졌더니, 춘천 부사인지 군수인지, 쉽게 말하면 인피 벗기는 불한당들이 번갈아 내려오는데, 이놈이 가면 살겠다 싶으나, 오는 놈마다 그놈이 그놈이라, 강동지의 돈은 양반의 창자 속으로 다 들어가고 강동지는 피천 대푼 없이 외자 술이나 먹고 집에 돌아와서 화풀이로 세월을 보내더니 서울 양반 김승지가 춘천 군수로 내려와서, 지방 정치에는 눈이 컴컴하나 어여쁜 계집 있다는 소문에는 귀가 썩 밝은 사람이라……[25]

그는 마치 『은세계』에서 최병두가 그런 것처럼 원래 평민부농이랄 수 있는 사람이었으나 여러 해에 걸친 지방관리들의 탐학에 재산을 모두 빼앗겨 양반계급과 그들이 지배하는 세상을 뼛속 깊이 미워하는 사람이지만 한편으로는 이 세상에서는 그들을 의지하지 않고는 아무것도 할 수 없다는 사실을 매우 잘 아는 터이라 그 지독한 탐학을 겪고도 마지막 수단으로 자기 딸을 세도가의 후취로 보내 '겉으로 따르는' 양반을 업고 '속으로 따르는' 돈을 안전하게 모으려 한 것이다. 그런데 그 마지막 수단이었던 딸이 비참한 죽음을 당하자 그는 양반에 대한 면종복배의 태도마저 벗어버리고 이 비정한 세계에 대한 처절한 복수를 감행하는 것이다.

혹자는 이러한 잔혹한 복수극을 일본 신파나 탐정소설의 영향으로 보거나[26] 사회 동요와 기강의 해이, 안전성의 상실의 반영 혹은 상업주

---

25) 영인본 126~27면; 번양사본 338면.
26) 임화, 앞의 책 187면.

의적 전략으로 보지만[27] 적어도 강동지의 복수행위가 보여주는 거침없는 잔혹성은 더이상 이 세계에서 기대할 것이 없어진 한 비극적 인간의 허무주의적 충동의 소산이라고 봄이 더 온당하리라 생각된다. 그리고 그렇게 본다면 강동지의 전반부와 후반부의 행동간에 모순은 없다. 그는 처음부터 교활한 인간은 아니었으며 세상이 그에게 잠시 교활하고 비정한 아버지의 역할을 맡겼을 뿐이다.

강동지에 관하여 문제가 될 수 있는 것은 그의 힘이 장사라는 사실이다. 작가로서는 그렇게 설정해야 악인들에 대한(사실은 그들도 그릇된 체제의 희생자들인데) 통렬한 복수가 가능하고 그럼으로써 신문연재소설을 읽는 독자들의 구소설적 취미를 만족시킬 수 있다고 생각했겠지만 사실은 그럼으로써 이 작품의 후반부는 현저히 신파적 또는 구토소설(仇討小說)적[28] 수준으로 떨어져가게 되었다. 진정한 비극성은 오히려 강동지가 복수를 향한 열망에도 불구하고 그 복수를 수행할 만한 육체적 능력이 부족하다거나 실패할 때 비로소 완벽하게 구현될 수 있었을 것이다. 점순이나 최가나 김승지 부인이나 이미 간계가 드러난 상황에선 사회적으로 '죽은 목숨'이며 작품에서의 그들의 끔찍한 죽음은 말하자면 덧없는 것이며 불필요한 군더더기에 지나지 않는다.

강동지의 운명은 곧 조선 말기 봉건의 굴레 속에서 성장해온 신흥시민계급의 운명이며 『은세계』에서 양반의 장두에 맞아죽은 최병두의 운명이다. 차이가 있다면 최병두는 맞아죽었고 강동지는 죽지 않고 지옥 같은 조선땅을 떠났다는 것밖에 없다. 그들은 처음 봉건제라는 새장 속에서 태어나 성장했으나 몸이 커지는데도 태어날 적 그대로인 좁은 새장에 갇혀 결국은 질식사하고 만 것이다. 이 역시 조선 말기 신흥시민계

---

27) 이재선 『한국개화기소설연구』, 일조각 1972, 213면.
28) 윤명구, 앞의 책 102면.

급의 문학적 대변자 이인직의 절망적이고 허무주의적인 세계인식의 소산이다.

③ 점순: 점순은 김승지와 더불어 이인직이 만들어낸 가장 탁월한 인물형상의 하나라고 할 수 있다. 김승지 부인의 몸종인 그녀는 속량과 일확천금이라는 신분상승의 기회를 놓치지 않기 위해 남편인 순돌과도 헤어지고 아들마저 남에게 맡기고 김승지 부인, 정부 최가와 공모하여 죄 없는 춘천집 모자를 죽이는데 그 교활함과 잔혹함, 그리고 냉정함과 임기응변, 그리고 배포와 지략은 거의 악마적인 수준에 달해 있으며『오델로』의 유명한 악인 이아고[29]를 오히려 능가한다.

이 인물형상은 흔히 구소설에서 많이 볼 수 있는 "질투 많은 부인에 따라다니는 간악한 비녀의 형"[30]으로서 하나의 상투형이라고 볼 수도 있겠으나 구소설적 상투형과 질적으로 다른 점은 속량과 독립이라는 명백한 근대적 욕망이 봉건윤리의 붕괴라는 아노미적 상황과 결합하여 형성되었다는 점이다. 따라서 이 점순이라는 인물의 작품 속에서의 행동은 이러한 맥락에서 완연히 설득력을 얻게 된다.

> 우리가 춘천집을 미워서 죽인 것도 아니요, 다만 돈 하나 바라고 죽인 터인데, 돈도 보내주지 아니하고 편지 답장도 아니하니 이런 기막힌 일이 있소. 여보 최서방, 이것 참 분하여 못 살겠소구려.[31]

이 인용문은 부산으로 도망간 점순이 김승지 부인이 돈을 안 보내준다고 최가에게 넋두리를 늘어놓는 대목인데 돈이 모든 것의 중심에 서

---

29) 이아고는 셰익스피어의 비극『오델로』에 나오는 인물로서 오델로를 속여 그 아내 데스데모네를 살해하게 하고 결국 오델로조차도 자살하게 만드는 타고난 악인이다.

30) 임화, 앞의 책 186면.

31) 영인본 339면; 번양사본 454면.

고 나머지의 일체의 윤리적 가치는 하등의 의미를 지니지 않게 된 한 '근대인'의 살아 있는 형상을 보여주는 것이다.

④ 김승지 부인과 기타 인물형상들: 김승지 부인은 축첩제를 거부하는 자주적이고 근대적인 면모를 지닌 여성으로 볼 수 있다.

> 김승지의 가족구조는 유습적인 일부다처제에 바탕을 두고 있는데, 김승지 부인은 이 제도를 수용하지 않는다. 비극의 한 출발은 일부다처제를 거부하는 본처의 태도에서 기인되며, 어떤 의미에서 본처의 이러한 태도는 자아를 확립하려는 의식과도 관련이 있다 할 수 있다.[32]

그리고 그 강렬하고도 일관된 성격으로 이 작품의 한 주동의 역할을 수행하고 있는 인물이기도 하다. 하지만 아무리 축첩제를 거부한다고 해도 살인까지 도모하고 그를 위해 집안의 쇠락을 감수할 정도의 강력한 동기가 작품 속에선 충분히 설득력있게 제시되지 못하고 있다는 점, 그리고 후반부에 강동지의 성적 요구를 수락하여 일부일처제의 고수라는 통일성을 무너뜨림으로써 하나의 개성으로서의 일관성을 유지하지 못하게 된다는 점 등이 이 인물형상의 생동성을 상쇄하는 요인이다.

길순 즉 춘천집은 철저히 봉건적 가족제도의 이중의 희생물로서의 비극성——부친에 의해 일종의 인신매매 대상으로 전락하는 것과 본부인의 투기에 의해 살해되는 것——을 담지한 인물형상이지만 이 작품의 주제와 관련해서는 한갓 조연의 역할밖에는 수행하지 못하고 있다.

이외에도 침모와 침모의 모친, 그리고 점순의 남편인 순돌 등은 작품 속에서 긍정적 역할을 수행하는 인물들로 볼 수 있다. 침모는 원래 과부

---

32) 윤명구, 앞의 책 102면.

로서 김승지 댁 침모가 되었으나 점순의 꾐으로 자칫 춘천집 길순을 죽이는 음모에 가담할 뻔하였다. 하지만 양심의 가책으로 그 음모에서 빠져나와 나중엔 김승지와 함께 살게까지 되는 인물이다. 침모의 모친은 장님이지만 자신의 딸을 음모로부터 구해내면서도 자기 딸이 음해를 받지 않게 하기 위해 춘천집의 예정된 죽음은 냉정하게 방치할 줄도 아는 지혜롭고도 현실적인 인물이다. 순돌은 점순에게 버림받기는 하지만 양반계급에 대해 자주적 태도를 견지하는 인물이다.

결론적으로 이 작품에서 가장 주동적 역할을 수행하는 인물들이자 작가 이인직이 가장 심혈을 기울인 생동하는 인물들은 김승지와 강동지와 점순이라고 할 수 있다. 작가는 이 세 인물을 축으로 하여 붕괴해가는 봉건조선의 파국적 사회·인간관계들을 사실적으로 드러낸 것이다.

3) 디테일에 나타난 이인직의 생각

앞에서도 언급했듯이 대사나 지문 등을 통해 주제를 찾거나 작자의 사상적 경향을 짐작하는 것은 바람직한 독법이 아니지만 그렇다고 대사나 지문들에 삽입되는 수준에서 작가의 이러저러한 정치·사회적 견해를 짐작하는 일도 무의미하다는 뜻은 아니다. 작품에 따라서는 (『프란츠 본 지킹엔』의 경우처럼) 여기저기 작가의 입장을 노골적으로 드러내는 방식으로 전개되어 그러한 표층적 독법이 훨씬 더 유효한 경우도 있다. 이 『귀의 성』은 물론 그런 작품은 아니지만 신소설 일반이 지닌 계몽적 충동으로부터 충분히 자유로운 것도 아니어서 여기서 작가 이인직의 견해들이나 입장들이 산견되고 있는 것이 사실이다. 양반계급에 대한 비판은 거의 적의의 수준에서 작품 내에 스며들어 있지만 그 외에도 일반적인 수준에서의 봉건윤리 비판, 자주적 근대의식, 그리고 무엇보다 친일적 태도 등이 작품의 흐름과 관계없이 발견되므로 이를 적절히 검토해보는 일도 작가의 세계인식을 이해하는 데 일정한 도움이 될 것이다.

① 봉건적 윤리규범 비판: 이인직의 작품에는 예외없이 봉건적 윤리
규범들에 대한 강도높은 비판이 여기저기 들어 있다. 실은 이인직의 모
든 작품은 그 자체가 바로 유명무실화되고 질곡이 되어버린 봉건적 제
윤리에 대한 통렬한 비판인 것이다. 『귀의 성』 역시 마찬가지지만 구체
적으로 예시하면 다음과 같다.

> 우리 같은 상사람이 수절이니 기절이니, 그따위 소리는 하여 무엇
> 하느냐? 어데든지 고생이나 아니할 곳으로 보내주마. 나는 사위 덕도
> 바라지 아니한다. 사람만 착실하면 돈 한푼 없는 걸인이라도 계관없
> 다.[33]

> 하늘같이 믿고 있던 우리 아버지도 나를 속이거든, 남남끼리 만난
> 남편을 믿을소냐. 부모도 믿을 수가 없고, 남편도 쓸데없는 이 세상
> 에, 누구를 바라고 있으리요.[34]

이 두 인용문은 말하자면 삼강오륜적 윤리의식의 붕괴를 보여준다.
전자는 춘천집 길순이 서울 올라가기 전에 그 모친이 딸을 두고 하는 넋
두리이며 후자는 서울에 온 길순이 김승지 집에서 쫓겨나 박참봉 집에
온 날 밤에 혼자 하는 넋두리이다. 부부유별도, 부자유친도 무의미하고
진정한 믿음이 가능한 인간관계가 더 중요하다는 생각이 이 넋두리들의
저변에 깔려 있다.

---

33) 영인본 123면; 번양사본 336면.
34) 영인본 148면; 번양사본 350면.

② 자주적 근대의식: 이인직의 인물들 중 피지배민중에 속하는 사람들은 봉건적 미망에서 벗어나 근대적 각성에 이른 모습을 적지 않게 보여주고 있다.

요새같이 법률 밝은 세상에 내가 잘못한 일만 없으면 아무것도 겁나는 것 없네. 김승지 댁 숙부인도 말고, 하늘에서 나려온 천상 부인이라도 남의 집에 와서 야단만 쳐보라게. 나는 순포막에 가서 우리 집에 미친 여편네 왔으니 끌어내어달라고 망신 좀 시켜보겠네. 미닫이 살 하나만 분질러보라 하게. 재판하여 손해를 받겠네.[35]

두 내외가 의만 좋으면 평생을 같이 살려니와, 의가 좋지 못하면 하루바삐 갈라서는 것이 제일 편한 일이라. 계집 둘 두는 놈도 망할 놈이요, 시앗 보고 강짜하고 있는 년도 망할 년이라. 요새 개화세상인 줄 몰랐느냐.[36]

앞의 인용문은 김승지 부인으로부터 김승지와의 관계를 의심받고 김승지 집을 나온 침모가 춘천댁이 있을까 하여 염탐하러 온 점순에게 하는 대거리로 양반-상민의 관계가 점차 수평화되고 있거나 그렇게 되어야 한다는 인식이 자리잡고 있음을 보여주며, 뒤의 인용문은 점순의 남편이 주인인 김승지 부부의 축첩과 행악을 경멸적으로 비판하고 나름대로 애정에 입각한 결혼관을 펼치는 부분으로 작가의 근대적 결혼·애정 관념을 드러내주고 있다.

---

35) 영인본 144면; 번양사본 348면.
36) 영인본 179면; 번양사본 367면.

일체의 봉건적·계급적 속박으로부터 자유롭고자 하는 자주적 근대의식이 이 두 인용문에 담겨 있는 것이다.

③ 친일적 성향: 봉건적 윤리의식에 대한 비판이나 자주적 근대의식의 고취는 비록 등장인물들의 대사 속에서 돌출적으로 나타난다고 해도 전체적으로는 '봉건적 질곡으로부터의 해방'이라는 이 소설의 중심사상에 용해되어 있는 데 반해, 이 친일적 지문이나 대사는 아무런 주제상의 인과관계와 무관하게, 그야말로 아닌밤중에 홍두깨 식으로 부자연스럽게 삽입되어 있다.

　박참봉이 그 길로 다시 한성병원으로 가서 춘천집을 보니 베개는 눈물에 젖었는데, 춘천집이 눈을 감고 누웠더라. 머리에서부터 발끝까지 백로같이 흰 복색 한 일본 간호부가, 서투른 조선말로 춘천집을 부른다.[37)]

　이애, 네 말이 이상한 말이로구나. 제가 잘될 경륜으로 사람 죽이고 당장에 벽력을 입어서 만리타국 감옥에서 열두 해 징역하고 있는 고영근의 말은 못 듣고, 사십년 전에 지나간 일을 말하는 것이 이상하구나. 이경하는 제가 사람을 죽였다더냐? 나라 법이 사람을 죽였지. 나라에서 무죄하고 착한 사람을 많이 죽이면 그 나라가 망하는 법이요, 사람이 간악한 꾀로 사람을 죽이면 그 사람이 벽력을 입나니라. 왜 무슨 일 있느냐? 누가 너를 꾀더냐?[38)]

---

37) 영인본 156면; 번양사본 354면.
38) 영인본 227~28면; 번양사본 393~94면.

앞의 인용문은 춘천집이 우물에 빠져 자살하려다가 부상만 입고 한성병원에 입원했을 때 그 병원의 일본 간호부가 나타난 광경을 그린 것으로 '백로 같이 흰' 복색을 하고 서투른 조선말이나마 친절하게 말을 거는 일본 간호부에 대한 상당한 호감을 드러내고 있다.

뒤의 인용문은 침모의 모친이 점순의 살인계략에 빠질 뻔한 침모를 깨우치느라 하는 말 중의 일부인데 이경하와 고영근이라는 실존인물들을 대비적으로 등장시켜 교묘하게 친일적 입장을 강변하고 있다. 그러면 이경하와 고영근은 어떤 사람들인가? 이경하(李景夏, 1811~91)는 대원군 집권시 포도대장으로 천주교도들을 수없이 학살한 인물이고, 고영근(高永根, 생몰년 미상)은 조선말의 관리 출신으로 처음엔 보부상들의 단체인 황국협회의 부회장을 지냈으나 이를 곧 탈퇴하여 독립협회 총대의원, 만민공동회 회장 등을 역임하며 애국계몽운동을 벌이던 중 1903년, 민비시해에 가담했다가 일본에 망명한 우범선을 살해하고 일경에 피체되어 오래도록 투옥되었던 인물이다. 그런데 침모의 모친은 이경하는 나라에서 시킨 일이니 죄가 없고 고영근은 '제가 잘될 경륜으로' 우범선을 죽였기 때문에 벌을 받는다는 논리를 펴고 있다. 이 궤변에 가까운 강변이 직접적으로 친일과 관련된 것은 아니지만 여기엔 이인직이 친일파로서 반일적 애국지사들에 대해 갖고 있는 적대감과 약간의 공포감이 개재되어 있다. 그렇기 때문에 그는 소설의 흐름을 파괴하는 것을 감수하면서까지 이러한 논리를 노출시킨 것이다.

3. 결론

이상으로 이인직의 『귀의 성』이 지닌 서사구조와 그 주요인물들의 개성적 면모들을 검토해보았다. 그 결과 이 작품의 기본적인 서사적 갈등구조는 김승지로 대표되는 봉건 구세력과 김승지 부인·점순·강동지로 대표되는 근대지향적 세력 사이에 형성되어 있으며, 이 소설의 서사구조와 인물형상의 상관관계에는, 김승지는 우유부단함과 소극성에도 불구하고 끝까지 살아남고, 나머지 인물들은 그 발랄성과 적극성에도 불구하고 각기 파국적 운명에 봉착하게 되는 일종의 비극적 아이러니가 내재하고 있음을 알게 되었다. 결국 이 소설이야말로 임화가 말한 바 있는 '강대한 구세계의 세력하에 무참히 유린당하고 노고하는 개화세계의 수난역사'라는 신소설의 일반적 주제에 적절히 부합하는 작품이라고 할 수 있다.

그러면 이 작품의 이러한 서사구조·인물형상·주제의식과 '친일개화파' 이인직의 세계인식 및 삶과는 어떤 연관이 있는 것일까? 일단 가장 가능한 추론은 이러한 작품상에 나타난 근대지향적 인간들의 세계인식, 즉 봉건세력의 완고한 저항에 부딪쳐 더이상의 자주적 전망을 잃고 좌절하는 근대세력의 비극적 세계인식을 내면화한 작가 이인직이 타락한 구세계를 붕괴시킬 수 있는 전망을 모색하는 과정에서 자주적이고 내발적이지는 않더라도 더 강한 새로운 힘, 즉 일본제국주의를 만나게 되었고 이것이 바로 그의 그토록 열성적인 친일행각의 근원적 동기가 되었으리란 것이다.

하지만 이런 이론이 정당화되기 위해선 다음의 두 가지 문제가 해명되어야 한다. 우선 유독 이인직의 작품들에서 이런 비극적 세계인식이 두드러지게 나타나는 이유는 무엇인가 하는 점, 또 하나 이런 비극적 세계인식이 왜 하필 친일로 이어지는가 하는 점이 그것이다. 첫번째 문제는 물론 두번째 문제를 해결하기 위해서도 필수적인 것은 그의 전기의 완성이다. 즉 그가 1900년 서른아홉의 나이로 일본유학을 떠나기 전까지 베일에 싸여 있는 소년 혹은 청년기의 삶의 사실들이 온전히 밝혀져야 하는 것이다. 거기엔 물론 그의 가계와 관련된 사실들의 발굴도 포함된다. 정확히 그의 가계의 계급적 지위는 어떤 것이었는지, 예컨대 그의 가계가 봉건 구세계로부터 최병두나 강동지가 당했던 것과 같은 수탈을 당한 일이 있는지 아니면 어떤 다른 형태로건 그와 유사한 비극적 수난의 경험이 있는지를 아는 것은 그의 세계인식을 이해하는 데 결정적인 기여를 할 것이다. 또한 그가 20대와 30대를 어떤 생각과 어떤 활동을 하며 보냈는지는 그가 왜 다른 자주적 민족운동들이 아닌 친일을 선택했는지를 아는 데 역시 결정적일 것이다.

—「한국학연구」 제9집, 인하대 한국학연구소 1998

『무정』에 관하여

1. 이광수라는 난제

1990년에 이루어진 한 연구에 의하면 1895년부터 1985년까지 춘원(春園) 이광수(李光洙)는 국문학계에서 가장 많은 연구가 이루어진 작가이다.[1] 하지만 납·월북작가 해금이 이루어진 1988년 이후 진보적 민족문학의 유산들을 집중적으로 조명하는 국문학 연구풍토 속에서, 친일로 귀일한 허약한 관념적 민족주의자 이광수는 상대적으로 연구대상으로서의 매력을 현저하게 잃었던 것이 사실이다. 그러나 90년대 들어 '근대성' 논의와 같이 근대문학사연구에서의 좌우편향의 극복을 향한 노력이 진행되는 속에서, 한국 근대문학 형성과정에서 피해갈 수 없는 매개로서의 이광수의 문학은 의연히 무시할 수 없는 존재감을 뿜어내고 있다.

---

1) 이선영 「한국문학연구 성과에 관한 총괄적 연구」, 『한국문학논저 유형별 총목록』, 한국문화사 1990, 717면; 김영민 「남·북한에서의 이광수문학연구사 정리와 검토」, 연세대학교 국학연구원 편 『춘원 이광수문학연구』(국학자료원 1994) 175면에서 재인용.

　기실 이광수라는 한 문제적 근대인의 삶과 사상과 문학에 관한 연구
는 쉽사리 마무리지어질 성질의 것이 아니다. 우선 이광수가 그의 문학
과 사상을 통해 보여준 '참을 수 없는' 근대주의(그의 친일은 그 한 극
단적 변형태에 불과하다)에 우리 역시 아직 묶여 있고 그것을 계속 재
생산하는 우리 삶의 근원적 결핍성 자체가 여전히 해결되지 못함으로써
우리 스스로 부단히 제2, 제3의 이광수를 자기 속에서 재생산하고 있다
는 점, 그리고 그러한 이광수의 삶과 문학과 사상은 곧 우리의 식민지적
근대성의 한 전형적인 정신적 산물 이외에 다름아니라는 점에서 그렇
다. 그러므로 이광수를 연구하는 것은 우리의 삶 속에 여전히 들어앉아
있는 이광수를 똑바로 바라보는 것이라 할 수 있다.

　물론 이러한 문제의식을 지탱하기엔 이 글의 그릇은 터무니없이 모
자라다. 이 글은 이광수의 소설, 논설을 포괄하는 전작품을 일관하여 검
토하는 것이 아니라 오로지 그의 첫 장편소설인 『무정』만을 고찰의 대
상으로 하고 있으며 그나마 응당 따라야 할 충분한 자료 섭렵이나 연구
사 검토도 없이 행해지는, 매우 소략하고 나태한 연구노트의 수준을 넘
지 못한다. 필자는 이 한계가 허용하는 범위 내에서 우리 문학사 전체에
서 이광수의 장편 『무정』이 차지하는 위치를 가늠하는 한편, 『무정』이
지닌 구조적 특성과 사상적 내용의 유기적 통일성에 주목하여 하나의
이데올로기적 통일체로서의 『무정』의 상을 드러내고자 한다.

2. 이광수와 『무정』[2]

　이광수는 1892년에 몰락양반의 집안에서 태어났다. 그가 3세 때인

---

2) 노양환 편 「연보」, 『이광수전집』 20(삼중당 1963) 참조.

1894년에 우리 근대사의 불안한 출발을 알리는 두 사건인 갑오농민전쟁과 갑오경장이 있었으며 11세 때인 1902년 콜레라의 창궐로 부모를 모두 잃게 된다. 이러한 가난한 출생과 불행한 유년은 그가 양반가의 후손이면서도 봉건왕조로부터 아무런 혜택을 입지 못한 채 근대의 격랑에 내맡겨졌음을 웅변한다. 그는 가정적으로 고아였으며 동시에 역사적으로도 고아였던 것이다.[3] 그가 얻은 전통의 유산은 5세 때 배운 천자문과 반절(反切) 외에 8세 때 동리의 서당에서 배운 사서(四書)와 사략(史略), 고문진보(古文眞寶) 등에 불과했다.

어린 여동생마저 괴질로 잃은 그는 방랑 끝에 그가 14세 되는 해이자 을사보호조약이 체결된 1905년에 친일적인 천도교 조직인 일진회에 거두어져 그 후원으로 일본유학의 길을 떠나게 된다. 이렇게 보면 그의 친일성향은 좀더 일찍부터 형성된 것이라 할 수 있다. 어린시절의 약간의 한학공부는 이미 그 시대적 유효성을 상실한 봉건유물에 불과했고 그가 진정 당대를 호흡할 수 있는 공부는 이 일본에서 시작한 중학생활에서야 비롯되었던 것이기 때문이다. 이렇게 그는 철저히 봉건적 전통과의 단절선상에서 출발한 근대인이지만 그 단절의 비극성과 그가 만난 '일본적 근대'는 이후 그의 행로에 많은 시사를 던져주게 된다. 이후 그는 대성중학(1905~1906), 명치학원(1907~1909), 와세다대학(1915~18) 등 꾸준한 일본유학의 길을 걸었다. 물론 그 와중에 오산학교 교원(1910~13), 결혼(1910), 중국 시베리아 여행(1913~14) 등의 사건이 있었으나 이 시기는 이광수의 일본을 통한 교양적 성장기라고 할 수 있다. 장편『무정』은 바로 이 시기에 조선총독부 기관지인『매일신보』의 청탁에 의해 씌어진 연재소설(1917. 1. 1~6. 14)이다.

---

3) 이광수와 고아의식의 문제는 김윤식 교수의 대작『이광수와 그의 시대』(한길사 1985)의 기본적 화두이기도 하다.

1918년 12월에 이광수는 빠리강화회의에 영향을 받아 일본에서 조선 청년독립단 결성에 참여하고 1919년에는 「2·8독립선언서」를 기초한다. 이후 상해 망명으로 이어지는 그의 행적은 이 시기가 그에게 있어서 가장 치열했던 혁명적 앙양기였음을 보여준다. 그는 이 시기에 도산 안창호의 영향 아래 홍사단에 가입하고 임시정부에도 깊이 관여한다. 하지만 1921년 상해로부터 불명예스러운 귀국을 단행한 이래 그는 본격적으로 타협적 준비론의 길을 걷는다. 1922년에는 그 준비론사상의 조직적 표현인 수양동우회운동을 시작하지만 회원의 전원 검거(1937)와 석연치 않은 전원 무죄방면(1941)의 과정에서 창씨개명, 학병권유 등 본격적인 친일의 길로 들어서고 해방후 입산(1946)의 길을 걷기도 하지만 반민특위 피검(1949), 1950년 납북과 생사불명으로 현실역사에서 사라져가게 된다.

이것이 이광수의 삶의 궤적인데 그 전체를 크게 고난의 유년기, 일본유학기, 독립투쟁기, 타협적 수양운동기, 본격적 친일기로 나눈다면 『무정』은 그 두번째인 일본유학기에 씌어진 것으로 그가 빈곤에 의한 극도의 좌절에서 어느정도 헤어나와 한창 왕성한 지적 욕구와 선구자적 사명감에 불타오르며 그 재주와 문명(文名)을 날리기 시작하여 삶의 자신감에 넘치고 있던 청년기의 산물인 것이다. 『무정』은 이광수에게 있어서는 자신의 유소년기의 삶을 객관화하여 정리하는 회고록이고 현재 자신의 세계인식의 수준을 가늠하는 시험장이며 다가올 미래에 대한 가슴 설레는 출사표라는 삼중의 의미를 갖는 나름의 성장소설(bildungsroman)이다. 따라서 이 『무정』을 이해하는 것은 곧 이광수의 전생애의 축을 찾아내는 것이고 그의 이후의 파란의 행장을 이해하는 열쇠를 쥐는 것이다. 여기에 『무정』의 의의가 있다.

3. 『무정』의 문학사적 위치

이와 같이 이광수 한 개인의 자전성 짙은 성장소설인 『무정』은 지금
껏 우리 문학사에서 공전의 획기적 위치를 차지하는 것으로 평가되어
왔다. 그것은 긍정적 평가를 내리는 경우나 부정적 평가를 내리는 경우
나 마찬가지인데 우선 긍정적 평가들은 대체로 『무정』이 한국문학사상
최초의 근대적 장편소설이라는 것으로 모아진다.[4] 이는 물론 우리 문학
사의 계기적 발전과정에 대한 역사적 고찰에서 추출된 결론으로 그 이
전의 이인직류의 신소설과 그 이후의 김동인, 염상섭에게서 비롯되는
본격적인 근대소설의 사이에 이 『무정』이 존재한다는 것이다. 이러한
평가는 『무정』을 이전의 '낡은 형식에 새 내용'을 담은 신소설들과 비교
할 때 문체와 주제의식의 근대성, 취재의 현실성, 인물의 성격화, 심리
묘사의 확장 등의 요건을 갖추었다고 보는 데서 가능하다. 부정적 평가
의 경우는 『무정』을 서사구조상 고전소설 내지 신소설에서 반복되는 유
형성을 답습하고 관념적 교설 위주의 계몽소설이라는 점 등을 들어 이
를 신소설의 마지막 형태로 보고 있다.[5] 어느 경우든 『무정』이 우리 소
설사의 한 결절점이 되는 것으로 평가하는 데에는 차이가 없다. 그러나
『무정』이 최초의 근대장편인가 아니면 마지막 신소설인가를 두고 갑론
을박하는 것은 자칫 형식주의적 논란으로 빠질 가능성이 많다. 그 어느

---

4) 김동인 「춘원연구」(『삼천리』, 1934~39); 임화 「춘원문학의 역사적 가치」(『조선중앙일
　　보』 1935. 10. 22); 백철 『조선신문학사조사』(수선사 1948); 조연현 『한국현대문학사』(현
　　대문학사 1956); 김현·김윤식 『한국문학사』(민음사 1973) 등은 입장과 강조점의 차이가
　　크고 다양함에도 불구하고 공히 『무정』의 이러한 의의를 높이 평가하고 있다.
5) 송민호 「춘원 초기작품의 문학사적 연구」(『고대 60주년 기념논문집』, 1965); 조동일 『한
　　국문학통사』 4(지식산업사 1986) 등이 이러한 평가를 대표한다.

편인가가 꼭 문제라면 『무정』은 전근대와 근대의 '과도기 소설'이라고
해도 무방할 것이다.

　『무정』의 진정한 문학사적 의의는 다른 곳에 있다. 그것은 한 개인의
자전적 성장소설이 한 시대, 한 인간집단의 운명을 대표하는 소설이 된
다는 의미에서 그렇다. 한 민족, 한 국가의 소설사에서 이러한 지위에
오르는 소설작품의 수는 극히 제한된다. 그러한 소설은 한 사회 내에서
일정한 계급적 지각변동이 일어나는 경우가 아니면 출현할 수 없기 때
문이다. 『무정』은 우리 소설사에서 바로 그러한 지위를 확보하고 있다
는 점에서 획기적인 작품임에 틀림없다. 이 점에 관해선 이미 김윤식의
선행연구[6]가 이루어져 있으므로 약간의 보충만을 가하고자 한다.

　『무정』이 씌어진 1917년은 민족사적으로 보면 암담하기 그지없는 시
기였음에 틀림없다. 1910년 일제에 의한 강제합병이 이루어진 후 그들
에 의해 엄혹한 헌병통치가 이루어지던 시기였고 토대상으로도 산미증
식계획의 시행으로 식민지적 단작경영이 강제되고 지주계급의 기생지
주화, 소농의 소작농화 등이 진행되어 봉건제의 내적 활력은 사멸되어
버린 반면, 자본주의적 토대와 제관계는 아직 그 초기적 형성단계에서
일제의 억압책으로 그 형성이 지체되고 있는 상황이었다. 그러나 이 당
시 그나마 숨통을 틀 수 있는 계급은 이후 제국주의하의 제한된 발전의
길을 따라 식민지적 자본주의로의 길을 걷게 될 초기적 민족부르주아들
이었다고 할 수 있다. 이들은 봉건제의 제한적 온존과 자본제의 발전적
제한이라는 식민지 초기의 특수상황에서 그 가장 큰 규정자인 제국주의
에 대해 애매한 입장에 설 수밖에 없는 계급이며 그 미래에 대해 막연하
나마 기대를 걸 수밖에 없는 계급이었다. 그들은 저항할 수도 굴복할 수

---

6) 김윤식 「'무정'의 문학사적 성격: 표층구조와 심층구조」, 『한국근대문학사상사』, 한길사
　　1984.

도 없는, 또는 저항할 수도 굴복할 수도 있는 잠재적 세력이었다. 따라서 그들의 세계관은 추상적이며 다분히 낭만적이다. 이광수의 『무정』은 바로 이러한 초기적 민족부르주아들의 운명을 대표하고 있으며 그럼으로써 문학사적 의의를 획득한다. 『무정』의 이상은 비록 식민지 상황에 의해 일그러졌지만 곧 한국의 자생적 시민계급의 이상임에는 틀림없으며 『무정』의 허망함이나 비현실성은 바로 그 식민지적 일그러짐으로 해서 파행화되고 실패할 수밖에 없는 그들의 현실성의 반영인 것이다. 『무정』이 성장소설의 자격은 갖추었으되 방황 끝에 온전한 조화의 이상을 획득하는 서구적 성장소설과 다른 비극적 여로와 불안한 미래를 보여주는 것은 곧 거기에 우리 시민계급의 운명이 반영되었기 때문이다.

4. 『무정』의 구조

1) 애정과 역사의 삼각관계

『무정』은 삼각관계 구조의 소설이다.[7] 이형식과 김선형, 그리고 박영채가 그 삼각관계의 각각의 꼭지점이 되는데 이들이 연출하는 삼각관계는 구래의 고대소설들이 보여주는 '혼사장애(婚事障碍)'와는 다르지만 근대소설이 보여주는 치열한 개성의 충돌로서의 삼각관계라고 하기에는 미흡한 독특한 양상을 띤다. 이형식은 불우하고 한미한 집안에서 자랐으나 학식과 인품이 출중한 젊은 교사이며, 김선형은 여학교를 우등으로 졸업하고 미국유학을 준비중인 부유한 집안의 영양이고 박영채는 이형식의 은인인 한 지사의 딸로서 천애고아가 되어 기적(妓籍)에 몸을 두게 된 불우한 처녀이다. 이형식은 한편으로는 은인의 딸로서 사실상

---

7) 서영채 「'무정' 연구」, 서울대 대학원 석사학위논문, 1992.

정혼을 했다고 해도 좋을 박영채에 대해서는 도덕적 의무감을 가지고 있다. 반면 부유한 집의 딸로서 자신의 현실적 꿈인 미국유학과 부르주아적 삶을 여는 통로가 될 이선형에게는 절실한 현실적 욕망을 투사하고 있다. 박영채는 선각자인 부친이 누명을 쓰고 두 오빠들과 함께 감옥에 갇히자 그를 구한다고 기적에 몸을 판 것이 결국 아버지와 오빠들을 죽게 한 기구한 운명에 처해 있어 오로지 이형식을 만나 의탁하는 것을 인생의 유일한 희망으로 삼고 있다. 김선형의 경우가 애정의 동기부여가 가장 약하다. 그녀는 심중으로는 일정한 갈등을 겪지만 적극적으로 자기표현을 하지 못하며 수동적으로 이 관계에 끌려다닐 뿐이다.

이들의 삼각관계는 개성적이라기보다는 다분히 환경적이다. 이 점 역시 『무정』을 온전한 근대소설로 평가하기 주저하게 만드는 약점 중의 하나이다. 온전한 근대소설의 경우라면 이러한 삼각관계에서 우선 개성의 충돌이 전면화할 것이고 그 이면에 사회관계가 잠재화되어 있을 것인데, 『무정』의 경우는 이형식을 제외하곤 인물들의 개성은 미약하고 그들이 지닌 환경적 요인들만이 압도적으로 부각되어온다. 박영채가 그렇고 김선형이 그렇다. 하지만 그렇기 때문에 이 작품의 삼각관계의 의미가 약화되는 것은 아니다. 바로 이러한 환경의 압도성에 이 작품의 묵직한 의의가 가로놓여 있는 것이다. 박영채로 대표되는 구래의 가치와 덕목들, 그것은 내재적이고 자주적인 근대화의 가능성이자 표상이다. 김선형으로 대표되는 새로운 가치들, 그것은 식민지라는 현실의 수용 위에서 가능한 식민지적 근대화의 표상이다. 이형식은 그 사이에서 동요하는 신흥세력이다. 그들은 과거의 짐을 쉽게 벗어버릴 수는 없지만 그 때문에 현실의 상승욕구를 포기할 수는 없는 세력이다. 이 인물들의 개성으로서의 어설픔은 일개의 개성으로 감당하기에는 이러한 역사의 삼각구도가 지닌 무게가 매우 압도적인 데서 연유한다. 그리고 이러한 막중한 삼각구도의 갈등을 끝까지 밀고나가는 대신 '유학을 통한 선구

자되기'라는 전파론적이고 단선적이며 천진난만한 소부르주아의 구호
로 해결해보고자 하는 데에 이광수의 한계가 있는 것이다.

2) 동요와 변전, 그리고 중첩된 시간

이 『무정』이 당시 장안의 대단한 인기를 얻었으리라는 것은 이 소설
이 지닌 변전의 속도감만 보아도 알 수 있다. 이 소설 전체를 일관하여
이형식이라는 인물이 보여주는 고민의 변화무쌍함은 가위 혀를 내두를
정도이다. 영채와 선형 사이에서, 비참한 현실과 아름다운 미래 사이에
서, 형식은 끝없이 동요하며 이러한 동요는 곧 삶에 대한 태도의 부단한
변전으로 이어진다. 한편으로는 영채와의 결합을 생각하다가도 금방 선
형과 함께 펼쳐갈 보장된 미래에 대한 기대에 가슴 설레고, 이에 따라
침통한 세계상도 금방 아름답고 쇄락한 세계상으로 변화한다. 이 소설
은 달리 말하면 이형식의 내면에서 일어나는 이러한 동요와 변전의 기
록이라 할 정도로 일상적으로 반복된다. 이는 개인적인 성격상의 우유
부단함이나 비겁함과는 구별되며, 좀더 본질적인 데에 그 연원을 두고
있다. 즉 그것은 이형식이 속한 계급의 불안정성과 부유성(浮遊性)을
말해주는 것이며 그만큼 당시 조선의 현실이 한 인간으로 하여금 어딘
가에 쉽사리 뿌리내리지 못하게 할 정도로 미정형의 상태였음을 말해주
는 것으로 보아야 한다.

이 점은 이 소설이 도달한 또하나의 탁월한 인식, 즉 중첩된 시간의
인식과도 맞물려 있다.

　　…… 세 사람은 각각 딴 세상 사람이다. 우선과 형식은, 혹 같은 세
　상 사람이 될는지도 모르되 노파는 결코 형식과 한 세상 사람이 될
　수가 없다. 한 방안에, 같은 시간에 각각 딴 세상에 속한 세 사람이
　모여 앉았다. (85절)[8]

"한 방안에, 같은 시간에 각각 딴 세상에 속한" 사람들이 모여 앉았다는 인식이야말로 당시의 우리 민중이 맞닥뜨린 강제된 속도감, 변화에의 강제와 주체적 대응의 미비라는 현실을 잘 드러내고 있다.

3) 무한히 열린 끝

근대소설의 미학적 성격을 이야기할 때 흔히 사용되는 것이 '여행이 끝나자 길이 시작된다'라는 명제[9]이다. 소설을 이끌어온 문제적 주인공(예외적 개인)의 고난의 여행이 끝나는 바로 그 지점에서 미래 전망이 시작되는 것, 즉 부르주아사회의 세계―자아분열이 해소될 전망은 소설 내적 구조 속에서는 얻어질 수 없다는 뜻이 그 명제 안에 포함되어 있는 것이다. 그런데『무정』은 이 명제를 배반한다. 이형식이 겪어온 한 시공간 안에서의 두 세계간의 갈등, 즉 박영채적 세계와 김선형적 세계 간의 갈등은 소설 안에서 한 세계의 다른 세계로의 일방적 흡수라는 방식으로 해결된다. 즉 박영채적 세계의 패배로 김선형적 세계만이 홀로 우뚝 서서 모든 갈등을 흡수하며 끝나는 것이다. 여기서 세계와 자아는 합쳐진다. 여행도 계속되고 길도 열려 있는 것이다. 이 점이『무정』의 세계 인식이 가진 또하나의 약점이며 이광수, 이형식, 혹은 당대의 초기적 민족부르주아들이나 소시민들이 지녔던 뿌리없는 낭만주의의 노정이라 할 수 있다. 그리고 이는 준비론으로 이어지며 궁극적으로 친일의 논리와도 이어진다.

---

8)『무정』,『이광수전집』1, 삼중당 1962, 220면. 이후 인용은 1절~126절로 된 이 작품의 각 절 번호만으로 대신한다.
9) 게오르그 루카치『소설의 이론』, 반성완 옮김, 심설당 1985, 94면.

5. 『무정』의 세계인식

1) 고아(孤兒)의식

> 조상 적부터 전하여오는 사상의 계통은 다 잃어버리고 혼돈한 외국사상 속에서 아직 자기네에게 적당하다고 생각하는 바를 택할 줄 몰라서 어쩔 줄을 모르고 방황하는 오라비와 누이——생활의 표준도 서지 못하고 민족의 이상도 서지 못한, 세상에 인도하는 자도 없이 내어던짐이 된 오라비와 누이——이것이 자기와 선형의 모양인 듯하였다. (115절)

이러한 고아의식은 비단 『무정』뿐만이 아니라 이광수의 세계관 밑바닥에 깔린 원초적인 의식이며, 일제의 지배로 과거와의 격심한 단절을 겪은 이광수와 같은 식민지 1세대들에게는 공통적인 의식일 것이다. 『무정』의 주요인물들은 많건 적건 모두 이러한 고아의식에 들려 있는데 이는 과거와의 단절의 정도에 따라 일련의 스펙트럼을 이룬다. 즉 과거 전통과 가까이 있을수록 비극적 성격이 강하며 과거 전통과 멀리 있을수록 낙관적이다. 우선 박영채가 가장 비극적이다. 그녀가 받은 교육은 「열녀전」「소학」「내측」 등이 전부이며 과거로부터 떨어져나오기에는 그녀와 과거를 연결해주는 끈인 부친과 오라비들의 죽음이 매우 비극적이고 고통스럽다. '돌아갈 수 없는 과거와 훼손된 현재'——이것이 비극적 세계관의 요체라면 박영채의 세계관은 바로 비극적 세계관이다. 그 대극점에 김선형이 있다. 그녀는 철저히 미래 쪽에 속해 있으며 과거 전통과의 단절은 의식되지 않을 정도로 자연스럽다. 그녀에게 미래는 불안하지만 적대적이지는 않다. 그 가운데에 이형식이 있다. 이형식에게 있어서 과거는 고통이며 잊고 싶은 대상이다. 미래에 모든 것을 걸지만 미래는 생각처럼 쉽게 붙잡히지 않는다. 방황과 동요가 그의 삶의 양식이다. 이형식이야말로 철저히 고아의식에 사로잡혀 있으며 그 지향에 따라 어떠한 미래가 다가올지 알 수 없는 미정형의 현재를 가진다. 대지에 뿌리박지 못한 정신이 그의 것이다.

이러한 고아의식이 이 『무정』을 추동하는 숨은 힘이며 그중에서도 박영채의 비극적 세계인식과 이형식의 전형적 고아의식이 작가 이광수의 내면에서 충돌하는 힘이 이 소설의 전반적인 역동성을 이끌어내고 있다. 하지만 그 충돌의 긴장은 앞서 밝힌 것처럼 손쉬운 길찾기에 의해 해소되고 만다.

2) 계몽주의

이광수와 계몽주의, 혹은 『무정』과 계몽주의는 매우 많이 지적되어서 식상한 감이 있다. 김윤식은 이를 이 소설이 보여주는 '사제관계의 견고성'이라는 주제로 치환하고 이에 따라 『무정』을 교육소설로 명명하였다.[10] '계몽'이라는 말의 원래 의미가 다중의 몽매함을 깨우치는 것이라고 하고 이 소설을 '계몽주의 소설'이라고 부른다면 엄밀한 의미에서 그 기준에 부합하는 곳은 유학을 다녀와 문명한 지식으로 동포를 깨우치자는 결의가 담긴 이 소설의 마지막 부분일 것이다. 하지만 이 소설이 지식과 인식의 힘을 강조하고 그로 인한 깨우침이 가지는 의의를 강조하고 있으며 교육도 교양도 계몽이라는 견지에서 넓게 본다면 이 소설은 계몽주의 소설임에 틀림없다.

---

10) 김윤식, 앞의 글 참조.

3) 민중의 대상화와 소영웅주의

1917년에 씌어졌고 이제야 겨우 봉건적 굴레를 온전히 벗은 우리 문학사상의 첫 장편이라는 점을 감안한다면 이 소설이 그 끝부분에 삼랑진에서의 홍수와 일거에 모든 것을 떠내려보낸 농민들에 대한 안타까움을 중요한 소설적 전환의 장치로 설정했다는 사실은 오히려 이 소설의 상대적 진보성을 드러내준다고 할 것이다. 하지만 민중을 온정주의적 구휼과 계몽의 대상으로밖에 인식하지 못하는 것이 이광수의 전 사상을 꿰뚫는 가장 큰 한계 중의 하나라고 볼 수 있다면 이 소설은 그 첫걸음으로서 읽혀질 필요가 있다.

민중의 주체적인 힘을 인식하지 못하고 계몽과 구빈의 대상으로 묶어두는 한, 그리고 선구적 지식인의 지도만이 이들을 올바로 이끌 수 있다는 소영웅주의에 묶여 있는 한 이광수의 민족허무주의와 친일논리는 당연한 귀결이 된다. 제도적으로 교육과 계몽의 기회마저 박탈당하면 지도자도 클 수 없고 민중도 깨우칠 수 없으므로 식민지는 영원하게 되기 때문이다. 『무정』은 그것이 고아의식에 가득 찬 한 지식인의 자기구원을 민족의 구원과 동일시한 오류를 범하고 있음으로 해서 민중의 상대화와 소영웅주의를 필연적으로 낳았고 이는 이후 이광수의 모든 사상적 기저가 되고 있다는 점에서 '잘못 끼워진 첫 단추'라고 할 수 있을 것이다.

4) 근대의식의 실체와 그 식민성

『무정』에는 이형식의 입을 빌려 이광수가 장래에 이루고자 하는 부르주아 가정의 상이 여러 번 반복되고 있다.

> 나는 일변 교사로, 일변 저술로 돈을 벌어 깨끗한 집을 잡고 재미있는 가정을 이루리라. (12절)

경치도 좋고 깨끗한 집에 피아노 놓고 바이올린 걸고 선형과 같이 살 것이다. 늘 사랑하면서 늘 즐겁게…… 아아, 얼마나 기쁠는지. (84절)

이러한 '깨끗한 집'을 기초로 한 부르주아적 행복에의 욕망은 빈궁의 어린시절을 보낸 그로서는 당연한 것이라고 할 수 있겠다. 그리고 산업화에 대한 기대가 있다.

도회의 소리? 그러나 그것이 문명의 소리다. 그 소리가 요란할수록에 그 나라가 잘된다. 수레바퀴 소리, 증기와 전기기관 소리, 쇠마차 소리…… 이러한 모든 소리가 합하여서 비로소 찬란한 문명을 낳는다. (104절)

이것은 곧 당대 토착부르주아들의 기대이기도 하다. 『무정』에는 이러한 시민사회에 대한 기대가 가득 차 있다. 그런데 그러한 시민사회로의 행로를 가로막는 장애에 대한 인식은 전혀 나타나고 있지 않다. 이광수가 식민지화가 갖는 정치경제적 의미를 이 이후로도 알았다는 증거는 찾아보기 힘들다. 이 점이 이광수의 또하나의 치명적 한계이다. 이러한 토대에 대한 인식의 박약은 그를 정신주의나 주관주의로 내몰았고 토대와 무관한 정신주의는 언제든지 변질될 수 있는 것이다. 적극적 친일이 문제가 아니라 이광수의 이런 소박하고 관념적인 근대주의에 내재한 식민성이 그 친일의 바탕을 이룰 수밖에 없었다는 점이 이해되어야 한다.

5) '무정한' 세계

마지막으로 이 소설의 제목의 명명에 관한 궁금증이 남는다. 왜 '무정'인가?

영채는 과연 부모에게 대하여 효하지 못하였다. 지아비에게 대하여 정(貞)하지 못하였다. 그러나 그도 자기의 의지로 그러한 것이 아니요, 무정한 사회가 연약한 그로 하여금 그리하지 아니하지 못하게 한 것이다. (53절)

"그렇게 십여년을 그립게 지내다가 찾아왔는데 그렇게 무정하게 구시니까." (74절)

영채를 따라 평양까지 갔다가 죽고 산 것도 알아보지 아니하고, 뛰어와서 그 이튿날 새로 약혼을 하고, 그 뒤로는 영채는 잊어버리고 지나온 자기는 마치 큰 죄를 범한 것 같다. 형식은 과연 무정하였다. (105절)

무정하다는 말은 이렇게 영채와 관련해서만 쓰이고 있다. 무정한 사회, 무정한 사람 등, 영채의 삶이 과거지향적이고 그 과거가 민족의 자주성과 관련된 것이라고 할 때 결국 이 '무정함'은 조선의 비극적 현실을 낳은 어떤 역사적 힘 전체에 대한 형용이라고 할 수 있다. 거기엔 분명히 당대 현실을 바라보는 이광수의 복잡한 시선이 드리워져 있다. 그역시 과거가 그렇게 간단히 부정될 수 없는 것임을 잘 알고 있는 것이다. 하지만 이광수에게 그 과거는 이미 돌이킬 수 없는 것이며 영채의 무정한 세상을 향한 원망에 대해 그녀의 은인이자 조력자인 김병욱이 주는 다음과 같은 대답과 위로의 말 속에 이광수의 이 '무정한 역사'에 대한 대답 역시 준비되어 있다고 보아야 한다.

"울지 말아라…… 이 세상이 왜 행복을 아니 주어…… 아니 주거

든 내라지. 내라도 아니 주거든 억지로 빼앗지. 빼앗아도 아니 주거
든 원수라도 갚지…… 또 생각을 해봐라. 이 세상에 너와 같이 설움
을 당하는 사람이 너뿐이겠니? 더구나 우리나라에는 그런 불쌍한 사
람이 수두룩할 것이다. 그러면 우리 둘이 이 안 된 사회제도를 고쳐
서 우리 자손들이야 행복을 얻고 살게 해야지…… 우리가 아니면 누
가 하느냐."(112절)

—『인하어문연구』 제5집, 2001

한 허무주의자의 길찾기

1. 몇가지 전제에 대한 확인

1) 왜 이문열론을 쓰는가

이 물음은 막상 던져놓고 나니까 독특한 울림으로 되돌아온다. 이문열(李文烈) 정도의 영향력있는 작가라면 작가론의 대상작가로 떠올리기에 별로 주저할 이유가 없을 듯싶은데 이 물음은 무언가 힐난의 뜻이 담긴 것처럼 들린다. 아니 어쩌면 이 물음 자체가 작가론엔 으레 붙게 마련인 허두에 불과한데도 필자가 지레 과민하게 묻고 또 과민하게 듣고 있는 건지도 모르겠다. 물음을 좀 바꿔보자. 왜 '왜 이문열론을 쓰는가'라는 물음을 힐난조로 받아들이는가? 이 편이 우선 대답하기 수월하고 이야기의 실마리를 푸는 순서로 적당할 것 같다.

비평은 어쩔 수 없이 선택이다. 아무리 많은 것을 포괄하고 싶어도 동시대의 모든 것을 담아낼 수는 없다. 작가건 작품이건 어떤 특정한 기회에 특정한 비평가에 의해 비평의 대상으로 떠오르기까지에는 복잡한 선택의 과정을 거쳐야 한다. 그 선택은 물론 비평가의 세계관에, 좀더 정확히 말하면 비평가가 특정한 사회상황에서 특정한 작가, 작품을 매개로 하여 무엇을 말하고자 하는가에 달려 있다. 비평이란 단순히 문학작품에 대한 해설과 평가가 아니라 비평가의 사회적 발언의 형식이기 때문이다. 따라서 그 선택은 분명히 이데올로기의 간섭 아래 있으며 의식하든 않든 거기엔 그 비평가 및 그 비평가가 대변하는 인간집단의 전략전술적 의지가 스며들어 있다.

외국의 경우가 어떠한지는 잘 모르겠다. 하지만 우리의 비평풍토에 비추어보면 이러한 비평가의 선택은 대개 자신과 세계관상의 친화력이 있는 작가나 작품으로 향해지는 경우가 보통이다. 비평가가 특정한 작가나 작품을 매개로 하여 사회적 발언을 할 때 아무래도 자신의 입장 개진을 도울 수 있는 긍정적 매개를 선택하는 편이 부정적 매개를 선택하는 편보다 수월한 때문일 것이다. 그 예증은 어렵지 않다. 예컨대 노동자계급의 운명에 우리 현실과 문학의 미래를 함께 걸고 있는 비평가들은 황석영, 정화진, 방현석, 박노해, 백무산 등을 깊이 주목하고 그들을 즐겨 언급한다. 한편 미래전망의 여부와 무관하게 문학을 일종의 '삶과 세계에 대한 질문의 한 방법' 정도로 생각하고 있는 비평가들은 최인훈, 이청준, 이인성, 이성복, 황지우 등을 자주 거론한다. 그 역도 전혀 성립하지 않는 것은 아니지만 이 격벽(隔璧)은 대체로 두껍고 높은 편이어서 넘나듦은 잘 이루어지지 않는다. 1970년대까지와는 유달리 구별되게 1980년대 이래 이러한 비평가 - 작가의 그룹화가 부쩍 진전된 것으로 보인다. 이념적 대립의 첨예화라든가 각각의 출판사 상업주의 구조의 고착화라든가 하는 몇몇의 부가적 원인들이 있겠지만 그 해명은 이 글의 몫이 아니다.

어쨌든 이문열의 경우가 이러한 문예사회학적 맥락에서 문제가 된다. 필자가 이문열론을 쓰노라면서 어떤 힐난이나 최소한 걱정의 시선을 의식하지 않을 수 없는 것은, 필자가 기꺼이 그 한 부분으로 있는

‘민족민중문학진영’ 내에서 이 이문열이라는 작가를 어떻게 다룰 것인가 하는 문제를 두고 암묵적이지만 약간의 견해차이가 있어왔기 때문이다. 예컨대 보수반동적 세계관에다 상업주의적 기량을 적당히 갖춘 천박한 이야기꾼일 뿐인 그를 민족문학비평의 대상으로 다루는 것은 일고의 가치도 없는 일일뿐더러 공연히 대중의 관심만 유발시켜 책이나 더 잘 팔리게 해준다는 좀 고답적인 견해가 있고, 이문열 문학의 대중에 대한 역기능과 그 비판작업의 중요성을 부인하지는 않지만 그보다 더 중요하고 시급한 작업들이 산적한 상태에서 이문열론을 붙드는 것은 비평역량의 분산과 희석화를 가져오지 않겠느냐는 현실론이 있는 반면, 민족민중문학진영의 자족성을 비판하면서 보수반동문학에 대해 적극적 공세를 취하고 대중에게 그 해독적 본질을 폭로하는 일의 중요성을 강조하는 가운데서 이문열 비판을 그 중요한 고리로 파악하는 적극적 견해 역시 점차 자리잡아가고 있는 것이다. 결론적으로 필자는 ‘힐난과 걱정’을 무릅쓰고라도 이문열을 마주보아야 한다는 입장이고 이는 곧 세번째 견해와 일단 같은 편에 선다는 것을 뜻한다.

하지만 한 사람의 작가를 비교적 총체적으로 바라보고자 하는 작업이 ‘공세와 폭로’라는 전술적 효용에만 얽매인다면 그건 좀 허망한 노릇이다. 그리고 그럴 경우 ‘공세와 폭로’조차도 궁극적으로 제 효과를 내기 힘들 것이다. ‘왜 이문열론을 쓰는가’ 하는 물음은 뒤집어보면 ‘이문열론을 매개로 하여 무엇을 말하고 싶은가’ 하는 물음이 된다. 이렇게 되면 이문열과 그의 작품들은 단순한 객체의 자리에서 비평가와 이 세계를 관계맺어주는 적극적 매개자의 자리로 옮겨진다. 우선 이 전환이 필요하다. 필자는 이러한 전제를 견지하면서 이문열과 그의 작품들을 통해 우리 근현대사의 비극적 일면을, 우리 대중들이 함몰되어 있는 문화적 상부구조의 양상을, 우리 문학의 현재와 전망을 가능한 한 탐색해보고 싶다. 그것은 좀 거창하게 말하면 우리가 살아가고 있는 이 혼돈의 시대에 대한 하나의 비평적 해답을 구하는 일일 것이다. 이것이 '왜 이문열론을 쓰는가'에 대한 잠정적인 대답이다.

2) 이문열이 서 있는 자리

지나간 연대에, 아니 어쩌면 지금까지도 이문열은 하나의 증후군으로 존재해오고 있는지도 모른다. 중편 「사람의 아들」(1979)로부터 『그대 다시는 고향에 가지 못하리』(1980), 『젊은 날의 초상』(1981), 『황제를 위하여』(1982), 『레테의 연가』(1983), 『영웅시대』『미로일지』(1984), 『추락하는 것은 날개가 있다』(1988), 『변경』 1부(1989), 『우리가 행복해지기까지』(1989) 등 말 그대로의 '문제장편'들과 「들소」「필론의 돼지」「익명의 섬」「칼레파 타 칼라」「금시조」「우리들의 일그러진 영웅」 등의 중단편에 이르기까지 다산성 자체가 '소설의 빈곤' '산문의 위기' 운운하던 80년대에 대한 일반적인 비평적 진단을 비웃는 것이지만 그의 소설들은 민중항쟁의 피비린내와 함께 열려 이 땅의 지배세력과 피지배세력 간의 적나라한 대립으로 일관했던 지난 10년여의 시간 동안 그 안타까움과 간절함, 희망과 좌절의 열기에 용케도 '감염'되지 않고 일관되게 냉소적 거리를 유지하면서 일종의 '반문화'로 구축되어왔다. 80년대가 '민족민중운동'으로 대표되는 운동의 문화, 이념의 문화가 지배적인 영향력을 행사해온 연대라는 약간은 역설적인 인식을 전제할 때 그렇다는 말이다.

만족한 돼지는 결코 소설을 쓸 수 없다. 자신을 둘러싼 사회적인 상황과 불만족한 긴장관계에 빠지지 않고는 소설은 씌어질 수 없다. 동시대의 많은 작가들은 군부독재의 기만과 탄압에 대하여, 상대적 빈곤의 절대적 심화에 대하여, 외세의 음험한 지배 메커니즘에 대하여, 분단에 대하여, 잘못 전개된 역사에 대하여, 인간을 비인간화하고 비참하게 만드는 자본주의적 소유관계와 무정부적 생산의 가공할 악마성에 대하여 긴장관계에 서서 글을 쓰고자 노력해왔다. 그것은 휴머니즘적 열정의 소산일 수 있고 '그때 함께 죽지 못한 자'의 도덕적 회개의 소산일 수도 있으며 좀더 치밀한 운동전략의 문학화일 수도 있다. 하지만 그들 모두의 카운터 파트가 궁극적으로 우리 사회를 지배하고 있는 어떤 '물질적인 힘'——그것이 고도산업화 사회의 지배 메커니즘이건, 신식민지 국가 독점자본이건, 그 정치적 표현으로서의 군부 파시즘이건, 그냥 자본주의적 착취관계와 소외 메커니즘이건——이라는 점에선 일치한다.

그런데 이문열은 다르다. 그와 소설적 긴장관계에 놓인 상대자는 이 지배적인 물질적 힘이 아니라 '이념'이다. 그것도 이 지배적인 물질적 힘의 이데올로기적 반영으로서의 지배이념이 아니라 주로, 아니 거의 전적으로 그 지배적 힘과 이념에 대항하는 민족민중세력의 이념이다. 그는 아주 헌신적으로 자신의 작가적 생명을 걸고 이 대항이념과의 싸움을 전개한다. 기본적으로 허무주의자인 그가 그렇다고 지배세력과 지배이념을 옹호하고 나서는 것은 아니지만 이 대항이념에 대한 그의 적대감의 열도는 그 '허무주의적 균형'을 늘 깨뜨린다.

어떻게 해서 그가 그토록 뿌리깊은 이념 혐오에 빠지게 되었는가를 밝히는 게 이 글의 주요목적 중의 하나지만 우선 염려되는 것은 그의 이러한 '반문화적 입지'가 갖는 대중적 영향이다. 그의 작품들이 낙양의 지가를 올리는 데에는 물론 그의 탁월한 솜씨가 절대적인 기여를 하지만 결국 이념 혐오로 귀일됨에도 불구하고 그의 허무주의, 낭만주의, 교양취미, 귀족주의 등의 다양한 변주가 주는 매력도 무시할 수 없다. 보수문학, 상업주의문학의 반지성성과 저급성에도, 민중문학의 윤리적 강박에도 쉬이 친밀감을 갖지 못하는 대중중독자들에게 그의 작품들은 재미와 적당한 교양을 제공함으로써 호소력을 지닌다. 하지만 거기에 함정이 있다. 이문열의 숲에 들어서는 독자들은 그가 가꾸어놓은 보기 좋은 나무와 꽃들을 바라보는 데 취하여 그 숲 전체가 내뿜는 이념 혐오의, 아니 탈현실의 독기를 눈치채지 못하게 된다. 이를 어떻게 해야 할까?

오히려 문제는 이문열이 아니라 '이문열 이후'일지도 모른다. 이문열에게는 그나마 혐오하여 맞붙어 싸울 이념이 있으며 그러한 혐오와 적대감을 낳은 사적이면서 동시에 역사적인 체험이 있다. 그리고 그것은 그의 작품들 구석구석에서 진하게 묻어나 읽는 이로 하여금 최소한의 자각증상을 불러일으키는 역할을 한다. 그런데 그러한 상처의 기억조차 없는 허무주의와 탈현실의 세대와 그 문학 앞에서 우리는 어떤 자세를 취할 수 있을까? 이문열이 문제가 되는 것은 그가 이 대책없는 순응주의와 허무주의의 세계로 가는 건널목이 되고 있기 때문일지도 모른다.

3) 이문열을 읽는 방법

어떠한 의미로든 이문열은 80년대가 낳은 최대의 문제작가임에 틀림이 없다. 그리고 그러한 성가에 걸맞게 여러 평론가들이 그를 이러저러한 측면에서 해명하고 규정하고 평가하고 비판해왔다. 이동하는 이문열의 초기작들인 「사람의 아들」(중편) 「그해 겨울」 「들소」 『그대 다시는 고향에 가지 못하리』를 분석하여 이문열의 낭만주의적 세계인식을 지적해내었다.[1] 그는 「그해 겨울」과 「들소」에서 개진되는 이 작가의 예술론도, 『그대 다시는 고향에 가지 못하리』를 뒤덮고 있는 저 소멸해가는 과거에 대한 병적인 그리움도, 「사람의 아들」이 보여준 '절대'에의 탐구도 낭만적 정신에 대한 천착이 없이는 제대로 이해될 수가 없는 것[2]이며 그의 이러한 비관적, 귀족적, 복고적 낭만주의는 우리 근현대사에 대한 비극적, 보수적 역사인식에서 기인하는 것으로서 미래전망을 동반하지

---

1) 이동하 「낭만적 상상력의 세계인식」, 『우리 세대의 문학』 제1집, 1982.
2) 같은 글 196면.

못한 병적 비관주의에 함몰될 위험이 크다고 평가했다.

성민엽은 이문열 문학의 핵심을 "개인과 자유를 향한 열망"과 "전망의 결여"로 요약했다.[3] 「새하곡」「들소」「어둠의 그늘」「칼레파 타 칼라」「금시조」「장려했느니, 우리 그 낙일」 등의 중편들이 그의 이러한 진단을 뒷받침하는데 그 열망의 표현은 "개인의 자유와 실현을 저해하는 제요소들에 대한 혐오와 비판과 풍자"[4]로 나타난다. 단 그 혐오와 비판과 풍자는 극복에의 전망이 결여되어 있는 한 '비판하면서의 수락'으로 귀결된다. 그리고 그 전망의 결여는 변혁에 대한 두려움에서 비롯되며 이는 의도와는 무관하게 기존체제의 옹호를 낳는다. 이 딜레마를 이문열은 예술지상주의와 복고주의로 해결하고자 하나 '미래에의 폐쇄와 전망의 결여'와 '민중의 주체적 역량과 민중의식의 무시'는 그 현실비판의 노력을 기존 현실의 옹호로 전도시킨다는 것이다.

권성우는 「사람의 아들」로부터 『영웅시대』에 이르는 이문열의 주요 작품들을 관류하는 세계관의 갈등구조에 주목하고 이를 "당대의 사회적 배경 및 독자계층의 문제와 연결시켜 조명"하려고 애씀으로써 이문열 문학의 총체적 면모를 드러내는 본래적 의미의 작가론에 한발 더 다가서고 있다.[5] 그에 의하면 이문열의 작품세계는 '가치의 상대주의'와 '역사적 결정론'이라는 두 세계관의 갈등과 '가치의 상대주의'로의 궁극적 귀결을 그 핵심구조로 한다. 이 평론은 이러한 이문열 소설의 핵심구조가 '1980년 5월의 역사적 격변 후에 허무주의, 실존주의, 가치의 상대주의 등에 경도되었던 집단의 세계관을 문학적으로 표현한 것'이라

---

3) 성민엽 「개인과 자유를 향한 열망」, 『칼레파 타 칼라』, 나남 1986. 여기서는 성민엽 평론집 『문학의 빈곤』(문학과지성사 1988)에서 인용.
4) 같은 글 229면.
5) 권성우 「이문열론—세계관의 변화과정에 대한 고찰을 중심으로」, 서울대 대학신문 1985. 12, 12면.

는 가설적 입론을 편다. 비록 그 '집단'의 사회적 층위나 계급적 성격에 관한 언급이 전혀 없다는 점이 문제지만 이문열 문학에 대한 구조발생론적 이해를 시도하고 있다.

리얼리즘의 입장에서 『영웅시대』를 읽어내고 그 관념편향적 창작방법을 문제삼고 있는 정호웅의 접근방법을 주목하지 않을 수 없다.[6] 그는 우선 관념편향성을 '이문열 문학 전반을 규율하는 핵심성격의 하나'라고 전제하고 이는 창작방법상으로 작가의 작품 내 전면 개입(=인형조종술)으로 이어짐을 밝힌다. 또한 이러한 창작방법은 리얼리즘에 정면으로 배치되는 것으로서 '현실의 왜곡과 추상화' '구성의 파탄과 인물의 추상화'를 필연적으로 수반함을 『영웅시대』에 대한 실제분석을 통해 입증한다. 나아가 이런 관념편향적 창작방법은 특히 장편소설에 있어서는 파탄적인 악영향을 끼침을 '선고'하고 있다.

『그대 다시는 고향에 가지 못하리』와 『황제를 위하여』를 집중적으로 분석하여 이문열의 역사의식에 칼을 댄 권순긍의 글이 있다.[7] 양반사대부 문화의 정신적 교양의 측면에 대한 이문열의 과도한 경도에서 식민주의의 혐오를, 이문열 문학의 한 중요한 특징이라고 할 수 있는 서구 부르주아문학과의 상사성에서 신식민주의의 혐의를 읽어내고 있다. 나아가 그는 이문열이 중세의 귀족주의를 계승한 서구의 정통 부르주아문학처럼 우리나라에서도 봉건양반문화 전통을 계승한 우리의 부르주아문학을 꿈꾸는 게 아닌가 하는 심증을 던진다.

그리고 이우용의 '비판'이 있다.[8] 이 글은 '폐쇄화된 세계관' '전망의 부재' '인물의 비전형성' 등 이문열의 한계로 지적되어온 특징들이 소설

---

6) 정호웅 「관념편향적 창작방법의 한계」, 『문예중앙』 1986년 봄호.
7) 권순긍 「중세 보편주의에의 향수와 신식민주의의 망론」, 『문학의 시대』 제4집, 인동 1988.
8) 이우용 「『젊은 날의 초상』에서 『변경』까지: 이문열 비판」, 『베스트셀러—우리 시대의 '잘 팔린 책들' 전면 비판』, 시대평론 1990.

의 본질에 해당하는 치명적인 것들임을 강조하면서 시작된다. 본격적이라기보다는 다분히 축자적이고 인상비평적인 글로서 이문열의 주요작 거의 전부를 도마에 올려놓고 있다. 『젊은 날의 초상』에서는 현실 안주로 귀결되는 허무주의자의 전망을, 『황제를 위하여』에서는 실존적 고뇌나 내면의 욕구와는 무관한 '솜씨'의 타락상을, 『레테의 연가』와 『추락하는 것은 날개가 있다』에서는 허무주의적 애정관의 퇴폐성을, 『영웅시대』에서는 내적 필연성에 의거하지 않는 이념비판의 관념성을, 『변경』에서는 사회변혁과 그 주체로서의 민중에 대한 반감과 궁극적 기회주의를 끄집어낸다.

이외에도 이문열을 비평의 대상으로 삼은 글들은 많이 있다. 하지만 이 정도면 충분하다. 이들 선행작업들이 보여주고 있는 통찰력과 무게만으로도 이문열 문학의 성격은 거의 다 드러난 셈이다. 낭만주의, 허무주의, 전망 결여와 이념 혐오, 역사적 결정론에 대한 투쟁과 가치상대주의에의 귀일, 민중불신과 궁극적 체제 옹호, 관념편향적 창작방법에 의한 능란한 이야기꾼으로서의 재능과 한계, 고급 부르주아문학의 기수…… 이밖에 이문열의 작품세계에 관해 무엇을 더 말할 수 있을까? 이문열의 작품들, 다시 말해 텍스트는 이제 더이상의 탐험의 여지를 남겨두지 않은 것으로 보인다.

그런데 이문열은 왜 그런 작품들을 쓸 수밖에 없었을까? 비판자들에게 적의에 가까운 자세로 발톱을 세우면서까지 자신의 세계관과 예술관, 창작방법을 고집하는 이유는 어디에 있을까? 왜 그의 운명은 그로 하여금 이 길을 가지 않으면 안되게끔 강제하는 것일까? 불행히도 선행작업들은 이에 대한 대답을 충분히 마련하지 못하고 있다. 텍스트에만 의존한 현상적이고 결과론적인 접근법에 의해 씌어진 글들이기 때문이다. 이동하와 권성우가 골드만(Goldmann)의 문학사회학 방법론을 원용하여 이문열의 비극적 낭만주의와 가치상대주의로의 귀일을 설명하

려고 시도했지만 충분한 설득력을 갖추지 못한 것으로 보인다.[9]

이제는 그 대답이 필요하다. 이문열 문학에 대한 현상적이고 결과론적인 접근은 몇가지 유보에도 불구하고 궁극적으로 이문열을 '반민중적이고 체제 옹호적인 부르주아문학 작가'로 역사의 박제상자에 고정시키는 결과를 낳는다. 그것은 이문열과 비평가와 독자대중 간의 단절이며 서로 상처입히기에 다름아니다. 모두가 이 땅 이 현실에서 살아숨쉬는 인간으로서 상호 개입하고 변화를 매개하는 노력을 포기해서는 안된다. 그러기 위해서는 이문열과 그의 작품들을 하나의 현상으로, 소여(所與)로 보는 시각을 지양하고 변화 발전하는 전체로서 파악하는 시각이 필요하다. 이는 이문열론의 삶의 필연성과 그의 작품세계의 필연성을 하나로 묶어 파악하는 일이며 동시대인으로서 함께 직면하고 있는 난제에 서로 머리를 맞대는 일이다. 또한 이는 필연적으로 이문열의 작품세계에 대한 발생사적이고 원인론적 접근법을 수반한다. 이문열의 낭만주의, 허무주의, 이념 혐오, 전망 회피 그리고 관념 편향의 창작방법 등은 바로 그의 삶의 산물이며 그 맥락에 이해될 때만이 그의 작품세계의 궤적이 이해될 수 있다. 그리고 그러한 이해를 바탕으로 우리는 그의 것만이 아닌 우리가 함께 나누고 있는 이 고통스런 삶의 이름으로 그에게 앞날의 변화를 정당하게 요구할 수 있는 것이다. 이문열은 그렇게 읽혀져

---

9) 이동하, 권성우, 각각 앞의 글 참조. 이동하와 권성우 공히 골드만의 방법론을 원용하지만 이동하의 경우 양반계급의 몰락에 따른 유교적 보편주의의 몰락, 그로부터 비롯되는 '근대사 전체를 하나의 긴 타락으로 보는' 비극적 세계관의 발생을 상정하고 여기에 이문열의 비극적 낭만주의를 접맥시키는 반면, 권성우는 '80년 봄의 좌절'로부터 '절대의 상실'을 추출하고 이를 이문열의 '가치상대주의'의 연원으로 파악한다. 그러나 이동하의 입론은 이문열의 초기작들에는 적용 가능할지 몰라도 『황제를 위하여』 이후 이문열이 보여주는 동시대에 대한 왕성한 관심과 개입을 설명해주기는 힘들며, 권성우의 입론은 1987년의 시민항쟁 이후에도 일관되거나 오히려 더 악화되는 이문열의 상대주의와 변혁이념 혐오를 설명하기엔 크게 역부족이다.

야 한다.

2. 탈이념, 탈역사로 가는 한 허무주의자의 길찾기

1) 아버지, 이념의 망령, 이문열 문학의 처음과 끝

이문열의 삶이 남달리 신산스러웠으리라는 것은 그의 연보[10]와 자전적 성격이 특히 강한 몇 작품들[11]을 읽으면 능히 짐작이 간다. 세살 되던 해에 한국전쟁이 터지고 남로당계 중간간부급이었던 부친의 월북과 가족의 이산이 뒤따른다. 전쟁이 끝난 여섯살 무렵부터 열네살 되던 해인 1961년경까지 고향인 경북 영양에서 안동으로, 안동에서 서울로, 서울에서 밀양으로, 밀양에서 다시 고향으로 전전을 거듭한다. 그 전전은 물론 월북자 가족에 대한 감시와 월북자 가족으로서의 피해의식이 상승작용을 일으킨 결과이다. 그 이산과 전전이 거듭되는 동안 나름대로 명문반가의 사파종가였던 집안은 모래성처럼 붕괴하고 가난과 핍박이 꼬리표처럼 붙어다니게 된다. 연보는 이렇게 말하고 있다.

지금까지의 잦은 이사에서 보듯 유년시절 어렴풋하게나마 부친이 드리웠던, 그 원죄와도 같은 그늘의 무게를 확인하다. 이후 서른살이 넘도록 부친으로 인해 인생의 많은 가치박탈을 경험하게 되다.

당사자가 아니고는 이 짧은 진술에 어린 한스러움의 질량을 다 측정

---

10) 「문학적 연대기—방황, 독서, 여행」, 『작가세계』 1989년 여름호 '이문열 특집'. 이후 '연보'는 별도 언급이 없는 한 이 연보를 지칭한다.
11) 「젊은 날의 초상」 「영웅시대」 그리고 「변경」은 자전이거나 작가 자신의 가족사소설로 읽어도 무리가 없을 것이다.

하기란 어려운 일일 것이다. 그에게 있어서 아버지라는 존재는 말 그대로 '알 수 없는 원죄'에 다름아니었다. 가난과 핍박에 시달렸던 유소년기는 차치하고라도 고등학교 중퇴, 방황, 고시 준비와 실패, 군입대, 학원강사 생활 등 작가로서 데뷔하기 전까지의 청년기(이 기간은 또한 유신시대를 포함하는 냉전적 반공이데올로기의 극성기였다) 동안 그가 아버지의 존재로 인해 겪었을 정신적 물질적 고통은 이루 말할 수 없었을 것이다. 그가 겪은 파행적인 청년기의 경험도, 그 마지막 선택으로서의 문학도 아버지의 존재를 떠나서는 애초부터 불가능했다고 보아야 한다. 이러한 정황에 비추어볼 때 이문열의 아버지 콤플렉스는 철저히 부정적인 것이다. 그리움이나 혈연적 애착의 대상이기에는 그로 인한 현실적 삶의 고통이 무척 컸던 탓이다. 이문열의 문학은 바로 이 부정적 아버지 콤플렉스라는 심연으로부터 솟아나오게 된다.

자신과 가족의 삶을 송두리째 뿌리뽑힌 것으로 만든 아버지라는 이름의 '두렵고 음산한 망령'에 대해 이문열이 지닌 태도는 유년기에 '본능적인 공포와 경계'였고 나중에 『영웅시대』를 써서 그를 객관화할 수 있게 되었을 때는 '연민과 동정'이 되지만 그 사이에 원망과 적의의 오랜 세월이 있었음은 능히 짐작할 수 있다. 그 원망과 적의가 긍지나 경의가 아닌 연민과 동정으로 귀착되기 위해서는 아버지의 생각과 삶에 관한 자기방식의 이해와 여과가 필요했을 것이다. 그 이해와 여과는 아버지로부터 아버지가 선택한 이념 및 행동방식을 분리해냄으로써 가능해진다. 지주계급 출신으로 지식인이란 성분을 가진 아버지에게 애초부터 무산계급의 이념인 사회주의이념과 그 혁명론은 어울릴 수 없음을 증명하는 것이 그것이다. 아버지의 불행은 그 박래(舶來)이념의 그릇된 선택과 필연적 좌절에서 비롯된 것이라고.

그 다음에 그가 할 일은 그 이념의 허구성 내지는 부적합성을, 또는 그 현실화단계에서의 부작용을 드러내 보이는 일이다. 그 이념이 제시하는 온갖 휘황한 미래전망과 거기에 도달하기까지의 엄청난 희생 사이의 모순을, 무산계급의 것이라는 외피와 몇몇 권력지향적 엘리뜨들의 것이라는 내용 사이의 모순을 드러내 보이는 일이며 그것이 특히 우리 현실에는 왜 더욱 적용불가능한 '불임의 이념'인가를 드러내는 일이다. 여기에 해방전후사와 남북노동당의 대립, 제국주의의 대립, 한국전쟁을 보는 이문열 특유의 시니시즘이 자리하며 제국주의의 변경에서 진정한 변혁은 불가능하다는 투항주의적 역사관인 '변경론'이 자리한다. 또한 이 모든 '잘못된 것들'이 발붙이기 이전의 상태로 추상화된 양반사대부 사회에 대한 낭만주의적 경사가 자리한다.

그리고 이 세계에 대한 모든 변혁지향적 노력과 그 이념태에 대한 회의와 조소가 뒤따르며 이는 점차 세계발전의 법칙성을 포함한 모든 절대적 가치와 진리의 존재에 대한 회의와 불가지론, 상대주의, 때로는 종교적 신비주의로까지 발전한다. 그렇게 되면 인간이 역사에 대해서 벌이는 모든 집단적인 노력은 허망해지고 남는 것은 칼 포퍼(Karl R. Popper)의 감동적 난센스인 '어두운 밤길을 걷는 인간의 조심스런 발걸음과 그 발밑을 겨우 비출 만한 작은 등불' 하나일 뿐이다. 이문열에게 있어서 문학은 바로 그 '포퍼의 작은 등불'일 것이며 이문열의 '분업론적 예술지상주의'는 이런 맥락에서 이해될 수 있다.

아닌게아니라 진정으로 이문열의 문학은 이문열의 삶을 비추는 작은 등불이라 할 만하다. 그에게 있어서 문학은, 소설은, 상실의 현대사와, 그 비극적 담지자인 아버지와, 영문도 모르고 그 비극의 회오리에 말려들어간 자기 자신을 해명하기 위한 고독한 지적·정서적 분투가 빚어낸 거대한 관념체계라고 할 수 있다. 그는(바로 이 점 때문에 그의 문학이 닫혀 있게 되지만) 그 오랜 세월 동안을 이웃들과 어울리고 부대끼며 함께 사는 길보다는 혼자서 자신의 관념 속에서 자기 삶의 심연을 캐는 길을 택했다. 그 결과물로서의 그의 작품들에 대해 관념편향적이라거나 반리얼리즘적이라거나 하는 비판을 던지는 것은 그에게는 차라리 성가신 잔소리에 지나지 않을 것이다. 그에게 이 세계는 그 자체 객관적인 논리를 가지고 변화해가는 '현실적이고 구체적인 것들의 전체'가 아니라 자신의 고독한 관념의 모색과 그 결론을 입증하는 '널린 자료더미'일 뿐이기 때문이다.

그러나 이문열도 초월자이거나 광야의 예언자일 수는 없다. 단지 생산관계에 직접 편입되지 않고 그 잉여에 기생하는 지식계층으로서의 그의 성분이 그에게 '자유의 환상'을 주고 그의 관념의 왕국건설을 방임했을 뿐이다. 하지만 이제 그의 작품들을 읽어나가면서 우리는 원하지 않는 역사의 굴레에서 벗어나 자유를 찾기 위한 그의 오래고 고독하고 고통스러운 문학적 탐험이 어떻게 지금 이곳, 20세기 말의 한반도 남쪽에서 벌어지는 인간과 인간의 운명적 갈등과 대결의 한가운데로 이르게 되는가를, 그리고 그가 거기서 어떻게 그 어느 한편에 서게 되는가를 보게 될 것이다.

2) 낭만적 정열과 은폐된 대결

1979년에서부터 1981년에 이르는, 『사람의 아들』[12]과 『그대 다시는 고향에 가지 못하리』[13]와 『젊은 날의 초상』[14]으로 이루어진 초기 이문열의 세계엔 아버지의 존재는 은폐되어 있다. 대신 서구적 교양과 자기류로 형성되는 관념체계와 지나치다 싶을 정도의 낭만적 정열로 갈피갈피 장식된 젊은 이문열의 자폐적인 성장체험이 하나의 독특한 '교양적 공

---

12) 중편 「사람의 아들」은 1979년에 발표되고 간행되었으며 1987년에 장편으로 '개보'(改補, 이는 작가 자신의 표현이다)되어 재발간된다. 여기서는 이 개보판을 텍스트로 쓴다. 본질적 변화가 없고 보충된 부분이 이해에 도움이 되는 까닭이다.
13) 나남 1986년판.
14) 민음사 1981년판.

간'을 이루고 있다. 『사람의 아들』이 보여주는 현세적 가치와 초월적 가치의 갈등, 『그대 다시는 고향에 가지 못하리』가 보여주는 의지할 보편적 가치가 존재하는 세계에 대한 동경, 『젊은 날의 초상』이 보여주는 젊은 날의 방황과 깨달음 등은 한 자폐적인 젊은 영혼의 우울하면서도 치기만만한 성장의 여정을 그려내고 있는 것이다.

하지만 이 교양적 공간에도 아버지의 그림자는 짙게 드리워져 있다. 이동하는 주로 이 세 작품을 분석하면서 이문열의 비관적 세계인식과 낭만주의를 지적해내었다.[15] 그것은 정확한 지적이었다. 그러나 그는 그 비관적 낭만주의가 아버지로 표상되는 이 진흙밭과 같은 '지금 여기'에서의 삶으로부터 탈출하려는 이문열의 안간힘의 표현이라는 점까지는 간파하지 못했다. 다시금 확인하거니와 아버지와의 대결이라는 대전제를 간과하면 70년대 말 80년대 초의 격변기에 이문열이 보여준 철저한 정치사회적 무관심을 해명할 수 없다. 그가 1980년 당대의 현실에 관해 보일 수 있었던 관심의 유일한 표현인 우의적 단편 「필론의 돼지」가 말해주듯 그는 난장판 같은 현실에 짐짓 눈을 감고 '좀더 근본적인 어떤 것'——그것이 찾아지면 이 진흙 같은 현실도 자연히 해명될——을 찾아헤매는 '현자 필론'이었던 것이다.

필론이 한번은 배를 타고 여행을 했다. 배가 바다 한가운데서 큰 폭풍우를 만나자 사람들은 우왕좌왕 배 안은 곧 수라장이 됐다. 울부짖는 사람, 기도하는 사람, 뗏목을 엮는 사람…… 필론은 현자인 자기가 거기서 해야 할 일을 생각해보았다. 도무지 마땅한 것이 떠오르지 않았다.

그런데 그 배 선창에는 돼지 한 마리가 사람들의 소동에는 아랑곳

---

15) 이동하, 앞의 글.

없이 편안하게 잠자고 있었다. 결국 필론이 할 수 있었던 것은 그 돼
지의 흉내를 내는 것뿐이었다. (「필론의 돼지」 중에서)

사람의 아들

『사람의 아들』은 이문열의 아버지와의 기나긴 대결을 알리는 서곡과
도 같은 작품이다.

현세적 가치와 초월적 가치의 갈등, 지상의 왕국을 건설하려는 노력
과 천상의 왕국에 모든 것을 맡기려는 입장과의 갈등이 이 소설의 기본
얼개를 구성하고 있는데 이야말로 아버지가 선택한 이념에 대한 가장
근본적인 문제제기이기 때문이다.

이 소설은 두 개의 소설을 안고 있는 격자소설이다. 한 편은 신의 아
들 예수와 사람의 아들 아하스페르츠를 축으로 하여 전개되고, 또 한 편
은 예수와 아하스페르츠 사이에서 동요하는 민요섭과 끝까지 사람의 아
들에 매달리는 조동팔을 축으로 하여 전개된다. 예수와 아하스페르츠의
갈등은 민요섭과 조동팔이 겪는 갈등의 원형태를 제공한다. 예수건 아
하스페르츠건 절대의 신을 전제로 한다는 점에서 같다. 하지만 예수의
신은 초월적 절대자로서 인간의 합리적 인식이나 주체적 의지의 저편에
존재한다. 그 절대자에 의해 세상의 모든 것은 예정되어 있고 세계를 변
화시키려는 인간의 노력은 무상하다.

그러나 아하스페르츠의 신은 반면에 세속화된 세계내적 절대자이다.
그는 인간의 인식과 의지의 안에 있고 그 실현을 돕는다. 그가 있는 한
지상의 왕국은 인간의 역사 안에서 건설될 수 있다. 민요섭은 또하나의
아하스페르츠가 되고자 했다. 그리하여 현세의 불의와 불합리에 대해
투쟁하며 지상의 왕국을 꿈꾼다. 하지만 자신의 좀더 세속적인 분신인
조동팔의 적극적 행동주의와의 갈등을 거쳐 다시 초월적 절대자에게로
귀의한다. 조동팔은 배반자 민요섭을 살해하고 끝까지 자기의 신을 지

킨다.

이 소설은, 이문열의 거의 대부분의 소설들이 그렇듯 현실의 이야기가 아니라 하나의 알레고리의 체계이다. 이 소설의 인물과 생각은 따라서 각기의 대응물을 가지고 있다. 아하스페르츠와 민요섭과 조동팔은 인간에 의한 지상의 왕국 건설이 가능함을 믿고 이를 실천에 옮기는 '혁명가'들에 대응된다. 이들이 믿는 세계내적 절대자는 '역사법칙'에 대응될 것이다. 이 소설은 이들의 패배의 드라마이다. 이들의 현세적 신념과 노력은 무상(無常)한 것이다. 세계는 이들의 열망과는 무관하게 오연히 비의 속에 감춰져 있다. 마치 온갖 불합리와 비정함에도 불구하고 인간과 세계에 군림하는 초월적 절대자처럼. 여기서 '아버지의 예정된 패배'를 상기하는 것은 비약일까?

여운은 남는다. 그것은 조동팔의 무정부주의적 실천의 머리 위에서 빛나는 '고독한 신성(神聖)'이다. 권성우는 조동팔의 이 믿음이 공허한 것이라고 일축했지만 이문열이 이 믿음의 선언을 소설의 가장 마지막에 배치한 것을 소홀히 보아서는 안된다. 거기에 불가지한 세계를 헤쳐가는 인간의 순수하고 고독한 행동에 대한, 조동팔의 표현대로 '불확실한 미래에 만 명을 구하게 되는 계획'이 아닌 '지금 당장 눈앞에서 고통받는 하나를 구해내는' 행동에 대한 이문열의 끌림이 드러나고 있다. 허무주의와 그 사회적 실천이념인 무정부주의에 대한 경사가, 그리고 이 여운이 바로 이문열이 또다른 절대주의인 기독교 신앙으로 함몰하는 것을 막아주고 있다.

그대 다시는 고향에 가지 못하리

아버지는 이 작품에도 숨은 추동력으로 작용한다. 소멸해버린 것들에 대한 병적 애착, 중세 보편주의에 대한 향수, 귀족적 복고적 낭만주의, 비극적 세계관, '샤또브리앙적 우수', 상실의 아름다운 노래 등등의 온갖 찬사와 규정이 바쳐진 이 낭만주의의 아가서(雅歌書)를 쓰게끔 한 숨은 독찰자 역시 아버지인 것이다. 앞에서도 말한 것처럼 이문열에게 고향은 '이 모든 잘못된 것들이 발붙이기 이전'의 정처이며 아버지조차 도 다시 시작해볼 수 있는 끼워야 할 첫 단추가 있는 곳이다. 아버지 이 후의 훼손된 삶을 치유할 수 있을지도 모르는 아버지 이전의 삶이 있는 곳. 그런데 지금 그곳은 사라지고 없다. 이 비극적 상실감과 안타까움이 이 작품을 지배하는 병적 낭만주의의 이상열도를 규정하고 작가 자신 도 문제로 인정한 '시대착오적 의고주의와 음울한 감상'조차 용서받게 한다.

이 한 권의 산문집[16]은 「경외서」라 이름붙여진 세 편을 포함하여 모 두 열일곱 편의 산문으로 되어 있다. 그중 「롤랑의 노래」에서 「에필로 그」까지의 본편 열네 편은 화자인 '나'의 귀향일지의 형식을 띤다. 두번 째 이야기인 「암포신문인협회」에는 '나'의 귀향 이유가 나온다. 고시공 부를 포기하고 이제 어떻게 살 것인가를 고민하기 위한 귀향이다. 이 땅 의 뒤안길을 헤매던 고통과 신산으로 얼룩진 발걸음을 끝내고 양지바른 쪽으로 갈 수 있는 가장 확실한 증명서인 고시합격을 향한 노력을 마침 내 포기하고, 다시금 그늘의 고난으로 가는 문학의 길을 택할 수밖에 없 게 된 생의 기로에서 찾은 고향, 그 귀향일지가 감상과 낭만과 회한이 얽힌 비극적 과장으로 뒤덮이는 것은 차라리 자연스럽다고 할 것이다.

「롤랑의 노래」와 「정산선생」을 관류하는 봉건왕조와 사대부계급에 대한 터무니없는 예찬, 「다시 사라진 것들을 위하여」가 보여주는 양반 문중의 온갖 허섭스레기 같은 풍속에 대한 시시콜콜한 보고, 「종손」 「장

---

16) 이 작품은 굳이 산문집이라고 이름붙인 것은 이렇다할 구성도, 딱히 허구라고 할 만한
사건도 없는 이 작품을 굳이 소설이라고 부를 필요를 못 느껴서이다. 소설인가 아닌가는 이
작품을 읽는 데 전혀 영향을 미치지 않는다. 이에 관해서는 이미 김화영의 글(작품 해설
「가치의 무거움과 노래의 가벼움」, 『그대 다시는 고향에 가지 못하리』, 나남 1986)이 있다.

자의 꿈」에서 보이는 시대착오적 망집, 「상처」에서와 같은 폐습의 미화 등은 이러한 비극적 과장에 대한 이해와 고려를 가지고 한수쯤 접어주고 읽는 것이 바람직하다. 이문열 자신도 「암포신문인협회」와 「분호난장기」를 통해서 그러한 복고적 낭만주의가 자리잡을 아무런 근거도 고향은 가지고 있지 못함을 보여주며, 섬찟한 두 편의 기상곡——「인생은 짧아 백년, 한은 길어 천년일세」와 「백치와 무자치」——을 통해 자신의 대책없는 고향 탐닉을 경계(警戒)하고 있지 않은가.

그러나 이러한 이해와 고려가 이문열이 지니고 있는 것이 분명한, 과장되지 않은 형태의 귀족적 보편주의에 대한 경사와 우리 근대사 전체를 타락으로 읽는 비극적 세계관에 대한 몰각으로 이어져서는 안됨은 물론이다.

젊은 날의 초상

이 책처럼 내 삶과 밀착된 것은 드물다. (…) 이 갈피갈피에는 무슨 열병처럼 지나온 내 젊은 날들이 영원한 그리움과 회한으로 숨쉬고 있다. 앞으로 내가 문학적으로는 이보다 얼마나 더 완벽한 글을 쓰게 되든, 그리고 또 어떤 평자가 어떻게 평을 하든, 내 가장 큰 애착은 항상 이 책 위에 머무를 것이다. (이문열『젊은 날의 초상』, 후기에서)

그의 소설만큼이나 현란하고 수식적인 이문열의 많은 서문과 후기 중에서 이 후기처럼 진솔하고 공감가는 것도 드물다. 어느 누구의 젊은 날이라도 이만한 질량을 가지지 않겠냐마는 이 3부작으로 정제된 이문열의 활자화된 '젊은 날'이 지닌 보편적 감응력은 마땅히 수반되어야 할 경계를 감안하더라도 인정되어야 한다. 왜냐하면 이 3부작에는, 대부분 설익은 패러다임과 자폐적 관념조작, 그리고 기발한 착상과 구성으로 가공된 이문열의 다른 작품들이 갖지 못한, 누구라도 교감이 가능한 '날것의 진실'이 풍부하게 살아 있기 때문이다. 그리고 그 '날것의 진실'은 자신의 곡절 많은 성장과 고독하기 그지없는 젊음의 어떠한 역사적 맥락에서 비롯된 것인지를 채 알 수 없었던 한 불행한 청년이 삶 깊숙이 우리를 개입해 들어가게 만든다.

　3부작의 첫 편인 「하구」는 이문열의 전 작품 중에서 인물이나 사건들이 그의 관념의 조종을 받지 않은 채로 자율성을 지니고 움직이는 아마도 유일한 작품일 것이다. 전면적인 객관화가 이루어진 것은 아니고 어차피 일인칭 화자인 '나'의 눈을 통해 관찰된 것이지만 이 소설에 등장하는 낙동강 하구 사람들의 삶은 '나'의 간섭에서 벗어나 거꾸로 '나'에게 인간사의 어려움과 끈질김을 가르쳐준다. 무엇보다 모래채취업이라도 해서 어떻게든 살아보려 애쓰면서도 어린 동생을 받아들이는 형이 그렇고, 자질구레한 갈등이나 원망에도 아랑곳없이 운명적인 끈끈한 사랑으로 서로를 묶고 있는 최광탁과 박용칠이 그렇고, 좌익활동의 전력과 과오 때문에 은거해 사는 서노인이 그렇고, 시앗의 자식이라는 자의식으로 삶을 갉아먹고 사는 별장집 남매가 그렇다. 그리고 이들을 바라보는 '나'의 자기집중은 심한 것이어서 타인의 삶에 대한 성찰은 더 계속되지 않는다. '나'는 얼마 후 대학입시에 합격하여 이 삶의 현장을 떠나버리는 것이다. '나'는 이 하구를 떠나 성년의 바다로 나아갔지만 그 바다에서도 '나'는 끝내 섞이지 않는 한 줄기의 완강하고 자폐적인 흐름으로 남게 되는 것이다.

　둘째 편 「우리 기쁜 젊은 날」은 '나'의 짧았던 대학시절의 이야기이다. 그것은 한 자폐적인 영혼에게 주어진, 자기를 열 수 있는 또하나의 기회였으나 그 기회는 다시 무산된다. 대학은 제한적으로나마 역사, 사회적 참여의 통로이며 일정하게 동질집단의 일원으로서 자아를 재편성할 수 있는 장임에도 불구하고 '나'는 입주 가정교사의 일의 과중한 부담과, 김형 하가 등 제한된 교우관계, 문학회에서의 인간관계의 파탄, 지나친 음주습벽, 실패한 연애, 등록금을 마련 못할 정도의 궁핍, 김형의 요절 등으로 환멸 속에서 대학생활을 끝내고 만다. 그것은 '나'의 현실세계와의 교섭의 실패를 의미한다.

셋째 편「그해 겨울」은 그 실패의 쓰라린 상처를 어떻게든 달래고 싶은 '나'의 허탈하고 지향없는 방황의 기록이다. 「우리 기쁜 젊은 날」을 마감하고 혹독한 육체의 시련을 통해 '공허한 관념의 뿌리 없는 사유'의 해독을 떨쳐버릴 수 있기를 기대한 '나'의 광부행, 어부행은 어느 산촌 여관의 '방우'행으로 귀착된다. 그러나 그 거듭된 단순노동과 그 생활에서 보고 듣는 추문 같은 세상사 속에서 '치매상태와도 흡사한' '무감각과 방심'은 어느덧 존재의 위기감으로 이어지고 '나'는 다시 길을 떠난다. 허무와 절망의 실체를 만나기 위해, 끝없는 낭만적 충동이 끝간데를 만나기 위해, 그것은 엄청난 폭설로 길도 끊긴 해발 칠백 미터의 고개를 넘어 바다로 이어진 길이다. 그러나 천신만고 끝에 도달한 바다는 허무와 절망의 실체도 아니고 낭만적 충동의 끝으로 통하지도 않았다. '나'는 세계의 불가해성에 대한 낭만적 확인행위로서의 죽음 대신에 그 해명을 향한 의지와 확인처럼 삶을 택했다. 그것은 당연한 결과이다. '나'의 절망과 허무, 낭만적 충동은 세계와의 구체적 충돌의 결과가 아니라 그 충돌의 첫발조차 제대로 내딛지 못한 자의 엄살의 결과이기 때문이다. '나'는 진정한 삶의 부대낌과 만나야 했다. 그 선택은 옳았고 그런 면에서 이 소설은 진정한 교양소설로서의 품격을 획득하고 있다.

3) 현실세계와의 만남, 길고 완강한 대결

그러면「그해 겨울」의 마지막에 행해진 삶의 선택은 그에 합당한 성과를 얻었는가? '나'는 아니 이문열은 사람들과 함께 엮어가는 구체적 삶의 부대낌 속으로 진입하는 데 성공했는가? 불행히도 그 대답은 부정

적이다. 연보적 사실과 소설적 사실의 결합이라는 좀 위험한 방식에 의
존해보면 그가 선택한 진입의 방식은 고시공부였고 그것은 실패로 끝났
으며 3년에 걸친 군대생활과 그 이후 약간의 학원강사 생활 이후 그는
문학에 매달리게 된다. 대학생활의 실패, 고시공부의 실패, 그리고 그
어간이라고 짐작되는『그대 다시는 고향에 가지 못하리』에서와 같은 뿌
리뽑힘의 절망적 확인과 군대라고 하는 최악의 집단사회 경험. 이는 세
계와의 정상적 교섭의 경험이 아니라 거부당함의 경험 쪽에 가깝다. 그
리고 문학의 선택이 온다. 세계와의 적극적 교섭을 통한 귀납적 자기형
성의 길과 완강한 자의식과 자기류의 관념체계에 의한 자기교양과 연역
적 세계인식의 길, 바야흐로 후자의 길이 문학을 매개로 하여 시작되는
것이다.

　　그로부터『사람의 아들』과『그대 다시는 고향에 가지 못하리』와『젊
은 날의 초상』으로 대표되는 사적인 교양의 시대를 지나 이제 이문열의
문학적 탐험은 구체적인 현실세계인 이 땅의 역사, 사회현실과 숙명적
으로 조우하게 된다. 그러나 그는 아버지가 혁명운동이라는 매개를 통
해 부딪쳤던 이 세계와 직접 만나는 대신 아버지로 대표되는 변혁운동
의 이념과 행동에 대한 대항논리의 구축과 그 형상화라는 관념적 문학
행위를 매개로 하여 만난다. 80년대의 '대표작가' 이문열이 80년대에
쓴 거의 모든 작품들,『황제를 위하여』와『영웅시대』『변경』, 그리고
『미로일지』『우리가 행복해지기까지』등은 사실 이 기나긴 대결의 산물
이며,『레테의 연가』나『추락하는 것은 날개가 있다』등은 그 한갓 부산
물에 지나지 않는다.[17]

---

17)『황제를 위하여』, 고려원 1982;『레테의 연가』, 중앙일보사 1983;『영웅시대』, 민음사
　　1984;『미로일지』, 소설문학사 1984;『추락하는 것은 날개가 있다』, 자유문학사 1988;
　　『변경』, 문학과지성사 1989;『우리가 행복해지기까지』, 문이당 1989.

황제를 위하여

권순긍은 이 기상천외한 소설을 두고 "근대화 과정에서 수난받고 몰락해가는 유교적 전통의 모습"을 그렸다고 요약하면서 이를 이문열이 지닌 중세 보편주의에의 향수와 연결시켰다.[18] 옳은 판단이다. 하지만 약간은 일면적이다. 그러면 무엇인가? 작가의 말 그대로 이 소설은 '이념 과잉과 서구적인 것에 대한 지나친 민감'에 대한 '동양적' 처방전과 같은 것이다. 그 처방전을 쓴 목적은 처방전 자체에 대한 애착표시에 있는 게 아니라 분명히 '이념 과잉에 대한 치료'에 있다는 점이 중시되어야 한다. 1895년에 태어나 1972년에 죽은 한 정신병자가 있었다. 그는 정씨 성을 가졌는데 그 아버지인 정처사라는 야심가가 그의 출생을 상징조작하여 그를 정감록에 나오는 '정진인'으로 만들었다. 그는 자칭 남조선국의 황제가 되었고 그래서 그의 시호는 '남조선국 태조 광덕대비 백성제'였다. 그는 갑오농민전쟁이 일제에 의해 좌절한 이듬해에 계룡산 부근의 작은 마을에서 태어나 천명을 받고 일제강점 이후에 만주로 가서 남조선국을 개국한다. 해방이 되자 천하통치의 꿈을 안고 귀국하지만 남북, 좌우 대립과 전쟁의 와중에서 그나마의 물적 토대를 다 잃고 몰락의 길을 걷다가 마지막에 노장사상에 귀의하여 정신적 성취를 이루고 죽는다.

작가 자신의 표현처럼 황당무계한 카프리치오(奇想曲)적 소설이다. 작가는 실록과 반대증명의 교대적 배열로 이 정신병자의 일생에 대한 애정과 조롱기를 번갈아 표현하고 있는데 이는 곧 작가의 역사의식을 있는 그대로 드러내는 기술방식이라고 할 수 있다. 왕조 몰락 이후의 우리 역사는 타락의 역사로서 중세적 보편주의의 온존과 그 안에서의 점진적 발전이 이상적인 형태였는데 이제 그곳으로 다시 돌아갈 수는 없

---

18) 권순긍, 앞의 글 110면.

다. 따라서 이러한 복고주의적 열정을 표현하면서도 작가는 애정과 조롱이라는 모순된 태도를 취할 수밖에 없다. 그렇다면 앞으로 나아갈 마땅한 길이 있는가 하면 그렇지도 못하다. 여기에 이문열적 비극적 세계관이 가로놓여 있는데 그 비극적 세계관은 왕조 몰락 이후의 모든 외래의 것에 대해서, 특히 역사발전의 청사진을 지닌 어떤 이념에 대해서도 적의를 드러낸다. 이 소설은 특히 사회주의이념과 사회주의자들에 대한 적의와 반박으로 일관한다. 이러한 이념에 대한 적의는 마침내 유교적 절대왕권을 향한 이 정신병자의 성심조차도 포기하게 만들고 이념 없는 세상, 노장적 무정부주의의 세계에 대한 지향을 최후의 대안으로 제시하도록 하는 지경에 이른다.

그런데 왜 이런 식의 소설을 썼는가? 이문열의 이러한 장난기 가득한 소설창작행위는 그 자체가 우리 근현대사에 대한 비아냥거림의 의미를 갖는다. 이 거대한 한 판의 풍자극을 통해서 이문열은 근현대사를 점철했던 우리 민족의 모든 노력을 싸잡아 풍자한 셈이 된다. 그러면 남는 것은 무엇인가? 이보다 한참 뒤에 완결되는 『우리가 행복해지기까지』는 이런 맥락에서 더욱 심각한 소설이다. 『황제를 위하여』가 우리 현대사에 하나의 기발한 삽화를 끼워넣는 식으로 이루어진 것이라면 이 소설은 아예 대체역사를 강변하고 있다. 간단히 얘기하면 고종의 장려한 죽음과 마지막 유지에 의해 우리 민족은 대단결해서 일제를 몰아내고 일찌감치 부강한 통일민족국가를 이루어 행복하게 살고 있으며 이웃 일본은 반대로 분열과 미움으로 동서분열되어 고통을 겪고 있다는 것인데 여기엔 『황제를 위하여』가 보여주던 최소한의 풍자적 긴장도 사라지고 역겨운 요설만이 난무하고 있다. 그는 마침내 자기 자신까지도 풍자하는 지경에 이른 것이다. 진지성의 상실과 안이한 관념조작은 리얼리즘 여부를 따지기 이전에 작가에겐 치명적인 암세포와 같은 것이다.[19] 그나마 『영웅시대』와 『변경』이 있어 우리의 위안과 기대를 지속시켜준다.

영웅시대

『영웅시대』에 이르러서야 이문열은 아버지를 정면으로 마주본다. 그간의 작품들에선 숨은 주재자로서만, 짙게 드리워진 어두운 분위기로만, 알레고리로서만 만날 수 있었던 아버지가 우의(寓意)의 두꺼운 장막을 걷고 소설적 현실의 세계로 걸어나왔다. 작가는 아버지를 주인공으로 내세워 한편으론 그가 어떻게 사회주의를 선택하고 그 이념에 몸바치며 마침내 좌절의 길로 빠져드는가를 보여주고, 또 한편으론 그의 행동과 그가 선택한 이념 때문에 남은 그의 가족들이 겪어야 했던 고통과 신산을 보여주는 극명한 대위법을 통해 어떻게 '말이란 무책임한 그릇에 담겨진 생각의 다발'인 이념이 '피묻은 칼이나 화약냄새 나는 총'의 파괴력으로 변해 인간과 세계를 황폐하게 휩쓰는가를 해명하고자 했다. 그것은 앞서도 말했듯 아버지와 그 이념을 분리함으로써 아버지를 용서하고 그의 혼을 잠재우려는 이문열 나름의 필생의 '제사'이기도 할 것이다. 그러나 역사는 과연 그 해명에 동의할 것인가? 아버지는 과연 그 진혼제에 임하여 아들과 악수를 할 것인가?

『영웅시대』에는 여러 명의 인상적인 인물들이 나온다. 그중 우선 주인공인 이동영과 그의 스승으로 재일유학생 아나키즘운동의 지도자인 박영창, 역시 아나키 동료인 강현석, 김시철, 박영규 등을 한덩어리로 묶어볼 수 있다. 이들은 같은 선에서 출발하여 서로 다른 길을 걸었지만 결국 다시 만나게 되는 인물들이다. 이들의 출발선은 아나키즘이 주는 '순수한 이념의 광휘'에 대한 젊은 매료였다. 그러나 현실적으로는 무기력한 이 이념의 빛은 이들을 각기 다른 길로 인도하였다. 박영창과 그의

---

19) 이문열은 『우리가 행복해지기까지』의 「작가의 말」에 "리얼리즘을 등에 업지 않아도 소설은 얼마든지 씌어질 수 있다"고 말하고 있다.

애제자 이동영은 볼세비끼와 손잡고 남로당원이 된다. 강현석은 허무주의의 파괴적 극단을 걸어 빨치산 살인광이 된다. 김시철은 학병으로 끌려가 탈출하여 팔로군 방호산부대의 일원으로 참전, 공화국 상좌 김철이 된다. 박영규 역시 볼세비끼로 뒤늦게 전향한다. 결국은 모두가 혁명적 사회주의자의 옷을 입게 되는 것이다. 그러나 현실의 계급투쟁, 현실의 민족해방전쟁은 이들을 모두 남김없이 궤멸시킨다. 자신의 허무주의가 명하는 대로의 죽음을 선택한 강현석을 제외하고는 남로계와 북로계의 또는 연안파와 북로계의 권력투쟁에서 패배한 쪽에 섰다는 외적 강제와, 이념의 타락에 대한 회의라는 내적 강제에 몰려 좌절하고 패배하고 죽어간다. 이들은 그렇게 다시 만난다. 비극은 비극이다. 이들이 걸어간 길이 이들을 비극적 종말로 이끄는 것은 자연스럽다. 현실의 역사는 이러한 인물들의 특수한 비극성으로 '이념의 반인간적 성격'의 일반성을 증명하고자 하는 모험적 논리학을 시도하고 있다. 이문열은 '이념의 폐인' 박영규의 입을 빌려 이렇게 항변한다.

생각하면 우습지 않은가? 진정으로 인간을 위해 봉사해야 할 것은 이념인데 거꾸로 인간이 이념을 위해 봉사해야 하다니, 보다 행복해지기 위한 고안이 오히려 인간을 죽이고 있다니……

이념은 '모든' 인간에게 적대적인 소외태(疏外態)인가? 이념은 하나의 죽은 경전이고 권력의지에 눈먼 '대항 엘리뜨'들의 커닝페이퍼에 불과한 것인가? 그렇지 않다. 이념은 말 그대로 인간에게 봉사하는, 행복해지기 위한 고안이다. 사회주의이념은 이동영의 말대로 '한 비뚤어진 천재의 어두운 열정이 빚어낸 오류의 연쇄'도 아니고 '한 박식가의 거대한 경제콤플렉스가 산출해낸 평면적인 역사해석과 파괴의 독기 서린 예측'도 아니다. 그것은 원자본주의라는 철혈의 체제 아래 비인간화되어온 전인류의 인간다운 삶을 향한 원망(願望)과 의지의 한 표현에 불과하다. 이념이 있기 전에 인간을 압살하는 현실의 모순이 존재했고 그 모순과 싸우는 인간의 투쟁이 먼저 있었다. 사회주의이념이 이 땅의 한 지배적인 이념으로 선택되기 전에 자본주의의 가장 극악한 형태인 제국주의의 식민지 지배가 있었고, 이어 신식민주의적 재지배의 시도가 있었으며 그에 대한 투쟁이 있었다. 이념은 때론 그 투쟁의 지침이 되기도 하지만 흔히 그 반영에 지나지 않는 것이다. 역사는 현실의 운동이지 이념의 운동이 아니다. 역사를 이념의 운동으로 그것도 파괴적 운동으로 바라본(그것이 사실이라면) 이동영류의 '무식하고 관념주의적인 얼치기 사회주의자들'의 비극은 안됐지만 당연한 것이다. 물론 현실의 권력투쟁의 문제는 좀 다르다. 만일 이동영 등이 혁명운동 자체에 대한, 민족해방투쟁 자체에 대한 회의에 빠지지 않고 현실의 헤게모니 투쟁과정에서 밀려나고 좌절하고 죽어갔다면 그들의 비극성은 진정한 비장미로 설득력을 가졌을 것이다.

몇몇 '얼치기들'을 배우로 내세우는 데 지나지 않았을 뿐만 아니라 이념에 대한 전도된 인식에 근거하고 있음으로 해서 이문열의 역사극은 이미 그 의도의 반은 실패한 셈이 되었다. 물론 그 보조인형에 불과할 뿐인 안나타샤도 덩달아 실패한 배역이 된다. 이제 이 역사극의 나머지 반이 남았다. 이동영의 처 조정인과 이동영의 어머니, 그리고 그의 자식들이다. 그들의 고난과 신산은 살아 있다. 그리고 공감을 준다. 그들의 고통은 남쪽에 남은 월북자, 그것도 거물급 월북자 가족들의 고통을 압축적으로 보여준다. 그것도 아무것도 모르는 무식한 가족의 고통이 아니라 남편 혹은 아들의 생각과 행동에 동조했으면서도 생존의 기로에서 늘 그 동조를 포기하지 않으면 안되었던 가족들의 원치 않는 배반의 고통이라는 점에서 그 아픔의 진실성은 더 증폭된다. 한 소설에서 이러한 반리얼리즘과 리얼리즘이 극명하게 공존하는 경우를 또다시 볼 수 있을까?

하지만 여기에도 물음은 필요하다. 살아 남은 자의 고통은 모두 떠난 자, 죽은 자의 잘못인가? 거꾸로 떠난 자, 죽은 자가 짊어지고 가다 쓰러진 그 짐은 이제 살아 남은 자가 이어받아 지고 나가야 할 것은 아닌가? 아버지는 자신을 자기운명의 적극적 수행자로서가 아니라 그 압사자로, 희생자로 간주하는 아들이 내민 잔을 과연 기꺼이 받을 것인가?

변경

『변경』은 『영웅시대』의 속편이다. 『영웅시대』에서 고난에 찬 살아 남은 자의 삶을 시작한 이동영의 가족, 특히 두 아들이 겪어가는 이후의 삶이 본격적으로 그려진다는 점에서 그렇고, 『영웅시대』에서 일차 선보였던 이념과의 투쟁이 대를 이어서 벌어진다는 점에서도 그렇다. 작가는 전쟁기간에 모든 것을 할퀴고 가버린 몹쓸 이념의 폭풍이 그 한때의 사건으로 사라져버린 것이 아니라 지금까지도 이 땅을 싸늘하게 배회하고 있음을 감지하고 그 이념과의 본격적이고 운명적인 대결을 준비하고 있었던 것이다. 그리고 그 대결에 자기 가족사의 무게를, 그리고 아마도 자기 개인사의 무게까지도 전부 얹으려는 것이다. 그것이 작가가 책머리에 밝힌 '내가 산 시대의 거대한 벽화'의 원형적 착상이라고 할 수 있다.

그러나 『변경』은 또한 이문열 문학의 한 가능성이다. 이문열 문학의 다양성과 가벼운 행보를 보장해주면서도 치열성이 저하되면 태작의 기본적 조건이 되는 이제까지의 관념편향적 창작방법이 극복될 전망이 보이는 것이다. 무엇보다도 이 소설은 거의 실록적인 가족사소설이며 그러한 실록성에 의존하지 않고는 작가가 목적했던 바를 이룰 수 없게끔 되어 있다. 『영웅시대』에서 가족의 고난이 진실하면 진실할수록 아버지의 잘못된 선택이 강조되는 것과 마찬가지 이유에서 그렇다. 이 실록적 사실성은 디테일의 진실성을 보장하며 이 디테일의 진실성의 '사실의 논리'로 소설 전체를 규정해나간다는 것이 리얼리즘의 기초이다. 따라서 이 소설이 작가의 가족사에 대한 풍부한 형상화로 발전된다면 작가가 자기 문학의 최대 한계인 관념편향성을 넘어서서 좀더 폭넓은 시각으로 인간과 세계를 바라볼 수 있는 토대의 역할을 할 수 있을 것이다. 물론 이 점을 제외한다면 이 소설은 아직도 비평적 에쎄이나 지나치게 장황한 인물들의 담론 등에 의해, 또다시 나타난 박영규, 큰아들 명훈의 하우스보이 시절 동료인 대학생 김과 황, 명훈의 첫 연인 경애 등 작가가 마련한 '메가폰'들에 의해 의연히 그 관념적 성격을 유지하고 있다.

이 야심작을 통해 이문열이 이념투쟁의 새로운 논리로 들고 나온 것은 다음과 같은 '변경론'이다.

우리는 분열된 세계제국의 변경인데다…… 우리는 오랫동안 그 제국의 판도 밖에 있었다. 그러다가 이 세기에 와서 겨우 그 제국에 편입되었으나 이번에는 단순한 주변이 아니라 변경이었다. 주변과 변경은 본질적으로 다르다. 하나는 그저 핵심에서 멀리 떨어져 있을 뿐이지만, 다른 하나는 그 경계선 너머 또다른 적대세력 또는 세계 각국이 존재해 있다는 것이다.

그런 변경에 제국이 가져올 것은 뻔하다. 그것이 변경의 확대를 위한 것이건, 그 유지를 위한 것이건, 제국이 가장 힘주어 그 원주민에게 주입시키려는 것은 적대의 논리다. 결국 당신들이 요란하게 떠드는 것도 따지고 보면 오늘날 아메리카와 소비에트로 표상되는 두 제국의 적대논리 내지 그 변형에 지나지 않으며, 또한 그것이 당신들이 이념이라고 부르는 것의 정체다.[20]

---

20) 『변경』 제2권 215면.

역사상 재미있는 일은 저항의 멋진 시대를 남기긴 했지만 과격하게 세계제국에 저항했던 변경국가가 살아 남은 경우는 거의 없습니다. 살아 남은 나라는 오히려 그 제국에 복속하고 그 핵심에 편입되었던 나라들입니다.[21]

이것이 과연 이문열이 그 오랜 아버지와의 대결을 통해 마지막으로 얻은 득의의 역사인식인지 아니면 그 스스로 고백했던 대로 "심술궂은 아이들에게 시달린 나머지 앙칼스러워진 길갓집 강아지의 과잉방어심리"[22]의 소산으로 다시 변화될 성질의 것인지는 두고 보자. (부디 길갓집 강아지의 한때의 앙칼짐이기를!) 하지만 적어도 지금까지 씌어진 『변경』 제1부를 관류하는 것은 이 변경론적 역사인식이다. 이를 두고 신식민주의사관이라거나, 우리 민족의 주체적 역량을 철저히 무시하고 있다거나, 지금의 제국도 한때는 하나의 변경이었다거나 하는 반론을 펼치는 것은 지루한 일이다. 정작 주목해야 할 것은 이 소설이 앞으로 계속해서 보여줄, 한 '변경인'으로서의 이문열의 자전적 성장과정이다. 단순한 관념적 선언으로서의 변경론은 논리적 반박으로 극복이 가능하겠지만 한 사람의 삶 전체가 이러한 '변경성'의 구현과정일 때는 난감해진다. 그것은 결국 한 인간이 스스로를 역사로부터 또 그 역사의 주체적 전유(專有)형태인 이념으로부터 분리해내는 탈역사, 탈이념의 과정이기 때문이다. 이것이 우리 근현대사가 빚어낸 하나의 비극임에는 틀림이 없고 그 비극에 대해 합당한 예를 갖추어야 하겠지만 그가 자신의 일생을 걸고 웅변하는 탈역사, 탈이념의 이념에 대해서는 어떠한 자세를

---

21)「대담」, 월간 『2000년』 1986년 8월호 41면.
22)『변경』 제2권 216면.

3. 채 못한 이야기, 더 해야 할 이야기

이로써 '한 허무주의자의 길찾기'라 이름붙여진 또하나의 이문열론은 끝나간다. 남의 온 인생이 걸린 이 길찾기를 되짚어 그 행로를 추체험(追體驗)하고 거기다가 주석을 다는 일이 섣불러서는 안될 것이다. 그것은 남의 인생으로 공기놀이를 하는 일이거나 치료대책도 없이 칼을 들이대 상처를 입히는 일이 되기 쉽다. 그건 피하고 싶었다. 하지만 뜻대로 되지는 않았다. 무엇보다도 명색 총체적 작가론을 쓰겠다고 하고서 이문열의 수많은 중단편 작품들을 언급하지 못했다. 그리고 장편에서도 『미로일지』와 『레테의 연가』『추락하는 것은 날개가 있다』를 다루지 못했다. 『미로일지』는 이문열 나름의 '민중관찰기'로서 그 자연주의적 관찰과 자의적인 결론은 그의 관념여행이 얼마나 오래도록 삶의 구체적인 현장에서 멀리 떨어져 이루어졌는가를 반증해주는 작품으로 읽혔다. 『레테의 연가』와 『추락하는 것은 날개가 있다』는 둘다 초베스트셀러인데다가 연애소설로서 우리 대중문화의 동향과 관련한 이문열의 사회적 위상을 해명하는 데 좋은 자료가 되지만 본론에서 다루기에는 적당치가 않았다. 그리고 이문열 소설의 문체와 창작방법에 관해서도 그의 세계관과의 관련선상에서 해명할 바가 적지 않겠으나 달리 여지가 없었다.

결론적으로 말하면 이문열은 그의 문학으로 허무주의적 반이념투쟁에 헌신해온 작가다. 그는 내내 우리 역사와 사회에 기만해온 이념과잉을 비판해왔다. 하지만 역설적으로 그처럼 이념의 망령에 들려 있는 작가를 찾아보기도 힘들다. 그는 이념의 노예가 된 많은 지식인들을 조소

했지만 그는 다른 의미에서 또 한 사람의 이념의 노예였던 것이다. 이것은 단순히 수사학적인 역설이 아니다. 그의 관념편향의 심도는 진정으로 이념이 이 세계와 인간을 좌우할 수 있다고 믿기에 충분하다. 그렇기 때문에 그는 자기의 삶을 거의 유전적으로 규정해놓았다고 믿은 아버지의 이념의 흔적을 지우기 위해 필사적인 노력을 기울여온 것이다. 그것은 눈물겨운 생존본증의 표현이었는지도 모른다. 어쩌면 허무주의도 그 놀라운 생의지(生意志)에 덮인 하나의 꺼풀인지 모른다.

그런데 이러한 반이념투쟁의 산물인 그의 작품들이 80년대 내내 그렇게 많은 대중들을 사로잡아왔다는 것은 무엇을 말하는가? 최근 한 시사주간지가 벌인 여론조사에서는 올해 한 편의 작품도 발표하지 않았음에도 불구하고 '올해에 활약이 가장 돋보인 작가'로 이문열이 뽑혔다는 사실을 보도했다.[23] 그리고 "그의 소설이 읽히는 이유는 그의 방대한 독서량에 바탕한 교양주의와 탁월한 문체, 그리고 책읽기의 재미를 제공하는 데 있다고 분석되기도 하지만 한국문학도 이미 자본주의의 논리에 완전하게 편입되었기 때문이라고 더욱 넓은 시야에서 해석하는 이들도 있다. 그의 소설들이 구매력을 가진 중산층의 문화의식과 맞아떨어진다는 것이다"라는 해설을 했다. 그리고 또 있다.『조선일보』11월 6일자 「문화초점」란은 '프랑스의 이문열 선풍'이란 제하에 프랑스에 번역 소개된 이문열의 작품들이 현지 언론과 평단의 대찬사와 각광을 받고 있음을 전하면서 국내에서의 '냉랭한 대접'과 '사람 키우지 않는 풍토'를 개탄했다.

국내에서의 최고 소설가. 외국에서도 격찬받는 세계적 소설가. 분명히 이문열에게는 그런 평가를 받을 만한 탁월함이 있다. 유려하고 음악적인 문장, 정확한 묘사, 특히 중단편에서 빛나는 치밀하고 완벽한 구

---

23)「한국의 최고」,『시사저널』1990. 11. 22, 38면.

성, 종교, 이데올로기, 정치, 예술, 연애 등 삶의 여러 국면에 대한 해박한 지식과 상상력, 관념적인 몽상과 지적 탐색이 주는 정신적 고양감 등은 국내의 어떤 작가보다도 윗길에 놓인다. 하지만 이러한 형식적 범주만 가지고는 그의 지속적인 '인기'를 다 설명할 수는 없다.

이문열이 누리고 있는 인기는 예컨대 다른 수준 낮은 통속작가들이 종종 누리는 것과는 달리 다분히 '정치적'이다. 70년대가 일관된 억압과 대중적 정치의식의 부재로 특징지어지는 연대라면 80년대는 정치적 억압과 정치의 대중화·상업화가 공존하는 연대라고 할 수 있다. 정치적 억압의 본질과 그 물리력의 강도는 여전한데 한편으로는 흔히 민족민주운동으로 통칭되는 다양한 계급적 위상과 요구수준을 갖는 여러 사회적 정치적 운동들이 이념적·실천적으로 급속한 진전을 보이고 또 의사민주화과정을 거쳐 얻어진 표현자유의 증대는 한동안 비의였던 정치를 통속화라는 가공을 거쳐 거리의 가판대로 배급해주었다. 누구도 정치를, 운동을 운위할 수 있지만, 또한 누구도 정치에 대해 부담을 갖지 않아도 되게끔 되었다. 지배권력도 늘 희화화될 수 있는 반면 점차로 혁명적인 이념이나 운동까지도 한때의 가십거리로 전락하기에 이르렀다.

그것은 일종의 매너리즘으로 보편화되기에 이른다. 지금 90년대 초입의 우리 상황은 정말 그렇다. 독점자본은 갈수록 그 노골적 지배력을 강화해가고 노동자계급에 대한 당근과 채찍의 강온정책은 파시즘적 폭력의 비호 아래 채찍의 철혈정책으로 변화해가며 다른 계급계층운동 역시 고립분산을 면치 못하는데도 이에 대한 어떠한 저항이나 문제제기도 정치적 무관심과 대중문화의 블랙홀 속에 묻혀버린다. 그리고 그 뒤에는 상당한 수준으로 성장한 국내 독점자본과 사회주의권의 재편과정에서 대사회주의적 우위를 점한 국제 독점자본의 음험한 그림자가 있다.

이문열 문학의 인기의 비밀은 바로 여기에 있다. 이문열 자신은 모든 이념에 대해 회의적이라고 하지만 그의 허무주의적 반이념의 칼날은 지배이념에 대해선 예컨대 '그쪽은 원래 그런 자들이고 너무 뻔하니까' 적당히 넘어가고 대신 그 대항이념, 변혁이념에 대해선 혹독하다. 그의 작품을 읽는 대중들 역시 그의 인식을 편하게 받아들인다. '구제불능'의 지배세력은 지배세력이고 이 사회를 근본적으로 변혁해야 한다는 운동군의 주장은 자칫하면 인간을 압살하고 대규모로 희생시킬지도 모른다. 싫다. 하루하루의 삶만이 중요할 뿐이다. 이문열의 문학은 이렇게 해서 탈이념, 탈역사의 전도서가 되고 이문열 자신도 의식하지 못하는 사이에 체제의 충성스런 수호자가 되어가고 있는 것이다. 이문열의 이러한 면모는 역시 문학에서의 탈이념과 탈역사의 한참 선배격인 프랑스 문화계가 먼저 간파한다. 그들은 이문열을 자신들과 같은 문제인식과 세련성을 지닌 동양의 친구로 기꺼이 경이감을 갖고 받아들이는 것이다. 이것이 프랑스에서의 '이문열 선풍'의 본질이다.

다시금 말하지만 문제는 '이문열 이후'이다. 어쨌든 이문열은 자기의 온 삶을 걸고 고통의 여정 끝에 이 자리에 도착했지만, 그리고 아직도 불변의 독보성을 지니고 있지만 그가 이 매너리즘의 시대에 열어젖힌 탈이념, 탈역사의 큰길을 따라 벌써부터 수많은 모방자들과 고통이 없다는 것을 유일한 고통으로 갖고 있는 많은 '고뇌 없는 정신'들이 뒤따르고 있다.

이문열도 그것을 예상했을까? 아니 그것을 원하고 있었을까?

지금 이문열에게는 무엇인가를 바라고 주문하는 일은 부질없는 일인지 모른다. 오히려 그가 '자기 문학의 한 기를 걸고' 쓰고 있는 대작 장편 중에서 자기 자신에게 던지고 있는 질문을 마지막으로 되새기는 편이 그를 위해서는 더 바람직할 것이다. 궁극적으로 그 외에는 누구도 그를 대신할 수 없는 것이다.

　내 젊은 날의 대부분은 극우 파쇼에 가까운 군사정부의 통치 아래 흘러갔지만, 나는 절실한 저항을 느껴봄 없이 보낼 수 있었다. 때로는 차가운 방관자의 눈으로 조소까지 띠며 여러가지 투쟁들을 구경했고, 때로는 아예 등지고 앉아서 이제는 거의 정치적 이념으로는 힘을 잃은 아나키즘에 취해 지내거나 '지식인 폴리스' 같은 망상에다 정신을 쏟았다. 그러다가 정히 몰리면 애매한 휴머니즘이나 턱없이 확대된 민족주의의 연막 뒤로 슬그머니 숨어들 뿐이었다. (…) 오히려 변화에 대한 사람들의 들뜸이나 천박한 이해타산이 역겹기조차 하다. 정권이나 사회구조의 변화에도 나는 본질적으로 아무런 이해관계를 느끼지 못한다. 이게 부끄러움이 되어야 하는가 불행이 되어야 하는가. (강조는 인용자, 『변경』 제2권 229면)

— 『사상문예운동』 1990년 겨울호

천하무적의 길

김남일의 작품세계

▶ 작가 김남일(金南一)이 등단한 지도 벌써 12년이 되었다. 강산도 변한다는 10년 세월을 넘겨 소설을 써왔는데 아닌게아니라 그 12년 동안 세상은 참 많이 변했다. 신인이라 부르기엔 파지밥을 너무 많이 먹었고 중견이라 부르기엔 아직 어색한 한 젊은 작가가 온전히 감당하기에는 도무지 만만치 않은 무게와 속도로 세상은 변해온 것이다. 하필이면 그의 시대에 세상은 마치 단층이 미끄러져 어긋나듯 커다란 불연속선을 그렸다. 그 불연속선은 어찌 보면 객관적인 것은 아닌지도 모른다. 90년대에 들어섰다고 해서 한국사회의 문제가 급격히 더 나아질 것도 더 못해질 것도 없을 것이고 약간의 정치적 변화가 모든 것을 다 설명해줄 수는 없을 것이기 때문이다. 그 불연속선은 좀더 주관적인 것일지도 모른다. 그것이 객관세계의 운동과 관련된 문제가 아니라 그 객관세계를 바라보는 인식의 문제, 특히 가치의 문제와 관련된 것이기 때문에 그렇다는 것이다. 무엇이 가치있는 것인가? 우리는 그동안 무엇을 위하여 살아왔는가? 그저 살아온 것이라면 또 모른다. 때로는 목숨까지 던져가며, 인생을 모두 걸고 무엇을 위하여 그토록 열심히 살아왔는가? 세상

은 과연 그렇게 목숨을 걸어가며 살아볼 무슨 가치가 있는 것일까? 이러한 주관적인, 그러나 좀더 근원적인 물음을 묻지 않으면 안되게끔 된 것, 그것에 바로 이 불연속선의 심각성이 놓여 있는 것이다. 김남일은 근작에서 이렇게 묻는다.

천하무적이라니!—그런 길은 과연 있을까. 아니, 있더라도 과연 찾을 만한 가치가 있는가. 가치란 그것을 위해 다른 것을 버릴 만할 때 생긴다. 그런데 어떤가. 지금 바로 이 순간, 당신과 내가 서 있는 이곳은?

—「천하무적」

애초에 이런 물음은 김남일에게는 어울리는 것이 아니었다. 어찌되었든 역사의 합법칙적 전개의 필연성을 믿고 그 필연의 왕국에서 자유롭게 나아가기를 원했던 한 사람의 진보적인 소설가에게 그런 퇴영적인 회의론은 씨알이 먹힐 리 없었다. 그는 1988년까지만 해도 이런 사람이었다.

그렇다. 그들이 아니라면, 오늘의 소설이 없다. 역사의 발전법칙을 스스로 익히는 이 땅의 무수한 민중들의 강고한 투쟁이야말로 소설의 역사인 것이다. 그러므로 미래 또한 밝다. 우리의 운동이, 우리의 삶이 거꾸러지지 않는 한, 우리 소설의 미래는 빛날 것이다.

—창작보고서「그들은 이제 어제의 그들이 아니다」

그러던 그는 '이제 어제의 그가 아니다.' 민중이 아니면 소설이 없다, 민중은 역사의 발전법칙을 스스로 익힌다, 그 민중들의 강고한 투쟁이 곧 소설의 역사다라는, 지금 생각해보면 놀랄 만큼 자신에 차 있던 그 명제들은 지금 과연 객관적으로 논증될 수 있는가? 아니 최소한 주관적으로라도 아직 그 유효성을 잃지 않고 있는가? 도대체 '우리의 운동, 우리의 삶'은 아직도 거꾸러지지 않고 건재한 것인가? 지금의 김남일이 이러한 물음들에 어느 정도의 확실한 대답을 준비하고 있을지는 모르나 그의 근작들이 그 명제들의 진리성을 보증하지 못하고 있음은 아무래도 인정해야 할 것 같다. 이는 비단 김남일의 일만은 아니다. 80년대를 화려하게 풍미하던 민중문학 작가들의 약속이라도 한 것 같은 침체와 침묵은 그들 모두가 이러한 신념과 가치의 시련에 직면해 있음을 말해준다. 김남일과 그의 여러 '동지들'(필자까지 포함한)이 지금 막 건너온 이 단층의 불연속선을 들여다보면 한 시대의 질풍과도 같았던 정신의 불꽃을 삼켜버린 어두운 심연만이 입을 딱 벌리고 있는 것이다.

　그렇다면 남아 있는 것은 무엇인가? 방황과 회한뿐인가? 더이상 소설은, 문학은 정처를 잃은 것일까? 분명 그렇지는 않을 것이다. 전망을 잃은 방황도, 고통스러운 모색도 소설의 옷을 입으면서 객관화한다. 그 객관화하는 힘이 바로 소설의 힘일진대 어찌 소설의 종언을 섣불리 얘기하겠는가? 지금 김남일의 찢어진 작품세계를 추슬러 다시 읽는 것은 바로 소설의 이러한 객관화하는 힘을 확인하고자 함인지도 모른다.

▶ 필자는 김남일에 관한 다른 글*에서 그의 그때까지의 작품세계를 세 부분으로 나누어본 바가 있다. 「배리(背理)」 「일과 밥과 자유」 「망명의 끝」 등 초기 작품의 세계가 그 첫번째 부분인데, 이 작품들이 한 아마추어 지식인이 세계와의 관념적 갈등 속을 방황하다가 혁명적 전망에 눈을 뜨면서 그 관념적 갈등을 지양해나가는 과정을 사소설적 방식으로

---

* 졸고 「굳건한 민중적 전업작가를 기다리며」, 김남일 창작집 『일과 밥과 자유』 해설, 현암사 1988.

그려낸 것으로 보았다. 둘째 부분은 「사람의 마을」 「띠」 「어머니」 「쌍시목」 「명동부르스」 등 다섯 편인데 노동문제, 빈민문제, 학생운동권 문제 등으로 제재의 확대가 이루어지면서 문제의 당사자이며 동시에 관찰자인 인물들을 내세워 거기에 작가 자신의 의식을 투영시키는 방식으로 세계에 대한 좀더 적극적인 개입을 시도하는 것으로 보았다. 마지막 부분은 「새벽 들판」 「두 개의 질문」 「일어서는 땅」 「파도」 등의 네 편인데 작가의 소시민적·관념적 자아의 개입이 완전 사라지고 지식인, 농민, 노동자의 혁명적이고도 집단적 전형이 주동적으로 이야기를 이끄는 작품들로 보았다.

이러한 파악의 기저에는 작가들은 소시민적 존재조건에서 출발할 수밖에 없지만 그러한 존재조건의 장애를 극복하고 역사 속에서 성장하는 민중의 집단적 전형을 올바른 세계관에 입각해서 그려내는 '민중적 전업작가'의 길로 나서야 한다는 완고한 '작가동맹적' 작가관이 자리잡고 있었고, 그 더 깊은 곳에는 여지없이 '노동하는 생산대중이 역사발전의 주체이며, 그들이 전면적 지배력을 행사하게 되는 것이 곧 인간의 총체적 해방의 길'이라는 유물론적인 예정조화적 역사의식이 놓여 있었던 것이다. 이러한 교조에 대한 주관적 집착은 당대의 역사적 상황에 대한 객관적 인식과는 무관하게 작가들에게 '당파적 실천'을 요구하였고, 그 결과는 바로 이 90년대 중반 '민중민족문학운동'의 극적인 추락으로 나타난 것이다. 김남일은 어느 면에선 이러한 문학관의 80년대적 자가(自家)발전과정을 자신의 전작품으로 웅변했던 작가라고 할 수 있다. 그는 자신의 내면에 남아 있는 일말의 주저와 회의를 끊임없이 질타하며 자신을 그야말로 민중적 전업작가로 바로세우기 위해 헌신한 작가였기 때문이다. 물론 그의 헌신이 상황이 이만큼 바뀌었다고 무효가 되는 것은 아니다. 그가 쓴, 민중주체 속에 자신을 용해시킨 훌륭한 작품들은 바로 지금도 동일한 질곡 속에서 고통받는 민중들에게는 분명 '당파적인' 기여를 하고 있기 때문이다. 하지만 그러한 당파적 헌신이 그에 상응하는 총체적 변혁의 프로그램과 행복한 결합을 이루어낼 수 없다는 사실을 수락하지 않을 수 없게 된 지금, 일말의 허망함이 밀려드는 것을 어찌할 수 없다.

여기서 필자는 김남일의 소설들을 다시 읽어야 할 필요를 느낀다. 그의 소설에서 위와 같은 당파적 자기강제의 흔적들을 소거시키고 난 후에 남아 있는 이른바 '합리적 핵심'을 이끌어내야 하기 때문이다. 그 합리적 핵심을 찾아내는 일은 그를 과거로부터의 필요 이상의 윤리적 부담에서 벗어나게 하는 일이며, 이 신념과 가치와 전망의 혼돈 속에서도 오랜 동안 동서고금의 선배작가들이 그래왔듯이 희망의 근거를 마련하는 일이다. 그것이 못다 부른 혁명의 노래이든, 소시민적인 자기반성이든, 아니면 세계에 대한 어찌할 수 없는 거리감이든, 절망적 회의이든 간에 그를 한 사람의 소설가로서, 세계에 대한 양심의 증언자로서 다시 설 수 있게 하는 적극적 실마리로서 재발견되어야 하는 것이다.

▶「배리」는 김남일의 데뷔작으로 시위를 주도하고 끌려간 친구에게는 방어적·도피적 태도를 보이며 문학만은 최후까지 지켜져야 한다면서도 정작 축제 파트너 고르기에 정신이 팔려 있는, 회색의 공간 속에 위치한 한 대학생의 모습을 일인칭 서술로 그리고 있는 작품이다. 작가는 화자로 하여금 이해할 수 없는 친구인 '그놈'을 끊임없이 밀어내고 반발하게 하면서도 동시에 그 친구에게 끌려들어가지 않을 수 없도록 만든다. 70년대 말 80년대 초의 대학에서 발레리(Paul Valéry)를 좋아하고 문학만은 지켜져야 한다고 생각하는 적당히 퇴폐적이고 적당히 낭만주의적인 한 대학생과 그런 쾌락주의 혹은 중산층적 행복의식이 새로운 형태의 순응주의라고 주장하는 그의 친구의 존재가 화자의 내면 속에서 일으키는 부단한 긴장이 이 소설의 축을 이루고 있는데, 작가는

'배리'라는 개념을 원용하여 이 두 대학생의 갈등에서 화자의 친구 편의 손을 들어주고 있다. 에피메니데스(Epimenides)의 배리, 러쎌(Bertrand A. W. Russell)의 배리의 핵심은 '자신이 포함되지 않는 집합의 집합'이 내포한 모순이다. 결국 '나는 개인의 행복을 추구한다'라고 하는 화자가 전체의 행복을 추구하기 위해 헌신하는 친구를 비난하는 것은 '모든 크레테인은 거짓말쟁이'라고 말한 에피메니데스가 저지른 배리와 마찬가지인 것이다. 전체의 행복이 전제되지 않은 개인의 행복이 본질적으로 불가능하다는 점에서 전체의 행복추구 노력을 비난하는 것은 곧 자신의 행복추구의 의미를 부정하는 일이 되기 때문이다.

그러나 이러한 배리의 명확한 인식에도 불구하고 김남일의 이 데뷔작은 개인의 영역에 침잠해 있는 한 자아가 공동의 목표를 최우선으로 삼는 좀더 적극적인 공적 자아에 대해 갖는 좀처럼 좁혀지지 않는 거리감을 보여주고 있으며 이는 이 작품이 보여주는 어정쩡한 마무리 정도로는 해소할 수 없을 정도로 깊어 보인다.

퍼뜩. 시계탑이 드리우고 있는 그림자가 멀리 떠나가버린 친구와 남아 있는 나 사이의 물리적 간격만큼이나 길다고 생각되었다. 그러나 둘 사이를 잇고 있는 정신적인 다리는 그 이상으로 길지도 모르는 일이었다.

—「배리」

이러한 거리감의 폭은 이후의 발전과정 속에서 점차로 좁혀져가기도 하지만 몇몇 작품을 제외하고는 계속해서 김남일의 작품세계를 형성하는 중요한 숨은 구조물로 작용하게 되며 90년대 이후의 작품들 속에서는 훨씬 더 드러난 형태로 작용하기에 이른다. 그것은 김남일이 한 사람의 소시민작가로서 운명적으로 가질 수밖에 없는 존재론적 한계의 소산이라고 할 수 있을 것이다. 더이상 자기계급의 역사가 곧 승리의 역사라고 생각할 수 없는, 그러면서도 언제부터인가 기록자의 역할을 천직처럼 떠맡게 된 소시민 지식계층에 속한 작가에게는, 승리하는 역사의 길을 간다고 믿어지는 사람들에 대한 친화감과 거리감으로 이루어진 복합심리는 차라리 근원적인 것이라고 할 수 있다. '존재 이전'이, '당파성으로 무장한 민중적 전업작가의 길'이 하나의 해답이 될 수 있음을 왜 모르겠는가마는 그것을 유일무이한 해답으로 받아들이기까지 버려야 될 것들 하나하나가 그렇게 만만한 것은 아니라는 사실 역시 그는 거의 본능적으로 알고 있기 때문이다. 어떻게 보면 이 실재하는 객관적 거리에서 오는 원근감과, 그 주관적 거리감이 주는 타는 듯한 긴장과 안타까움이 이들 작가들의 '문학적 진정성'의 원천일지도 모른다.

▶「다시 서는 땅」과「파도」는 이런 맥락에서 보면 행복한 작품들로 보이기도 하고 불행한 작품들로 보이기도 한다. 두 작품 모두 작가 김남일의 소시민 지식인으로서의 자의식이 말끔히 갠 작품들이며 그로서는 최고 경지의 '당파성'을 견지했던 작품들이다. 그리고 그는 이러한 경지에 다다르기 위하여 해당 농촌현장과 노동현장에서 본격적인 취재를, 때로는 취재의 선을 넘는 실천적 참여까지도 불사했던 것으로 알고 있다. 한 소시민 작가가 관념 속에서 존재하던 민중과의 거리를 뛰어넘어 민중의 집단적 전형을 내부로부터 그려낼 수 있게 된 것은 역사 속의 어떤 특정한 시기에서나 가능한 행복한 경지라고 할 수 있다. 그러나 그 경지가 지속되지 못한 채 또한 역사의 객관적 진행과정에 의해 보증받지도 못한 채 단절되어버리고 작가가 다시 고독 속으로 팅겨져나와야 했다는 점에서 보면 이 경험은 하나의 상처로 남을 수도 있는 것이다.

「다시 서는 땅」은 1987년 대통령선거에서의 기대와 좌절이 전라도의 한 농촌에서 어떠한 양상으로 나타났으며 농민들이 그 좌절을 어떻게 극복해나가는가를 보여주는 소설이다. 대선의 좌절 이후 그간의 헛된 기대에 대한 보복인 양 농협과 농지개량조합 등으로부터의 부채상환 요구와 융자 정지, 수세 독촉 등이 밀려들고 농민들이 이에 적극적인 수세 거부운동으로 맞서면서 자신들의 좀더 나은 삶은 누가 가져다주는 것이 아니라 자신들의 삶의 조건 속에서 스스로 쟁취하는 것이라는 사실을 깨닫게 된다는 것이 이 소설의 내용이다. 「파도」는 거제도 대우조선 노동자들의 투쟁을 그린 작품인데 대우조선에서 본격적인 분규가 있기 전, 노조는커녕 철저한 감시와 군대식 분위기 속에서 열악한 노동조건을 감수할 수밖에 없던 시기의 초보적인 상황의 전개를 담고 있다. 빈번한 산재사고와 열악하고 비인간적인 노동조건에 대해 문제를 제기하고 노조결성을 준비해나가다가 회사측의 감시대상으로 포착되고 있던 한 노동자가 의문의 가스폭발사고로 죽어가고 그와 함께 동료 노동자들의 의식도 폭발적으로 진전하게 되는 것이 이 작품의 주요한 내용이다.

이렇게 보면 이 두 작품이 보여주는 구경은 이 작품들이 씌어진 1988년의 우리 민중운동의 수준에 비추어볼 때 그렇게 대단한 것은 아니라고 할 수 있다. 당시라면 이 작품들은 예컨대 정치적인 계급투쟁의 관점에서 '높은 수준으로' 씌어질 수도 있었을 것이다. 「다시 서는 땅」에선 노동자계급과 농민층의 계급동맹의 문제를 더 취급할 수 있었을 것이고, 「파도」에선 단순한 노동조합에의 기대를 넘어 노동자계급의 정치적 각성의 문제까지도 의당 다루었어야 했는지도 모른다. 하지만 작가는 단지 당대 노동자계급과 농민층의 특수한 사례를 경험적으로 취재해서 그려내는 선에 머물렀을 뿐이며 이런 점에서 이 작품들은 지나간 용어를 빌려서 말하면 '당파적'이라기보다는 '경향적'인 작품들이라고 할 수 있다. 실제로 이 작품들은 당대의 예민한 '노동문학가'들에게는 지나치게 경험주의적인, 미흡한 수준의 작품으로 치부되었던 것이 사실이다. 그러나 정치적 입장을 말하기 전에 한 사람의 작가로서 민중적 감성

의 내부로 들어가는 것이 더 중요했던, 그리하여 전위적 작가가 되기보
다는 우선 민중의 한 사람이 되고자 했던 김남일의 입장에서는 그 작품
들은 최선이었다고 할 수 있다. 그리고 현재의 관점에서 돌이켜보면 이
작품들이 정치주의적 열광에 사로잡히지 않았다는 사실은 오히려 다행
스럽다고 할 수 있다. 만일 그랬다면 지금 김남일은 이중의 참괴스러움
을 견뎌야 했을 것이기 때문이다.

　「세상에서 가장 무서운 슬픔」의 경우 역시 김남일이 민중과의 대상적
거리를 뛰어넘어 한 사람의 민중의 시점을 취하여 써나간 작품이지만
앞서의 두 작품과는 달리 노동현장의 이야기가 아니고 도시노동자의 주
택문제라는 생활상의 이야기를 다루었다는 점에서 독특한 작품이다. 안
양천변 뚝방에서 광명의 산동네로 다시 역곡의 반지하실 방으로 월세방
을 전전하다가 마침내 원당쯤 되는 곳에 당당한 독채 전세 아파트를 얻
게 되기까지의 그 지긋지긋한 과정과, 일산 신도시개발로 갑자기 덩달
아 집값이 오르면서 졸지에 그 전셋집을 내주어야 하는 지경에 몰리는
말미의 반전은 집 없는 설움이 '세상에서 가장 무서운 슬픔'이라는 상투
어의 확인을 넘어서는 리얼리스틱한 공감을 자아낸다. 이 소설은 김남
일의 세태소설가적 자질을 엿볼 수 있다는 점에서도 흥미로운 작품이라
고 할 수 있다.

　▶ 어쨌든 90년대가 시작되었고 그와 함께 김남일의 '민중시대'도 종
언을 고하였다. 민중은 그에게서 분리되어 처음에 있던 저편 언덕으로
건너가버리고, 그의 작품은 다시 소시민 작가의 반성적 거리감과 만나
게 된다.

　「길」과 「속옷」은 거의 논픽션에 가까운 작품들이다. 「길」은 누구의
이야기인지 뻔히 알 수 있는 이야기를 토대로 하고 있고 「속옷」은 숫제
등장인물 모두가 실명으로 나오고 있다. 그리고 이 두 작품에 나오는 인

물들은 전부 시인이 아니면 소설가이다. 그리고 서술주체는 초기 작품들처럼 일인칭으로 돌아가 있다. 이것은 무엇을 뜻하는가? 작가 김남일은 이 90년대 초반의 거대한 가치의 지각변동기에 자신의 작가로서의 정체성을 다시 묻고 싶은 것이다. 그 정체성 확인의 욕구가 매우 강렬하고 다급하여 허구적 장치에 대한 고려도, 등장인물의 배치도, 시점의 이동도 잠시 접어둘 수밖에 없었던 것이다.

「길」에서 소설가인 '나'는 몇년 전에 죽은 선배비평가 민식의 기일을 맞아 어렵사리 모인 동료 작가들과 함께 그의 묘소를 찾는 길을 나선다. 그의 묘소는 거칠고 높은 곳에 위치하고 있다. 그곳으로 가는 길은 '저만치서 휘어진 채 모락모락 피어오르는 아지랑이 속으로 사라진 길'이다. 그 길을 오르는 동안 '나'는 상념에 빠진다. '나'의 첫 아이가 태어난 날, 민식이 죽었다. 그가 죽을 무렵, 세상은 이른바 6월항쟁으로 들끓었고 '나'는 생계를 위해 운동 대신 글을 써서 팔았다. 다시 민식에 대한 회상——그는 삶의 마지막 몇년을 운동과 문학에 대한 절대적인 헌신으로 살았다. '나'는 자신을 생각한다. 그동안 자신이 쓴 소설과 살아온 삶을 생각한다. 부끄러움이다. 그 부끄러움은 수배자 신세인 시인 형태의 등장으로 더 깊어진다.

이 소설 속에서 김남일을 괴롭히는 것은 바로 예의 거리감이다. 그 거리감은 우선 타계한 선배 민식과의 관계에서 발생한다. 민식은 '자신의 의지를 뛰어넘어 할일을 한, 차라리 다른 사람들의 삶을 산 인물'이고 문학이 '사람을 개나 돼지, 쥐나 염소처럼 만들어버리는 비정한 세상을 제대로 돌려놓을 수 있는 유일한, 마지막 희망이라고 생각'한 사람이며, '중요하고 누군가의 절대적이고도 헌신적인 노력이 필요한 일감이 산더미처럼' 쌓여 있을 때 '안되는 일을 되게 만들었'던 인물이다. 그런데 지금 살아 있는 '나'는 돈벌이만을 염두에 둔 소설을 쓰고 '주사와 공허한 탐닉, 그리고 더욱 더 견고해지는 자기합리화'에 빠져 있다. 그

거리감은 두번째로 수배당한 시인 형태와의 관계에서 온다. 형태는 모두가 허둥거리던 '그 뜨거웠던 정치의 계절'이 지나갔을 때, 발길이 뜸해져서 언제부턴가 '이미 적발된 노동자 정치조직에 깊숙이 연루'된 인물이다. 그러나 '나'는 오랜만에 만난 그와 함께 버스를 타고 가면서 이런 기분에 빠져든다.

나는 차츰 초조해지기 시작했다. 가슴이 어느 구석인가 꽉 막힌 듯한 기분이었다. 무슨 말이라도 해야 했다. 아니, 무슨 말이라도 듣고 싶었다. 차가 흔들릴 때마다 형태의 어깨가 닿았다. 그렇지만 바로 내 옆에 앉아 있는 그와의 거리가 그토록 멀게 느껴질 수 없었다.

세번째 거리감은 자기 소설의 주인공인 민중들과의 관계에서 온다.

나는 내가 늘 내 글에 등장시키는 주인공들에 대해 더이상 책임을 질 수 없다는 생각도 했을 것이다. 아니, 처음부터 책임진다는 말이 가능하지도 않았으리라. 왜냐하면 그들과 나는 엄연히 다른 종류의 인간이었으므로. 내가 아무리 돈이 없어 허덕여도, 최소한 내게는 대학 때 사귄 돈 있는 친구들이 있다. (…) 그런 반면 내 소설의 주인공들은 달랐다. 그들은 처음부터 나와는 다른 길을 걸었다. 그들은 돈이 없었고, 결국 돈이 있는 친구들도 있을 리 없었다. (…) 그들이 겪고 있는 고통을 이해할 수 있는 것처럼 글을 썼을지라도, 과연 그것이 진정한 이해였을까.

이 세 개의 거리에는 각각 크고 작은 심연이 가로놓여 있을 것이다. 어떤 것은 정말로 '나'의 비겁함 때문에, 어떤 것은 '나'로서도 어찌할 수 없는 사회적 차이 때문에, 어떤 것은 어느 정도는 '나' 스스로의 주관적 자기비하 때문에 생겼을 이러한 거리감은 이 소설에서는 그저 확인될 뿐이다.

그러면 「속옷」에서는 어떤가. 숫제 실명인 작가 김남일은 남북작가회담을 위한 판문점행에 선배, 동료, 후배 작가들과 동행했다가 한꺼번에 경찰서 유치장에 갇힌다. 여기서도 거리감은 고개를 든다. 소풍가듯이 약간은 장난기 어리게 나선 길이 철창에 갇히는 길이 되면서 김남일은 '솔직히 말해 이 나이에 다시 들어가 징역을 살고 싶지는 않'다고 생각한다. 그리고 선배작가들의 명망주의에 대한 반감도 적지 않았음을 고백한다. 하지만 그러한 거리감은 이내 사라져버린다. 함께 조사를 받고 함께 좁은 유치장에 갇혀 함께 싸우면서 그는 동료 작가들에 대한 무한한 애정을 확인한다. 그리고 이러한 어처구니없는 싸움에도 엄숙함과 경건함이 존재한다는 사실을 새삼스럽게 깨닫는다.

하지만 「속옷」에서 겪는 짧은 투쟁과 거기서 얻는 작은 자기만족은 기실 「길」에서 확인한 '나'와 민식, 형태, 그리고 자기 소설의 주인공들 간에 존재하는 도저한 거리를 조금이라도 줄여주기에는 역부족이다. 그것은 작가 자신의 생각대로라면 소시민적 안락함에 대한 유혹과 혹독한 운동적 시련 혹은 민중적 존재전이에의 각오 사이의 거리겠지만, 사실은 그보다 훨씬 더 어렵고 본질적인 난제인 것이다. 작가 김남일의 90년대적 정체성은 엄밀히 말하면 운동에의 투신에서 찾아질 성질의 것도, 운동 대신 운동문학에 우직하게 복무하는 데서 찾아질 성질의 것도 아니다. 그것은 「속옷」에서의 불안하고 일회적인 일치보다는 「길」에서의 명백히 현존하는 불일치에서 더 잘 찾아질 수 있는 성질의 것이다. 지금 이 시대는 지식인 작가에게 존재를 걸고 몰입할 높은 가치를 제공하지 못하는 시대이다. 죄의식은 절대적인 것과의 관련에서만 야기될 수 있는 것이다. 오히려 지금 중요한 것은 이러한 거리감의 동시다발적 확인일지도 모른다. 지식인 작가가 민중운동가에게 혹은 그 누군가에게

「길」에서처럼 '많은 것을 기대'하고 그 대신 죄의식을 떠맡는 시대는 지난 것 같다. 이제 작가는 역사 속을 다시 고독하게 떠돌아야 할 운명에 직면한 것이다. 이런 맥락에서 보면 이제 '거리감'은 부끄러움이 아니라 '방법'이 될 수 있을 것이다. 그 거리감에서 야기되는 안주할 곳 없는 긴장의 힘이 이제 문학의 유일한 힘이 되어야 할지도 모른다.

「천하무적」이 제시하는 두 개의 삶, 이제는 어지간히 지친 사십 중반의 몸을 이끌고 징그러운 징역살이를 시작하며 '천하무적의 길'로 들어가려 한다는 한 시인의 삶과, 서울땅에 발디딘 지 일년도 못 되어 채 피어보지도 못하고 죽어간 한 소년 제화공의 삶은 기실 하나의 삶이다. 작가는 '한 소년의 목숨의 무게보다 더 무거운 가치'가 존재하는가 하고 묻지만 그 두 삶, 혹은 두 목숨은 이제 더이상 '대비'되거나 무게달아져서는 안될 것 같다. 작가는 이 두 삶을 바라보는 거리감에 좀더 힘을 얹고 이 참으로 어울리지 않을 것 같은 두 삶이 한데 공존하는 이 악마 같은 세계의 정체를 밝히는 데 더 진력해야 할 것이다. 문학이 이제부터 복무해야 할 일은 그것이고 그것이 곧 김남일이 찾는, 천하무적의 길이다. 그러지 못하면 더이상 문학은 존재의의를 갖지 못한다. 김남일, 그는 다행히도 이제 이 본질적인 전환의 길목에 정확히 다다라 있는 것으로 보인다. 이제 그가 더이상 불연속선에서의 추락의 기억에 사로잡히지 않았으면 좋겠다.

—『한국소설문학대계』 87, 동아출판사 1995

영원한 경계인의 문학적 유서

최인훈 「바다의 편지」

1.

「바다의 편지」는 최인훈(崔仁勳)이 19년 만에 발표하는 단편이다. 1995년 필생의 장편이라 할 만한 『화두』를 발표했지만 단편으로는 1984년에 발표한 「달과 소년병」 이후 처음이다. 그 이전의 소설이 1976년에 발표된 「총독의 소리 4」이니까 그는 지난 27년 동안, 마흔살에서 예순일곱살이 될 때까지 오직 세 편의 단편과 한 편의 장편만을 생산한 것이다. 물론 그는 그 사이, 「어디서 무엇이 되어 다시 만나랴」를 발표한 1970년부터 극작가의 길을 걷기도 했고 그 분야에서 빼어난 성취를 이루었으며 평론이나 에쎄이 등도 여럿 발표했다. 하지만 그는 처음부터 소설가였고 지금도 소설가라는 사실에는 변함이 없다. 어차피 행복한 삶은 그의 몫이 아니었겠지만 여러 편의 희곡을 '써야 했던' 생애의 한 시절에 그가 행복했을까는 의문이다. 고통스러워도 소설가는 소설을 쓸 때만, 소설을 쓸 수 있을 때만 그나마 행복한 것이다.

한 사람의 소설가가 그저 오랜만에 소설을 한 편 발표한다는 사실 자체가 대단한 일일 수는 없다. 19년 만의 단편이라는 사실이 뭐 그리 대단하겠는가. 늙어 정신이 흐려지고 눈도 침침해진 노작가가 어쩌다 붓을 들어 객쩍은 작품 하나 끼적여 발표하는 일이나, 먹고사는 일에 혹은 더 매력적인 어떤 일에 끌려 소설업을 등한히하던 작가가 문득 다시 소설 한 편을 써서 자신이 그래도 소설가였다는 사실을 확인하는 일은 드문 일은 아니다. 그럴 때 그 '오랜만의 발표'라는 것은 오히려 게으른 정신의 확인에 불과한 것이어서 19년이 되었든 30년이 되었든 그 오랜만인 숫자는 별 의미가 없는 것이다. 하지만 단 하루도 '말' 없이는 살 수 없게끔 운명지어진, 그리고 그 사실을 매우 잘 아는 한 치열한 정신이 그 목젖까지 치밀어오르는 말을 세상을 향해 선뜻 꺼내놓지 못하고 수도 없이 되새김질하며 보낸 '오랜만'의 시간의 질은 다른 것이다. 최인훈의 경우 19년 만의 이 단편은 그러므로 하나의 '사건'이라 해도 좋을 것이다.

　물론 그 사이에 최인훈의 삶과 전 작품세계를 이해하는 열쇠로서의 장편 『화두』가 있었다. 이 작품은 그를 두고 있어왔던 안티리얼리스트라거나 실존주의자라거나 혹은 헤겔리안이라거나 하는 그간의 모든 평판이 얼마나 피상적인 것이었는지를 단번에 드러내주었던 작품이다. 그 작품은 최인훈은 그저 남으로도 북으로도 갈 수 없었던 이데올로기 혐오형의 리버럴리스트가 아니었음을 보여주었다. 그의 생애는 좀더 존엄한 어떤 가치, 자본주의라는 이름의 인간부정의 가공할 소여(所與)를 뛰어넘는, 그리하여 빈곤도 착취도 소외도 지배도 없는 세계를 만들어내는 인간들의 눈물겨운 투쟁 속에 살아 있는 좀더 숭고한 가치에 대한 그리움과 열망의 축조물이었던 것이다. 다만 혁명가가 되기에는, 필화를 일으키기에는 너무 여린 그의 영혼은 그 그리움과 열망을 가시덤불로 이루어진 침대에서, 쓸개만이 놓인 식탁에서 잠 못 이루고 쓰라려하며 당대 자신에게 가능한 최대치의 언어로 써내려왔던 것이다. 안티리얼리즘이네 실존주의네 리버럴리즘이네 하는 것은 그 외양이었을 뿐 사람들은 그 외양의 한꺼풀 밑에 켜켜이 속으로 내려쌓인 최인훈의 열망과 양심과 고독의 깊이를, 그리고 그 지층의 깊이만큼 드높이 쌓아올려진 철학적, 역사적 사유와 지성의 높이를 채 가늠하지 못해왔다. 최인훈은 『화두』를 씀으로써 그의 생애의 작품들 전부에 대한 가장 근원적이고 전복적인 해제를 붙일 수 있었다. 그것은 분단과 독재로 점철된 자기 시대와 그 시대를 살았던 자기 삶에 대한 도저한 성찰이었는데 그 성찰은 수많은 '좌파'들이 이름을 접거나 희망을 잃은 90년대의 한복판에서 그 좌절과 타협이 얼마나 부끄러운 것인지를 형형하게 비추는 뜨거운 거울이 되고 있다.

『화두』가 그토록 생애의 거작이라는 이름에 값하는 것일진대 『화두』이후에도 최인훈에게 소설이 가능할 것인가라는 생각이 지나치지는 않을 것이다. 하지만 정신적 여생이 육체적 여생보다 결코 짧을 것 같지 않은 최인훈에게 소설의 종언을 섣불리 말할 수는 없을 것이다. 발표 여부에 상관없이 그는 시대에 대한 부단한 탐색의 결과들을 '말'로 옮길 것이고 그 가운데 소설 역시 여전히 유효한 말의 그릇으로 존재할 것이기 때문이다. 「바다의 편지」는 『화두』 이후 8년간 그의 정신 속에서 오랫동안 발효해왔다가 세상을 향해 다시 행해진 또하나의 새로운 '말'이다.

2.

「바다의 편지」는 바닷속에서 목숨을 잃은 한 젊은이가 자기존재가 완전히 소멸되기 전에 남아 있는 어머니에게 보내는 편지와 독백의 형식으로 되어 있는 그리 길지 않은 소설이다. 이 소설은 두 부분으로 되어 있다.

첫부분은 하나의 서사를 가지고 있다. 한 젊은이가 간첩임무를 띠고 일인승 잠수함을 이용해 육지에 접근하려다 적의 피격을 받고 잠수함과 함께 수장되는데 아마도 '남파' 중이었던 것으로 보인다. 그는 이 임무를 자원했는데 그것은 "아버지와 나라와의 사이"에 "말하기에 무서운 어떤 일"이 있었고 어머니와 자신이 "떳떳하게 나라 속에 있기 위해서" "제 몸으로 빚을 갚"는 일이기 때문이었다. 아무튼 그는 임무를 수행하지도 못하고 수장되어 백골이 되어 이제 "알고 싶고 하고 싶은 일이 그토록 많았는데" 아무것도 할 수 없게 된다. 하지만 이 바다가 "임무를 위한 배들이 숨어 다니는" 분단과 긴장의 바다가 아니라 "햇빛 아래에서 흰 돛을 달고 달리는 아름다운 돛배들의 놀이마당"이 되리라는 믿음으로, "나는 유한하지만 이 우주는 무한하다"는 믿음으로, "먼 먼 시간과 공간의 저쪽 내가 모르는 내가 있던 자리로 돌아"갈 것이라는 희망으로 그는 자신의 소멸과 해체를 받아들인다.

둘째 부분에선 서사는 사라지고 잠언에 가까운 독백으로 이루어져 있다. 바닷속에서 점점 해체되어가는 그 젊은 넋은 한 개아(個我)로서는 소멸되는 대신 일종의 신무(神巫)가 되어 "아우성치는 홍수소리" 같은 세상의 모든 소리를 듣는다. 그 소리들은 도둑놈들과 양복 입은 무당들과 높은 담을 지키는 이국종 맹견들과 정신병자들과 헛소리를 가르치는 학교들과 주택부금을 계산하는 전도사들——무당들과 간신들과 종 돼지처럼 살찐 왕과 왕비들, 그리고 그들을 지키는 순라꾼들의 세상에서 들려온다. 그것은 가난과 오욕과 분노와 절망의 소리이기도 하고, 혹은 거짓말과 헛소리이기도 하고, 혹은 재앙의 예언이기도 하고, 혹은 아무도 진실을 말하지 않는 것을 절망하면서도 진실 앞에 두려워 떠는 눈 뜬 자의 탄식이기도 하다. 그것은 이 세계에 미만한 고통을 노래하는 잠언이다.

이 잠언 속에 들어 있는 모순과 거짓으로 가득 찬 세계에 대한 고통과 격정과 분노의 높이와 깊이는 최인훈의 문학세계에서는 물론이거니와 한국 근대소설사를 통틀어서도 견줄 만한 다른 작품을 찾아보기 힘들 정도로 이례적이다. 하지만 단지 고통과 격정과 분노만을 노래했다면 이 작품을 최인훈이라는 한 거장의 생애의 작품으로 기록할 수 없을 것이다. 이 독백적 잠언의 갈피갈피에서 이 거짓과 고통의 세계에서 작가의 일이 무엇인가를 묻고 있는 데에서 최인훈의 '문학'은 빛난다.

역사는 억 년. 내 인생은 육십 년. 이 세상이 내가 쓴 소설이 아닌 바에 내 죌까 보냐고 실성한 고단한 대뇌피질들의 피라미드 위에서 검은 사보텐은 일식(日蝕)처럼 웃는다.

참으라고 하는가. 밑빠짐의 종말의 날을 위하여. 그러나 육십 년. 그대의 시계는 너무 크다. 우리는 밑천이 짧은 사람.

내일의 출근을 위해서 모두 잠든 밤. 눈뜨고 있는 눈은 단두대에 가장 가까운 눈. 아무도 변호하지 못할 시간을 위해서 재심 청구서를 끼적이며 망명 보따리를 되만져보며 어둠속에서 담배를 피우면서 어두운 전화 연락을 한다.

오 한 줄의 시를. 참다운 한 줄의 시를 아무도 쓰지 않기 때문에. 감투가 탐나는 시인들은 호기 있게 거짓말을 한다. 죽어라. 단 한 사람도 글 위에서 죽으려 하지 않으니 보리는 땅속에서 썩지 못한다.

이는 그저 한 젊은 전사의 진술이 아니다. 그것은 오욕의 땅에서 환갑을 넘긴 작가 최인훈의 진술이다. 한 작가가 이 세계의 오랜 죄악을 감당하기엔 육십년의 생은 너무 짧다고 변명해보기도 하지만 단두대 행을 무릅쓰고 눈을 떠야 하고, 참다운 한 줄의 시를 쓰고 그 위에서 죽어 썩어야 한다고 외친다. 하지만 자신을 포함해서 아직 누구도 그렇게 하지 못했다. 그러면 고작 이런 절망적 자의식의 표백뿐인가. 그렇지 않다.

눈이 있다면 달에서 지구를 본 육체의 눈만한 정신의 눈이 있다면, 지구는 한 줄의 시가 되리라. 지구는 말이 되리라. 지구의 말을 알아들을 수 있으리라. 눈이 있다면, 둥근 슬픔의 그림자의 메씨지를 읽을 수 있으리라. 말을 건설하기 위해서. 지구만한 말을 건설하기 위해서 시인은 불면제를 마신다.

지구를 한 줄의 시로 바꾸는, 그럼으로써 둥근 슬픔의 그림자를 지우는 일은 시인만이 할 수 있다. 지구가 슬픔과 오욕의 덩어리라면 그에 맞먹는 해방의 말의 덩어리를 만들어낸다면 지구의 슬픔과 오욕을 씻을 수 있지 않겠는가 하는 시인의 자부심을, 그 희망을 그는 끝내 놓지 않고 있다. 지구를 한 줄의 시라고 부를 수 있는 시인은 한 줄의 시를 씀으로써 지구의 슬픔을 씻을 수도 있을 것이다.

지구와 맞먹는 시 한 줄을 기대하듯 고통의 잠언도 앞부분의 독백체 편지처럼 희망의 말로 마무리된다. 세상의 아우성을 듣기를 마친 젊은 넋은 자신이 마침내 소멸되고 있음을 안다. 그러나 그는 그 소멸을 "영원한 미래의 그날의 부활을 위한 장정(長征)"의 시작으로 본다. 그 부활의 날에는 "이 무서운 이야기도 우주의 힘을 제압한 진화한 인류가 되어 있을 우리, 그때의 어머니와 나를 절망시킬 힘은 이미 가지지 못할 것"이며 그때 "그 슬픔이 다만 과거의 슬픔의 기록에 지나지 않음을 다짐하는 의식(儀式)처럼 어머니와 나는 아주 질 좋은 차를 마실 것"이라는 것이다. 다만 지금 아직 소멸되기 전, 그 미래의 약속을 다짐하며 지금 마지막으로 어머니를 부르면서 소설은 끝난다.

3.

이렇듯 분단시대의 한 편의 비극적 서사이며, 가장 격정적인 고통과 분노의 잠언이며, 또한 한 편의 불퇴전의 희망의 노래이기도 한 이 「바다의 편지」는 최인훈의 작품세계 어느 자리에 놓이는 것일까.

이 작품 뒷부분의 독백적 잠언 속에는 이탤릭체로 씌어진 한 편의 시가 삽입되어 있다. 그것은 1962년에 발표된 중편 「구운몽」에 이미 삽입된 바 있던 자작시 「해전(海戰)」이다. 그 시는 잠수함에 탑승한 젊은 수병들의 죽음과 그것이 전해오는 전언을 그리고 있다. 아직 젊어 담배도 배우기 전, 애인도 사귀기 전, 그 원인도 알지 못하는 전쟁의 와중에서 바닷속에 수장된 고혼들이 도시의 어항 속의 붕어로 귀환하여 그 죽음의 안타까움과 어처구니없음을 전해주는 이 시의 이미지는 고스란히 이 「바다의 편지」의 골격을 이루고 있다. 「바다의 편지」는 바로 이 익사한 수병들의 못다 한 말들일 것이다.

그리고 바로 「광장」의 1973년판 서문. 그 서문은 이렇게 시작된다. "나는 12년 전, 이명준이라는 잠수부를 상상의 공방(工房)에서 제작해서, 삶의 바닷속에 내려보냈다"라고. 그리고 이렇게 부연한다. "우리가 인생을 모르면서 인생을 시작해야 하는 것처럼, 소설가는 인생을 모르면서도 주인공을 삶의 깊이로 내려보내야 한다. 그렇게 해서 그가 살아오는 경우 그의 입으로 바다 밑의 무섭고 슬픈 이야기를 듣게 되는 것이요—돌아오지 못하는 경우는, 그의 연락이 끊어진 데서 비롯하는, 그 밑의 깊이의 무서움을 알게 된다."

이 서문에서 미루어 짐작한다면 최인훈에게 있어서 바다 밑에 내려가는(내려보내는) 잠수부는 인생과 세계를 탐사하여 그 비극적 아이러니를 확인하는 '문제적 주인공'에 다름아니다. 그는 사람들에게 죽음 혹은 죽음에 가까운 삶의 고통의 체험을 대신하는 '죽음의 척후'인 셈이다. 「광장」이나 「구운몽」과 더불어 60년대 초반에 씌어진 「낙타섬에서」라는 단편에서도 최인훈은 주인공의 입을 빌려 "잠수함의 승무원" 이야기를 쓰고 싶다고 했다.

그리고 40년이 지난 2003년, 「광장」에서처럼 상징으로서가 아니라, 「구운몽」에서처럼 시의 형태로서가 아니라, 「낙타섬에서」에서처럼 막연한 계획으로서가 아니라 실제 잠수함의 승무원 이야기가 씌어졌다. 그게 「바다의 편지」인 것이다. 이 사실만으로도 「바다의 편지」는 최인훈의 생애의 숙제를 풀어낸 작품이라고 할 수 있다. 「광장」의 이명준이 '이데올로기'와 '사랑'이라는 암초에 걸려 죽었듯이, 「해전」의 수병들이 전쟁의 희생으로 죽었듯이 이 작품의 '청년 공작원'도 임무를 마치고 귀환하지 못하고 바닷속에서 죽어갔다. 다만 이 작품은 죽음 이후를 그려내고 있다는 점에서 앞의 작품들과 갈라진다. 아니 정확히 말하면 '죽음 이후'를 그려냄으로써 앞에 썼던 모든 작품들의 후편, 혹은 후일담이 되고 있다.

그 죽음의 뒷이야기는 이미 앞에서 살펴본 바와 같다. 바닷속에서, 아니 역사의 수압으로 짓눌린 세계 한복판에서 그 짓눌림에 의해 일그러진 뭇 삶들의 고통의 소리를 듣고 그 때문에 절규하고 귀를 막고 눈을 감다가 다시 눈뜨고 끝내 희망의 말을 힘겹게 뱉어내는 이야기. 나는 이렇게 이루는 것 없이 허망하게 죽어가지만, 한 존재로서 소멸되고 해체되지만, 결국 희망의 이름으로 다시 살아돌아올 것이란 이야기. 앞으로도 이 노작가의 '말'은 어떤 식으로든 계속되겠지만 이 이야기가 그 의미와 무게로 볼 때 한 노작가의 필생의 문학적 유서에 값하는 것이라 말하는 것이 그리 외람되다고만 할 수 없다.

분단된 민족의 현실 속에서 공간적으로도 그 어느 편에 안주하지 못하고, 변화된 세계사적 현실 속에서 시간적으로도 그 어느 자리에 마음

두지 못한, 영원한 경계인들이자 정신적 망명자들인 그의 소설 속의 주인공들, 그리고 작가 최인훈 바로 그 자신. 이들이 유서를 쓴다면 이렇게 허망하고 쓰디쓴, 그러면서도 결코 그 헛되고 쓰디쓴 채로의 삶의 여정을 그대로 받아들이지 않고 희망의 미래에 자기를 맡김으로써 생의 모든 절망에서 놓여나는, 이런 식의 유서를 쓰게 되지 않을까?

　마지막으로 작품이 남기는 메씨지가 하나 더 있다. 작가는 이 작품에서 "참다운 한 줄의 시를 아무도 쓰지 않는다"고 했다. 아무도 "칼보다 더 무서운 사랑의 냉혹함을 제 몸에게만은 대지 않는다"고 했다. 글 위에서 죽으라고 절규했다. 이 노작가는 아직도 참다운 말은 말해지지 않았다고 보고 있는 것이다. 아직도 글 위에서 순교하는 시인을 보지 못했다는 것이다. 과연 이 시대에 아직 말해지지 않은 '참다운 말'은 무엇일까. 그 위에서 죽어야 하는, 죽음을 각오해야 하는 그 말은 무엇일까. 아닌게아니라 이 시대는, 이 땅은 아직도 한 지식인이 살아남기 위해 "나는 경계인이다"라는 말을 끝내 철회해야만 하는, 아직도 한 개인의 마지막 순결한 양심이 능욕을 강요받는 시대이고 땅이다. 어쩌면 이 가짜 자유, 가짜 관용의 시대는 '참다운 말'이 무엇인가를 찾는 일 자체를 끊임없이 우스꽝스러운 짓으로 만드는 시대일지도 모른다. 그 '참다운 말'은 무엇인가. 너는 그 말을 당당하게 소리높여 말할 수 있는가. 평생 그 물음을 납덩이처럼 가슴에 넣고 살아왔던 우리 시대의 몇 안되는 진정한 경계인 중의 한 사람은 이 '문학적 유서' 속에서 남은 이들에게 바로 그 물음을 유산처럼 남겨주고 있는 것이다.

—「황해문화」 2003년 겨울호

단자(單子), 상품, 그리고 권력

　　지금 동시대의 한국문학은 이중의 악몽에 시달리고 있다. 첫번째 악몽, 그것은 밖에서 오는 것인데, 문학 아닌 다른 것들이 이제까지 문학이 차지해왔던 문화적 위의(威儀)를 잠식하고 있는 데서 온다. 물론 동아시아 3국에 공히 해당하는 경우이긴 하지만, 문(文)과 학(學), 이를테면 적어도 조선시대 이래 우리 문화의 최고의 가치를 점하는 두 개의 단어로 이루어진 문학(文學)이라는 말이 그저 '글로 씌어진 것'이라는 뜻의 외국어 '리터러처'(literature)의 번역어로 쓰여져 왔다는 데서 우리 사회에서 그간 문학이 점해온 어떤 권위와 의의를 짐작할 수 있을 것이다. 그러나 이제 문학은 더이상 그 권좌에서 머물러 있을 수 없게 되었다. 영화나 인터넷 콘텐츠 등 좀더 감각적이고 자극적인 다중매체 장르들이 새로운 세대의 주요한 소통기호의 생산지로 자리잡으면서 문학 작품을 '읽는 일'은 낡은 세대가 새로운 세대에게 가하는 일종의 문화적 겁주기나 억압이 되어버렸다. '온몸'으로 사는 '아이들'을 활자 위에 붙들어두기란 참으로 어려운 일이다.

　　두번째 악몽, 그것은 안에서 오는 것인데 문학 자체가 문학의 영역을 위축시키고 있는 데서 온다. 파편화, 왜소화, 쇄말화로 요약될 수 있는 문학의 자기위축 혹은 자기모멸이 일반화되고 있는 것이다. 어쩌면 세계에 대하여, 역사에 대하여, 인간 일반에 대하여 말하지 '않기로' 하고 시작했던 1990년대 이후의 한국문학은 어느샌가 그런 것들에 대하여 말하지 '못하는' 문학, 다시 말하면 반지성의 문학이 되고 만 것이다. 이 두 개의 악몽은 교대로, 아니 이젠 한몸으로 섞여서 우리 시대의 문학을 질식시키고 있다. 물론 첫번째 악몽, 즉 밖에서부터 오는 악몽은 사실상 두번째 악몽, 즉 안에서부터 스멀거리고 피어오르는 악몽이 불러들인 것이므로 이 이중의 악몽은 사실 문학 자체가 초래한 악몽에 다름아니다. 그러면 그 내부의 악몽은 어디서 어떻게 다가오는가?

단자

소설을 중심으로 볼 때, 90년대 이후 현재까지 한국문학에서 가장 특징적인 현상은 그 주인공의 자리에 공동체가 사라지고 개인이 들어선 것이라고 할 수 있다. 소설이 부르주아사회의 문제적 개인의 서사시라고 한다면 공동체가 그 주인공이라는 말이 낯설게 들릴지 모른다. 하지만 그 '문제적 개인'이 긍정적인 형식으로건 부정적인 형식으로건 동시대의 공동체의 운명을 짐지고 있다는 점을 생각한다면 여전히 소설은 공동체를 그 숨은 주체로 하는 장르이다. 70~80년대까지의 한국소설의 주인공들은 의연히 공동체의 운명을 대신 살아내는, 좀더 정확히 말하면 의식하건 의식하지 못하건 그들의 서사적 행동으로 그들이 속한 공동체의 운명을 대변하고 예시하며 전망하는 존재들이었다. 하지만 90년대 이후의 한국소설에서 그러한 의미에서의 공동체적 개인은 사라져갔다. 그들 역시 개인들이되 그들에게는 공동체의 운명의 행로가 짐지워지지 않는다. 그들은 그냥 단독자로서의 개인으로서 그가 속했던, 혹은 속하고 있는 계급, 계층, 세대의 한 파편으로 존재한다. 그들은 아무것도 대표하지 않고 어떤 운명의 행로로도 가지 않는다. 다만 즉자적으로 존재할 뿐이다.

그런 개인들을 단자(單子)라고 불러도 좋을 것이다. 그들은 계급, 계층적 정체성은 물론 가족의 급격한 해체와 더불어 가족적 정체성으로부터도 분리되어 있다. 그 단자들이 그렇다고 진정으로 고독한 '초인'들인 것도 아니다. 그들은 격절과 소외를 고스란히 수동적으로 감내할 뿐이며 때로는 물신숭배의 형태로 그 격절과 소외를 향유하기까지 한다. 단자들, 그들로부터 문학의 악몽, 나아가 몰락은 시작된다.

상품

이 단자들에게는 지성과 윤리가 몹시 빈곤하다. 당연한 말이지만 그것은 이 단자들을 창조해내고 있는 작가들의 지성과 윤리의 빈곤에서 비롯된다. 지성과 윤리의 빈곤에도 불구하고 자신들의 작품의 이른바 '문학성'을 확보하려면 많은 형식주의적, 또는 소재주의적 노력이 필요하다. 오늘날 한국소설에 범람하는 온갖 '기발함'이 그것이다. 불륜, 엽기 등의 소재주의적 기발함, 문체, 서사전략에서의 형식주의적 기발함…… 이런 지성과 윤리의식에 기초하지 않은 기발함에의 집착은 '문학성'의 이름으로 분식되지만, 결국은 이른바 '상품미학'의 온상이 될 뿐이다.

자본주의사회에서는 문학작품 역시 상품으로 생산되고 소비될 수밖에 없다. 그것은 숙명이고 필요악이다. 하지만 그 숙명과 필요악은 그것을 낳는 세계에 대한 근원적 불화와 거부를 내장하는 작품의 힘에 의해 최소한으로 억제될 수 있는 종류의 것이다. 하지만 그런 진정성의 힘을 갖추지 못한 작품들에게는 상품성이 모든 것이 되는 전도가 일어나게 된다. 이러한 전도는 90년대 이후의 문학에서는 일반적인 것이 되었다. 작가와 출판자본의 관계 역전, 즉 출판사가 작가와 작품에 의존하는 관

계에서 작가가 출판사에 종속되고 작품이 출판자본의 요구에 의해 '주
문제작'되는 관계로 바뀐 것이다. 이제 작가는 출판자본의 요구에 의해
자신의 '기발함'을 상품으로 개발해야 하고, 특정한 기발함은 일종의 상
표가 되어 계속 요구되고 증폭되기에 이른다. 그리고 신인들 역시 이런
기존 상품의 유행과 경향에 자신들의 문학적 가능성을 억지로 끼워맞추
게 되고, 그럼으로써 문학은 다시 그 미래조차 상품미학에 입도선매당
하게 되는 것이다.

권력

이렇게 되면 출판자본은 자연스럽게 문학권력의 자리에 등극하게 된
다. 투자와 기획과 홍보전략을 통해 히트작을 많이 산출한 출판사에는
베스트셀러 작가가 되고자 하는 기성작가와 작가지망생들이 줄을 잇고,
그 생사여탈권을 쥔 출판사의 사주, 기획책임자, 편집위원 등에게는 문
학적 권위와는 성격이 다른 힘, 즉 문학권력이 형성된다. 이 문학권력은
출판자본의 등을 업고, 문학작품에 문학성 대신 상품성의 서열을 부여
하며, 언론과의 유착을 통해 그 상품성의 서열을 문학성의 서열로 치환
하고 그것을 고착시킨다.

이 새로운 문학권력과 이전까지의 문학적 권위의 가장 결정적인 차
이는 후자가 문학 자체에 기반하고 있는 반면, 전자는 자본의 요구에 기
반한다는 데에 있다. 즉 그 권력은 문학이 그 자체의 힘으로 자본주의적
질서를 넘어설 수 있게 하는 힘이 아니라, 문학을 자본의 지배 아래 굴
종하게 하는 힘인 것이다. 또한 더 큰 문제는 그것을 외면적으로는 자본
의 이름으로가 아니라 바로 자신들이 지금 막 때려눕히고 있는 그 문학
의 이름으로 합리화하고 분장한다는 사실이다.

디스토피아를 넘어서

이 단자-상품-권력의 순환구조는 악몽의 시나리오가 아니라, 바로 지금도 한국문학을 가위눌리게 하고 있는 백일몽 그 자체의 양상이다. 이 우울한 21세기 한국문학의 디스토피아를 넘어설 수 있는 길은 불행히도 잘 찾아지지 않는다. 내파(內破)가 안되면 외파(外破)라고. 문학이 상품으로서의 교환가치를 완연히 상실하는 탈상품화, 탈자본화를 기대하는 것은 너무 가혹한 일일까. 어쩌면 거기엔 또다른 힘의 작용이 필요할지도 모른다.

—『월간 건축인 포아』 2002년 6월호

자명성의 감옥

1. 논쟁은 아무리 지독한 논쟁이라도 좋다

아직도 리얼리즘론이라니…… 짐작이지만 1990년대 세대들이라면 이렇게 혀를 찰 만도 하다. 해방 전까지 갈 것도 없이 70년대부터만 해도 30년 동안을 리얼리즘을 둘러싼 논의는 우리 비평사의 단골손님이었다. 다만 70, 80년대의 리얼리즘 논의가 적극적이고 진취적인 양상을 띠었다면, 90년대 이후의 리얼리즘 논의는 소극적이고 암중모색의 성격이 강하다는 차이가 있을 뿐이다.

90년대 초반, 사회주의리얼리즘 문제를 둘러싼 리얼리즘론자들 내부의 추상수준 높은 논쟁이 썰물처럼 급격히 빠져나간 뒤, 중반 무렵부터는 일종의 리얼리즘 해소론이라고 할 만한 논의들이 고개를 들기 시작했다. 그리고 그런 경향은 일부 완고한 리얼리즘론자들의 꾸준한 단속과 경계에도 불구하고 지속적으로 발전하여 최근에는 이른바 '리얼리즘과 모더니즘의 회통'이라는 명제가 제출되는 지경에까지 이르게 되었다. 굳이 평가를 하자면 90년대는 리얼리즘론이 여러모로 곤경에 빠져

들어간 시기였다고 할 수 있다. 무어니무어니 해도 리얼리즘론의 강점은 그것이 변증법적, 사적 유물론의 인식체계와 관련된 강한 역사의식과 총체적 세계인식을 보유하고 있다는 데에 있는데, 90년대를 경과하면서 통시적 역사인식에서도 공시적 세계인식에서도 리얼리즘론은 돌아가 의지할 확실한 정처를 찾아내지 못했다. 그러는 동안 리얼리즘론은 확실히 일종의 답답한 동어반복이 되고, 마치 벌거벗은 임금님 꼴이 되어갔다. 리얼리즘의 가장 단순한 원리가 '현실, 혹은 실제에 즉하는 것'이라면 90년대의 리얼리즘론은 그 현실과 실제에 즉한다는 것이 얼마나 힘든 노릇인가를 뼈저리게 인식하지 않을 수 없게 된 것이다.

그런데 목하 또다시 '리얼리즘'이 출몰하고 있다.

임규찬(林奎燦)은 『창작과비평』 작년 겨울호에 「리얼리즘과 모더니즘을 둘러싼 세 꼭지점」이라는 글을 발표했는데 이 글이 새로운 리얼리즘-모더니즘 논쟁의 시작이 되었다. 작년에 나온 세 비평가의 평론집, 즉 최원식의 『문학의 귀환』, 윤지관의 『놋쇠하늘 아래서』, 황종연의 『비루한 것의 카니발』에 대한 리뷰형식의 이 글은 이 세 비평가들의 리얼리즘과 모더니즘에 관한 견해들에 대하여 자못 논쟁적이고 공격적이었다. 그는 윤지관에 대해서는 도구화된 당파성론에 매달리고 있으며, 자유주의와 모더니즘을 혼동하여 자유주의를 비판하면서 모더니즘을 부정하고 있다고 보았다. 이어 황종연에 대해서는 리얼리즘을 일개 반영론으로 격하하고 있으며, 모더니즘에 의한 리얼리즘 흡수통합론을 주장하고 있다고 보았다. 또한 그는 황종연의 90년대 작가들에 대한 독법을 문제삼고 있는데 황종연이 장정일과 최인석을 '비루한 것에의 매혹'이라는 이름으로 하나로 묶은 것, 신경숙과 윤대녕을 '내면의 탐구'라는 이름으로 하나로 묶은 것을 사회성의 문제를 간과하고 스타일과 기법의 유사성에만 착목한 '모더니즘적' 입장의 결과라고 비판했다. 최원식의 리얼리즘-모더니즘 회통론에 대해서도 모더니즘과 리얼리즘이라는 대립물의 질적 차이를 무시한 일종의 중도통합론, 또는 버먼식의 포괄주의로 기울고 있다고 보았다.

이에 대하여 가장 먼저 반응을 보인 것은 윤지관(尹志寬)이었다. 그는『창작과비평』올봄호에 기고한「놋쇠하늘에 맞서는 몇가지 방법」에서 임규찬의 예의 '삼각형 그림'이 리얼리즘-모더니즘 논쟁을 귀환시켰음을 환영하면서 기다렸다는 듯이 자신의 '리얼리즘의 심화를 통한 모더니즘의 통합'론을 적극적으로 펼쳐나간다. 그는 나름대로 리얼리즘과 모더니즘이 우리 문학사에서 갖는 특수한 지위와 성격에 대한 통찰을 펼치면서, 백민석, 장정일 등 90년대 소설계의 총아들에 대한 비판적 언급을 통해 한국 모더니즘 문학에 대하여 '자기 안의 계급과 민족'을 발견함으로써 모더니즘적 한계를 넘어 리얼리즘으로 나아갈 것을 주문하고 있다.

그 뒤를 황종연(黃鍾淵)이 이음으로써 논쟁은 한층 제 꼴을 갖추게 된다. 황종연이『창작과비평』올여름호에 기고한「모더니즘에 대한 오해에 맞서서」는 리얼리즘-모더니즘의 이분법적 대립 자체가 "차이의 통제에 의존하는 동일성 구축의 논리"를 지니고 있으며, 사실상 둘 사이의 경계가 칼로 베듯 확연한 것이 아니지만, 일단 현상적으로 나타나는 차이를 먼저 확실히 하는 것이 필요하다고 전제하고 임규찬, 윤지관 등을 상대로 한 본격적인 논전을 전개한다. 그에 의하면 임규찬과 윤지관 등 리얼리즘론자들이 펼치는 논리는 기본적으로 "루카치의 판례를 좇는 리얼리즘의 법정"이며, 임규찬과 윤지관, 나아가 최원식과 백낙청 등은 "모더니즘의 업적을 리얼리즘의 이념으로 흡수하여 리얼리즘의 경계를 넓히는 일종의 제국주의적 팽창"을 도모할 뿐이다. 이어서 그는 마샬 버먼(Marshall Berman)에 기대어 "액체 근대에 적응·저항하는 방법으로서의 모더니즘"을 말하고, '고체 근대'에 속박된 윤지관 등을 비판한다. 다만 그가 끝부분에서 90년대 문학의 나르시시즘을 비판하고, 개인을 넘어서 개인 사이의 제휴를 독려함으로써 '리얼리즘'과의 소통가능성을 열어두고 있다는 점은 주목할 만하다.

이 일련의 논쟁은 이전의 논쟁들이 주로 '리얼리즘론 진영' 내에서 이루어졌던 것에 비하면, 각자 공공연히 리얼리즘론자, 모더니즘론자로 자처하는 비평가들 사이에서 전개됨으로써 본격적인 리얼리즘-모더니즘 논쟁의 이름에 값한다는 데 큰 의의가 있다. 그 점에서는 논쟁에 과감히 뛰어든 황종연의 자세는 높이 평가받아 마땅한 것이다. 이 논쟁이 지니는 또하나의 의의는 그것이 이전의 논쟁들과는 다르게 담론논쟁으로 일관되지 않고 90년대에 산출된 구체적인 작품을 매개로 하는 해석논쟁의 형식을 띰으로써 리얼리즘-모더니즘 논쟁이 현단계 한국문학의 실상과 함께 가는 바람직한 양상을 낳고 있다는 것이다. 이런 양상이 잘 발전하면 마치 70년대가 그랬듯이 작품이 이론을 산출하거나 통어하는 '생산적 전환'도 가능할 수 있을 것이다.

시정의 관례는 "싸움은 말리고 흥정은 붙여라"이지만 적어도 문학비평계에서는 그 반대가 옳다. 흥정은 말리고 싸움은 붙여야 하는 것이다. 오랫동안 논쟁은 없이 모양만 바꾼 온갖 흥정들이 횡행하던 우리 평단에는 싸움다운 싸움이 정말 아쉽다. 내가 쓰는 촌평을 겨우 넘을 이 글이 벌어진 싸움을 더 키우는 데 얼마나 기여하게 될지 모르지만 오랜만에 흥미로운 논쟁을 목도하는 내게는 옅은 흥분이 인다. "논쟁은 아무리 지독한 논쟁이라도 좋다. 제발 순조롭지만 말아다오." 이것이 이 논쟁을 바라보는 솔직한 내 심정이다.

2. 리얼리즘, 모더니즘, 그리고 그 이항대립을 넘어서

임규찬의 '선언'과 '사고' 사이에는 일정한 모순이 존재한다는 황종연의 지적은 설득력이 있어 보인다. 윤지관의 '경직성'을 비판하고, 체계가 아닌 작품에 주목해야 한다고 할 때는 "리얼리즘론을 근원에서부터 재구축"하는 길로 나선 것처럼 보이는 반면, 황종연과 작품해석을 다툴 때는 틀림없는 루카치주의자로 나타난다. 과연 그가 말하는 '리얼리즘론의 근원적 재구축' 프로그램에 모더니즘 계열 작품들에 대한 이러저러한 루카치주의적 해석에 대한 재검토는 포함되지 않는 것일까? 일종의 악순환이다. 하나의 글 안에서 "리얼리즘을 근본에서 지지하는 입장"이라는 진술과 그러면서도 "리얼리즘론을 근원에서부터 재구축"해야 한다는 입장이 이런 식으로 순환하면서 충돌을 일으키는 것이다.

윤지관의 경우는 이런 식의 착종이나 충돌은 그다지 눈에 띄지 않는다. 그의 경우 리얼리즘에 대한 신념은 거의 절대적이기 때문이다. 그러한 신념은 그가 맞닥뜨리는 모든 문제를 리얼리즘이라는 체계 속으로 환원시키며 리얼리즘의 절대적 지위를 고수하게 만든다.

80년대의 일부 문학에서 '도식성'과 '교조성'이 보인다면 그것은 리얼리즘이 충분히 실현되지 못한 폐해일 뿐이지 그것 자체가 리얼리즘의 쇠퇴를 증거하지는 않는다. 작품에서 드러나는 리얼리즘의 빈곤은 누가 뭐라고 하기 전에 바로 리얼리즘의 기준에서 비판받을 일이며, 다름아닌 루카치가 누누이 역설한 바도 리얼리즘에 미치지 못하는 이 같은 '자연주의적' 작품은 리얼리즘보다는 오히려 파편으로서의 세계상이라는 모더니즘의 관점과 맺어져 있다는 것이다. 90년대 문학에서 거론된 리얼리즘의 쇠퇴란 리얼리즘의 본질에 대한 물음이라기보다 통상적인 의미에서의 용법, 즉 어느정도 진영적인 구분이 동반된 속화된 이해에 바탕한 것이다.[1]

전혀 틀린 말이라고는 할 수 없지만, 전부 맞는 말이라고도 할 수 없다. 80년대 일부 문학의 '도식성'과 '교조성'이 리얼리즘의 불충분한 실현 때문이라는 진술은 일정하게 수긍할 수 있지만, "리얼리즘의 빈곤은 리얼리즘의 기준에서 비판받을 일"이라는 진술에서는 거의 종교적 맹신에 가까운 숨막히는 자기동일성에의 집착 같은 것이 느껴진다. 만일 리얼리즘의 기준에 어떤 문제가 있다면, 그 리얼리즘이 '빈곤'하다는 것은 어떻게 판명될 수 있는가를 나는 묻지 않을 수 없다.

그러고 보니 확실히 임규찬과 윤지관의 텍스트 속에서 '리얼리즘'은 일종의 자명한 어떤 것으로 존재하고 있다. 자명한 것으로 여겨져왔던 온갖 것들이 그 기원을 드러내고, 또 회의되고 비판되는 인식론적 전복의 시대에 그들은 왜 이 자명성에 관해 회의하지 않는지 궁금하다.

황종연의 경우라고 사정은 나을 것이 없다. 처음엔 리얼리즘―모더니즘 이분법을 수상쩍은 이데올로기 구조라고 문제삼던 그도 정작 논의를 전개해나가면서 임규찬, 윤지관, 백낙청 등 리얼리즘론자들인 타자들과 충돌하기 시작하자 한 사람의 상투형의 모더니즘론자로서 리얼리즘과 모더니즘에 대한 기왕의 고정관념에서 한걸음도 벗어나지 못하고 그것을 그대로 답습하고 있다. 이를테면 그는 "장정일, 김영하, 백민석 같은 모더니스트들"이라는 표현을 사용하고 있는데 그 경우 그는 해당작가들의 모더니즘적 한계에 대한 윤지관의 상투적 비판을 고스란히 불러들이는 꼴이 된다. 그들을 모더니스트들이라고 규정하는 근거를 탐색하지 않는 한, 그리하여 모더니즘이 과연 무엇인가, 무엇이었던가를 다시 묻

---

1) 윤지관 「놋쇠하늘에 맞서는 몇가지 방법」, 『창작과비평』 2002년 봄호 258면.

지 않는 한, 그 '모더니즘'에 대한 루카치적 비판을 재비판하는 것 역시 '그 밥에 그 나물' 격으로 기왕의 리얼리즘-모더니즘의 이항대립이라는 상설무대를 조금도 못 벗어나 타자의존적 담론을 재생산하는 수준에 머무르게 되는 것이다. 맑스가 처음 말하고, 버먼이 영토화하고, 황종연이 다시 전유하고 있는 '단단한 것은 모두 녹아 날아간다'는 말을 리얼리즘과 모더니즘이라는 선험적 소여처럼 '자명한' 것처럼 보이는, 그러나 사실은 '역사적인' 것에 불과한 개념들에는 왜 적용하지 않는가. 리얼리즘과 모더니즘에 관한 한 우리는 이 '자명성의 감옥'을 벗어나는 것이 무엇보다 시급할 것 같다.

이와 관련하여 무슨 새로운 얘기를 할 처지는 아니다. 나로서도 아직은 이 골머리 아픈 문제에 대해 4년 전에 내가 썼던 「리얼리즘·모더니즘, 민족문학·민족문학론」(『창작과비평』 1998년 겨울호)의 기본적 문제의식을 다시 환기하고 이를 조금 더 보충하는 것 이상의 사유를 진전시킬 자신은 없다. 4년 전의 그 글에서 나는 지금 임규찬, 윤지관, 황종연을 두고도 그런 것처럼, 당시 리얼리즘에 관한 입론을 폈던 진정석, 김명환, 방민호 등의 경우도 "리얼리즘과 모더니즘, 나아가 문학 자체에 대한 역사적 파악"을 결하고 있다고 평한 바 있다. 즉 리얼리즘이건 모더니즘이건 하나의 역사적 현상으로 이해해야 한다는 뜻이었다.

발자끄(Balzac), 스땅달(Stendhal) 등에 의해 꽃피워진 고전적 리얼리즘이 1830년에서 1848년에 이르는 프랑스 혁명기의 특수한 산물이라는 것, 엥겔스(Engels)가 이 문예사조로서의 리얼리즘을 이념이자 방법으로서의 리얼리즘으로 전화시켰다는 것, 전자 즉 19세기 리얼리즘이 객관세계의 '사실(寫實)적 재현'을 핵심으로 한다면, 후자 즉 엥겔스 이후 20세기의 리얼리즘은 객관세계의 '법칙적 재현'을 핵심으로 하고 있으며, 그 법칙적 재현의 난관이 오늘날 리얼리즘의 위기의 핵심을 이루고 있다는 것, 한편 플로베르(Gustave Flaubert) 이후 서구문학의 비엥겔스적 행로는 '있는 그대로'의 불가능성과의 고투과정, 즉 그대로의 '사실(寫實)'이 아니라 그 사실의 방법, 즉 변화무쌍하고 물신화된 현실을 파악하는 미학적 매개를 확보하는 지난한 탐색의 과정이거나 "환멸의 부르주아 세계 전체에 대립하는 미의 왕국을 세우는 길", 즉 이른바 '협의의 모더니즘'의 행로였다는 것, 그리하여 소외와 물신숭배를 근간으로 하는 자본주의가 하나의 거대한 체계로 대두하면서 작가들은 이 현실과 대결하고자 하는 쪽과 현실 저편의 미적 피안으로 뛰어 건너가고자 하는 쪽으로 나뉘었고, 후자는 다시 엥겔스적 리얼리즘의 원칙을 견지하고자 하는 쪽과 다양한 미학적 가공을 모색하는 쪽으로 나뉘었다는 것, 그리고 헤겔-맑스-엥겔스적 원칙을 견지하는 쪽이 리얼리즘으로, 나머지가 대체로 뭉뚱그려져 모더니즘으로 분류되어왔다는 것, 그리고 이러한 분화는 리얼리즘의 러시아적 변용이랄 수 있는 사회주의리얼리즘의 배타적인 당파성 미학과 일체의 모더니즘을 퇴영적이고 불건강한 것으로 보는 루카치적 편향에 의해 그 적대성이 실상 이상으로 과장되어왔다는 것, 결론적으로 이러한 리얼리즘-모더니즘의 이항대립이 존재하는 한, 근대를 벗어나는 것은 불가능하다는 것, 원래 같은 이념적 고향을 갖는 리얼리즘과 모더니즘의 원시반본(原始返本)적 재통합을 통해 근대극복의 미학적 실마리를 찾아야 한다는 것, 각각의 역사 속에서 리얼리즘과 모더니즘이 형성시켜온 나름의 신화와 관습을 깨고 그 과정에서 진정한 인간해방을 담지해나갈 새로운 미학적 기준, 혹은 미학이념을 재구성해야 한다는 것, 이는 리얼리즘의 편에서 보면 사적·변증법적 유물론에 기초한 낡고 고식적인 미학적 강령들을 해체하는 것이며, 모더니즘의 편에서 보면 단자화와 파편화를 극복하여 '전체'로서의 현실을 중심에 두는 사고를 시작하는 것이라고 할 수 있다는 것 등이 당시 나의 주된 논지였다.(『창작과비평』 1998년 겨울호 253~57면 참조)

이 새로운 미학이념을 무어라 부를지는 모르겠지만, 그것이 황종연과 임규찬/윤지관이 서로 비난하듯 '리얼리즘에 의한 모더니즘의 흡수 합병론'이나, '버먼식의 (모더니즘에 의한 리얼리즘의) 흡수통합론' 등 위장된 리얼리즘이나 위장된 모더니즘이 아닌 것은 분명하다는 것이 내 생각이다. 실제로 이러한 리얼리즘과 모더니즘의 이항대립적 경계를 넘어선 제3의 어떤 것은 뛰어난 작가들의 나날의 작품적 실천 속에서 수시로 산출되어왔다고 할 수 있다. 예컨대 황종연이 언급한 대로 제임스 조이스(James Joyce)의 『율리씨즈』(*Ulysses*)는 통상적 분류로는 모더니즘 작품이지만 제임슨(Fredric Jameson)과 모레띠(Franco Moretti)에 의해 '탈사물화의 대표작' '근대의 사회적 총체성을 장악한 작품' 등으로 평가된다. 덧붙이자면 나는 카프카(Franz Kafka)를 토마스 만 (Thomas Mann)에 견주어 모더니스트라고 폄하하는 루카치(Georg Lukács)의 견해에 동의하지 않는 편이다. 그 점에서는 윤지관도 비슷한 처지인 모양인데 조이스와 도스또예프스끼(F. Dostoevskii), 이상과 김수영에서 아일랜드와 러시아와 우리의 '민족'을 읽어낸다거나 하는 것, 그리고 "도대체 어떤 작가가 리얼리스트이고 어떤 작가가 모더니스트 인가라는 기본적인 갈래에서부터 확실한 정답이 없으니……"라고 하는 탄식어린 토로에서는 그 고집센 리얼리즘 환원론자, 혹은 일원론자에게 도 리얼리즘-모더니즘 이분법이 때로는 곤혹스러움을 불러일으키는 것을 알 수 있다.

리얼리즘이건 모더니즘이건 이제 '리얼리즘' '모더니즘'으로 한정되어야 할 때가 온 것 같다. 그것들은 이제 하나의 문화사적 산물로, '역사'의 한 부분으로 자리매김되어야 할 것이다. 최원식이 말한 대로 "서구에서 상륙한 이래 이 땅에서 벌어진 긴 이데올로기 투쟁과정에 얽히고 설킨 리얼리즘과 모더니즘은 제아무리 갈고 닦아도 구원의 가망이 없는 용어들"[2]이라면 그것들을 역사적 한정 속에서는 사용하되 이제부터의 문학을 말하는 데에는 사용하지 않는 것은 어떤가 하는 게 나의 제안이다. 임규찬, 윤지관, 황종연 세 사람의 논쟁들은 각각의 논지가 지닌 나름의 합리적 핵심들에도 불구하고, 또 그 합리적 핵심들을 중심으로 한 소통가능성이 적지 않음에도 불구하고 이 '자명한 것'으로 선험화된 '리얼리즘' '모더니즘' 그리고 그 오랜 상호의존적 이항대립은 그 소통을 방해하고 소모적 논쟁을 부채질하게 되는 것이다. 이제 이 낡고 거추장스러운 개념들의 주박(呪縛)으로부터 좀 벗어날 때가 되지 않았는가.

3. 작품의 실상에 기대어 ── 장정일과 최인석의 경우

이 논쟁적인 세 편의 글은 비록 이처럼 리얼리즘-모더니즘 이항대립의 오랜 관습과 주박을 못 벗어난다는 문제점들은 있지만 그 안에 많은 흥미로운 논의거리들을 담고 있다. 이를테면 프레드릭 제임슨의 '리얼리즘 재발견'이 한국을 비롯한 제3세계적 현실에서 어느 정도의 유효성을 가질 수 있는가, 그 경우의 '리얼리즘'은 전통적인 리얼리즘과 무엇이 같고 무엇이 다른가 하는 점이라든가, 마샬 버먼의 '새로운 모더니즘'은 '리얼리즘'의 새 버전인가 아니면 '모더니즘'의 새 버전인가 하는 점 등은 그 자체로 많은 흥미롭고 의미있는 논의들을 산출할 수 있는 의제들이라고 할 수 있다. 하지만 여기서는 이런 문제들에 대한 논의는 '판단정지' 상태로 두고 후일 다시 기회를 도모하기로 한다.

대신 앞에서도 말했듯 나는 이 논쟁이 추상적 담론논쟁이 아니라 90년대에 산출된 작품들을 매개로 한 해석논쟁의 성격을 띠고 있다는 점에 주목하고 이 논자들이 거론하고 있는 작가와 작품들에 대한 이들의

---

2) 최원식 「'리얼리즘'과 '모더니즘'의 회통」, 『문학의 귀환』, 창작과비평사 2001, 56면.

견해를 비판적으로 검토함으로써 '리얼리즘'도 '모더니즘'도 아닌 새로운 미학이념의 형성가능성을 조심스럽게 타진해보고자 한다. 이는 최원식이 말한 '구체적인 또는 단독적인 작품'으로의 귀환, 또는 "비평담론 안에 갇힌 리얼리즘/모더니즘 논쟁을 창작측으로 방(放)하"는 일에 해당한다. 나는 이 과정에서 가급적 '리얼리즘' '모더니즘'과 관련된 기존의 척도들을 작품에 손쉽게 적용하지 않으려 한다. 이것은 저울 없이 무게를 재겠다는 것처럼 무모한 일에 가까운 것이고 오히려 혼돈을 배가하게 될 가능성이 높은 일인데, 때론 잘못된 저울을 들이대서 무거운 것을 가볍다 하고, 가벼운 것을 무겁다 하는 것보다는 손으로 직접 대상을 들어보아 '이건 무겁고, 저건 가볍군!' 하는 것이 더 나을 수도 있다고 생각하면 이런 무모성도 어느 정도는 용서가 될 것이라 생각한다.

이 논쟁과정에서 주요하게 거론된 90년대 작가들은 신경숙, 윤대녕, 장정일, 최인석, 백민석 등인데 여기서는 일단 장정일, 최인석에 대해서만 살펴볼 생각이다. 그나마 거론된 이들의 작품들에 관해 전부 논의할 수도 없고 이 작가들에 대한 이 논쟁자들의 견해와 내 견해를 간략하게나마 대비시켜보는 정도에 그치겠지만 그 정도라도 하나의 '연습'으로서 의미가 없지는 않을 것이다.

황종연은 「비루한 것의 카니발」(『문학동네』 1999년 겨울호)이라는 글에서 장정일과 최인석의 작품세계가 "스타일에서나 주제에서나 대극적이라고 해도 좋을 만큼 판이하지만" "비루한 것에의 매혹"을 공유한다고 했다. 그리고 그 "비루하게 만들기는 그들 소설의 모든 반문화적 충동이 집약되어 있는 심리기제"로서 장정일에게서는 '카니발화'의 기능을 하고, 최인석에게서는 '현존하는 세계에 대한 총체적 거절'을 표현하는데 이는 "정치적으로나 이념적으로 빈곤한 의식에게 유일하게 가능한 저항의 책략"일 것이라고 했다. 그리고 그러한 '비루하게 만들기'가 기성문화에 대한 대안은 될 수 없지만 개인 자신에게 진실한 삶을 살려는 '진정성의 파토스'에 기초하고 있으며 이는 "현대사회를 지배하는 억압의 기제들을 발견하고 그것들에 대항할 능력의 도덕적 원천"이 된다는 것이다.

이에 대해 임규찬은 앞서의 글 「리얼리즘과 모더니즘을 둘러싼 세 꼭지점」에서 이러한 황종연의 장정일, 최인석 해석에 이의를 제기한다. "광기와 같은 정신병리학"을 인간본질의 왜곡에서 벗어나기 위한 도피방법으로 제시하는, 그리하여 "인간본질의 왜곡이 존재의 정상적인 상태처럼 되고 만" 장정일의 소설과, 기이함을 지니되 그것이 "사회적 모순이 집약된 특별한 사회, 이를테면 감옥·수용소·매음굴·공사장·고아원·군대 등이 알레고리적으로 상징화하는 사회구조적 왜곡과 긴밀한 연관을 맺"고 있는 최인석의 소설 사이의 문학적 거리는 황종연 식으로 '진정성'이라는 주관적 기준으로 한데 묶기에는 매우 크다는 것이다.

이런 비판에 대해 황종연은 두 작가의 '근원적인 차이'가 없다는 것이 아니라, "리얼리즘 계열과 모더니즘 계열로 분류되는 경향이 다른 소설을, 그러한 분류의 경계를 넘어 읽고 있다는 것"을 임규찬이 간과하거나 무시하고 있다고 반론을 펴고 있다. 흥미로운 쟁점이 아닐 수 없다. '비루한 것의 매혹'과 '진정성'을 축으로 두 작가의 공통성에 주목하는가 아니면 '사회성(?)'을 축으로 두 작가의 차이를 강조하는가? 여기엔 분명히 해묵은 '리얼리즘-모더니즘' 이항대립 담론의 그림자가 드리워져 있기도 하다.

나는 장정일의 소설에서 '병리적인 것에 대한 강박'을 읽는 것에 그다지 동의하지 않는다. 『너에게 나를 보낸다』『너희가 재즈를 믿느냐』『내게 거짓말을 해봐』, 그리고 『보트하우스』에 이르는 그의 일련의 작품들에 겉보기에는 참으로 기괴하고 병적인 인간군상들이 많이 등장하지만 그 인물들은 대체로 작가의 '멀쩡한' 윤리의식에 의해 나름대로 조종되고 여과되고 있다. '병리적인' 소설이 '병리적인 인물'이 등장하는 소설이 아니라 '병리적인 세계관'이 지배하는 소설이라고 할 때(물론 무엇을 '병리적'이라고 하는가 하는 것도 섣불리 규정할 수 있는 것은 아니지만) 장정일의 소설들은 '병리적인 것에 대한 강박'의 소산은 아니다. 아버지(들)로부터의 탈출, 사실은 지옥에 불과한 '가짜 낙원'으로서의 반복되는 일상에 대한 거부 등 그의 소설을 이루는 주제의식들은 그가 사실은 타이프라이터와 턴테이블과 뭉크화집만 지닐 수 있고(『아담이 눈뜰 때』), 얼음을 채운 콜라 한 잔만 있으면(『보트하우스』) 행복한, 한 사람의 지극히 개인주의적인 쁘띠부르주아 작가에 불과하다는 사실과 함께 어떻게 보면 진부하다고까지 할 수 있는 것이다.

황종연에 의해 '세계의 카니발화'라고 불리고 임규찬에 의해 '병리적인 것에 대한 강박'으로 불린 장정일의 그로테스크 취향이란 것은 그러니까 일종의 가면쓰기놀이 같은 것이지 '광기'의 수준이라고 보기도 어렵다. 작가 자신이 미치지 않는 한, 진정한 광기는 불가능한 것인데 내가 보기에 이 작가는 미치지는 않았다. 장정일 소설에 나오는 수많은 인생유전들——배우가 된 섬유공장 노동자, 그 배우의 수행비서가 되는 전직 은행원인 소설가, 타이프라이터가 된 여사무원, 마약밀매조직원이 된 은행원, 전당포 주인의 노예가 되는 여대생, 싸도마조히즘(sadomasochism)계의 세계적 거물이 된 '와이'——등의 변화하는 정체성은, 그 그로테스크화의 정도만큼 가상의 것이다. 왜냐하면 현실은 그러한 인생유전을 좀처럼 허락하지 않으며, 그 변화의 가능성이 희박한 만큼 그 변신은 그로테스크해지기 때문이다. 작가 자신은 '인생은 유전한다'고 여러 번 강조해서 말하고 있지만, 나는 그 진술을 무한히 반복하는 세계, 즉 지옥 같은 세계의 악무한성을 넘어서고자 하는 작가의 해체적 열망이 의식적 혹은 무의식적으로 획득한 반어적 표현으로 받아들이고 싶다.

카프카의 「변신」 이래, 그로테스크는 차라리 상투적인 미학적 장치가 되어버렸다. 그 정도가 조금 심하면 엽기가 되지만, 요즘엔 엽기성도 주요한 상품미학의 목록에 올라버리지 않았는가. 그러니 장정일의 그로테스크의 미학에 지나치게 과민할 필요는 없을 것 같다. 그것은 임규찬에게나 황종연에게나 똑같이 해주고 싶은 말이다. 그게 그다지 '병리'가 못 되는 것과 마찬가지로 그다지 '위반과 전복'도 되지 못한다는 게 내 생각이다. 떠들썩했던 화제작 『내게 거짓말을 해봐』조차도 '병리'가 되기에는 매우 윤리적이고, '위반과 전복'이 되기에는 너무 소심한 작품이다. 왜 그런가.

소설이란 것 자체가 본질적으로 일종의 씨뮬레이션이지만, 장정일의 소설들은 뻔히 보이는 씨뮬레이션이기 때문이다. 즉 이제부터 씨뮬레이션을 시작한다고 요란하게 광고를 하고 시작하는 씨뮬레이션이라는 것이다. 언젠가 나는 장정일을 '보론(補論) 체질'의 작가라고 지칭한 적이 있는데 다른 말로 하면 메타소설 취향이라고 할 수 있을까. 아무튼 그는 '이게 거짓말'이라고 자주 여러 곳에서 밝힘으로써 독자들의 소설에 대한 몰입을 강제로 방해한다. 황종연은 장정일의 이러한 카니발레스크(Carnivalesque)의 뒤안에 '진정성에 대한 소망'이 가로놓여 있음을 말했지만 그러한 진정성의 표백은 장정일의 경우 서사구조의 안쪽에서 이루어지는 것이 아니라 밖에서, 즉 전지(全知)적, 또는 보론적 개입을 통해서 이루어진다. 설사 어쩌다가 주요 서사구조 내에서 그 표백이 이루어지더라도 그것은 곧 서사적 견고성을 잃고 붕괴되어 한갓 희화가 되어버리기 일쑤이다.

장정일이 지닌 가장 큰 문제는 세계에 대한 딜레땅띠슴적 태도이다.

분명 모든 인생은 유전한다. 하지만 모든 유전에는 필연성이 있고 그 때문에 대부분의 사람들의 인생은 유전하지만 그들이 세계 속에서 차지하는 위치엔 본질적인 변화가 없다. 그것이 좁게 말하면 이른바 존재의 계급성이며 역사성이고, 크게 말하면 헤어나올 수 없는 운명이다. 인간은 어느날 갑자기 우연한 계기로 이 운명에서 벗어나는 것이 아니라 존재를 건 투쟁 끝에 그 속박을 이겨낸다. 그런데 이 작품에는 이러한 인식이 들어설 깊이가 없다.[3]

장정일의 『너에게 나를 보낸다』에 대한 평문으로 90년대 초반 무렵의 격앙의 흔적이 묻어 있기는 하지만 내겐 이 생각은 지금도 유효하다. 장정일의 '비루한 영웅들'은 나름대로 세상과 맞서 싸우지만 그 싸움은 대단히 불성실하다. 장정일 소설의 서사구조 안에서는 세상을 넘어설 아무런 해결책도 전망도 없음은 물론 그것을 획득하기 위한 방법도 끝장을 보는 투쟁도 없다. 단지 서사구조 밖에서의 사실은 기만적인 메타픽션적 관조와 진부한 해설과 투정어린 '진정성'이 있을 뿐이다. 장정일의 소설이 소설 이전인지 아니면 소설 이후인지 잘라 말하지는 않겠지만, '진짜 씨뮬레이션'으로서의 소설이 아닌 것은 분명하다.

최인석의 90년대 소설들을 다 읽지는 못했다. 하지만 그의 90년대 작품들을 읽을 때마다 왠지 최서해를 비롯한 20년대 중반의 '신경향파' 작가들의 작품들을 다시 읽는 기분이 든다. 황종연이 최인석의 문학에 "야수의 세계, 원한의 문학"이라 이름붙인 것이나, 임규찬이 최인석의 문학에서 '사회구조적 왜곡'을 읽어낸 것도 나의 이런 생각과 멀지는 않다고 생각된다. 폭력과 야만과 착취로 가득한 세계, 그것과 가장 열악한 조건 속에서 고스란히 대결해야만 하는 고립된 개별자, 따라서 단말마

---

3) 졸고 「진정한 감동은 어디에 있는가」, 『불을 찾아서』, 소명출판 2000, 77면.

적 비명의 형태로서밖에는 표현될 수 없는 저항 등, 확실히 최인석의 소설들은 신경향파 소설들과 유사한 구조를 지니고 있다. 다만 차이가 있다면 (이것이 사실상 결정적인 차이일 것이다) 신경향파 소설들을 관류하는 것이 어떤 '상승의 감각'이라면 최인석 소설들을 관류하는 것은 '하강의 감각'이라는 것이다. 즉 신경향파 소설들의 살인, 방화 등의 단말마적 저항은 그 개별자적 주체의 생의 의지를 상승시키며 조만간 일어날 좀더 근본적인 삶과 세계의 변혁과 잇닿아 있지만, 최인석 소설 속 개별자들의 저항은 미래와 연결되지 않은 허무와 절망을 확인하는 일에 가깝다.

최인석에게는 그만큼 80년대와 90년대를 가르는 단층은 깊었고 90년대의 환멸은 도저했던 것으로 보인다. 황종연이 최인석 소설의 주요 등장인물들인 주변적 인물들을 두고 "전통적으로 정치적 급진주의를 촉진시킨 인간유형"이며 "70년대와 80년대 문학을 풍미한 민중이라는 이름의 인간집단과 대체로 부합되는 사회적 신원"을 가지고 있다고 말하고, 마침내 "원한에 사무친 최인석의 비루한 영웅들 속에서 우리는 어쩌면 80년대 민중주의의 몰락 이후 어떤 신화적 후광도, 정치적 권력도, 도덕적 위엄도 갖지 못한 대다수 익명의 사람들 내면의 비참한 광경 하나를 발견할 수 있을지도 모른다"고 했을 때, 그는 최인석의 90년대 이후 작품들을 지배하는 절망과 환멸의 원인과 그 깊이를 제대로 파악한 것이라 할 수 있다.

최인석 소설에서의 '원한에 사무친 비루한 영웅들'은 절망이 만든 인간들이라는 점에서, 비슷한 환멸의 감각 속에서 나오기는 했지만 장정일 소설에서의 '반항하는 비루한 영웅들'에 비해 훨씬 더 절박하다. 그리고 무엇보다 그들은 서사구조의 안쪽에서 자기를 소진하는 방식으로 자신을 궁극적으로 실현하고 입증한다는 점에서 장정일의 꼭두각시 같은 인물들보다 훨씬 '그럴듯하다.' 하지만 이것이 최인석 소설이 장정일

소설에 비해 더 우월하다거나 더 '현실적'이라는 말은 아니다. 절망적 자기부정의 형식으로밖에는 자기존재를 입증할 수 없는 이 극단적 아이러니는 소설적 서사의 극한을 가는 것이면서 동시에 그것을 부정하는 것이기 때문이다. 절망적 자기부정의 형식으로 입증하는 자기존재에 아무런 '긍정'이 없다면 그것은 아이러니의 실현이 아니라 그것조차 부정하는 것이 된다.

최인석 소설의 시공간적 배경은 대단히 구체적이다. 시기 추정도 가능하고 감옥, 수용소, 매음굴, 공사장, 고아원, 군대, 벽촌 등 우리가 그 좌표를 잘 아는 곳이다. 그런데도 이런 그의 소설 속 시공간은 소설이 진행될수록 점점 낯설어지고 어느새 비현실적인 절대적 시공간이 되어간다. 그 속에서 행동하고 생각하는 인물들은 그 시공간에 완전히 속박되어 도저히 빠져나올 수 없게 된다. 최인석 소설에서의 그로테스크는 바로 여기서 온다. 겉보기에는 현실적인 시공간이 악마적인 시공간으로 변하는 것, 그 범위와 동향과 소속된 물목을 자세히 그리면 그릴수록 그 악마성이 강화되는 것, 「노래에 관하여」의 삼청교육대와 「심해에서」의 매음굴을 보라. 얼마나 악마적으로 막막한 공간인가. 절망이 현실을 그로테스크로 변화시킨 것이다. 임규찬이 이런 외면적으로 친숙한 민중적 공간들의 존재 때문에 최인석 소설에서 '사회적 맥락'을 읽었다면 그것은 이런 맥락에서 보면 오독에 가까운 것이다. 절망적 자기부정의 서사구조와 그것을 감싸안는 그로테스크한 악마적 시공간——이것이 최인석의 소설세계의 특징이다.

최인석처럼 서사구조 안쪽에서 '진정성'을 실현하면 그것은 절망이 되고, 장정일처럼 서사구조 바깥에서 진정성을 운위하면 그것은 일종의 자기기만 혹은 위선이 된다. 이것이 어쩌면 환멸의 감각 위에 건설된 90년대 소설이 지닌 딜레마인지도 모른다. 이 딜레마가 어떻게 극복될 수 있을지 나는 아직 잘 모른다. 하지만, 이 딜레마는 장정일의 소설은 소

외의 병리학, 최인석의 소설은 사회적 모순과의 대결이라는 낡은 이분
법으로 갈라친다고 해서 해결되는 것도, 둘다 '진실한 삶을 살려는 파토
스'인 '진정성'을 바탕으로 '비루함'이라는 소설전략을 구사한다는 공통
성을 지녔음을 확인한다고 해서 해결되는 것도 아님은 분명하다. 병리
적인 것에 대한 강박이건 사회적 모순과의 대결의지건 그보다 근저에
있는 '진정성'이건 이 세계에 대한 아주 초보적인 윤리적 대안으로서도
겨우 예선을 통과할까 말까 하는데 그것을 미학적 대안으로 삼을 수는
없는 노릇이고, 그렇게 하려고 해도 거기에는 거쳐야 할 매우 많은 과정
들이 기다리고 있기 때문이다.

　과연, 아직도 문제는 리얼리즘이고, 모더니즘인가. 세계에 대한 무지
도 독단도 아닌, 냉소도 절망도 아닌, 탈주도 안주도 아닌, 그러면서도
'이것이 아닌 선택가능한 다른 것'을 이 미증유의 억압과 소외로 가득한
후기자본주의 세계에 대한 탐사과정 그 자체로부터 찾아낼 수 있는 윤
리적 미학적 대안을 찾는 일에도 여전히 '리얼리즘─모더니즘' 패러다
임은 유효한 것인지 묻고 싶다.

4. 할 이야기는 많고 갈 길은 멀다

　최소한 백민석까지는 거론하고 싶었다. 그는 말하자면 장정일이나
최인석과 같은 '환멸의 감각'조차 먼 생짜 90년대 작가로서 이 두 작가
가 선택한 '비루함'이라는 미적 전략을 채택한 경우이기 때문이다. 게다
가 윤지관이 이 작가의 「장원의 심부름꾼 소년」이라는 작품을 조세희의
「난장이가 쏘아올린 작은 공」과 대비하여 그 기괴성의 '모더니즘적 근
원'을 말하고 『목화밭 엽기전』을 황석영의 『손님』과 대비하여 그 '폭력
과 제도적 질곡의 알레고리'의 한계를 말한 것은 대단히 흥미로운 비교

작업으로서, 나중에 제출된 황종연의 문제적 반론과 함께 필히 적절한 논쟁적 개입이 따라야 할 '생산적 일감'이 아닐 수 없으나 그 목전에서 멈추게 되어 아쉬움이 남는다.

그리고 신경숙과 윤대녕과 관련하여 황종연이 제기한 90년대 문학에서의 '내면성 회복' 문제도 역시 참견해야 할 말이 많은 논제가 아닐 수 없다. 이를테면 신경숙의 '내면'은 신경숙 소설의 화수분 같은 제재이기는 하지만 황종연이 말한 바 근대적인 '자기정의적 주체'와는 거리가 있는 것이며, 윤대녕의 '내면' 역시 세계의 압도성에 대응하는 적극적 주체라기보다는 그것에 짓눌리는 수동적으로 구성된 주체라는 점, 그리고 바로 이런 과잉해석이 이들의 '내면탐구' 작업으로서의 소설쓰기를 신비화하고 특권화한 점이 없지 않다는 점 등도 필히 언급되었어야 했지만 역시 시간과 원고매수의 제한 때문에 아예 엄두도 못 냈음을 밝힌다.

곁에서 끼여들어 참견하는 내가 이렇게 할말을 다 못해 입맛을 다시는 정도라면 논쟁의 당사자들은 어떻겠는가. 앞에서도 말했듯 모더니즘-리얼리즘 이항대립의 틀을 시원하게 벗어던지지 못한 점을 제하고는 이 논쟁은 대단히 중요한 의제들을 내장하고 있다. 제임슨과 버먼 이론의 한국적 전유와 관련된 여러 주제들도 그렇지만, 특히 각각 리얼리즘으로의 흡수통합, 모더니즘으로의 흡수통합이라는 일견 상반된 원심력이 작용하면서도 윤지관이 '모더니스트들'에게 '자기 안의 계급과 민족'을 발견할 것을 주문하고, 황종연이 90년대 소설에서의 나르시시즘을 비판하고 개인을 넘어 개인 사이의 제휴에 관심을 가질 것을 주문하면서 이에 호응하는 눈치를 보인 것은 이른바 '80년대적인 것과 90년대적인 것'의 '변증법적 소통'의 시기가 올 때가 되지 않았는가 하고 있던 내게는 자못 반가운 변화가 아닐 수 없다. 갈 길은 아직 멀지만, 갈 길이 아직 멀다는 판단부터 공유하는 것만으로도 얼마나 소중한가. 이 논쟁의 생산적 전개가 동시대의 미학적 과제를 해결하는 것 이전에 우리 비

평의 오랜 침체를 훌훌 털어버리는 절호의 기회가 되기를 기대하며 이
만 펜을 놓는다.

—『창작과비평』 2002년 가을호

신화는 어떻게 만들어지는가

신경숙 소설 비평의 양상과 그 문제

1. '주례사 비평'의 발생

저널리즘에 '주례사 비평'이라는 말이 심심치 않게 등장하고 있다. 누가 처음 사용하기 시작한 말인지는 모르지만 성격상 일방적인 상찬과 격려를 주요한 내용으로 할 수밖에 없는 '주례사'라는 말과 '비판'을 그 핵심으로 하는 '비평'이라는 말을 결합한 이 용어는 물론 아주 경멸적이고 냉소적인 의미로, 또 그만큼 제한적으로 사용되어왔다. 세상에는 예나 지금이나 참으로 많은 시, 소설 작품들이 쏟아져나온다. 그중에서 평단에서 격식을 갖춘 비평의 대상으로 떠오르는 작품들은 극히 소수에 불과하다. 그것이 문학저널리즘이나 문학출판자본 등 문학 권력장(權力場)의 배제원리에 의한 것이건, 아니면 작품성의 원천적 결여 때문이건 일단 평단의 주목을 받지 못하는 작품들은 출생신고가 곧 사망신고가 되어버리는 운명의 길을 걷게 된다. 그간 이른바 '주례사 비평'은 그런 운명을 거부하는 하나의 안간힘으로 겨우 존재해온 비주류 비평양식 중의 하나였다고 할 수 있으므로 약간의 동정과 연민을 수반하여 그 존재가치를 인정받아왔다고 할 수 있다.

그런데 요즈음 이 '주례사 비평'이라는 말이 이런 전통적인 맥락과는 다른 맥락에서 새삼스럽게 다시 제기되고 있는데, 이러한 '주례사 비평'에 대한 최근의 문제제기의 저변에는 이 '주례사 비평'이 비주류의 한계영역을 넘어 노골적으로 전면화, 주류화하고 있는 것은 아닌가 하는 의혹이 자리잡고 있는 것으로 보인다. 통계수치 같은 것은 제시된 바가 없지만, 확실히 그런 경향은 뚜렷이 감지된다. 크게 보아 1990년대 이후의 평단에는 작품들에 대한 혹독한 비판과 그에 뒤따르는 격렬한 논쟁은 좀처럼 찾아보기가 힘들고, 대신 비판 없는 해설성 비평이 대세를 이루고 있는 것이다. 그리고 그 비판 없는 비평을 조금 과장해서 지칭하면 바로 '주례사 비평'이 되는 것이다. 모든 저널리즘의 용어법이 그렇듯이 '주례사 비평'이라는 용어에도 과잉은 있다. 하지만 현금의 평단은 그 과잉까지 포함해서 이 용어의 뒤집어씌우기를 당해도 마땅한 측면이 있다.

비판 없는 비평의 주류화, 즉 '주례사 비평'의 일반화는 왜 발생하는가? '주례사 비평'의 주류화의 원인은 문학출판의 상업주의화에서 가장 널리 구해진다. 설득력있는 진단이다. 90년대 이래 문학출판은 급격히 상업주의의 자장 속에 포섭해 들어가게 되었다. 시장에서의 구매력이 높아지고 문학작품이 베스트셀러가 되는 상황이 전개되면서 광고와 선전 등 물량공세에 기초한 이른바 '스타시스템', 혹은 베스트셀러 시스템이 출판계에 정착되었고 이것이 비평이 상업주의적 문학출판자본에 종속되는 한 계기가 된 것이다. 경쟁력이 있을 것으로 판단되는 작품이 발간되면 출판사는 대형광고와 신문사 문화면 기사를 동원하여 총력 홍보를 펼쳐서 짧은 시간 동안 집중적인 판매고를 올리게 되는데, 이 과정에서 비평가들이 해설, 신문 서평, 책표지 광고문안, 신문이나 방송용 광고 카피 등의 작성에 연루된다. 그런 해설, 서평, 광고 카피 등이 '주례사 비평'이 되는 것은 당연한 일이다. 이런 과정이 자주 반복되면서 비평가의 출판자본에 대한 예속화가 진행되고, 그것이 '주례사 비평'이 마치 비평의 본령처럼 되어버린 것의 근본원인이라고 할 수 있다.

그러면 90년대 이후 한국의 비평가들은 과연 어떤 반대급부가 있길래 그렇게 손쉽게 출판자본의 상업주의 논리에 포섭해 들어갔을까? 여기서 상업주의와 긴밀하게 연결되어 있으면서도 또다른 맥락에서의 이해가 요구되는 이른바 '문학권력'의 문제가 대두된다. 즉 비평가들이 금전적 보상 때문이 아니라 자기가 속한 문학적 에꼴에 대한 충성(?)으로 이러한 비판 없는 비평행위를 수행할 수 있는 것이다. 어떻게 보면 이러한 해명이 더 설득력있게 들린다. '주례사 비평'으로 결혼식 주례에 대한 사례금보다 더 많은 물질적 보상을 받는다는 말은 못 들어보았기 때문이다. 확실히 돈보다는 권력이 더 매력적이고 선차적인 것이 사실이다. 그리고 권력이 있으면 그만큼 이러저러한 수입──원고료, 심사료, 강연료 등등──도 늘어나게 마련이다. 즉 많은 비평가들은 당장의 물질적 반대급부 때문에 주례사 비평을 하는 것이 아니라 자신이 관련된 에꼴에서의 관계, 에꼴이 추구하는 문학이념에의 동조 등에 의해 그 에꼴에서 높이 평가하는 작가들에게 기꺼이 문학적 헌사를 바치게 되는 것이다.

그러나 문제는 이러한 에꼴들이 익히 알다시피 거의 예외없이 특정 문예지들과 직결되어 있고, 그 문학잡지는 또한 예외없이 상업적 출판자본과 직결되어 있다는 데에 있다. 그리하여 에꼴의 입장에 부합되는 작품, 그 에꼴 소속 비평가들의 고평을 받는 작품, 특정 출판사에서 대량판매를 기대하거나 대량판매된 작품 사이에는 일정한 등식이 성립된다. 물론 에꼴의 입장에 부합되는 작품이 그 에꼴 소속 비평가들에게 고평을 받고, 그것이 잘 팔리는 경우는 행복한 경우라고 할 수 있겠는데 만일 그 순서가 뒤바뀌어 잘 팔릴 만하거나 또는 잘 팔리는 작품이 특정

비평가들에게 고평을 받고, 그것이 거꾸로 특정 에꼴이 내세우는 문제작이 된다면 그건 문제가 되지 않을 수 없다. 그 경우 그 에꼴은 상업주의적 문학권력, 또는 패거리권력이라는 아름답지 못한 호칭을 부여받게 된다. 또한 그 경우 특정한 문학적 에꼴은 그 존립근거를 문학이념적 권위에 의해서 확보하는 대신, 출판자본의 비호에 의존하여 확보한다는 비판 앞에 직면하게 되는 것이다. 이 경우 '주례사 비평'은 구조적으로 양산될 수밖에 없다.

그러면 여기까지가 전부일까? 그렇다면 한국 문학비평의 현실은 매우 참담해진다. 나름대로 양식과 윤리를 갖춘 비평가들이 자본과 권력과 인맥 등에 의해 굴절된 비평행위를 그렇게 무반성적으로 지속한다는 것은 이해할 수 없는 일이다. 때로는 불가피하게 '주례사 비평'에 가까운 글쓰기를 할 때도 있겠지만 그들이 늘 양심에 어긋나는 글쓰기를 하고 있다고 볼 수는 없는 노릇이다. 그렇다면 90년대 이래 우리 비평에 '비판'이 태부족하고 해설이나 상찬이 지배적이라는 사실은 어떻게 해명될 수 있는 것일까? 이것은 90년대 이래의 한국문학의 주류가 바뀌는 것과 관련하여 평단의 지형과 성격 역시 달라졌다는 사실에도 크게 연유한다고 할 수 있다.

80년대의 비평은 전투적 비평이었다. 80년대 비평가들은 이른바 민족민중적 현실과 전망을 내장한 작품들을 높이 평가했고 상업주의적이거나 문단권력 지향적인 배경은 없었다고 하더라도 자신들이 좋다고 생각한 작품에 대한 편파적이고 배타적인 애정표시는 90년대 못지않았고, 입장이 같으면 질적으로 조금 부족한 작품들에 대해서도 서슴없이 '주례사 비평'을 바치기도 했다.(이 점과 관련해서는 나도 전혀 자유롭지 못함을 고백해야겠다.) 하지만 그 당시는 넓은 의미에서의 민족민중문학진영 내에서까지도 정치적으로나 미학적으로 상이한 입장들이 날카롭게 존재하였고, 이는 어떤 비평가도 비판으로부터 자유롭지 못한 가장 큰 원인이 되었다. 그리고 그것은 본질적으로 정치적 맥락을 지니는 것이었기 때문에 비판의 강도는 상당히 높은 것이었다. 그러니까 비평가는 늘 긴장하면서 자신의 글에 대하여 가해질 비판에 대비하지 않을 수 없었다.

그에 비하면 90년대 비평은 무풍지대에 놓여 있다고 할 수 있다. 80년대형의 정치적 비평이 쇠퇴하고 전반적으로 비평의 탈정치화가 진행되면서 덩달아 본격적 비판이라는 비평 고유의 미덕도 함께 자취를 감추게 되었다. 무엇보다 90년대 이래 이른바 '억압된 것들의 귀환'론에 기댄 일상세계와 내면성의 탐구라는 흐름이 문학의 주류를 차지하게 되면서 90년대 작가와 비평가들은 좋은 의미로건 나쁜 의미로건 일종의 연대의식으로 맺어져 비판보다는 상찬과 격려, 적극적 의미부여에 더 주력하는 양상을 보여왔다. 물론 80년대 비평에도 마찬가지의 양상이 있었지만 그 안에는 상당히 치열한 비판이 내연하고 있었음에 반해, 90년대 비평에는 대내외적 비판을 찾아보기가 힘들다. 80년대의 이른바 '입법비평가들'은 정치적 미학적 곤경에 빠져들어 자기 목소리를 내기 힘들게 되고 90년대 비평가들은 초기에 80년대 문학과 비평을 장송하는 데 힘을 모으다가 이내 자신들의 문학을 옹호하는 데 골몰하는 동안 비판은 실종되고 만 것이라고 할 수 있다. 무릇 비판에는 대안적 이론체계가 전제되어야 하는 것인데, 90년대 비평은 90년대 문학을 넘어서는 어떤 전망에도 근거하지 못함으로써 이런 비판의 실종현상을 초래한 것이다. 이런 맥락에서 비판의 생리를 잃은 90년대 비평이 본질적으로 '주례사 비평'적인 경사를 지닐 수밖에 없는 것은 자연스러운 일이라고까지 할 수 있다.

2. 비평의 위기로서의 '해설'의 주류화

신경숙(申京淑)은 가장 전형적인 90년대 작가라고 할 수 있다. 1990
년에 발간된 첫 창작집 『겨울우화』와 1993년에 발간된 두번째 창작집
『풍금이 있던 자리』에 대한 평판의 극적인 반전은 이를테면 우리 소설
사에서 90년대를 여는 사건이라 할 만했다. 새로운 시대가 새로운 미학
적 도전을 요구한다고 할 때, 신경숙이 개척한 '내면을 향한 문체'는 그
호불호 여부를 떠나 90년대 소설미학의 한 전형을 이룬다고 할 수 있
다. 또한 그 문체에 의해 기억되거나 발견되고 기리워진 작고 보잘것없
는 존재들, 소멸하는, 혹은 이미 소멸한 존재들의 형상이 90년대가 넓
힌 우리 소설문학의 새로운 영토라는 점도 부인할 수는 없을 것 같다.

이렇게 새로운 미학으로 전과 다른 세계를 펼쳐 보이는 새로운 작가
앞에 많은 비평가들이 호감을 표시하는 것은 자연스러운 일이다. 게다
가 잘 팔리기까지 하지 않는가. 평단과 대중독자들, 그리고 당연히 출판
자본 등 3자 모두에게 공히 사랑받는 작가란 흔한 것이 아니라고 할 때,
그에게 호감을 넘어 비평적 오마주가 바쳐지는 것도 문제가 될 일은 아
닌 듯싶다. 다만 문제가 되는 것은 한 작가가 비판 없는 해석과 상찬만
을 받는 일이다. 그것은 작가에게 상투화와 정체, 그리고 오만이라는 치
명적 해독을 가져온다. 그 길은 꽃길처럼 보이지만 사실은 무덤으로 향
한 길이다.

신경숙의 작품세계에 대한 비평적 접근은 양적으로는 적지 않다고
할 수 있다. 하지만 서평, 해설이 그 상당부분을 차지하고, 본격비평이
라 할지라도 흔히 은희경, 공지영, 윤대녕 등 다른 90년대 작가들과 한
데 묶여 다루어진 경우가 많아 의외로 신경숙의 작품세계에 대한 독자
적인 본격비평은 상대적으로 빈곤한 편이다.(말미의 비평문헌목록 참조.)

복수의 작가들을 다룬다고 해서 본격비평이 아니라고 할 수는 없겠지만 대개 둘 이상의 작가를 함께 다룰 경우 주제비평이 되거나 동향비평이 되는 경우가 많아 한 작가에 대한 본격적 비평으로 취급하기는 어렵다. 이는 아마도 신경숙이 지금도 작품활동을 왕성하게 전개하는 중이라 총체적인 정리와 평가가 쉽지 않다는 점도 작용할 것일 테지만, 이 역시 비평의 저널화라는 90년대적 비평풍토와 무관하지 않다는 생각이 든다. 깊이를 확보하지 못한 저널적 비평에서 진정한 비판이 가능할 리 없다. 그리고 본격적 비판을 결여한 유사비평들만 덧쌓이는 문학풍토 속에서 오히려 베스트쎌러 작가가 더 큰 문학적 권위를 가지게 되고 비평가가 그것을 추인하거나 추수하는 이상현상이 야기된다.

이와 관련하여 흥미로운 것은 아주 이례적인 몇편의 평론들을 제외하고는 문학지에 실린 신경숙 관련 비평보다 신경숙의 작품집이나 장편소설의 말미에 붙는 해설들이 오히려 신경숙의 작품세계에 관해 양적으로 더 본격적인 해석과 진술을 시도하고 있다는 점이다. 그리고 작품집 해설에 나선 비평가들이 대체로 당대 유수의 비평가들이라는 점도 예사롭게 보이지는 않는다.

신경숙 비평에서의 '해설'의 주류화——나는 이 점을 말하고 싶은 것이다. '해설'이라는 글은 작품집이 발간되면 해당 작품에 관해 독자들이 가장 먼저 접하는 비평문이다. 아니, 따로 문학지를 구독하지 않는 독자들에게는 최초이자 최후의 비평문일 것이다. 그만큼 '해설'이 갖는 독자들에 대한 영향력은 클 수밖에 없다. 해설 이후의 다른 비평들이 해설의 평가를 뒤집거나 압도하지 못하는 한, '해설'에서의 평가는 곧 해당 작품집 혹은 장편소설에 관한 하나의 정론이 될 가능성이 높다.

원래 '해설'은 비평장르 중에는 천덕꾸러기에 속하는 것이다. 한편으로는 작품집을 읽는 독자들에게 선뜻 이해가 곤란한 해당 작품들을 이해하는 길잡이 글이 필요하다는 점에서 존재의의가 있지만, 다른 편으

로는 기본적으로 특정 비평가가 특정 작가의 작품집 출간에 들러리를
선다거나 부조를 한다는 의미가 있다는 점에서는 원천적으로 비판이 봉
쇄된 '주례사'로서의 운명을 타고난 것이기도 하다. 특히 출판자본의 입
장에서는 '비판적 해설'은 말하자면 '남의 죽에 코 빠뜨리는' 일종의 행
패 같은 것으로서 있을 수 없는 일이다. 그러니까 애초부터 그 작가와
입장이 다르거나, 그 작가에 대해서 비판적인 평론가는 그 작가의 작품
집에 '해설'을 쓸 수가 없게 되어 있다. 그런데 앞에서 말했듯 전반적으
로 비평이 저널화되는 상황 속에서 '해설'이 해당 작품집이나 장편소설
에 대해 일단 가장 충실한 비평적 문헌이 되는 일이 잦아지면 문제는 심
각해진다. '비판 없는 비평의 주류화'라는 사태가 발생하고 이는 비평의
위기, 나아가 문학의 위기로 이어질 수밖에 없기 때문이다.

이 글은 신경숙의 작품집과 장편소설에 대한 이러한 '해설'들을 검토
하는 것을 목적으로 한다. 이미 '해설'의 주류화가 원천적으로 비평의
위기를 낳고 있는 상황이라는 다분히 우려 섞인 판단을 전제한 상태에
서 개별 '해설'의 편차가 그리 중요한 것은 아닐 수도 있지만, 구체적으
로 이 '해설'들을 하나하나 검토하면서 그런 우려가 얼마나 현실적인 것
인지, 아니면 아직은 기우의 수준인지 확인하는 일이 필요할 것이기 때
문이다.

3. 신경숙 소설에 대한 '해설'들

이제까지 발간된 신경숙의 작품들은 소설집 5종과 장편소설 4종이
다. 여기에 여덟 편의 해설이 실려 있고 여덟 명의 비평가가 각각 해설
자로 참여하고 있다. 이 9종의 책을 간행 출판사별로 보면, 첫 소설집
『겨울우화』만 고려원에서 발간되었고 나머지는 문학과지성사 3종, 문

학동네 4종, 창작과비평사 1종 등 전부 각각 국내 유수의 문학계간지를 발간하는 이른바 메이저출판사에서 발간되었다. 그리고 해설자의 면모도 김병익, 정과리, 박혜경(이상 문학과지성사), 남진우, 황종연, 신수정(문학동네), 임규찬(창비) 등, 이 세 출판사가 내세울 수 있는 대표급의 비평가들로 이루어져 있다. 이런 점만 보아도 신경숙이 가히 90년대 문단의 총아라는 점은 잘 드러나고 있다.

조남현의 『겨울우화』 해설까지 포함한 여덟 편의 해설을 들여다보면 다 같은 '해설'이라도 대상 작품들에 대한 꼼꼼히 읽기와 객관적 평가로 제한된 미시적 해설, 객관적 평가를 지향하되 대상 작품들의 문학사적 자리매김까지도 염두에 둔 거시적 해설, 해설자의 주관이 강하게 이입된, 사실상 '발문'에 가까운 감상적 해설 등, 글의 성격에 이런저런 차이가 있음을 알게 된다. 이는 '해설'의 범위가 어디까지인가 하는 문제와 연관된 것으로서 그 차이 자체가 문제될 일은 아니라고 생각한다. 오히려 문제는 이러한 개별적 차이들에도 불구하고, 전반적으로 이 '해설'들은 신경숙 소설의 신화화에 공히 기여하고 있다는 점이다. 좀더 정확히 말하면 이러한 개별적인 차이들의 존재가 오히려 신경숙 신화의 전방위적 관철을 돕고 있는 것이라고 볼 수 있다. 이제부터 그 다양한 '해설'들의 내용과 그 기능들을 구체적으로 살펴보도록 하자.

1) 조남현 「외상과 한의 소설」, 『겨울우화』(1990)

『겨울우화』는 1985년에 등단한 신경숙의 첫 창작집으로서 80년대 세대 작가로서의 동시대적 보편성과 신경숙이라는 한 독특한 개성이 공존하는 모습을 잘 보여준다. 물론 그 공존은 통일이나 융합과는 다르다. 어느 편인가 하면 신경숙의 개인주의적 개성 쪽이 더 전경화되어 있고, 전체주의적인 의식과 집단적 행동을 요구했던 80년대라는 보편적 시대성격은 하나의 배경으로 원경화되어 있을 뿐이다. 이는 당연히 당시의 비평적 풍토 속에서 '소시민적'인 것으로서 손쉽게 비판받았을 부분이다.

조남현은 80년대의 이런 비평풍토에 대해서는 비판적인 편에 속했던 비평가 중의 하나이다. 이 글에서 그는 '개인과 그가 받은 외상(外傷)의 문제'에 대한 신경숙의 관심을 당대 소설계의 정치주의적 분위기와 대비하여 일정하게 부각시키고 있으며, 특히 '묘사 경제주의'를 견지하는 신경숙을 '긴장이 풀릴 대로 풀린 단순한 이야기꾼으로 자족하는 동시대의 작가들'이나 '논리의 차원에서든 감정의 차원에서든 자기도취에 빠져버리는 작가들'과 대비하여 높이 평가하고 있다. 나아가 신경숙이 '현실에 적극 맞서는 인물들을 내세워 때로는 비판으로, 때로는 전망으로 나아간' 80년대 소설의 흐름에서 떨어져나가거나 의문부호를 던진 것이라는 평가를 내리고 있다.

한편 그는 신경숙 소설에서 고향과 어린시절에 관련된 직접체험이 갖는 중요성에 주목한 첫 비평가라고도 할 수 있는데 그는 이를 적절하게도 '달팽이의 생태'에 비유했다.

그녀는 자신의 작가적 역량에 꼭 맞는 소재를 찾으려 한 끝에 직접체험 속에 들어앉는 길을 택하게 된 것이다. 그녀에게 고향과 어린시절에 대한 이야기가 중심이 되고 있는 직접체험은 돌아가 쉴 곳이기도 하면서 동시에 계속 끌고 다녀야 할 짐이 되고 있다. 신경숙과 직접체험의 세계와는 달팽이의 생태를 떠올리면 더욱 잘 설명될 수 있을 것이다. (309면)

이 해석은 신경숙의 이후 작품세계의 대부분까지도 조명해주는 유효한 준거가 되고 있다고 본다. 하지만 그는 또한 신경숙의 한계를 지적하는 것도 잊지 않는다. 신경숙의 소설이 개인회귀적 성향을 지녔다든지,

삶의 본질적 속성을 작중인물들과 상황들을 통해 추출해내려는 의욕은 가지고 있으면서도 이미지나 분위기를 제시하는 선에서 멈추어버리곤 한다든지 하는 것에 대해서는 비판적 입장을 취하고 있다.

이러한 조남현의 해설은 그 개인의 성향이나 비평관과 상관없이 비교적 비평대상과의 비판적 거리를 적절하게 유지한, 그리하여 '해설'이라는 한계 내에서나마 긍정적 평가와 비판적 평가 사이의 균형을 유지하는 글이라고 할 수 있다. 적어도 이 글에서는 '잘 팔리는 작가' 앞에서의 비판의 유보나 은폐 같은 비평윤리의 훼예(毁穢)는 찾아볼 수 없다.

2) 박혜경 「추억, 끝없이 바스러지는 무늬의 삶」, 『풍금이 있던 자리』(1993)

『풍금이 있던 자리』는 신경숙의 출세작이다. 그리고 그만큼 그 해설 「추억, 끝없이 바스러지는 무늬의 삶」 역시 아마도 신경숙에 관한 비평적 텍스트 중에서는 가장 독자들의 뇌리에 많이 남아 있을 글이다. 이 글은 신경숙 소설이 산문성을 거부하는 시적 문체, 고정된 지시성을 거부하는 어휘나 문장의 선택 등과 그 비현재적, 내성적 성향이 긴밀하게 연관되어 있음을 밝히며, 내용적으로는 가족관계의 훼손에서 주로 비롯되는 삶의 부정적 비의에 대한 두려움과 불안 등 근본적인 존재론적 상실감, '텅 빈 부재' 등 이후 신경숙의 작품세계를 논할 때마다 약간씩 변주될 뿐인 신경숙 문학에 대한 기본적 규정들을 두루 던져놓고 있다.

그러나 이 글은 이후 신경숙에 관한 비평적 접근들에서 고질적으로 지속되는 어떤 부정적인 경향들을 노정하고 있다. 먼저 비판의 부재이다. '해설'이 비판을 필히 수반해야 하는 것은 아니지만, 아무리 우호적인 관계일지라도 적어도 비평가로서 작가의 이후 작품세계의 발전을 위한 고언 한마디 덧붙이지 않는다는 것은 문제이다. 이 글에는 첫 작품집 『겨울우화』에 실린 작품들에 대해 "가족관계에 대한 남다른 집착은 이들 작품들이 다루고 있는 세계를 지나치게 좁고 폐쇄적인 것으로 만들고 있"으며, "뿐만 아니라 이들 작품의 대개가 한결같이 소극적이고 정태적인 분위기로 일관되어 있어, 전체적으로 다소 단조롭다는 느낌을 주는 것도 부정할 수 없다"는 평가를 하는 부분이 있다.(박혜경, 1993, 294면) 이 글 전체를 통해 유일한 비판적 언급이다. 하지만 그것은 지금 그가 해설하고 있는 『풍금이 있던 자리』에 대한 비판이 아니라 이전 작품집 『겨울우화』에 대한 비판이다. 그 비판은 곧 그러나 "『풍금이 있던 자리』에 실린 작품들은 소재의 폭이 다양해지고, 소설 기술방법을 새롭게 변화시켜보려는 의욕적인 시도가 엿보일 뿐만 아니라, 작중인물의 내면묘사에서도 그 정태성과 폐쇄성이 상당히 극복된 모습을 보여주는 것이다. 그와 동시에 신경숙 특유의 시적인 문체가 지닌 아름다움을 비롯해서 작품 전체의 정서적 환기력 또한 이전보다 풍부해진 듯하다"는 진술로 이어진다.

이전 창작집에 대한 비판은 그 자체로 더이상 추구되지 않고, 새 창작집에서는 그 약점이 극복되었다는 진술 속에서 간단히 해소되어버린다. 앞에서는 분명히 '작품들이 다루고 있는 세계'가 좁고 폐쇄적이며, '작품의 대개'가 소극적이고 정태적인 분위기로 일관되어 있다고 말했지만, 뒤에서는 '작중인물의 내면묘사'에서도 그 정태성과 폐쇄성이 상당히 극복되었다고 하고 있는데, 첫 작품집에서의 '작품세계'의 폐쇄성과 정태성이 두번째 작품집에서의 '내면묘사'에서의 정태성과 폐쇄성의 극복을 통해 극복되었다는 것인지 아니면 극복될 수 있다는 것인지 이해할 수가 없다. 물론 나는 『겨울우화』에 대해서 박혜경이 비판한 의미에서의 신경숙 작품세계의 '정태성과 폐쇄성'이 아직도 극복되지 못했을 뿐만 아니라, 그 극복의 의지도 좀처럼 찾아보기 힘들다는 생각이다. 하지만 해설자 박혜경은 이런 모호한 진술을 통해 『풍금이 있던 자리』에 『겨울우화』에 비하여 부당하게 특권적 지위를 부여하고 있다.

이러한 비판의 부재뿐만 아니라, 또하나의 문제가 있다. 해설의 감상성과 해설 문체의 수사학적 장식성이다. 신경숙적 소설문체를 여성적 글쓰기의 한 전형으로 간주하여 그 의의를 높이 평가하는 경우가 있지만(황도경, 1994), 그에 공감해서인지 특히 여성 비평가들의 신경숙 비평문들에 정도 차이는 있지만 이런 감상적이고 장식적인 글쓰기가 자주 나타나는데 박혜경의 이 글이 아마 그 효시에 해당할 것이다.

신경숙의 작품 속에서 추억은 거의 언제나 현재의 얼굴을 하고 있다. 아니, 어쩌면 그녀의 소설 속의 인물들이 놓여 있는 현재의 삶조차도, 끊임없이 그들의 의식 속으로 밀물져 들어오는 추억의 미세한 틈 속으로 스며들어 곧 사라져버릴 시간의 허망하고 우수어린 표정을 짓고 있다. 주변의 모든 사물들이 지나가버린 시간의 음영 속으로 느리게 흘러드는 아득한 지점을 향해, 시간의 흐름을 등진 채, 긴 머리칼을 흩날리며 흐린 흑백화면 위를 둥둥 떠가는 텅 빈 얼굴들처럼, 신경숙의 언어들은, 그리고 그 언어들이 드러내는 삶의 편린들은 서서히 소멸해가는 시간의 어두움을 이끌고 하염없이 희미한 시간의 동공 속으로 모래알처럼 바스러져 흘러내린다. 마치 삶의 그늘 뒤에 도사린 복병처럼 균열된 욕망의 틈을 비집고 현재보다 더 생생한 삶의 의미로 끊임없이 되살아나는 추억의 시간들. (287면)

비평 문체도 당연히 다양하고 개성적일 수 있지만, 그 다양성과 개성은 무엇보다 비평 대상에 대한 명료한 이해를 방해하지 않는다는 전제에 의해 제약되어야 한다. 그런 점에서 인용된 글은 비평문으로 간주할 수 없다. 비평의 이런 감상적 장식화는 나쁘게 말하면 비평대상의 객관화에 실패한 흔적에 불과한 것이다. 그리고 이는 경향적으로 비평대상에 대한 일방적 상찬과 추수라는 비평의 실종으로 이어지게 되어 있다.

3) 남진우 「우물의 어둠에서 백로의 숲까지」, 『외딴 방』(1995)

총 열 개의 단장으로 되어 있는 이 글은 매장마다 하나씩 『외딴 방』과 신경숙 소설의 특징들을 간명하게 명제화하는 방식으로 신경숙 소설에 대한 통념적 인상들을 독자들에게 각인해나간다. 그 명제들은 다음과 같다.

첫째, 그리운 풍경이 자아내는 '처연한 아름다움', 혹은 소멸할 수밖에 없는 운명에 처한 존재들이 자아내는 '눈부신 연민'이 신경숙 소설들을 감싸는 공통의 분위기이자 매력이다.

둘째, 『외딴 방』은 신경숙 문학의 또다른 시원인 '유년의 농촌체험과 성년의 도시체험 사이의 공백기간'에 닿아 있어, 이 작가의 자폐적 기질, 아름다움에 대한 끝없는 동경, 삶의 속절없음의 인식과 그에 대한 고요한 수납의 태도 등의 발원지를 알게 해주는 소설이다.

셋째, 『외딴 방』은 '내성의 문학'이라 할 수 있는 신경숙 문학의 정점이자 '외딴 방에서 외롭게 죽어간 한 가여운 넋에 대한 진혼가'이다.

넷째, 『외딴 방』은 '현재진행형의 글쓰기의 한 전범'을 보여주는데 삶의 강력함 거대함과 언어의 무력함 왜소함을 단순대비하는 차원을 넘어 독자로 하여금 작가와 더불어 글쓰기의 진정성에 대한 근본적 반성을 하게 만든다.

다섯째, 『외딴 방』은 비극적 현실을 다루고 있지만 비극적인 묘사로 시종하는 대신, 노을처럼 '소멸을 향해 나아가는 존재들의 슬프고도 적요한 운명을 단정하게 형상화'하고 있다.

여섯째, 『외딴 방』은 가까운 한 시대를 총체적으로 형상화한 '지난 한 시대의 거대한 풍속화'이자, 「난장이가 쏘아올린 작은 공」 이후 우리가 만날 수 있는 '가장 감동적인 노동소설'이며, 또한 '한 편의 뛰어난 성장소설'이다.

일곱째, 『외딴 방』은 역사적이고 사회적인 주제들을 가장 일상적이고

육체적인 경험으로 응집시켜 '고도로 육화된, 살아 있는 언어로 재현'해
놓는 데 성공하고 있다.

여덟째, 『외딴 방』은 '우물의 어둠에서 빠져나와 백로의 숲에 이르기
위해' '외딴 방'이라는 통과제의적 시련의 지대를 거쳐야만 한다는 운명
을 그리고 있다.

아홉째, 『외딴 방』은 신경숙에게 있어서 '글쓰기란 집에 이르기 위한
머나먼 도정'이라는 암시가 담겨 있다.

열째, 『외딴 방』에서 신경숙은 드러내기 위해서 글을 쓴 게 아니고 감
추기 위해 썼다고 할 수 있는데 이는 '대상을 나타나게 하면서 사라지게
하는 글쓰기의 비의'를 보여준다.

이상과 같은 열 개의 명제는 마치 중고교 교과서의 자습서에서처럼
『외딴 방』을 다이제스트화해놓았다. 그리고 그 표현들도 하나같이 어떤
유보도 없이 단정적인 것이어서 그대로 믿어도 어떤 개운치 않은 잉여
감이 남지 않게끔 하는 힘이 있다. 마치 '이것만 외우면 『외딴 방』은 끝
난다'는 식이다.

하지만 이 열 개의 명제로 이루어진 남진우의 해설이 지닌 문제는 중
고교 자습서가 지닌 것과 동일한 문제를 안고 있다. 우선 그 열 개의 단
장, 열 개의 명제 사이에 어떤 관계가 있는가 하는 것에 대한 성찰이 결
여되어 있다. 이를테면 『외딴 방』이 어떻게 '내성의 문학의 정점'이면서
동시에 '한 시대의 거대한 풍속화'일 수 있는지, '현재진행형의 글쓰기'
는 어떻게 자기은폐에 기여하는지 등에 관한 의문은 이 글 속에서는 풀
리지 않는다. '단장' 형식의 글쓰기에서는 이런 문제가 해결될 수 없게
되어 있다. 필자가 의식한 것인지 아닌지 모르겠으나 결국 이런 형식을
통해 『외딴 방』의 난제들은 적절히 회피되고 대신 그 장점들만 대단히
단정적이고 강압적인 방식으로 주입되어 텍스트가 특권화되는 결과를
낳는 것이다. 또 한가지 문제는 이 단장적 글쓰기는 마치 자습서가 그러

하듯 자기 진술에 대한 일체의 회의와 유보가 없다는 것이다. 학원 강사나 자습서 필자가 회의하고 주저할 수는 없는 노릇이지만, 비평가의 생명은 회의와 유보에 있다. 하지만 남진우의 이 해설에는 그것이 없다. 마지막으로 자습서조차도 텍스트의 한계나 문제점 등을 이야기하는데 이 해설은 『외딴 방』이라는 텍스트에는 마치 어떤 약점도 없는 것처럼 기술되고 있음으로써 일종의 경전주해가 되고 있다. 경전주해의 비평은 비평대상 텍스트의 신화화를 낳게 마련이고 그 끝닿은 곳에는 비평의 무덤, 소설의 무덤이 기다리고 있게 마련이다.

4) 임규찬 「마음의 육신이 짓는 문학의 집」, 『오래 전 집을 떠날 때』(1996)

신경숙은 1993년 봄에 『창작과비평』에 단편 「모여 있는 불빛」을 기고함으로써 창작과비평사와도 인연을 맺게 되는데 1996년에는 마침내 그의 세번째 작품집 『오래 전 집을 떠날 때』를 창작과비평사에서 상재하게 된다. 창작과비평사의 신경숙에 대한 청탁과 그에 이은 작품집 발간은 90년대 이후 변화된 한국문학의 지형을 실감하게 하는 사건이기도 했다. 이 작품집에 실린 『창작과비평』 편집위원 임규찬의 해설은 '창비'가 신경숙을 어떻게 읽는가를 가늠하게 한다는 점에서 자못 흥미로운 기대의 대상이었지만 결과는 자못 실망스러운 것이었다.

신경숙과 그의 소설들은 보면 볼수록 하나가 된다. 사람 따로 글 따로인 경우가 허다한데, 글과 사람이 일치하여 그 사이에 한치의 틈새라곤 없다. 딱 그의 소설만큼이나 소설적인 사람이라고나 할까. 늘 약간 비켜서 있는 듯한데 그 비켜섬에 외려 모든 것을 넉넉히 감싸안는 그런 사람처럼 마음이 참 따뜻한 영혼이다. (347~48면)

이 글의 앞부분에 나오는 구절이다. 이 글이 차라리 발문이었으면 하는 생각이 들게 하는 구절이 아닐 수 없다. 비평가가 비평대상의 작가가 '글과 사람이 일치하는 사람'이라고 규정하고 나면 더이상 어떤 비평을 할 수 있을까. 글이 부족한 것은 사람 탓이고, 사람이 모자라면 글 탓이 된다. 반대로 글이 좋으면 사람 탓이고, 사람이 좋으면 글 탓이 된다. 여기에 비평이 끼여들 여지는 없다. 그러므로 임규찬의 이 해설은 당연히 반비평으로 일관할 수밖에 없다. '신경숙의 소설을 두고 소녀취향이니 감상적이니 하는데 물기야말로 신경숙 소설의 토질이다' '그의 글을 읽다보면 그와 닮아진다는 느낌을 받는다'라는 수사학적 과잉은 차라리 보아넘길 만하다. 가장 문제가 되는 것은 이 글 전체에서 비평가 임규찬은 사라지고 소설가 신경숙만 홀로 넘실거리고 있다는 사실이다.

적어도 임규찬이 신경숙 소설에 해설을 쓴다는 것은 80년대 비평가가 90년대 작가를 어떻게 보는가 하는 문제와 분리될 수 없다는 생각이 이제는 한갓 미망인지는 모르겠지만 그의 해설에서 그 흔적이라도 찾았으면 했다. 이를테면 남진우가 『외딴 방』을 두고 '한 시대의 거대한 풍속화'이자 '감동적인 노동소설'이라고 기염을 토하는데 전직 노동해방문학 이론가이자 현직 창비 편집위원인 임규찬은 이 문제와 관련해서 신경숙의 소설을 어떤 식으로 읽을까 궁금하지 않겠는가. 이미 앞부분의 헌사에서 보았듯 그의 해설은 신경숙의 소설에 대한 자못 감동어린 찬사와 합리화로 가득 차 있지만, 자세히 들여다보면 전혀 임규찬다운 흔적(?)이 없는 것은 아니다. 그 몇부분을 보자.

실제로 이전의 작품들 상당수가 애정문제나 죽음에 따른 고뇌와 아픔을 다루면서도 때로 마땅히 감내해야 할 현실적 맥락을 사상함으로써 다소간 신비화와 일탈이라는 오해를 받기도 했다. (⋯) 그런 그가 한꺼풀 한꺼풀 벗더니 이제 (⋯) 문체가 모든 것을 앞서버린 듯한 느낌이 지워지고 대신 삶의 흙내와 체취가 먼저 눈에 잡힌다.

(351~52면)

　“다소간 신비화와 일탈이라는 오해를 받기도 했다”고 한 말도 걸리지만 넘어가기로 하자. 문제는 『오래 전 집을 떠날 때』가 그 이전의 작품들인 『겨울우화』나 『풍금이 있던 자리』와는 달리 “삶의 흙내와 체취가 먼저 눈에 잡”히게 하는 변모를 보였다는 평가이다. 과연 그럴까? 『오래 전 집을 떠날 때』에 실린 작품들이 가족들과 영위했던 삶의 실감을 구체적으로 보여준다는 점은 인정할 수 있다. 하지만 신경숙 소설에서 그 흙내와 체취가 ‘부재의 확인’을 위해서만 의미가 있는 것으로 ‘현실적 맥락의 회복’과는 거의 무관하다는 사실은 상식에 속하는 것 아닌가. 그리고 앞에서 박혜경이 그랬듯이 임규찬도 이전 작품들에는 이러저러한 한계가 있었는데 이번 작품들은 그것을 극복했다는 식의 상투적 발언도 문제다. 나는 오히려 첫 작품집 『겨울우화』의 세계에서 더 많은 ‘현실적 맥락들’을 읽어낼 수 있었다. 내 관점에서는 신비주의적 고착이 더 심화된 것으로 보이는 『오래 전 집을 떠날 때』의 작품세계가 어떻게 임규찬에게는 현실적 맥락을 회복한 세계로 읽히는지 이해할 수가 없다.

　이른바 비논리적인 것의 논리화라 할 수 있는 그런 측면도 분명 있다. 이를테면 80년대적 이성과 이념에 기반한 합리주의·논리주의의 상대적 극점 이동으로서 논리와 합리성으로 해명될 수 없는 삶에 대한 미학화라는 진단 등이 그러하다. (…) 실제로 작가 자신도 그런 뉘앙스를 강하게 풍기는 말을 하기도 했다. (…) 그러나 자세히 들여다보면 신경숙의 심안(心眼)은 경험 자체가 밝은 대낮의 경험과 한밤중의 경험이 한데 어울려 있듯이 의식과 무의식, 질서와 무질서가 서로 결합되어 있는 사물 자체의 본성을 겨냥한다. 그래서 우리네 삶의 집이 대개 2차원의 이해범주에 있다면 그가 창조한 문학의 집은 직관과 연상을 통해 현실과 환상이 창조적으로 변용된, 마치 3차원의 시간, 공간과 정감으로 조성된 삶의 집처럼 보인다. (362면)

이제 임규찬은 신경숙의 세계에 대한 미분화되고 관조적으로 고착된 (내가 보기에는 지극히 정태적인) 시선에 굉장한 의미를 부여하기에 이른다. 정말 그는 신경숙이 '직관과 연상을 통해 현실과 환상을 창조적으로 변용'하고 있다고 믿는 것일까. 어느새 그는 이처럼 비합리주의의 신봉자가 되었는지 모르겠다. 그는 너무 나간 것이 아닐까? 혹시 이러한 '과잉'이 그의 진심이 아니라 모처럼 '창비'에서 작품집을 내는 신경숙에 대한 창비 편집위원으로서의 '과공'에의 강박의 결과는 아닐까 하는 '악의적인(?)' 생각을 나는 지울 수가 없다.

5) 황종연 「현대적 실존과의 접촉」, 『강물이 될 때까지』(1998)

『강물이 될 때까지』는 1990년에 나왔던 신경숙의 첫 창작집 『겨울우화』의 수정재판본이다. 1998년이면 신경숙이 한참 낙양의 지가를 올리던 중으로 신경숙의 작품집은 나오기만 하면 베스트쎌러가 될 텐데 아직 작품은 책을 낼 만큼 산출되지 못하고 있는 현실이 어지간히 안타까울 시점이기도 하다. 그런 와중에서 너무 일찍 나와 신경숙의 성가에 걸맞은 판매부수를 올리지 못하고 잊혀져가고 있는 첫 작품집을 재발간하자는 아이디어가 나온 것은 아주 자연스러운 일이라 할 수 있다. 그래서 나온 것이 『강물이 될 때까지』이다.

이 책이 얼마나 팔렸는지는 나는 잘 모른다. 하지만 나는 이 책과 관련된 나의 불순한 예단 하나를 고백해야 할 것 같다. 이른바 '주례사 비평'과 관련하여 신경숙 작품집에 딸린 해설들을 비판적으로 검토하기로 했을 때, 나는 신경숙이 아직 무명이던 시절의 『겨울우화』에 딸린 해설과 한창 쟁쟁한 시절인 1998년에 재발간된 『강물이 될 때까지』에 딸린 해설 사이의 낙차는 분명히 '주례사 비평' 비판이라는 글감에 호재를 제공할 것이라고 기대하였다. 하지만 정작 조남현과 황종연의 해설들을 각각 읽고 난 후, 그러한 '야비한' 예단은 폐기처분해야 했다. 신경숙 소설과 관련한 여덟 편의 해설들 중에서 그나마 가장 비평가적 자세를 잘 견지한 것이 바로 두 사람의 해설이었기 때문이다.

그럼에도 불구하고 두 개의 해설을 함께 살펴보는 것은 여전히 흥미로운 일이기는 했다. 황종연의 글은 "비극은 세상에서 아무도 모르게 혼자 고통을 겪고 있는 평범한 사람에게 있다"는 죠지 엘리어트(George Eliot) 소설의 한 구절을 에피그라프로 내걸면서 시작되고 있다. 황종연은 이 그럴듯한 에피그라프를 사용하여 '작은 존재들의 비극'이라는 신경숙 소설의 모토를 잘 요약하였고 나아가 이를 이른바 '억압받은 것들의 귀환'이라는 90년대 문학의 모토와 연결시키고 있다. 이는 다시 말하면 아직 90년대 문학이 본격화되기 이전에 나온 이 『강물이 될 때까지』에 실린 80년대 후반의 신경숙 소설들을 90년대 문학의 확실한 징후이자 선편으로 명토박는 일이기도 하다. 1990년 조남현이 쓴 『겨울우화』의 해설이 신경숙이 지닌 '개인회귀'의 성향을 동시대의 주류문학에 조심스럽게 대비시키는 데 머물고 있다면, 황종연의 이 해설은 그 개인회귀적 성향을 '보통의 일상적 삶에 대한 새로운 긍정'으로 확대해석하고 이를 80년대의 리얼리즘 서사와 변별되는 신경숙 소설의 기반이라는 식으로 좀더 적극적으로 규정하고 있는 것이다. 그리고 이는 다시 다음과 같이 신경숙의 소설이 미학적으로, 또 윤리적으로 80년대형의 '역사적 서사'로부터의 90년대적 선회를 이루고 있다는 진술로 발전한다.

따라서 발전의 플롯으로 통일되지 않는 삶을 이해하는 것, 그날그

날 반복되는 삶에 대해 아량을 갖는 것은 소설이 짊어진 새로운 미학적, 도덕적 책무가 되었다. 역사적 서사가 허구일 뿐만 아니라 폭력이기도 하다면, 자아를 보존하고 발전시키려는 사람 각자의 욕망을 존중하는 것은 소설의 당연한 방법적 선회가 아닌가. (335면)

이로써 1980년대 후반의 '주변적' 소설 『겨울우화』는 90년대의 시작을 알리는 '선구적' 업적 『강물이 될 때까지』로 성공적으로 탈바꿈하게 된다.

황종연은 이어서 신경숙의 내적 독백체라는 문체적 특징이 '일상성의 긍정'을 위한 가장 효과적인 미학적 장치라는 것, 『강물이 될 때까지』에 실린 소설들이 "친밀한 가족의 환상 속에 남아 있지도 못하고 그것에 대한 대안을 발견하지도 못하는 곤경"이라는 '실존적 정황'을 보여준다는 것, 신경숙 소설에서의 비극들은 '창조와 해방의 보편적 서사'에 부수되는 거대한 비극이 아니라 일상에 내재하는 작은 비극들이라는 것, 그리고 그런 작은 비극들을 조명하는 것이 좀더 나은 삶을 향한 모든 노력과 기획의 중심이 되는 영역임을 알려주고 있다는 것 등을 힘주어 보여주고자 한다. 그리고 이것들이 곧 '일상성의 미학적, 도덕적 복권'을 위한 노력이며, '현대적 실존'과의 구체적 접촉의 결과임을 역설한다.

황종연의 이 해설은 신경숙 소설을 두고 씌어진 가장 세련된 90년대 비평이라 할 만하다. 하지만, 나는 그와, 그의 비평적 동지들인 일군의 90년대 비평가들이 '일상성의 미학적, 도덕적 복권'을 강조하는 것이 충분히 의미있는 일임을 잘 이해하고 있음에도 불구하고, 그들이 자신들의 비평적 지평을 그 안에 모두 가두어놓는 일이 과연 바람직한 일인지 묻고 싶다. 역사적인 것을 내세워 일상적인 것을 배제하거나 강제로 복속시키는 것이 잘못이듯 일상적인 것을 역사적인 것과 이분법적으로 대립시켜 일상 속에서 작용하는 역사의 운동을 외면하는 것은 이제는 좀 거두어야 할 비평적 전략이 아닌가 한다. 신경숙의 소설들을 일상성 미학의 전범쯤으로 규정하고 이를 '역사적 서사'(나는 황종연들이 사용하는 이 개념도 하나의 관념적 상투형이 아닌지 의심스러울 때가 많다)와 애써 변별하려는 그들의 노력이 신경숙이라는 가능성있는 한 작가의 세계를 미리 구부러뜨리는 결과를 낳을 수 있다는 우려를 하지 않을 수 없다.

『외딴 방』의 성취는 작가가 자신의 경험적 일상세계 안에 들어와 있는 '역사'를 감지하고 그것이 작고 누추한 '일상세계'에까지 어떤 의미를 갖는가를 조금이나마 성찰하지 않았으면 제대로 얻어질 수 없는 것이라고 할 수 있다. 이른바 '현대적 실존'처럼 정치적인 것이 어디 있는가? 신경숙이 이를 인식하고 자신의 작품세계에 반영할 수 있는가 여부는 그 자신의 몫이지만, 주변의 비평가들이 이런 식으로 한 작가의 세계를 앞질러 제한하는 것은 결코 바람직하지 않다.

6) 정과리 「타인의 아이를 향한 꿈」, 『기차는 7시에 떠나네』(1999)

정과리의 이 해설은 건조하지만 대단히 흥미롭다. 신경숙이라는 '잘나가는' 작가에 대한 그 어떤 오마주도 덕담도 없이 아주 냉정하게 작품을 해부한다. 그리고 그 해부는 단지 장편 『기차는 7시에 떠나네』에만 한정되지 않고 신경숙 소설 전반을 이해하는 데 상당한 기여를 한다.

신경숙 소설 인물들의 이름들은 비중이 낮은 인물일수록 그 실체성이 강해지고, 비중이 큰 인물일수록 그 실체성이 약화되어 주인공일수록 비사실, 반현실적, 이상적 자리에 근접시킨다거나, 신경숙 소설의 텍스트 행동들에서 징조단위가 주(主)가 되고, 기능단위가 부(副)가 됨으로써 '마음의, 마음을 위한, 마음에 의한' 소설이 만들어진다거나, 수행문이 부재하거나 지극히 억제되는 문체, 즉 말더듬의 문체를 구사함으로써 의미에 즉각 사용되지 못하는 징조단위들이 포개지게 한다거나 하는 것들은 신경숙의 소설 기술전략을 파악하는 데 대단히 흥미로운 가이드 역할을 해준다.

『기차는 7시에 떠나네』에서 등장하는 인물들이 모두 동형적 관계를 유지하여 서로 비추는 거울 같은 역할을 한다거나, 이 작품이 신경숙의 이전 소설들과 마찬가지로 의미의 결락이나 결핍으로 충만한 텍스트이기는 하지만 점차 징조로부터 사실성으로 나아감으로써 순수한 징조로 가득 찼던 자신의 옛 소설들에 저항하는 모습을 보인다거나, 신경숙의 인물들이 기본적으로 상관적이며 복수적임에도 불구하고 그것은 자기 동일성의 확대에 불과한 것으로 보며, 그것을 징조들로 충만한 그의 소설세계의 근원적 불모성과 연관되는 것으로 파악한다거나 하는 것도 꼼꼼한 텍스트 읽기를 통한 해석으로 바람직한 '해설'의 한 전범을 보이는 부분이다.

주제론적 차원에서 좀더 넓은 맥락에서의 비판적 해석이 아쉽기는 하지만, 찬사와 과잉해석이 지배적인 근래의 '해설' 풍토에서 이처럼 '필요한 만큼만 말하는' 간결하고 절제된 해설은 상대적으로 돋보이는 것이라 할 수 있다.

7) 김병익 「존재의 괴리, 그 슬픈 아름다움」, 『딸기밭』(2000)

이 해설 역시 앞에서 박혜경과 임규찬의 해설처럼 신경숙의 새로운 작품들이 이전의 작품집에 실린 작품들과 어떻게 달라졌는가를 진술하고 있다. 무엇이 달라졌는가. 『딸기밭』 이전의 작품들은 "지나간 것들에 대한 회상이고 추념이며, 자잘하고 정겨운 것들에 관한 이야기들이었고, 그 문체는 내성적이고 에쎄이풍이어서, 서사적이기보다 정감적이었고 재현적이기보다는 자전적이었다. (…) 그 시점은 그든 누구든 타인의 인칭을 쓰고 있음에도 일인칭 화자의 것"이었는 데 비해, 『딸기밭』

속에 수록된 작품들에는 일인칭이 아닌 타자가 등장하고 "화자는 그들과 거리를 두고 그들을 '타자'로 인식하며 서사적 줄거리를 만들어" 간다는 것, "타인과의 소통을 위한, 자폐적 성격으로부터의 탈출을 위한, 스스로에게 가한 억압으로부터의 자유를 위한, 불안으로부터의 안도를 찾기 위한 몸부림"으로서의 사람 사이의 구체적 '육체적 접촉'이 두드러진다는 것, 그리하여,

> 그녀의 인식은 보다 구체적이고 현실적으로 되었으며, 세상에 대한 바라봄은 객관적이고 보편적으로 넓어지면서 그것들의 근원적 상황에 대한 비판적 시선의 색깔은 더 어두워지고, 불가사의한 인간의 존재성에 대한 불안은 더 커진다. 그러면서, 그녀의 작품들은 종래의 자신의 개인사적 이야기를 통해 일구어내던 자전적 혹은 사소설적 분위기를 벗겨내면서 우연에 의해 지배되는 타자적 존재의 위태로운 삶의 이면들을 그려내주고 있다. (299면)

는 것이다. 그리고 이로써 그녀의 글쓰기는 "부재를 견디는" 일로부터 "말해질 수 없는" 것들의 슬픔과 아름다움을 살려내고 싶은 것으로 그 뜻이 달라진다는 것이다.

『딸기밭』에 실린 작품들이 『오래 전 집을 떠날 때』에 실린 소설들에 비해 그 시선이 확실히 자폐적인 데서 벗어나 타자를 향하고 있다는 데에는 동의할 수 있을 것 같다. 하지만 본질은 같다고 할 수 있다. 부재를 견디는 주체의 개체수가 확장되었다는 것, 그리고 작가 자신이랄 수 있던 '말해질 수 없는' 존재가 타자들로 확장되었다는 것이 차이일 뿐 신경숙의 세계인식, 혹은 인간인식에서 달라진 것은 거의 없어 보인다. 이런 차이는 신경숙의 소설들이 이제 단순한 전기적 경험세계에의 의존에서 탈피하여 타자들의 이야기를 쓸 수밖에 없는 상태에 이른 데서 오는

변화 이상은 아닌 것으로 보인다.

　김병익의 이 해설 역시 '매혹'에 눈이 흐려진 경우라고 할 수 있다. 신경숙은 이렇게 말했다. "존재하는 것은 어떤 식으로든 자신의 죽음을 다른 존재에게 알리고 싶어한다."(「그는 언제 오는가」) 김병익은 그에 이렇게 답한다.

　그 구절은 내게 당혹을 넘어, 전율로 다가온다. 존재하는 것의 운명과 그 운명의 고독한 아우성의 느닷없는 출현이듯이, 이 짤막한 경구는 일상의 타성에 무딜 대로 무뎌진 내게 문득, 비수를 들이대며 서늘한 섬광을 뿌리는 것이다. (289~90면)

다시 신경숙의 소설은 이렇게 되어 있다.

　세계는 여기저기 틈이 벌어져 있고 그 벌어진 틈으로 버스가 추락하기도 하고 잉태된 아이가 태어나기도 사산되기도 한다. 그래도 시간은 흘러가고 아름다운 풍경은 여전히 아름답다. (신경숙 「그는 언제 오는가」, 『딸기밭』, 문학과지성사 2000, 230면)

김병익은 이 구절을 이렇게 받아들인다.

　일상의 안녕을 덮고, 이 세계의 틈새도 덮고, 무넘히, 영원에서 영원으로 도도하게 흐르는 시간의 그 무구한 존재성은 불안과 위기의 세상과 그 존재들 위로 얼마나 삼엄하게 펼쳐지고 있는가. 그래서, 시간은 여전히 흐른다는 사실은 더 아프게, 존재의 허망함을 일깨운다. 그래서 그것들은 아름다운가? 그래, 아름다운 것은 시간의 흐름처럼, 변함없이 아름답다. 존재가 아름답고 그것의 시간과의 균열이 아름답고 여기저기 그 균열들을 품고 있는 세계가 아름답다. 그리고, 푸르스름한 새벽빛이 구릉을 따라 차갑게 출렁거리고 그 빛 속으로 새들이 곡선을 그리며 사라지는 풍경 속에 "여기저기 틈이 벌어져" 존재의 운명을 함몰시키는 세계의 잔인성이 숨어 있기에 세상은 "서늘한 아름다움"으로 빛난다. (292면)

매혹에 무슨 잘못이 있겠는가. 비평가도 비평가이기 이전에 한 사람의 독자이고 감수자(感受者)이므로 이런 매혹과 감응 자체를 두고 무어라 할 수는 없는 노릇이다. 하지만 이렇게 해설자로서의 비평가가 먼저 대상 텍스트와의 비평적 거리두기를 포기할 경우, 작품과 해설을 읽는 다른 독자들은 선택의 여지가 없이 이러한 해설자의 매혹과 감응을 따르게 된다. 앞에서 박혜경의 해설을 말할 때, '해설의 감상성과 해설 문장의 수사학적 장식성'을 말한 바 있다. 김병익의 이런 진술들에서 삶의 비의에 문득 접한 사람의 충격적 반응이 느껴지지 않는 것은 아니지만, 그렇더라도 이 경우 역시 일종의 감상주의적 과잉이라는 사실에는 틀림이 없다.

나는 세계의 틈새라는 것이 숙명이고 우연이라고 생각하지 않으므로, 그 틈새를 통해 비극적 사건이 일어남에도 불구하고 아름다운 풍경은 여전히 아름답다는 생각에도 동의하지 않는다. 나는 이러한 진술이 세계와 인간에 대한 진정한 애정과 관심의 소산이 아니라 피상적이고 감상적인 관조의 소산이라고 생각한다. 소설가는 산문을 쓰는 사람이다. 산문을 쓰는 자는 왜 세상이 그러한가를 밝히려는 노력을 중단하면 안되며, 세상을 있는 그대로 관조적으로 추인해서는 안된다. 신경숙 소설의 가장 큰 문제는 세계에 대한 이런 속절없는 긍정에 있다. 부당하고 고통스러운 모든 것은 그저 삶의 '비의'가 되고 숙명이 되어버린다. 거기서 산문정신의 소멸과 그에 기생하는 통속이 싹튼다.

아무리 그럴싸해 보여도 그 표피적 아름다움을, 그 모호하고 흐릿한 수사학의 포장을 그대로 받아들이는 것은 '지성'이 아니다. 김병익의 이 글은 그런 점에서 많은 아쉬움을 남긴다.

8) 신수정 「다시, 쓰여지는 이야기」, 『바이올렛』(2001)

신수정의 『바이올렛』 해설 「다시, 쓰여지는 이야기」는 200자 원고지 80장을 상회하는 분량을 지니고 있다. 분량만으로도 아주 '작정을 하고' 쓴 글임을 알 수가 있다. 아닌게아니라 이 '해설'은 『바이올렛』이라는 소설 한 편을 아주 치밀하고도 진지하게 읽어내고 있다.

배타적이고 훼손된 고향, 폭력, 기만, 폐기, 탈취와 동의어인 아비, 절대적인 아버지의 부재가 만드는 '텅 빈 결여'의 존재인 여주인공 오산, 극대화된 사실감 속에서 오히려 현실감을 잃는, 단지 주인공의 욕망의 미로일 뿐인 공간적 배경들, 오랜 착란 끝에 얻어지는 부재의 흔적들, 남근적 폭력으로 가득한 세계와 구분되는 치유와 정화의 공간으로서의 농원, 그곳에서 이루어지는 이질적이고 비정상적인 것들의 공존, 안정된 소통에 대한 열망으로서의 '알아보기'에 대한 기대, 그리고 그 연장으로서의 동성애적 갈망과 글쓰기, 그리고 그 욕망에 대한 남근적 세계의 가차없는 응징…… 이런 것들이 신수정이 이 소설 『바이올렛』에 가한 해설의 주요한 내용들이다. 전반적으로 설득력이 있다.

하지만, 이 해설 역시 그 어디에서도 '비판'이나, 최소한의 '유보'조차 찾아볼 수 없다는 것이 문제이다. 이를테면 나로서는 오산의 그 내적 적극성과 외적 소극성 사이의 극단적 불일치——바로 여기서 이 소설의 서사적 사건들이 주로 기인하게 되는데——가 필연성 없이 선험적으로 주어져 있다는 것이 이 소설의 가장 큰 약점이 아닌가 생각된다. 이는 '금지된 욕망과 응징의 폭력'의 대비, 또는 좀더 통속적인 방식으로 말하면 '순수한 인간과 불순한 세계'를 선명하게 하기 위한 일종의 작위로 보인다.

견해차이라고 볼 수도 있겠지만, 비평가의 '해설'은 우선 작품이 소설로서의 기본적인 그럴듯함(plausibility)을 충족시키고 있는가의 여부를 먼저 냉정히 묻는 것에서부터 시작되어야 할 것인데 신수정의 이 해설은 이 작품을 하나의 완미한 미적 구조물로 전제하고 때로는 작가의 의도 이상의 '과잉해석'을 덧붙이면서까지 극단적으로 말하면 철저히 작가의 시중을 들고 있는 것으로 보인다. 이런 부분을 보자.

신경숙은 이 말해질 수 없는 것을 말하기 위해 오산이가 무의식적으로 그려내는 흔적(trace)에 주목한다. 사실 『풍금이 있던 자리』가 말해주듯 부재(absence)의 흔적을 포착해내는 신경숙의 문체는 그것 자체로 소설이 무엇인가라는 질문에 관한 하나의 답변이다. 그녀에게 있어서 소설은 말해질 수 없는 것, 존재할 수 없는 것들을 향한 필사의 흔적찾기다. 그것은 줄거리로 요약되는 이야기에 저항하며 단 하나의 명확한 진실을 경계한다. 진실은 여기저기 흩뿌려 있다. 우리는 다만 그 산포된 진실이 순간적으로 현현하는 에피파니의 현장에 동참할 수 있을 뿐이다. (291면)

이런 진술은 자가당착일 뿐이다. 작가가 "말해질 수 없는 것"을 말하는 순간 그것은 이미 말해지고 있는 것이다. 작가란 누구나 말해질 수 없었던 것, 혹은 아직 말해지지 않은 것들을 말하는 사람이다. 이미 말해진 것을 말하는 작가는 작가가 아니다. 소설 자체가 이 세계가 제공하는 것과 다른 말을 하는 일 아닌가. 그것이 소설이 지닌 근본적 아이러니 아니었던가. 신경숙이 그동안 거의 말할 수 없었던, 또는 말해지지 않았던 사람들, 겨우 존재하는 사람들의 말을 대신 하려고 노력했고, 그 노력에 걸맞은 미학적 진경을 획득했다는 사실은 인정하지만, 그것을 마치 전혀 새로운 소설의 존재양식이라도 열어젖힌 것처럼 특권화하는 것은 과잉이다.

줄거리로 요약되는 이야기에 저항하며, 단 하나의 명확한 진실을 경계하며 여기저기 진실을 흩뿌려놓는다는 진술도 그렇다. 이 진술과 이 '해설' 자체가 이 작품을 하나의 줄거리로 잘 요약해주고 있고 '부재의 확인'에서부터 '금지된 욕망과 그에 대한 남근적 폭력의 응징'이라는 '진실'로 이 소설을 해석해내고 있다는 사실은 어떻게 양립하는가.

이러한 진술은 보통의 독자들에게 작가를 돋보이게 하는 데는 아주 효과적인 '잔뜩 멋을 낸' 진술이지만 사실은 혼동의 결과가 아니라면 하나의 불필요한 장식적 수사일 뿐이다. 이 글은 잘 씌어진 해설이지만 이런 식의 과장과 화석화를 통해 『바이올렛』을 무류(無謬)의 작품의 자리에 끌어올리는 데 기여한다.

4. 신경숙 소설에 대한 '비판'들

앞에서도 말했듯이 신경숙에 대한 비평에 이런 '해설'들만 있는 것은 아니다. 하지만 이 해설들의 영향 때문인지 신경숙에 대한 비평적 접근의 대부분은 그저 또다른 해설이거나 신경숙 소설에 대한 매혹의 수사학적 확인 수준에 머물고 있는 실정이다. 여기서는 가물에 콩나듯 드물게 씌어진 신경숙 문학에 대한 비판적 접근들을 일별하면서 이 '비판적 비평'(이것은 명백한 동어반복이지만 실제로 '무비판적 비평'이 횡행하는 세태에서는 이런 식의 표현도 불가능하지는 않을 것이다)들과 '해설'들이 어떻게 다른가를 보기로 한다.

1) 관계인식의 협애성

신승엽(1993)은 신경숙의 소설들(『풍금이 있던 자리』까지의 소설들)
이 "'사소한 것'에 대한 좀더 진실한 형상화를 통해서 과거의 거대역사
형상화가 노정했던 본질주의적 구도의 한계를 넘어서고자 하는 의도"
의 한 소산이며 이는 "새로운 리얼리즘의 재생을 이룩해나가는 과정에
서 소중한 밑거름이 되리라"고 전제하면서, 사건의 해명보다는 기억에
의한 묘사에 더 치중하는 신경숙의 방법이 지닌 상대적 정직성과 신경
숙이 견지하는 공동체적 윤리감각 등을 높이 평가했다.

하지만 그는 신경숙의 '기억에 의한 묘사'라는 독창적 방법이 '삶의
결'을 섬세하게 드러내는 데에는 장점이 있지만 그것을 '더 넓은 삶의
영역'으로 확장시키는 데는 일정한 한계가 있다고 보며, 그 대상이 "자
립화되고 신비화되지 않도록 경계해야만 참된 실존의 의미와 아름다움
을 형상화할 수 있을 것"이며, 기억에 의한 묘사의 "섬세함이 그 자체로
이루어지지 않고 관계에 대한 최소한의 성찰과 결부될 때에라야 사실적
재현을 넘어서서 진정한 리얼리즘으로 나아갈 수 있을 것"이라고 주문
하고 있다.

백낙청(1993)이 신경숙에게서 새로운 리얼리즘의 가능성을 발견한 것
처럼 신승엽 역시 그 연장선상에서 신경숙의 가능성을 읽어내고 있으면
서도, '더 넓은 삶의 영역으로의 확장'과 '관계에 대한 최소한의 성찰'을
조심스럽게 요구하고 있는데 이는 신경숙 소설의 한계를 정확히 지적한
것으로 보인다. 여기서 이처럼 '더 넓은 삶'이라거나 '관계'를 강조하는
것은 리얼리즘론자들이 흔히 강조해온 '사회역사적 총체성'에 대한 인
식을 강요하는 인식론적 폭력까지는 아니라 하더라도, 신경숙이 깊이
파고드는 개인의 실존이라는 것이 운명론적인 차원의 문제가 아니라 사
회적 차원의 문제이고, '사람과 사람'의 관계의 문제이면서 동시에 '사
람들과 사람들' 사이의 관계의 문제라는 것에 대한 정당한 환기라고 할

수 있다.

　신경숙 문학이 공존의 윤리를 구현하고 있지만, 그 공존의 대상이 거의 언제나 지인(知人)으로만 한정되어 있고, 복고주의적 가족의 서사로 귀일되어 폐쇄화되는 것을 문제삼고 시선을 넓혀 "바깥세상의 타자들에게 말을 걸고 그들과의 공존가능성을 새롭게 타진"할 것을 주문하는 이정희(2001), 신경숙의 소설들이 현실 속에 여전히 존재하는 분열을 상상 속의 조화와 화해로 해결하려 하고, 세계를 향한 집요한 관찰이 아닌 세계 바깥에서의 위안을 구하는 것, 거역할 수 없는 힘에 의해 주술적으로 활성화된 전체 세계와 미적 상상력의 차원에서의 화해를 시도함으로써 사실상 세계와의 대결은 포기되고 있다는 것 등을 지적하는 이재영(2001), 그리고 다음과 같은 소영현(2001)의 좀더 단도직입적인 지적들은 신경숙이 이러한 신승엽의 조심스러운 진단과 주문을 아직까지도 받아들이지 않고(혹은 못하고) 있음을 말해준다.

　　카라따니 코오진(柄谷行人)의 지적처럼, 정치 혹은 현실에 대한 정면승부를 회피하고, 그 투쟁을 문학 내부로 끌어들일 때, 그러한 문학은 오히려 현실정치를 내면화함으로써, 현실 자체를 승인하는 결과를 초래하게 된다. 그러한 문학은 궁극적으로 현실보수화에 기여하게 되는 것이다. 신경숙과 은희경 소설에 드러나 있는 지속성을 체험하려는 열망은 현실과 정밀하게 만나지 못할 때, 현실을 바라보는 그들의 낭만적 태도로 인해 헛된 꿈이거나 망상이 되기 쉽다. 현실과 접속하기 위해 환상을 끌어들인 그들의 소설세계는 이렇게 위태로운 지경에 놓여 있는 것이다. 그러므로 그들은 스스로에게 물어야 한다. 자신들이 만들어낸 세계가 현실에서의 '지속성을 체험하려는 열망'의 불가능성을 역설적으로 확증하고 있는 것은 아닌지에 대해서 말이다. (소영현, 2001, 273면)

2) 통속성

서영채(1993)는 신경숙의 허무주의가 그의 심미주의와 잘 어울리는 짝으로서 상품미학에 대응하는 소중한 문학적 자산으로 평가하면서도, 신경숙의 그것이 오정희나 서영은 등에서 보이는 금욕적 정신의 견고함에 기초한 귀족주의에 기초하지 못하고 "정서 자체의 서정적 울림에만 치우치는 문장과 결합"되어 "자칫 장식적이고 감각적인 수사에만 그치고 말 위험"을 지적한 바 있다. 이 부분은 명시적인 것은 아니지만 신경숙의 수사학적 허무주의가 대중들의 감상주의와 결합하여 하나의 '상품미학'으로 귀결될 수 있음을 암시한다.

한편 최성실(1995)은 신경숙의 『깊은 슬픔』이 '우연' '운명' '어쩔 수 없음'에 집착함으로써 서사적 설득력을 약화시키는 것을 넘어 삶에 대한 냉정한 통찰을 방해하는데 이것이 대중들에게 쉽게 다가가게 하는 특징이면서도 동시에 대중들을 허무주의적 현실긍정에 빠져들게 하는 것 아닌가 하는 문제를 제기한다.

방민호(1998)는 한걸음 더 나아가 은희경, 공선옥과 함께 신경숙 소설의 통속성을 정면에서 문제삼고 있다. 즉 이 90년대의 총아라고 할 수 있는 세 여성작가들의 '독특함과 새로움'이 상식과 통념에 단단히 빚지고 있는 것으로서 사실상 "지난 시대의 조락의 결과로 힘을 얻은, 삶에 대한 인습적 태도의 소산일 가능성이 크며, 본질적으로는 새롭지 못한 태도를 단지 스타일상으로만 개신한 데 지나지 않는 것"이라고 보는 관점에서 신경숙 소설을 고찰하는 것이다.

그에 의하면 신경숙의 통속성은 말하자면 '독자와의 영합'에서 온다. 이를테면 『깊은 슬픔』에서의 은서의 죽음, 『외딴 방』에서의 희재 언니의 죽음은 공히 "독자들의 정서적 감응을 겨냥해 작가가 설치한 예정된 장치"이다. 즉 독자들의 예상되는 기대와의 계산된 타협의 결과라는 것이다. 그리고 그는 여기에 일정하게 90년대적 '문학상업화'의 흐름이 작용하고 있다고 보면서 다음과 같이 말한다.

> 신경숙의 소설은 바로 그같은 통속화의 위험을 보여준다. 그녀의 인공의 언어의 집에는 그녀에 속한 것만이 살고 있는 것 같지 않다. 거기에는 독자들의 정서적 감응을 의식한 낯익은 장치들이 많다. 그러한 장치들에는 기성의 질서가 부과하는 통념과 상식이 예외없이 덧붙여져 있다. 그녀가 지향하는 것은 어찌 되었든 마음의 세계이고 마음의 무늬이므로, 그녀는 그같은 미적 효과를 위해 기술적 치밀성을 발휘하곤 한다. 그러나 매우 의식적으로 기술적 치밀성이 발휘되는, 그 모르는 사이에, 상식과 통념은 신경숙만의 고유한 세계 속으로 침범해 들어오고, 빈번히는, 그녀의 작품을 지배해버리기도 한다. 그렇게 되면 그녀의 고유한 운명이라고는 단지 몇몇 에피소드와 문장 속에서만 간간이 빛을 발할 뿐인 것이다. (방민호, 1998, 281~82면)

서영채가 지적한 허무주의, 최성실이 지적한 숙명론적 경향, 방민호가 지적한 관습적 인식에의 영합 등은 모두 신경숙 소설의 통속적 경향을 지적하는 것이다. 이 통속성이 방민호가 말한 대로 상업적 목적과 관련하여 계산된 것인지, 아니면 신경숙 자신의 세계관 자체의 특성이거나 지적 나태, 혹은 불성실의 산물인지는 조금 더 살펴보아야 할 문제이다. 하지만 어느 쪽이든 바로 이 통속적 성향이 신경숙으로 하여금 90년대 최고의 베스트셀러 작가가 되게 한 가장 주요한 원인임은 부인할 수 없을 것이다.

3) 소녀적 감수성에의 고착

이상경(1997)은 신경숙에 관한 90년대적 호평들에 대해서 전면적이고 근본적인 비판을 시도하고 있다. 즉 신경숙이 '말할 수 없는 것들'의 이미지를 잡아내었으며, 그를 위하여 '특유의 문체를 개척'했다는 평가, 이성적 논리로 구성된 언어가 가하는 억압을 해체하는 여성적 글쓰기의 전범을 보여준다는 평가, 그리고 『외딴 방』의 경우지만 여성 노동자의 일상의 삶을 잘 복원했다는 평가 등에 관한 비판적 검토를 시도한 것이다.

이상경은 신경숙의 화두 격인, 삶에서의 '기습'이란 말 그대로의 우연한 사고 이상의 의미를 갖지 못하며, 농촌을 떠나 도시로 진입하면서 받은 충격과 상실의 기억은 일종의 성장장애 상태에서 도시로 진입한 시기의 소녀적 감수성을 고착시키고, 그 독특한 문체는 여성해방적 기능을 하기보다 오히려 관습적으로 고착된 여성 이미지의 재생산에 기여한다고 잘라 말한다. 또한 신경숙이 고유한 문체를 개발함으로써 개성적인 스타일을 확립하였으나 이러한 형식상의 발전은 내면의 심화를 동반하지 못함으로써 오히려 작가가 인간의 삶을 생동감있고 감동적으로 그려내는 데 한계로 작용한다고 보았다.

그는 『외딴 방』의 성취에 대해서도 비판적인데 희재 언니를 죽음으로 몰고 간 것이 무엇인지에 대한 성찰이 있어야 했음에도 불구하고 화자인 '나'가 자기내면과 가족이라는 인간관계에 폐쇄되어 있음으로 해서 그것이 불가능하게 되었다는 점, 그리고 그 점은 이 작품을 쓰는 시점에서 작가가 이미 서른살이 넘었음에도 불구하고 여전히 "자기의 좁은 시야에 사로잡혀 자기의 내면을 들여다보고 있을 뿐, 다른 사람과의 관계 속에서 보기로 나아가지 못하는" '감상벽, 혹은 소녀적 감수성'을 넘어서지 못하고 있다는 것이다.

신경숙이 '농촌의 대가족 속에서 보낸 풍요로운 유년의 기억과 서울의 삭막한 도시생활에서 느낀 박탈감의 대비로 존재의 고독감을 그리는 작가'라는 중평에 대해서도, 전통적인 공동체가 파괴되고 새로운 공동체는 건설되지 못한 데서 오는 현대사회 구성원의 숙명적 외로움을 이미지로 포착하는 데까지는 미치지 못했다고 반박하고 그것은 신경숙의 외로움의 기원이 유년의 기억을 넘어서지 못한 데서 온다고 본다. 또한 신경숙의 글쓰기에 대한 집착도 "작가에게 글쓰기는 고독한 존재의 심연에 닿는 길이기보다는 다른 사람과 다르다는 자기정체성 확인의 수단"이며, "나는 무엇이다라는 적극적 방식이 아니고 나는 무엇일 수 없다는 소극적 방식으로 이루어"져 있다는 것이다. 그것은 "일종의 우월의식이며 이것이 신경숙 작품에서 존재의 고독감이란 것이 본질에 육박하지 못하고 피상적인 것에 머무르게 하는 요인"이라는 것이다. 좀더 부연하자면 신경숙에게 있어서의 글쓰기는 일종의 '자족적인 행위'가 되는 것이다.

또한 신경숙 소설이 '그동안의 문학에서 억압되어왔던 여성적 경험 드러내기를 내용과 형식 양측면에서 행하고 있다'는 중평에 대해서도 "신경숙 소설에서 드러내는 여성적 경험이란 기존의 남성중심문화 속에서 구성된 것이며, 그의 고유한 문체가 수행하는 여성적 글쓰기란 현실의 억압받는 여성의 삶에 해방적 기능을 하는 통로가 차단된 관념적인 구성물"이라고 일축한다. 그리고 '가부장제하의 여성의 고유한 경험 드러내기'란 것도 이미 식민지시대 이래 강경애, 이선희, 최정희 등에 의해 시작되어 현재의 많은 여성작가들에게서도 널리 발견되는 것이지 신경숙에게만 특별한 것은 아니라는 것이다.

마지막으로 신경숙의 문체와 스타일을 두고 '이성적 논리로 구성된 언어가 가하는 억압을 해체하는 여성적 글쓰기의 전범을 보여준다'고 하는 평가에 대해서 "여성의 해방을 글쓰기를 통한 해방으로 호도하려는 의식·무의식적인 책략"으로 "가부장제 문화가 여성에게 고유한 것이라고 부여해오고 세뇌해온 '여성성'을 유지 확대 재생산하는" 것이라고 비판한다.

4) 허약한 내면에서 통속화로

정문순(2000) 역시 신경숙 신화를 정면에서 문제삼는 본격적 비판을 수행한 바 있다. 그는 신경숙을 "80년대를 억압의 시대로만 평가절하하는 단선적 세계관의 작가"라고 규정한다. 그리고 80년대와는 달리 내면의 세계에 매달리지만 그것이 결국 "현실과의 사투 없는 고분고분함과 따뜻함"으로 이어져 "90년대를 환멸의 시대라고 서슴없이 부를 만큼 맥빠진 문단에 스스로를 위무하는 공간이 되어주었다"고 평가한다.

또한 이러한 불철저한 내면지향은 결국 "삶과 죽음의 불가항력을 믿는 일반의 상식과 통념"을 넘지 못하고 독자들을 삶에 순응하도록 이끄는 통속성으로 귀착되고 만다고 본다. 흔히 문제작으로 평가되는 『딸기밭』의 경우도 결국 "삶 자체가 모순투성이이며 그것을 받아들일 수밖에 없다는 것과, 독자로 하여금 소설공간에서나마 금기를 배반하는 짜릿함을 맛보게 함으로써 현실을 추수하며 살게끔 위안으로 작용하고 싶은 것"에 불과하다고 본다.

한편 그는 신경숙의 '표절'에 관해서도 언급을 하는데, 문제가 되었던 「딸기밭」보다 오히려 「작별인사」에 더 주목한다. 즉 「작별인사」가 마루야마 켄지(丸山健二)의 『물의 가족』의 표절이라는 사실을 두 작품의 이미지, 모티브, 문장 등을 비교함으로써 집중적으로 드러내고 있다. 또한 다른 단편 「전설」과 미시마 유끼오(三島由紀夫)의 「우국」과의 유사성을 비교하는 과정에서는 "신경숙의 문학적 감수성과 군국주의자들의 미학과의 연관성"까지도 거론한다. 그리고 이러한 표절, 혹은 표절의 혐의를 "실력이 달리는 소설가에게 지나친 기대로 압박을 가하는" 90년대 문학출판의 상업주의와 연관시킴으로써 '신경숙 신화'의 어두운 이면을 들여다보고 있다.

이 글은 다음과 같은 결론에 도달한다.

신경숙의 글쓰기는 자신의 허약한 내면을 감당하지 못하고 상처를 내면화시킨 자아가 현실을 견디도록 길들이는 방편이다. 신경숙의 자아에 상처를 낸 존재가 80년대 상황이든 죽음이라는 불가항력이든 상관없이 그녀에게는 인간의 힘으로 바꿀 수 없는 운명이었다. 이처럼 개인과 사회의 교호작용으로 세계를 전망하지 않고, 주어진 운명을 견디는 개인주의적 글쓰기에 자족하는, 세계사적 개인이라는 근대적 자의식도 갖추지 못한 섬약한 자아에게 90년대 평단이 80년대 극복과 90년대 대안의 가능성을 기대한 것은 신경숙 개인의 비극으로 그칠 일이 아니었다. 신경숙이 표절의 유혹을 이기지 못한 것도 허약한 그녀의 내면이 밟아갈 수순이었다. 80년대 문학이 거둔 성과도 계승할 줄 몰랐던 그녀는 전 시대를 극복하는 미학을 정립한 것이 아니라 여전히 80년대의 한계 속에 머물러 있다. 그런 점에서 80년대 문학의 극복과제는 여전히 우리 곁을 떠나지 않고 있다. (정문순, 2000, 296면)

5. 해설과 비판 사이

앞에서 보았듯 신경숙의 장편소설이나 작품집 뒤에 붙은 유수한 비평가들의 해설들은 신경숙의 작품세계를 일컬어 '내성의 문학' '삶의 비의에 대한 두려움과 불안 및 존재론적 상실감의 표현' '소멸하는 존재에 대한 연민' '대상을 나타나게도 하고 사라지게도 하는 글쓰기' '직관과 연상을 통한 현실과 환상의 창조적 변용' '일상성의 미학적, 도덕적 복권' '현대적 실존의 드러냄' '말할 수 없는 것들의 슬픔과 아름다움을 살려내기' 등으로 상찬하고 적극적 의미를 부여해왔다. 그리고 이 글들은 전부가 그런 것은 아니지만 경전주해적이거나 과잉해석, 대상 텍스트의 무류화, 주관적 매혹의 무비판적 노정, 감상적 접근과 수사학적 장식 등 비평윤리상의 많은 문제를 드러내고 있음 역시 살펴보았다.

반면에 '비판적 비평'들은 신경숙 소설을 두고 협애한 인간관계에 고착되어 역사적 사회적 관계들에 대한 성찰로 나아가지 못한다거나, 통속적이라거나, 소녀적 감수성의 세계를 넘지 못한다거나, 가부장제를 온존하는 기능을 한다거나, 80년대를 진정으로 극복하지 못한 허약한 90년대 문학의 표상에 불과하다거나 하는 등의 비판을 가하고 있음도 살펴보았다.

어느 쪽의 비평적 판단들이 옳은가를 제대로 논하는 것은 이 글의 범위를 넘어서는 일이다. 문제는 이 상찬과 비판들이 서로 무연한 채로 존재하는 우리 비평계의 현상이다. 만일 이러한 긍정적이고 적극적인 평가들과 부정적이고 유보적인 평가들이 충분한 상호토론과 비판, 반비판을 통해 상호발전을 이루게 되면, 그것은 우리 비평이 침체를 벗고 발전할 수 있는 계기가 될 것이며 신경숙 등 작가들 역시 일찍 대가연하지 않고 겸손하게 자기 문학세계를 가일층 발전시킬 수 있는 계기도 될 것이다. 하지만 불행히도 지금 우리 비평에는 이러한 풍토를 찾아보기 힘들다.

대신 신경숙 등 극소수의 베스트셀러 작가들의 작품들이 국내 유수의 문학지에 게재되고, 그 문학지를 내는 유수의 출판사에서 단행본으로 묶이고, 역시 적든 많든 그 유수의 출판사와 가까운 유수한 비평가들이 그 해설을 도맡아 쓰는 과정에서 이상과 같은 문제점을 지니고 있는 '해설'들이 신경숙의 문학에 대한 주류적 해석으로 고착되고, 상대적으로 그들의 문학에 대한 비판적 접근들은 그 충실성 여부와 상관없이 주변으로 밀려나는 현상이 오래도록 지속되고 있는 것이다.

물론 여기에는 앞서 말한 바와 같이 비판적 대안, 혹은 대안적 비판이 힘겨운 현금의 비평적 상황도 크게 일조를 하고 있고, 비판적 입장을 펼칠 만한 비평가들의 직무유기도 한몫하고 있다는 사실도 간과되어서는 안될 것이다. 나 역시 신경숙 소설에 대한 나의 입장을 본격적으로 펼치는 대신 이렇게 차도살인(借刀殺人)의 방법으로 동료 비평가들에 대한 개운치 못한 메타비평에나 매달리고 있지 않은가.

아무튼 신경숙의 경우를 하나의 시금석으로 한 이러한 거친 조망이 우리 비평의 건전화를 위한 하나의 발판이 될 수 있기를 기대해본다.

—『주례사 비평을 넘어서』, 한국출판마케팅연구소 2002

| 참고문헌 목록 |

* 작품해설 (간행연도순)

조남현 「외상과 한의 소설」, 『겨울우화』, 고려원 1990.

박혜경 「추억, 끝없이 바스러지는 무늬의 삶」, 『풍금이 있던 자리』, 문학과지성사 1993.

남진우 「우물의 어둠에서 백로의 숲까지」, 『외딴 방』, 문학동네 1995.

임규찬 「마음의 육신이 짓는 문학의 집」, 『오래 전 집을 떠날 때』, 창작과비평사 1996.

황종연 「현대적 실존과의 접촉」, 『강물이 될 때까지』(『겨울우화』 수정판), 문학동네 1998.

정과리 「타인의 아이를 향한 꿈」, 『기차는 7시에 떠나네』, 문학과지성사 1999.

김병익 「존재의 괴리, 그 슬픈 아름다움」, 『딸기밭』, 문학과지성사 2000.

신수정 「다시, 쓰여지는 이야기」, 『바이올렛』, 문학동네 2001.

＊평론 (필자명 가나다순, 괄호 속은 다루어진 작가)

김은하 「90년대 여성소설의 세 유형」(신경숙, 은희경, 공선옥), 『창작과비평』
    1999년 겨울호.

김주연 「소설은 없다고 말할 수 없는 한두 가지 이유」(신경숙, 윤대녕), 『문학
    과사회』 1995년 여름호.

______ 「상실체험과 환영 속의 사랑」, 『동서문학』 1997년 가을호.

김치수 「슬픔의 현상학, 또는 잃어버린 시간 찾기」, 『동서문학』 1999년 겨울호.

김형수 「신경숙 문학과 역사의 부재」, 『민족예술』 1996년 1월호.

방미경 「빈 집, 글쓰기의 시원 :신경숙의 글쓰기에 대하여」, 『현대비평과이론』
    1998년 여름호.

방민호 「성장, 죽음, 사랑, 그리고 통속의 경계」(은희경, 신경숙, 공선옥), 『동
    서문학』 1998년 가을호.

방성원 「신경숙 소설의 문체론적 고찰」, 『고황논집』 25호, 1999년 12월.

백낙청 「지구시대의 민족문학」(현기영, 신경숙, 박완서), 『창작과비평』 1993년
    가을호.

______ 「『외딴 방』이 묻는 것과 이룬 것」, 『창작과비평』 1997년 가을호.

서영채 「단편소설과 상품미학」(이문구, 이순원, 신경숙, 김소진), 『상상』 1993
    년 가을호.

소영현 「현실의 초월, 초월의 현실성」(신경숙, 은희경), 『여성문학연구』 제5호,
    2001년 9월.

손정수 「세 겹 욕망의 주름」(신경숙, 한강, 김현영), 『동서문학』 2000년 여름호.

______ 「기억의 현전, 공백의 울림」, 『문학사상』 2001년 2월호.

신승엽 「성찰의 깊이와 기억의 섬세함」(김인숙, 신경숙), 『창작과비평』 1993년
    겨울호.

윤지관 「90년대 리얼리즘 소설의 길찾기」(방현석, 신경숙), 『동서문학』 1996

여름호.

이상경 「말해질 수 없는 것들을 넘어서」, 『소설과사상』 1997년 봄호.

이재영 「상실의 세계와 세계의 상실」, 『창작과비평』 2001년 겨울호.

이정희 「트라우마와 여성 성장의 두 구도」(은희경, 신경숙), 『고황논집』 제25호, 1999년 12월.

______ 「빈 집으로 가는 먼 길: 신경숙론」, 『경희어문학』 제21집, 2001년 2월.

최성실 「옛것의 집착에서 찾는 대중성」, 『문학사상』 1995년 11월호.

하창수 「맞서지 않는 길」(윤대녕, 신경숙, 송기원), 『오늘의 문예비평』 2000년 여름호.

황도경 「풀어지는 말의 무늬」, 『문학과사회』 1994년 여름호.

______ 「집으로 가는 글쓰기」, 『문학과사회』 1996년 봄호.

______ 「욕망과 죽음, 그리고 글쓰기」, 『현대문학』 1998년 10월호.

황종연 「개인 주체로의 방법적 귀환」(구효서, 박상우, 신경숙, 채영주), 『문학과사회』 1993년 겨울호.

민족문학과 민족문학사 인식의 전환을 위하여

1. 동요하는 민족문학

김현은 1970년에 "민족문학은 (…) 한국우위주의라는 가면을 쓴 패배주의자의 문학에 지나지 않는다. 그것은 사관이 결여되어 있는 문학이며 그런 의미에서 정신의 나찌즘화에 쉽게 가담한다. 나는 그래서 민족문학이라는 용어 대신에 최근 사학계에서 흔히 그렇듯이 한국 문학이라는 객관적인 용어를 쓰기를 원한다"[1]라고 했다. 여기서 그의 비판은 표면적으로는 우파적 보수주의자들이 내세운 '탈역사적 민족문학'에 향해 있기는 했지만 그 속에는 '민족'이란 말 자체에 대한 거부감과 함께 '민족'을 복권시켜 현재화하려는 모든 의도에 대한 경계가 드러나 있다.[2] 이 발언 속에 들어 있는, '한국'은 객관적이지만 '민족'은 객관적이

---

1) 김현 「민족문학·그 문자와 언어」, 『월간문학』 1970년 10월호.
2) 1970년 『월간문학』에서 민족문학을 특집으로 다루기 이전인 60년대에 이미 김동리류의 초역사적 민족문학론과는 달리 20년대, 해방기의 민족문학론의 맥을 이었다고 할 수 있는 백철, 정태용 등의 역사적 민족문학론, 즉 민족모순의 해결을 과제로 삼는 민족문학론의

지 않다는 그의 함의, 즉 '민족문학'을 보편문학 속에 해소시키고자 하는 하나의 지향성은 이후 30년 이상 우리 문학의 지형도 속에 지속적으로 잠복해오고 있다.

최근에 행해진 한 연구자의 다음과 같은 발언을 보자.

무엇보다 민족, 민족주의, 민족문학이라는 주술적 강박으로부터 벗어나는 결단이 요구될 터이다. 사회주의의 붕괴 이래 변혁을 향한 모든 담론이 증발한 지금, 어쩌면 가장 강력한 위력을 행사하는 것은 민족주의일 것이다. 거대담론의 퇴조에 반비례하여 민족주의는 여전히 강고하게 뿌리를 넓혀가는 이 기묘한 역설! 오리엔탈리즘에 대해서는 맹렬하게 비난하면서, 민족주의 안에 있는 억압과 배제의 기제들에 대해서는 지극히 관대한 지적 풍토! 식민지와 분단이라는 '집단적 고난'을 끊임없이 환기하면서, 타자들과의 경계를 두껍게 쌓아가는 것을 민족정체성이라 여기는 신경증적 집착들. 그것은 이 이론이 그만큼 우리들의 무의식적 지층에 마치 끈끈이주걱처럼 달라붙어 있기 때문일 터, 어쩌면 탈근대를 향한 운동은 이 집요한 신체적 무의식과의 결별로부터 시작되어야 할 것이다. 무엇을 위해서? 저 지평선 너머의 유토피아가 아니라, 온갖 이질적인 것들이 자유롭게 공존하는 헤테로피아를 향해 나아가는 '노마드(유목민)'가 되기 위하여.[3]

이 발언에서도 "민족, 민족주의, 민족문학"은 하나의 타기되어야 할 "주술적 강박"으로, 또는 치료되어야 할 "신경증적 집착들"로 간주되고

흐름이 엄존했던 것이 사실이며 김현의 이런 '반(反)'민족문학론적 태도는 이러한 두 경향 모두를 향하고 있었다고 보아야 한다. 정태용과 백철의 민족문학론에 관해서는 최원식 「민족문학론의 반성과 전망」(『한국민족주의론』, 창작과비평사 1982) 참조.
3) 고미숙 「근대 계몽기, 그 생성과 변이의 공간에 대한 몇가지 단상」, 『민족문학사연구』 1999년 하반기, 131면.

있는데 앞서의 김현의 발언 이후 30년의 시간을 격하고 있고 제기된 맥락도 다르지만 '민족' 범주들에 대한 저항감이 진하게 묻어나고 있다는 점에서는 같다. 전자의 경우는 민족담론의 역사적 존재이유에 대한 기본적인 몰이해에서 온 것으로 사관을 거론하고 있음에도 불구하고 민족주의 담론들의 역사적 존재이유에 대한 깊은 이해를 결여한 하나의 편견의 소산이라 일축할 수도 있지만, 후자의 경우는 민족주의 담론들의 허실과 공과에 대한 일정한 이해 위에서 그 권력과 신화를 해체하려는 좀더 위협적인 입장으로서 90년대 이후 지금에 이르기까지 상당한 영향력을 지닌다고 할 수 있다.

그리고 다음과 같은 또하나의 발언이 있다.

일방적 타자애에 기초한 비교문학론과 무조건적 자기애에 기초한 내재적 발전론, 동전의 양면을 이루는 나르시시즘의 방법을 넘어 주체 속의 타자를 정직하게 대면함으로써 국민문학의 봉인을 내재적으로 넘어서는, 그럼으로써 국민문학들을 가로지르는 세계문학의 시야를 파지하는 작업.[4]

완성된 글의 형태로 제출된 것도 아니고, '민족문학'이라는 말은 애써 피하고 있지만 누구보다도 충실한 '민족문학론자' 중의 한 사람에 의해 행해진 이러한 발언은 또 어떻게 이해해야 할 것인가. "국민문학들을 가로지르는 세계문학의 시야를 파지"한다는 말의 맥락 속에서, 일국적인 주체의식의 토양을 떠나서는 그 발생론적 해명이 불가능하다고 할 수 있는 '민족문학'은 어떤 처지에 놓이게 될 것인가.

---

4) 최원식 「한국문학의 안과 밖」, 민족문학사연구소 씸포지엄 '전환기 한국문학연구의 방향'(2000년 12월 2일) 자료집, 6면.

물론 이 세 개의 발언들이 갖는 뉘앙스는 각기 다르다. 첫째 발언에서 민족문학은 보편문학의 차원에 오르지 못한 일종의 열등한 변방문학인 반면 둘째 발언에서는 하나의 편향된 권력중심의 거처이고 그 이데올로기이다. 그리고 셋째 발언에서는 낡은 국민문학적 영역을 벗어나지 못한, 세계문학적 지양을 요구받고 있는 존재이다. 그러나 어느 경우든 민족문학은 이제 폐절되거나 적어도 상당한 정도로 지양되어야 할 어떤 것으로 취급되고 있다.

아닌게아니라 지금 '민족문학'의 처지는 매우 궁색하다. 주지하다시피 민족문학은 처음부터 보편문학이 아니라 특수문학이었다. "가장 민족적인 것이 가장 세계적인 것이다"라는 명제는 보수적 민족문학론자들이나 진보적 민족문학론자들이 즐겨 기대왔던 명제인데 그 안에서는 사실상 '세계적인 것'에 대한 성찰은 대개 괄호쳐져왔고, 언제나 우선적인 것은 '민족적인 것'이었다. 그것이 민족혼, 민족정신이건, 반제반봉건 민족의식이건 민족문학이 견지해온 그 '민족적인 것'의 주내용이 민족유아론적인, 일국적인 것이었음은 부정할 수 없다. 그 민족적인 것에 대해 '세계적인 것'은 내재화되지 못했을 뿐만 아니라 대상화되는 것을 넘어 심지어는 적극적으로 부정되어온 것이 사실이다. 대신 특수한(그러나 자동적으로 보편성을 담지했다고 주장되어온) 민족 내부의 문제들을 과제화하고 그 해결전망을 모색하는 것이 민족문학의 주된 관심이었다. 또하나 민족문학 담론이 빚지고 있는 민족주의 이데올로기 자체의 속성에 해당되는 것이지만 민족문학은 그 저항성만큼이나 강한 억압성을 지니고 있고, 그 통합요구만큼 강한 배제욕망을 지니고 있으며, 전반적으로 강한 구심성을, 다른 말로 하면 권력화를 그 속성으로 한다. 이는 그 비평적 공준이 무엇이든 불가피하게 동시대의 문학적 산물들에 대해서 선별과 배제라는 권력행위를 행사하게 되고 그 결과 문학인식, 나아가 문학 자체의 협애화를 낳게 된다.

'반제반봉건의 자주적 민족국가 건설에 복무하는 문학', 그리고 그 연장선상에 도출되는 '분단체제를 극복하는 문학'으로서의 민족문학을 내세운 민족문학 담론은 해방기 임화의 문학사론에서 이론적 토대를 구축하기 시작하여 특히 지난 70, 80년대의 '민족민주변혁운동'과 함께 발전하면서 우리나라와 민중이 당면한 특수과제들을 문학적 의제들로 구성하고 그 해결을 추구하는 강한 실천적 집중력을 보임으로써 확고한 주류담론으로 자리잡아온 것이 사실이다. 그러나 90년대 이후 민족민주변혁운동이 주객관적 장애에 봉착하면서 답보, 쇠퇴 혹은 변모하는 혼돈을 겪음에 따라 이에 의존하여 구성된 문학적 의제들 역시 대부분 그 이론적 기반과 유리되면서 형해화하고 이에 따라 민족문학 담론도 덩달아 그 위의가 현저하게 저락하였다.[5]

그와 함께 90년대 세대들을 주축으로 민족문학 담론에 대한 이탈과 반격이 시작되었다. 그들은 우선 민족문학 담론의 배타적 자기동일성 집착과 그 특권화를 소리높여 비판했다. 이 비판에는 분명히 경청할 만한 부분이 있었다. 민족문학론이 담론으로서의 자기동일성에 집착한 나머지 높은 추상수준에 머물러 변화하는 객관세계의 실상으로부터 유리

---

5) 여기엔 약간의 부연설명이 필요하다. 새삼스럽지만 80년대 이후 민족문학 담론에는 서너 가지의 서로 다른 경향성이 혼재하고 있었다는 사실을 상기해야 한다. 민족문학론, 민중적 민족문학론, 민족해방문학론, 노동해방문학론 등, 지금은 80년대 민족문학 담론들로 흔히 뭉뚱그려지는 일련의 제경향들 속에서 '민족' 범주는 각자 상당히 다른 함의를 지니고 있었다. 민족해방문학론에서의 민족은 철저히 반제(외세)민족해방투쟁의 주체로서 최고의 전략범주였고, 민중적 민족문학론이나 노동해방문학론에서의 민족은 민중과 함께 일종의 전선체를 의미하는 전술범주였다. 반면 민족문학론에서의 민족은 그런 전략전술적 범주 개념이라기보다는 일종의 넓은 범위의 근대주체로서 설정된 측면이 강했다고 할 수 있다. 결국 90년대 이후 전개된 세계사적 변화는 계급범주와 함께 전략전술적 주체로서의 민족범주의 입지에 결정적 타격을 입혔고, 그 결과 계급혁명적 전망을 유보하면서 80년대에 가장 온건한 행로를 걸었던 민족문학론이 지녔던 모호한 만큼 유연했던 민족범주가 상대적으로 타격을 덜 입고 지금까지 이 거센 탈민족화의 도전을 받아내게끔 된 것이다.

된 채 고답화되어갔던 것이 부인할 수 없는 사실이었기 때문이다.[6]

민족문학 담론이 처한 이런 위기에 대한 처방은 의연 기왕의 민족문학론자들 내부에서 제출되었다. 백낙청이 시도하는 바, 세계체제와 길항하는 지구적 작동단위로서의 민족정체성의 재구성, 그리고 그에 수반하는, 세계문학의 일환으로서의 민족문학 규정이 그렇고,[7] 앞서 인용한 최원식의 '국민문학을 넘어서 국민문학들을 가로지르는 세계문학을 파지하는 작업'이 그렇고, 후술하겠지만 하정일의 '비민족주의적 민족인식'과 탈식민주의적 대안모색[8]이 그렇다. 이 민족문학 진영(?) 내부에서 제출되는 새로운 모색들의 공통된 특징은 무엇보다도 종래의 민족문학 담론들을 결박하고 있던 일국적 자족성과 폐쇄성을 넘어 변화하는 세계환경이라는 보편적 조건 속으로 '민족'의 문제를 끌고 들어가고 있다는 점이다. 속단은 이르지만 최근의 이러한 이론적 모색들이 보여주는 방향성은 일단 올바른 것으로 보인다. 이전까지 단지 수사학적으로만 고려되었던 '세계'가 이제는 민족과 민족문학 담론 속에 점차 정식으로 제자리를 잡고 작동하게끔 되어가고 있는 것이다. 이러한 방향전환이 의미있는 것은 그것이 이제까지의 제반 민족담론이 지닌 유아론적이고 구태의연한 민족주의를 넘어서고 있기 때문이다. 이는 물론 추상적 보편문학으로서의 '한국문학'론, 또는 민족문학 담론의 해체와 문학의 탈역사화를 시도하는 담론기획들과는 그 방향성과 역동적 운동성이라

---

6) 별도의 논의가 필요하겠지만, 이러한 논의의 흐름은 민족문학 담론에 대한 탈중심화와 상대화에는 어느정도 성공했지만 이후 변화하는 객관세계에 조응하는 대안적 담론창출 작업으로 이어지지 못하고 후기자본주의의 타락한 일상성에 패배주의적으로, 또는 적극적으로 투항해 들어가는 하나의 수순에 불과한 것이 되고 마는 한계를 드러냈다고 볼 수 있다.

7) 백낙청 「지구화시대의 민족과 문학」, 『작가』 1997년 1~2월호 10~16면.

8) 하정일 「탈식민주의시대의 민족문제와 20세기 한국문학」, 『20세기 한국문학과 근대성의 변증법』, 소명출판 2000.

는 차원에서 분명히 구별되는 모색들이다. 그러나 민족문학 담론들 내부에서의 이러한 방향조정들은 민족문학의 성격, 범주 등과 관련하여 차후 일파만파의 파장을 불러올 것으로 보인다. 민족을 세계체제에 조응하는 지구적 작동단위로 재규정한다거나, 민족인식에서 민족주의를 배제한다거나, 국민문학의 봉인을 내재적으로 넘어서고 국민문학들을 가로지른다거나 하는 진술들은 이제까지 일국주의에 기초한 협애한 민족주의, 소박반영론이나 사회학주의에 깊이 침윤되어왔던 문학인식, 문학사인식을 그 근저에서부터 흔들어놓을 가능성이 크기 때문이다. 이제 우리는 단순히 선언적인 수준을 넘어서 이러한 민족문학의 새로운 전환의 밑그림을 구체적으로 그려나가기 시작해야 할 것이다.

2. 낡은 민족인식의 종언

백낙청은 민족문학을 '민족적 위기의식'을 근거로 하는 문학이라고 규정한 바 있다.[9] 그리고 얼핏 보아 단순하달 수도 있는 이 규정은 오랜 동안 대체로 자명한 것으로 받아들여져왔던 것이 사실이다. 그런데 이제는 그 규정의 관습적 자명성은 회의의 대상이 되어야 한다. 무엇보다 그 '민족'이 무엇이며 민족적 위기 혹은 위기의식이란 과연 무엇인가를 묻지 않을 수 없는 시점이 되었기 때문이다. 어쩌면 민족적 위기의식이란 말 자체가 지나간 백년여의 시간 동안 우리에게는 가장 익숙하고 자동화된 하나의 기표로 작동되고 있었고 누구도 그 기표를 문제삼지 않았다는 데서 이 규정의 자명성 역시 자동적으로 산출되었을 것이다.

'민족'이 근대의 산물이라는 사실은 이제 어느덧 상식이 되었다. 자본

---

9) 백낙청 「민족문학의 현단계」, 『민족문학과 세계문학』, 창작과비평사 1985, 12면.

제적 상품생산이 시장이라고 불리는 하나의 생산-재생산단위를 요구하고 이것이 특정한 지역범위와 언어적 동질성, 그리고 정치적 통합성을 요구하게 되면서 '민족' 혹은 '민족국가'가 탄생했다는 것이다. 물론 이러한 민족 탄생의 순탄한 정통적 경로는 서구의 몇몇 선진자본주의 제국들의 경우에 해당되는 것이다. 후발자본주의 제국들의 경우 '민족'의 탄생은 선진자본주의 제국들을 타자화하고 이들을 따라잡는, 좀더 공격적이고 불안정한 방식으로 이루어졌고, 그보다 더 열악한 비서구 식민지 지역의 경우 민족의 탄생은 제국주의 침략에 대한 대응과정에서 반사적, 수동적 방식으로 이루어졌다. 하지만 그 경로가 순탄하고 적극적인 것이었든 파행적이고 수동적인 것이었든 이 민족, 나아가 민족국가의 창출은 전자본제 상태에 놓여 있던 어느 지역에서건 자본주의의 도입, 발달과 더불어 이루어야 할 지상의 과제였다고 할 수 있다. 즉 근대는 민족과 민족국가의 탄생을 강제했고 그 탄생과 더불어 비로소 온전히 작동할 수 있었던 것이다.

우리는 주지하다시피 민족 탄생의 가장 열악한 경로, 즉 식민지적 경로를 통과해왔다. 그리하여 '반제반봉건 민족민주혁명을 통한 자주적 민족국가 건설'이 오랫동안 우리의 지상과제로 상정되어왔다. 이는 말하자면 우리 역시 민족국가의 건설이라는 근대 일반의 과제를 수행해야 하는데, 그 과제는 식민지적 왜곡을 겪었다는 역사적 특수성 때문에 반제반봉건투쟁의 승리를 매개로 할 때에만 이행 가능하다는 것을 의미한다. 일제하의 민족해방운동, 해방기의 민족국가건설운동은 물론이고 60년대 들어 부활하여 70년대에 일종의 성수기를 맞았던 민족담론들의 경우에도 예외없이 이 과제는 절대적인 것으로 받아들여졌던 것이 사실이다.[10]

___

10) 70년대 이래 '민족문학론'의 효시가 되는 백낙청의 「민족문학 개념의 정립을 위해」

그런데 70년대부터만 따져도 30년이라는 시간이 흘러 한 세기가 바뀐 지금 많은 것이 변화하였다. 그 시간 동안 '반제반봉건 민족민주혁명을 통한 자주적 민족국가 건설'이라는 과제는 어느결엔가 그대로 되풀이하기에는 어딘가 낡은 것이 되어버렸다. 이러한 '낡았다'는 느낌이 역사현실로부터 멀어진 주체의 일반적인 소원감에 기인한 것이 아니라면 그동안 그 과제를 어딘가 낡은 것으로 만들 수밖에 없는 어떤 조건들의 변화가 있었을 것이다. 이를테면 '반봉건'이라는 과제는 비록 전형적인 부르주아 민주혁명의 경과를 통해 해소된 것은 아니지만, 이제 문화적 과제일 수는 있어도 사회구성상으로는 무의미한 과제가 되었음에 틀림없고, '반제'의 과제는 그 대상이 되는 제국주의 외세가 우리나라에서 자기이해를 관철하는 운동방식이 변화하고, 그 외세에 대한 우리의 관계 역시 과거의 착취–피착취 개념으로는 전부 설명할 수 없는 양상으로 변화해감에 따라 그 정통적인 맥락에서는 많이 비껴나 있는 것이 사실이다. 무엇보다 '자주적 민족국가 건설'이라는 말 자체에 내재한 일국주의적 경직성은 분단현실과의 관련에서건, 세계체제와의 관련에서건 어떤 질곡으로 작용할 소지가 적지 않다.

앞서 말한 바와 같이 근대가 민족 및 민족국가의 탄생과 더불어 온전히 작동한다고 할 때 우리가 '자주적 민족국가'의 수립에 아직 성공하지 못했다면 우리의 근대는 여전히 미성숙한 것임에 틀림없다. 하지만 그 경로가 어떠한 것이었건 우리가 남북한 각각에서 분명히 국가적 정체성을 가진 '국민국가'[11]를 꾸려왔다고 할 때, 그것이 이념형적인 '민족국

(1974)도 바로 이런 과제인식의 문학적 번역물이라고 할 수 있다.

11) 여기서 '국민국가'는 '민족국가'와 조금 다른 의미로 쓰인다. 국민국가건 민족국가건 영어의 'nation state'의 역어임에는 마찬가지지만 서구의 경우 국민=nation, 국민국가=nation state가 자연스럽게 등식관계를 형성함에 반해, 우리를 비롯한 피식민지 경험을 가진 제3세계 나라들의 경우 '국민=민족'의 등식은 자연스럽지 못하다. 이 경우 '민족'이란 말 속에는 제국주의 세력에 대한 강한 대타성과 주체의식이 배어 있기 때문이다. 따라

가'에 미달한다고 해서 우리가 '근대 이전'의 상태에 놓여 있다고는 말할 수 없는 것이다. 그렇게 먼저 근대를 전유하기 시작했던 서구 여러 나라들도 여전히 근대의 울타리 안에 갇혀 있듯이, 우리 역시 식민지시대를 거치고 지금에 이르기까지 그들과 마찬가지로 근대의 울타리 안에서 근대를 살아왔던 것이다. 그러니까 '자주적 민족국가'를 건설하면 근대에 진입하거나 근대를 완성, 혹은 극복할 수 있다는 오랜 믿음은 순진한 것일 뿐 아니라 사실은 '근대 따라잡기'라는 환상에 들린 결과라고할 수 있다.

 물론 분단이라는 현실이 온전한 '민족국가' 수립을 방해해온 것은 사실이다. 하지만 애초에 지향했던 '통일된 민족국가'의 수립이 좌절되고, 남북한 각각에 여러모로 그만 못한 두 개의 국민국가가 성립되었다고해서 그것을 마치 '임시정착촌'처럼 여기는 것은 심리적으로는 이해가가지만 현실적으로는 올바른 역사인식이나 현실인식을 적지 않게 저해할 가능성이 있다. 백낙청이 대략 80년대 후반에서 90년대 초반에 이르는 시기에 '자주적 민족국가 건설'에서 '분단체제 극복'으로 그의 전략적 무게중심을 이전한 것이나, 그와 함께 '민족적 위기'에 대한 대응으로서의 민족운동, 또는 민족문학이라는 다분히 네거티브한 인식틀을 분단체제의 극복과 그를 통한 근대 세계체제의 근본적 대안모색이라는 좀더 포지티브한 인식틀로 바꾸어나가게 된 것도 이러한 맥락과 무관하지않을 것이다.[12] 이렇듯 구래의 저항적 민족주의에 기초한 민족담론은전후 50여년에 걸친 세계질서의 변화와, 역시 해방후 50여년에 걸친 한반도 상황의 변화에 의해 그 유효기간을 이미 넘긴 것이라고 보아도 무방할 것이다.

서 여기서 '국민국가'라는 말은 이러한 역사적 특수성과 구별되는 기능주의적 맥락에서 사용된다.

12) 백낙청 「민족문학론, 분단체제론, 근대극복론」, 『창작과비평』 1995년 가을호 17면.

지금 우리에게 '민족'이란 더이상 민족국가 형성의 이데올로기로 동원되는 '단일민족'과 같은 신화적, 초역사적 실체도 아니고, 반제국주의 투쟁과정에서 대타적, 반사적으로 형성되었던 상상의 투쟁주체도 아니다. 지금 우리에게 이 같은 심리적 민족인식은 낡았을 뿐 아니라 건전한 세계시민정신의 형성에 곧잘 장애가 된다. 또한 우리에게 '민족'은 세계체제와의 교섭을 의도적으로 거부하는 일국주의적 '민족경제'나 '자주국가'의 주체도 아니다. 이 같은 민족고립주의는 반역사적이고 반세계적일 뿐 아니라, 도대체 가능하지도 않은 것이다. 우리는 이제 '민족'을 말할 때 이러한 전시대의 유제들로부터 냉정한 거리감각을 유지해야 할 것이다.

3. 단위로서의 민족인식

그러면 과연 지금 우리에게 '민족'은 무엇인가? 그것은 단지 지나간 시절에 상상되었던 하나의 허상이어서 더이상 현재적 실체로는 존재하지 않는 것인가?

앞의 한 인용문에 "거대담론의 퇴조에 반비례하여 민족주의는 여전히 강고하게 뿌리를 넓혀가는 이 기묘한 역설!"이라는 표현이 있었다. 물론 수사학적 과잉표현이기는 하지만 거기엔 일단의 진실이 없지 않다고 할 수 있다. 어쩌면 이전 시대에 익숙했던 변혁담론들인 계급담론, 혁명담론 들이 일정하게 쇠퇴하면서 민족담론만이 상대적으로 잔존하여 더 완고하게 굳어져가는 측면이 있을 것이다. 그런데 이것을 하나의 '신경증적 집착'으로 읽는 태도는 문제다. 아니 설사 신경증적 집착이라 해도 모든 신경증적 집착은 무조건 해소되어야 하는 것인지 의문이고, 인간들의 모든 종류의 원망과 의지에 대해 '집착'이라는 레테르를 붙이는 것 역시 일종의 강박증이나 편집증은 아닐까. 설사 그것이 신경증적 집착이라고 해도 모든 신경증적 집착에는 그만한 이유가 있다. 민족, 민족문학 담론이 자기동일성을 유지, 재생산하기 위해 의도적으로 이러한 집착을 강화한다면 문제가 있겠지만, 실제로 객관세계 자체의 추이가 여전히 이러한 민족 범주에 대한 주목을 요구한다면 문제는 달라진다.

민족이 '상상의 공동체'라는 말은 대체로 옳다. 민족과 민족관념을 하나의 인류학적 고안물로 간주하면 그것이 "제한되고 주권을 가진 것으로 상상되는 정치공동체"[13]라는 규정은 타당한 것이다. 그러나 상상의 공동체라는 말이 곧 그 물질적 실체성에 대한 인식을 흐리는 쪽으로 이해되는 것은 옳지 않다. 근대의 산물로서의 민족은 자본주의 생산관계가 작동하는 하나의 경제공동체로서, 즉 하나의 생산·재생산단위로서의 물질적 실체성을 지니고 있다. 또한 자본주의 이후 또는 민족에 따라서는 그 이전부터 하나의 언어적, 문화적, 시·공간적 공동경험체로서의 실체성도 지니고 있다. 민족은 심리적 상상의 소산이기는 하지만 그 심리적 상상은 물질적 조건의 형성을 통해서만 가능한 것이었다. 정확히 말하면 민족은 물질적으로 형성되면서 심리적으로 상상된 것이다. 물론 이 물질적 심리적 통합성은 고정된 것이 아니라 여러 역사적 조건의 변화에 따라 좀더 강화되기도 하고, 이완·해체되기도 하는 것이기는 하지만 근대자본주의의 형성과정의 필연적 산물로서의 민족의 물질적 견고성, 즉 시장과 근대국가의 배양기로서의 견고성은 민족형성과 관련된 어떠한 다른 조건들에도 선행하는 것이다. 민족의 실체성을 담론 수준에서 고정시켜 신화화하거나 배타적으로 특권화하는 것은 문제이지만 이 '민족'의 실체성과 역사적 작동의 현실성을 간과하는 어떤 탈민족 담론도 현실성을 가질 수 없다는 생각이다.[14] 그러므로 지금도 민

---

13) 베네딕트 앤더슨 『민족주의의 기원과 전파』, 윤형숙 옮김, 사회비평사 1991, 21면.

족담론이 여전히 힘을 발휘한다면 그것은 그 담론이 자가발전을 한 때문이 아니라 물질적 실체로서의 민족의 어떤 문제가 그 해결을 요구하고 있기 때문일 것이다. 분단체제의 변동이 가시화하고 있다든가 신자유주의적 세계화의 거센 조류 속에서 민족구성원의 삶이 열악해지고 있다든가 하는 문제를 '민족단위'에 기초하지 않고 사유하는 것이 과연 가능한 일일까.

단 여기서 '민족'에 기초한 사유라 하지 않고 '민족단위'에 기초한 사유를 말한 것에 유의하기 바란다. '민족단위'라는 말을 사용하는 것은 단순히 '민족'이라고 할 경우 신화주의와 일국주의적 편향, 그리고 추상적인 '민족주체'론으로부터 자유롭지 못할 가능성이 있기 때문이다. 단위로서의 민족은 '개인, 계급, 성, 지역, 국가, 세계가 역동적으로 상호작용하고 자기를 관철하는 하나의 장(場)'을 말한다. 여기엔 신화적, 인종적, 집단주의적 뉘앙스들이 배제된다. 우리에게 필요한 것은 '민족'이라 불리는 추상적 집합적 주체성에 호소하는 것이 아니고 민족구성원의 계급적, 성적, 지역적 정체성(=주체성?)이 민족단위라는 장에서 어떻게 위협받고 있고 또 그 위기는 어떻게 극복될 수 있는가를 고민하는 일일 것이다. 이럴 경우 민족은 또하나의 주체가 아니라 여러 주체들이 각각의 생산 및 사회관계 속에서 겪는 문제들이 작동하는 하나의 관계망이며 개인, 지역, 국가, 세계의 문제들이 구체화되는 하나의 프레임이라고 할 수 있다. '민족' 개념은 이렇듯 개인과 계급, 지역과 국가 그리고 세계라는 다중적 차원에서 전개되는 현금의 여러 문제들을 올바르게 인식하고 사유하는 유효한 인식도구로서, 하나의 단위 개념으로 재정립되

---

14) 앤더슨의 '상상의 공동체'론은 민족형성의 물질적 기초를 간과하고 있지는 않지만 민족형성의 주관적 요소들에 더 무게중심을 둠으로써 근대자본주의의 산물로서의 민족을 어느 정도는 초역사적인 심리적 산물로 간주하는 경사를 보인다. 이에 관해선 크리스 하먼 『민족문제의 재등장』(배일룡 옮김, 책갈피 2001) 98~99면 참조.

어야 한다.

  민족을 단위 개념으로 재정립한다는 것은 '민족'을 그 자체로 목표화
한다거나 추상적으로 주체화하는 사고를 버리는 것이다. 그것은 개인,
계급, 성, 지역, 국가, 세계 등이 상호작용하고 갈등하는 하나의 단위공
간이다. 그것이 단위공간으로서의 제한성을 갖는 것은 그 구성원들이
동일한 정치경제공동체에 속해 있으며 역사적 공통경험과 인종적, 언어
문화적 동질성을 지니기 때문이다. 그러니까 동일한 공동체에의 귀속이
라든가 역사적 공통경험, 인종적 언어문화적 동질성은 '민족'의 최소 구
성요건인 것이다. 하지만 그것 자체가 그 구성원들의 삶의 지향성을 동
질화하는 어떤 강제력은 갖지 못한다. 그들은 같은 '민족'에 속해 있지
만 그 정체성은 그들이 속한 계급, 성, 지역, 정치집단 등에서의 정체성
에 결코 선행할 수 없는 것이다. 그러니까 하나의 물질적 실체로서의 민
족이 지닌 어떤 문제가 그 해결을 요구하고 있다는 말은 추상적, 전체적
'민족'이 그렇다는 것이 아니라, '민족단위'로 현상할 수밖에 없는 그 구
성원들의 다양한 삶의 활동들이 '민족단위'의 문제해결을 요구하고 있
다는 뜻이 된다. 그리고 이런 다양한 구성원들의 생활상의 요구가 이 민
족단위 내에서의 문제해결 과정에서 서로 갈등, 충돌하는 것도 당연한
일이다.

  그리고 또하나의 단서가 있다. 이 민족단위 구성원들의 복리증진이
나 삶의 개선이 세계적 차원에서 다른 민족단위 구성원들의 어떠한 피
해도 전제해서는 안된다. 즉 이들 구성원들의 '민족단위'의 문제해결 과
정이 타민족단위의 삶을 희생으로 하는 배타적이고 이기적인 것이어서
는 안된다는 것이다. 근대의 과제로서의 부르주아민족주의 혹은 민족인
식이 공격적이고 배타적인 것이었다면, 단위로서의 민족인식은 민족을
추상적으로 집단주체화하지 않음으로써 이러한 비이성적 공격성과 배
타성을 피할 수 있다.[15] 어떤 경우든 민족을 하나의 단위 이상으로도 이

하로도 인식하지 않는다는 것은 한마디로 '민족이 소리를 내지 않게 하는 것'이며 '민족의 이름을 걸고 무언가를 하지 않는 것'이다. 이렇게 할 때 비로소 우리는 전통적 민족담론과 탈민족담론 양자가 지닌 편향을 극복할 수 있을 것이다.

이제까지의 맥락에서 볼 때 '민족단위'란 것이 '국민국가'와 범주적으로 얼마나 다른가 하는 물음이 가능할 것이다. 두 범주가 일견 같은 것으로 보이지만 우리의 경우 '민족'은 '국민국가'와 다를 수밖에 없는 역사적 조건이 엄존해왔다. 분단이라는 특수한 조건이 그것이다. 앞서 말했듯 남북한은 현실적으로 두 개의 서로 다른 국민국가다. 통일이 되었건 항구적 평화체제의 정착이 되었건 분단체제의 극복을 염두에 두지 않는다면 각각의 국민국가로서의 남북한 내에서 '민족'을 내세우는 것은 하나의 이데올로기적 담론행위에 지나지 않는다. 그러나 지양, 극복되어야 할 분단체제가 지속되는 한, 그리고 그 속에서 남북한 전체를 사유하는 한, 그 사유는 '민족'의 차원에서 수행될 수밖에 없다. 그때의 민족은 어떤 신화도 이데올로기도 아니고 하나의 불가피한 인식틀이다.[16] 이 '민족'이라는 인식틀을 유지해야 할지 아니면 폐기해야 할지는 분단

---

15) 이 문제에 관해서는 레닌의 다음과 같은 말이 음미될 가치가 있다. "일반적으로 민족국가의 발전은 부르주아민족주의의 근본원칙이다. 여기서 부르주아민족주의의 배타성과 끊임없는 민족적 분쟁이 나온다. 반대로 프롤레타리아는 모든 민족의 민족적 발전을 지지하지 않으며, 대중에게 그런 환상에 반대해 경고하면서, 무력이나 특권에 기초하고 있는 경우를 제외하고는 자본주의적 교역관계의 완전한 발전을 지지하고 모든 종류의 민족의 동화를 환영한다." V. I. Lenin, *Critical Remarks on the National Question and the Right of Nations to Self-Determination* (Moscow 1971), 22~23면. 크리스 하먼, 앞의 책 75면에서 재인용.

16) 지난 8월 23일의 '21세기에 구상하는 새로운 문학사론' 썸포지엄 종합토론에서 있었던 "남북을 이야기할 때 민족(문학)을 떨칠 수 없다"라는 최원식의 진술은 이런 맥락에서 이해되어야 할 것이다. 한편 같은 자리에서 있었던 "통일, 혹은 남북연합의 과정에서도 민족이 걸림돌이 된다"라는 이연숙의 발언과, "분단은 민족문제의 소산이지만 통일도 민족문제인가"라는 김철의 발언은 이를테면 신화적이고 정서적인 차원에서의 '민족' 인식이 지

체제가 어떤 방식으로 극복되는가에 달렸다고 할 것이다. 앞에서 민족
단위를 '개인, 계급, 성, 지역, 국가, 세계가 역동적으로 상호작용하고
자기를 관철하는 하나의 장(場)'이라고 규정했지만, 우리에게 그 장은
한편으로는 남북한 각각의 국민국가이면서 또 한편으로는 그 남북한과
세계체제가 동시에 역동하는 분단체제이기도 한 것이다.[17]

4. 민족문학의 재구성

이러한 민족인식의 전환이라는 바탕 위에서 '민족문학'과 민족문학론
은 다시 구성되어야 한다.[18] 민족문학론의 등기권자라고 할 수 있는 백
낙청에게 있어서도 이런 재구성작업은 이미 시작된 지 오래다. 그가
"민족문화의 창조적 계승 및 발전과 세계문학에의 떳떳한 참여를 목표
로 삼는 문학"을 이야기하고,

자본이 주도하는 지구시대는 세계문학 자체를 치명적으로 위협하
는 시대인데, 민족문학은 이런 대세에 맞선 소극적 저항에 그치지 않

닌 문제점을 경계한 것인데 백낙청의 분단체제론이나 최원식의 이상과 같은 진술에는 이
미 이러한 경계가 전제되었다고 할 수 있다.

17) 이런 문제의식은 백낙청이 그의 「분단체제의 인식을 위하여」(『창작과비평』 1992년 겨
울호)와 「민족문학론, 분단체제론, 근대극복론」(『창작과비평』 1995년 가을호)에서 펼친
분단체제론과 큰 줄기에서 공감한 결과라고 할 수 있다.

18) 이 '민족문학'이 불변하는 것이 아니라 부단하게 재구성되는 것이라는 생각은 졸고 「리
얼리즘과 민족문학을 넘어서」(『불을 찾아서』, 소명출판 2000) 참조. "민족문학론은 하나
의 이론체계가 되기 위해서 기본적으로 '민족'과 '민족문학'에 대한 규정이 선행되어야 한
다. 그리고 그 규정에 입각하여 '민족문학론'이 형성된 후 객관적 상황이 변화하면 다시
'민족'과 '민족문학' 규정의 재검토가 이루어져야 하고 그것은 다시 '민족문학론'의 재규
정으로 이어진다.(270면)

고 "한반도라는 국지적 현실을 전지구적 관점으로 인식하는 하나의
모형을 제시"함으로써 "세계문학 이념의 수호와 새로운 세계문학운
동의 출현을 위해 끽긴한 요소"(백낙청 「지구시대의 민족문학」, 『창작과비
평』 1993년 가을호 94면―인용자)가 되는 것이다.[19]

라고 말할 때 그의 민족문학론은 이미 「민족문학의 개념정립을 위해」에
서 입론을 시도한 그의 최초의 민족문학론을 훨씬 뛰어넘은 차원에서
펼쳐지고 있는 것이다.

그가 새롭게 구성한 민족문학론은 분단체제 극복이 세계적 차원의
근대극복과 이어진다는 그 특유의 전망을 바탕으로 우리의 민족문학이
자본이 주도하는 세계적 대세에 소극적으로 저항하는 것을 넘어 세계문
학 이념을 수호하고 새로운 세계문학운동의 출현을 예비할 수 있다는
원대한 지평을 지니고 있다. 이러한 민족문학론의 새로운 구성작업이
과연 얼마나 적합성을 가질지는 모르겠지만 그의 90년대 이래의 민족
문학론이 일국적 맥락의 자주적 민족국가수립론의 자장에서 멀리 벗어
난 것임에는 틀림이 없는 것 같다. 그리고 그 방향은 일단 정당한 것이
다. 민족문학이 '민족'이라는 짐 속에서 일국주의와 저항적 민족주의에
의 유아론적 집착이라는 무게를 내려놓을 때 비로소 우리의 민족문학은
우리의 민족문제를 해결할 수 있는 전망을 획득할 수 있음은 물론 진정
한 세계시민으로서의 민족구성원들의 정체성을 획득할 수 있으며, 그
럼으로써 최원식이 말한 바 '국민문학을 넘어서 국민문학들을 가로지
르는 세계문학을 파지하는 작업'에 한몫 거들 수 있게 될 것이기 때문
이다.

하지만 진정한 문제는 이제부터이다. 어떠한 원대한 밑그림을 그리

---

19) 백낙청 「민족문학론, 분단체제론, 근대극복론」 23면.

든 간에 민족문학론은 민족문학론일 뿐이며 민족문학 자체가 될 수는 없다. 즉, 민족문학은 무엇보다 나날의 구체적 현실 속을 살아가는 작가와 작품의 세계이기 때문에 그 실감을 떠나서는 어떠한 이론도 사실은 사상누각에 불과한 것이다. 이 점에 관해서는 백낙청도 같은 글에서 "민족문학이 산출한 작품을 폭넓게 점검하고 민족문학론이 제기한 중요 쟁점들을 검토하는 작업이 따라야 하는데 지금이 그럴 계제가 못 됨은 물론이다"라고 함으로써 그 중요성과 어려움을 동시에 토로하고 있기는 하다.[20] 하지만 그것은 한 개인의 역량에 맡길 수도 없고 맡겨서도 안되는, 그리고 담론화의 욕망에 의해 뒤로 밀쳐져서도 안되는, 진정한 민족문학론자라면 나날이 일상적으로 수행해야 할 과업인 것이다.

민족문학론을 자신의 중심이론으로 내세우는 사람들이 먼저 가질 것은 동시대의 문학과 문학현상에 대한 겸허한 태도이다. 현재 부단히 산출되고 있는 동시대의 문학작품들 전부를 민족문학론의 점검 대상으로 포괄해 들이지 않고 '민족문학이 산출한 작품'(?)만을 '폭넓은'(?) 점검의 대상으로 삼는 것은 사실은 전혀 폭넓지 않은 일종의 배타적 순환론이 될 수도 있다. 동시대의 어떤 문학이 분단체제의 문제와 위기를 잘 드러내고 한반도라는 국지적 현실을 전지구적 관점으로 인식하게 만드는 문학일 수 있는지, 그리하여 세계문학적 이념을 수호하는 문학이 될 것인지를 변별하는 일은 결코 만만한 일이 아니고, 언젠가 한번 몰아서 해결하면 될 일도 아니다. 그것은 시대의 흐름과 그것을 반영하는 문학적 경향들을 놓치지 않는 성실성과 감수성, 그리고 그것들에서 보편적 징후를 읽어내는 과학적 해석력이 집중되어야 하는 고도의 작업인 것이다. 특히 절대의 역사철학적, 미학적 규준이 부재하는 지금의 상황에서는 동시대의 문학작품들이야말로 그러한 역사철학적, 미학적 규준을 귀

---

20) 같은 글 22면.

납해낼 수 있는 최선의 질료들이라고 할 수 있다. 특히 백낙청이 기대하는 대로 우리 민족문학이 세계문학을 수호하고 세계문학운동의 출현을 주도하거나 선도할 잠재력을 가지고 있다면, 더욱 더 지금 산출되고 있는 우리 문학에 대해 면밀한 관심과 애정을 기울여야 할 것이다.

하지만 지금 우리 문학비평의 상황을 보건대 백낙청, 최원식 등 거대담론 수립에 있어서는 의연히 주목할 만한 입장을 모색, 견지하고 있는 쪽은 최소한 90년대 이래 우리 문학에 대해 전혀 비평적 개입을 하지 않고 있으며, 반면 작품들을 성실히 읽고 해석해내는 쪽은 민족문학론과 같은 거시적 차원의 문제의식은 전혀 가지고 있지 못한 형편이라고 할 수 있다. 또 그 가운데쯤에는 거대담론에 대해서도 미시비평에 대해서도 제대로 된 개입을 하지 못하고 어중간한 유보적 태도에 함몰되어 있거나, 그 반대로 거대담론이 되었건 미시비평이 되었건 동시대의 비평풍토 자체가 지닌 현실적 핍진성의 부족과 무기력, 상업주의적 안주 등을 문제삼는 메타비평에 주력하는 쪽이 있다. 이러한 비평영역의 분화 자체가 문제는 아니지만 이러한 각각 다른 영역들이 전혀 상호비판적 소통과정을 겪지 않고 격리되어가는 것은 큰 문제가 아닐 수 없다.

새삼스럽게 자꾸 반복되는 말이지만 민족문학은 민족문학 작품에서 시작되어야 한다. 그리고 그 민족문학은 미우나 고우나 우리 동시대에 산출되는 작품들 속에 들어 있는 것이다. 다행히도 최근 들어 우리 문학은 90년대의 특징이랄 수 있던 세대적 고립을 벗어나 점차 다시 세대적으로 폭넓은 스펙트럼을 보이면서 활력을 얻어가고 있는 것으로 보인다.[21] 미시취향, 왜소한 스케일, 일상성에의 집착, 상업주의화 등 90년

---

21) 80년대 작가군들——이를테면 김영현, 김남일, 정도상, 방현석, 정화진, 김한수 등——이 아직 제자리로 돌아오지 못한 것이 아쉽지만, 『지상의 숟가락 하나』의 현기영, 『슬픈 시간의 기억』의 김원일, 『내 몸은 너무 오래 서 있거나 걸어왔다』의 이문구, 그리고 무엇보다도 『오래된 정원』과 『손님』으로 확고하게 다시 돌아온 황석영 등 이제 60대 전후에

대 문학이 지닌 문제점들은 일차적으로는 90년대 작가군들의 책임이지만 그동안 그러한 문제점들을 감지하면서도 다른 질적 성격을 지닌 작품들을 생산해내지 못한 이전 세대 작가들도 그 책임에서 자유로웠다고 할 수는 없다. 이렇게 볼 때 최근에 감지되고 있는 이러한 활력은 이러한 90년대적 무기력에 대한 작가적 반성이 시작되었음을, 그리고 무엇보다 그런 반성을 강제하는 어떤 새로운 시대적 추세가 목하 꿈틀거리고 있음을 시사한다.

새로운 세기의 민족문학을 말하려면 비평가들이 그동안 자의반타의반으로 저질러온 직무유기를 청산하고 이러한 당대 문학의 변동을 파악하는 통시적 감각과 그 다양한 스펙트럼과 각각의 질적 차별성을 면밀히 읽어내는 공시적 감각을 견지하는 것이 필요하다. 각각의 작가, 작품들이 지니는 고유한 계급·계층·성·세대·지역별 정체성의 성격과 차이, 그로 인한 그들의 세계관의 차이와 미의식과 방법의 차이를 두루 명료하게 규명하는 작업을 통해 민족문학의 지형도를 다시 그려야 하는 것이다. 지금 단계에서 무엇보다 피해야 할 것은 섣부른 위계화와 그에 수반되게 마련인 선택과 배제의 논리이다. 대신 선행되어야 할 것은 온갖 '차이들'과 '변화들'의 확인작업이며, 민족문학론은 이러한 새로운 문학적 실체들에 대한 광범한 확인과 해석을 통해 민족문학의 상을 재구성해야 하는 과제에 직면해 있다. 물론 이 과제는 우리 비평이 현재의 지리멸렬하게 파편화된 무기력한 상태를 벗어나 당대의 문학은 물론 세계 전반에 대한 통찰력을 회복하지 못하면 이루어질 수 없는 과제이다.

도달한 70년대 작가들이 만들어내고 있는 묵직한 분위기는 기왕의 90년대 문학이 지니고 있는, 양적 풍성함과 개성적 문제의식에도 불구하고 어딘가 가볍고 모자란 듯한 흐름에 하나의 무거운 추를 매달아 드리워주고 있는 것으로 보인다.

5. 민족문학사의 당위성과 가능성

모든 '민족문학사' 또는 '국문학사'는 곧 근대문학사이다. 문학사에 '민족'이나 '국' 또는 '한국' '조선'이라는 말을 붙일 때 그것은 민족 혹은 국가로서의 한국, 조선의 형성이라는 관점, 즉 근대민족국가의 형성이라는 관점에서 문학사를 구성하겠다는 의지의 표현이다. 이는 거꾸로 말하면 문학사를 통해 이 근대민족국가 형성의 필연적 과정을 추인받겠다는 강한 연역의지의 표현이기도 하다. 그러니까 모든 민족문학사는, 그것이 고대를 다루고 있다고 해도 근대문학사이며, 그 안에는 근대에 대한 나름대로의 규정과 입장이 들어 있다. 민족문학사를 쓰는 일은 문학적 사실들의 구성을 통해 근대를 이해하고 전유하며 때로는 근대와 싸우는 일이다. 지금 우리가 민족문학사를 다시 써야 한다면 그것은 근대를 재정리해야 한다는 뜻이 되며, 민족문학사가 다시 씌어질 수 있다면 그것은 그 근대에 대한 새로운 관점에서의 재정리가 상대적으로 일단 이루어져 있다는 뜻이 된다. 지금은 과연 민족문학사를 써야 할 시점인가, 아니면 쓸 수 있는 시점인가?

돌이켜보면 '문학사'라는 것이 씌어지기 시작한 시점도 그리 오래된 것이 아니고, 그 성과란 것도 그리 많은 것이 아니다. 우선 통사로는 '종(倧)과 협화(協和)'라는, 국수와 외래사상문물과의 상호작용을 근간으로 하는 진화론적 역사인식에 기초한 국학파 안확의 『조선문학사』(1922), 계급적 역사인식에 기초한 맑시스트 이명선의 『조선문학사』(1948), 그리고 일종의 민족유기체론과 실증주의를 결합한 신민족주의 사관에 기초한 조윤제의 『국문학사』(1949)와 이후 거의 40년을 격하여 산출된 내재적 발전론에 입각한 조동일의 『한국문학통사』(1982~88) 등이 있고 근대문학사 작업으로는 이식문학사로서의 신문학사의 성격을 규명하고자 한 임화의『개설신문학사』(1939), 임화적 이식사관의 속류적 형태인 사조사적 관점으로 근대문학사를 재구성한 백철의『조선 신문학사조사』(1948~49), 냉전시대 남한 주류문학의 정통성에 대한 문학사적 추인작업인 조연현의『한국현대문학사』(1956), 내재적 발전론이라는 역사의식과 구조주의적 문학관이 착종된 김현·김윤식의『한국문학사』(1972), 그리고 80년대 민족문학론의 근대문학사적 투사물이라고 할 수 있는 김재용 등의『한국근대민족문학사』(1993) 등이 있다.

이러한 기왕의 문학사 작업들을 일관되게 추동한 것은 그것이 통사건 근대문학사건 관계없이 '근대라는 압도적 조건에 어떻게 대응할 것인가' 하는 물음이었다고 할 수 있다. 그 대답은 거칠게 윤곽을 그린다면 국수(國粹)의 보전이라는 민족주의적 방향으로(안확, 조윤제), 보편적 역사법칙에의 의탁이라는 방향으로(이명선), 이식된 것의 내면화라는 방향으로(임화), 내재적 계기들의 우선화라는 방향으로(김현·김윤식, 조동일), 반제반봉건 민족민중운동에 기대는 방향으로(김재용), 그리고 탈역사적 보편주의의 방향으로(조연현) 다양하게 이루어졌던 것이다.

다시 말하면 이 기왕의 문학사 작업들은 나름대로 '근대와의 주체적 긴장'의 소산이었던 것인데 이 소산들이 그들 나름의 긴장과 대결들에도 불구하고 지금 우리 눈앞에서 다시 자기갱신과 발전을 통해 망망하게 전개되어가는 '낡고도 새로운 근대'를 끝내 온전히 포착해내지 못했다는 데 문제가 있는 것이다. 결국 근대는 다시 포착되고 극복되어야 하고, '민족문학사'는 다시 씌어져야 하며, 다시 씌어지는 민족문학사는 이러한 다양한 '근대적 긴장'의 소산들을 딛고 넘어선 곳에서 시작되지 않으면 안되는 것이다. 그러면 그러한 새로운 민족문학사는 과연 씌어질 수 있는가?

최근 제출되어 있는 이른바 '이식론과 내재적 발전론을 넘어서' '근대성의 쟁취와 근대의 철폐'라는 두 개의 상호밀접하게 관련되어 있는 슬로건[22]은 아마도 이러한 기왕의 '근대적 긴장'들을 전향적으로 집약해 놓은 것이라고 할 수 있다. 이 두 개의 슬로건은 확실히 '식민지적 근대'라는 특수한 형태로 근대를 경험했고 지금은 그렇게 각인된 근대를 자각적으로 지양해야 할 시점에 놓여 있는 우리 민족구성원들이 자신의 물질적·정신적 삶의 운동적 지향점으로서 설정해도 좋을 만한 것들이라고 할 수 있으며, 따라서 '민족문학'의, 그리고 '민족문학사'의 현재적 화두로서 강한 유효성을 지닌다고 할 수 있다. 그러니까 씌어져야 할 새로운 민족문학사는 이 화두를 자기 것으로 함으로써 씌어질 수 있는 그 출발점에 놓여지게 된 것이라고 할 수 있다.

그러나 이 두 개의 슬로건에 대해서는 약간의 보완적 문제제기가 필요하다. 이 슬로건들에는 여전히 선형적 추종대상으로서의 근대(성)에 대한 강박이 깃들여 있다는 점을 부인할 수 없다. 이식론과 내재적 발전론을 넘어선다는 말은 근대가 불변의 외재적 소여로서 타율적으로 강제된 것으로 인식되어서도, 그렇다고 보편적 역사발전법칙에 의해 내재적으로, 또 자동적으로 구현되는 것으로 인식되어서도 안된다는 것으로 외적 작용과 내적 형성의 변증법을 올바로 파악하자는 뜻일 텐데, 그럼에도 거기엔 '근대의 이행'이라는 불변의 전제가 가로놓여 있다. 또한 근대성을 쟁취하면서 근대를 철폐한다는 이중과제(double project)도 탈근대적 열망을 강하게 표출하고 있지만, 근대를 '통과해야 할 어떤 것'으로 전제하고 있다는 점에선 마찬가지이다. 이 점이 이 슬로건들의 아킬레스건이 된다.

문제는 이렇게 이행되어야 하고 쟁취되어야 할 것으로 전제하고 있

---

22) 이 두 개의 유명한 슬로건은 각각 최원식의 두 개의 글 「이식론과 내재적 발전론을 넘어서」(『창작과비평』 1993년 가을호)와 「한국문학의 근대성을 다시 생각한다」(민족문학사연구소 씸포지엄 '민족문학과 근대성', 1994년 5월)에서 선명하게 제시된 바 있다.

는 '근대' 혹은 '근대성'이라는 것이 무엇인가 하는 데에 있다. 그것이 서구자본주의 제국에 의해서는 이미 선취된 어떤 것, 그리하여 그들을 추종하고 답습함으로써만 얻어질 수 있는 어떤 것이라면, 이것을 쟁취 혹은 완성한다는 것은 지금 그들이 빠져 있는 딜레마 역시 그대로 답습할 수밖에 없다는 의미가 된다. 만일 이른바 근대이성의 합리적 기획과 계몽성을 포함한 근대성 일반이 파괴와 재앙으로 귀결될 수밖에 없는 것이라면 처음부터 이러한 근대의 이행, 근대성의 완성 혹은 쟁취라는 길은 선택되어서는 안되는 길이다.

그렇다면 차라리 해체적 탈근대의 길이 올바른 선택이 될 수 있을 것이다. 하지만 이러한 탈근대적 지향성 역시 이를테면 사회주의적 기획이 그랬듯 사실상 탈근대의 영역에 있는 것이 아니라 근대의 영역 속에 사로잡힌 것일 수도 있다. 자유주의 혹은 변형된 자연주의[23]라고 할 수 있는 이런 탈근대적 경향들이야말로 자본주의적 근대운동의 한 매개로서 기능하고 있지 않다는 보장은 없다. 이 문제에 관해 지금 어떤 결론을 낼 수 있는 처지는 아니지만, 어쨌거나 이상과 같은 문제들을 다시 과제화하여 어떤 제3의 전망을 현실화하는 기획으로 연결되지 않는 한, 이 슬로건은 하나의 수사학적 궤변으로 떨어지게 된다.

또하나, 이 슬로건에는 이 근대이행(쟁취), 근대극복(철폐) 과정에 문제의 분단체제 극복이 어떻게 관련되는가에 대한 성찰이 아직 불충분하다는 문제점이 있다. 이 슬로건을 중심으로 생각할 때, 남북 양체제에

---

23) 여기서 자연주의는 형이상학, 도덕, 이성 등의 세계에 대한 해석적 지배를 거부하고 거꾸로 자연상태의 충동과 의지를 더 중시하는 니체적 세계관을 말한다. 니체는 이렇게 말한 바 있다. "인간을 자연으로 환원시키는 것, 이제까지 자연 그대로의 인간이라는 영원한 본바탕 위에 칠해지고 휘갈겨져온 공허하고 몽상적인 해석이나 함축을 극복하는 것……이것이야말로 이루어져야 할 진정한 과제이다." 니체 『선악을 넘어서』, 김훈 옮김, 청하 1982, 168면.

는 심각한 차별성과 불균등성과 시간차가 존재한다. 이 역시 심각한 고려의 대상이 되어야 한다.

지금 새로운 '민족문학사'를 준비하는 일은, 앞서 고찰했듯 구래의 일국적 정체성에 긴박되어 있으며 동시에 분단체제에 고착되어 있는 '민족'을 새로운 성격의 물질적 실체성에 상응하는, 즉 일국적 제약을 지니면서도 동시에 세계체제 속으로 해방-재긴박되는, 그러면서 분단체제를 극복해나가는 실체적 작동단위로서 재규정해나가는 작업과 함께, 그러한 '민족'단위의 작동이 근대(성)와 탈근대 사이를 종단하는가, 아니면 횡단하는가 하는 지혜로운 선택의 작업까지도 포괄하는 지극히 복잡하고 어려운 일이며, 그것은 민족문학사 이전에 우선 당면한 민족문학론의 일이다. 아니 정확히 말하면 민족문학사는 민족문학론과 이런 과제들을 이행하는 과정에서 동시적으로 구성되는 것이라고 할 수 있다.

새로운 '민족문학사' 구성작업은 이러한 난제를 앞에 두고 있는 한, 지금의 민족문학론이 그렇듯 아직은 당분간 해석의 단계에 있을 수밖에 없다는 생각이다. 총체성을 온전히 갖춘 문학사 서술은 대단히 높은 수준의 이론적 실천작업이며 하나의 모험이기도 하다. 과거 우리 문학의 모든 자취들을 '이식론과 내재적 발전론을 넘어', 근대와 탈근대의 긴장이라는 커다란 정신사적 장(場) 속에서 재해석하는 일만으로도 당분간 우리 '문학사' 작업은 각론적 차원에 머무를 수밖에 없을 것이다. 그동안 반복적으로 성마르게 구축되어온 '중심과 위계'에 의하여 배제되고 방치되었던 수많은 '다른 것들'을 발견해서 해석하고 '다른 것들' 사이의 부단한 상호작용과 모색의 관계틀로서 역사를 폭넓게 받아들이는 방법적 해체의 작업이 선행되어야 한다고 생각한다. 그리고 그 결론으로서의 민족문학사가 '중심과 위계의 역사'가 될지 아니면 자유롭게 발산하는 '차이들의 역사'가 될지조차도 열어두는 자세가 필요할지 모른다.

— 『민족문학사연구』 2001년 하반기

회통(會通)의 비평

최원식의 문학과 사유 (1)

1. '지상의 길'을 여는 걸음

이 글은 우리 시대를 대표하는 중견 비평가이자 국문학연구자의 한 사람인 최원식(崔元植)의 비평세계를 더듬어보는 글이다. 1972년 동아일보 신춘문예 평론부문에 김동리론으로 입선하여 등단한 그는 70년대 후반부터 본격적으로 비평활동을 시작하면서 80년대와 90년대를 통해 민족문학진영의 주요한 이론축을 형성해왔으며 한편으로는 그와 동등한 무게로 한국근대문학연구에 정진하여 역시 대표적인 진보적 근대문학연구자로서의 입지를 굳혀왔다. 하지만 그에게 있어서 비평과 국문학연구, 국문학연구와 비평은 둘이 아니고 하나다. 그에게 있어서 연구와 비평은 온전히 회통되어 있다. 박사학위논문 「이해조문학연구」를 비롯한 그의 우리 근대 초기에 집중되어 있는 연구논문들은 거의 전부 민족문학론적 관심의 문학사적 투영의 결과물이며, 그의 비평은 민족문학론을 구성하고 있다. 그에게 연구와 비평은 민족문학의 과거와 현재 사이의 대화라고 할 수 있다. 비평가로서의 최원식을 알기 위해선 연구자로서의 최원식을 알아야 하고, 그 역도 온전히 마찬가지다. 상식적인 말 같지만 사실 연구자/비평가가 속절없이 늘어난 90년대 이후의 비평세 에 이러한 상식은 의외로 잘 통하고 있지 못하다. 한 개인이 두 개의 직 함을 지니고는 있으되 그 두 직함 사이의 분리는 마치 딴사람처럼 여전 한 것이 일반적이다. 왜 연구를 하는지, 왜 비평을 하는지 왜 둘을 병행 하는지에 대한 깊은 자의식들을 지니고 있는 사람들이 과연 몇이나 될 까? 이런 현실에서 자의식의 수준을 넘어 자신의 연구와 비평을 하나의 과제 아래 통일시켜나가고 있는 최원식이 지니는 존재감은 두드러진 것 이라 아니할 수 없다.

최원식의 비평과 학문세계를 조명해달라는 청탁에 응해서 씌어지는 이 글은 그럼에도 불구하고 그가 지닌 득의의 장처인 '연구와 비평의 회통'을 짐짓 무시할 수밖에 없게 되었다. 시간의 제약, 길이의 제약, 그 리고 공부의 제약이 함께 그 회통의 전모를 보여주는 것을 방해하고 있 다. 따라서 이 글에는 근대문학연구자로서의 최원식이 거의 들어 있지 않다. 그의 석사학위논문인 「현진건연구」, 박사학위논문인 「이해조문학 연구」는 물론 발표할 때마다 다른 연구자들에게 서늘한 감계가 되기에 족했던 그의 많은 연구논문들은 이 글에서 언급되지 못한다. 신소설 안 에 내재한 전통서사의 양상을 극명하게 드러내어 고전/현대단절론적 문학사 인식에 충격을 가한 「은세계연구」, 1910년대의 번안소설 『장한 몽』을 말하면서 80년대 초반의 대중문학의 횡행을 성동격서로 비판했 던 「장한몽과 위안으로서의 문학」, 애국계몽기 근대기점설의 진원인 「제국주의와 토착자본」 등 그의 수많은 발군의 논문들이 고찰대상에서 전부 제외된 이 글은 그의 비평만을 다루고 있지만 바로 그 때문에 정작 비평가 최원식의 진면목을 밝히는 데 결정적인 하자를 가진다.

그렇다고 그의 비평이 다 다루어지고 있는 것도 아니다. 처음엔 단지 그의 연구논문들만 제외하려고 했지만 글을 준비하면서 다시 그의 실제

비평의 성과들을 제외하게 되고, 이론비평 중에서도 문학비평의 범위를 넘는 동아시아론 등의 일반평론 역시 제외하게 되었다. 따귀 빼고 기름 뺀 멀건 곰탕 꼴이 되었다. 물론 시간의 제약과 길이의 제약이 우선은 가장 큰 문제였다. 그래서 궁색하게 제목에 (1)이라는 단서를 붙일 수밖에 없었다. 그러나 이렇게 후일을 기약함은 단지 일시적 궁지를 모면하기 위함이 아니라 차제에 최원식을 하나의 비평적 연구대상으로 삼아야 한다는 스스로에 대한 약속을 잊지 않기 위함이다.

최원식은 1972년부터 2001년에 이르는 30년간의 활동기간 동안 일본어 번역본인『韓國の民族文學論』(東京: 御茶の水書房 1995)을 포함해서『민족문학의 논리』(창작과비평사 1982),『한국근대소설사론』(창작과비평사 1986),『생산적 대화를 위하여』(창작과비평사 1997),『한국근대문학을 찾아서』(인하대출판부 1999),『황해에 부는 바람』(다인아트 2000), 그리고 가장 최근에 나온 평론집인『문학의 귀환』(창작과비평사 2001)까지 일곱 권의 저서를 냈다. 이중『한국근대소설사론』은 순수연구서라고 할 수 있고,『한국근대문학을 찾아서』는 석사학위논문인「현진건연구」와 함께 그의 문학연구의 뒤안을 엿볼 수 있는 짤막한 연구노트들과 방법론에 관한 글들이 실린 유니크한 저작이며,『황해에 부는 바람』은 유명한 '인천주의자'인 그가 쓴 지역으로서의 인천에 관한 글들이 실린 에쎄이집인데 앞서 말한 이유로 부득이 이 글에서는 다루지 못했다. 이 글은『민족문학의 논리』『생산적 대화를 위하여』, 그리고『문학의 귀환』등 20년에 걸쳐 나온 세 권의 평론집을 중심으로 한, 최원식 비평의 궤적을 연대기적으로 따라가며 스케치한 인상비평적 소론에 불과하다.

하지만 한갓 스케치에도 나름의 목적의식은 있는 법이다. 최원식은 최근에 쓴 글에서 "근대를 살되 근대에 투항하지 않는" 길을 일컬어 루쉰(魯迅)의「고향」의 한 구절을 빌려 '지상의 길'이라고 했다.[1] 근대를 살되 근대에 투항하지 않는 길, 그 길은 일종의 모순을 사는 길이라고 할 수 있다. 그리고 그 길은 그저 모순된 길이 아니라 사실은 비극적인 길이기도 하다. 수락하면서 거부하는, 거부하면서 수락하는 비극적 세계인식으로 충만한 길. 고통스러운 길이다. 그런데 그 길은 바로 최원식 자신이 앞장서 가고 있는 길이기도 하다. 그는 그 흔한 엄살도 주저도 없이 그 길을 올곧게 열어감으로써 우리 시대 진보적 지성의 한 표상이 되어가고 있다. 그가 언제부터 이 길을 찾게 되었는지, 그리고 그는 그 길을 어떻게 걸어왔고 또 걸어가려고 하는지를 알고자 하는 것이 이 소략한 글에 임하는 작은 목적이다.

2. 새로운 비평정신의 등장

그의 등단작 「신성사와 세속사의 갈등: 김동리론」(다루지 않겠다고 했지만 이 글은 『한국근대문학을 찾아서』에 실려 있다)은 그가 약관 스물넷에 쓴 글로서 그 연배에 있음직한 도식주의와 설익은 현학취를 채 벗지 못하고 있는 글이기는 하다. 그러나 '풍속과의 긴장'이라거나 '역사에 대한 지적 구조' 등 이 데뷔평론의 키워드는 그의 이후 비평의 전도를 예감케 하는 바가 있다. 하지만 그의 본격 평론활동은 『문학과지성』 1978년 여름호에 「한국비평의 과제」(이하 「과제」)를, 『창작과비평』(이하 『창비』) 1979년 봄호와 겨울호에 각각 「우리 비평의 현단계」(이하 「현단계」), 「70년대 비평의 향방」(이하 「향방」)을 발표함으로써 시작되었다고 할 수 있다.

메타비평작업이라 할 수 있는 이 세 편의 글은 그의 선배비평가들인

---

1) 최원식 「지상의 길: 세기말의 한국문학」, 『문학의 귀환』(이하 『귀환』), 창작과비평사 2001, 90면.

임헌영, 김인환(「과제」), 백낙청, 김종철, 조동일, 구중서(「현단계」), 김병익, 구중서, 염무웅(「향방」) 등의 평론집들을 비판적으로 읽어내고 있는데 그 내용을 떠나 길지 않은 일년여의 시간 동안 이렇게 집중적으로 전세대의 선배비평가들(김인환과 김종철은 그와 동세대에 속하고, 조동일은 비평가에서 국문학자로 전신했다는 점이 있지만 이들은 모두 70년대 비평을 이끈 당시 30대에서 40대 초반의 쟁쟁한 이론가들이다)을 비평대상으로 삼은 데에는 20대 말의 신예비평가 최원식 나름의 야심적인 전략적 사유가 놓여 있었던 것으로 보인다. 일종의 세대론적 전략이라고 할까 그는 앞세대 비평가들을 비판적으로 넘어섬으로써 하나의 새로운 비평적 목소리의 등장을 알려야 했을 것이다.

아마도 『창비』에 실리는 그의 첫글인 「현단계」는 백낙청의 이론비평, 김종철의 실제비평, 조동일의 국문학연구, 비평가 구중서의 국문학연구 등에 관한 정치한 메타비평을 전개하고 있는 최원식 비평의 실질적 기점에 해당한다. 그리고 이 글에는 확실히 비평대상인 70년대 비평가들이 전유하지 못하고 있는 새로운 세대의 시각, 다시 말하면 좀더 과학적이고도 급진적인 시각이 도처에서 예각적으로 드러나고 있다. 백낙청의 시민문학론에 대해서는 그것이 민족문학적 관점이 약하고 지식인 중심으로 구성되었으며, 민족문학론으로 발전했음에도 불구하고 국문학전통과의 관계가 소홀하고, 실제비평과의 유기적 관련이 적은 점, 민족·시민·민중 개념의 상관관계가 모호하며, 계급문제보다 민족문제를 우선시한다는 점을 비판했으며, 김종철에 대해서는 초기의 추상성과 반정치주의를 비판했지만 70년대 후반보다 급진화한 면모에 대해서는 공감을 보내고 있으며, 조동일에 대해서는 그의 구조주의적 방법이 지니는 개별적 구체성의 간과와 연역적 도식주의의 문제, 그리고 구조주의와 민족사관 사이의 부정합성을 문제삼는다. 그리고 구중서의 문학사론작업에 대해서는 문학사에서의 민중성의 문제에 대한 좀더 엄밀한 접근을 요구하고 있다. 선배비평가들에 대한 이러한 비판의 근저에는 강한 민족주의적 정념과 맑시즘적 교양이 가로놓여 있어 그가 70년대에 부활하기 시작한 좌파적 전통의 앞들머리를 적지 않게 전유했음을 시사하고 있다.

이러한 점은 이 「현단계」의 후속작업이라 할 수 있는 「향방」에서 조금 더 두드러지게 나타난다. 김병익의 비평을 비판하는 자리에서 그의 주지주의가 "세계를 분석하는 일에만 열중하고 있다"고 한 것("중요한 것은 세계를 해석하는 것이 아니라 변혁하는 것"이라는 맑스의 유명한 테제를 상기하라)이나 문학에서 내용이 형식보다 더 본질적이라고 한 것, 구중서의 기독교에 대한 순진한 태도를 문제삼은 것, 염무웅을 "세계를 변혁시키는 일에 나서"는 진정한 결정론자로 규정하거나, 그의 영웅주의적 작가관을 비판하는 것 등이 그 좋은 예가 될 것이다. 이렇듯 70년대 후반 최원식의 등장은 그 스스로의 승인 여부와 상관없이 우리 비평의 80년대적 급진화를 일정하게 매개하는 의미를 지닌다. 그 자신은 80년대 급진비평과 끝내 일정한 거리를 유지했지만 그 80년대 세대들은 70년대 말 80년대 초 사이에 발표된 최원식과 김종철 등 연배상 가까운 선배비평가들의 글들을 징검다리 삼아 70년대 비평가들을 극복하고 80년대 혁명적 비평운동으로 뛰어 건너갈 수 있었던 것이다.

하지만 최원식에게는 조금 특이한 점이 있었다. 그가 이처럼 급진화해가는 시대적 경향성을 동세대나 후속세대와 공유하고 있었다는 것은 사실이라고 할 수 있지만, 그에게는 동시대의 다른 사람들과는 달리 좀 더 확실한 정체성이 확보되어 있었다. 그것은 국문학연구자로서의 정체성이다. 그는 그때나 지금이나 국문학자이다. 단, 그는 진보적이고 실천적인 국문학자라는 점에서 다른 국문학자와 다를 뿐이다. 그의 선배세대 비평가들은 대개 외국문학 전공자들이다. 외국문학 전공자가 국문학과 담을 쌓는 것은 아니지만 전문성에 있어서는 아무래도 비교할 수가 없다. 또한 그의 후배세대인 80년대 비평가들 중에는 국문학 전공자들이 꽤 여럿 등장하지만 그처럼 확실한 연구자로서의 길을 가는 비평가는 또 찾아보기 힘들었다. 바로 이 확고한 정체성으로부터 그는 자신이 수행할 과제와 그를 위한 실천의 영역을 정확하게 설정하고 거침없이 나아갈 수 있었던 것이다.

그러면 그가 세상에 나올 즈음에 설정한 과제는 무엇이었는가? 그것은 '문학연구와 비평의 회통'을 통한 '독자적 문학이론의 구성'이다.

> 만약 우리 비평이 새로운 문학이론 구성이라는 역사적 과제를 태만히 할 때 냉전구조의 해체와 함께 민족화·민주화의 경향을 심화하고 있는 오늘날 우리 작가들의 노력을 배반하게 되고 그것은 비평의 소외를 초래할 것이다. 이론비평의 강화와 함께 오늘의 우리 비평이 문학연구와의 유기적 관련을 심화하고 있는 것도 이와 같은 과제와 무관한 것이 아니다. (「현단계」, 『민족문학의 논리』 297면)

> 비평과 국문학연구의 유기적 관련이 오늘의 우리 문학이 국문학의 연속성 속에서 종적 관계를 확보하는 데 기여한다면, 비평과 외국문학연구의 관련은 오늘의 우리 문학이 세계사적 선진성을 획득하는 횡적 유대를 강화하는 데 기여할 것이다. 요컨대 비평이 전위라면 문학연구는 비평의 실천적 의의를 보장하고 강화하는 굳건한 터전이다. 이 양자는 독자성을 가지면서도 우리 문학의 창조적 가능성을 완전히 실현시킬 수 있는 새로운 문학의 건설이라는 동일한 과제에 긴밀하게 통일되어 있는 것이다. (같은 글 298면)

20여년 전의 글이지만 생각해보면 최원식의 연구와 비평은 초기에 설정한 이 문제의식으로부터 그동안 조금도 벗어나지 않았다고 할 수 있다. 그 내용은 역사적 상황의 변화와 함께 변화·발전했을지 몰라도 그의 연구자/비평가로서의 행로는 언제나 문학연구와 비평의 동시적 실천을 통해 우리의 독자적 이론을 구성한다는 목적의식을 굳건히 지켜온 것이다. 이런 굳건한 목적의식과 그를 실현하기 위한 흐트러짐없는 노력은 이를테면 격변의 80년대조차 그의 정체성을 위협하지 못하게 하였다. 또한 이러한 과제인식 속에는 외국문학에 대한 그의 엄격한 주체적 태도가 들어 있다. 외국문학을 우리문학이 세계사적 선진성을 획득하는 데 필요한 횡적 연대의 대상으로 규정하는 엄격한 주체성은 외국문학과 역사에 대한 놀랄 만한 박식함에도 불구하고 그가 한번도 외국문학이론을 그대로 수용하여 자기 비평과 연구의 근간을 삼은 적이 없다는 사실에서 다시금 새롭게 다가온다.

1982년에 발표된 「민족문학론의 반성과 전망」은 최원식적 민족문학론의 시발이 되는 문건이다. 이 글은 최원식적 민족문학론의 한 기조라고 할 수 있는 민족협동전선론이 처음 본격적으로 주장되고 있는 글이기도 하다. 그는 70년대까지의 민족문학론을 총점검하고 있는데 20년대를 논의하는 자리에서는 이른바 절충주의로 불리는 좌우협동론이 신간회의 좌절을 반영하며 좌절하게 되는 부분을, 해방 직후의 민족문학론을 검토하는 자리에서는 처음에 민족문학을 주장하던 문학가동맹이 해방기 상황의 악화와 더불어 다시 좌경화하고, 우익측에서도 민족주의적 색채가 강하던 전조선문필가협회의 영향력이 청년문학가협회에 의해 위축됨으로써 '문필협'과 '문맹'의 제휴가능성이 무산되어버린 부분을 강조하고 있다. 그는 이 민족협동전선론 또는 좌우절충론을 과거의 민족문학론이나 민족현실에 적용하는 데 그치지 않고 80년대 이후 현실과 문학운동을 바라보는 기본적 관점으로 지속시키고 있다. 앞서서 그가 국문학과 비평의 회통을 주장했다고 썼는데 그것이 최원식 비평에서 나타난 첫번째 회통론이라면 이 좌우회통론은 그의 두번째 회통론이

라고 할 수 있다.[2]

물론 80년대 초기의 상황에서 80년대 민족문학론을 정초하는 데 있어서 이 좌우협동론의 문제는 아직 예각적으로 드러날 수 있는 상황이 아니었다. 단지 70년대 민족문학론의 성과를 집약하고 거기에 80년대적 내용성을 새롭게 부여하고자 하는 것이 이 글의 목적이었던 것이다. 그가 생각하는 80년대 민족문학론은 70년대 민족문학론의 문제제기를 받아서 이를 훨씬 더 원융한 차원으로 끌어올리는 것인즉, 첫째 70년대 민족문학론이 나아간 제3세계 문학과의 연대 모색이라는 방향에 대해서 동아시아적 시각의 중요성을 제기하고 나섰으며(이는 그의 동아시아론에 관한 역시 첫 매니페스토에 해당한다), 둘째 민족문학론의 국문학연구와의 70년대적 제휴를 더 밀고나가 국문학사의 전개과정 전체를 민족문학적 관점에서 규정하는 사관정비작업을 제의하고, 그 구체적 사례로서 분단시대의 제약을 넘는 신문학사의 온전한 재구성, 마당극 전통의 현대화를 비롯한 민족문학의 형식원리로서의 민족형식의 모색, 한문학 유산의 민족문학적 관점에서의 수용 등이 그 주요한 내용이 된다.

하지만 돌이켜 생각하면 정말 이런 것들이 민족문학의 80년대적 내용성으로 추장되는 것이 얼마나 동시대의 과제에 직핍한 것이었는지는 생각할 필요가 있다. 이미 그 스스로가 70년대 민족문학론을 비판적으로 검토하는 과정에서 드러났던 민중, 민주 등 민족문학론의 사회정치적 내용성의 문제, 분단극복과 민족문학의 문제, 민족문학론의 철학성과 과학성의 문제 등에 관한 더 깊고도 좀더 선진적인 모색을 보여주는

---

2) 이 회통(會通)이란 말은 최원식이 근자에 즐겨쓰기 시작한 말이지만 사실은 그의 비평 초기 이래로 그의 방법론의 핵심이며 어쩌면 그의 세계관과도 잇닿아 있는 말일 것인즉 그것이 근자에 비로소 제 표현을 얻은 것이라 봄이 정확할 것이다. 어떻게 보면 절충론적 사유이자 방법처럼 보이기도 하지만, 한편으론 대립물의 상호침투라고 하는 원리와 관련된 변증법적 사유와 방법이 그에게서 이와 같은 표현을 얻은 것으로 보이기도 한다.

대신 민족문학론을 자신의 영역인 국문학연구라는 틀 속으로 끌고 들어오는 데 만족하고 말았다는 느낌이다. 또한 80년대 민족문학론을 준비하는 그의 접근태도에서 조금 놀라운 것은 광주민중항쟁 직후의 상황에서 당연히 있음직한 어떤 정서의 노출을 철저히 억제하고 있다는 사실이다. 검열을 의식한 것인지 아니면 그런 상황일수록 냉정한 객관성의 거리를 유지해야 한다는 학자적 강박의 작용인지는 판단하기 힘들지만 단지 "오늘날 우리의 문학이 또 한차례 더욱 지난한 암중모색기에 들어섰음을 부정할 수 없을 것"(『민족문학의 논리』 367면)이라는 언급 외에 1982년에 발표된 글치고는 당시 지배적이었던 암울과 열망의 분위기에 지나치게 덜 감염되어 있다는 생각이 든다. 이는 그가 본의든 본의가 아니든 민족문학론을 둘러싼 80년대의 치열했던 이론투쟁과정에서 내내 한발 물러서 있었던 것과 무관하지 않은 것으로 보인다.

아닌게아니라 이 글을 발표한 이후 80년대 내내 그는 「농민문학론을 위하여」(『한국문학의 현단계』 3집, 창작과비평사 1984) 외에 이렇다할 이론비평의 성과를 내지 못하고(않고?) 작품론, 작가론 등 실제비평에 주력하는 양상을 보인다. 물론 그가 이 시기에 지적 정체상태에 있었던 것은 아니다. 1986년 「이해조문학연구」로 박사학위를 취득하고 그해 다시 관련 논문들을 한데 묶어 『한국근대소설사론』이라는 묵직한 저서를 상재하는 연구자적 정열로 그는 그 나름대로 80년대라는 격동기를 뚫고 나간 것이다.

3. 생산적 대화, 발본적 비판

그가 다시 비평가로서 온전히 당대의 현장에 돌아온 것은 1990년부터이다. 소련, 동구의 현실사회주의가 붕괴해나가면서 80년대 후반을 휩쓸었던 '혁명문학'의 열기에도 어두운 그림자가 드리워지기 시작한 이 해에 그가 다시 평필을 들기 시작한 것은 언뜻 생각하면 급격하게 좌경화되어갔던 80년대의 비평의 쇠퇴를 감지한 한 좌우협동파 평론가의 조심스러운 복귀로 보일 수도 있지만 그런 평가가 그른 것임은 그의 글 자체가 웅변한다. 그는 마치 70년대 말 비평가로서 그 이름을 처음 알릴 때 그랬던 것처럼 다른 비평가들에 대한 비판을 통해서 자신의 관점을 드러내는 방식으로 다시 이론비평의 현장에 돌아왔는데 백낙청의 80년대 담론들을 검토한 「'강압의 시대'에서 '지혜의 시대'로」(『창비』 1990년 가을호)와 김명인, 윤지관, 김재용 등 80년대에 등장한 비평가들의 논리를 검토한 「생산적 대화를 위하여」(『창비』 1991년 여름호)가 바로 그 비판들이 들어 있는 글들이다.

「'강압의 시대'에서 '지혜의 시대'로」에서 최원식은 80년대 내내 급진적 소장비평가들과의 논쟁관계를 통해 발전했던 백낙청의 민족문학론을 비판적으로 검토하고 있다. 백낙청의 노동자계급에 대한 관점의 불철저성과 작가의 신원문제에 대한 과소평가의 위험성을 지적한다든지, 지배문화의 잡식성과 나름대로의 견고한 육체성에 대한 백낙청의 경시를 문제삼는다든지, 민중성과 예술성의 일치라는 백낙청의 명제에 대해 민중성 우선론을 내세운다든지, 문인·예술가들의 전문성에 대한 백낙청의 옹호에 대해 전문성의 민중적 회로 확보의 문제를 제기한다든지, 백낙청이 주장하는 분단모순론의 의의에 공감하면서도 그 현실적 방략의 추상성을 문제삼는다든지 하는 날카로운 비판들은 비록 그가 80년대의 문학적 의제들에 비교적 침묵을 지켜왔음에도 불구하고 80년대적 '혁명문학'의 합리적 핵심들을 소화해내는 데 결코 게으르지 않았음을 여실히 보여준다. 그는 결론적으로 백낙청의 담론들에 계급모순에 대한 정면돌파가 부족하다고 평가하고, 그의 분단모순론이 민족모순이라는 폭넓은 전망 아래 놓여야 한다고 보며, 백낙청에게 전통, 농민, 지방에 대한 관심이 부족하며 민중적 회로가 결여된 서구파적 경향이 80년대 들어 더 강화되었음을 지적하고, 백낙청에게 실제비평이 빈약함을 꼬집었다. 이러한 80년대 백낙청에 대한 꼼꼼한 비판은 그 1, 2년 후에 80년대의 급진비평가들의 일부가 변변한 논리적 해명도 없이 한때의 논적 백낙청에게 투항해 들어가는 양상과 좋은 대조를 이룬다.

어쨌든 이 글을 통해 그는 민중주의자라고까지는 할 수 없지만, 우리 민중의 실상에 뿌리내린 견고한 '민중적 민족주의자'로서의 이념적 지향을 일정하게 드러내면서 80년대 후반에서 90년대 초반에 걸치는 격렬한 논쟁의 장에 연착륙하고 있다. 그는 이 글의 앞부분에 80년대 자신의 게으름을 통감한다고 하면서 자신이 80년대 민족문학논쟁에 참여하지 않은 것이 한편으로는 80년대적 분립상이 지닌 파괴적 위험 때문이고 또 한편으로는 메타비평의 연역성과 그것의 귀결이 될 스콜라주의적 이론신앙에 대한 경계 때문이라는 변명의 말을 피력했다. 사실 그렇다면 그는 이 논쟁에 뛰어들어 80년대 급진비평의 분파성과 이론주의를 정당하게 비판했어야 했다. 그리고 실제로 80년대 후반 최원식의 침묵은 아쉬운 것이었다. 하지만 변명과 동시에 변명을 넘어서는 글을 제출하여 복귀함으로써 그야말로 그 변명은 한갓 에피쏘드로 접수될 수 있게 되었다.

「생산적 대화를 위하여」는 세 명의 80년대 비평가 김명인, 윤지관, 김재용이 1990년에 각각 묶어낸 세 권의 평론집에 대한 서평형식의 글이다. '당문학'론에 들린 80년대 일부 이론비평의 주관적·주술적 태도에 맹성을 촉구하는 것으로 시작하는 이 글에는 확실히 80년대 급진비평의 맥점을 짚고 있는 사람으로서의 자신감이 배어나온다. 특히 김명인의 비평을 검토하는 부분에서 그는 김명인의 민중적 민족문학론이 지닌 해체주의적 경향, 계급환원론적 태도, 연합적 전망과 전선적 전망 구분의 문제, 민중주의적 경사 등을 비판하고 있는데 개념들을 자신있게 장

악하고 있는 그 비판에는 무엇보다 관조적 거리감이 없으며 자신을 비
판대상과 같은 수평에 두는 동지적 연대감이 두드러지게 나타나고 있
다. 이는 그의 80년대 동안의 침묵이 한갓 움츠림이나 도피가 아닌 나
름대로 치열한 내적 연성의 과정이었음을 말해준다. 이는 윤지관 비평
의 절충성과 추상성, 그리고 서구파적 편향을 지적하는 데서도 마찬가
지로 나타난다. 그리고 이 글은 전반적으로 이전의 그의 글들이 어딘가
무겁게 끌리는 듯한 느낌을 주었던 데 반해 굉장히 경쾌하다. 이 글의
제목을 「생산적 대화를 위하여」라고 붙인 것도 그가 이 무렵 이 같은 경
쾌한 비판작업을 통해 어떤 생산적 역동성을 견지할 수 있으리라는 내
적 자신감을 반영한다고 할 수 있다.

　그런데 80년대의 급진소장비평가들은 그의 이러한 생산적 대화제의
에 응할 겨를도 없이 급전직하하는 90년대의 주객관적 조건들 앞에서,
그의 생산적 대화의 파트너의 자리에 제대로 나서보지도 못하고 시나브
로 역사의 전면에서 퇴장해갔다. 그리고 그 역시 새롭게 변화하는 상황
을 맞아 새로운 이론적 모색의 길을 걷지 않을 수 없었다. 이제 문제는
누가 먼저 이 엄혹한 변화를 냉정히 객관화하여 소화해내고 다시 공공
의 영역으로 돌아와 이 변화에 대해 설득력있는 대답을 줄 것인가 하는
것이었다.

　아마 최원식의 「한국문학의 근대성을 다시 생각한다」(『창비』 1994년 겨
울호)가 그 가장 빠른 대답이었을 것이다. 그 내용에 대한 찬반 여부와
상관없이, 파천황의 발본적 사유가 마치 폭포수처럼 미망과 환멸로 굳
어진 우리의 머리를 강타하는, 그의 동서고금을 넘나드는 놀라운 박람
강기가 마치 육체를 지닌 듯 생동하는 이 한 편의 글의 등장은 참으로
놀라운 하나의 기념비적 사건이었다. 이 글에서 그가 제기한 발본적 테
제들은 다음과 같다. 1) 일국사회주의 모델에 입각한 근대 이후 지향은
근대의 철폐가 아니라 근대의 연장 또는 다른 방식의 근대 따라잡기에

지나지 않는다. 2) 물질과 관념, 객관과 주관, 육체와 정신, 감성과 이성 등등 모든 이항대립을 해체하고자 하는 포스트모더니즘의 도전은 대안의 근본적 부재에도 불구하고 서구적 근대성에 대한 창조적인 물음을 요구한다. 3) 맹목적 근대추종과 낭만적 근대부정 사이에서 끊임없이 흔들려온 우리 사회에서 예정설정된 역사의 최종목표로서의 근대 이후가 아니라 '근대적 근대 이후'의 상을 어떻게 모색하는가가 지금 우리에게 던져진 일대 공안이다. 4) 우리 문학의 근대성의 지표를 올바로 설정하기 위해서는 제국주의적 담론인 비교문학적 시각과 반제국주의 담론인 내재적 발전론을 넘어서 국제적 시각의 도입을 모색해야 한다. 5) 부르주아문학을 일단 괄호치고 프로문학만을 편애하거나, 또는 프로문학을 중심에 두고 부르주아문학을 선택적으로 주변부에 배치하는 편향을 넘어서서 우리 근대문학 전체상 속에서 프로문학의 주류성을 진정으로 해소하자. 이 다섯 개의 주요테제들의 정식화는 약간의 과장을 허락한다면 하나하나가 우리 지성계와 문학계에 판도라의 상자를 열어젖힌 것과 같은 충격이었다고 할 수 있으며 특히 마지막 두 개의 테제——내재적 발전론 극복과 카프 주류성 해소——는 그때 이후로 지금까지도 한국근대문학연구에 있어서 일파만파의 파장을 일으키고 있다고 할 수 있다.

또한 이 테제들은 우리 과거의 문학사적 사실들과 관련한 통념들의 전도와 해체, 재발견을 수반하고 있다. 탈춤의 불교 기악전래설을 적극적으로 해석하고, 『홍길동전』은 왜 『수호전』 같은 위대한 소설이 되지 못했는가를 묻고, 우리 소설사에는 왜 『데까메론』도 『보바리부인』도 없는가를 묻고, 『춘향전』은 왜 노블로 자립하지 못하고 로맨스로 주저앉았는가를 물어 내재적 발전론의 허약한 기초를 비판한다든가, 친일파 이인직(李人稙)과 최찬식(崔瓚植) 신소설에서 새로운 수준의 근대성을 읽어내는 것, 『고향』이 계몽이성의 귀향이라는 『흙』의 모델에 기초하고 있다거나 순수파 이태준(李泰俊) 소설에서 침통한 사회성을 발견하고, 김유정(金裕貞)에게서 사회주의를 발견하는 것 등이 그것이다. 그리고 이러한 전도와 해체, 재발견이 러시아혁명사, 서구연극사, 일본문학사, 독일문학사, 한중관계사 등에 관한 적지 않은 조예와, 맑스, 키에르케고르(Kierkegaard), 셸링(Schelling), 셰익스피어(Shakespeare), 보까치오(Boccaccio), 세르반떼스(Cervantes), 스땅달, 플로베르, 르네 지라르(René Girard), 괴테(Goethe), 단떼(Dante), 레씽(Doris Lessing), 보마르세(Beaumarchais) 등 서구 근대인물들에 대한 잘 소화된 이해를 근거로 해서 그 실감과 설득력을 획득하고 있다는 것이 바로 이 글의 빼어난 점이라고 할 수 있다.

이 글을 읽으면 다른 비평가들이 아직 전환기의 혼돈 속을 헤매고 있을 때 어째서 최원식이 그 선편을 잡고 90년대가 제기하는 문제에 대답을 시도할 수 있었는가를 알 수 있다. 그것은 그에게 '국문학'이 있기 때문이다. 다른 비평가들이 대체로 돌아가 의지하며 문제들을 성찰할 수 있는 일상적 구심성을 갖지 못해 극과 극의 동요를 겪고 있었던 데 반해 그는 국문학이라는, 그가 가장 득의의 영역으로 돌아가 그 속에서 새로운 사유들을 벼릴 수 있었던 것이며, 시대가 제기하는 문제를 국문학의 문제로 치환하여 실천적으로 받아낼 수 있었던 것이다. 국문학은 그에게 있어서 역사와 시대적 담론들이 머무는 일종의 지적 육체라고 할 수 있다. 그는 모든 것들을 이 육체 속에 받아들여 화학적 적응을 겪은 후에 다시 내놓았을 뿐인데 그게 의외로 강력한 담론적 힘을 뿜어내게 된 것이다.

'민족문학론의 새로운 구도를 위하여'라는 부제를 달고 씌어진 「80년대 문학운동의 비판적 점검」(『민족문학사연구』 제8호, 창작과비평사 1995)은 「한국문학의 근대성을 다시 생각한다」의 마지막 테제 즉 카프 주류성의 해소테제를 80년대 문학과의 유비를 통해 구체화시킨 글이라고 할 수 있다. 이 테제의 입증을 위해 먼저 시도한 것이 첫번째 테제의 한국적 적용이다. 일국사회주의에 근거한 프로문학의 시작을 탈근대(현대)의 기점으로 삼는 백철(『조선신문학사조사』)과 독점자본주의에 근거한 모더니즘을 탈근대의 기점으로 삼는 조연현(『한국현대문학사』)의 현대론은 문학사의 실상에 즉한 것이 아니며, 독점자본주의의 직접적 지배 아래서 나라찾기에 골몰했던 식민지시대와 후기 자본주의의 강력한 자장 속에 나라세우기에 골몰해온 분단시대를 각각 근대 전기와 근대 후기로 규정한다.

이런 전제 아래 80년대 문학의 전사(前史)로서 해방 직후부터 70년대 문학을 개관하는데 그는 앞서도 언급한 바와 같이 해방기에 협동의 가능성을 배제할 수 없는 문건과 문필협이 아니라 극좌적인 동맹과 극우적인 청문협이 남북 양쪽에서 주도권을 쥐면서 정치논리가 문학논리를 압도하게 된 것이 우리 문학사의 원초적 문제라고 보았다. 이러한 정치논리는 50년대 내내 노골화하는데 그럼에도 불구하고 저류에는 손창섭, 이호철 등 월남문인들을 중심으로 사회파가 형성되었고, 청문협 중심의 주류가 한국문학가협회,『현대문학』등을 중심으로 모여 문단권력을 쥐어나가고, 이들 저류가 한국자유문학자협회,『자유문학』등을 중심으로 모여 이후 60년대 후반 이래 계간지시대의 먼 근원이 되고 있다고 본다. 4월혁명은 우리 문학에 다시 '문학이란 무엇인가' 하는 원초적인 질문을 던졌고 이는 60년대 후반의 순수·참여논쟁은 이를 이어받은 것으로 이로써 우리 문학은 "남북의 두 공식문학과는 다른 새로운 길을 개척할 역사적 운명에 눈떴"다는 것이다. 이런 과정을 거쳐 70년대 이후 우리 문학은 순수문학론이 탈락하고『창작과비평』및 자유실천문인협회를 주축으로 한 민족문학론과,『문학과지성』『세계의 문학』등을 주축으로 한 중도파의 대립으로 생산적 긴장을 이루었다고 본다. 그는 이어 다음과 같이 70년대 민족문학론의 성격을 규정한다.

　　70년대의 민족문학론은 문학성과 사회성의 간난한 통일을 위해 고심하는 한편, 자본주의와 현존사회주의를 동시에 넘어서고자 하는 대안 추구의 성격을 강화해옴으로써, 당의 외곽에서 문학의 정치적 종속으로 치달을 수밖에 없었던 앞시기의 불행을 되밟지 않을 수 있었던 것이다. (『민족문학사연구』 제8호 69면)

　　이런 규정은 문자 그대로 읽을 수도 있지만 80년대의 '급진적 문학운동'들이 이러한 내용성을 지닌 민족문학론을 온당하게 이어받는 대신 이를테면 '소시민적'이라는 딱지를 붙여 성급히 해소해버리려 한 것을 문제삼기 위한 하나의 포석이라고 할 수 있다.

　　아무튼 이런 전사적 탐색에 이어 그는 80년대의 급진적 문학운동들에 대한 본격적 비판을 시도한다. 그는 우선 80년대에 혁명문학이 왕성해진 것이 혁명의 고양이라기보다는 10·26에서 5·18에 이르는 혁명의 좌절 때문인지도 모르며 광주항쟁에 대한 부채의식이 혁명문학의 '추상적 선취'를 낳았으며 그런만큼 민중과의 현실적 유대가 튼튼하지 못했다는 과감한 가설을 세운다. 그런 맥락에서 80년대 급진적 문학운동을 20년대 카프의 좌경적 오류를 답습한 것으로 보고 실패한 카프의 상속자로 자처하며 민족문학론의 해소를 주장한 것을 신판 신간회 해소론으로 규정하는 것이다.

　　그리고 이러한 80년대 급진문학운동의 이론과 현실 사이의 괴리가 그것이 남한사회에 대한 과대평가와 과소평가에 기반한 신식민지독점자본주의론이나 식민지반봉건사회론(또는 반자본주의론)에 기초하고 있었기 때문이라 보며, 여기엔 맑스주의에 대한 방법론적 반성의 부재에서 오는 이론신앙도 한몫한 것으로 본다. 그리고 그는 다시 한번 "민족문학운동이 자본주의와 현존사회주의를 동시에 넘어서고자 했던 창

조적 대안 모색의 운동에서 출발했던 점"을 강조한다.[3]

또한 그는 80년대의 혁명적 문학이 리얼리즘의 이름 아래 혁명적 낭만주의로 기울었음을 비판하고 이제는 모더니즘 또는 포스트모더니즘의 도전도 능히 끌어안을 수 있는 리얼리즘이 절실히 요구된다고 하며 도시의 탐구와 농업적 전통의 기억 사이에서 자본주의를 뚫고 자본주의를 넘어서는 어떤 힘을 발견해야 함을 말하는데 이 견해는 후에 마침내 '리얼리즘과 모더니즘의 회통'[4]이라는 테제로 발전해나가게 되는 씨앗이 된다. 이와 함께 우리 문학이 "최고의 문학성이 최고의 정치성으로 되는, 정치성(및 사회성·사상성)과 문학성의 통일문제를 온몸으로 밀어나갈 때"라고 하여 "노골적인 혹은 위장된 공리적 문학관"을 극복하자 하고, 우리 문학에서의 지성의 부족을 말함으로써 그는 우리 문학이

---

3) 70년대 민족문학론에 대한 이런 성격규정에는 약간의 이견이 없지 않다. 70년대 민족문학론이 그가 주장하듯 문학성과 사회성의 통일을 고민하고 자본주의와 현존사회주의를 넘어서는 대안을 추구했던 측면이 있었다는 점은 부정할 수 없다. 하지만 80년대의 정치사회적, 문화적 상황에서 70년대 민족문학론은 그런 측면을 적극적인 실천을 통해 드러내지 못하고, 오히려 그런 점이 70년대 민족문학론의 상대적 보수성과 상대적 비실천성을 노정하는 양상으로 나타났던 것은 아닌가 생각해볼 필요가 있다. 그 시기는 후일의 평가가 어떠했든 분단 이후 가장 격렬했던 미증유의 혁명적(또는 의사혁명적) 시기였고 후일 개량화되었다 하더라도 민중의 역사 전면으로의 진출이 눈부신 시기였다고 할 수 있다. 이런 시대적 특징이 각 부문에서 그에 상응하는 실천적 이론의 등장을 강제했으며 80년대의 급진비평은 그 결과라고 할 수 있다. 만일 70년대 민족문학론이 그 시기에 진정 민족민중운동이 한복판에서 좌편향적이지 않은 대안적 이론을 좀더 적극적으로 산출해냈다면 80년대 비평이 그처럼 고삐 풀린 듯 급진화했을까? 80년대에 민족문학론이 전반적으로 수동적이고 관조적인 태도를 지녔다는 사실은 부인할 수 없을 것이다. 그리고 급격하게 전개되는 현실과 민족문학론의 그런 미진한 대응 사이의 벌어진 거리를 이른바 급진비평들이 내달았던 것은 아닌지 생각해보아야 한다. 후일 민족문학론이 결과적으로 옳은 자리에 있었다는 점은 자타가 인정하는 것이긴 하지만 과연 당시에 민족문학론이 최선의 실천을 했다고 할 수 있을까. 70년대 민족문학론의 노선이 옳았다고 말할 때는 이런 맥락에 대한 일정한 반성적 성찰을 동반해야 할 것이라고 생각한다.
4) 「리얼리즘과 모더니즘의 회통」, 『현대한국문학 100년』, 민음사 1999.

이제 80년대뿐만 아니라 우리 근대문학사 전체를 일관해온 어떤 즉자
적 차원의 공리적 계몽주의 전체를 벗어나야 할 때가 되었음을 말하고
있는 것으로 보인다.

4. 문학의 귀환, 문학으로의 귀환

90년대의 상당기간 동안을 80년대가 남긴 것을 정리하는 데 소진한
탓인지 그의 90년대 문학에 대한 발언은 90년대가 거의 다 기울어갈 무
렵에야 나오기 시작했다. 물론 이는 최원식만의 경우가 아니고 아마 80
년대 이전의 대부분의 비평가들 거의 전부가 그랬을 것이다. 이는 그만
큼 이전 세대들에게 90년대 문학이 낯설고 거북하게 다가왔다는 것을
말해준다. 아무튼 올해 나온 그의 세번째 평론집『문학의 귀환』에 실린
1998년에 쓴 글「지상의 길」에 그의 90년대 문학에 대한 첫 발언이 들
어 있다.

90년대 문학은, 과잉결정된 혁명론으로 질주하여 문학의 죽음을
초래한 80년대 문학의 한 급진적 경향에 대한 환멸 속에서, 대체로
현실로부터 퇴각, 일상 또는 내면으로 국척(跼蹐)하고 있습니다. 물
론 90년대 문학의 반동을 이해할 수는 있습니다. 그러나 이 또한 더
욱 치명적인 문학의 위기를 몰고 올 편향이 있습니다. (…) 지금이야
말로 80년대와 90년대의 두 편향을 넘어서 문학다운 문학을 제대로
실천하는 새로운 창작의 자세가 절실히 요구된다고 하겠습니다. 사
회의식 아래 문학을 종속시키거나 반대로 문학의 자립이라는 환상
속에 사회의식을 거세하는 것이 아니라 양자의 균형을 예술적 실천
속에 온몸으로 밀어나가는 치열성의 회복이 관건입니다. (『문학의 귀

90년대 문학은 80년대 문학의 합리적 핵심을 보존한 지양태가 아니라 그 합리적 핵심을 의식적으로 폐기하는 데 급급한 대립태를 넘어서지 못했다는 점에서 문제인데 최원식은 이 점을 지적하는 것을 넘어 80년대적인 것과 90년대적인 것의 상호지양과 변증을 구하고 있다. 이 90년대 문학에 대한 판단과 새로운 문학상의 모색은 이듬해에 쓴 「문학의 귀환」에서 좀더 심도있게 전개되고 있다.

그는 이 글에서 90년대의 문학이 "80년대 혁명문학의 붕괴를 새로운 사유의 원초적 자리로 삼는 대신 그 시간대를 서둘러 빠져나와야 할 '지옥의 계절'로 외면"했으며, 30년대의 이상과 박태원처럼, 발자끄가 끝난 자리에서 새로운 길을 걸었던 도스또예프스끼처럼 하강기의 미학에 투철하지 못하고 적당히 자본의 시대와 제휴한 의(疑)모더니즘의 길을 걸었다고 비판하고 있다. 그는 이 하강의 미학에 투철하지 못한 90년대 문학의 두 개의 예를 드는데 그 하나가 '소설'과 '대설'의 회통(이것이 최원식의 또하나의 회통론이다)으로 나아가지 못하고 '작은 이야기'의 재미에 빠져든 성석제적 경향이고, 또하나가 그저 '환멸의 양식'으로 전락하거나 아니면 '붕괴에 대한 과도한 방어심리'를 넘지 못한 이른바 후일담소설이다.

90년대 문학에 대한 이런 개괄적 비판에 이어 그는 이 80년대에서 90년대에까지 이르는 우리 문학이 보이는 이 옹색함을 벗어날 전망을 두 방향에서 제시한다. 하나는 민족문학을 세계문학으로 해방하여 우리 문학의 오랜 식민성을 넘어서는 방향이고, 또하나는 현재의 '문학' 개념에 내재된 낭만주의 미학의 흔적과 정치지향을 동시에 넘어서는 방향, 즉 "'문'학과 문'학'을 넘어 '문학'으로!" 귀환하는 방향이다.

이 글 역시 앞서의 「한국문학의 근대성을 다시 생각한다」가 그렇듯 발본적이고 창조적인, 그리고 설득력있는 사유로 충만한 명문이 아닐 수 없다. 하지만 아쉬운 점도 없지 않은데 90년대 문학의 극복을 좀더 설득력있게 말하려면 후일담소설들과 신경숙, 성석제에 대한 언급만으로는 부족하다. "90년대 문학의 지리멸렬함"이 아무리 심하다 해도, 그것 또한 우리의 문학임에 틀림없으며, 그런 한에 있어서는 그 지리멸렬함을 견디고 그 작품들을 읽어내는 인내가 필요하다고 생각된다. 실제로 『문학의 귀환』은 2001년에 나온 평론집임에도 불구하고 그 안에는 70년대생들로 이루어진 전형적인 90년대 작가들은 단 한명도 언급되지 않고 있으며 50년대생 혹은 60년대생이면서 주로 90년대부터 활동하고 있는 작가들도 거의 다루어지지 않고 있다. 이것은 실제비평을 하는가 마는가와는 다른 문제이다.

「리얼리즘과 모더니즘의 회통」은 그의 '문학의 귀환' 테제를 한걸음 더 심화시킨 글이다. 방법의 문제를 통과하지 않고 새로운 문학을 말할 수 없기 때문이기도 하지만 이 글은 한갓 방법의 차원을 넘어 문학의 근본문제에까지 이르고 있다. 그의 진지한 평문들이 다 그렇듯 이 글 역시 모더니즘과 리얼리즘 문제를 다룸에 있어 우리 근대문학사의 맥락을 다시 해석해나오는 과정에서 새로운 모색의 단초를 얻는다. 이번엔 김수영이 그 단초가 되었다.

김수영의 모더니즘도 해방 직후의 사회주의리얼리즘이나 혁명적 낭만주의와의 차별 속에서 출발하였다는 점에서 20년대의 자연주의 낭만주의와 결별하면서 시작되었던 30년대 모더니즘과 공통적이다. 그럼에도 김수영의 모더니즘은 30년대 모더니즘의 어떤 낭만적 잔재 또는 어떤 고전적 포즈로부터 거의 완벽히 자유롭다. (…) 김수영의 최량의 엄격성, 즉 낭만적 초월과 고전적 초절의 거부는 주목되어야 한다. 그는 철저히 '지금 이곳'의 현실로 자신의 육체와 영혼을 투입

한다. (…) 김수영이야말로 최량의 작품들에서 통상적 모더니즘과 통상적 리얼리즘을 가로질러 그 회통에 도달하는 경지를 보여준 드문 시인이었던 것이다. (같은 책 50~52면)

김수영은 그의 말대로 일상성에 충실하면서 그 어떤 초절과 초월을 거부하면서도 분명히 일상성을 넘어서는 어떤 경지를 개척했던 시인임에 틀림없는데 이 맥락을 모더니즘과 리얼리즘이라는 문제로 재포섭하는 것이야말로 최원식의 탁월한 비평적, 문학사적 안목이 돋보이는 부분이다. 이처럼 리얼리즘과 모더니즘의 문제는 그간 이 말들에 덕지덕지 달라붙어왔던 낡은 역사와 담론들을 때를 닦아내고 이처럼 작품과 작가라는 문학의 근원으로 돌아가 다시 규정해내는 작업이 필요한 것으로 보인다.

서구에서 상륙한 이래 이 땅에서 벌어진 긴 이데올로기 투쟁과정에 얽히고 설킨 리얼리즘과 모더니즘은 제아무리 갈고 닦아도 구원의 가망이 없는 용어들인지도 모른다. 식민체제와 그 후계국가들이 종족적 차이와 전통을 창안하고 촉진하고 이용했듯이, 리얼리즘/모더니즘론에도 이러한 혐의가 없지 않다. 어떤 사물에 이름을 붙일 때, 그 이후 사물을 대신한 이름이 이름의 연쇄를 구성할 때, 이름은 사물로부터 미끄러져 사물의 소외가 깊어지기도 한다. 리얼리즘/모더니즘을 대칭적으로건 비대칭적으로건 차이 속에 정의하려는 노력을 통해 얻어진 리얼리즘과 모더니즘의 집단정체성은 상상된 또는 창안된 표지이기 쉽다. (같은 책 57면)

이런 집단정체성으로부터 문학을 구하는 것, 그것이 곧 "담론으로부터 대상을 창안하기보다 담론으로부터 대상으로 귀환하는 것"이며 "작품으로 직핍"하는 것이다. 그리고 "최고의 작품들이 생산되는 그 장소에서는 이미 '리얼리즘'과 '모더니즘'이 회통의 경지에 이를 것"이라는 그의 진술은 그의 사유가 이미 '리얼리즘'도 '모더니즘'도 넘어선 좀더 근원적인 지점을 향하고 있음을 말해준다. 물론 어떤 작품이 그런 작품인가, 회통이건 넘어섬이건 그 성취의 결과물로서의 작품에 대해서 우리는 또 어떤 미학적 척도들을 적용할 것인가 하는 문제는 아직 고구되지 않고 있다. 대신 그는 "구체적인 또는 단독적 작품"으로의 귀환을 가능한 최선의 통로로 설정하고 있는 것으로 보인다. 그 귀환 속에 리얼리즘과 모더니즘의 대립을 넘어서는, 근대의 성취와 극복이라는 모순적 과제를 해결하는 안타까운 실마리가 감추어져 있는 것이다. 그 귀환은 어떤 방식으로 현현할 것인가? 그것이 최원식 비평이 앞으로 보여줄 새로운 지평일 것인즉 기대와 궁금함이 벌써 앞장을 선다.

5. 그 걸음이 가닿는 곳

지금까지 최원식의 근 30년에 이르는 비평세계를 주마간산격으로 개괄해보았다. 온건하면서도 신중한 문학연구자로서 70년대 후반 이래의 역사의 격랑 속에 뛰어든 이래 80년대의 내적 단련기를 거쳐 90년대를 지나는 동안 그는 진보적 국문학자 중의 한 사람에서 이제 우리 문학의 운명을, 나아가 우리 한반도의 운명을 생각하는 사람이라면 누구라도 피해갈 수 없는, 발본적이다 못해 치명적인 테제들을 쉬임없이 제출하는 한 사람의 주도적 이론가의 자리로 나아왔다. 한 사람이 자신의 정체성을 견결하게 유지하면서도 동시에 이처럼 자기갱신을 거듭하는 것은 드문 경우이다. 그는 이를테면 온고이지신을 몸과 마음으로 사는 사람이다.

그는 회통의 비평가이며 그의 사유는 회통의 사유이다. 그 자신의 지적 축적 속에 이미 동서고금의 회통을 이루고 있는 그는 스스로 문학연구와 비평의 회통을 실천하고 있으며, 정치에 이르면 좌우의 회통, 미학에 이르면 리얼리즘과 모더니즘의 회통, 소설론에 오면 소설과 대설의 회통으로 그 회통의 사유를 실천한다. 그리고 더러 너무 폭넓어 좀 방일하다 싶은 생각도 들게 할 때가 있지만 그의 이 회통의 사유는 그의 글들에 다른 사람들의 글에서 볼 수 없는 놀라운 풍부함과 생명력을 부여하는 근원이다.

우리 시대가 최원식을 가진 것은 행운이다. 그의 해체적이면서도 무책임하지 않은, 발랄하면서도 진중한 사유가 담긴 글들이 발표되기를 기다리는 것은 매우 즐거운 일이다. 어디까지 어떻게 이를 것인가? 그는 「문학의 귀환」의 끝부분에서 "이 용어의 시효가 끝났다고 생각한 때문이 결코 아니"라는 단서를 달았지만 "이 글에서 나는 민족문학이란 용어를 가능한 자제했다"고 썼다. 그리고 최근에 쓴 「한국문학의 안과 밖」(『민족문학사연구』 제17호, 소명출판 2001)이란 글에서는 자신의 존재의 집이라고 할 수 있는 '국어' '국문학' '국문과'의 신화조차 깨뜨리기 시작했다. 그의 앞으로의 행보를 어찌 주목하지 않을 수 있겠는가? 그는 데뷔시절의 글 「우리 비평의 현단계」에서 우리의 독자적 문학이론을 수립하는 것을 자기 학문과 비평의 과제로 삼은 바 있는데 아마 그 과제를 이룰 때까지 이 주목할 만한 행보는 멈추지 않을 것이다.

앞으로 그의 문학연구 및 실제비평, 또 동아시아론 등을 검토하여 최원식의 문학과 사유의 전모를 탐색하는 일이 남아 있다. 하지만 그 작업에 무턱대고 들어서기 전에 무엇보다 더 많은 공부를 통해 그의 문학과 사유를 좀더 엄정하게 평가할 수 있는 역량을 갖춘 평자가 되는 것이 순서이리라.

—『시와 시학』 2001년 겨울호

실천적 리얼리즘론을 위하여

1980, 90년대 리얼리즘론의 반성

1. 1980, 90년대 리얼리즘론의 반성

1980, 90년대 민족민중문학이 지녀오는 문제점이 한두 가지만은 아니겠지만 그중 두드러지는 것이 바로 문학의 과학적 토대를 말하면서도 정작 진정한 과학적 문예이론의 정립에는 미치지 못하고 있다는 점이다. 문학에 있어서 과학이라는 것이 속류사회학주의와 혼동되거나 변혁운동과제의 문학적 번역의 수준을 크게 못 넘어온 것이 사실이며 조직운동적 차원에서의 전략전술론은 그 실천 여부를 떠나 나름의 논리와 일관성을 가지고 수립되곤 했지만 그것은 당대의 문학작품들과 문학적 경향들에 대한 넓고 깊은 검토와는 대개 분리된 상태에서 이루어진 '비문학적' 문학운동론인 경우가 많았다. 흔히 '주도비평'이라는 이름 아래 저질러지는 문학현상에 대한 단순화와 왜곡, 일반과 특수의 혼동, 비평기준의 편의주의적 적용 등은 아직도 제대로 반성되고 있지 않다. 한 비평가가 특정한 작품을 비평할 때 적용하는 기준이 때로는 그가 표방하고 있는 문학이념과 상치되는 경우도 적지 않으며 더욱 문제인 것은 그

비평가 스스로도 이러한 괴리를 인식하지 못하는 경우가 없지 않다는 것이다. 예를 들어 '○○문학론'을 표방하는 비평가가 특정 작가의 특정 작품을 포폄하는 기준이 그 ○○문학론의 이러저러한 원칙에서 논리적으로 추출된 것인지 아니면 단지 자의적이고 인상적인 것에 불과한 것인지가 객관적으로는 물론 심지어는 주관적으로도 불분명하고 애매하다는 것이다. 나아가 스스로 그 ○○문학론의 입장에서 볼 때 좋은 작품이라고 명시하는 경우라도 객관적으로 왜 그 작품이 그 문학이념에 부합하는지를 납득하기 힘든 경우도 없지 않다. 이 점이야말로 과학으로서의 문학이라는 기치 아래 모여 있는 우리들이 여지껏 진정한 과학의 구경에 이르지 못하고 스스로 자기분열되어 있음을 드러내주는 현상이다. 이러한 현상은 애초에 자신의 문학적 이데올로기를 노골적으로 내세우지 않거나 은폐하는 비평가들의 경우에는 상대적으로 잘 드러나기 힘들지만 이른바 과학의 이름으로 문학을 한다고 하여 자신의 이념을 공공연히 표방하는 비평가들의 경우에는 상대적으로 잘 드러날 수밖에 없다. 이를 역량의 부족이라거나 과학적 문예학 수용의 일천한 역사의 탓으로 돌리는 것은 지나친 관대함이다. 그렇다면 그동안 우리는 한갓 아마추어비평의 수준으로 매우 벅차고 주제넘은 지적 유희를 해온 셈이기 때문이다.

우리가 아직도 세계는 전체로서 이해가 가능한 것이라는 믿음을 버리지 않았다면 그간 우리의 이러저러한 문학론들에 가로놓여왔던 이 같은 수많은 불연속선과 모순, 오류 등은 불가피한 것이 아니라 극복이 가능한 것이며 그렇기 때문에 과학적 문예학으로서의 리얼리즘론이 그 존재의의를 갖는다. 리얼리즘을 세계관이자 방법이라고 할 때는 곧 그것이 문학의 영역에서 이러한 이념과 방법에 두루 걸친 불연속성과 파편성을 기워주는 통합력을 갖는 최선의 중심이라는 생각이 전제되어 있다. 우리는 여기까지는 알고 있었으며 또 그 앎을 일관되게 우리 현실의 문학현상과 문학운동에 관철시키고자 노력해왔지만 아직도 제대로 문리를 깨치지 못하고 있는 것이다.

80, 90년대에 소연하게 전개되어온 리얼리즘 논의를 이러한 입장에서 돌이켜보면 아무래도 뿌듯함보다는 부끄러움이 앞서는 것을 어찌할 수 없다. 우리의 리얼리즘 논의는 분명히 당대 현실이 제기하는 변혁적 요구에 대한 문학내적 대응이라는 정당한 출발점에서 시작되었다. 80년대 초·중반의 민족민중문학론이 작가의 사회적 존재와 문학행위의 변혁지향성을 강조한 것이라면 80년대 말부터 본격화된 리얼리즘 논의는 이러한 변혁지향성이 그가 쓰는 작품 속에서 어떻게 내적으로 관철될 것인가를 추구하기 시작한 것이었다. 그러나 이러한 정당한 출발에도 불구하고 그 과정은 결코 만족스럽지가 못하다. 우선 80, 90년대의 리얼리즘론들이 암묵적으로 전제해온 반자본주의적 변혁프로그램에 허다한 문제점이 드러났으며 그에 따라 사회주의리얼리즘이라는 예정된 경로를 상정하는 것 역시 섣부른 주관적 낙관주의의 소치로 볼 수밖에 없게끔 되었다. 그러나 불행히도 우리 시대에 리얼리즘론을 말하는 대다수의 논자들은 엥겔스, 플레하노프(Plekhanov), 레닌(Lenin), 고르끼(Gor'kii), 그리고 루카치로 이어지는 맑스주의 문예학의 대이론가들이 펼쳐 보여주었던 방대하고 정열적인 혁명적 리얼리즘론의 불세례까지 감히 벗어나지 못하였고 그들의 명쾌함과 함께 그들의 모호함에까지도 함께 사로잡혀 있는 것이 현실이다. 이들의 영향은 우리에겐 아직 학습과 주관화의 단계에 놓여 있으며 20세기 후반 한반도의 정치 사회 문화적 현실이라는 거울에 비추어 엄정히 객관화되어 있지 못하다. 여기에 현단계 리얼리즘의 난관이 가로놓여 있다. 학습된 것의 현실적 적용은 불가피하게 현실의 편의적 차용과 왜곡, 주관화를 낳고 학습의 속도는 늘 현실의 지둔한 전개를 앞지르며 학습의 명료함은 늘 현실의 혼돈을 제압한다. 80, 90년대 리얼리즘론의 전개과정을 선도한 것은 늘 거역

할 수 없는 역사법칙이며 현실의 역사과정이나, 그 속에서 허우적거리는 문학은 그를 뒤처져 좇거나 혹은 아예 따라오지도 못하고 나가떨어지는 형국이었다. 이런 형편에서 세계관은 교조화하고 방법은 기능화할 뿐, 변혁대상으로서의 세계의 본질적 이해와 그 문학적 모색으로서의 리얼리즘의 정신은 자칫 박제화되기 십상이었던 것이다.

이와 같은 진단이 크게 어긋난 것이 아니라면 우리는 이제 리얼리즘론에 있어서도 발상의 전환을 이루어야 하는 것인데 이와 관련하여 주목해야 할 것이 바로 전시대인 70년대의 리얼리즘론이다. 문학사적으로 볼 때 70년대에 구중서, 염무웅, 임헌영, 김병걸, 백낙청 등에 의해 제기되고 전개되었던 리얼리즘론은 50년대 이래 남한의 비평언어 속에서 매장되다시피 하고 설사 거론되더라도 단지 지나간 시대의 문예사조 정도로 치부되던 '죽은 리얼리즘'에 문예창작을 꿰뚫는 세계관이자 방법적 원리로서의 새로운 현재적 생명을 불어넣은 막중한 의의를 지닌다. 물론 이 이론구성의 소박성이나 전망부재, 실제비평상의 무리 등이 지적되기도 했지만 그것은 그 선도성을 감안하면 약점이라고 할 것이 못 된다. 더욱이 이 시기의 리얼리즘론은 70년대에 양과 질 양면에서 풍부하게 생산되었던 진보적 문예작품들의 뛰어난 성과들에 굳게 뿌리를 내리고 전개됨으로써 이론의 과잉이라는, 80, 90년대 비평에 늘 붙어다니는 달갑지 않은 수사로부터는 멀찍이 떨어져 있을 수 있었다. 또한 이 시기 역시 리얼리즘 논쟁이라 이름할 만한 번다한 논쟁이 있었으나 그것은 진보진영과 보수진영 간의 비교적 전선이 확연히 그어지는, 그럼으로써 진보적 문학진영의 주체적 입지 강화에 기여하는 긍정적 논쟁이었으며 80, 90년대처럼 진보진영 내부의 독불장군격의 '사투(死鬪)'와는 그 성격이 달랐다고 할 수 있다. 물론 70년대와 비교할 때 80년대 이후의 문학계의 지형은 진보진영—민족민중문학측 헤게모니의 절대적 강화라는 양상을 보인 것이 사실이고 진보진영 내부의 다양한 입장의 분출과 차별성의 부각이 그 필연적 추세였던 것 역시 주지하는 바이지만 전체적으로 보아서 70년대 비평가들이 처했던 박해받는 진보적 소수로서의 엄숙성과 긴장도는 80년대 이래의 그것을 분명 상회하는 바가 있다. 70년대 리얼리즘론자들이 지녔던 저항적 에스프리와 계몽적 열정, 그리고 동시대의 양심적 작가들과의 굳은 동지적 연대감은 어쩌면 80년대의 비평이 차츰 교조화하면서 하나씩 둘씩 상실하기에 이른 귀중한 덕목들이 아닌가 한다. 이 위기의 시대에 70년대의 역사적 경험을 돌이키는 것은 바로 이러한 덕목들을 되찾기 위함이다. 작가들과 함께 가는 것, 그리고 리얼리즘의 양보할 수 없는 기본정신을 옹호하고 지켜내는 것, 현실 앞에서 좀더 겸허할 것. 이러한 70년대로의 일정한 반본(返本) 없이는 이 90년대를 녹록히 이겨내기란 쉽지 않을 것이다.

2. 80, 90년대의 리얼리즘론

80, 90년대의 리얼리즘론의 전개과정을 개관해보면 90년대 초입을 기점으로 하여 하나의 커다란 단층이 형성되었음을 알 수 있다. 그 앞부분은 변혁프로그램에 대한 거시적 합의에 기대어 대체적으로 비판적 리얼리즘-사회주의리얼리즘으로 이어지는 서구현대 리얼리즘운동사를 재현하면서 거기에 우리 현실의 실제적 전개에 따른 문제제기의 특수성에 의해 크고작은 변형과 재해석이 덧붙여진 양상을 보이고 있는데 80년대 전반기를 좌우했던 민중성에 대한 강조, 80년대 후반기의 주조였던 당파성에 대한 강박적 인식 등이 특수성 발현의 예라고 할 수 있다. 그 뒷부분은 현실사회주의의 몰락과 변혁운동의 침체라는 전망의 이중 질곡 상황에 처하여 한편으로는 오불관언의 모습도 보이지만 대체로 좌

편향과 교조주의에 대한 전면적 반성과 이론의 현실적합성에 대한 암중모색적 검토가 시작되는 것으로 특징지어진다. 불과 수년 전까지만 해도 사회주의리얼리즘으로의 조정과 귀결이 자연스러운 추이였고 그에 따른 해석과 창작방법상의 적용 등 '방법'의 모색이 관건적인 문제였지만 이제는 다시 리얼리즘의 기본이념과 방향성, 나아가 그 대전제가 되는 세계관까지도 문제삼아야 하는 지경으로 물러나 있는 상황인데 리얼리즘 문제에 관한 한 우리는 다시 그 창조적 주체화를 모색하는 첫 관문 앞에 돌아와 있다.

1) 리얼리즘의 원론적 탐구와 현장확인

『창작과비평』 1980년 여름호 리얼리즘 특집이 이동렬, 반성완, 임철규 등 3인의 외국문학 전공자들에 의해 꾸며졌다는 사실은 70년대에 재정립되기 시작한 리얼리즘론이 다분히 계몽적 교양의 수준에서 벗어나 원론적 점검을 받을 시점에 이르렀다는 것을 시사해준다. 발자끄의 '리얼리즘의 승리'의 속류적 해석에 대한 경계, 루카치 중심의 서구리얼리즘 이해에 대한 문제제기, 리얼리즘의 서구문예사상의 위치와 역할에 대한 이해 등, 이들 3인의 글은 대체로 단편적이고 계몽적이며 다분히 수세적이기도 했던 이전까지의 리얼리즘론에 세계문예사적 무게를 실어주었다. 백낙청은 이들의 점검을 딛고 리얼리즘에 관한 본격적인 원론적 탐색을 펼치는데 그것이 「리얼리즘에 관하여」(『한국문학의 현단계 1』, 창작과비평사 1982)이다. 이 글은 리얼리즘이 어떻게 서구의 고전주의와 신고전주의, 낭만주의, 자연주의 등의 정당한 유산을 물려받았고 어떻게 그 각각의 한계를 극복할 힘을 지니고 있는가를 소상히 밝힘으로써 리얼리즘이 단순히 하나의 사조가 아니라 '시적 창조를 통한 현실의 올바른 인식'이라는 인류의 예술사적 과제가 집약된 이념이라는 점을 웅변하고 있다. 이 글은 리얼리즘의 전모를 소상하고 체계적으로 규명하고 있지는 못하지만 리얼리즘의 역사적 지평을 도저하게 확장시켰고 이는 이후 젊은 세대들에 의해 좀더 미시적으로, 또 다소간 훈고학적으로 전개된 리얼리즘 논쟁의 한계를 조감할 수 있는 하나의 원론적 기준으로 자리하게 된다.

반면에 채광석은 리얼리즘론을 원론적 수준에서 철저히 현실의 문학운동의 수준으로 끌어내려 '실천지침'화하고자 하였다.[1] 그의 민중적 리얼리즘론은 이른바 '구체적 현장성과 실천적 운동성의 변증법적 통일'로 요약되는 민중문학운동의 기본원리로 제시되었다. 이는 그 이론적 깊이는 충분히 갖추지 못하였지만 80년대 초반 반파쇼민중운동의 문학적 표현인 민중문학운동의 성장에 하나의 미학적, 조직적 질서를 부여하려는 노력이었다. '현장성과 운동성'은 민중이 가진 역사적 능동성의 다른 이름이며 지식인 작가들이 지닌 소시민성과 민중지향성 간의 모순을 전진적으로 해결하는 실천적 처방전이었다. 물론 여기엔 80년대 초반이라는 역사적 특수성에 의해서만 이해될 수 있는 경험주의적이고 민중주의적인 미학관이 깊이 가로놓여 있음을 부인할 수 없다. 1980년의 역사적 좌절은 그 이전까지의 민주화운동의 계급적 기반의 취약성에 대한 깊은 반성을 몰고 와 본격적으로 기층민중의 변혁주체화를 모색하게 하였으며 문학에서도 이러한 경향은 소시민적 지식인들의 속죄의식과 맞물리면서 독특한 민중주의로 발전해나갔다. 채광석은 바로 이러한 지식인의 자기비판과 '민중적 재생'을 가장 강력히 선동한 인물들 중의 하나였던 것이다.

2) 민중적 리얼리즘론과 노동자계급 현실주의론

채광석이 민중문학운동의 실천지침이자 미학적 기준으로 거칠게 제

---

1) 채광석 「민족문학과 민중문학」, 『문학의 시대』 제2집, 풀빛 1984.

시했던 민중적 리얼리즘론이 다분히 '민중의 현실에 근거한다'는 소박한 원칙의 개념화에 머무른 하나의 테제였다면 그 수년 뒤 필자가 제시한 민중적 리얼리즘론은 나름대로 하나의 체계를 갖춘 본격적 리얼리즘론이었다.[2] 이는 1987년 민중적 민족문학론이 제기된 이래 진행된 이른바 '민족문학 주체논쟁'이 문학의 담당층 내지 문학운동의 주체와 조직의 문제에 집중되어 그 문학적 실내용인 형상화 혹은 이른바 '현실의 미적 전유'의 문제, 즉 창작의 문제에 절대적으로 소홀했다는 문제의식, 그리고 문예운동의 주체와 조직, 그리고 창작의 문제는 올바른 리얼리즘의 획득을 통해서만 제대로 통일될 수 있다는 문제의식의 소산이었다. 필자의 민중적 리얼리즘론은 채광석이 놓친 노동자계급의 주도성 문제와 민주주의민족문학론을 제출한 조정환이 놓치고 있던 객관법칙의 문학적 현실화의 경로문제를 함께 끌어안고자 하였고 한편으로는 소시민적 무정부성과 자의성에 기초한 비판적 리얼리즘을 올바로 극복하고 좀더 목적의식성이 강화된 새로운 리얼리즘을 수립하고자 하였다. '민중적 리얼리즘'이라는 용어는 비판적 리얼리즘의 지양과 사회주의리얼리즘에의 유보가 낳은 과도적, 혹은 타협적 용어라고 할 수 있다.

조정환과 '노동해방문학'은 필자의 민중적 민족문학론과 민중적 리얼리즘론에 대한 가장 집요하고 열렬한 비판자였다.[3] 그는 필자의 입장에 내재한다고 본 민중주의와 경험주의를 비판하면서 이에 대한 노동자계급성 또는 노동자계급 당파성과 '경험에서 독립된 총체적 객관현실의 파악'을 내세웠다. 그의 노동자계급 현실주의론의 핵심은 노동자계급 당파성에 입각한 객관현실의 총체성 파악이라는 문학적 과제의 제시에 있는데 그 무게중심이 혁명적 노동자계급의 입장에 두어짐으로써 아직

---

2) 졸고 「리얼리즘문제의 재인식 1」, 『문학예술운동』 제3집, 풀빛 1989.
3) 조정환 『노동해방문학의 논리』, 노동문학사 1990.

도 노동자계급을 포괄하는 광범한 '민중성'에 무게중심이 쏠려 있던 필자의 민중적 리얼리즘과 차별성을 드러냈다. 반면에 총체적 객관현실의 파악을 현실주의의 본령으로 보면서 이른바 '미적 현실인식의 특수성'의 해명으로 나아가지는 못한 점에서는, 과학적 현실인식과 그 형상적 반영을 리얼리즘의 핵심으로 본 민중적 리얼리즘과 마찬가지로 일종의 객관주의에 빠져 있었다. 이러한 객관주의에 묶여 있었다는 점에서 보인 상사성은 둘다 전형의 문제를 소재주의적, 기계적 전형배치의 문제로 협애화하는 오류를 범했던 이른바 '대표적 전형논쟁'의 당사자였다는 데서도 확인된다.

3) 박노해 논쟁

박노해의 『노동의 새벽』 이후의 시적 변모를 리얼리즘적 규율로부터의 일탈로 보는 견해가 여러 곳에서 제기되는 것에 대한 조정환의 강력한 반론[4]에서 시작된 이른바 박노해 논쟁은 8, 90년대의 리얼리즘론의 전개과정에서 독특한 자리를 가진다. 우선 그것이 민중적 리얼리즘과 노동자계급 현실주의 간의 대립구도에서 제기된 구체적 작품론이라는 점, 또한 사실상 노동해방문학 그룹이 이 논쟁에서 당대 최고의 현실주의적 성취로 박노해의 『노동의 새벽』 이후의 시들을 내세움으로 해서 결국 박노해 시의 한계를 자기 이론의 한계로 함께 떠안게 되었다는 점, 그리고 이 논쟁이 민중적 리얼리즘론과 노동자계급 리얼리즘론 간의 차별성뿐만 아니라 노동해방을 전면에 내건 입장들간의 차별성도 드러내게 되었다는 점 등에서 그렇다.

필자가 자신의 민중적 리얼리즘론의 실제 작품론적인 근거로 내세운

---

4) 조정환 「노동의 새벽과 박노해의 시의 '변모'를 둘러싼 문학적 쟁점 비판」, 『노동해방문학』 1989. 9.

것이 정화진의 단편「쇳물처럼」인 데 반하여[5] 조정환은 박노해의 시편들을 노동자계급 현실주의의 전범으로 내세웠다. 그는 박노해의 『노동의 새벽』 이후 시들에 대한 현실성 결여, 형상화 미비, 슬로건주의 등의 비판들을 시대착오적 조합주의의 발상, 또는 시의 장르적 특성 몰각에서 오는 것으로 재비판하고 박노해의 시들이야말로 노동자계급의 당파성이 관철된 당대 최고의 현실주의적 성취라고 주장했다. 정도의 차이는 있으나 임홍배,[6] 정남영[7]의 경우도 마찬가지 입장에 서 있었다.

그러나 박노해 시에 대한 비판과 반비판에서 공히 문제가 되는 것은 한마디로 현대의 서정시와 리얼리즘적 규율 간의 친연성의 한계에 대한 불충분한 인식이었다고 할 수 있다. 비판자들은 박노해 시를 포함한 시 장르에 내재된 본질적 낭만성과 전위성을 인정하는 데 인색했으며 반비판자들은 정세판단의 조급성과 결부되어 박노해 시의 낭만성과 구체성 부족을 주관적으로 합리화하여 그 비리얼리즘적 경향성까지도 리얼리즘의 체계 내로 끌어들인 것이다. 이러한 주관적 합리화 경향에 대한 김명환의 '실용주의'라는 진단[8]이나 박노해 시가 계급적대성은 잘 그리면서도 현실 속에 내재한 노동자계급의 역사적 전망을 그리지 못함으로써 올바른 당파성을 구현하지 못하고 있다는 이병훈의 평가[9]는 노동자계급 현실주의론이 지닌 낭만주의적 경향성을 드러내줌과 동시에 우리 민족민중문학 진영 내의 이념적 분화의 일단을 잘 보여주는 것이었다. 이들은 똑같이 노동해방문학을 말하면서도 한 시인의 시적 성과를 두고 한 편은 노동해방문학의 당대 최고경지라고 평가하고 다른 편은 이를

---

5) 졸고「리얼리즘문제의 재인식 2」, 『창작과비평』 1989년 겨울호.
6) 임홍배「현단계 노동자계급 현실주의의 쟁점과 전망」, 『실천문학』 1990년 여름호.
7) 정남영「박노해의 시세계」, 작가회의 씸포지엄 '박노해와 오늘의 노동문학', 1991. 4.
8) 김명환「90년대 문학운동의 새로운 전망」, 『창작과비평』 1990년 봄호.
9) 이병훈「노동해방의 시인 박노해를 논함」, 『사상문예운동』 1990년 가을호.

'경향성'으로 깎아내림으로써 날카롭게 대립하는 모습을 보이는데 이는 우리의 리얼리즘론이 이론적 자기발전이라는 측면에서는 상당한 진경을 이루었다는 사실을 보여줌과 동시에 각각의 문학적 입장들이 기대고 있는 변혁운동 속에서의 정치적 입장과의 밀착도가 문학논쟁에 어떻게 영향을 미치는가를 잘 보여주고 있기도 한다.

그러나 리얼리즘이론의 당대적 적합성은 이론체계의 세련성에서가 아니라 구체적 창작물을 읽는 올바른 시각에서 얻어지는 것인데 당대의 리얼리즘론이 그 이론의 위세에 비하여 내세울 작품이 기껏 단편소설이나 시밖에 없었고 그마저 자신의 이론을 합리화하기 위한 과잉평가가 두드러졌다는 사실은 지나치게 높은 수준에 조정되어 있는 우리 리얼리즘론의 토대의 취약성을 말해주는 것이며 이는 우리 리얼리즘 문학의 전반적 수준이 이론의 자가발전의 속도를 아직 못 따르고 있다는 사실을 반증하는 것이기도 하다.

4) 사회주의리얼리즘론의 대두

백낙청은 엥겔스의 발자끄론을 다시 검토하면서 "작가의 당파적 입장과 별도로 작품 자체의 당파성에 주목"해야 한다면서 작가 개인의 당파성 내지 당성보다 '작품의 당파성'을 중시하는 것이 '리얼리즘의 승리'론의 기본입장임을 확인한다.[10] 그는 이러한 기본입장에서 비판적 리얼리즘과 사회주의리얼리즘의 양분법의 유효성에 의문을 제기한다. 이 견해는 물론 작품의 당파성이 어떻게 주어지는가에 대한 해명이 뒤따르지 않음으로써 그 특유의 창작신비주의의 혐의를 벗지 못하지만 이 '비판적 리얼리즘/사회주의리얼리즘' 양분법의 폐기문제의 제기는 사회주의권의 전반적 몰락과 더불어 사회주의리얼리즘론도 형해화해가는

---

10) 백낙청 「사회주의리얼리즘론과 엥겔스의 발자끄론」, 『창작과비평』 1990년 가을호.

세계문예사적 상황에 처해서 국내의 리얼리즘 논의가 지금껏 갇혀 있는 교조주의적 질곡을 깨버리자는 의도의 소산으로 일종의 '화두던짐'의 의의를 가진다.

그런데 이 화두에 대한 대응이 거의 같은 시기(1990년 가을 무렵)에 각각 반대의 방향으로 제출된 것은 공교롭다면 공교로운 일이나 그만큼 우리가 비판적/사회주의적 리얼리즘의 변별이라는 아포리즘에 들려 있음을 보여준다고 하겠다. 최유찬은 비판적 리얼리즘을 감연히 주장했고,[11] 이미 박노해 논쟁을 통해 노동해방문학 그룹과의 차별성을 보여주었던 문학예술연구소(문예연) 그룹은 사회주의리얼리즘의 기치를 분명히하기 시작했다. (최유찬의 견해에 관해선 후술하기로 하고 여기선 문학예술연구소 그룹의 사회주의리얼리즘론을 검토하기로 한다.)

문예연은 1990년 9월에 열린 학술단체협의회 씸포지엄의 발제문 「페레스트로이카와 사회주의 현실주의」에서 소련 내부에서의 뻬레스트로이까 이후 사회주의리얼리즘을 둘러싼 논란을 소개하면서 당파성의 회복과 여타의 문예적 입장에 대한 정확한 동맹정책의 수립을 전제로 한 사회주의리얼리즘의 자기갱신 노력을 지지하고 그 가능성을 인정함으로써 사회주의리얼리즘론에 대한 애착의 단면을 보여주었다. 김창주는 사회주의리얼리즘을 '당파적 현실주의'로 번안하여 그 정당성과 우월성을 피력했다.[12] 그에 의하면 당파적 현실주의는 과학적 노동해방사상과 노동자계급문예의 독자적 질(質)이 결합된 것으로 설명된다. 또한 그것은 노동자계급의 세계관과 현실에 대한 그들 고유의 심미적 성실성을 결합시키는 '미적 범주로서의 사회주의적 당파성'을 본질적 계기로 가진다. 그리하여 당파적 현실주의 예술은 역사상 최대의 창조적 자유를

---

11) 최유찬 「현단계의 성격: 비판적 리얼리즘」, 『실천문학』 1990년 가을호.
12) 김창주 「맑스주의 미학의 제문제」, 『창작과비평』 1990년 여름호.

보장하고 프롤레타리아트의 드넓은 시야와 원대한 이상, 그리고 무제약적으로 풍부한 현실을 결합시킬 수 있다. 이에 반해 루카치류의 객관주의는 '예술＝형상적 현실인식'이라는 도식에 갇혀 프롤레타리아 예술의 독자적 미적 질을 간과하고 있으며 예술의 특수성을 형상성에만 두어 예컨대 '김명인류'의 '정태적 자연주의'를 낳는다고 보았다. 그리고 노동해방문학측은 객관주의는 극복하고 있으나 정치적 입장의 오류로 인해 당파성을 확보하지 못하고 경향화하고 있다고 지적했다. 서민형 역시 당파적 현실주의(＝사회주의리얼리즘)의 옹호와 선전에 주력하는데 노동해방문학 그룹의 '노동자계급현실주의'가 드러내는 혁명적 낭만주의와 편의주의, 그리고 박노해의 시편들이 보여주는 주관주의를 비판함으로써 당파적 현실주의와의 차별성을 더욱 강조하고 있다.[13]

이들의 견해에 의하면 당파적 현실주의는 '노동자계급문예의 독자적 미적 질' 또는 '심미적 성실성'이 '주체의 객체에 대한 미적 전유' 과정을 통해 이 계급 특유의 미적 가치를 가지게 되는 과정을 파악함으로써 이전의 객관주의를 극복하고 있으며, 전형화뿐만 아니라 이상화, 상징화까지도 그 방법 속에 포괄함으로써 폭과 다양성을 확보하는 인류 최고의 예술적 이념이라고 볼 수 있다. 그리고 이러한 당파적 현실주의의 유연성과 폭과 깊이에 대한 소개와 선전은 이에 대한 반지성적 편견으로 미만한 우리 현실에서 대단히 의미있는 노력이라고 생각된다. 하지만 그것이 단순한 이론적 매력을 넘어 정당한 설득력을 지니기 위해서는 바로 이 유례없는 노동자계급 수세기에 그 '노동자계급문예의 독자적 질'이 과연 무엇인가 하는 것이 적절하게 해명되어야 하는가가 구체적 정세판단과 작품적 근거를 가지고 설명되어야 할 것이다. 그렇지 않으면 오류와 파탄의 운명을 동일하게 겪지 않으리란 보장은 없다고 보

---

13) 서민형 「당파적 현실주의의 이해를 위해」, 『실천문학』 1990년 가을호.

아야 한다.

5) 위기극복의 통로로서의 리얼리즘론

이와 같이 비판적 리얼리즘과 사회주의리얼리즘 구분폐기론이 나오고 사실상의 사회주의리얼리즘론이 공공연히 제출되고 있는 상황에서 한편으로는 당면한 민족현실과 민족문학의 위기에 문학이 올바르게 대처하는 방법으로서의 리얼리즘론의 모색이라는 문제제기가 있었다. 『실천문학』 1990년 가을호의 특집 '다시 문제는 리얼리즘이다'가 그것인데 그 발제자인 윤지관에 의하면 동구사회주의의 몰락에 따른 변혁전망의 현실화에 대한 회의와, 포스트모더니즘론의 득세에 따른 재현의 유효성 부정이라는 위기상황에 대한 문학적 대응의 근거확보를 위해 리얼리즘에 대한 집중적 모색이 있어야 한다는 것이다.(「다시 문제는 리얼리즘이다」) 이론의 자가발전의 필요로서가 아니라 이러한 긴급한 실천적 필요에 의해 리얼리즘론이 제기되었다는 사실은 자못 의미깊은 것이었다고 할 수 있다.

이 특집에서 최유찬(「현단계의 성격: 비판적 리얼리즘」)은 반파쇼통일전선이라는 당대의 정치적 과제를 '민주대연합'으로 이해하고 이 민주대연합단계의 리얼리즘으로서 비판적 리얼리즘을 제시하고 있다. 리얼리즘을 세계관이자 넓은 의미의 예술방법으로가 아니라 '형상화방법'으로 좁게 이해하는 그는 비판적 리얼리즘이 총체성을 그릴 수 있는 가장 유효한 방법이라는 자의적 믿음에 따라 비판적 리얼리즘과 여타의 '당파성을 중시하는' 리얼리즘을 사실/의식, 현실인식/행동, 총체성/당파성, 인식중심 미학/가치중심 미학 등으로 분리 대립시킨다. 이 글에서 그는 '사실에의 충실'이라는 덕목을 지나치게 의식한 나머지 사회주의리얼리즘론의 대두를 감히 가능하게 한 남한 노동자계급의 명백한 성장과 새로운 사회로의 맹아형성이라는 객관적 현실을 충분히 고려하지 않은 데다가 선동이나 선취와는 다른 리얼리즘의 핵심인 '전망'의 문제 역시 회피하는 난점에 빠지고 만다.

이후 『실천문학』의 계속되는 노력과 많은 논자들의 참여로 현단계 리얼리즘론을 둘러싼 논의들은 계속되는데 임규찬은 리얼리즘론이 단순히 위기에 대한 전략적 대응물로 인식되는 것을 경계하는 한편 최유찬의 비판적 리얼리즘론의 협애성을 비판하고 백낙청의 비판적/사회주의 리얼리즘의 구분폐기론이 양자의 예술방법으로서의 역사적 차별성을 무시하고 있음을 지적했고,[14] 임홍배는 혁명적 낭만주의의 합리적 핵심을 옹호하는 한편 백낙청의 구분폐기론이 '실천적 고민'을 무화하는 논리라고 비판했다.[15] 손경목은 당파성의 형이상학화를 경계하고, 세계관의 탁월함이 곧 작품의 질을 보장하지 않으며 작가의 현실과의 적극적 교섭이 필요하다는 입론을 폈으며,[16] 김재용은 개별성과 보편성의 올바른 통일로서의 전형성 획득이 리얼리즘의 본질이라는 명제를 세우고 현금의 민족문학이 이의 실패로 도식주의라는 미학적 질곡에 빠져들었다는 진단을 내렸다.[17] 바야흐로 리얼리즘론의 백가쟁명이 이루어지는 형국인데 그와 함께 두드러지게 드러나는 것은 80년대 이래 비교적 견고했던 이론블록들이 무너져내린 뒤 비평가들이 처한 고립화의 곤경이다. 이러한 고립화는 경직성을 완화시켜주기는 하였지만 동시에 조직화된 논리 특유의 힘을 거세시킴으로써 이론의 담론화를 조장할 수 있는 것이다.

조만영의 「현단계 현실주의 논의의 이론적 검토」(『실천문학』 1991년 겨울호)는 이러한 논의의 다양한 발산을 일단 수렴하고 있다. 이 글은 크

---

14) 임규찬 「최근 리얼리즘 논의의 성격과 재인식」, 『실천문학』 1990년 겨울호.
15) 임홍배 「현실주의논쟁의 교훈과 노동소설의 진로」, 『창작과비평』 1991년 여름호.
16) 손경목 「계급성, 예술성, 도식성」, 『한길문학』 1991년 봄호.
17) 김재용 「전형성을 획득하여 도식성을 극복하자」, 『한길문학』 1991년 여름호.

게 두 가지 방향을 지니고 있는데 하나는 노동해방문학 그룹의 문학적 입장에 대한 집요한 타격이고 또하나는 백낙청의 최근 입장에 기댄 자기류의 '사회주의 현실주의론'의 정초이다. 우선 전자의 방향은 임규찬이 언급한 '노동자계급적 당파성' 개념의 ('사회주의적 당파성'에 비교될 때의) 상대적 불투명성을 공격하고 임홍배가 일정하게 '절충적으로' 옹호하고자 했던 혁명적 낭만주의의 역사적 의의를 여지없이 분쇄하며 '현실대안'의 유무를 전거로 삼았던 임홍배의 실제비평을 혁명적 낭만주의, 근거없는 낙관주의와 연결지으며 맹공하고 마침내 '박노해의 오류와 실패'를 지적하는 데에로까지 이어진다. 이러한 공격에 관해선 최근 정남영이 나름의 방어를 하고 있기는 하지만[18] 이른바 '논쟁의 작풍'이라는 점에서 일정한 문제를 안고 있는 다소간 가학적인 공격이 아닌가 생각된다. 무엇보다 지금 도대체 사회주의적 당파성/노동자계급적 당파성의 변별이 역사적으로 관건적인 문제가 되는 것인지, 구 노동해방문학 그룹의 혁명적 낭만주의에 대한 변호를 스딸린주의의 반영으로 손쉽게 몰아붙여도 좋은 것인지를 묻지 않을 수 없다. 변별력의 탁월함은 높이 살 만한 것이지만 그 탁월함이 곧 처지가 곤란한 상대에 대한 가학성으로 이어져서는 좋은 모양으로 보이기 힘들다.

후자의 방향은 백낙청의 구분폐기론을 당파성과 리얼리즘의 변증법적 관련 인식이라 추켜세우고 이를 자신의 특유한 현실주의 선차성론을 뒷받침하는 논리로 끌어오는 것으로 이어진다. 여기엔 특히 조만영의 장황한 설명이 따르고 있음에도 불구하고 많은 문제의 소지가 있어 보인다. 그의 리얼리즘론이 '사회주의 현실주의론'임이 분명하다면 특히 그 '사회주의' 쪽이 이론적으로 더 위기에 몰려 있는 현상황에서 그 '사회주의'의 내용 또는 '사회주의적 당파성'의 내용에 대한 천착과 옹호에

---

18) 정남영 「현실주의논쟁을 다시 살펴보며」, 『실천문학』 1992년 겨울호.

더 힘을 쏟아야 마땅한 것으로 보이는데 '현실주의'에 더 무게중심을 두는 것은 '사회주의'의 위기로부터 '현실주의'라는 미학적 은신처로의 도피, 또는 현실의 미학적 해결이라는 또다른 의미에서의 문학주의로의 경사가 아닌가 싶다. 이러한 점은 이병훈과 전승주에 의해서도 즉각적으로 지적되고 있다. 이병훈은 조만영의 이 같은 견해가 당면한 노동문학의 위기를 무당파적으로 해소하려는 의도와 연결될 수 있다고 지적했고[19] 전승주는 당파성-현실주의의 이원론적 분리와 현실주의의 선차성의 강조는 결국 "당파성의 구현을 보장하는 현실주의의 실현은 어떻게 이루어지는가"를 물어야 하는 순환론을 낳으며 궁극적으로는 "작품이 현실주의적인가 아닌가 하는 해석만이 중요하게 되면서 당파성과 현실주의를 관철시키기 위한 작가의 사회적 실천으로서의 작품이라는 의미는 사라지게 된다"고 지적했다.[20]

3. 실천적 리얼리즘론을 위하여

이상과 같이 8, 90년대의 리얼리즘론의 전개과정을 개관해보았는데 전반적으로 볼 때 90년대의 리얼리즘 논의가 그 이론적 폭과 세련성은 향상된 것이 분명한데도 불구하고 80년대의 그것에 비해 훨씬 이완되어 있는 것으로 보인다. 좀더 정확히 말하면 검거와 도피로 노동해방문학 그룹이 와해상태에 놓인 이후가 그렇다. 그 이전의 논의가 주로 민중적 리얼리즘론과 노동자계급 현실주의론 사이의, 문학적으론 소박했지만 그 배경이 되는 조직적, 운동론적, 철학적 입장으로는 만만치 않았던

---

19) 이병훈 「현단계 노동문학의 새로운 모색」, 『실천문학』 1992년 여름호.
20) 전승주 「현단계 문예운동의 '반성'과 모색」, 『실천문학』 1992년 여름호.

팽팽한 논쟁을 축으로 이루어진 대신, 그 이후의 논의는 그러한 배경이 거세된 문학이론내적인 차원을 빗어나지 못한 데 그 원인이 있을 것이다. 백낙청의 화두적 문제제기가 자못 새삼스럽고 사회주의리얼리즘론의 자가발전이 장관이긴 하지만 그것이 그에 상응하는 현실적 실천과의 연관——정치적으로는 물론 문학운동적으로도——이 없는 상태에서는 분명 외화내빈이라는 평가를 피할 수 없다. 반면에 80년대를 빠져나오면서 문학이론의 창작적 내지 사회적 실천과의 일상적 관련을 경험했거나 늘 의식했던 사람들은 상대적으로 그 매개고리의 상실을 크게 느낄 수밖에 없으며 이는 곧 자기 이론의 실천성 부재에 대한 고민과 회의로 이어진다. 게다가 그 남아 있는 이론의 골조조차도 그 현실적합성을 수시로 의심받고 있는 지경이다.

이런 상태에서 비평의 생명력이 빛날 리가 없으며 고립화된 작품론에의 몰두가 어떤 보편적 성과로 이어지리라는 기대도 소박한 것이다. 이는 당대적 과제의 해결을 향해 의식적으로 조정되지 않은 리얼리즘론, 객관현실과의 부단한 조회의 통로를 상실한 리얼리즘론이 얼마나 공허한 것인가를, 그리고 리얼리즘론은 이를 창작과 비평의 일상으로 연결할 일정한 주체와의 의식적 관련을 떠나서는 순수이론으로서의 적합성조차도 올바로 검증받을 수 없다는 사실을 웅변한다. 이러한 상황이 장기적으로 계속될 경우 사회주의리얼리즘론은 물론이거니와 리얼리즘 논의 자체가 담론화되고 관념화될 가능성이 크다. 지금 중요한 것은 기존 리얼리즘론의 훈고학적 답습이나 미시적 작품비평에의 안주가 아니라 현상황 자체를 하나의 거대한 미학적 도전이라 여기고 이에 맞대면하여 바로 이 시대의 삶의 미세한 숨결서부터 민족의 운명에 이르기까지 온전히 끌어안을 수 있는 리얼리즘의 총체적 구경을 창조적으로 획득하는 일이다. 그러기 위해선 작가-비평가의 실천적 과제를 공유한 새로운 만남이 절실하며 기왕의 리얼리즘론이 가닿은 이론적 깊이를 보

존하면서도 앞서 언급한 바 있는 70년대적 엄숙성과 긴장, 겸허함과 연
대의식, 그리고 우리의 문학적 성과물의 한계 속에서 새로 출발하는 실
사구시의 마음가짐을 새롭게 하는 것이 또한 절실하다고 하겠다. 객관
정세가 혼돈스럽고 열악할 때 최후로 믿을 수 있는 것은 인간의 주체적
의지이며 자신이 딛고 선 대지의 실감일 것이다.

— 『실천문학』 1993년 봄호

임화의 해방기 문학사 인식

1. 서론

임화(林和)에 관한 최근의 연구는 크게 보아 두 가지 방향에서 이루어지고 있다. 하나는 해방 직후에 본격화되었던 그의 민족문학론에 대한 것이며 또하나는 흔히 "아직도 한국문학사가 극복하지 못한"[1] 것으로 말해지는 그의 문학사 방법론에 대한 것이다. 전자에 관해서는 그것이 해방공간이라고 불리는 1945~48년의 시기에 남한 문학운동의 핵심적 이론이자 1980년대의 문학운동에 일정한 조명을 준다는 점에서 또하나의 민족문학논쟁이 치열했던 80년대 후반에 집중적인 주목이 가해졌고[2] 후자에 관해서는 그의 문학사 3부작이라 할 수 있는 「조선신문학

---

1) 김윤식 「임화연구」, 『한국근대문예비평사연구』, 일지사 1976, 542면. 이러한 진단은 그로부터 15년 후에도 신승엽에 의해 "아직 임화의 문학사론은 제대로 극복되지 못하고 있다"고 반복된다. 신승엽 「이식과 창조의 변증법: 임화의 '이식문학론'」, 『창작과비평』 1991년 가을호 197면.

2) 이 부분에 관한 연구는 매거하기 힘들 정도로 많다. 그것은 이 시기가 우리 민족의 분단을 결정짓는 시기였으며 임화의 민족문학론을 포함하여 이 시기의 문학운동의 핵심사안

사론서설」「개설 신문학사」 그리고 「신문학사의 방법」을 특징짓는다고
하는 이른바 '이식문학론'이라는 독특한 입장과 이에 따른 구체적인 문
학사 기술에 대한 학적 관심에 의해 연구가 진행되고 있다.[3]

그런데 임화에 관해 이루어지고 있는 이 두 방향의 연구는 하나는 문
학운동론으로 또하나는 문학사론 혹은 문학사 방법론으로 나누어져서
가 아니라 통일적으로 연구되어야 할 성질의 것이다. 임화가 해방 직후
에 민족문학론을 제창한 것은 당시 조선공산당의 노선을 추수한 것이거
나, 해방이라는 상황을 만나 해방 전과 다른 입장변화를 보인 것이라고
보기보다는 그의 식민지시대로부터의 문제의식이 해방이라는 변혁적
객관조건을 맞아 나름의 완성된 형태에 이른 결과라고 보는 것이 타당
하다는 생각이고 그렇다면 해방 전의 문학사연구를 비롯한 다양한 문학
적 탐구들, 예컨대 리얼리즘론이나 본격소설론 등도 그의 민족문학론을
구성하는 내적이고 논리적인 계기가 되고 있다고 보는 것, 즉 그의 문학
사론과 민족문학론과의 내적 연관성을 인식하는 것은 임화 연구의 관건
이라고 할 수 있다.[4]

<hr>

들인 통일전선, 인민성, 당파성, 대중성 등이 마침 이 시기에 대한 공개적 연구가 가능해
진 80년대 후반의 남한 문학계에서 똑같이 제기되고 있었다는 데서 연유한다. 이에 관한
가장 최근의 연구성과로는 이양숙 「해방 직후 임화의 민족문학론에 관하여」, 『문학과논
리』 제2호(1992)가 있다.
3) 이에 관한 최근의 연구성과로는 앞서 김윤식의 「임화연구」 제3장 외에 전승주 「임화의
신문학사 방법론에 관한 연구」, 서울대 대학원 석사학위논문, 1988; 우리문학연구회 「새
로 쓰는 민족문학사」 제1회, 『한길문학』 1990. 5; 이상경 「임화의 소설사론과 그 미학적
근거에 대한 검토」, 『창작과비평』 1990년 가을호; 오현주 「임화의 문학사 서술에 관한 고
찰」, 『현상과인식』 1991년 봄/여름호; 신승엽, 앞의 글; 한기형 「임화의 문학사 서술에 대
한 관점의 몇가지 문제」, 『한국근대문학의 쟁점』, 창작과비평사 1991; 임규찬 「임화 신문
학사에 대한 연구(1)」, 『문학과논리』 창간호, 1991. 10; 임규찬 「임화 문학사를 바라보는
최근의 관점과 비판: 임화 신문학사에 대한 연구(2)」, 『한길문학』 1991년 겨울호; 성진희
「임화의 신문학사론 연구」, 서울대 대학원 석사학위논문, 1992 등이 있다.
4) 신승엽의 「이식과 창조의 변증법: 임화의 '이식문학론'」은 이러한 관점에서 탁월한 진전
을 보인 글이다. 이 글은 임화의 이식문학론이 식민사관의 소산이 아니라 식민지문학의

이 글은 이러한 기본적인 문제의식을 전제로 하여 임화의 해방 직후의 문학사관과 그에 조응하고 있는 문학운동관을 소략하게나마 검토함으로써 그 내적 연관성을 밝히고 나아가 그 역사적 적합성 여부를 진단하는 것을 목적으로 한다. 이를 위해서 이 글은 임화가 1946년 2월 8일 조선문학동맹이 주최한 '제1회 전국문학자대회'(이하 '대회')에서 발표한 기조보고문「조선 민족문학 건설의 기본과제에 대한 일반보고」(이하「일반보고」)[5]를 집중적으로 검토할 것이다. 이 문건만을 주검토 대상으로 한 것은 이 글이 임화의 문학사론과 민족문학론을 본격적으로 검토하는 자리가 되지 못하기 때문이기도 하지만 다행히도 이 문건이 다음과 같은 이유에서 당시 임화의 문학사 인식과 민족문학론의 내용을 가늠하는 데 적합한 자격을 갖추고 있다고 보았기 때문이다. 우선 이 문건은 해방 직후 '조선문학건설본부'(이하 문건)와 '조선프롤레타리아문학동맹'(이하 프로문맹)으로 분열되었던 문학운동 역량이 '조선문학동맹'(이하 문동)으로 통합된 후 처음 열린 전국적 공개집회에서 행한 기조연설문으로서 객관적 권위는 물론 차후의 모든 논의에 대한 강한 규정력을 지닌다고 할 수 있다. 또한 이 문건은 일반적 역사인식, 조선 근대문학의 특수성, 신문학에서 시민문학, 프로문학으로 이어지는 일제시대 문학사에 대한 일관된 입장과 프로문학의 공과에 대한 평가, 30년대 중반 이후 위기하의 문학에 대한 변명 등 임화의 해방 전 문학에 대한 전 입장을 개괄하고 이를 당대의 과제인 민주주의민족문학 수립의 문제로 수렴함으로써 그의 문학관의 전체계를 이해하는 좋은 길잡이가 되고 있다. 다만 이 문

변증법적 내적 발전구조를 밝히고자 한 선구적 노력의 소산이며, 그의 소설론도 민족문학의 수립으로 식민지 나름의 근대적인 것의 완성을 추구하고자 한 이론적 천착임을 설득력 있게 실증적으로 밝히고 있다.

5) 임화「조선 민족문학 건설의 기본과제에 대한 일반보고」,『건설기의 조선문학』, 문학가동맹 1946. 6. 여기서는 최원식 해제『건설기의 조선문학』(온누리 1988) 34~45면에서 인용.

건은 비교적 초기의 것이고 또 기조발제로서 구체적인 강령적 내용이 포함될 수 없어 민족문학론의 실천적 과제나 방략에 대한 언급이 없다. 이 부분에 관해서는 부분적으로 다른 문건들을 참고할 것이다.

2. 「일반보고」와 임화의 문학사 인식

1) 조선 신문학 형성의 객관적 조건과 신문학의 본질

'신문학' 개념은 임화 문학사의 득의의 개념이다. 그것은 서구와 같은 의미의 근대문학의 발전을 저지당한 식민지 조선에서 형성 발전한 '근대적인' 문학을 통칭하는 용어로서 "개혁과 자각이 자력으로 수행되지 아니한 곳"인 조선에서 "서구적 문학의 이식으로부터 시작되는" "내용, 형식 함께 서구적 형식을 갖춘 문학"[6]으로 구문학, 또는 봉건문학이 사멸한 이후로부터 진정한 근대문학으로서의 민족문학이 형성되기 전까지의 조선의 문학을 말한다. 「일반보고」는 바로 이 불구적 근대문학인 신문학의 형성조건을 고찰하는 것에서 시작된다.

우선 일본제국주의의 후진성에서 유래한 조선 식민지 지배의 특수성이 문제가 된다. 일제는 조선보다 낮은 문화적 수준을 가졌고 자기의 근대문화 대신 제3자의 문화를 매개하였으며 통치 대신 동화를 강요하는 등 통치자이기보다는 정복자적 성격을 더 지녔다는 것이다. 이로부터 조선에는 "다른 식민지 제국이 향유하고 있는 피압박민족의 사소한 권리조차도 허용되지 않았다." 게다가 조선 자체의 후진적 처지, 즉 근대적 과제의 수행 없이 사멸하고 있는 봉건왕국일 뿐인 상태에서의 식민지화는 그 봉건적 제관계로써 제국주의적 착취의 훌륭한 기반을 마련해

---

6) 임화 「개설신문학사」, 『조선일보』 1939. 9. 2~11. 25.

주었다는 것이다. 이로써 "조선에 있어서 민족 독자의 발전의 기초가 될 민주주의개혁은 일본제국주의가 조신을 지배하는 한 **영원히 달성될 수 없는 죽은 과제**로 화하고 말았"(강조는 필자)으며 조선에 있어 일본제국주의의 철폐야말로 조선의 근대화와 민주주의적 개혁의 유일한 전제가 되는 것이다. 그러나 이러한 일제라는 객관적 조건의 극단화는 마치 그의 '이식성'에 대한 단정적 어사가 불러일으켰던 오해와 마찬가지로 그가 내재적 발전의 가능성을 부정하는 비변증법적 역사의식을 지닌 것으로 오해하게 하며 실제로 이어지는 그의 신문학에 대한 견해와도 모순을 일으키고 있다.

이어 「일반보고」는 조선에서 예의 '민주주의적 개혁'의 미수행으로 말미암은 신문학의 왜곡을 언급한다. 민주주의적 개혁이란 일반적으로 봉건적 제관계의 청산, 시민적 자유와 기본권 확립, 법치의 실현 등을 의미하며 봉건사회를 붕괴시킬 수 있는 부르주아계급의 정상적 성장과 그에 따른 생산관계-토대의 변혁이 그 기본적 전제가 된다. 조선의 경우 시민계급의 취약성과 제국주의 침탈로 일본에 경제적 정치적 문화적으로 예속됨으로써 이 개혁은 수행되지 못하고 그런 토대에서 형성된 문학적 상부구조가 바로 신문학인 것이다.

여기서 문제가 되는 것은 이렇듯 자주적 근대화가 좌절되고 후진 제국주의국가에 의해 식민지화된 사회와 그 상부구조로서의 문화, 문학의 식민지적 정체성의 절대적 규정성과 그 내부의 근대적 발전의 상대적 가능성의 문제이다. 이에 대해 「일반보고」는 이렇게 말하고 있다.

요컨대 문학상에 있어서도 민주주의적 개혁을 통과하지 않고 조선 문학은 일본제국주의 지배하에서 근대문학의 수립과정을 거쳐 나오게 되었다. (…) 그러므로 조선 신문학의 40년 역사는 단순히 제국주의 치하에서 식민지 민족이 영위한 문학이었다는 의미에서만 특이한

것이 아니라, 문학사적 발전의 법칙으로 보아서 민족적으로는 민족
문학 수립의 역사적 계기요 문학적으로 보면 근대문학 성립의 현실
적 계기였던 근대적 시민적 개혁의 과제를 해결하지 아니하고 **고유한
봉건적 문학과 외래한 근대적 문학이 기계적으로 연결 접합되었다는 사실**
에서 변칙적인 것이었다.[7] (강조는 인용자)

인용문의 문면상 '일본제국주의 지배하에서 수립과정을 겪는 근대문
학'의 내용은 아마도 '고유한 봉건적 문학과 근대적 문학이 기계적으로
연결 접합된' 변칙적인 것이라고 할 수 있다. 이러한 인식은 우선 일제
식민지 지배 아래서도 일정한 '근대성'의 확보가 가능했다는 것을 전제
로 하며 그 근대성의 확보는 일단 서구적 근대문학과의 기계적 결합을
통해 시작됐다는 결론으로 이어진다. 이것이 임화 '신문학'의 정체인 것
이다. 그렇다면 다음의 문제는 그렇게 확보된 '근대'의 내재성 여부이
다. 그 유명한 '이식론'과 이 인용문에서의 '기계적 결합론'을 문면상으
로만 받아들일 경우 임화는 말 그대로 근대화론자이고 정체성론자임에
분명하다.[8] 하지만 그의 이식론 혹은 기계적 결합론이 근대화론에 기초
한 몰주체적 인식의 소산이 아님은 「신문학사의 방법」에서 임화가 제출

---

7) 「일반보고」, 앞의 책 37면.
8) 임화를 근대화론자로 보는 입장은 이미 김윤식의 「임화연구」에서 비롯되고 있지만 최근
   김재용의 글 「진보적 문학가 임화의 삶과 문학」, 평론집 『민족문학운동의 역사와 이론』
   (한길사 1990) 150~65면에서 좀더 확고하게 드러나고 있다. 그는 임화가 일제시대의 식
   민지 반봉건성을 무시하고 시민계급의 성장이라는 서구의 근대를 기준으로 삼아 문학사
   를 바라보았다는 점에서 근대화론자였다고 평가하고 또한 임화가 지닌 제국주의 관점의
   결여를 지적하였다. 그러나 이 「일반보고」에서는 지나칠 정도로 일제의 규정력을 강조한
   임화가 단지 수년 전에 제국주의에 대한 인식이 박약했다고 보는 것은 다소 무리한 평가
   라 할 수 있다. 일제에 대한 인식은 임화의 문학사론에 있어서 차라리 결정적인 것이었다
   는 것이 이 글의 생각인데 일제는 임화에게 있어 바로 다름아닌 '이식'의 매개자이며 이식
   문학을 낳도록 한 물리적 강제자였기 때문이다.

한 "문화이식이 고도화되면 될수록 반대로 문화창조가 내부로부터 성숙한다"는 명제를 주목한 최근의 연구[9]에서도 극명하게 밝혀지고 있다. 이식과 기계적 결합은 분명히 두 문화간 충돌의 초기적 양상에 대한 정확한 표현이다. 그러나 그 이후부터는 우리 문학 내부의 몫이고 바로 이 지점부터 제한적이나마 근대의 '내재적' 현현이 시작된다.

「일반보고」는 이 이식과 기계적 결합이 초래한 결과를 "조선 신문학 사상에 나타나는 온갖 부자연성, 비법칙성"으로 표현했다. 그리고 그 원인은 민주주의적 개혁의 과제 미이행으로 "신문학 전체가 민족생활 가운데 충분히 뿌리박고 있지 아니했기 때문"이라고 했다. 여기서 우리는 식민지문학에서의 근대의 내적 조건을 살펴보아야 한다. 식민지시대의 우리 문학, 즉 신문학은 민중적 기초의 폭력적 단절로부터 출발했으며 그만큼 이전의 문학적 전통과 분리되는 대신 외래의 문학사조와 결합되기 쉬웠다. 임화는 이 민중적 기초로부터의 단절을 민주주의적 개혁의 부재에서 보았다. 하지만 식민지하 민주주의적 개혁 불가능론을 밀고나가면 우리 식민지시대 문학은 끝내 민족의 삶에 뿌리내리지 못하고 방황하는 운명에 처하게 된다. 하지만 식민지 사회구성 나름의 역동성은 그 내부에서 완만하나마 근대적 사회관계를 발전시키고 이는 문학 담당층의 계급적 조건에도 일정한 변화를 일으켜 이식과 기계적 결합 이후의 내부적 발효, 즉 주체적 창조를 가능하게 하는 것이다. 그렇게 되지 않으면 식민지시대 우리 문학의 일정한 내재적 발전은 설명되지 않는다. 임화는 이러한 창조의 토대적 조건에까지 생각을 밀고나갔으며 그것은 뒤에 프로문학의 근대문학 수립자로서의 역사적 역할론으로 나타나게 된다.

---

9) 신승엽, 앞의 글.

2) '시민계급 영도기'에 대한 평가

「일반보고」에는 신문학에 대한 일정한 시기구분이 행해지고 있는데 우선 신문학의 전단계로서 신소설과 창가가 지배적인 문학양식이던 시기[10]가 있고 다음엔 새로운 소설과 신시[11]에서 비롯되어 1922~24년간의 프로문학 대두 이전까지의 시민계급 영도기, 이후 1930년대 중반까지의 프로문학 영도기 또는 계급문학과 '민족문학'의 대립시기, 그리고 파시즘의 강화에서 해방 직전까지의 시기구분이 그것이다.「일반보고」의 3절은 그중 시민계급 영도기의 신문학에 관한 평가이다. 이미 '낡은 형식에 새로운 내용'으로 요약되는 신소설과 창가 역시 시민계급의 급격한 성장의 반영이라 평가되지만 그것은 '구시대문학'의 연장이고 새로운 소설과 신시에 이르러서야 형식, 내용이 다같이 신시대에 적합한 문학이 이루어진다고 본다. 하지만 이 역시 겨우 '조선 근대문학의 단초'에 불과한 것으로 일축된다.

본격적 신문학운동은 3·1운동이 있고서야 조선인의 민족적 자각이 앙양되고 "일본제국주의에 대한 반항운동의 일익으로 파생하여 무단정치의 폐지와 문치로 표현된 일본제국주의의 소량의 양보를 틈타서" 급격히 발전한다고 본다. 그 발전은 시민계급이 영도하고 소시민들이 대변하는 것으로서 1920년대 전후엔 "약간의 반봉건성과 반제성" "인권의 자유라든가 인성의 해방 등에 대한 기초적 요구"가 드러났으나 조선 시민계급의 비혁명성과 유약성은 일부 지도적 시민층의 일제와의 타협 등의 반동성을 낳았고 그 진보성에 한계를 보인다. 그 이후의 신문학은 "조선 시민계급의 정신적 반영이기보다도 더 많이 조선 현실에 대한 소

---

10) 「개설신문학사」에서는 이 시기의 문학을 '과도기의 문학'이라 명하고 그 특징을 '낡은 형식에 새로운 내용'이라 요약했다.

11) 역시 「개설신문학사」에서는 이 새로운 소설의 효시를 춘원의 소설이라 하고 신시의 효시를 육당에게서 찾았다.

시민층의 비관적 기분과 급진적 반항의식의 표현수단으로 화하고 말았다." 이것을 임화는 1922~24년간의 '자연주의문학'의 득색으로 보았다. 이후 "신문학의 급진성은 프롤레타리아문학의 혁명성과 결부되든가 그렇지 아니하면 '데카다니즘'(데카당티즘—인용자)과 절망의 심연으로 전락되었다."

　이 시기에 대한 평가에서 주목해야 할 것은 임화가 명백히 내재적 입장에 서 있다는 사실이다. 3·1운동을 통과하면서 일시적으로 고양된 조선 시민계급의 부분적 혁명성과 그 조락, 뿌리없는 소시민계급의 비관과 반항 등으로 당대의 문학을 평가한 것은 이미 그들 문학담당층에 의해 외래사조의 수용이 선택적으로 이루어질 수 있었음을 시사하는 것이고 이는 이후 백철류의 수입사조사 중심의 속류적 '이식론'으로부터 임화의 시각이 얼마나 멀찍이 떨어져 있는가를 잘 보여주는 증좌이다. 그러나 이 절에서 임화가 시민계급 혹은 소시민계급 주도의 신문학의 역사적 한계를 드러내고 그 이후의 프롤레타리아문학의 혁명성을 부각시키고자 한 나머지 이 시기 문학 내부의 복잡한 변증법적 계기들을 눈여겨 다루지 않은 것은 문제가 있다. 당시엔 이미 문단이라는 전문문학인 집단이 형성되어가고 있었고 1925년경 이후의 프로문학도 결국 이들 소시민적 전문문학인들에 의해 담당된다는 점에서 그가 '자연주의문학'이라고 혹은 '비관과 반항'이라고 진단한 20년대 초반의 신문학의 내부 양상은 프로문학으로의 단절적 이월보다는 그 내적 계기형성의 측면에서 다루어져야 할 것이다. 예컨대 당시 자연주의소설들이 담고 있던 좌절의 내면화와 낭만주의 시들이 담고 있던 혁명적 앙양의 내면화, 또는 자연주의 안에 잠재한 낭만주의 등이 초기 프로문학으로 그대로 이월되고 있다는 사실[12]은 좀더 면밀한 주목을 요한다. 물론 임화 역시 40

---

12) 물론 이러한 파악은 아직 가설적인 것으로 이후 좀더 면밀한 연구를 필요로 한다.

년대에 씌어진 일련의 글들[13]과 해방후의 글[14]에서 이러한 인식에 도달하고 있는 것으로 보인다.

3) '노동자계급 영도기'에 대한 평가

1924~25년 이후 30년대 중반까지의 신문학에 대한 평가는 이 「일반보고」의 핵심을 이룬다. 임화 자신이 이 시기에 전개된 프롤레타리아문예운동의 지도자 중 하나였으며 바로 자기 자신의 창작과 비평활동이 집중되었던 시기이기도 하기 때문에 그가 이 시기를 어떻게 평가하느냐 하는 것은 해방을 맞은 민족문학운동의 전환의 축을 어떻게 마련하느냐와 직결된 문제였다.

우선 그는 이 시기를 시민계급의 진보성이 상실되고 노동자계급의 영도성이 획득된 시기로 규정함으로써 당시 프로문학운동에 역사적 정당성을 부여하고 있다.

민족운동의 혁명성의 상실은 말할 것도 없이 조선 민족해방운동에 있어 시민계급의 진보성의 상실이다. 그와 반대로 노동자운동이 민족해방운동 가운데서 영도적 위치에 서게 되었다는 것은 사회주의사상이 수입된 때문이 아니라 조선의 노동자계급은 시민계급이 탈락한 뒤 민족해방운동 가운데서 불가피적으로 중심적 역할을 놀지 아니할 수 없었기 때문이다.[15]

---

13) 임화 「소설문학 20년」, 『동아일보』 1940. 4; 「백조의 문학사적 의의」, 『춘추』 1942. 11.
14) 역시 '문학자대회'에서 임화가 발표한 「조선 소설에 관한 보고」가 그것이다. 이 문건은 원래의 약정보고자가 안회남인데 그의 불출석으로 임화가 '대행'한 것으로 되어 있다. 이 '대행'이란 표현이 애매하여 '대독'을 의미하는지 아니면 임화가 전부를 떠맡은 것인지 불분명한데 대체적인 논지로 보아 임화의 글로 추정된다.
15) 「일반보고」, 앞의 책 40면.

마찬가지로 이와 함께 대두한 프롤레타리아문학은 시민계급이 채 수행하지 못한 '근대적인 민족문학 수립의 과제' 역시 떠맡을 수밖에 없었다는 것이다. 이 논지가 갖는 의미는 막중하다. 기본적으로 시민계급의 진보성 상실과 시민문학의 영도성 상실은 궤를 같이하는 것이며 이들의 과제를 노동자계급과 프로문학이 이어받았다는 것은 논리적 설득력이 충분하다. 하지만 그 과제가 '민족해방운동'이며 '민족문학 수립'이라는 것은 분명히 해방 직후 상황으로부터 연역된 것이지 20년대 당대에 본격적으로 의식된 것이라고 보기는 어렵다는 점 역시 간과되어서는 안된다. 이 점은 임화 자신도 인정하고 있다. "민주적인 민족문학의 수립이 부단히 현실적 과제로 살아 있고(살아 있음에도 불구하고—인용자) 그것을 수행할 주요한 담당자로서의 역사적 사명에 대한 자각이 부족했음은 반성되지 않으면 아니된다"고. 이것은 임화 스스로 일제하의 노동자계급운동과 그 문학적 반영인 프로문학에 대한 반성을 행하고 있는 것이며 이 반성을 통과해서만 해방후의 민족문학론의 폭과 깊이가 확보될 수 있었음을 보여주는 것이다.

「일반보고」는 이 시기를 한편으로 '계급문학과 민족문학의 대립시대'라고 표현하고 있다. 여기서 '민족문학'은 흔히 말하는 '국민문학' 혹은 '민족주의문학'인데 이 둘간의 대립을 문학사적 계기로 설정했다는 사실 자체가 프로문학의 맹장 임화의 입장에서는 큰 변화라고 할 수 있다. 이 대립항의 설정은 임화가 40년대 이래의 소설사론에서 예컨대 이태준과 이기영(李箕永)을 병렬시켜 동일한 무게를 주는 것[16]과 아날로지를 이루는데 이는 임화가 이미 해방 전부터 좌우를 아우르는 민족문학의 큰 구도를 염두에 두고 있었음을 시사한다.

---

16) 「소설문학 20년」「본격소설론」 그리고 「조선 소설에 관한 보고」 등 40년대와 해방 직후의 소설론에서 이러한 동등한 병렬은 일관되게 나타난다.

어쨌든 임화는 이 대립시대의 공과를 정리하고 있는데 우선 프로문학에 대한 평가를 보면, 내용상 미약한 진보성과 계몽성을 혁명성과 대중성의 방향으로 발전시킨 것과 형식상 '리얼리즘'을 확립한 것, 그리고 문학을 소수자로부터 민중에게로 해방한 것 등이 기여이고 수입사조의 모방에서 기인한 공식주의, 종래 신문학의 긍정적 요소와 새로운 예술문학의 좋은 의미의 민족성에 대한 부정, 문학유산의 계승, 예술적 완성문제에 대한 소홀, 그리고 반제반봉건 민족문학 수립과제에 대한 자각 부족 등을 과오로 보고 있다. 이 평가는 결코 철저한 것이라고 볼 수 없다. 우선 '대중성의 방향으로의 발전'이나 '문학의 민중에게로의 해방'이라는 평가는 객관적이지 못한 과대평가이다. 문학의 민중적(인민적) 기초의 문제는 식민지문단의 본질적 한계와 연결된 것으로 일제하부터 프로문학이 골머리를 앓았던 문제였고 해방 이후 '민주주의민족문학'에 있어서도 관건적인 문제로 떠오르게 되는, 결코 프로문학이 만족스럽게 성취한 바 없는 과제였다. 반면에 예술문학의 좋은 의미의 민족성의 부정이나 예술적 완성문제에 대한 소홀 등의 '과오' 지적은 과소평가라는 역편향을 보인다. '좋은 의미의 민족성'이 구체적으로 무엇을 뜻하는지 문면만으로는 알 수 없지만 일제하의 '예술문학'이 추구한 민족성이 진정한 의미의 민족해방적 지향성을 가졌는가는 의심스러우며, 프로문학이 내용-형식논쟁에서 사회주의리얼리즘논쟁에 이르기까지 벌여온 많은 논쟁들이 예술적 완성을 향한 치열한 고투가 아니라고 할 증거는 아무데도 없다. 특히 이러한 견해는 해방후 프로문맹측의 프로문학 독자성 옹호라는 논리를 방어하는 데에는 취약하기 그지없는 견해가 아닐 수 없다. 이러한 프로문학에 대한 과대평가와 과소평가라는 양편향은 일종의 무원칙적 절충성의 반영으로 그의 문학적 협동전선론의 두 가지 맹점, 즉 전문작가 중심의 하향식 전선논리 및 당파성의 상대적 부족과 이어지고 있다.

한편 '민족문학'에 대해서는 반봉건성과 국수주의의 과오를 지적하였고 결론적으로 "프로문학의 정치적 공식주의와 그밖의 문학의 국수적 잔재와 예술지상주의를 청산할 수 있었다면 넓은 의미의 예술적 협동과 높은 의미의 민족문학의 수립이란 과제로 접근할 수 있는 지점에 도달하고 있었다"고 30년대 중반까지의 문학을 평함으로써 당대문학사의 민족문학론적 재해석을 시도하고 있다.

4) '위기와 협동'의 시기에 대한 평가

「일반보고」 전체를 통틀어서 가장 석연치 않은 부분이 이 1935년 카프해체 이후부터 1945년까지에 대한 부분이다. 이 시기는 임화의 개인적 삶에 있어서도 카프해산―비평과 문학사연구에의 집중―전향―소극적 친일 등으로 이어지는 큰 굴곡이 그려지는 시기인만큼 각별한 주목을 요한다. 이 부분 서술에서 가장 문제가 되는 것은 1935년경부터 태평양전쟁이 일어나기 전까지의 우리 문학이 "공포와 위협과 가속화하는 박해의 와중으로 몰려들어가면서" '공동전선'을 전개했다는 것인데 임화는 그것도 "첫째 조선어를 지킬 것, 둘째 예술성을 옹호할 것, 셋째 합리정신을 주축으로 할 것" 등의 구체적 합의사항 아래서 전개된 것처럼 서술하고 있으며 모국어 수호가 민족문학 유지의 유일한 방편이었다는 점, 비정치성의 주장이 정치적 의미를 지녔다는 점, 비합리적 파시즘에의 대응이라는 점 등이 그 명분으로 갈파되고 있다. 물론 현재까지 당시에 이런 합의가 문학인들 사이에 구체적으로 있었다는 것을 알려주는 자료는 발견되지 않았다. 만일 그러한 사실이 객관적으로 입증된다면 이는 해방 직후의 문건 결성과 이후 문학가동맹 결성까지의 흐름이 이미 해방 전부터 준비되었다는 사실을 말해주는 결정적 증거가 될 것이며 임화의 민족문학론의 실천적 근거를 이루게 될 것이다. 하지만 그렇지 않다면 이는 민족문학론을 해방 전으로까지 연역해내려는 임화의 지나친 무리수이자 일종의 궤변으로 비판받아 마땅한 일이 아닐 수 없다. 당시의 우리 문학이 적든 많든 공식주의나 정치주의의 긴박에서 벗어나 예술적 심화를 이루어나갔다는 점은 인정되어야 하지만 그것은 분명히 문학운동을 통한 반제투쟁의 좌절의 대상(代償)으로 주어진 것이라는 한계인식과 더불어 이루어져야 할 인정이다. 그런데 여기에 '공동노선에서의 협동'이라는 적극적 합리화 논리를 섣불리 부여한다는 것은 아무리 전선적 견인의 노력이라 하더라도 지나친 '무장해제'라고 할 수 있기 때문이다. 그리고 마찬가지 이유에서 40년 이후 이른바 암흑기에 대해서 "우리 문학이 용감히 반일문학의 기치를 높이 들고 싸우지 못한" 데 대한 유감표명에 그친 것도 전선적 배려로만 이해하기에는 미흡하다.

5) 민주주의민족문학론의 문제제기

이상과 같은 신문학사의 인식은 해방기에 이르러 마지막으로 민주주의민족문학론의 제기로 수렴된다. 임화는 해방된 조선민족이 건설할 문학의 성질을 자문해야 한다면서 계급문학인가, 민족문학인가? 하는 식의 물음이 주관적으로 제기되는 것을 비판하고 대신 객관적 문제제기로서 일제 문화지배의 잔재가 남아 있는 것과 봉건유물의 미청산, 그리고 그 청산의 계기로서의 민주주의적 개혁을 제시한다. 그리고 이러한 잔재청산을 수행하는 투쟁을 통하여 건설되는 완전히 근대적인 의미에서의 '민주주의적 민족문학' 수립에의 동참을 주장한다.

이 부분이 말하자면 「일반보고」의 결론에 해당하는 부분인데 민족문학론의 입장에서 이제까지 수행한 신문학사 전반에 관한 체계적인 서술에 비할 때 용두사미와도 같은 느낌을 준다. 이러한 느낌은 이 부분이 일제잔재와 봉건유물 청산을 통한 민족국가 건설이라는 당대의 정치적 슬로건을 문학적으로 번역해서 제시하고 이에 대한 동참을 고창하는 데 그쳤을 뿐, 민주주의민족문학의 실제적 내용들인 문예전선 내에서의 노

동자계급문학의 헤게모니 문제, 당파성과 민중성(인민성)의 문제, 대중
화와 창작방법의 문제 등에 관한 언급이 전혀 없다는 데에서 연유한다.
물론 이 문건은 논의를 유도하는 기조발제로서 결정서나 강령에서 채택
될 성질의 주장은 피한다는 배려도 없지는 않았겠으나 예컨대 계급문학
인가 민족문학인가라는 물음을 '주관적'이라고 일축하는 데서 문제의
일단이 엿보인다. 이 물음은 당시의 정황에서도 결코 주관적인 물음은
아니었기 때문이다. 즉 통일전선의 문학이라고 할 수 있는 민주주의민
족문학에서 계급성의 올바른 정초는 관건적인 문제이며 이것을 문제삼
는 것이야말로 객관적인 태도인 것이다. 이런 점에서 이「일반보고」는
해방후 민족문학적 관점에서 식민지시대의 문학 전반을 재구성했다는
정당한 의의를 갖지만, 정작 당면현실에 대한 대응이라는 측면에서는
문학내적 논리를 구축하지 못하고 단지 정치적 과제의 문인운동적 수용
과 이행이라는 비문학적 전술방침에 사로잡혔다고 할 수 있다. 따라서
이후 이 민주주의민족문학론을 문학적으로 정초하고자 하는 논의가 전
개되고 임화 역시 다시금 자신의 입장을 정리하게 되는 것은 당연한 순
서라고 할 수 있다.

3. 민주주의민족문학론과 인민성

앞에서 본 바와 같이 임화는 반제반봉건이라는 근대적 과제의 해결
이 민족문학의 근대적 형성발전의 전제가 된다는 입장에서 문학사를 체
계화하였다. 그런데 이는 반제반봉건 시민민주주의혁명단계로 해방후
의 전략단계를 설정한 조선공산당의 입장[17]과 일치하였고 당연히 그 문

---

17) 조선공산당 중앙위원회「1945년 8월테제: 현정세와 우리의 임무」, 1945. 9. 25.

화노선인 '민주주의적 민족문화론'[18]과도 일치할 수밖에 없었다. 그리고 이「조선 민족문화 건설의 노선」의 제6항은 "문화운동자는 민족통일전선의 수립을 위하여, 인민공화국의 육성을 위하여, 민주주의적 과도정권의 전취를 위하여 또는 연구, 출판, 상연, 상영의 자유, 학원자치의 옹호를 위한 실천투쟁에 참가하여야" 한다고 되어 있다. 이렇게 볼 때 임화의「일반보고」가 민족문학 수립을 향한 풍부한 문학사적 성찰을 포괄하고 있음에도 불구하고 그 결론에선 민주주의민족문학론에 관한 논리적 설득보다 실천선동으로 귀결된 것이 어느 정도는 이해될 수 있을 것이다.

하지만 앞에서 지적한 바 민주주의민족문학론의 내적인 문제들은 의연히 남아 있으며 이 문제로 인해 실제로 많은 논란이 야기된다. 그중 가장 큰 논란은 프로문맹의 문제제기에서 비롯되는 당파성의 문제이다.[19] 프로문맹측의 입장은 이렇게 요약된다.

> 정치는 경우에 따라 당파성을 초월하여 민족통일전선도 만들 수 있고 인민전선을 구성할 수도 있으나 예술은 어떠한 경우에 있어서든지 초계급적일 수 없고 초당적일 수 없다. 왜 그러냐 하면 당파성을 초월한 어떠한 이데올로기도 존재할 수 없기 때문이다.[20]

이들의 입장은 정세와 관련한 문예정책의 부재로 '종파주의'로 귀결

---

18) 조선공산당 중앙위원회「조선 민족문화 건설의 노선(잠정안)」, 1946. 1.

19) 이 문제제기는 주지하다시피「일반보고」가 발표된 '전국문학자대회' 이전 해방 직후 문건과 프로문맹이 대립할 당시부터의 핵심적 사안이었다. 이들은 결국 통합을 이루고 하나가 되었지만 이 문제가 해결된 것은 아니었고 통합은 문건측 즉 임화의 입장만이 거의 일방적으로 관철되면서 이루어졌다.

20) 한효「예술운동의 전망: 당면문제와 기본방침」,『예술운동』창간호, 1945. 12, 3면.

되었다고 평가되기도 하지만[21] 적어도 예술에 있어서 당파성의 문제에 관한 한 정당한 것이었다. 임화는 전선의 외형에 집착한 나머지 그 문학적 특수성에 대해 다분히 절충적이고 특히 당파성 문제에 있어선 유보적인 태도를 취함으로써 운동중심의 형해화를 초래할 위험이 없지 않았기 때문이다. 그러나 이 문제는 이후 임화를 포함한 몇몇 논자들에 의해 '인민성'의 문제로 제기되어 새로운 양상으로 전개되는데[22] 여기선 임화의 글을 중심으로 그 내용을 살펴보고자 한다.

이 글에서 임화는 우선 그간 문학자대회의 결정서와 강령에 대해 문학창조의 실천적 지침이 아니라 문학운동의 정치적 성격을 표현한 문서로 오해하는 경향이 있음을 지적하였다. 그리고 문학가동맹이 비슷한 정치이념을 가진 문학가들의 단순한 정치단체나 무원칙한 동업단체가 아니며 민족문학의 창조적 실천을 통해 민주주의 건설에 이바지하는 문학운동단체임을 확언한다. 여기엔 문학가동맹의 결성 초기에 자신이 보였던 정치주의적 경향성에 대한, 그리고 협동전선의 구축을 지나치게 의식한 조직관에 대한 일정한 반성이 담겨져 있는데 이는 점차 악화되고 있는 남한의 현실이 그를 느슨하고 완만한 현실인식으로부터 끌어내어 다시 좌경화로 내몰고 있음을 보여준다.[23]

---

21) 임규찬 「카프 해소·비해소파를 분리하는 김재용에 반박한다」, 『역사비평』 1988년 겨울호 238면.

22) 김영건 「민족문학의 진수」, 『신천지』 1947. 1; 김영석 「민족문학론」, 『문학평론』 제3호, 1947. 4; 임화 「민족문학의 이념과 문학운동의 사상적 통일을 위하여」, 『문학』 제3호, 1947. 4; 청량산인 「민족문학론: 인민적 민주주의민족문학의 건설을 위하여」, 『문학』 제7호, 1948. 4.

23) 이 점은 1946년 7월 『문학』 창간호에 발표된 「조선에 있어서 예술적 발전의 새로운 가능성에 관하여」에서 벌써 단초를 보이는데 이 글에선 일제 잔재 소탕이 난관에 부딪치고 봉건잔재세력이 새로운 동맹자인 반동적 자본가층과 결합하여 온존하고 이들로 이루어진 '반민주 십자군'이 일제를 대신하는 암울한 상황에 처해 결국 문화예술의 정치화의 필연성을 재인식할 수밖에 없는 심경을 잘 나타내고 있다.

또한 이 글은 인민성에 기초한 민족문학의 본질을 설파하고 있다. 노동자, 농민, 소시민으로 구성되는 인민만이 민족의 구성원이고 민족문학의 건설자이며, 그 인민＝민족은 노동계급이 영도한다. 노동계급은 어떤 시기에도 다른 인민을 수탈, 지배할 필요 없는 영구히 진보적이고 인민적인 계급이고 식민지 아래서는 자기 민족이 제국주의와 봉건세력에서 해방되지 않으면 자기 자신도 결코 해방될 수 없는 계급이다. 따라서 노동계급은 자기의 이념이 곧 인민의 이념이 될 것을 주장하고 인민의 이념이 곧 민족의 이념이 될 것을 요청한다. 민족형성의 기초인 인민전선에서 노동계급의 이념은 곧 반제성, 반봉건성, 민주성이라는 인민적 자각의 매개자가 된다. 이러한 인식은 인민전선 내에서의 노동계급 헤게모니의 본원성을 주장하는 것이고 이는 동시에 인민적 기초를 확실히하는 민족문학에는 자연적으로 노동계급적 당파성이 확보된다는 것을 주장한다. 이는 이전까지의 추상적이고 다분히 정태적이며 '좌우합작론적'인 임화의 민족문학론이 첨예한 투쟁기를 맞아 역동성을 회복하게 되어 명실상부한 인민적 민주주의민족문학론으로 고양되고 있음을 잘 보여준다. 하지만 아직도 그의 당파성 인식은 문학내적인 미학적 중심원리로 육박해 들어오지 못하고 문학에 대해서 '정치적으로 외화된' 것으로 머물러 있다고 할 수 있다.[24]

이외에도 민주주의민족문학론의 내용으로 창작방법론과 대중화 문제가 있는데 이 방면에는 김남천의 노작들이 돋보이지만[25] 이 글의 범위를 넘어서므로 생략하기로 한다.

---

24) 임화의 인민성, 당파성 인식에 관해선 임규찬 「8·15 직후 민족문학론의 민중성과 당파성」, 『실천문학』 1988년 겨울호에 상세한 연구가 이루어져 있다.

25) 김남천 「새로운 창작방법에 관하여」, 『건설기의 조선문학』, 문학가동맹 1946; 「창조적 사업의 전진을 위하여」, 『문학』 1946. 7; 「대중투쟁과 창조적 실천의 문제」, 『문학』 제3호, 1947. 4.

4. 결론

지금까지 임화의 식민지시대에서의 문학사연구와 해방후의 민족문학론의 내적 연관을 탐구하고자 하는 목적으로 임화가 1946년 2월 8일 전국문학자대회에서 발표한 보고문「조선 민족문학 건설의 기본과제에 대한 일반보고」를 검토해보았다. 그 결과 다음과 같은 결론들을 얻을 수 있었다. 첫째, 이식사론이나 서구문학과의 기계적 결합론으로 알려진 임화의 신문학사방법론은 근대화론이나 정체성론에 기초한 것이 아니라 외적 충격과 내재적 발전을 함께 고려하는 정당한 변증법적 인식에 기초하고 있다. 둘째, 그의 신문학사론의 체계나 관점은 해방후의 그의 민족문학론을 지탱하고 있으며 따라서 그의 해방 전과 후의 문학사나 문학적 과제인식에는 현저한 연속성이 존재한다. 셋째, 그의 해방 직후 민족문학론의 구도는 전문작가를 중심에 둔 협동적이고 합작적 성격이 강하기 때문에 일제하의 프롤레타리아문학에 대한 평가와 30년대 후반 문학의 평가에 있어서 일정한 왜곡을 저지르고 있다. 넷째 해방 직후 민족문학론이 지닌 정치주의는 민족문학의 내적 계기들에 대한 상대적 무관심을 노정했으며 이는 이후 남한사회에서의 계급갈등의 첨예화와 함께 인민성 범주를 인입하면서 수정되지만 당파성 범주의 미학적 인식에까지는 미치지 못한다.

이상이 이 글이 얻은 결론이다. 전체적으로 볼 때 1935년 카프해산 이후의 임화는 그때부터 8·15에 이르기까지 일제에 대한 직접적 투쟁에 대한 열정보다는 한걸음 물러나 우리 문학의 근대적 민족문학으로의 발전이라는 문제를 집중적으로 고민하였고 그 결과로 식민지시대 작가들에 대한 유연하고 폭넓은 시각을 획득한 것으로 보인다. 그러한 시각이 해방공간을 만나면서 좌우를 함께 아우르는 민족문학운동을 향한 그

의 열정을 낳았고 이것이 정치운동과 결합되면서 폭발적으로 전개된 것
이라 할 수 있다. 그에 관한 연구는 특히 우리 근현대사를 바라보는 시
각과 떼려야 뗄 수 없는 관계를 가지고 있다. 식민지사회의 성격문제는
그의 문학사론과 직결되어 있으며 해방공간의 정치정세와 각축했던 제
세력에 대한 역사적 평가 여하에 따라 그의 민족문학론과 그 실천은 그
의미가 크게 바뀐다. 앞으로 많은 연구성과를 기대한다.

—『인하어문연구』제2집, 1995

| 참고문헌 |

1. 기본자료

한국현대문학자료 총서, 『동아일보』, 『조선일보』

2. 학위논문

성진희「임화의 신문학사론연구」, 서울대 대학원 1992.

우경자「해방후 문화예술운동에 관한 한 연구」, 연세대 대학원 1988.

전승주「임화의 신문학사방법론에 관한 연구」, 서울대 대학원 1988.

3. 일반논문

김재용「카프 해소·비해소파의 대립과 해방후의 문학운동」, 『역사비평』1988
    년 가을호.

＿＿＿＿「해방 직후 남북한 문학운동과 민중성의 문제」, 『창작과비평』1989년 봄호.

신승엽「이식과 창조의 변증법: 임화의 '이식문학론'」, 『창작과비평』1991년
    가을호.

오현주「임화의 문학사 서술에 대한 고찰」,『현상과인식』 1991년 봄/여름호.

우리문학연구회「새로 쓰는 민족문학사」제1회,『한길문학』 1990. 5.

이상경「임화의 소설사론에 대한 비판적 검토」,『창작과비평』 1990년 가을호.

이양숙「해방 직후 임화의 민족문학론에 관하여」,『문학과논리』제2호, 1992.

임규찬「카프 해소·비해소파를 분리하는 김재용에 반박한다」,『역사비평』
    1988년 겨울호.

______「8·15 직후 민족문학에 있어서 민중성과 당파성의 문제」,『실천문학』
    1988년 겨울호.

______「임화 신문학사에 대한 연구(1)」,『문학과논리』 창간호, 1991.

______「임화 문학사를 바라보는 최근의 관점과 비판: 임화 신문학사에 대한 연
    구(2)」,『한길문학』 1991년 겨울호.

한기형「임화의 문학사 서술에 대한 관점의 몇가지 문제」,『한국근대문학의 쟁
    점』, 창작과비평사 1991.

4. 단행본

김윤식『한국근대문예비평사연구』, 일지사 1976.

______『임화연구』, 문학사상사 1989.

______ 편『해방공간의 민족문학연구』, 열음사 1989.

______ 외『한국근현대문학연구입문』, 한길사 1990.

김재용『민족문학운동의 역사와 이론』, 한길사 1990.

신형기『해방 직후의 문학운동론』, 화다 1988.

임화『문학의 논리』, 학예사 1940.

조선문학가동맹『건설기의 조선문학』, 온누리 1988.

한국사회연구소 편『사회과학사전』, 풀빛 1990.

90년대 문학운동의 과제와 방법에 대하여

1. 문학운동이란 무엇인가

문학운동이란 무엇인가, 문학과 운동은 어떻게 해서 결합될 수 있는가. 이에 대한 대답을 올바로 하기 위해선 '문학'과 '운동' 모두에 대해 일정한 설명이 있어야 하겠지만, 문학 독자의 입장에서 보면 좀더 궁금한 것은 문학보다는 운동 쪽일 테니까 우선 운동에 대해서 생각해보는 것이 좋을 듯하다. 아직도 '운동' 하면 마치 징그러운 벌레라도 손에 쥐게 된 양 질겁을 하는 사람이 있을지는 모르겠다. 하지만 지나간 80년대가 워낙 이런저런 '운동'의 시대가 되어놔서 과거와 같은 정도의 운동피해의식은 많이 줄어들었을 것으로 본다. 노동운동, 농민운동, 빈민운동 등 이른바 잘 알려진 '기층민중운동'은 말할 것도 없고 학생운동, 여성운동, 통일운동, 교육운동, 반전·반핵·반공해운동, 문화운동과 그 하위운동인 문학·예술·학술·출판운동 등 80년대가 생산하고 정착시킨 운동들은 이렇게 중요한 것만 추려도 얼핏 한 다스가 훨씬 넘을 것이고 아마도 이 글의 독자들 역시 이 여러 운동들 중 적어도 한가지 이상에 직·간접적인 관련을 맺고 있으리라 생각한다.

　도대체 이 '운동'이란 무엇인가. 도대체 무엇이길래 운동을 한다는 사람들은 이를 위해 심지어는 하나뿐인 목숨까지도 바치는 것인가. 자못 심각하지만 사실 이 운동이란 것은 보편적인 삶과 세상의 원리와도 같이 자연스러운 것이다. 철학적으로 말한다면 운동은 모순의 산물이다. 즉 두 개 이상의 힘이 서로를 부정하고 지양하고자 할 때 그 관계에선 모순이 발생하는 것인데 이 모순은 필경 변화를 낳는다. 크게 보아 이 변화의 과정이 운동이다. 그러므로 이 운동은 그 안에 대립—부정—지양, 좀 쉽게 말하면 발전적 변화라는 의미를 내포하고 있는 것이다. 잠깐 '지양'이라는 말을 이해하고 넘어가자. 이 말은 '보존하면서 극복한다'는 뜻으로 운동이 왜 '발전적 변화'인가를 설명해준다. 즉 한 대립자는 상대방과 대립하고 상대방을 부정하면서 상대방을 말살하는 것이 아니라 상대방의 좋은 점을 자기의 것으로 소화시키고 나쁜 것만을 폐기하는 것이다. 예를 들면 노동운동은 기본적으로 자본가와 노동자를 두 대립자로 하고 그 서로 부정하려는 경향을 전제로 하며 노동자측의 입장에서 자본가측을 지양하여 새로운 발전된 관계를 이루어내는 하나의 사회적 과정이라고 할 수 있다. 여기서, 노동자계급이 자본가계급을 부정, 말살하는 것이 아니라 그 역사적인 기여부분은 보존하면서 새로운 사회의 자양으로 삼게 되는 것이다.

　물론 새마을운동도 운동이고 보수대연합운동도 운동이다. 분명 그 운동들도 일정한 모순에 의해 발생하였고 따라서 거기에도 지양의 과정이 내포되어 있다. 하지만 이 글에선 운동의 범주를 제한하여 '역사적으로 인간해방을 향한 진보의 방향과 일치하는 운동'으로 일단 규정을 하는 것이 좋겠다. 물론 이러한 규정에도 구구한 이견은 많을 것이다. 어느 보수주의자가, 어느 자본가가 자신들의 이익을 위한 운동이 인간해방의 방향과 역행한다고 자백하겠는가.

　조금 더 나아가서 요즈음 또 많이 쓰이는 '변혁운동'이라는 말에 대해 생각해보자. 이 말이야말로 지금 말한 진보의 방향과 일치하는 운동이라는 제한규정을 극단적으로 밀고 나간다. 기존의 사회, 기존의 체제, 기존의 세계를 아주 대폭적으로 지양해내는 운동이라는 뜻이다. 이 말은 아무 사회에나 적용되지는 않는다. 체제가 안정된 국가들에서는 이런 종류의 말이 잘 쓰일 리 없다. 이 말은 일정한 '질적 비약'이 전제되었기 때문이다. 즉 우리 사회, 우리나라에서 이 변혁운동이라는 말이 일정한 영향력과 공감을 끊임없이 얻고 있는 것은 바로 우리나라, 우리 사회가 일정한 질적 비약을 필요로 하는 사회라는 인식이 공유되어 있기 때문일 것이다. 외세에 의한 신식민주의적 예속구조, 국가독점자본에 의한 민중수탈, 군부독재, 세계적 차원으로 고착된 분단구조, 그리고 이로부터 파생된 온갖 문화적 병폐들은 시간이 지나면 자연히 해소될 성질의 것들이 아니라 어떤 혁명적 계기에 의한 질적 비약을 통과함으로써만 해소될 수 있는 아주 적대성이 강한 대립물들이라는 인식이 그것이다. 우리나라에서 지금 '운동'이라고 하는 말은 정도의 차이는 조금씩 있고 때로는 그 정도 차이가 심각한 갈등과 내부분란을 야기하기도 하지만 대체로 이 '변혁운동'이라는 내포를 갖는다고 이해해도 큰 오류는 없을 것이다.

　물론 문학운동에서의 '운동'도 마찬가지다. 즉 문학운동은 문학으로 수행하는 변혁운동이라는 말이 된다. 그러면 문학은 어떻게 변혁운동을 수행하는가. 중고교시절 국어시간이나 대학에서의 문학개론시간에 들었음직한 문학의 기능에 대한 강의 같지만, 문학은 '특유의 정서적 전달력으로 독자대중에게 인간과 세계에 대한 좀더 깊은 이해와 감동을 전함으로써' 변혁운동의 이데올로기적, 정서적 기반을 마련할 수 있는 것이다. 여기서 '이해'와 '감동'이라는 말 속에 문학의 본질이 담겨져 있는데, '이해'는 문학이 응당 갖춰야 할 과학적(개념적) 인식의 기능을,

'감동'은 그 형상적 인식의 기능을 말해준다. 결론적으로 문학운동은 개념적 인식과 형상적 인식을 올바로 통일하여 현실의 현상과 그 방향을 드러내 보여주는 문학 특유의 기능에 입각하여 현실의 여러 모순을 드러내고 그 지양의 올바른 방향을 예시하는 이데올로기운동이다.

2. 변혁운동 일반의 현황에 대한 이해

문학운동을 일컬어 문학으로 수행하는 변혁운동이라고 하였으니까 우리나라에서의 문학운동을 이해하기 위해서는 우리나라의 변혁운동을 먼저 이해해야 할 것이다. 앞에서 운동은 대립자간의 모순이 지양되는 과정이라고 하였다. 그렇다면 우리나라의 변혁운동도 그 기본적인 대립자가 무엇이며 그 모순은 어떤 성격인가를 알아야만 이해할 수 있을 것이다. 앞에서도 우리나라는 지금 신식민주의적 예속구조, 독점자본에 의한 민중수탈구조, 군부독재, 분단구조 등이 이에 의해 고통받는 민중에 대하여 대립하고 있다. 이를 조금 더 자세히 이야기해보자. 우리나라가 사회구성체상으로 자본주의사회인 것은 분명하다. 자본주의사회가 자본가계급과 노동자계급이라는 두 개의 인간집단을 사회의 기본적인 축으로(즉 양대립자로) 하며 그 두 계급간의 모순이 사회를 발전·변화시키는 가장 기본적인 동력이라는 인식은 이제 어느 정도는 상식이 되어 있으므로, 자본주의사회인 한에서는 우리나라의 경우도 노-자간의 모순이 기본모순으로 된다. 따라서 우리나라는 지금뿐만 아니라 앞으로도 노동자계급과 자본가계급 간의 총체적인 모순과 갈등의 전개과정에 따라 그 기본적인 운명이 결정될 것이다. 이 두 세력간의 역학관계의 변화에 따라 우리나라가 금후 지금과 같은 독점자본의 천국으로 계속 남을 것인가 아니면 노동자계급이 전반적으로 좀더 사람답게 살 수 있는 바람직한 사회가 될 것인가가 좌우된다고 할 수 있으며, 그것은 이 두 계급에 속하지 않은 나머지 사람들에게도 결정적인 영향을 끼치는 문제임은 두말할 필요도 없다. 자본가계급에 의해 움직여지는 자본주의사회는 그 맹목적인 이윤추구의 결과로 인구의 절대다수를 차지하는 노동자계급을 궁핍화하고 소외시킴은 물론 전쟁, 생태파괴 등 반인류적 행위가 저질러지고 합리화되기 쉬운 사회이다. 이러한 자본주의가 야기하는 인류적 위기에 대해서 많은 사람들이 문제제기를 하고 (심지어는 자본가계급 내에서까지) 우려를 표명해왔지만 그것이 독점자본과는 일부 이해를 달리할 수밖에 없는 소생산자계급에 의해 제기되는 경우라 할지라도(이를테면 반공해, 반전 시민운동 따위) 실질적인 억지력은 갖지 못하는 상징적인 문제제기로 끝나기가 십상이다. 자본운동의 맹목성을 저지할 수 있는 가장 강력하고 유효한 힘은 다른 어느 계급 계층이 아닌 바로 노동자계급에게서 나온다. 왜냐하면 노동자계급은 자본가계급에 의해 착취당하고 고통받지만 그렇기 때문에 자본주의의 모순과 부조리를 가장 잘 알고 더구나 단결에 의해 자본주의적 생산을 언제라도 중단시킬 수 있는 조건을 지니고 있기 때문이다. 그리고 자본주의에 의해 가장 큰 피해를 입고 있음으로 하여 자본주의적 폐해극복을 위한 가장 올바르고 원칙적인 대안을 가지고 있는 것도 노동자계급이다. 따라서 우리의 변혁운동이 노동자계급운동에 가장 많은 것, 또 가장 근본적인 것을 걸고 있는 것은 당연하다.

그런데 우리나라의 경우 서구의 발전된 자본주의국가들과는 달리 자본의 성격이 좀 복잡하다. 서구처럼 한 국가사회 안에서 계급분해를 통해 봉건사회가 붕괴되고 자본가계급이 형성된 것이 아니고 일본의 제국주의 지배를 거치면서 외래자본에 대한 의존도가 높은 식민지 매판자본의 형태로 자본이 형성되었고 이것이 고도의 국가독점자본의 수준에 이른 지금의 상황에서도 본질적인 변화를 겪은 것이 아니기 때문이다. 일본에 이어 미국의 제국주의 자본이 공공 및 상업차관 또는 자본투자의 형태로 우리의 개별 내지 국가독점자본을 일정하게 지배하고 있고 그것은 당연하게도 국내산출 이윤의 항상적 해외유출을 낳게 된다. 또한 이러한 매판적 자본구조는 이를 지키기 위한 정치적·군사적 장치를 요구하게 되고 이는 국내지배권력의 성격을 비자주적이고 민중의 이해에 반하는 매판파쇼적 성격으로 규정짓게 된다. 따라서 우리의 노동자계급에게는 단순히 자본가계급에 대한 투쟁 외에도 제국주의 외세와 좀더 적대적인 국가권력과의 투쟁이 도저히 벗어던질 수 없는 짐으로 지워지고 있다고 할 수 있으며 우리의 변혁운동도 그 과제가 단순한 반독점이 아닌 반제적, 반파쇼적 성격을 아울러 지니게 되는 것은 자연스러운 일이다.

게다가 문제를 더 꼬이고 어렵게 만드는 것은 우리나라가 분단되어 있고 국토의 북쪽 반에는 어쨌든 자본주의적 모순이 해결된(지양된 것과는 다르다) 사회주의사회가 존재하고 있으며 그 사회의 통치권력이 부단히 남북 두 사회의 통합을 지향하고 있다는 데서 온다. 우리가 '우리나라'라고 할 때 이게 남한만을 지칭하는 건지, 아니면 한반도 전체를 지칭하는 건지 헷갈릴 때가 종종 있는데, 이는 이 어려운 문제에 대한 우리 태도의 반영이라고 할 수 있다. 그러니까 남한의 노동자계급은 반제, 반독점, 반파쇼의 과제 외에도 이 통일이라는 과제를 그 운동계획표 안에 함께 써넣어야 하는 것이다. 쉽게 생각하면 북한도 사회주의사회니까 노동자계급이 주인일 테고 노동자계급 이해의 전세계적 동질성에 입각하여 남북 노동자계급의 이념적 통일과 연대가 이루어지면 통일문제는 적어도 운동주체적 조건상으로는 잘 풀리지 않겠냐는 생각도 가능하다. 하지만 현실은 언제나 관념적 낙관을 배반하는 법이다. 북한의 통치권력은 분명히 30년대 이래의 반제 무장투쟁의 전통 속에서 일정한 역사적 정통성을 지니고 또 현실적으로 40년 이상 북한지역을 사회주의사회로 통치하고 있다는 점에서 높이 평가되어야 한다. 하지만 그들은, 분명히 자본주의단계에 있으며 그것도 고생산력을 기초로 하는 국가독점자본주의단계에 처한 것으로 광범하게 합의되어 있는 남한사회를 아직도 식민지 반봉건 내지는 식민지 반자본주의 사회로 규정함으로써 결과적으로 남한 노동자계급의 변혁운동, 통일운동에서의 역할을 상대화하고 그 지위를 희석시키고 있는 것으로 보인다. 그것은 거꾸로 통일운동에서의 북한 통치권력의 헤게모니의 강조로 귀결된다. 이러한 미묘한 차이가 중요한 것은 누가 헤게모니를 잡아야 하는가 하는 권력투쟁의 맥락에서가 아니라 그것이 잘못하면 남한 내의 노동자계급운동의 전진을 더디게 하고 전선의 분열을 가져오지나 않을까 하는 현실적 우려 때문이다.

지금까지 이야기한 것이 노동자계급이 주도해야 할 우리 변혁운동의 과제들과 객관적인 제약조건들에 관한 것이었다면 이제는 노동자계급을 비롯한 변혁운동 주체세력이 처한 주체적인 조건들에 대하여 이야기해보도록 하자. 남한의 노동자계급은 6·25전쟁으로 인한 운동사적 단절과 역대 정권의 악착같은 탄압, 그리고 만연한 냉전이데올로기의 영향으로, 경제개발계획 등에 의해 남한 자본주의가 그 물적인 기초를 착실히 다져가고 있던 60년대가 다 지나갈 때까지도 계급의식 형성면에서나 조직화면에서 거의 이렇다할 성장을 이루지 못하였다. 1970년의 전태일 사건이 있고서야 당시의 수출주도 산업이었던 경공업 부문의 여성노동자 사업장을 중심으로 초보적이고 자연발생적인 경제투쟁과 조합결성운동, 민주노조운동이 시작되었고 70년대 후반으로 갈수록 격화되었지만, 그것은 대체로 학원이나 종교계의 도움에 힘입은 바 컸으며 충분히 자주적이고 의식적이지는 못했다고 할 수 있다. 80년대에 들어서도 광주항쟁의 좌절과 연이은 파쇼적 탄압은 노동운동의 경제투쟁적 존립마저도 위협할 지경이었으나 80년대 중반부터는 서서히 중공업 남성사업장으로 노동운동의 주무대가 옮겨지면서 민주노조결성투쟁이 가열화하게 되고 부분적이나마 정치투쟁 문제와 이를 선도할 노동자계급 전위의 문제가 제기되기 시작하였다. 하지만 진정으로 본격적인 대중적 노동운동의 양적 확산과 그 계급운동으로의 질적 비약의 계기는 1987년 7, 8월 노동자 대파업투쟁을 통해 마련되었다. 이 투쟁을 통해 우리 노동자계급은 비로소 민중의 한 구성부분이 아닌 전체 민중운동을 주도하고 영도할 핵심계급으로 역사무대의 전면에 나서게 되었다. 엄청난 숫자의 민주노조가 결성되고 그 지역·업종별 조직화가 추진되고 노동법개정이라는 단일한 정치적 슬로건으로 전국의 노동자들이 단결투쟁을 벌이고 마침내 전국노동조합협의회(전노협)라고 하는 전국적·대중적 노동자조직이 결성되는 것 등은 모두 이 대파업투쟁으로부터 비롯된 결과였다.

하지만 이것은 우리에게 있어서 노동운동이 남한의 신식민지 국가독점자본에 대하여 말하자면 정식으로 대결신청을 제출한 것에 불과하다. 이제 시작일 뿐인 것이다. 전노협의 결성과 함께 자본과 파쇼권력측의 탄압은 압도적으로 밀려들고 있으며 한편으론 경제주의적 개량주의가, 반대편으로는 터무니없는 전위주의가 노동운동 내부를 분열시키고 있다. 그리고 동구권 개혁의 확산과 세계적인 평화무드의 고조가 남한 국가독점자본과 파쇼권력의 지위를 상대적으로 강화시켜주는 미묘한 상황이 계속되면서 노동운동이 설 자리가 위협받고 있는 실정이다. 그리고 노동자계급과 힘을 합쳐 변혁운동을 수행해야 할 농민, 도시빈민 등 기층민중세력과 소시민계급적 기반을 지닌 '재야운동권', 학생운동 등도 전농련, 전빈련, 전민련, 전대협 등 자주적인 운동조직을 가지고 있으며 나아가 이들 민중세력, 민주세력을 정치적으로 결집할 독자적 정당결성의 움직임까지 보이고 있지만 파쇼권력측의 용의주도하고 강경한 탄압과 운동노선 및 기본적인 정치적 입장의 분열과 난맥상으로 사실상 지리멸렬한 상태에 놓여 있다고 할 것이다.

이런 비교적 열악한 주체적 조건 속에서도 반제반독점(반파쇼), 그리고 자주적·민중적 통일이라는 당면과제를 풀어나가려면 무엇보다도 변혁운동 주체세력들간에 노동자계급의 헤게모니에 관한 광범한 합의와 대단결원칙에 입각한 통일전선을 결성하려는 노력이 우선되어야 한다는 것은 적어도 원칙적으로는 불문율에 가깝다고 할 것이다. 다행히도 최근 운동권 전반에서 이러한 불문율의 즉각적 현실화를 향한 노력이 통일전선론의 빼놓을 수 없는 한 요소인 정치세력화 문제를 중심으로나마 전개되고 있어서 그 귀추가 주목된다고 하겠다.

3. 당면 변혁운동 과제의 문학적 수용

앞에서 문학운동을 규정하기를 '개념적 인식과 형상적 인식을 올바로 통일하여 현실의 현상과 그 방향을 드러내 보여주는 문학 특유의 기능에 입각하여 현실의 여러 모순을 드러내고 그 지양의 올바른 방향을 예시하는 이데올로기운동'이며 '문학으로 수행하는 변혁운동'이라고 하였다. 그리고 현단계 변혁운동의 가장 시급한 불문율적 과제가 통일전선의 결성이라는 점도 확인되었다. 그렇다면 현단계 문학운동의 과제는 자연스럽게 '통일전선 이념의 선전'이 될 것인가? 이에 대한 대답은 간단치 않다. 물론 통일전선 이념의 선전은 문학운동이 수행해야 할 주요한 과제 중의 하나가 될 것이다. 하지만 현단계 문학운동의 전역량을 이 통일전선 이념의 선전에 투여하라는 주장을 누군가 한다면 그는 문학의 특성을 잘 이해하지 못하는 기계주의적 사고에 빠진 사람일 것이다. 왜냐하면 문학은 단순한 전술적 도구가 아니기 때문이다. 총체적 의미의 변혁운동이 그러하듯 문학은 한 시대 전체의 흐름을 다 담아내야 하고 담아낼 수밖에 없는 총체적인 양식이기 때문이다. 한 시대를 관류하는 기본모순의 성격과 그 구체적 전개양상에 대한 전반적·과학적 탐구를 바탕으로, 인간집단들의 사회적 관계의 운동양상과 그 구체적·개별적 반영으로서의 인간의 문제를 형상화라는 인식방법에 의해 포착하여 드러내는 문학의 원리는, 마치 변혁운동이 우리 사회발전의 역사적 인과에 대한 과학적 인식을 바탕으로 예컨대 사회성격에 대한 판단, 생산력 수준, 생산관계의 특성, 이로부터 비롯되는 계급간의 힘관계, 매시기마다 가장 강조되어야 할 특별한 모순관계 등에 대한 인식을 거쳐 전반적인 전략적 과제와 당면한 전술적 과제를 도출해내고 마침내 특정한 계급, 특정한 사회관계에 놓여 있는 한 개인의 과제를 제시하는 것과 마찬가지 수준의 총체적 접근방식을 요구한다. 따라서 문학운동의 현단계적 과제는 변혁운동의 현단계적 과제를 수용하면서도 이를 무매개적으로 선전해내는 방식이 아니라 총체적 맥락 속에서 반영하고 자리잡아주는 방식으로 수행되는 것이다.

다시 우리의 맨 처음 질문, 즉 '현단계 문학운동의 과제는 통일전선 이념의 선전인가'라는 물음으로 돌아가보자. 이 물음에 대해선 '그것은 지금 단계에서 힘을 집중해야 하는 주요과제이다'라는 대답이 최선이다. 물론 이는 무조건 무매개적으로 '통전! 통전!' 하는 팸플릿식 방식이 아닌 다음과 같은 포괄적 내용을 이행한다는 전제를 필요로 한다.

앞서 이야기한 대로 현단계 변혁운동의 최대과제인 통일전선의 형성은 '변혁운동 주체세력들간의 노동자계급 헤게모니에 대한 광범한 합의와 대단결의 원칙'을 필요로 한다. 문학작품이 이를 올바로 선전해내기 위해서는 이 원칙의 핵심인 '노동자계급 헤게모니'와 '대단결'의 현실적이고 구체적인 내용을 형상화해내는 게 우선이다. 우리 현실 속에서 노동자계급이 겪는 착취와 소외의 직접적 형상, 이를 강요하는 자본의 운동논리의 필연적 경로, 그리고 이러한 모순과 갈등이 낳는 계급간

힘관계의 변화 즉 노동자계급의 계급적·정치적 성장과정의 형상, 이러한 기본계급관계의 숙명적 진전과 함께 소생산자 양극분해적 상황과 그로부터 필연적으로 야기되는 민중 내부 갈등과정의 형상이 구체적이고 개별적인 상황과 사건과 인물들의 생동하는 현실에 의해 매개되어 그려질 때 비로소 이 통일전선 이념의 문학적 선전은 올바로 이루어지는 것이다. 이러한 과정적 맥락들을 무시하거나 일면적으로 파악하고 이 선전에 임하게 될 때, 문학은 필연성을 상실한 형식적 구호주의나 변혁운동의 진전을 저해하는 전위주의 혹은 대중추수주의의 선전수단으로 전락하게 된다. 문학운동에 임하는 창작자들이 지녀야 할 노동자계급적 당파성의 진정한 의미는 이처럼 노동자계급의 주도성이 객관적 역사발전의 과정에서 법칙적으로 관철되는 것을 총체적으로 파악해내는 형상화 능력 그 자체라고 할 수 있다. 그것은 주정적 의지나 관념적 맹목과는 다른, 객관보편적 역사법칙의 개별자적 재현이다. 진정 훌륭한 작가는 당면한 문학운동의 과제를 '할당'받지 않고 그것을 앞서서 '포착'한다.

4. 문학운동을 어떻게 조직할 것인가

지금까지는 문학운동의 내용적 측면을 변혁운동 과제의 수용이라는 관점에서 살펴보았다. 그리고 이는 변혁운동에 문학으로 복무하고자 하는 창작자 일반을 상정하고 이루어진 것이다. 그러나 문학운동은 결코 창작자 개개인의 양심과 재능, 영감에 모든 것을 맡기는 운동이 아니다. 그것이 운동인 한에 있어서 문학운동 역시 조직과 그에 따르는 일정한 규율이 필요하고 그 조직은 운동의 방향과 속도, 전략과 전술을 수립하고 제시하여 구성원들을 올바로 이끌어야 한다. 이쯤 되면 또 '문학을

운동과 조직의 노예로 만들려고 한다'든지 '창의력을 말살하려고 한다'
든지 하는 오해가 고개를 쳐들지도 모른다. 하지만 그것은 기우이다. 이
러한 문학운동조직의 형성에는 기본적인 전제들이 있다. 우선 무엇보다
이 조직은 변혁운동에 기여하고자 하는 작가들간의 자발적인 조직이라
는 점이다. 따라서 문학의 생산에 있어 자유주의작가들은 구태여 참여
할 필요가 없다. 둘째 이 조직은 상호간의 토론과 비판으로 운영된다.
셋째 이 조직은 '당연히 개인적 창의력, 개별적 성향, 사고와 상상, 형
식과 내용 등에 좀더 많은 여지를 보장'한다. 이런 것들은 결집력이 강
한 정치적 결사체에도 어느 정도는 적용되는 것인데 하물며 문학가들의
조직임에랴! 마지막으로 이러한 조직이 소속작가들의 생계를 충분히
보장하지 못하는 단계에서는 조직적 수렴을 거친 작품의 개인적 발표와
그에 따르는 수입의 개인적 귀속, 그리고 때로는 조직외적 창작물의 개
인적 발표와 소유도 보장되어야 한다.

이러한 것들을 전제한 진보적 작가들의 조직을 통해서만이 변혁운동
에 대한 문학운동의 복무는 현실적으로 가능한 것이 된다. 더구나 특정
단계의 전략·전술적 과제의 문학적 수렴은 조직적 대응이 아니면 도저
히 불가능한 것이다. 특히 현금의 변혁운동의 최대과제이며 동시에 문
학운동의 과제이기도 한 반제반독점(반파쇼) 통일전선의 형성이라는
과제는 문학운동에 대하여 창작내용적 대응뿐만이 아니라 실제 서로 다
른 계급 계층의 이해를 대변하는 작가들과 문학운동에 있어서 견해를
달리하는 작가들간의 조직적인 연대, 즉 문예통전의 형성이라는 조직적
대응을 아울러 요구하고 있다.

그러면 이러한 문예통전 형성이라는 관점에서 현재 우리나라 문학운
동의 주체적 정세를 살펴보자. 우리나라에서 현재 문학을 통해 변혁운
동에 기여하고자 하는 작가(이 글에선 시인, 소설가, 평론가 기타 장르
창작자 모두를 통칭하여 작가라고 부르겠다)들은 크게 세 덩어리로 나

누어볼 수 있다. 하나는 전통적인 의미의 진보적·양심적 전문작가군이다. 이들은 대체로 민족문학작가회의라는 비교적 느슨한 작가대중조직 및 이와 비슷한 성격의 각 지방작가단체에 소속되어 있지만 전반적으로는 개별화되어 있다. 이들은 명망성이나 대중적 영향력은 큰 반면 조직적 결합도나 운동단위로서의 자기인식은 충분하지 못하고 대체로 소시민적 세계관을 지니고 있다. 또하나는 이들 전문작가군과 출신성분은 다를 바 없지만 무엇보다도 노동자계급적·혁명적 세계관을 지니려고 노력하며(이는 흔히 당파성이란 말로 표현된다) 실제로 자신을 문예활동가 내지는 문학운동가로 규정하고 그에 상응하는 조직적 실천을 해나가고 있는 작가들이다. 노동자문화예술운동연합 문학분과 소속 작가들, 월간지 『노동해방문학』을 중심으로 활동해나가고 있는 작가들, 그리고 무크지 『녹두꽃』을 중심으로 활동하는 몇몇 작가들과 기타 '조직창작운동'을 벌이는 몇몇 작가군들이 그들이다. 이들의 활발함과 열정, 이론적 순수성에의 헌신적 복무 등은 80년대의 문학을 문학운동의 차원으로 이끌어올리는 데 적지 않은 기여를 하였으나 단지 그 두드러진 분파성들로 말미암아 문예운동전선의 성격을 기형화한 측면이 없지 않다. 마지막으로 80년대 후반부터 활발해진 지역단위의 노동자작가조직에 소속되어 활동하는 노동자작가들이 그들이다. 구로, 성남, 부천, 마산, 부산 등지의 자주적 노동자문학회를 조직기반으로 하고 노동자로서의 노동과 투쟁을 게을리하지 않으면서 문학을 노동운동의 무기로 일상적으로 전화시키는 이들은 아직은 '노동자주의적' 편향이 강하고 기량의 전문화가 미흡하지만 장차 우리 문학운동의 물질적·도덕적 기반이 될 중요한 작가들이라고 할 수 있다. 이외에도 박노해, 백무산 등 노동자 시인들, 정화진, 방현석, 안재성 등 노동자소설가들처럼 이미 그 어떤 전문작가들에 못지않은 뛰어난 문학적 기량과 깊은 사상성으로 새로운 대안적 문학의 선두주자로 떠오른 노동자작가들도 하나의 무리로 분류될 수 있을 것이다.

문예통전의 형성은 이들을 하나로 묶어세우는 것으로, 즉 이들을 반제반독점 내지 반파쇼, 통일촉진이라는 공통의 과제를 중심으로 단결하게 하는 것으로 이루어질 수 있다. 물론 노동자계급 헤게모니에 대한 합의를 전제로 해서, 쉽게 생각하면 두번째의 문학운동가 그룹이 주도하여 전문작가군과 노동자작가군을 매개로 하는 방식으로 하면 자연스럽게 문예통전이 이루어질 수 있다고 보며, 실제로 그것이 가장 현실적인 길이기도 하다. 하지만 그 길은 생각보다 험난하다. 이 문학운동가 그룹들이야말로 이른바 정치사상의 차이, 변혁운동노선 및 문학운동노선상의 차이, 미학관의 차이 등이 첨예하게 접점을 형성하고 있는 분파의 온상이기 때문이다. 이러한 분파성은 문학운동에 고유한 것이 아니고 전체 민중민주운동선상의 분파성이 문학운동에 반영된 결과이며, 대체로 실천적 검증의 결과라기보다는 연역적 추론의 결과이기 때문에 다소 고질적인 감이 없지 않다. 그러나 불가능한 것은 아니다. 전체운동에서 통전문제가 점점 더 긴박한 과제로 요구되고 '사상투쟁'의 관념성이 실천의 축적을 통해 일정한 수준으로 지양되면, 그리고 문학 부문에서 각분파간의 최소강령적 공동실천이 관념적이고 비적대적인 이론적 모순대립을 지양하고 완화시킨다면 우선 이러한 분파간 통전이 가능해질 것이고 이에 따라 큰 범주에서의 소시민계급 문학과 노동자계급 문학 간의 실천적 통전이 이루어질 수 있을 것이다. 그리고 이것이 단일한 조직적 대오를 갖추게 되면 문예통전은 물질적 힘으로 전화하여 전체 변혁운동상의 통전사업을 뒷받침할 수 있게 될 것이다. 물론 노동자계급 문학의 독자성을 추구하는 노력은 이와는 별개로 진행되어야만 한다. 우리의 노동자계급 문학은 80년대의 비약적 발전에도 불구하고 부르주아 문학을 독자적 힘으로 압도하기에는 아직 그 물적 기초면에서 역불급이기 때문이다. 문학운동조직론은 바로 이 통전적 조직론과 노동자계급 문학

조직론의 양측면에서 접근되어야만 올바른 결론에 이를 수 있다.

5. 결론에 대신하여

지금까지 현단계 문학운동의 과제를 전체 변혁운동과의 관련 속에서 도출해보았고, 그 과제의 형상내용적 수용과 조직적 수용에 관해 거칠게 개관해보았다. 그러나 그 형상내용에 대한 좀더 구체적이고 장르적 특성을 고려한 접근은 더이상 이루어지지 못했으며 문예통전 문제에 있어서도 통전조직의 구체적 모양새와 그 통전조직에서 수행해야 할 정책적, 비평적, 창작적 사업의 내용에 관해선 조금도 논의하지 못했다. 그것은 필자 자신의 역량상 한계에도 기인하지만 동시에 현재 실제의 논의가 이 정도까지도 제대로 진전되지 못했다는 객관적 한계에도 기인하는 것이다. 하지만 이러한 논의의 단초는 이미 조금씩 엿보이고 있으며 조만간 본격적인 논의와 실천이 모습을 드러낼 것으로 보인다. 그렇게 될 때 못다 한 논의를 다시 할 수 있게 되기를 기대해 마지않는다. 90년대의 문학운동은 분명히 문예통일전선의 올바른 구축을 그 첫번째 디딤돌로 삼게 될 것이다.

—『문예중앙』 1990년 봄호

제 3 부

기형도에게
세 갈래 운명과 필연의 행로
이원수의 해방기 동시에 관하여
떠도는 목마름에 이름붙이기 위하여
발문으로는 조금 긴 우리들의 자서전

기형도에게

1.

  벌써 많은 시간이 지났네. 내 기억 속에는 겨울이었는데 『입 속의 검은 잎』을 보니 3월이라고 되어 있더군. 3월 7일, 기억 속에서만 그렇게 남아 있는지 실제로 그랬는지 모르지만 자네가 지상에서 사라진 그 밤이 추웠던 모양이네. 나도 잘 아는 그 심야의 파고다극장에서 자네가 기도질식으로 숨을 거두었다는 전언을 들었을 때, 나는 자네가 만취상태에서 추위를 이기려고 그 극장에 들어갔다가 그만 그렇게 되었구나 하고 생각했었네. 하등 중요할 게 없는 것이지만 자네가 죽음을 맞은 그 순간 화면에서는 어떤 영화의 어떤 장면이 지나가고 있었는가 잠깐 궁금하기도 했었지. 굳이 확인하려면 확인할 수 있었겠지만 그 생각이 떠오를 때부터 이런 부질없는 생각이 있나 하고 금방 그 못된 궁금증을 철회했기 때문에 그것은 영원히 미궁일세. 아니 오늘이라도 삼류 흥신소 직원처럼 그 극장의 상영일지라도 수소문해보면 알 수 있겠지만 그냥 미궁인 채로 놔두기로 하겠네. 유고 산문집 『짧은 여행의 기록』을 보면 연보에는 자네의 사인이 뇌졸중이라 되어 있던데 기도질식——이를테면 필름이 끊긴 만취상태에서의 오바이트 등에 의한——으로 알고 있는 내 기억이 또 잘못된 것인지 모르겠네. 그리고 왜 하필 그놈의 악명높은 파고다극장이었는가도 더이상은 알고 싶지 않네. 안다고 한들 모르는 것과 무슨 차이가 있겠나.

내가 정확히 알고 있는 것은 그저 자네가 사라진 지 14년이나 되었다는 사실뿐일세. 이렇다하게 나눈 추억이 있는 것도 아니고, 나는 내가 자네의 빈소에 가서 향촉 한가닥이라도 살랐는지 아닌지조차 잘 기억이 나지 않는 형편이네. 생전에 두어 번 만난 적은 있었으나 나는 그저 성마른 급진비평가였고, 자네는 나로부터 문학기사에 한두 마디 코멘트를 따야 하는 신문사 문화부 기자였을 뿐. 다른 사람들에게도 그런 모습을 보였는지는 모르나 나는 자네가 좀 유난하다 싶게 내 앞에서 좀 과공(過恭)이었다는 느낌만 남아 있네. 왜 그랬나? 그냥 자네의 버릇인가, 아니면 내가 꼴에 변혁운동가 폼을 잡아서 그렇게 대접해주느라고 그랬나?

솔직히 말하면 나는 자네가 시를 썼다는 사실도 잘 몰랐네. 나중에 시집이 나오고 나서야 그 사실을 깨달았고, 그리고 그 시집을 그나마 끝까지 읽은 것은 그 훨씬 뒤의 일이네. 그리고 자네의 시들을 이리저리 곱씹어본 것은 그보다 더 뒤의, 지금으로부터 1, 2년 어간의 일이었다네. 대학에서 수업시간에 시를 가르치면서, 가르치자면 알아야 할 것 같아서 비로소 자네의 유고 시집 『입 속의 검은 잎』을 숙독했네. 섭섭해하지 말게. 그것은 순전히 내 탓이네. 지나간 90년대 내내 나를 휩싸고돌았던 도저한 황폐함이 나로 하여금 동시대의 그 어떤 시들에 대해서도 마음을 열지 않게 했던 때문이네. 이제 더이상 무슨 시적인 것이 남아 있을 수 있겠는가 하는 생각.

어떻게든 시는 존재하겠지만, 우리가 살고 있는 이 시대에 시적인 것은 없으리라 생각했네. 시라는 것은 내겐 이를테면 별 없는 밤의 별 같은 것이고, 길 없는 길의 길 같은 것이네. 칠흑 같은 어둠속에서 갑자기 내리꽂히는 푸른 별빛의 전율 같은 것, 눈앞에서 바다가 쩍 갈라지는 경이 같은 것. 그런 것 말일세. 물론 거기엔 가야 할 길에 대한 간절한 열망이 먼저 있어야 하겠지. 그 열망에 답하는 초월과 비약의 충격 때문에 시는 존재한다고 나는 생각했거든. 그런데 우선 그 열망이 죽었네. 내가 진정 무엇을 바라는가, 무엇을 바라야 하는가 하는 물음에 대한 대답을 하는 일조차 힘들지 않은가. 그러니 무슨 초월과 비약을 기대하겠는가. 광신도 열반도 애초부터 내 몫은 아닌 터에.

학생들에게는 그래도 시라는 건 좋은 것이다라고 가르쳐야 하므로 이렇게 말하곤 하네. 시라는 건 상투적인 세계를 전복하여 갑자기 삶을 낯설게 만드는 것이라고. 그리하여 이 세상 이 삶말고, 이 공간 이 시간 말고 다른 무엇인가가 있음을 문득 깨닫게 만드는 것이라고. 그것만으로도 근사하지 않은가 하고, 그것만으로도 시는 존재할 이유가 있지 않은가 하고 한껏 바람을 불어넣네. 그러나 그건 내겐 해당되지 않네.

김남주가 죽고, 황지우가 폭삭 늙어버리고, 박노해가 개그맨이 되고, 백무산이 선을 하고, 이성복도 이젠 스스로 "아버지 아버지 씹새끼"가 되고, 금방 죽기라도 할 것 같았던 최승자는 어떻게 살고 있는지 모르겠고…… 이런 지리멸렬 속에서 내 속의 시적인 것도 함께 죽어버렸네. 마치 볼일 다 본 콘돔처럼, 추하게 쭈그러져버렸네. 우리가 함께 나누었던 거대한 상징, 거대한 기호가 사라져버리고 우리는 바벨탑을 쌓던 자들처럼 갑자기 서로 무슨 말을 하는지 못 알아듣게 되어버린 걸세. 그동안 도대체 무슨 일이 있었던 것인지.

2.

아까 자네의 시들을 다시 잘 읽었다고 했지. 해봐야 별볼일없는 이야기가 되겠지만 아무튼 90년대 이후의 시들에 대해서 뭔가 한마디라도 하려고 하니 자네의 시들이 자꾸 눈앞에서 걸리적거리네. 자네는 90년대를 한번도 살아보지 못했지? 참 더러운 세월이었네. 안 살고 죽기를 잘했네. 몰라 혹시 자네라면 90년대에 살아 본의아니게 대가가 되었을 수도 있었을까.

자네의 시들을 들여다보고 있노라면 이 자는 80년대를 온통 미끄러지며 살았구나 하는 생각이 드네. 정처가 없었다는 말일세. 나처럼 80년대를 사슬로 몸을 묶고 말뚝에 비끄러매인 듯이 살았던 사람에게는 좀 신기해 보이기도 하네. 어떤 때는 '민중파'처럼 보이다가 또 어떤 때는 자기 한몸 끌고 다니는 것도 힘겨워 절절매는 모습을 보이기도 하는, 뭐 사실 그건 누구나 마찬가지지만 그걸 고스란히 시로 보여주는 일도 쉬운 일은 아닐세. 그건 자네가 솔직한 탓도 있을 것이고, 또 죽은 뒤에 고약한 사람들이 묶을 것 안 묶을 것 가리지 않고 유고랍시고 전부 다 시집으로 묶어버린 탓도 있을 걸세. 아무튼 참 '정처없는 이 발길'이었더군.

「폐광촌」이라는 시 기억하겠지. 1981년 4월 작이더군. 제목에서부터 벌써 할말이 다 들어 있어 시적 전언은 끝난 것 같은 상투적인 시더군. "쉽사리 물러설 수는 없었다./그곳에는 아직도 지켜야 할 것이 있음을"으로 시작해서 "아아, 그곳에는/아직도 남겨져야 할 것이 있었다./폐광촌 역사에는/아직도 쿵쿵 타올라야 할 것이 있었다"로 끝나니 오죽하겠나. 그런데 중간에 이런 부분이 있었네.

탐조등을 들고 일어서면 끓어오르는
피에 놀라 우리는
가만히 서로의 이마를 바라보았다. 욕망은
우리를 지치도록 내버려두지 않는다!

욕망이 우리를 지치도록 내버려두지 않는다고! 탄광 노동자들이 의식보다 먼저 자신들을 일으켜세우는 자기들 안의 욕망에 대해 깜짝 놀라는 장면인데 이게 아마도 80년대를 휩쓸었던 수많은 '민중시'들과 자네의 시를 구별짓게 하는 부분인 듯하네. 여기서부터 벌써 자네의 미끄러짐이 보이는데, 생에는 자기 의지로 어쩌지 못하는 부분이 있다는, 자네가 남긴 시편들에서 비교적 자주 등장하는 인식이 여기에서도 나타나더군. 「여행자」라는 시가 이어서 떠오르네. "그는 말을 듣지 않는 자신의 육체를 침대 위에 집어던진다"라거나 "이 목소리는 누구의 것인가"라거나 "무엇이 그를 이곳까지 질질 끌고 왔는지, 그는 더이상 기억도 못한다"라거나 하는, 말을 듣지 않는 몸, 그게 아마 욕망이겠지. 자네도 그 제멋대로인 욕망과 어지간히 싸운 듯하네. 욕망, 욕망…… 이게 아마도 90년대의 중요한 화두인 듯한데 자네는 그때부터 이것과 마주섰었군. 얼마 전 김언희라는 시인의 시집을 읽었네. 거기 보면 「탈수중」이라는 시가 있는데. "몸체를 격렬히 떨며 / 회전수축하는 / 기계 질(膣)…… 혈관 속을 흐르는 전기 피 / 전기 욕정으로 / 요분질 / 중"이라는군. 이제는 욕망이 아주 자동기계가 되었더군. '욕망하는 기계' 어쩌고 하는, 어디서 많이 들어본 소리가 자동적으로 딸려나오는데, 자네는 거기까지 간 것은 아니지, 갈 수도 없었고. 그런데 90년대는 아주 그렇게 맥이 탁 풀려버렸어. 자네의 「여행자」와 김언희의 「탈수중」 사이에 아마도 80년대와 90년대의 거리가 있을 걸세.
  그 다음에 자네의 신춘문예 당선작이 있네. 「안개」 말이지. 하늘더러

"두꺼운 공중의 종잇장"이라 부르고 태양더러 "노랗고 딱딱"하다고 한 것으로 잘 알려진 시, 자네가 살았던 시흥군 소하리 — 지금은 광명시 소하동이지만 — 의 안양천변 풍경이 요연하게 나타나는 시, 하지만 안개가 습관이 되었다는 그 시의 전언은 조금 낡은 바가 있었네. 80년대 중반의 정치적 알레고리 그 자체는 아니지만 또 그 알레고리를 벗어나서는 전부 설명되기 힘들다는 게 그 시를 낡게 만든 점이 있네. 하지만 나는 거기서도 역시 기형도적인 부분, 그 미끄러짐의 흔적을 찾아냈네.

이 읍에 처음 와본 사람은 누구나
거대한 안개의 강을 거쳐야 한다
앞서간 일행들이 천천히 지워질 때까지
쓸쓸한 가축들처럼 그들은
그 긴 방죽 위에 서 있어야 한다.
문득 저 홀로 안개의 빈 구멍 속에
갇혀 있음을 느끼고 경악할 때까지.

안개의 빈 구멍에 갇혀 있음을 느끼고 경악하는 일은 정치적 알레고리와는 거리가 멀지. 뭐랄까, 고독이라는 말로도, 소외라는 말로도 다할 수 없는 생의 근원적인 낯설음에 대한 아주 원시적인 공포감 아닌가. 이 경악 때문에 자네의 시는 낡음에서 겨우 벗어날 수 있었네. 자네가 만들어낸 이 공존, 80년대의 경기도 시흥군 소하리의 안개와 그 속에서 뿜어져나오는 생에 대한 경악의 공존이 자네의 시를 내가 자꾸 뒤적거리게 되는 이유일세. 그에 비해 이를테면 남진우의 인공지옥은 어떤가. 거기에는 「안개」 속의 경악보다 더 끔찍한 것들이 즐비하지만, 역시 어딘가 맥이 풀린 느낌을 지울 수 없네. 자네의 그 경기도 시흥군 소하리가 없기 때문일 것이네. 여기서도 80년대와 90년대 사이의 거리를 짐작할 수 있다고 말하는 것은 비약인가.

그리고 그 「입 속의 검은 잎」이 있었지. 거기서 자네는 정말 막 나가더군. "나는 한번도 만난 적 없는 그를 생각한다"고 했지. 그의 이름은 '이한열'. 그런데 자네는 왜 그렇게 그를 두려워했나. 아니 그를 두려워한 것은 아닐 테지. 그의 "장례식 행렬에 악착같이 매달"린 사람들과 거리에 흘러넘치는 "망자의 혀"가 두려웠던 게지. 이해가 되지 않는 바도 아니긴 하지만, 자네는 거기서 정말 어떤 낯선 '집단적 광기'——아니 그 말이 심하다면 '집단적 열광'을 보았나. 그게 그렇게 억압적이었나. 사실 그건 억압과는 거리가 먼 걸세. 일종의 카타르시스이기는 했네. 하지만 그것은 이미 일정한 피로와 불안이 스며 있는 덜 해방된 카타르시스였네. 연민과 안타까움이 더 필요한 일이었지. 그 정도의 일로 "그는 누구인가, 내가 가는 곳은 어디인가"를 묻는 것은 좀 호들갑이었네. 그리고 자네의 시집에 해설을 쓴 김현 선생이 이 시 제목을 시집 전체 제목으로 갖다붙였는데 아무리 생각해도 상투적이었네. 나는 이 역시 자네가 90년대에 물려준 하나의 유산이라 생각하는데. 자네에겐 그나마 "내 입 속에 악착같이 매달린 검은 잎"이었지만, 자네의 수많은 에피고넨들의 입 속에는 이제는 어떠한 검은 잎도 달려 있지 않은 것으로 보이네.

3.

사실 자네를 자네답게 만드는 것은 그 페씨미즘이었지. "내가 살아온 것은 거의/기적적이었다", 「오래 된 서적」에서 그렇게 말했지. "이런 것은 아니었다, 나는 일생 몫의 경험을 다했다", 이건 「진눈깨비」에서고. "나는 헛것을 살았다, 살아서 헛것이었다", 이건 「물 속의 사막」, "나는 인생을 증오한다", 이건 「장미빛 인생」, 그리고 마침내 자네는

「길 위에서 중얼거리다」에서는 이렇게까지 말했네. "나무들은 그리고 황폐한 내부를 숨기기 위해/크고 넓은 이파리들을 가득 피워냈다"고. 너무나 많은 의미들이 강요되는 삶에 일찌감치 지쳐버린 젊은 친구들이 자네의 이런 시를 읽고 얼마나 의기양양했을까 잠깐 생각해보았네.

그런데 자네 정말 그렇게 생각한 것 맞나. 정말 자네의 생이 그렇게 무의미하고 그렇게 지워버리고 싶었고, 그렇게 견디기 힘들었나. 나는 오히려 자네의 그런 전언들을 일종의 방법적인 반어적 포즈로 읽었네. 더 잘, 그것도 희망을 가지고 살고 싶었음을 그렇게 뒤집어 말했다고. 그 생에 대한 지독한 부정적 언표들은 그저 자네의 그 좀 과도한 '불행 의식'의 습관적 표현일 뿐 사실은 희망이 "길 위에서 일생을 그르치고 있"음에 대한 안타까움의 표현이며 지독한 생의지의 한 변형일 뿐이라 고. 그렇지 않으면 어떻게 이런 시가 나올 수 있었겠나.

어느 영혼이기에 아직도 가지 않고 문밖에서 서성이고 있느냐. 네 얼마나 세상을 축복하였길래 밤새 그 외로운 천형을 견디며 매달려 있느냐. 푸른 간유리 같은 대기 속에서 지친 별들 서둘러 제 빛을 끌 어모으고 고단한 달도 야윈 낫의 형상으로 공중 빈 밭에 힘없이 걸려 있다.

아느냐, 내 일찍이 나를 떠나보냈던 꿈의 짐들로 하여 모든 응시들 을 힘겨워하고 높고 험한 언덕들을 피해 삶을 지나다녔더니, 놀라워 라. 가장 무서운 방향을 택하여 제 스스로 힘을 겨누는 그대, 기쁨을 숨긴 공포여, 단단한 확신의 즙액이여.

보아라, 쉬운 믿음은 얼마나 평안한 산책과도 같은 것이냐. 어차피 우리 모두 허물어지면 그뿐, 건너가야 할 세상 모두 가라앉으면 비로소 온갖 근심들 사라질 것을. 그러나 내 어찌 모를 것인가. 내 생 뒤에도 남아 있을 망가진 꿈들, 환멸의 구름들, 그 불안한 발자국 소리에 괴로워할 나의 죽음들.

오오, 모순이여, 오르기 위하여 떨어지는 그대. 어느 영혼이기에 이 밤 새이도록 끝없는 기다림의 직립으로 매달린 꿈의 뼈가 되어 있는가. 곧 이어 몹쓸 어둠이 걷히면 떠날 것이냐. 한때 너를 이루었던 검고 투명한 물의 날개로 떠오르려는가. 나 또한 얼마만큼 오래 냉각된 꿈속을 뒤척여야 진실로 즐거운 액체가 되어 내 생을 적실 것인가. 공중에는 빛나는 달의 귀 하나 걸려 고요히 세상을 엿듣고 있다. 오오, 네 어찌 죽음을 비웃을 것이냐 삶을 버려둘 것이냐, 너 사나운 영혼이여! 고드름이여.

「이 겨울의 어두운 창문」 전문일세. 2연을 보게. 자네의 페씨미즘적 포즈란 결국 "기쁨을 숨긴 공포"가 아니었던가. 사실 자네가 진실로 바라는 것은 이 "냉각된 꿈속"을 벗어나 "진실로 즐거운 액체"가 되어 생을 적시는 것 아닌가. "기다림의 직립으로 매달린 꿈의 뼈", 그게 바로 자네이고 우리 아닌가.

해방의 상징, 공동체의 상징이 사라진 황폐한 세계에 마지막으로 기댈 만한 보편적 상징이 있다면 그것은 아마도 이런 구원의 상징일 테지. 종교적이되 아무것에도 기대지 않는, 그러므로 그 어떤 종교보다도 더 지독한 정신의 단련과 자기학대를 통해서만이 도달할 수 있는 그런 비극적 구원의 상징 말일세. 나는 그 상징의 큰 자장 속에 자네의 그 신산스런 시력(詩歷)을 모두어두고 싶네.

4.

  벌써 14년이네. 하지만 자네 생을 그리 아쉬워하지 말고 살아 있는 나도 그리 부러워는 말게. 사실은 내 삶도 1989년쯤에서 멈추어 있기는 마찬가지일세. '시적인 것'이 사라진 세상에서 존재한다는 것은 그저 숨을 쉬고 있다는 것일 뿐. 나도 이미 그때 죽은 목숨이네. 나야말로 지금 헛것을 살고 있는 거지. 그리고 지금 내 삶의 외양이란 건 자네가 말한 대로 이미 입 속의 침조차 말라붙은 황폐한 내면을 가리기 위해 죽자고 피워낸 그로테스크하게 크고 넓고 시퍼런 이파리들일 뿐이네.

―『시힘』 2003년 3월호

세 갈래의 운명과 필연의 행로

황지우와 백무산 그리고 나

1. 두 명의 룸펜 쁘띠와 한 명의 프롤레타리아

　시인 황지우(黃芝雨)가 지난 연말 8년여 만에 새 시집 『어느 날 나는 흐린 주점에 앉아 있을 거다』를 내놓았다. 백무산 역시 올해 벽두에 새 시집 『길은 광야의 것이다』를 내놓았다. 모처럼 두 시집을 정독할 기회를 가졌던 나는 두 사람의 오랜 시적 사유가 다다른 곳이 우연이라고 하기에는 매우 일치하고 있다는 사실 때문에 적잖이 놀랐다. 두 시인 모두 '안과 밖'이라는 문제를 심하게 앓고 있었다. 나는 그 '안과 밖'이 의미하는 바가 무엇인가를 생각하기에 앞서 이 두 시인의 공교로운 이러한 사유 행정의 일치가 주는 의미에 대해 생각하지 않을 수 없었다. 어떤 힘이 이들을 몰아붙여 이처럼 같은 병을 앓게 했을까? 새삼스럽게 등줄기로 서늘한 바람이 스쳐갔다. 동시대를 살아가는 사람들이 비슷한 문제의식에 봉착하게 된다는 것은 하나의 상식이겠지만 생각해보면 그 상식의 뒤안에는 하나의 섬뜩한 진실이 숨어 있다. 그 옴짝달싹할 수 없음! 우연을 가장한 운명의 희롱, 역사라는 이름의 텅 빈 실체가 강제하는 이 필연의 수순! 하지만 새삼스러운 두려움을 뒤잇는 것은 물색없는 안도감이다. 지금 동시대의 삶들이 모두 종잡을 수 없는 혼돈 속을 헤매는 것 같아도 이처럼 어떤 강한 자장이 그 혼돈에 일정한 질서를 부여하고 있다는 사실, 그리하여 전혀 다른 삶의 행로를 걷던 사람들이 어느새 같은 길 위를 걷고 있게 된다는 사실은 내게 하나의 위안으로 다가왔다. 그렇다면 가능하지 않겠는가? 오류를 저지르지 않는 일, 이미 저지른 오류를 되풀이하지 않는 일, 그리고 좀더 이성적으로 삶과 세계를 기획하고 실천해나가는 일들이. 그런 생각들은 내 아직도 아둔한 정신을 조금 더 깨우쳐주었다. 나는 새삼스럽게 황지우와 백무산의 시적 이력들을 더듬어나가면서 나의 이러한 생각들을 확인하고 더 진전시켜보고자 한다.

황지우는 1952년생, 우리 나이로 벌써 마흔여덟이다. 본명은 황재우, 전남 해남에서 태어나 광주일고를 거쳐 서울대 미학과를 졸업했다. 1980년 스물아홉이 되던 해, 시 「연혁」으로 『중앙일보』 신춘문예에 당선되었고 그해 봄부터 여름까지 감옥살이를 하기도 했다. 80년대 초반 채광석, 김도연, 김정환, 김사인 등과 『시와 경제』 동인으로 활동했고 1983년 첫시집 『새들도 세상을 뜨는구나』를 펴내고 이후 『겨울-나무로부터 봄-나무에로』(1985), 『게 눈 속의 연꽃』(1991) 등을 계속 내놓았다. 80년대 초반부터 90년대 초반까지 10년의 시간 동안 그는 서울대와 서강대, 홍익대 등 세 대학을 전전하며 대학원엘 다녔고 오랜 시간강사 노릇을 거쳐 마침내 대학교수가 되었다. 한신대 문예창작학과 시전공 교수를 거쳐 지금은 한국예술종합학교 연극원 교수로 재직하고 있다. 교수가 되기까지 서울과 광주, 담양을 전전하며 살았던 그는 한때 조각에 손을 대 '저물면서 빛나는 바다'라는 이름의 조각전을 열기도 했고 (1995) 그때 같은 제목의 '조각 시집'을 낸 바가 있다. 이번 시집은 그 조각 시집 이후로는 4년, 그것을 정식 시집에서 제한다면 8년 만에 그가 세상에 내놓은 시집이라고 할 수 있다. 나는 그를 잘 안다, 아니 잘 모른다. 그의 시를 통해서는 그와 많은 소통을 할 수 있었지만 정작 그와 사적인 소통을 할 기회는 많지 않았다. 그는 실수와 오류까지 포함해서 매력적인 인물이지만 웬만하면 사람에게 깊이 빠져드는 타입이 아닌 나는 그에게 어느정도 이상 가까이 다가서지 못했다. 어쨌든 나는 누가 좋아하는 동시대의 시인을 들라 하면 세 손가락 안에 그를 포함시킨다.

그는 시인이다. 우리나라에서 시인은 시인만으로서는 결코 밥먹고 살지 못한다. 그도 결국 대학교수가 됨으로써 이 배고픈 시인의 궁경을 벗어났다. 지금은 어쨌든 신중간계급의 일원으로 당당히 편입되어 있지만 교수가 되기 전 그저 시인이었을 때 그의 사회적 존재는 사실상 하급의 '룸펜 쁘띠', 잘 보아주어서 '룸펜 인텔리'였다. 그러나 자본주의사회에서는 룸펜성이야말로 시적인 것의 원천이다. 주류사회의 질서에 편입되지 못한 주변성과 한계성은 그 무책임함의 위험을 제하면 주류사회에 대한 래디컬한 통찰을 가능하게 해준다. 물론 룸펜성이 필요충분조건이 될 수는 없다. 하지만 그의 어법을 차용해서 말하면 적어도 모든 룸펜적인 것이 시적인 것은 아니지만 어떤 룸펜적인 것은 시적이다. 그러면 황지우의 '어떤' 룸펜적인 것이 그의 시를 그의 시답게 했는가? 황지우의 시를 황지우의 시답게 만들어온 그 '어떤' 것을 나는 '낭만주의적 열망'으로 본다. 모든 룸펜이 낭만주의적인 것은 아니다. 어떤 룸펜만 낭만주의적이다. 이제는 퇴출된 지 오래인 사회학주의 비평투로 말한다면 그의 시는 낭만주의적 룸펜 쁘띠의 시이다. 물론 그 낭만주의의 내용은 정치적 수준에서 종교적 수준까지 좁지 않은 진폭을 내장하고 있다.

백무산은 1955년생, 우리 나이로 마흔다섯이다. 본명은 백봉석, 경북 영천에서 태어나 공업고등학교를 졸업했다. 1973년부터 현대중공업, 현대중전기 등 대공장에서 조선, 전기, 금속노동자로 일했고 1983년부터 노동운동에 몸담았다. 1984년 『민중시』에 연작시 「지옥선」을 발표하여 세상에 이름을 알렸고 1988년에 첫시집 『만국의 노동자여』를 냈다. 1989년에는 『노동해방문학』 편집위원이 되었으며 1990년에 두번째 시집 『동트는 미포만의 새벽을 딛고』를 냈다. 1990년 사노맹의 붕괴와 『노동해방문학』의 폐간 이후 오랜 침묵 끝에 1996년 세번째 시집 『인간의 시간』을 냈고 다시 올해 네번째 시집 『길은 광야의 것이다』를 냈다.

내가 가지고 있는 그의 첫시집에는 '김명인 선생님께, 백무산'이라고 그의 친필 서명이 적혀 있다. 1988년이 아니면 있을 수 없는 일일 것이다. 민중적 민족문학론을 내세운 비평가에 대한 노동자 시인의 최소한의 예우였을까? 물론 그 이후의 시집들에는 더이상 그의 서명은 없었다. 나는 그를 모른다. 가까이서건 멀리서건 그를 본 것도 딱 한번뿐이다. 1989년 그가 이산문학상 수상식장에서 해프닝을 벌였을 때 나도 거기 있었다. 주먹쥔 손을 내뻗으며 노동해방의 구호를 외치고 노동해방가요를 부르던 그날의 일을 두고 임우기 같은 이는 "자유주의 논객이나 글쟁이들에겐 소름돋는 충격을 주었을지도 모른다"(『인간의 시간』 해설, 130면)고 마치 자기는 그 소름돋은 인사들에 끼이지 않은 것처럼 말했다. 그러나 그 소름과 낯섦은 행여라도 노동해방전사들의 쾌거(?)에 대한 감동이나 어떤 문화적 충격 같은 것과는 거리가 먼 것이었다. 그것은 어느 편인가 하면 당시 한창 극점을 달리고 있던 사노맹류의 극좌적 노동운동집단들의 안하무인격이고 광신집단적인 미성숙한 행동방식에 대한 그나마 당시 운동의 말석에 끼여 있던 한 사람으로서의 부끄러움에 가까운 것이었다. 그것이 과연 인류의 미래를 책임질 혁명적 프롤레타리아트의 행동일 수 있었을까?

그래 그는 그의 필명처럼 무산계급의 일원, 프롤레타리아(였)다. 처음부터 그랬다. 그의 삶은 갈데없이 70, 80년대 한국 노동자계급의 운명에 비끄러매인 것이었다. 황지우가 오래도록 주류사회의 주변을 배회했다면 백무산은 주류사회의 밑바닥에 깔려 있었고 어느날 갑자기 그 밑바닥에서 솟아올라와 기존의 완강한 주류성을 전복하고자 했다. 그리고 그 시도는 실패로 돌아갔다. 그의 시에는 바로 동시대의 한국 노동자계급의 운명의 전말이 실려 있다. 『만국의 노동자여』에 실린 도전적인 젊은 노동자의 캐리커처와 『길은 광야의 것이다』에 실린 머리도 벗겨지고 약간의 병색이 느껴지는 중년의 얼굴 사이, 나는 거기서 우리 노동자계급의 지난 10년의 고난에 찬 역사를 읽는다.

　나는 1958년생, 올해 마흔두살이다. 강원도 도계에서 태어나 서울에서 초·중·고등학교를 나오고 서울대 국문과를 다녔다. 1977년 대학에 들어가면서 학생운동에 탐닉했다. 그 결과 1980년 겨울부터 1983년 여름까지 2년 8개월여 동안 전두환 정권의 감옥에 갇혀 있었다. 1985년부터 비평활동을 시작했고 이후 1992년까지 이른바 민중적 민족문학 비평가로 살았다. 그리고 뒤늦게 대학원에 적을 두고 작년 봄 '문학박사'가 되었다. 내 삶 역시 장르만 다를 뿐 황지우와 마찬가지로 룸펜 쁘띠 인텔리의 삶이었다. 가장 래디컬했던 시절에조차도 나는 그 유명한 '노동자계급적 당파성'을 내면화하지는 못했다. 그것은 한때 나의 집요한 비판자였던 조정환 등이 이미 10년 전에 간파했던 바 그대로이다. 90년대 중반 한때 저널리즘이 나를 전향자로 분류했지만 나는 전향하지 못했다. 내가 선 자리는 일정한 진폭은 있었지만 늘 전위와 전향자의 중간 지점 어딘가였다. 어쩌면 그것은 전형적 기회주의자의 모습이었는지도 모른다. 누구나 마찬가지겠지만 내겐 내 삶 자체가 하나의 숙제이다. 특히 지난 80년대와 90년대의 20년에 걸친 내 청춘의 시간은 그 숙제가 집약적으로 부과된 시기였다. 어떻게 해서 나는 그 연옥과 같은 역사의 한복판을 통과하게 되었는지, 그 길에서 무슨 욕망이 나를 이끌었고 어떤 조건들이 나를 꼼짝 못하게 묶어두었는지, 왜 나는 그때 그렇게밖에 할 수 없었는지, 그리고 왜 아직도 그 업장을 내려놓지 못하고 힘겨워하는지…… 그런 점에선 황지우도 백무산도 마찬가지일 것이다. 내가

1952년생과 1955년생, 나와는 마치 형제처럼 3년 터울로 같은 시대를 살아나온 두 사람의 지난 두 연대에서의 삶과 시의 궤적이 드러내는 운명과 필연의 행로를 더듬는 것은 어쩌면 나에게도 그들에게도 그리고 함께 동시대를 살아온 다른 사람들에게도 이 숙제를 푸는 한 방법이 되지 않을까 해서이다. 그리고 어쩌면 이 모색이 이제 어떻게 살아야 할 것인가 하는 물음에 조금이라도 시사를 주게 되지는 않을까 하는 헛된 기대도 전혀 없는 것은 아니다.

2. 황지우

새들도 세상을 뜨는구나

나는 감옥에서 황지우의 80년대 초반 시편들의 대부분을 읽었다. 내가 감옥에서 나온 지 얼마 되지 않아서 그 시들이 그의 처녀시집 『새들도 세상을 뜨는구나』로 묶여져 나왔다. 광주항쟁이 하나의 거대한 상징으로 자리잡아 누구든 무등산 한자락만 잡아도 시를 쓸 수 있던 상황이었다. 당시 광주는 마르지 않는 시의 샘이었지만 자칫하면 상징의 매너리즘이 광주항쟁의 의미 자체를 상투화할 위험에 빠질 지경이었다. 그때 황지우가 택한 시적 전략은 말을 문제삼는 대신 양식을 문제삼는 것이었다. "나는 말할 수 없음으로 양식을 파괴한다. 아니 파괴를 양식화한다"는 그의 선언은 섣부른 모더니즘의 장난이 아니라 광주로 대표되는 당대의 상황에 가장 전투적이고 효과적인 시적 투쟁방식의 천명이었다. 실재하는 압도적 비극, 정면으로 말할 수 없음, 메타포의 자명성, 상투성의 심화, 말의 한계…… 이런 맥락이 그로 하여금 양식의 파괴를 강제하게 한 것이다. 그의 전략은 성공했다. 하지만 이 파괴의 양식화라는 그의 전략은 그의 시 전체를 두고 보면 지극히 제한적으로 수행되었다. 이를테면 1980년 5월의 실종자를 찾는 신문의 심인란을 그대로 옮겨놓은 「심인」, 1980년 4월 1일에서 5월 31일까지로 된 예비군 편성 및 훈련 기피자 자진신고기간 포스터를 그대로 옮겨놓은 「벽·1」, 제목 외엔 아무것도 없지만 광주항쟁의 마지막날인 5월 27일을 떠올리게 하는 「묵념, 5분 27초」, 신문지를 아무렇게나 꼴라주해놓은 것 같지만 사실은 한국사회의 빈부 양극화를 드러낸 「한국생명보험회사 송일환씨의 어느날」 등 첫시집 『새들도 세상을 뜨는구나』 전체를 통틀어 이런 파괴의 양식화에 해당하는 시들은 열 손가락을 넘지 않는다. 그의 시의식 속에서 실험의식보다는 이런 실험으로밖에는 드러낼 수 없는 현실 자체가 우선했기 때문이다. 그것이 그의 파괴의 양식화가 매너리즘으로 가지 않은 이유이다. 이것이야말로 내용이 형식을 만들고 형식을 이긴 하나의 전범적 예가 될 수 있지 않은가. 이러한 '파괴의 양식화'의 성공적 수행은 결국 그의 의식의 치열성을 반증하는 것이라 할 수 있다. 첫시집 내내 그는 거의 조금도 한눈팔지 않고 자신의 삶과 의식에 드리워진 동시대의 어두운 그림자와 싸우고 있다. 그 싸움 중에서 가장 두드러진 것은 말을 둘러싼 싸움이다.

우리는 모른 체했습니다 우리는 불면의 잠을 잤습니다 지친 사람들은 꿈을 꾸고 흉몽의 별똥들이 폭죽 쏘는 태평성대 국경 근처 다른 나라의 방언을 방청한 풀과 꽃이 자꾸 어떤 신호를 보내왔습니다 그 신호의 푸른 나뭇가지를 마구 흔들며 우리 허리에 걸친 기압골이 남단으로 내려갔습니다

—「만수산 드렁칡·1」

어제 나는 내 귀에 말뚝을 박고 돌아왔다
오늘 나는 내 눈에 철조망을 치고 붕대로 감아 버렸다

내일 나는 내 입에 흙을
한 삽 처넣고 솜으로 막는다
―「그날그날의 현장 검증」

집으로 돌아오는 골목길에 오줌 싸려는 나의 포즈를 가로등이 등 뒤에서 길게 내 이마 앞에 때려 눕혀 논다. 섬찟 놀라며 멈춘 나는 섬찟 놀란 체하는, 그런 몸짓을 하는 그놈을 노려본다. 그놈에게 질질 갈기면서, 좌우로 흔들면서, 부르르 떨다가 탈탈 떨면서, 그리고 나는 아주 작은 소리로 말한다. 못살아 못살아. 들어가면 아내에게 소리지를 거다. 여보, 우리 꺼지자. 남미로, 남극으로, 우리의 대척지로. 어디든!
―「그대의 표정 앞에」

아 그 무엇, 그 무엇, 더 말 못 하겠다, 더 하늘 못 보겠다, 더 땅 못 딛겠다, 꽃이 안 피었으면! 숨을 안 쉬었으면! 치솟아 버렸으면!
―「천사들의 계절」

이 시편들이 보여주는 것은 말해야 하는 것을 말하지 못하는 데서 오는 무력감과 자괴감이다. 비정상적인 폭력이 지배하는 사회에서 황지우의 시적 화자들은 말을 잃는다. 그리고 말을 잃고 있다는 사실을 자조적으로 말할 뿐이다. 이 강제된 침묵 자체를 증언하는 일과 말이 아닌 다른 방식으로 말해야 하는 당위와 말할 수 없는 현실이 부딪치는 곳에서 김현이 이 시집의 해설에서 말한 바 황지우의 낭만주의가 형성된다. 그 낭만주의는 분명히 정치적인 것이다. 하지만 지극히 개인주의적인 것이기도 하다. 그의 시 「활엽수림에서」가 보여주듯 유신시대와 그대로 맞물린 그의 20대는 폭력과 억압의 내면화가 진전된 정도에 비해 정치의식의 진전도는 아직 낮은, 그리하여 모든 문제의 하중이 개인의 실존에 걸리던 시기였다. 그의 동배였던 당시 학생운동의 중심세력들과 비교한 그의 주변적 처지는 그러한 하중의 개인적 전화를 더욱 가중시켰을 것이다. 불행한 것은 그가 그 개인적 하중을 채 내려놓기도 전에 80년대라는 더 막대한 하중이 밀려들어왔다는 사실이다. 그가 만일 짐을 나누어 질 수 있었다면, 이를테면 학생운동이든 재야운동이든 노동운동이든 자신의 실존의 하중을 분산시킬 수 있는 일들에 얽혀들 수 있었다면, 단순한 참여가 아니라 실존의 재구성을 가능하게 할 만한 전폭적 투신을 경험했다면 이 개인주의는 극복될 수 있었을 것이다. 하지만 그는 그렇게 하지 못했다. 다행인지 불행인지는 모르겠지만 그의 한계이자 장점인 그의 룸펜성은 여기서 비롯된다.

겨울 – 나무로부터 봄 – 나무에로

부끄러운 고백을 해야겠다. 황지우를 좋아하는 시인의 앞자리에 두어왔으면서도 나는 그의 두번째 시집 『겨울 – 나무로부터 봄 – 나무에로』를 이 글을 쓰기 위해 최근에야 사서 정독할 수 있었다. 이 시집은 첫시집 이후의 그 시력(詩歷)을 흔히 천재적 시인들이 그러하듯 첫시집의 여운 정도로 보아왔던 나의 시각을 교정시켜주기에 충분했다. 이 시집은 첫시집보다 더 격렬하게 자기 시대, 즉 80년대의 한복판과 충돌하고 있다. 그것은 아마도 그가 자기 한계 내에서 수행할 수 있었던 가장 극한적인 육탄전이었을 것이다. 하지만 이 시집이 보여주는 충돌의 절정은 그 내리막의 시점이기도 하다. 이 시집에는 그의 시대와의 육탄전에서 느껴지는 허무주의와 자기분열의 낌새가 자기연민과 종교적 낭만주의로의 경사로 이행하는 양상 역시 담겨져 있다. 그만큼 이 시집은 문제적이다.

이 시집에서도 첫시집에서와 같은 양식화된 파괴행위가 이행되고 있다. 이산가족찾기에 나선 사람들의 개인 팻말을 열거한 「벽·3」, 쥐잡기

캠페인 포스터인 「벽·4」, 일제하의 항일시위에 관한 당시 신문기사를 꼴라주한 「대정 15년 10월 11일, 동아일보」, 활자를 모아 산을 그린 「무등」 등이 그것이다. 하지만 양식이 완성되면 파괴는 소멸한다. 그것은 모든 모더니즘의 숙명이다. 정작 이 시집에서 새롭게 나타나는 파괴의 양식은 산문화이다. 이 시집에 실린 60편의 시에서 삼분의 일이 넘는 20여 편이 노골적 산문체로 씌어졌고 산문성을 기준으로 삼는다면 반 이상이 그렇다고 볼 수 있다. 그것은 첫시집의 파괴적 양식화가 그렇듯 계산된 것이기보다는 충동적이고 내발적인 것이다. 절제와 조탁을 거부하는 산문화의 충동, 그것은 그에게 그만큼 빨리, 그리고 직설적으로 해야 할 이야기가 많다는 것이고 또한 그만큼 그가 현실과의 시적 거리를 철폐하고 싶어했다는 것이다.

아이는 자기 수명의 촛불을 후욱 불고, 가느다랗게 피어오르는 목숨의 흰 그을음을 바라보고 있는 결혼한 지 7년이 되는 부부——이왕 태어났으니, 건강하게만 자라다오. 2세들이여, 너희들 시대는……, 선한 시대이어야 한다.

—「그들은 결혼한 지 7년이 되며」

질서의 저 끝은 궁극적으로 칼끝에 닿아 있고.
선진이라는 이름의 끝없는 행진.
근처 국민학교 어린이들이 황색기를 들고, 마구 건너가려는 행인들을 저지한다.
제지당한다. 모든 관공서, 모든 학교, 모든 군관민 직장에서. 십칠 시 정각에 전국적으로 동시에 국기 하기식이 실시되고, 무심코 지나가던 보행자도 황급히 서서 보이지 않는 국기를 향해 경례한다. 중고등학교 학생들은 원기왕성하게, 군기가 꽉 들어서 거수경례를 하고.

이런 모습을, 〈1984년 BIG BROTHER〉께서 보시면서 하시는 말씀:
"보기에 좋더라."

—「버라이어티 쇼, 1984」

벗이여, 이제 나는 시를 폐업처분하겠다. 나는 작자미상이다. 나는 용의자이거나 잉여인간이 될 것이다. 나는 그대의 추행자다. 아아, 나는 시의 무정부주의를 겪었고 시는 더이상 나의 성소가 아니다. 거짓은 나에게도 있다. 우리는 다시 레이건 치하에서 산다.

—「근황」

전태일 같은 이는 성자다. 그의 짧은 삶이 치고 간
번개에 들킨 나의 삶. 추악과 수치. 치욕이다. 그의
우레소리가 이 나이 되어 뒤늦게 나에게 당도했구나.
벼락맞은 청춘의 날들이여. 나는 피뢰침 아래에
있었다. 나. 거기에 있었다.

—「나의 누드」

그런데 세상과 자신에 대한 이러한 산문적 직설법의 구사와 시적 절제의 포기가 갖는 의미는 양가적이다. 한편으로는 세계에 대한 정직한 대면이겠지만 다른 한편으로는 시적 허무주의나 테러리즘일 수 있다. 실제로 「근황」이나 「나의 누드」 그리고 「박쥐」 같은 시들은 일종의 착란이나 분열의 증후를 갖고 있다. 그 근저에는 해방에의 욕구와 자기방기에의 유혹이 동시에 가로놓여 있는 것이다. 돌파할 것인가, 도피할 것인가.

그의 마음이 어느 편으로 기울었는지는 다른 시들이 일러주고 있다.

이제 다른 생애에 도달하여
아내 얻고 두 아이들과 노모와 생활수준 中下,
월수 40여 만 원, 종교 무, 취미 바둑,
정치의식 中左, 학력 대퇴
의 어물쩡한 30대 어색한 나이로
(…)
결국 이렇게 이렇게 물들어 가는구나 하는 절망감과,
현장 들어간 후배의 경멸어린 눈빛 그런 작은 표정에도
쉽게 자존심 상해하는 어물쩡한 30대
이것도 저것도 아닌, 어색한 나이로

―「비오는 날, 유년의 느티나무」

금년 봄부터 나는 지방대학 시간강사 노릇 한다.
이것은 부업이고 나의 주업은 실업이지만
대학 근처에 얼쩡거린다는 자책감이
나를 찌끈찌끈 찔러댄다. 그러나,
시만 써가지고는 먹고 살 수가 없다.

―「도화나무 아래」

　이러한 적당한 자조감 섞인 자기연민과 자기합리화는 매우 낯익다.
이것은 황지우만이 아니라 우리 세대 모두가 한번쯤 통과했을 뺨 홧홧
하게 달구는 불의 터널 아니었던가. 그러나 자기연민과 합리화의 유혹
은 대개는 그 어떤 치욕감도 이겨낸다. 그만큼 거기엔 강한 물질성이 있
다. 황지우의 합리화는 조금 더 나아간다.

　어느 새 내가 울타리 안에 있음을

아까 악수하는 그대 손바닥이 알려준다
울타리를 치지 않기 위해서 밖으로 나간 아우여
국수를 한 입에 몰아넣는 그대 앞에
나의 허기가 사기라는 것을,
아 어쩌다가 내가 시인이 되었을까,
국수와 설움과 쫓겨난 땅을 노래하는 일까지 극치의 사치라는 것을
아우여, 용사여,
두려워서 자백하는 것은 아니다
그대가 나간 길과 다른 나의 통로가 있기 때문이다
나의 통로, 나의 길
나는 늘 경계에 있었다

—「종로, 어느 분식점에서 아우와 점심을 하며」

운동에 투신하지 못한 '중도 좌파' 시인 황지우에게 80년대 내내 그야말로 변혁운동의 전선을 헤맨 그의 동생(그는 나와 같은 학번이다)은 영원한 타자로 존재한다. 그런데 그는 동생의 운동적 투신과 혁명적 행동에 대해 자신의 시와 생활을 내세우고 있다. 구차하기 그지없다는 걸 그도 잘 알지만 그럼에도 불구하고 자신도 경계의 삶을 산다고 항변하고 있다. 구차하지만 그 항변이 언어도단은 아니었다. 정치적 변혁에의 집착과 시와 생활에 대한 집착을 대비하여 도덕적 우선순위를 매기는 일이 그리 만만하지는 않을 것이다. 그러나 어쨌든 이러한 연민과 합리화는 그의 낭만주의의 성격을 변화시킨다. 첫시집에서의 낭만주의가 정치적인 것이었고 이를테면 혁명을 통해 충족될 수 있는 것이었다면, 이제부터의 낭만주의는 좀더 포괄적이고 종교적인 수준으로 추상화된다. 이제 그가 벗어나고 싶은 것은 정치적 억압과 비인간화가 지배하는 현실일 뿐 아니라 이 같은 경계의 갈등을 포함하여 한 인간의 삶의 행로를

고통스럽게 규정해 들어오는 현실의 총체적 인과 자체로 확대되기 시작
하는 것이다. 피안에의 그리움, 환생에의 그리움, '밖'에의 그리움이 바
로 그것이다.

> 그 새는 자기 몸을 쳐서 건너간다. 자기를 매질하여 일생일대의 물
> 위를 날아가는 그 새는 이 바다와 닿은, 보이지 않는, 그러나 있는,
> 다만 머언, 또다른 연안으로 가고 있다.
>
> *—「오늘날, 잠언의 바다 위를 나는」 전문*

> 이 몸을 바꿔 버렸으면 털어 버렸으면, 환생했으면!
> 저 빛의 장막 뒤에 두고 온
> 육체 없는 진짜 몸으로
>
> *—「잠자리야 잠자리야」*

모든 낭만주의에는 그런 경향이 있지만 특히 종교적 낭만주의의 문
제는 현실의 복잡성과 역동성을 단순화시킨다는 데에 있다. 그 단순화
의 가장 전형적인 형태는 관념론이다. 나는 선(禪)적 사유도 여기에 해
당된다고 생각한다. 이 시집에서 막 모습을 보이기 시작한 황지우의 선
취(禪趣) 역시 종교적 낭만주의가 낳은 관념론적 세계인식의 산물이다.
"내 마음이 너무너무 난동을 부린다"(「노숙」)거나 "또 마음이 장난치는
가 보다"(「대흥사 봄밤」)의 경우가 그렇다. 객관현실의 복잡성과 역동성
은 마음속에 압축저장되고 그것은 깨달음과 함께 한순간 휴지통에 버려
질 수 있게 된다. 피안으로 가려면, 환생하려면, 밖으로 나가려면 육체
뿐만 아니라 마음도 지극히 가볍고 투명해져야 하는 것이다. 내가 보기
엔 선승의 길이야말로 룸펜이 자기마저 속이며 갈 수 있는 가장 타락한
길 중의 하나가 아닌가 싶다.

나는 너다/게 눈 속의 연꽃

그의 세번째 시집 『나는 너다』는 그 자신이 후기에서 "두번째 시집을 묶을 때 함께 넣을까 말까 망설였던, 메모 같은 시들"이라고 밝혔듯이 대부분 열 행에 못 미치는 짧은 시들로 이루어져 있다. 길고 그만큼 시적 완성도가 모자란 경우가 대부분이다. 마치 더 긴 시를 쓰기 위해 우선 써놓은 한 연 분량의 미완성 초고들 같다. 이인성은 이를 두고 "난해성의 진정성을 보여주는" 시집이라고 했지만(『어느 날 나는 흐린 주점에 앉아 있을 거다』 발문) 그것은 과잉해석이다. 하지만 흥미있는 시적 기록들임에는 틀림없다. 이 시집에 실린 짧은 시들이 지닌 어떤 결핍성은 기본적으로 『겨울―나무로부터 봄―나무에로』의 산문시들이 지닌 어떤 과잉성과 좋은 대비를 이룬다. 후자가 개입욕망의 산물이라면 전자는 퇴각욕망의 산물이라는 생각이 든다. 공적 영역에서 사적 영역으로의 퇴각욕망의 표백은 아직 주저함이 남아 있고 떳떳지 못하기 때문에 자연히 말이 아껴지고 추상화될 수밖에 없는 것이다. 이 시집 전체에서 가장 두드러진 이미지는 사막을 가는 낙타의 이미지이다. 그 낙타는 "무엇을 지켰고, 이제 무엇이 남았는지" 모를 "잃어버린 나라, 누란을 지나"(「126.」), "구만리 청천으로 걸어가고 있다."(「503.」) 그 길은 확실히 이제 더이상 실재하는 역사의 길은 아니다. 그것은 현실 속에서 충분히 피로해진 자의 내면 깊은 곳에서 시작되는 초역사적 행로이며 초월이나 해탈의 길이다.

번데기야, 번데기야
죽을 육신 속에서 얼마나 괴로웠느냐.

―「4.」 전문

내 육신보다 더 무거운 짐을 진 내 그림자,
너는 쓸데없는 것을 너무 많이 적재했다.
나는 내가 버겁다.

—「101.」

누에는 제 수명을 줄여가면서 집을 짓는다.
아이고, 내 집이 나를 가두다니!
나의 깊이는 나의 한계였느니.

—「39.」 전문

이제 밖으로 나가야 할까봐. 너무 꾸물거렸어.

—「219.」

나를 대안으로 데려가려 하는
환장하는 내 바바리 돛폭.
만일 내가 없다면
이 강을 나는 건널 수 있으리.

—「17.」

때로는 '나는 너다'라든가 '함께 가자 우리' 식의 역사내적 초월, 또는 혁명에의 권유와 착종되어 있기는 하지만 이 시집의 본령은 이러한 종교적 초월 혹은 해탈에의 원망(願望)이다.

네번째 시집 『게 눈 속의 연꽃』은 『나는 너다』의 와이드판이다. 『나는 너다』에서는 추상적 표현밖에 얻지 못하던 삶의 총체적 피로감이 여기서는 구체성을 획득하고, 밖으로 나가고 싶어하는 열망 역시 좀더 노골적이다.

날 새고 눈 그쳐 있다
뒤에 두고 온 세상,
온갖 괴로움 마치고
한장의 수의에 덮여 있다

—「설경」

집이
관 속 같다
아내, 아이들이
무표정하게
함께 순장되어 있는

—「성가족」

세상에 대한 한줌의 가망을
벗어버리니 이렇게 홀가분하다

—「겨울숲」

1985년 『겨울-나무로부터 봄-나무에로』에서 아직도 좌경적으로 팽팽하던 그의 정신이 1987년의 『나는 너다』를 거쳐 1990년의 『게 눈 속의 연꽃』에 오면서 혁명적 감수성 대신 종교적 감수성이 더 두드러지게 되었다. 1987년 시민항쟁의 성공과 대선의 실패 이후, 민주 변혁의 민중적 주도권이 붕괴되어가는 와중에서 개인적으로도 어디 뿌리내리지 못하는 전형적 룸펜 인텔리의 삶을 살 수밖에 없었던 그에게 이러한 변화는 예견된 것이었는지도 모른다. 정치적 긴장이 사라진 황지우의 시는 확실히 재미없는 것이 되었다. 그 무렵 비평을 시작해서 정치과잉,

혁명과잉의 문학판에서 민중적 민족문학론이라는 편도승차권을 강매하던 나에게 황지우의 그런 변모는 차라리 연민의 대상이 되었다. 그러나 지금 생각하면 그는 단지 한두 해 먼저 지쳤을 뿐이다. 나 역시 1990년을 넘어 얼마 가지 못하고 그의 피로감과 굴욕감을 답습했고, 역사성으로부터의 퇴각과 일상성으로의 함몰이라는 행로를 여지없이 뒤따라가게 되었기 때문이다.

저물면서 빛나는 바다/어느 날 나는 흐린 주점에 앉아 있을 거다

이번에 『어느 날 나는 흐린 주점에 앉아 있을 거다』가 나오자 대부분 황지우가 8년 만에 시집을 냈다고 한다. 그 말 속에는 1995년에 낸 '조각 시집'이라는 희한한 칭명이 붙은 『저물면서 빛나는 바다』는 독자적인 시집으로 간주하지 않는다는 묵계가 들어 있다. 그도 그럴 것이 이 조각 시집에는 모두 11편의 시가 실려 있는데 그중 세 편만 탈락되고 여덟 편이 다시 약간의 손질을 거쳐 이 『어느 날 나는 흐린 주점에 앉아 있을 거다』에 재수록되고 있기 때문이다. 그렇게 되니까 이 조각 시집 『저물면서 빛나는 바다』는 그저 시인의 한때 외도의 기록처럼 되고 말았다. 하지만 이 시집은 그 자체로서 독자적인 존재의의를 갖는다. 『어느 날 나는 흐린 주점에 앉아 있을 거다』가 80년대 시인 황지우가 90년대를 어떻게 보냈는가를 보여주는 결산보고서라면 이 시집은 결산보고서로 정리되기 전, 좀더 90년대적 실감이 살아 있는 중간보고서라고 할 수 있다. 그리고 낭만주의적 열망이나 동경조차도 생산해내지 못할 정도로 탕진된 삶에 대한 피로한 관조와 후회감이 그 실감의 내용을 이룬다.

90년대 들어서 근래 몇년 동안 나는 글을 쓸 수 없었다,라기보다는 도무지 글이 씌어지지 않았다. 노름판에서 밑천까지 다 날려버린 새벽처럼 스스로 인정하기에는 약오르는, 좀 쑥스러운 박탈감이랄까,

생을 몽땅 '탕진'해버린 것 같은 고갈의 느낌이 나를 결박하고 있었다. 이 느낌은, 그러나 고통스러운 것이 아니라, 사업에 망한 자에게 말 못할 어떤 후련함이 찾아오듯, 오랜만에 온 안식 비슷한 아늑함을 동반했고 나는 그것을 즐겼다.

—자서 「나는 만진다, 그러므로 있었다」

안녕하신지요, 또 한 해 갑니다
연말연시 피하여 어디 쓸쓸한 곳에 가서
멍하니 있고 싶어요
머리 갸우뚱하고 물밑을 바라보는
게으른 새처럼
의아하게 제 삶을 흘러가게 할 거예요
해질 무렵이면
땅을 치고 통곡하고 싶은 삶인데요
이대로 내버려둘까요
자꾸 얼마 안 남았는데 하는 생각뿐이에요

—「안부」

그러므로 나는 아무도 사랑하지 않았다
그 누구도 걸어들어온 적 없는 나의 폐허

—「뼈아픈 후회」

물기 남은 바닷가에
긴 다리로 서 있는 물새 그림자,
모든 것을 잃어버린 사람처럼 서서
멍하니 바라보네

세 갈래의 운명과 필연의 행로 439

저물면서 더욱 빛나는 저녁바다를

─「저물면서 빛나는 바다」

왜 이런 상태에 빠지게 되었는지는 설명되고 있지 않다. 단지 80년대 후반 이래 조금씩 조금씩 약기운이 돌듯 서서히 이런 상태로 들어서게 되었을 것이다. 하지만 이 상태가 전혀 무반성적이지는 않다. 이렇듯 자신의 전존재가 어떤 최저점에 도달해 있다는 느낌은 존재론적 위기의식으로 전화되어 다시금 몸을 추스르게 만든다. 그 몸 추스름이 황지우에게는 진흙을 주물러 하나의 몸을, 공간적·육체적 실감을, 다른 것으로 환원할 수 없는 절대적 존재감을 창출하는 행위, 즉 소조(塑造)라는 매개를 통해 이루어진 것이다. 몸이 먼저 위기를 빠져나가고 의식이 그 뒤를 따라나간 격이다. 그 개인에게는 참 다행스러운 일이지만 그가 아닌 누군가도 그런 방식으로 생의 위기로부터 탈출하는 것이 가능했을까. "참 기발하군. 어쩌면 생애 최대의 위기라고도 할 시기를 저처럼 우아한 포즈로 빠져나올 수 있을까. 저런 발버둥이라면 얼마든지 감수할 수 있겠네. 저 나르시시즘! 고통조차도 고상한 포즈로 연출하려는 저 못 말리는 촌스러움!" 나는 그의 조각전에 난분 하나를 들고 찾아가서 이렇게 중얼거렸다. 그것은 비판과 연민과 선망이 뒤섞인 복합감정이었다. 그는 이 조각전과 조각 시집이라는 이벤트를 벌이기 전해인 1994년, 오랜 시간강사생활 끝에 마침내 대학에서 전임자리를 얻었다. 나는 그 사실과 그가 이처럼 존재론적 위기로부터 우아한 연착륙을 할 수 있게 된 것 사이에 일정한 연관이 있다고 생각한다. 속류 사회학주의도 때로는 쓸모가 있는 법이다. 이런 생각을 해본다. 그는 정말 바닥을 쳤을까? 어쩌면 바닥을 쳤다는 의식이 앞섰던 것은 아닐까? 그리하여 서둘러 '제의적으로' 그곳으로부터 빠져나온 것은 아닐까? 그 조각전이야말로 하나의 제의이자 씨뮬레이션은 아니었을까? 이제 『어느 날 나는 흐린 주점에 앉아 있을 거다』를 말할 차례다. 이 시집은 두번째 시집 『겨울-나무로부터 봄-나무에로』 이후 오랜만에 황지우에게 내장된 서로 다른 경향성들이 충돌하고 소용돌이치는 모습을 보여주고 있다. 바닥으로의 침윤과 생으로의 상승, 생의 긍정과 부정, '밖'을 향한 동경과 '안'에 대한 미련 등이 뒤섞여 있고 80년대 중반 이래 두드러졌던 종교적 낭만주의도 어딘지 힘을 잃어가고 있다. 궁극적으로 판단한다면 나는 부정과 긍정이 상쟁하는 이 시집에서 부정보다는 긍정을 더 많이 느낀다. 다만 그 긍정이 어떤 긍정인가가 문제일 것이다. 양으로만 본다면 이 시집은 '바깥'을 향한 시인의 열망이 훨씬 강하게 드러나고 있다고 할 수 있다.

> 커피숍에 앉아, 기다리게 하는 사람에 지쳐 있을 때
> 바깥을 보니, 여기가 너무 비좁다.
> (…)
> 여기가 비좁다고 느껴질 때마다
> 히말라야 근처에까지 갔다가
> 산그늘이 잡아당기면 딸려들어가
> 영영 돌아오지 않는 여행자에 대해 생각한다.
>
> ─「等雨量線」

> 그해 겨울, 그 통유리창에 눈보라 몰려올 때
> 나, 깨당 벗고 달려나가
> 흰 벌떼 속에 사라지고 싶었다
>
> ─「유혹」

> 목욕탕에서 옷 벗을 때

더 벗고 싶은 무엇인가가 있다
나는 나에게서 느낀다
이것 아닌 다른 생으로 몸 바꾸는
환생을 꿈꾸는 오래된 배롱나무

―「너의 연못, 나의 요양원」

　이 바깥을 향한 열망은 이미 『나는 너다』 이래 10년도 더 넘어 해묵고 진부해질 대로 진부해진 것이기도 하지만 그만큼 일상화되고 구체화되어 있는 것이기도 하다. 그렇기 때문에 그것은 이미 열반이나 초월 따위의 종교적이고 관념적인 어떤 것이라기보다는 차라리 아주 구체적인 도피나 휴식에의 유혹에 가까워진다. 어디든 여기보다는 나을 테니 일단 가고 보자는 뉘앙스가 강한 것이다. 그는 구체적으로 피로하다. 안쪽에서의 삶에 어지간히 지친 것이다. 이 일상화된 구체적인 피로감은 거꾸로 '바깥'을 감싸던 어떤 엄숙성이나 신성성을 해체하고 그것을 하나의 진부한 낭만적 유토피아로 타락시킨다. 그것은 이를테면 '어서 여길 떠야지'라고 술만 마시면 주절이는 가난한 주정뱅이의 마음의 정처와도 같은 것이며, '어서 죽어야지'라고 말끝마다 되뇌는 노인들이 가고자 하는 '저승'과도 같은 곳이 된다. 그러나 그곳은 사실 갈 수 없는 곳이다.

어찌하겠는가, 깨달았을 때는
모든 것이 이미 늦었을 때
알지만 나갈 수 없는, 무궁의 검은 소가 운다

―「바깥에 대한 반가사유」

이번 생의 온갖 비밀을 빼돌려
내가 귀순하고 싶은 나라;

그렇지만 그 나라는
모든 것을 되돌릴 뿐
아무도 받아주지는 않는다

—「거대한 거울」

그곳에 가는 일은 죽음이나 그에 필적하는 댓가 혹은 매개를 요구하
기 때문이다.

그때, 이 세상은 문득 이 세상이 아닌 듯,
고요하고 한없이 나른하고 무궁과 닿아 있다
자살하고 싶은 한 극치를 순간 열어준 것이다

—「세상의 고요」

그거다
베란다에서 1미터만 걸어가면
아침마다 머리맡에는 15층이 있다

—「비닐 봉지 속의 금붕어」

'나'만 없으면 돼. '나'가 나한테 안 들어오면 돼.
완전하게 포기하면 돼.
바랑에서 손을 탁, 놓아버리는 거지.

—「밀」

결국 황지우의 '바깥'은 사실은 '안쪽'에 얽매여 도저히 떠날 수 없음
의 확인이자 알리바이가 되고 있는 것이다. 그리고 그것은 또한 '안쪽'
에 대한 도저한 긍정과 수용, 그리고 미련의 산물인 것이다.

내장사 가는 벚꽃길; 어쩌다 한순간
나타나는, 딴 세상 보이는 날은
우리, 여기서 쬐끔만 더 머물다 가자

—「여기서 더 머물다 가고 싶다」

이곳에서 쓴맛 단맛 다 보고
다시 떠날 때
오직 이 별에서만 초록빛과 사랑이 있음을
알고 간다면
이번 생에 감사할 일 아닌가

—「발작」

그렇다, 저 남쪽에는 나의 정원이 있다.
석양을 되받아 그 일대를 도금시키고 있는 연못;
나를 집어삼킨, 나의 필사적인 요양원.
나는 왜 그곳을 버리고 다시 떠나왔는가?
이미 성문은 닫혀 있고, 어쩌면
유토피아는 우리가 뒤에 두고 지나쳐왔는지도 모른다
그녀는 왜 한사코 근원으로 거슬러가고 있는가?
공항에서 그녀가 말했다: "이곳이 나를 뱉어낸 거야."
남대문에서 나는, 두고 온 저녁의 화엄정원을 생각했다.
그녀가 해발 4천 미터, 공중 호수로 들어갔을 때
다시는 내게 돌아올 수 없다는 걸 알고 있었다.
그녀가 말했다: "널 대신 살아주고 있는 자의 정체가 뭐야?"
"굶주림과 권태를 동시에 넘어선 곳;

난 거주할 수 있는 낙원을 찾고 있어"라고 나는 말했다.
넌 아직도 삶을 사랑하고 있어. 넌 겁쟁이야;
이게 그녀의 마지막 말이었다.

—「낮에 나온 별자리」

'굶주림과 권태를 넘어선 거주할 수 있는 낙원'은 안쪽에 있기도 힘들지만 바깥에서도 찾을 수 없다. 바깥은 굶주림과 권태는 넘어선 곳일지언정 거주하는 곳은 아니기 때문이다. 그러한 낙원을 찾는다는 것은 사실은 안쪽에 대해 타협하고 떠나는 것을 주저하며 이승에 대해 미련을 갖고 있다는 것이다. 그런데 나로서는 그것이 비겁해 보이지 않는다. 바깥으로 간들 어쩌잔 말인가. 혁명적 낭만주의에서 종교적 낭만주의로 전향했던 황지우, 이젠 그 종교적 낭만주의의 기도원에서도 몸을 뺀 것으로 보인다. 그건 내 취향에 맞는다. 그러면 이제 무엇이 남을까. 너절한 일상의 긍정? 쁘띠부르주아로 커다란 가죽부대를 편히 부리고 살기?

그러므로, 어느 날 나는 흐린 주점에 혼자 앉아 있을 것이다
완전히 늙어서 편안해진 가죽부대를 걸치고
등뒤로 시끄러운 잡담을 담담하게 들어주면서
먼 눈으로 술잔의 수위만을 아깝게 바라볼 것이다

문제는 그런 아름다운 폐인을 내 자신이
견딜 수 있는가,이리라

—「어느 날 나는 흐린 주점에 앉아 있을 거다」

현세에 대한 타협과 주저와 미련과 어물쩡한 긍정은 쁘띠들의 특기 항목들이다. 아마도 황지우는 이 '아름다운 폐인'을 얼마든지 견딜 수

있을 것이다. 견딜 수 없을 것 같으면 애초에 '아름다운'이라는 형용사
도 붙이지 않았으리라. 이 타협과 주저와 미련과 긍정은 자칫하면 구제
할 수 없는 반동(反動)의 길로 이어진다. 반면에 이 항목들이 없이는 아
무것도 할 수 없다. 오직 견딤으로써만 이길 수 있는 것이다. 이 경계에
서는가 그렇지 못하는가가 갈림이 된다. 황지우가 어떤지 명확하지는
않다. 하지만 나는 이런 것들에 주목한다.

> 그러나 설렘이 없는 그 어떤 삶도
> 나는 수락할 수 없었으므로 매일, 베란다 앞에 멀어져가는
> 다도해가 있다. 따가운 후두음을 남겨두고 나가는 배; 그대를
> 더 오래 사랑하기 위하여 그대를 지나쳐왔다. 격정 시대를
> 뚫고 나온 나에게 가장 견딜 수 없는 것은 지루한 것이었다.
>
> —「몹쓸 동정」

> 난, 난 하루종일 아무 일도 하지 않으면서
> 그러면서도 하루하루가 너무너무 절박한 거 있지.
> 누구는 감옥 가고 누구는 군대 가고, 누구는 절로 갔던가?
> 누구에게나 청춘은 한밤에 일어나 통곡하고 싶은 삶이지만,
> 청동으로 부은 옛 숲; 텅 빈 교정을 병정들이
> 근무 교대할 때 아테네史의 Y교수 혼자 시계탑 너머로,
> 주조된 1972년 10월 17일 흐린 하늘을 보고 있었다.
> 대리석탑 속에 잠들어 있던 이성은 그날 후로 여태
> 내 삶을 험난한 물결 위에 떠다니게 했달까.
> 미쳐버릴 수도 없고 달관할 수도 없었던 것이
> 다 그놈 때문이었지만, 인간이라는 것들에게 뭐를
> 더 기대할 수 없게 된 요즘 그래도 끝내

최소한도로 믿을 거라곤 그놈뿐 아닌가 하는데.
왜냐면 나에겐 그놈이 거의 없기 때문이다.
(…)
YS가 다시 계엄령을 선포했으니 어서 피하라
는 말을 들었을 때 나는 왜 그랬을까, 기뻤다
검은 개가 숲 위로 껑충껑충 뛰어 달려갔다.

—「청동 마로니에 숲」

약간은 구차한 듯하지만 이런 설렘, 절박함(또는 그것에 관한 기억이라도)이 아마도 그를 그저 주저앉지 않게 할 것이다라고 나는 믿고 싶다. 주저앉지 않는 건 어떻게 하는 건데? 하고 물을지 모른다. 그것은 일단은 유보하는 것이다. 아무것도 완결된 것으로, 끝난 것으로 받아들이지 않는 것이다. 자기를 불안 속에 비끄러매는 일이다. 그게 긍정과 부정의, 안과 밖의 경계에 서는 일이다. 왜냐하면 그와 나는, 우리는 그렇게 살게끔 역사적으로 운명지어졌기 때문이다. 우리는 아직, 당분간 더, 룸펜이어야 한다. 어쩌면 앞으로도 오랫동안.

3. 백무산

만국의 노동자여/동트는 미포만의 새벽을 딛고

내게 백무산은 타자였다. 내가 가지 못한 길이었고 내 생의 피안이었으며 내 생의 또다른 욕망을 향한 매개였다. 아마 그가 들으면 웃을 것이다. 그리고 이 말을 과거형으로 하고 있는 나 자신도 씁쓸한 미소를 머금는다. 그는 노동자이다. 그는 새로운 역사, 새로운 세계의 근원적 담지자라고 불렸던 무산계급, 프롤레타리아이다. 나는 오랫동안 노동계급을 일컬어 소외계층이라 부르면 정색을 했다. 소외라니 그들은 오히려 우리들을 소외로부터 해방시켜줄 해방자집단이었다.

지금 백무산의 첫시집 『만국의 노동자여』와 두번째 시집 『동트는 미포만의 새벽을 딛고』가 지닌 차이를 말하는 것은 무의미하다. 전자는 경향성, 후자는 당파성 운운할 수 있겠지만 지금 돌아보면 그 차이란 아주 미세한 것이다. 노동운동이 총체적 변혁운동의 헤게모니를 쥐지 못하고 그저 아직 충분한 합의에도 이르지 못한 장기적인 변혁 프로그램의 한 역할단위로 주저앉게 된 지금, 당파성은 난센스가 되어버렸다. 그처럼 지나간 80년대에는 '하나의' 역사이고 이 시집들은 그 역사에 대한 '하나의' 기록이 되었다. 이 두 권의 시집이 지닌 가장 큰 특징은 백무산이라는 한 개인의 부재 혹은 의도된 소거에 있다. 백무산이라는 개인의 사적 영역은 마지막 한 부분까지 공적인 것에 자리를 내주고 그럼으로써 비로소 노동자 백무산은 안심한다. 공적으로 전화되지 않는 개성은 하나의 장애이거나 버려야 할 잔재 같은 것이 된다. 나는 지금 이 노동자집단의 대표단수 백무산이 어떻게 과연 나중에 『인간의 시간』과 『길은 광야의 것이다』를 쓴 개인 백무산이 될 수 있었는가를 알고 싶었지만 불행히도 이 첫 두 권의 시집은 그가 일찍부터 시를 능숙하게 다룰 줄 알았다는 것 외엔 거의 아무런 단서도 주지 못하고 있다.

니, 돌이 아이가, 니, 돌이 맞제
거듭 내 이름을 부르던
어릴 적 개고개 마을 깜부기 녀석
새 공책을 살 때쯤엔
지우개로 죄다 지워서 쓰고
어둔 길, **빡빡**머리에도 김이 오른 새벽
신문배달 길에서도 마주치더니

중학교를 못다 졸업하고
무슨 탈곡기 공장엘 갔다더니
공사장에서 이렇게 만날 줄이야
조용히 나를 지켜주기만 하던 고향 같은 녀석
벌써 부르르 떨어쌓는 막걸리잔 잡은 손에
불거져나온 핏줄을 바라보면
이렇게 아픈 그리움도 있는 것인가
니, 고향에 언제 가봤더노
강가에도 가봤더나, 강이 말라뿟제?
그래, 이제는 고인 물마다 백태 낀 하늘만 그득하더라
그래, 우리의 흐르던 꿈들이 갈라터진 지 오래더라
새삼 낡은 기억의 슬픔이 일었지만
마지막 우리가 팔아서 밥 바꿔야 할
그 팔뚝을 겨우 서른 나이에 벌써
덜덜 떨어쌓는데
살아온 얘기를 해서 무엇에 쓰겠는가

—「공사장에서 만난 고향친구」

　가난뿐이었던 고향 이야기로 특히 개인적이랄 것도 없는 우리 노동자들의 일반적인 개인사의 표백이지만 이 정도가 시인 백무산의 전사(前史)에 해당될 만한 유일한 부분이다. 노동운동과 노동문학에서의 개인의 증발, 이것은 비난받아야 했던 일은 아닐지 모르나 불행했던 일이다.

　그것은 모든 노동자가 투철한 계급의식으로 무장되어야 하며 이를 위해 사적 주체는 끝없이 공적 집단의 주체로 환원되고 개인의 시각은 부단히 집단의 시각에 의해 교정되어야 하는 것이 혁명적 노동운동의 원칙이던 시절의 일이었다. 하지만 이제 그런 일은 있어서는 안된다. 계

급의식을 함양하는 일, 집단적 함의를 내면화하는 일이 곧 개인을 철폐
하는 일은 아닐 것이다.

특히 노동운동이 새로운 인간을 이 세계의 대안으로 제시하는 일이
고 노동문학이 그 새로운 인간을 발견하는 일이라면 각 개인 속에 들어
있는 새로운 개성적 인간의 싹은 존중되고 그가 드러내는 차이는 높이
평가되어야 한다. 이미 존재하는 교조에 살아 있는 인간을 두드려맞추
는 프로크루스테스적 태도에 근거한 어떤 운동도 어떤 문학도 단지 파
시즘의 복제이자 연장이 될 뿐이다.

어쨌든 이러한 집단적 환원에 의해 이념화된 노동자계급의 모습, 그
들의 고난, 그들의 투쟁, 그들의 승리, 그들의 위대함은 나를 포함한 80
년대 지식인들에게는 하나의 절대적 이미지가 되었다. 백무산은 박노해
와 함께 그 이미지를 생산하는 탁월한 예술가였고 그들의 시집들은 그
이미지의 교과서였다. 그러나 고백하건대 나는 불행히도 그 이미지를
내면화하는 데 실패했고, 90년대 들어서 당대의 변혁운동으로부터 정
신적으로 탈주해간 나의 행로는 일찌감치 예비된 것이었다. 그것은 욕
망을 담지한 자아를 끝내 포기하지 못한 내 개인주의의 결과이고 달리
말하면 내가 속한 계급이 본능적으로 지니고 있던 비열한 기회주의적
감각의 결과였을 것이다.

인간의 시간

'노동자' 시인 백무산이 6년 만에 노동자 '시인' 백무산이 되어 문득
시집 한 권을 들고 돌아왔다. 그 6년의 시간 동안 그가 겪었을 고통스러
운 삶과 차마 무어라 표현하기도 힘들 번민을 두고 '노동자' 시인―노
동자 '시인' 운운하는 수사학적 희롱을 벌이는 것은 옳지 않은지도 모
른다. 하지만 달리 적당한 표현이 찾아지지 않는 것도 어쩔 수 없는 일
이다. 그리고 이 어정쩡함은 한편으로는 백무산 자신의 탓이기도 하다.

이 시집에는 중공업 노동자 백무산, 사노맹의 혁명전위 백무산도 일부
남아 있고 그 기억을 되살리려 애쓰는 백무산도 들어 있다. 이 놀라운
다성성(多聲性)! 앞서의 두 시집이 지닌 한치의 빈틈도 없는 단성성(單
聲性)과 비교할 때 이 다성적 세계는 참으로 깊고 넓은 진폭을 지닌다.
이 모든 백무산이 하나의 백무산이라는 사실 앞에서 나는 지난 20년의
시간이 지닌 파괴와 창조의 두 얼굴을 본다.

> 자본가!
> 세계의 모든 도덕과 질서를 파괴하고
> 또다른 질서를 창조한 계급
>
> 자연을 개조하고 한 역사를 개조하고
> 이윤을 위해 인간의 시간을
> 이윤의 시간으로 전환해버리는 힘의 소유자
>
> (…)
>
> 살아 있는 인간의 시간을 되돌려달라
> 우리도 살고 싶다 아 우리도 인간답게 살고 싶다
>
> ──「서시──생존의 전쟁」

> 줄잡아 그의 재산이 5조원을 넘는단다
> 그 돈은 일년에 천만원 받는 노동자
> 50만년 치에 해당한다
> 한 인간이 한 세대에
> 50만년이라는 인간의 시간을 착취했다

50만년!

(…)

우리들의 투쟁이 돈이 아니라 돈으로 왜곡된 시간이 아니라
인간의 시간을 인생의 세월을 되찾는다는 것을
틀림없이 확인해야 한다
자신의 인생과도 싸워야 한다

—「자본론」

대지의 시간은 인간의 시간을 거역한다
소모와 죽음의 행로를 걸어온,
날로 썩어가고 황무지만 진전시켜온
죽은 시간을 전복시킨다

—「인간의 시간」

백무산의 변화는 시간관에서 우선 나타난다. 이윤의 시간에서 인간의 시간으로 다시 인간의 시간에서 대지의 시간으로 그의 시간관은 변한다. 첫번째 인용한 시는 『동트는 미포만의 새벽을 딛고』의 서시로서 이윤의 시간의 폐절과 인간의 시간의 복원을 직설적으로 주장한다. 두번째 시는 같은 맥락이지만 "자신의 인생과도 싸워야 한다"는 부분이 눈에 띈다. 투쟁의 전선을 노동자 개인에게까지 넓히고 있다. 세번째 시는 인간의 시간까지도 폐절해야 한다고 말하고 있다. 그것은 우주의 시간이고 가이아의 시간의 회복을 뜻한다. 여기서 백무산의 세계인식은 생명론적 구경(究境)에 이르고 있다.
　또하나의 변화는 순간과 영원, 부분과 전체, 인간과 세계에 대한 존

재론적 인식의 차원에서 온다.

저것이 저리 하찮은 게 아니라
천지가 저리도 크다
우리가 살다 가는 곳이 티끌보다 작고 짧으나
그것도 한 세상 천지의 조각도 천지

마음의 넓은 자리에 올라서 보면
삶이나 역사나 인간의 능력이 저리 하찮다
그러나 처음 내려다본 사람이 아니라면
영원의 조각도 영원이라는 것을 알리라

—「숲으로 간다」

너와 나의 관계에도
아침에 먹은 밥상 위에도
국가의 질서가 고스란히 박혀 있다
지배와 착취의 질서가 고스란히 박혀 있다
부분이라고 전체보다 작은 것이 아니다
우리가 온몸으로 살아야 하는
이유 또한 여기에 있다

우리가 온몸으로 거부해야 할 것은
내 안에도 있다 항시 있다
더 이상 밖으로 책임을 떠넘기지 마라
이 손바닥 위에도 있다

—「모든 것이 전부인 이유」

천지의 조각도 천지고 영원의 조각도 영원이라는 인식, 전체가 곧 부분이고 부분이 곧 전체라는 인식은 새로운 것은 아니지만 백무산에게는 새롭게 발견되고 있다. 그것은 세계와 인간의 쌍방향성에 대한 인식이다. 이전까지 백무산이 받아들였던 세계상은 우주로부터 인간에 이르기까지 수미일관하게 체계화되고 위계화된 세계상이었을 것이다. 거기서 인간은 그 위계체제의 가장 아랫부분에 있는 한 부분일 뿐, 전체로 인식될 수 없었다. 그런데 지금은 이러한 역전이 일어나고 있다.

앞의 시와 뒤의 시가 강조점은 다르지만 그처럼 변화된 세계상을 말하고 있다는 점에서는 같다. 이 발견은 하찮고 보잘것없는 인간의 존재론적 크기를 확장하고 그 확장된 인간의 세계에 대한 능동적 역할의 여지를 보장한다는 점에서 그의 80년대 반성이 가닿은 중요한 지점이라고 할 수 있다. 하지만 거기에는 주관적 관념론이 틈입할 여지가 없지 않다. 인간 주체의 존재론적 확장은 인식론적 확장을 불러오고 이는 관념론으로 이어지기 쉬운 것이다. 황지우에게도 두드러지게 나타났던 불교적 인식론이 그것이다.

마음이 세상을 지시하고
입으로 마음을 발설하고서는
그 족쇄에 갇혀 움직이지 못한다
늪이 목까지 차올라온 마음이여
발설하기 두려운 마음이여
천지간 미치지 못할 곳 없는
허공보다 가벼운 마음이
태산보다 무겁구나

—「마음을 살해하다」

내가 담긴 풍경을 내가 어떻게 보나
오른발이 오른발을 어떻게 밟나
그렇게 흘러가야 했는데
내가 없어질 때까지
나 아닌 것이 없을 때까지

—「물」

비울 건 몸밖에 없는데
마음이야 무슨 수로 비우나
쌓이는 먼지 어찌 다 닦나
몸을 비우려네
내 몸 투명해져 밖을 보려 하네

—「몸」

　사실 마음이 모든 고통과 번민의 근원이므로 마음을 죽여야 한다는, 집착을 없애야 한다는 불교적 인식론은 관념으로 관념을 제압한다는 측면이 있다. 그리고 이는 80년대 백무산이 빠졌던 객관을 가장한 지독한 관념론을 극복하기 위한 방법론으로서 일정하게 의미를 가질 수 있다고 생각한다. 하지만 관념론은 관념론! 마음을 죽인 마음은 또 어떻게 할 것인가. 나를 지운 나는 또 어떻게 할 것인가. 그것으로는 결코 실패한 혁명을, 아니 아직 제대로 시작도 하지 못한 혁명을 구원할 수 없다.
　나는 이 불교적 경사까지 포함하여 이 시집에서 울려퍼지는 인간과 세계에 대한 때로는 상충되고 때로는 앞서거니 뒤서거니 부딪치는 목소리들의 교향과 불협화가 지닌 진정성에 전율적 감동을 느꼈다. 그것은 개인 백무산의 폭과 깊이의 소산이기도 하지만 지난 80, 90년대를 방황해온 우리 노동자계급의 폭과 깊이의 소산이기도 하다. 하지만 이 다성적 울림은 언젠가는 정리되어야 할 것이다. 나는 바로 이 시에서 그 정리의 방향을 볼 수 있었다.

누가 이런 길 내었나
가던 길 끊겼네
무슨 사태 일었나 가파른
벼랑에 목이 잘린 길 하나 걸렸네

옛길 버리고 왔건만
새 길 끊겼네

날은 지고
울던 새도 울음 끊겼네

바람은 수직으로 솟아 불고
별들도 발 아래 지네

길을 가는 데도 걷는 법이 있는 것
지난 길 다 버린 뒤의 경계

아, 나 이제 경계에 서려네
칼날 같은 경계에 서려네

나아가지 못하나 머물지도 못하는 곳

아스라히 허공에 손을 뻗네
나 이제 모든 경계에 서네

—「경계」

　죄악은 모두 과잉에서 온다. 죄악은 모두 경계의 이탈에서 온다. 이것이 지나간 80,90년대가 남긴 가장 큰 교훈 아닐까. 확정된 것이 없다면, 모든 확정적인 것들이 사기에 불과하다면 가장 바른 자세는 경계에 서는 일이다. 이 시 한 편으로도 나는 백무산이 80년대를 올바르게 빠져나왔다고 생각한다. 여기에 "마음속 황폐한 흙 한줌"(「흙 한줌」) 뜨겁게 쥐어보는 식지 않는 단심, 세상에 없는 "피 한 방울 헛되이 살지 않은 사람"(「매화」)에 대한 그리움, "볕과 땀과 피곤으로 나뭇등걸처럼 거칠어진 몸으로/한 그루 열 그루 백 그루 사람들이 지나간다/멀리 푸른 숲을 이룬다 새들이 난다"(「플라타너스」)고 생각하는 아름다운 연대감을 더한다면 80년대가 다 실패로 돌아갔다고 한들 무엇이 아까울까.

길은 광야의 것이다

백무산은 『만국의 노동자여』에서부터 얼마나 멀리 왔는가?

공장문을 나서면서 만나는 모든 쇠붙이에서
우리의 가난과 살이 섞인 쇠붙이에서
에밀레 종소리가 난다
악쓰며 울부짖는 에밀레 종소리가 난다

—「에밀레 종소리」

종 하나 만드는데
아이를 집어넣다니

그러나 수천 수만의
아이를 넣어야 하리

정성도 정성이거니와
지극한 마음 하나
아이 같은 마음 하나
모태를 그리워하는 간절한 마음 하나

어머니를 향하는 소리
모태를 비추는 울림
태어나기 이전 모태 이전
그 이전의 이전에
사무치는 소리

—「에밀레」

　「에밀레 종소리」는 『만국의 노동자여』에 실린 시이고 「에밀레」는
『길은 광야의 것이다』에 실린 시이다. 후자가 근원에 대한 사무침이자
발원을 담고 있다면 전자는 세상의 모든 것으로 화육한 착취당한 노동
에 대해 절규하고 있다. 둘다 사무침이긴 마찬가지지만, 내겐 아무래도
착취당한 노동자의 사무침이 더 절실하게 들린다. 아무래도 근원을 향
한 사무침에는 실감이 부족하다. 백무산의 세번째 시집이 보여주는 한
단면이다.
　이 시집은 『인간의 시간』에 비해 다성성이 현저하게 줄어들어 있다.
지나간 시대에 대한 미련과 집착, 엄존하는 착취와 수탈에 대한 분노의
결기가 남아 있지 않은 것은 아니지만 『인간의 시간』에서 이미 시작한

바 있는 '비우는 일'이 이 시집에서는 가장 많은 편수를 차지하고 있다. 그에게 그만큼 비워내야만 할 훼손된 안쪽이 많다는 말이 될 것이다. 그 다음엔 좀더 불교적 관점이 강화된 세계와 우주에 대한 존재론이 또한 많은 부분을 차지하고 있다. 그리고 또하나 그가 이 시집에서 가장 역점을 두고 있는 것은 '인간의 시간' 대 '대지의 시간'이라는 앞 시집의 주제를 좀더 확대하고 무게를 싣는 일이다. 이 일 역시 시간과 역사의 차원에서 경계를 지우고 안팎을 지우고 집착을 벗는 일에 속하는 일인만큼 이 시집은 두드러지게 단성화하고 있다고 보아야 한다. 그것은 백무산이 '비우는 것'에 대한 강박으로부터 나름대로 하나의 사상을 의식적으로 이끌어내고 있음을 보여준다. 그 사상, 길의 사상에 대적하는 대지의 사상이라 이름붙여도 좋을지 모르겠다.

그러나 과거를 남기지 말아라
이제는 저 모든 사라짐의 쓸쓸한 긴장도
현재가 되게 하라
생존과 현재는 저 허망의 거리까지
확장하라
인생은 길이 아니라 광장에서
다시 시작된다
생애는 시간이 아니라 바다에서
다시 출렁거리게 하라

—「참을 수 없는 또 한 시대가」

옷도 벗지 않고
다리도 걷지 않고
흠뻑 젖어버릴 것이다

건너는 일은 더이상
내게 목적이 아니다

—「젖어서 갈 길을」

발굽만큼 남은 땅을 길이라 하는 거냐
말이 유기물인 만큼 길은 연속적이다
밟지 않은 곳
남겨진 그곳
풀이 자라고 꽃이 피고 지는 곳은
그곳인데

—「살아 있는 길」

그러므로 인간을 존재가 아니라 '어떤 상태'라고 나는 믿습니다.
그러므로 인간은 실체가 아니라 '어떤 종류의 성질'이라고 나는 믿
습니다. '상태'와 '성질'이 촉감할 수 있는 그림자를 만들 뿐이라고
나는 믿습니다. 그러므로 인간에게 부여된 모든 것은 자유의 영역
입니다. 끝없는 대지입니다.

—「겨울 조정환」

길이란 길은 광야 위에 있다
길 위에 머물지도 말고 길 밖에 서지도 말라
길이란 길은 광야의 것이다
삶이란 흐르는 길 위의 흔적이 아니다
일렁이어라 허공 가운데
끝없이 일렁이어라 다시 저 광야의
끝자락에서 푸른 파도처럼 일어서는

길을 보리라

—「길은 광야의 것이다」

모든 것을 현재화하기, 길 대신 광장을, 시간 대신 바다를 대입하여 과거—현재—미래라는 시간축을 해체하기, 건너지 않고 머물러 젖기, 가지 않고 머물러 꽃피우기, 존재나 실체로서가 아니라 상태나 성질로서 대지와 하나되기, 직선적 삶에서 평면적 삶으로 바꾸어 살기…… 이것은 삶을 역사로부터 해방시키려는 시도이다. 역사라는 말 자체가 하나의 목적성을 내장하는 말이거니와 공간적으로 시작과 끝의 개념을 가진 길이라는 개념, 목적점을 가진 과거—현재—미래라는 시간축, 자연 혹은 우주와 대립하여 움직이는 존재나 실체 모두 목적성을 지닌 개념이라는 점에서는 마찬가지다. 그는 이것을 해체하고자 한다. 그것은 역사로부터의 해탈이고 시간으로부터의 초월이다.

이를 보면 목적론적 역사의식의 극치라고 할 수 있는 80년대의 노동해방사상에 의해 그가 얼마나 많은 상처를 입었는지, 그리하여 그가 마침내 자신에게 들씌워진 프롤레타리아라는 역사의 굴레를 얼마나 벗어버리고 싶어했는지 알 수 있을 것 같다. 그러나 미안하지만 나는 이 대지의 사상을 받아들일 수 없다. 그건 내 길은 아니다. 그리고 아무리 생각해도 저주받은 무산자의 계관시인 백무산이 가야 할 길도 아니다. 내가 지금 이 대지의 사상으로부터 보고 있는 것은 희망이 아니라 상처다, 상처에는 칼을 대야 하지 주문을 외워서는 안된다. 상처는 여기 이렇게 아직도 고통스럽게 입을 벌리고 있지 않은가.

아, 그러나 미쳐버린
우리들 생애가 저기 있다
비릿한 우리들 삶이

질척한 곳에 폐기 처분된 금지된 희망들이
눈물과 콧물과 똥물로 얼룩진 우리들 사랑이
연민도 성냄도 집착도 욕망도 모두
껴안고 가야 할 먼길이 있다

—「예감」

오, 그리움의 천지여
아무리 발버둥쳐도 한발자국 내딛지 못하는
죽은 관념의 덫에 걸려 사는 나여
못내, 그리움의 천지여

—「눈이 왔네」

아직은 저 밖에 있으나
저 떨리는 손에 있으나
일하는 자의 거친 손에 있으나
아직 피어나지 못하고 있으나
더디게 오더라도 바쁘고 급하더라도

—「저 떨리는 손에」

4. 황폐한 시대를 함께 이기는 법

이렇게 황지우, 백무산 두 시인의 시적 이력을 따라가보았다. 거칢을
무릅쓰고 낭만성이라는 기준을 중심으로 간단히 정리를 해보자. 황지우
가 걸어간 길은 80년대 초반의 정치적 낭만주의의 길에서 중반 이후의
종교적 낭만주의를 거쳐 90년대에 들면 낭만성의 형해화와 일상의 긍

정으로 이어지고 있다. 반면 백무산의 경우는 80년대 후반의 혁명적이고 집단적 낭만주의에서 90년대 중반 이후의 종교적 낭만주의와 그 사상적 승화로 이어지고 있다.

서로 차이는 있지만 이 두 사람이 공히 지녔던 정치적 낭만주의가 종교적 낭만주의로 변질되는 데에는 1987년을 계기로 이루어진, 민주주의 실현과 사회변혁과정에서의 민중적 헤게모니의 상실과 그것의 지배 블록으로의 전이라는 역사적 계기가 가장 큰 역할을 한다. 룸펜적 조건으로 인해 변혁운동에의 지속적 실천적 참여라는 점에서 상대적으로 느슨했던 황지우에게 이러한 변화가 피로감이라는 형태로 먼저 감지되었다면, 1987년 이후 뒤늦게 조직화 집단화할 수 있었던 노동자계급의 일원이었던 백무산의 경우 80년대 말 객관적 조건을 초월한 전위주의적 노동자 조직운동에 참여하면서 그 감지가 몇년쯤 늦었을 뿐이다.

그런데, 그들은 왜 종교적 낭만주의로, 구체적으로는 불교적 낭만주의로 갔을까? 그것은 불교적 사유가 주체의 부정을 가장 큰 특징으로 하기 때문일 것이다. 이들이 80년대를 보내며 가졌던 가장 큰 고통은 주체에 과도하게 부과된 짐으로부터 온 것이라고 할 수 있다. 그 짐은 물론 과잉증폭된 욕망의 다른 이름이다. 이들은 주체의 부정을 통해 이 짐을 벗고자 했을 것이다. 다만 90년대를 보내면서 황지우에겐 이 불교적 낭만주의가 일상성의 힘에 의해 점차 형해화하는 경향을 보이게 되고 거꾸로 백무산에게는 사상적 차원으로까지 승화되어간다는 차이가 있다. 이 갈림은 어디서 오며 그것은 또 어떻게 평가될 수 있을까.

나르시시즘이 유달리 강한 황지우가 자기 주체를 완전히 부정하는 일은 사실 있을 수 없다. 차라리 그의 불교적 낭만주의는 자기 주체에게 부과된 하중을 견디어나가기 위한 하나의 방법적 선택의 결과라고 할 수 있다. 게다가 유동적이고 비조직적인 그의 룸펜적 존재조건이 주체의 하중을 적절하게 분산시켜줌으로써 그러한 불교적 지향성이 종교적 도그마로 굳어지지 않을 수 있었던 것이다. 그가 서울에서 광주로 담양으로 전전한 것, 그리고 상당기간 일정한 직업 없이 사회적으로 불확정적인 존재조건 속에서 유동한 것은 일종의 완충재(緩衝材)처럼 서서히 주체의 하중을 줄여주었고 도그마적 경직화를 막아주었다. 나는 바로 이 지점에서 영원한 80년대 시인으로서의 황지우의 앞날이 갈리게 된다고 생각한다.

그는 지금 분명히 안과 밖의 갈등에서 놓여난 것으로 보인다. 그것은 종교적 미망으로부터의 해방이라고 해도 좋다. 대신 그 자리엔 90년대적, 아니 2000년대적 일상성이 가득 밀려들 것이다. 여기서 다시 작동되어야 할 것이 아마도 지금까지도 그가 결코 버리지 않고 있을 정치적 낭만주의이다. 물론 다시 그때의 비극성까지 요구하는 것은 시대착오일 것이다. 현재 눈앞에 전개되는 무한한 일상성의 늪 속에 예리한 정치적 낭만주의의 상상력과 그 특유의 유격적 감수성을 가지고 현실주의적으로 귀환하는 것, 나는 그것이 황지우가 갈 길이라고 생각한다.

백무산의 불교적 낭만주의는 그 부정성에 있어서 황지우의 그것보다 훨씬 강하다. 그가 받았던 주체의 하중이 황지우에 비해서 그만큼 전면적인 것이었기 때문이다. 그리고 그런 만큼 도그마화할 가능성도 높다. 『길은 광야의 것이다』에까지도 지배적인 정서로 남아 있는 비장감은 지금 그의 시의 미학적 성공을 보증하고 있지만 성급한 도그마에의 집착으로 전화되기 쉬운 것이기도 하다. 하나의 빈틈없이 짜여진 사상체계로부터 빠져나오는 일이 다시 그만한 질량과 체계의 사상을 요구하게 되는 경우는 이미 드문 일이 아니다. 김지하와 박노해가 그렇지 않은가. 내가 보기에 지금 백무산 역시 이러한 위기에 빠져들고 있는 것으로 보인다. 그리고 고립은 이것을 더욱 재촉한다. 힘들겠지만 나는 그가 다시 시정(市井)으로 나오게 되기를 기대한다. 과거의 노동자 동지들에게 필요한 것은 그럴듯한 한다발의 사상이 아니라 이 폐허에서 견디고 살아

남는 누군가의 아름다운 모습이 아닐까.

그러면 이제 내 차례다. 이 두 시인과 비교한다면 나는 주체의 부정으로서가 아니라 주체의 강화를 통해 90년대를 견디고자 했다는 점이 다르다. 그것은 아마도 이들처럼 부정해버리고 싶을 정도로 주체를 끔찍하게 여기게 되는 지경에까지 추락해보지 못한 때문일 것이다. 그러나 이들이 시를 쓰지 못했던 것과 마찬가지로 나도 거의 7년이 넘도록 본업인 비평을 손대지 못했다. 그동안 나는 대학원에 적을 두고 발표되지 않는 글들을 썼다. 그동안 석사학위논문의 테마였던 김수영이 주체를 강화하고자 하는 내 열망의 대리자가 되어주었다. 나는 김수영이 그랬듯 이 황폐한 세월을 견디기 위해 모든 문제를 주체의 문제로 환원시키는 방법을 택했다. 자연히 양심과 의지가 늘 주제가 되었다. 그것이 어느 만큼 내면적으로 체화되었는지는 알 수 없다. 하지만 다행히 80년대가 내게 부여했던 일들을 상기하고 다시 그 일들에 매달릴 엄두를 낼 수 있을 만큼은 된 것 같다.

화염 같던 80년대와 막막한 물속 같던 90년대, 우리는 혁명을 꿈꾸었지만 그것을 이루지 못하고 추락했다. 에게해로 떨어진 이카로스처럼. 하지만 그 기억들은 살아서 제 몫을 요구한다. 그 기억들은 이미 마치 몸 그 자체처럼 어떻게 분리해낼 수도 없게 되었다. 여기 남고자 해도 끌어안고 남아야 하고 초월하고자 해도 부여안고 초월해야 한다. 이미 살아버렸지만 그것 없이는 앞으로도 살 수 없게 되었다. 나는 황지우와 백무산의 생애의 시들 속에서 그들 역시 이 덫에 걸려 살고 있음을 읽을 수 있었다. 그것은 그들의 숙제이고 운명이며 필연이다. 이 글이 황지우와 백무산이 자신들의 삶의 숙제를 푸는 데 도움이 될 수 있을까. 그리고 내 경우에도? 그럴 수 있게 되기를 바란다. 무엇보다 우리는 같은 병을 앓고 있는 환우들이다. 그것은 지나간 80, 90년대의 20년에 걸친 우리 역사의 행로가 우리에게 주고 간 못된 선물이다. 그렇기 때문에 우리는 서로 다른 삶의 조건 속에서도 수시로 비슷한 문제들에 직면해왔다. 그것은 끔찍한 일이었다. 하지만 그것은 뒤집어 말하면 함께 그 문제를 해결할 수 있다는 뜻도 된다. 서로 기대는 일이 정말 기쁜 일이 되면 좋겠다. 사랑도 연대도 거기서 출발하는 것 아닌가.

—「문예중앙」 1999년 가을호

이원수의 해방기 동시에 관하여

1. 머리말

이원수(李元壽)는 열다섯살 소년시절에, 이제는 우리 겨레가 가장 즐겨부르는 노래 중의 하나가 되어버린 「고향의 봄」을 지은 이래 50년 이상 수많은 동시, 동화, 소년소설, 아동문학평론을 남긴 한국아동문학사의 거목이라고 할 수 있다. 아직 그의 작품세계 전반을 본격적으로 고찰한 연구성과가 제출되지 못하고 있는 실정이기는 하지만[1] 그의 문학사

---

1) 1984년 그의 전집이 30권에 이르는 방대한 규모로 출간되어 그에 관한 연구가 한층 용이해졌음에도 불구하고 연구성과는 아직 빈약한 편이다. 이는 아동문학에 대한 전반적인 무관심과 무지가 미만한 우리의 문학연구풍토에서 기인하는 것으로 보인다. 그나마 제출된 연구성과들도 그의 작품세계 전반을 다룬 것은 없고 장르별로 나누어져 산발적으로 이루어졌을 뿐이다. 참고로 그간의 연구성과를 소개하면 다음과 같다. 이종기 「이원수론」, 『햇불』 1969. 2; 박홍근 「희유의 문재─고 이원수선생의 문학과 인간」, 『월간문학』 1981. 4; 김용성 「이원수」, 『한국현대문학사탐방』, 현암사 1984; 채찬석 「이원수 동화연구」, 숭실대 1986; 김용순 「이원수 시연구」 성신여대 교육대학원 석사학위논문, 1988; 공재동 「이원수 동시연구」, 동아대 교육대학원 석사학위논문, 1990; 仲村 修 「이원수 동화·소년소설연구」, 인하대 석사학위논문, 1993; 원종찬 「이원수의 현실주의 아동문학」, 『인하어문연

적 위치는 일단 다음과 같이 정리되고 있다.

첫째, 그는 저항적 현실주의 동요·동시 창작에 선구적 공적을 남
겼으며, 해방 뒤 평론부재의 아동문학계에서 계속 평필을 잡음으로
써 아동문학을 옹호하고 아동문학의 기초이론을 확립하는 데 크게
공헌했다.

둘째, 그는 동화와 아동소설 부문에 있어서도 최초의 본격적 소설
수법을 도입하여 고발적 사실주의문학을 확립하는 데 큰 기여를 했다.

셋째, 그의 작품은 언제나 어둡고 짓눌리고 가난한 약자 편에 서서
전개됨으로써 비판적 리얼리즘 아동문학에 입각한 하나의 방향을 제
시했다.

넷째, 그는 작품과 평론을 통하여 비시적·비문학적 아동문학과 통
속적 상업주의 아동문학 및 교육적 아동문학에 맞섬으로써 이 땅에
현실주의 아동문학을 토착시키는 데 다대한 기여를 하였다.[2]

이처럼 동시·동화·동극·소설·비평을 아우르는 아동문학 전분야에
걸쳐져 있는 그의 방대한 문학세계는 한국아동문학사에 있어서 민족문
학적·리얼리즘적 전통을 지탱해왔다는 점에서 좀더 적극적인 관심과
평가를 요한다고 할 수 있다.

이 글은 이원수의 해방기(1945. 8. 15∼1950. 6. 25) 동시를 다룬다. 이
역시 이원수 문학의 총체적 평가와는 거리가 먼 것이지만 특정시기의
작품들을 집중적으로 고찰하는 것도 이원수 문학세계의 핵심에 어느정
도 근접하는 길이 될 수 있을 것이다. 흔히 이원수의 작가적 생애에서

구」창간호, 1994; 김성규「이원수의 동시에 나타난 공간구조연구」, 한국교원대 석사학위
논문, 1995; 조은숙「이원수의 동화『숲 속 나라』연구」, 고려대 석사학위논문, 1996.
2) 이재철『한국현대아동문학사』, 일지사 1978, 234면.

이 해방기를 '산문으로의 전환기'[3]로 본다. 해방 전 18~19세 무렵에도 「어여쁜 금방울」「은반지」 등 동화를 창작한 바는 있지만 습작 수준을 넘지 못했고, 그의 본령은 의연 동시였다. 그러던 것이 해방을 맞고 3년 정도를 보낸 후, 소년소설 「새로운 길」(1948), 「눈뜨는 시절」(1948), 자전적 장편소설 『5월의 노래』(1949)와 한국 최초의 장편동화인 『숲 속 나라』(1949) 등의 문제작을 발표하기 시작했다. 이러한 전환에 대해 중촌 수는 "좌우익의 정치적 대립을 정점으로 한 격동기의 사회와 아이들의 모습을 그리기 위해서는 운문만으로는 부족하다고 생각했기 때문"[4]이라고 했으며 이재철은 이를 다음과 같이 이원수 문학의 좀더 결정적인 전환으로 보고 있다.

그의 작품 계보를 보면 해방 전에는 동요·동시가 절대로 우세한 반면에 해방 후에는 동화·아동소설이 각각 작품활동의 주류를 이루고 있음을 알 수 있다. 이것은 그의 작품활동의 변모를 잘 말해주고 있는데, 이것을 요약하면 율동적이며 감각적인 것에서 사실적이며 자유로운 형식에로의 변모이며, 식민지하의 감상적·저항적 문학에서 예술적·산문적 문학으로의 전이라고 할 수 있다.

이러한 변모는 해방 후, 특히 6·25를 전후한 각박한 현실에 의해 더욱 자극되어, 문제의식 속에서 사회에 대한 비판의 눈초리를 떼지 않고 있던 그로서는 당연한 귀결이었는지 모른다. 다시 말하면 이 시대의 아동은 동요나 동시가 주는 순간적인 감동만으로는 자신들이 가진 너무나 비참한 환경과 살벌한 현실과의 접촉에서 오는 정서적 불행을 메울 수 없었기 때문이기도 했다.[5]

---

3) 중촌 수, 앞의 글 21면.
4) 같은 글 22면.
5) 이재철, 앞의 책 227~28면.

운문과 산문, 시와 소설 간의 이른바 장르선택이론에 비추어볼 때, 이런 평가는 설득력을 가진다. 운문, 특히 서정시가 정서의 무시간적이고 일회적인, 그리고 다분히 상징적인 표현이라 한다면 그것이 비참한 시대를 살아가는 어린이들에게 줄 수 있는 것은 '순간적인 감동' 이상일 수는 없을 것이다. 반면 산문, 특히 소설은 현실적인 시간의 진행을 축으로 하는 서사양식으로서 '순간적인 감동'을 넘어서 인생과 세계의 필연적 인과관계와 그 전망까지도 보여줄 수 있으므로 그 교양적 의의와 효과가 훨씬 크다고 할 수 있다. 그리고 국권상실이라는 상황이 폭력적 식민지체제에서는 산문적으로 설명될 수 있는 것이 아니라 시적으로, 상징적으로 표현될 수밖에 없는 것이라는 점도 일제하에서 이원수가 운문을 택했던 주요한 이유로 작용했을 것이며 해방기 이후는 어쨌든 이러한 극한적 상황적 제약이 약화되어 서사양식으로서의 소설을 창작하고 널리 읽히는 일이 좀더 용이해졌다는 점도 이 '전환'을 가능하게 한 요인일 것이다.

하지만 이원수에게 있어서 이러한 '산문으로의 전환'이 곧 시적인 것의 포기는 아니었다. 그가 해방 이후 장편동화와 소년소설을 쓰기 시작했으며 그것이 그 나름의 문학적 필요의 결과이기는 했지만 '시적인 것'이 그 유효성을 상실한 상황은 아니었고 이원수 역시 그 점을 잘 알고 있었다. 해방 이후 그는 산문(소설·동화)의 세계에 눈을 돌리지만 동시 창작을 중단하거나 게을리하지는 않았다. 그의 동시세계 전반에 있어서 확실한 변모가 보이는 것은 한국전쟁 이후라는 사실이 명확히 인식되어야 한다. 이재철의 평가처럼 이원수의 일제하와 해방기의 동시들은 감상적이면서도 강렬한 현실비판의식을 지녔음[6]에 반해 6·25전

---

6) 같은 책 228~30면.

쟁 이후의 동시들은 비판의식이 현저히 약화되고 대신 추상적인 서정동시들이 주류를 이루게 된다. 그리고 애초의 비판의식은 대체로 산문 쪽으로 이전되어간다. 이런 면에서 본다면 그의 '산문으로의 전환'은 해방기에 준비되기는 했지만 50년대 이후에 비로소 확립되었다고 하는 것이 정당하다.

엄밀히 말하면 이원수 문학의 산문으로의 전환은 1948년 이후이며 적어도 해방의 격동이 휘몰아치던 1946년과 1947년, 그리고 1948년까지도 그의 본령은 여전히 동시였다. 그리고 1948년에 비로소 씌어진 「새로운 길」과 「눈뜨는 시절」은 단편소설에 불과했고, 본격적인 장편소년소설인 『5월의 노래』와 장편동화인 『숲 속 나라』가 씌어진 것은 1949년이었다. 자리를 달리하여 언급해야 하겠지만 이 네 편의 동화·소설들을 검토해보면 그것들이 아직은 본격적인 산문정신의 결과물이라고 보기에는 미흡한 점들이 없지 않다는 사실 또한 이 시기를 '산문으로의 전환기'로 확정하는 것을 주저하게 만든다. 중학교 입학을 포기하고 서울로 올라가 점원생활을 시작하게 된 소년의 심정과 각오를 다룬 짧은 이야기인 「새로운 길」, 해방의 혼란 속에서 모리배로 축재를 한 가정의 소년이 빈궁한 이웃들의 삶을 보면서 죄의식과 사회의식을 느끼게 되는 이야기인 「눈뜨는 시절」의 경우 소년들의 눈에 비친 해방기의 그릇된 현실을 보여준다는 점에서 당대성을 지니지만 단편이라는 한계가 있는 것이고, 『5월의 노래』는 일제시대를 배경으로 하여 당대성이 현저히 약할 뿐 아니라 어느 작가나 본격적인 산문문학의 초입에서 시도하게 마련인 자전적 소설로서 '당대 현실의 치밀한 탐구'로 성격지어질 수 있는 본격적인 산문성에는 미치지 못한다고 할 수 있다. 또한 『숲 속 나라』는 당대, 즉 해방기의 현실을 담고 있지만 판타지를 도입한 동화로서 '시적인 것'과 '산문적인 것'이 뒤섞여 있다는 점에서 역시 본격적인 산문문학, 소설문학으로 보기는 어렵다는 생각이다.

다시 말하면 해방기의 이원수 문학은 '산문으로의 전환기'라기보다는 '시적인 것'과 '산문적인 것'이 뒤섞여 점차 후자로 이행하는 과정이며 '시적인 것'이 오히려 한 절정에 다다라 있었다고 보는 것이 더 타당하다. 이런 맥락에서 본다면 이원수의 해방기 동시는 산문으로의 전환기의 부차적 산물이 아니라 일제시대부터 발전해온 이원수의 시의식이 본격적으로 만개한 결과로서 좀더 적극적으로 수용되고 평가되어야 할 것이다. 대략 40편[7]이 남아 있는 이원수의 해방기 동시들을 고찰함으로써 그가 해방기의 현실을 어떻게 보았고, 그것을 어떻게 어린이들의 시선으로 재구성하고 형상화하였는지 살펴보고 이것이 이원수의 전체 아동문학의 세계에서 차지하는 의미를 짚어보는 것이 이 글의 목적이다.

2. 이원수의 해방기 동시에 나타난 시의식

1) 일제하와 해방기 동시의 전반적 성격

동시가 일반 성인시와 구별되는 가장 큰 변별점은 바로 '어린이의 눈', 즉 아직 오염되지 않은 채 세계를 본질직관할 수 있는 시각을 전제로 하고 있다는 점일 것이다. 주어진 세계를 우선 긍정하고 받아들이는 어린이의 시각이 지닌 본질적 순수함은 동시의 미적·세계관적 근거를 형성한다. 동시는 여기서 출발한다. 하지만 이 순수한 긍정의 세계에만 머물러 있게 되면 그것은 이른바 '동심천사주의', 즉 어린이적인 것의 무매개적이고 즉자적인 화석화를 낳는다. 진정 '어린이의 눈'이 의미있

---

7) 웅진출판사 간『이원수아동문학전집』제1권『고향의 봄』에 의하면 이 시기의 동시 편수가 40편으로 되어 있으나 그중 한편인「웃음」이 발표연대가 불확실한 것으로 되어 있다.

을 때는 그 순수함에 '불순한 세계'가 투영될 때이다. 가장 단순하고 순수하고 본질적인 어린이의 입장에서 복잡하고 불순하고 훼손된 세계를 볼 때 동시는 강렬한 대비를 낳고 그럼으로써 가장 효과적인 미학적·윤리적 충격을 산출한다.

중촌 수는 이원수의 일제하의 동시 58편을 주제의 특징에 따라 '가난 속에 사는 사람들이나 아이들을 다룬 작품군(A군 31편), 바다·별·새·초목 등 자연을 찬미하는 작품군(B군 14편), 그리고 설·자장가·가축 기타(C군 13편)' 등 세 개의 군으로 나누고 있는데 절대다수를 차지하는 A군의 세계를 '눈물에 찬 헤어짐과 기다림의 세계'이며 소극적인 세계라고 봄으로써 이재철의 '감상적'이라는 평가와 비슷한 입장에 서 있다.[8] 하지만 이 A군에 속한 작품들을 자세히 보면 거기에는 식민지현실에 대한 강한 비판적 인식이 바탕에 깔렸음을 알 수 있다. 궁핍화되는 현실 속에서 뿔뿔이 흩어져 살아야 하는 가족들, 학비가 없어 학교엘 가지 못하는 아이, 월세를 못 치러 밤이사를 가는 가족, 임금인상을 요구하며 파업에 참여하는 엄마 등, 이 헤어짐과 기다림의 세계는 곧 식민지현실에 의해 강제된 것이라는 사실을 드러내고 있다. 이런 작품들에서 나타나는 감상성 혹은 소극성은 어쩌면 '어린이의 눈'이라는 동시적 특성에서 본다면 피할 수 없는 것이라 할 수 있다. 잘못된 현실에 대해 적극적이고 공격적인 작용을 가할 수 없는 어린이의 입장에서 그 잘못된 현실에 대한 반응은 애상성 혹은 감상성을 넘어서기는 힘든 것이 아닌가. 만일 그것을 넘는다면 그것은 작위적인 것이며 오히려 정서적 실감을 해치는 결과를 가져올 것이다. 그러니까 동시에 있어서 엄혹한 현실에 대한 비판성은 곧 감상성을 수반하지 않을 수 없다고도 할 수 있다. 결론적으로 일제하와 해방기의 엄혹한 현실에서 이원수의 동시들은 민

---

8) 중촌 수, 앞의 글 16~19면.

족적 억압과 계급적 수탈에 시달리는 어린이들의 현실을 '비판성이 내재된 감상성'을 기조로 하여 그려나가는 한편, 자연과 인간사의 아름다운 부분들을 찬미함으로써 그런 혹독한 현실에 일종의 유토피아적 대안의 세계를 제시한 것이라고 할 수 있다.

이원수의 해방기 동시들 역시 이러한 '비판성이 내재된 감상성'을 기조로 하고 있다는 점에서 일제하 동시들과 같은 맥락에 놓여 있다. 하지만 해방기의 동시들에는 일제하의 작품들과 거의 동일한 기조가 유지되면서도 중대한 차이가 있는데 그것은 어린이를 감상적으로 대상화하는 데서 벗어나 어린이들에게 강한 주체의식을 불어넣고 나아가 비극적이면서도 적극적인 전망과 결의를 제시하는 등 일제하의 동시에서는 좀처럼 찾아보기 힘들었던 내용들이 들어 있다는 점이다. 이는 해방기가 격동의 시기이기는 했지만 어쨌든 주체적 선택의 폭이 확대된 상황이었다는 점이 작용했기 때문일 것이다. 하지만 이러한 비판적 감상성이나 적극적 결의를 담고 있던 것이 1949년을 고비로 현저하게 추상적이고 내면적인 방향으로 기울고 있는데 이는 그가 1949년 들어 보도연맹에 가입하게 되었던 사실과 일정하게 관련이 있는 것으로 보인다. 이는 일제하에서도 1935년 '경남문청동맹사건'에 연루되어 10개월의 형기를 마친 이후 그의 동시 작풍이 '자연이나 인사를 다룬 무난한 시'로 바뀐 것과 유사한 경우라고 할 수 있다.[9]

2) 순진한 희망의 좌절

8·15해방 직후부터 1945년 말까지는 이원수의 동시를 찾아볼 수 없다. 해방 이후 첫작품은 1946년에 쓴 「버들피리」이다. 양식을 공출에 빼앗기고 어린애들이 굶어죽었던 작년 봄을 생각하며 이제는 다시 그런

---

9) 같은 글 13~15면, 19면.

일이 없도록 하자는 내용이 담겨 있다.

　　버들피리 불자.
　　뒷산에 자는
　　지난봄에 죽은 애들
　　무덤에 불자.

　　(…)

　　버들피리 불자.
　　보리밭에서.
　　다 같이 잘사는 봄
　　오라고 불자.

―「버들피리」(1946)

　이 시에는 아직도 안타깝게 죽어간 어린이들에 대한 연민이 강하고 상대적으로 "다 같이 잘사는 봄"에 대한 기대에는 큰 힘이 실려 있지 않다. 해방의 순수한 기쁨과 희망을 온전하게 그린 시는 「연」이다.

　　하늘에서 새 세상
　　내려다보면

　　집집마다 국기
　　거리마다 애국가

　　해 저물면 장안의 불이 또 좋아

저녁바람 추워도 연은 날은다.

—「연」(1946)

하지만 이원수의 현실인식도, 해방 이후 전개된 현실 자체도 처음부터 이 같은 소박한 낙관주의를 허락할 수 없었다. 해방이 되었지만 아무 것도 제대로 해결된 것은 없고 외세와 친일잔재세력 등에 의해 진정한 자주적 민족국가 수립의 길은 점점 더 요원하게 되어갔다. 건설과 희망을 다룬 동시들도 1947년에 들어서면 당면한 시련의 극복이라는 측면에 더 무게가 주어진다.

언니도 누나도 모두 어려운 일 많아
걱정꾸러기 되어 버린
우리 나라 마을 마을에
오월은 '어린이날'과 함께 찾아온다.

때묻은 헌 누더기로
그냥 맞이할 그 날을
동무야 기다리느냐
너희도 손꼽아 기다리느냐?

—「어린이날이 돌아온다」(1947)

남은 눈 찬서리는
우리들이 막아내고
거칠었던 동산에다
가지가지 꽃 피우고
어린 내 동무들

기쁜 노래 불러보자
꽃 핀 동산에서
우리 세상을 노래하자.

—「새봄맞이」(1947)

"어려운 일 많아 걱정꾸러기 되어 버린" 언니, 누나 들을 생각하며 맞는 어린이날은 그 기다림만큼 무거운 부담으로 다가오며, 동산에 꽃 피우고 기쁜 노래 부르기 위해선 "남은 눈 찬서리"를 막아내야 한다. 이 시들은 더이상 순진한 희망이 불가능해진 현실에서 희망을 현실화하기 위한 정서적 각오의 표백으로 씌어진 것이다.

3) 해방기 현실과 어린이의 수난

이원수의 현실인식은 곧 그 현실로 인해 어린이들이 어떤 처지에 놓이는가 하는 판단과 동시에 이루어진다. 이것이 바로 '비판성이 내재된 감상성' 혹은 감상적 비판성을 낳는 원인이 되는데 그에게 있어서 현실의 그릇됨은 곧 어린이들의 수난으로 이어진다는 생각이 그만큼 철저하기 때문이다. 해방기의 현실들도 그것이 어린이들을 고통에 빠뜨린다는 점에서 그릇된 것이다. 이원수의 이 시기 동시들은 현실의 여러 불합리와 부조리 때문에 고통받고 수난받는 어린이들의 모습을 다양하게 담고 있다.

나뭇잎이 손짓하며
너를 부른다.
운동장 느티나무
가지마다 푸른 잎새
바람에 한들한들

너를 부른다.

꽃이파리 꽃잎마다
너를 부른다.
울타리엔 찔레꽃
향기마저 피우며
바람에 하늘하늘
너를 부른다.

순희야
순희야.

양담배 양사탕
상자에 담아 들고
학교엔 안 나오고
한길로만 도느냐.
우리도 목메며
너를 부른다.

—「너를 부른다」(1946) 전문

이 시는 학교도 못 나오고 양담배 양사탕 장사를 나서야 하는 순희라
는 소녀의 불행과 새봄을 맞아 피어나는 느티나무 잎새와 찔레꽃 향기
와의 강렬한 대비를 통해, 어째서 이 현실은 이 잎새처럼 꽃향기처럼 아
름답게 피어나야 할 어린 소녀를 거리로 내몰고 있는지를 묻는다. 또한
"너를 부른다"는 표현의 반복을 통해 비정한 해방의 거리가 이 소녀가
있을 자리가 아님을, 어서 제자리로 돌아와야 함을, 즉 무언가 크게 잘

못되었음을 증언하고 있으며, 잎새와 꽃잎과 아이들의 합창은 그 증언
에 강한 힘을 실어주고 있다. 이 시야말로 비판성을 내재한 감상성이 가
장 성공적으로 시적 형상을 입은 경우라고 할 수 있다.

이 골목 저 골목에
좋은 것도 많구나.

연필도 많구나.
공책도 많구나.

과자도 빵도
신발도 많구나.

우린 아직 못 샀는데
누가누가 사 가나.

공책도 많구나.
과자도 많구나.

—「이 골목 저 골목」(1947) 전문

방공호 문 옆 따슨 볕 보고
민들레 노오란 꽃이 피었네.

문밖에 나와서 볕 쬐던 애가
노란 꽃 가만히 만지어 보네.

저 아이 살던 곳은 일본이던가?
독립만세 물결 속에 돌아왔겠지.

바라보면 서울엔 집도 많건만
내 나라 찾아와서 방공호살이

'봄이 왔으면' 기다린 듯이
노란 꽃 가만히 만지어 보네.

—「민들레」(1947) 전문

「이 골목 저 골목」에서는, 생필품들이 생산되는데도 분배의 불평등으로 말미암아 학용품도 과자도 가질 수 없는 어린이의 마음을, 「민들레」에서는 귀국을 했음에도 방 한칸 얻을 수 없어 방공호에서 생활할 수밖에 없는 전재민 아이의 바람을 그리고 있다. 이렇듯 해방기 이원수 동시에는 해방이 기쁨이나 행복이 아니라 수난의 연장일 뿐인 어린이들의 고통스런 현실이 구체적인 상황 속에서 제시되고 있다. 이런 인식은 굶주림에 지쳐 잠든 아이를 보며 "우리 애들 노래할 날 언제 오려나" 하고 눈물지으며 삯바느질하는 엄마를 그린 「가을 밤」, 밀가루 수제비에 지친 아이를 달래다 못내 화를 내는 엄마를 그린 「저녁」 등에도 나타나는데 "정부 없는 나라 아이들은 / 서러웁다 서러웁다. / 누가 어쩌기에 / 우리 모두 헐벗고 굶주리나"라고 한탄하는 「첫눈」에 이르면 이러한 어린이와 민중의 수난이 결국 아직 자주적 독립국가를 수립하지 못한 정치적 현실에서 연유함을 보여주고 있다. 하지만 이원수의 수난받는 어린이에 대한 연민과 사랑은 해방기의 우리 어린이에게만 향해 있는 것은 아니었다.

일본 오끼나와의 어린아이들은
남의 나라 뺏으려는 도둑질 전쟁 끝에
악마 같은 명령을 좇아
폭탄을 지니고 연합군의 진지로
죽음의 진지로
가엾이 뛰어들어 무참히도 죽어갔다.

5학년의 어린아이도 있었단다.
너와 같은 열두살짜리도 있었단다.

(…)

우리는 그 흉악한 나라에서 빠져나왔지만,
독립만세 부르며 기뻐 뛰는 가운데서도
가엾이 죽어간
오끼나와의 어린 동무들을 생각하자.

다 같이 잘살 줄 모르는
욕심쟁이들을 없애지 않고는
즐거운 나라는 될 수 없단다.

—「오끼나와의 어린이들」(1946)

이 시는 잘못된 세계, 잘못된 나라에서는 모든 어린이가 수난받을 수
밖에 없다는 사실을 깨닫게 해주는 한편, 해방된 독립국가의 건설이 그
저 한 나라의 배타적인 수립이 아니라 어떠한 폭력과 수탈에도 근거하
지 않는, 어린이들을 더이상 죽이지 않는 그런 나라를 만드는 일이라는

사실을 보편적 인류애와 어린이에 대한 사랑에 기초하여 역설하고 있다.

4) 부재하는 아버지에 대한 그리움의 역사적 변용

보통학교 4학년이던 1925년 1월 부친을 여읜 탓인지 이원수의 동시에는 아버지의 부재를 다룬 작품들이 적지 않다. 우선 일제하의 작품으로는 「설날」(1930), 「전봇대」(1935), 「개나리꽃」(1945) 등이 있는데 이 시들에서 아버지는 각각 "하얀 산 멀리 너머 돈벌이"를 가거나, "눈 오는 함경도"에 계시거나, "보국대"에 끌려간 것으로 나타난다. 하지만 해방기에 씌어진 아버지의 부재를 다룬 시들에서 아버지가 계신 곳은 구체적이지는 않지만 그와는 다르게 나타난다.

> 송화 날리는 날
> 닭 소리, 바람 소리.
> 가신 지 벌써 반 년
> 만나뵙진 못하여도,
>
> 어머닌 밭을 매고
> 저희들은 잘 큽니다.
> 못 오시는 아버지,
> 염려 말고 잘 계셔요.

—「송화 날리는 날」(1947)

> 오늘도 저물어 하루하루
> 아버지 뵈올 날이 가까워 옵니다.

—「저녁」(1947)

오늘밤엔 들에도 먼 산에도
아빠 계신 지붕에도 눈이 올 테지.

—「눈」(1948)

이 시들에서 보면 명확하지는 않지만 아버지는 돈벌러 가거나 단지
집을 나가 안 들어오는 것이 아니라 일정한 기한을 두고 어떤 '지붕' 밑
에 격리되어 있는 것이다. 다시 말하면 모종의 이유로 영어의 몸이 되어
있는 것이다. 이원수의 시 속에서 돌아가신 아버지는 어느덧 그저 못 돌
아오는 아버지에서 꼭 돌아올 아버지로, 절망의 표상에서 희망의 표상
으로, 개인사적 존재에서 공적 역사의 한 중요한 구성원으로 변용된 것
이다. 이는 다음 시들에서 더욱 명확하게 드러난다.

오빠가 오시면 토마토 드리려고
뜰 앞에 심은 낡에 열매가 붉어졌네.

(⋯)

언제나 오시려나, 언제나 오시려나.
날마다 안타까이 기다려 지우는 해.

(⋯)

높은 성, 그 안에 문마저 닫아걸고
얘기책 왕자처럼 앉아 계실 우리 오빠.

잘 있다 오세요. 잘 있다 오세요.

기다려질 때마다 토마토를 가꿉니다.

—「토마토」(1948)

아버지 산소 가는 길엔
도라지꽃이 피어 있었다.
억새풀 우거진 고개 넘으면
온 산에 들국화 한창이었다.

조그만 비석에 그리운 글자
그 밑에는 조용한 벌레의 울음

아버지 산소 찾아가면
말없어도 나는 늘 맹세했었다.
애쓰다 못 이루고 참혹히 가신
아버지를 좇으리라 맹세했었다.

—「성묘」(1948) 전문

「토마토」에서는 높은 성에 왕자처럼 앉아 나올 기약 없는 사람은 오빠지만 그것은 서정적 주체가 소녀이기 때문이지, 그 관계는 소년에 대한 아버지의 관계와 같은 것이다. 아버지건 오빠건 집을 떠난 가장은 시대와 타협하지 않고 싸우다 영어의 몸이 되어 있다. 「성묘」에서는 더 나아가 아버지가 돌아가셨는데 그냥 돌아가신 게 아니고 "애쓰다 못 이루고 참혹히 가신" 것이며 성묘를 간 아들은 그 아버지를 좇으리라 맹세한다. 여기서 아버지는 한갓 아버지에서 뜻을 못 이루고 좌절한 모든 아버지, 즉 독립투사, 민족주의자, 사회운동가 등의 표상으로 극적으로 변용되며 아들은 그저 집나간 아버지를 기다리는 어린아이에서 아버지의 뜻을 이어나갈 것을 맹세하는 투사의 후예로 변용되는 것이다.

5) 민중적 세계인식과 비극적 결의

이 시기의 시편들 중에는 소외되고 억눌린 사람들을 단순히 연민과 감상의 대상으로 간주하는 것이 아니라 바로 그렇게 억눌리고 소외되었기 때문에 역사의 주체일 수 있다는 민중주체적 세계인식을 표백한 시들을 볼 수 있다.

울타리 밖에 선 해바라기는
갓났을 때부터 버림받았다.

꽃밭에 물 주는 누나도
이까짓 게 꽃이냐고 본체만체

뜰 쓸던 할아버지가 몇번이나
빼 버리려다 두셨다는 해바라기

해바라기야
너는 혼자 외롭게 자랐건만
커다란 커다란 꽃이 폈구나.

— 「해바라기」(1946)

출출출 쿨이 넘치는 모내는 논가에서
우리는 비 맞으며 밥을 먹는다,
다 해진 삿갓 밑에 둘씩 셋씩 둘러앉아.
숟가락 쥔 손등에도 비는 줄줄,

젖 달라고 보채다가
엄마 품에 들러붙는
아가, 네 등에도 비는 줄줄

어머니는 비 맞으며
지줏댁 논에 모를 심고,
엄마를 찾아 젖먹이 내 동생은
예 와서 비를 맞고
나는 어머니 곁에서 비 맞으며 점심을 먹는다.
비에 왼통 젖은 어머니, 아주머니들
젖을 찾아온 아가
점심밥을 같이 먹는 동무들
비 맞는 이 자리를 잊지 말자, 잊지 말자.
순이, 돌이, 성길이 또 누구 누구
우리는 다 씩씩한 농사꾼의 아이들이다.

—「빗속에서 먹는 점심」(1946) 전문

이 시들은 주체의식이 확고하다는 점에서 수난받는 아이들에 대한 감상적 연민을 표현하는 그의 다른 시들과는 대조적인 시의식을 보인다. 「너를 부른다」나 「민들레」 같은 시들이 수난받는 어린이들을 대상화했다면 이 시들은 그들을 주체화한 것이다. 특히 「빗속에서 먹는 점심」은 일견 비참하고 초라하게 보일 비오는 논두렁에서의 농촌여성들과 아이들의 점심 장면을 비극적인 충일감과 역동감이 넘치는 아름다운 장면으로 바꾸어놓은 뛰어난 시이다.

이러한 민중적 주체의식과 비극적 감수성의 획득은 앞서의 「성묘」에서와 같은 맥락에서 열악한 상황을 극복하는 비극적 결의의 확인으로 이어진다.

바람아,
빈 산과 들을 지나
차가운 강물처럼 내려오느냐.
우리들 벗은 종아리에
엷은 옷 속에
너희들은 달려드느냐.

해마다 겨울이면
연을 날리며 너를 맞던
우리들.
이제 더러는 거리에 장사치 되어
바람 속에 가냘픈 소리 외치고
더러는 집안 걱정 노나 가져
공부 대신 근심에 빠져 있다.

차가운 바람아,
너마저 나무 끝에 우지 마라.
우리를 휩싸고 소리소리 질러라.
자라는 우리
너희들과 싸우며
슬픔 속에서도
봄맞이 준비해 가련다.

—「바람에게」(1948) 전문

이러한 주체의식의 획득과 비극적 결의를 통해 이원수 동시 속의 어린이는 이제 더이상 동심의 테두리에 갇힌 순진·소박한 '모자란 존재'가 아니라 혹독한 시련 속에서 단련되면서 자신의 운명을 개척해나가는 '작은 인간'이 된다. 이런 경지는 이원수의 해방기 동시가 다다른 새로운 경지로서 아마도 우리 아동문학사상 그 대상인 어린이를 가장 높은 지위로까지 끌어올린 경우가 아닌가 한다.

6) 순수한 세계에의 동경

이원수의 해방기 동시가 이제까지 본 것처럼 어린이들을 당대의 역사적·사회적 맥락 속에서 그린 것들로만 이루어진 것은 아니다. 이러한 역사적·사회내적 존재로서의 어린이는 그 본래의 속성인 순수하고 소박하고 즉자적인 상태와 대비되지 않으면 그 본질이 심하게 훼손될 것이다. 해방기의 어린이들도, 다른 모든 혹독한 시련의 시대를 살아온 어린이들과 마찬가지로 '어린이적인 것'을 하나의 유토피아로 그 내면에 지니고 있는 그런 존재이다. 그리고 바로 그렇기 때문에 어른들의 잘못을 근원적으로 비판하고 그 잘못의 연쇄고리를 끊어낼 희망을 가질 수 있다. 그러므로 이원수의 해방기 동시에서 순수·소박한 세계나 그에 대한 동경을 그린 작품들도 정당한 의미를 부여받을 수 있는 것이다.

마알가니 흐르는 시냇물에
발 벗고 찰방찰방 들어가 놀자.

조약돌 흰 모래 발을 간질이고
잔등엔 햇볕이 따스도 하다.

송사리 쫓는 마알간 물에
꽃이파리 하나 둘 떠내려온다.
어디서 복사꽃 피었나 보다.

—「봄 시내」(1946) 전문

찬 바람이 제아무리 많이 불어도
애기는 꼭 밖에 나가 노을지.

"감기 들라, 가지 말라." 할머니가 붙들면
고개를 잘래잘래 도리질하고
"아냐, 아냐, 감기 없쩌."

문 열고 내다보면 바람맞이 발길에
아, 우리 애기는 뛰어다니네.

떼지어 몰려가는 겨울바람 속으로
저기 우리 애기는 뛰어다니네.

—「애기와 바람」(1946) 전문

이런 아름답고 흐뭇한 아이들의 세계는 「이 닦는 노래」(1946), 「빨래」(1946), 「밤시내」(1948), 「삘기」(1948), 「누가 공부 잘하나」(1948), 「가을밤」(1948) 등 해방기 전체에 걸쳐서 고르게 씌어지고 있다. 다만 1949년에 씌어진 동시들은 3·1절을 맞아 격한 심정으로 쓴 「들불」을 제외하고는 거의 전부 내면적 감상주의가 두드러지게 나타나고 있다는 점이 주목된다. 기다리던 진달래꽃을 보고 그리운 동무를 생각해내는 이야기가 담긴 「진달래」나 오랑캐꽃 옆에서 쉬어가겠노라는 「오랑캐꽃」에는 시인의 지치고 고달픈 내면이 그대로 드러나고, 「고향은 천리길」이나 「산길」, 「내 그림자」, 「웃음」 등에는 역사적·사회적 지향성과는 무관한 막연한 그리움과 외로움의 심사가 지배적이다. 아마도 시세계의 이런 급격한 내면화와 추상화는 머리말에서도 언급했듯이 그가 해방기에 나름대로 활발한 진보적 활동을 하다가 남한 단독정부 수립 이후 좌익으로 몰려 1949년 들어 보도연맹에 가입하게 된 것과 무관하지 않아 보인다. 그리고 이와 함께 이원수의 '시의 시대'는 종막을 고했다고 보아도 좋을 것이다.

3. 맺음말

이 글은 이원수 아동문학에 있어서 '산문으로의 전환기'라고 평가되어온 해방기에 이원수가 쓴 40편의 동시를 분석한 결과 이 시기에 그가 '시적인 것'을 포기하지 않았을 뿐 아니라 일제시대 이래 전개되어온 그의 시적 노력이 본격적으로 만개하여 한 절정에 이르렀다는 결론에 도달할 수 있었다.

이원수의 동시들은 남달리 사회적 맥락이 강하게 개입되어 있으면서도 상당한 감동을 주고 있는데 이는 그의 시들이 '어린이의 눈'이 지닌 본질적 순수함에 '불순한 세계'가 투영될 때 야기되는 미학적·윤리적 충격과 대비라는 미학적 효과에 근거해 있기 때문이다. 또한 그의 동시들에 비판성과 감상성이 공존한다는 평가가 있지만 동시에서의 현실비판은 곧 그 수난자로서의 어린이에 대한 감상적 태도를 수반한다는 점에서 불가피한 것이며 이는 곧 이원수의 시전략이라고도 할 수 있다. 또한 그는 이런 사회적 맥락이 강한 시들 외에도 순수하고 아름다운 어린이의 세계를 그린 시들을 씀으로써 한편으로 유토피아적 대안의 세계를 구축하는 작업도 게을리하지 않았다.

이원수의 해방기 동시들은 그 내용상 다음과 같이 대별될 수 있다.

첫째, 해방과 새로운 나라의 건설을 노래한 시들인데 처음엔 순수한 기쁨으로 이를 받아들이지만 곧 건설이나 희망은 '시련의 극복' 없이는 이룰 수 없는 것이라는 인식이 자리잡는다.

둘째, 왜곡된 현실 때문에 받게 되는 어린이들의 수난을 그린 시들인데 이 어린이 수난의 인식은 일국적 경계를 넘어 인류애적 차원으로까지 발전하게 된다.

셋째, 부재하는 아버지를 그리워하는 시들인데 일제하의 시들과는 달리 부재하는 아버지가 절망과 곤궁의 표상이 아니라 고난과 희망의 표상으로 나타나며 그런 아버지의 유업을 계승하겠다는 각오로까지 나아간다.

넷째, 민중주체적 세계인식을 담지하는 시들인데 억눌리고 소외된 사람들이 역사의 주체가 된다는 생각을 나타내고 있다. 그리고 이런 생각은 고난을 정면으로 맞받아 극복하겠다는 비극적 감수성과 결의의 표명으로까지 이어진다. 여기서 어린이는 '모자란 존재'가 아닌 주체적으로 비극적 운명을 개척하는 '작은 인간'으로 고양된다.

다섯째, 순수한 어린이의 눈과 그에 투영된 훼손되지 않은 세계가 그려진 시들인데 이는 훼손된 세계, 타락한 세계와 대비됨으로써 이원수의 동시세계에 유토피아적 근거를 마련해준다.

이렇듯 거친 고찰과 빈약한 근거에 의한 것이기는 하지만, 이 글은 이원수의 해방기 동시들이 충실한 리얼리티와 미학적 뒷받침, 견고한 민중적 세계인식과 어린이에 대한 깊은 사랑이 어우러져 이원수의 문학적 역정에서뿐만 아니라 한국 아동문학사, 나아가 한국문학사 전체에서도 기억할 만한 시적 성취를 이루어냈다고 잠정적으로 결론내리고자 한다. 다만 이러한 평가가 객관성을 얻기 위해서는 이 시기의 동시들과 다

른 시기의 동시들에 대한, 그리고 다른 동시작가들의 작품들에 대한 좀
더 면밀한 비교검토가 충분히 뒤따라야 하며, 무엇보다 그의 문학 전체
에 대한 심도있는 연구가 일정한 수준에 이르러야 할 것이다.
　　　　　　　　　　— 『한국학연구』 제12집, 인하대 한국학연구소 2003

떠도는 목마름에 이름붙이기 위하여

민병일의 두번째 시집에 부쳐

1.

이제는 민병일(閔丙一)이라는 이름 석자를 아는 사람이 꽤 많으리라. 육군 제3사관학교를 거쳐 특전사 대위로 예편한 그의 이례적인 경력이나 시인이자 한 사람의 유능한 출판기획자로서 그의 뛰어난 능력이 적지 않은 사람들로부터 인정받고 있다는 사실은 새삼스러운 것이고 무엇보다 그가 사람을 슬며시 잡아끌어 제 곁에 묶어두는 밉지 않은 인간적 흡인력을 가지고 있음을 아는 사람도 제법 될 것이다. 그에게서 원고청탁이든 무엇이든 부탁을 한번 받아본 사람이면 다 알 것이다. 그의 전혀 절박해 보이지는 않으면서도 어떻게 하면 좋으냐는 듯이 걱정 가득한 선량하기 그지없는 표정과 느려터진 말씨 앞에서 웬만큼 매몰찬 사람이 아니면 그 부탁을 거절하기 쉽지 않다는 사실을. 그리고 역설적이게도 그의 바로 이러한 단점 같은 장점이 이 아수라 같은 출판시장에서 그가 우리 시대의 한다하는 일급필자들의 원고들을 척척 받아내 그를 유능한 기획편집자로 자리잡게 하는 숨은 무기라는 사실 역시 이제는 그럭저럭 알게들 되었을 것이다.

그 민병일이라는 인물을 나는 다른 사람들보다 비교적 일찍 알게 되었다. 벌써 거의 6년 전인 1988년 가을 무렵의 어느날 체수가 마르고 말이 유난히 느리고 수줍은 한 사내가 내가 일하던 북아현동의 풀빛 사무실로 나를 찾아왔다. 그가 민병일인데 그때 그는 이미 예편을 한 후 한 기독교 계통 잡지사의 편집장으로 근무하고 있었고 대학노트 두어 권은 좋이 될 만한 분량의 타이프라이터로 찍은 시원고를 품고 있는 시인지망생이었다. 처음 만난 그는 스스로 자기소개를 곡진하게 했음에도 불구하고 아무리 보아도 악명높은 공수부대 장교 출신이 아닌 영락없는 눈맑은 시골 초등학교 교사의 모습을 하고 있었다. 말씨도 서울 출신이라고 스스로 말하니까 그러려니 하지 딱 충청도나 강원도의 두메 출신임직하게 느리기 그지없었다. 그가 군문을 나와 사실은 거칠고 막막하기가 겨울벌판같이 더한 시인의 길을 걷게 된 데에는 광주항쟁을 겪은 양심적인 청년장교로서의 고뇌가 큰몫을 했으리라는 점은 그의 첫시집 『우리 시대의 자화상』(풀빛 1990)에 실린 시편들이 증거하고 있지만 그게 아니더라도 그는 애초에 군인보다는 시인 쪽이 더 어울리는 인간으로 보였다.

그 첫만남은 나로서는 조금 당혹스러운 것이었다. 당시의 나로 말하면 이른바 문학평론가이자 출판사 편집장으로서 문학동네와 출판동네를 종횡하며 좌충우돌 분주하면서도 영악하고 반지빠른 품새를 흩트리지 않고 있었던, 말하자면 이미 '젊은 기성'이었다. 문학운동에 있어서의 전략적 목표에 대한 다소간 경직된 확신은 지니고 있었으나 그 확신을 그대로 글과 행동으로 옮기는 데 따르는 여러가지 문제들, 예컨대 문단 내에서의 인간관계의 있을지 모르는 불가피한 훼손, 적을 만들게 되는 일 등에 대해서는 반대로 조심스러웠던 내 모습에는 벌써 속기(俗氣)가 그득했던 것이다. 더구나 나의 문학운동은 비록 '지식인문학의 위기'를 운운하며 소심한 시인 작가들을 존재론적으로 몰아붙일 만큼 파괴적인 것으로 보였으나 사실은 이미 좀더 직접적인 정치적 투쟁들에 비하면 한수 접고 들어간 것이었으며 정작 내 속에서 서서히 싹트고 자라나고 있는 소시민적 욕망을 다스리기에도 힘이 부치는 허약한 것이었다. 내가 그 '운동' 속에서 상정한 자기헌신의 한계란 기껏해야 문학평론가라는 그럴싸한 간판을 지닌 채 징역 한번 가는 것 정도였지 진정한 존재론적 투신에까지 이르는 것은 아니었다. 이런 본질적인 이중성 혹은 위선성은 이론적 실천이란 이름으로 분식된 목전의 이러저러한 문학논쟁들에의 몰입에 의해 단지 은폐되고 있었을 뿐이다. 그런 타락의 징후 가득한 삶을 살아가던 나에게 민병일이라는 인물은 일종의 경이로 다가왔다. 상당한 정도의 포상경력을 지닌(무슨 상인지는 본인으로부터 들은 것 같은데 잊었다) 유능한 청년장교로서 보장된 미래를 팽개치고 가난한 시인의 길을 선택했다는 극적인 인생유전도 그렇지만 정작 나를 놀라게 한 것은 그의 대책없는 순진무구함이었다. 시인이 되겠다는 사람들에게 어느 정도의 순진성은 장점이자 약점으로 늘 뒤따르는 것이기는 하지만 그의 경우는 좀더 유별난 것 같았다. 그는 마치 이제막 문예반에 가입한 문학소년처럼 세상을 보았다. 그는 마치 구조적인 모순으로 가득한 세계와 잘못된 역사에 대한 분노와 인간에 대한 사랑, 그리고 아름답고 감동적인 시를 써서 그런 세상을 구원하겠다는 대책없고 허황한(?) 기대로 가슴이 벅차 어쩔 줄 모르겠다는 듯이 그 어눌하고 느린 말씨로 차라리 떨리는 듯 말을 잇고 있었고 나는 그런 그와의 만남을 한편으로는 약간의 감동으로 다른 편으로는 약간의 난감함으로 받아들이면서 앉아 있었다. 그에게서는 털끝만큼의 지적 오만도 시를 써서 문명을 날려보겠다는 유치한 야심도 전혀 찾아볼 수 없었다. 차라리 그를 두고 내 마음에는 '저래서 세상풍파를 어찌 견딜까' 하는 안쓰러움과 불안감이 일어날 지경이었다. 상상해보라. 이미 좌절과 타협을 알아버려 세상의 녹이 끼기 시작한 오만하면서도 위선적인 한 사람의 비평가와 마치 무균실에서 방금 나온 듯 잡티라곤 하나 없이 맑고 순진하고 올바른 삶에 대한 기대에 가득 찬 습작시인과의 첫만남이 어떠했을까를.

어쨌든 나는 그의 시를 접하게 되었고 그의 시편들에서 그의 어눌하고 느린 '사람' 속에 들어 있는 '시' 혹은 '노래'를──인간에 대한 뜨끈한 사랑과 희망, 혹은 그것에 대한 갈망의 유장함을 들을 수 있었다. 나는 아마도 그에게 약간의 단점들, 즉 그의 마음속의 단단한 보석에 묻은 흙과 같은 무른 감상주의를 지적했을 것이고 이후 그의 몇차례에 걸친 손질 끝에 나온 것이 그의 첫시집 『우리 시대의 자화상』이었다.

   잿빛 통통한 스모그가 하늘을 덮고 빛바랜 산성비 파편이 포도를 두드리면 사람들은 문을 걸어 잠그고 빗줄기만큼 빨라지는 발걸음을 귀가시킨다 지난봄 이즈음이면 담양에서 벙거지를 빌어 쓰고 죽순밭을 거닐며 그리운 금강산을 부르곤 했다 아내여 푸르른 대잎을 쓰다듬으며 힘껏 들이켰던 신선한 비안개를 서울 하늘에 쏟아붓고 상큼한 공기는 오장육부 깊숙한 마당에서 끌어내 종로에다 명동에다 광화문 영동 거리에다 훅훅 불어보자 아내여 어둑어둑한 땅거미가 진을 치기 시작하면 새들은 은신처를 찾아 푸르릉 나래를 떨고 우리는 또 궤짝만한 누옥을 찾아 문을 열어야 한다 달빛에 젖은 문고리가 반들반들한 속살을 윤기내며 부끄럼 탈 때는 지친 손마디에 서울못이 틀어앉고 손톱은 핼쑥해지지만 푸성귀 가꿔 먹듯 보동보동한 소망을 짝맞추며 우리는 보이지 않는 진실의 길에 티케의 여신을 찾아야 한다 아내여 그리움 복받쳐오르는 아내여.

──「그대를 위한 연가」

이 아름다운 산문시 한 구절이 미루어 짐작하게 하듯이 그는 그때 군
문을 나와 싱그런 남도처녀 정성순씨와 결혼을 하고 딸 선기를 낳고 서
울에서의 결혼생활을 시작한 지 얼마 안된 상태였다. 그는 기독교계 잡
지사에서 편집장 노릇을 하며 삶의 고달픔을 기대고 있었는데 그나마
경영주와의 갈등 때문에 견디기 힘든 시간을 보내고 있었다. 그도 그럴
것이 그 잡지사의 경영주측에선 장교 출신의 편집장을 앉혀놓으면 직원
들을 질서정연하게 '지휘통솔'하리란 계산이었을 텐데 그 예비역장교
편집장이 오히려 그 질서를 깨고 나오려 하니 갈등이 안 생길 리가 없었
을 것이다. 그는 결국 그 직장을 그만두었다. 그것도 그냥 그만둔 것이
아니라 해고되었다. 그는 그후 일년 이상을 잡지사 해고노동자로 떠돌
면서 복직투쟁을 전개했으나 결국은 다른 출판사에 취직하였다. 그 암
담하고도 비장했던 시절 그는 첫시집을 준비하였고 첫시집이 나올 무렵
에는 그 낭인생활도 함께 끝났다.

    2.

은행에 다니던 부인의 수입에 얹혀살면서 선기를 도맡아 키우고 한
편으로는 부당한 해고에 맞서싸우며 한편으론 밤낮으로 시의 날을 갈고
닦던 그 시절, 그는 나를 참 자주 찾아왔다. 마땅한 동창생 하나 없을 그
는 친구가 필요했을 것이다. 그리고 그에게 친구가 있어야 한다면 그 역
할에 가장 가까이 갈 수 있는 사람은 나뿐이었을 것이다. 그런데 나는
그가 원하는 만큼 그를 만나주지 못하였다. 그가 나를 보고 싶다고 했을
때, 나는 내 기분이 내키지 않거나 조그맣고 하찮은 약속이라도 있으면
그의 '서글픈'(그를 아는 사람이라면 이 표현을 이해할 것이다) 목소리
를 외면했다. 나는 물론 그의 가장 강력한 빠트롱이었다. 나는 그의 '등

단'과 그의 첫시집 발간을 전적으로 도왔다. 그리고 그의 시의 장점을 가장 높이 칭찬하고 단점을 가장 아프게 지적한 것도 아마 나였을 것이다. 그러나 그런 일들은 명색이 평론가로서 또 한 출판사의 편집책임자로서 그리 어려운 일은 아니었다. 그것은 손끝으로도 할 수 있는 일들에 지나지 않았다. 내가 못내 가슴아프게 여기고 있는 것은 나는 그에게 한 번도 제대로 마음을 주지 않았다는 사실이다. 바쁘다는 것은 사실이기는 했다. 출판사 일도 그랬고 그즈음 한창 진행되던 문학논쟁도 그랬다. 하지만 그것들은 진정 나를 필요로 했던 한 사람을 적당히 방치해도 좋을 만큼 바쁜 일들은 단연코 아니었다. 그 시절 나는 그런 식으로 허공에 떠서 분주하기만 한 나 스스로에게 짜증을 내고 있었고 그 짜증은 진정한 반성으로 향하지 못한 채 도피와 황폐한 자기파괴에 이르고 있었다. 나는 내가 당시에 서 있던 자리의 중요성과 그 자리를 지키기에는 너무나 결여된 나의 도덕성이나 헌신성 사이에서 갈등을 느끼고 있었지만 그 갈등을 적당한 위선과 가식, 허황한 자만심에 의해 그리고 무엇보다도 이른바 운동의 대의에 적당히 기생하여 묵살하고 있었다. 나의 타락은 거기서부터 시작되고 있었던 것이다. 정확히 말하면 나는 그를 만날 시간이 없었던 것이 아니라 그를 만나기를 꺼려했던 것이다. 모든 진지하고 본질적인 것과 대면하기를 회피했듯 나는 그와 만나기를 피했다. 그를 만나더라도 나는 바쁜 '평론가 나으리'로서 '신출내기 시인'인 그를 대했던 것이다. 그것이 편했기 때문이다. 나는 그의 순수한 열정과 소박함과 사랑 앞에 겸손한 대신 그의 그런 덕목들을 그가 은연중에 부끄러워하도록 이끌었다. 그에게 문학의 작열하는 아름다움을 이야기한 것이 아니라 문학의 부패를 더 자주 이야기했다. 시인·작가들의 소중하고 빛나는 알맹이들을 이야기해주는 대신 그들의 부족하고 약한, 그리하여 그들 자신도 늘 극복하고자 하는 부분들을—예컨대 나태함이나 방탕함 등을—과장하고 때론 미화하여 마치 그것이 문학하는 사람들의 피할 수 없는 삶의 양식인 것처럼 이야기해주었다. 거기에 가끔씩 비판적이고 조소적인 담론들을 섞는 위선으로 도덕적으로 빠져나갈 구멍을 만들어놓는 것이 내가 그와 만나서 이야기한 것의 전부였다. 그리고 그가 자신의 고민을 이야기할 때엔 그저 들어주는 척 끄덕이는 척 해주었을 뿐이다. 그것도 하나의 '교육'이었고 '대화'였다면 그것은 나쁜 교육, 나쁜 대화였다. 나는 그 이상의 이야기를 그에게 해줄 수 없었다. 그의 열정과 희망에 온전히 공감하고 그것을 정면으로 받아들이기에는 내 삶과 정신은 매우 혼돈스러웠고 무반성적이었다. 그는 분명 나에게 일정하게 감염되었을 것이다. 아니 최소한 그가 아마도 눈치챘을 나의 위선이나 이중성조차도 그는 하나의 피할 수 없는 모습으로 받아들였을 것이다. 그러나 나는 그로부터 아무것도 감염되지 않았다. 그의 순수함도 소박함도, 새로운 삶을 시작하고자 하는 사람 특유의 삶에 대한 근원적 고민도 나는 공유하지 않았다. 단지 잠깐씩의 감동을 곁들인 전반적 곤란함이 내가 그에게서 받은 전부였다고 해도 지나치지 않다. 최소한 그의 존재를 하나의 짐으로 받아들이기조차 나는 거부하고 오직 그를 방치하고 만나기를 피하고 만나면 밥이나 얻어먹고 그에게 부당하게 정신적으로 '군림'할 뿐이었다. 그것은 한 인간과 한 인간이 진실하게 만나는 모습이라고 할 수 없었다. 그런데도 그는 자신의 첫시집을 내게 주며 이렇게 썼다.

삶의 진실함과 문학의 고통, 기쁨을 늘 새롭게 알려주시는 나의 스승, 김명인 선생님께

내가 그에게 삶의 진실과 문학의 고통과 기쁨을 알려주는 스승이었다니? 차라리 반어라면 나는 그 말을 받아들일 수 있을 것 같다. 내가 차라리 그에게 좋은 타산지석이기라도 했다면 지금 이 글을 쓰는 내 마

음이 조금은 편할 것이다.

　그의 첫시집이 나오고 나서 어느 신문인가의 서평란에 나는 그의 시집을 두고 이렇게 썼다.

　그의 시들은 분명히 80년대 민중시의 진보적 전통을 이어받고 있지만, 그 뿌리는 그보다 이전 식민지시대의 김소월이나 60년대의 신동엽에 이어져 있어 훨씬 유구하다고 할 수 있다. 그의 시들은 김소월이 보여주던 순하고 부드러운 아름다움, 여성적인 따뜻함을 고스란히 안고 있는데다가, 김소월이 채 가지지 못하고 신동엽이 강렬하게 간직했던 민족공동체적 이상을 강렬하게 체현함으로써 우리 민족적 서정시의 위대한 전통의 한자락을 굳게 이어받고 있는 것이다. 게다가 문병란의 진득한 이야기성의 영향으로 김소월, 신동엽이 지닌 어떤 답답한 절제의 구태의연함으로부터도 자유로운 것이 그의 시를 보다 오늘의 것으로 가까이 끌어온다.
　그는 이러한 시적 전통의 바탕 위에 굳건히 서서 우리 당대의 문제들을 노래한다. 분단의 아픔을 노래하고 반민주적인 권력과 비인간적인 사회구조를 질타한다. 그러나 그의 분노, 그의 고통은 일회적 배설이 아니라 그 고통과 분노를 넘어선 아름다운 세계로 향한 간절한 희망으로 이어진다. 여기에 그의 시가 주는 감동이 있다. 육군 제3사관학교 출신이고 공수부대 장교노릇을 했다는 그가 이렇듯 여리고 질긴 정감으로 우리 시대를 노래한다는 것은 역설이자 경이이지만, 그 자체로서 우리 시대가 아직은 희망의 시대임을 반증하는 것이라 할 수 있다. (『스포츠조선』 1990년 6월 29일자 서평)

이제 첫시집을 내는 시인의 시들을 평하면서 김소월을, 신동엽을, 문병란을 끌어온 것이 약간의 비평적 과장이 될 수 있겠지만 그의 시는 그

앞선 선배시인들의 뛰어난 부분들을 분명하게 이어받고 있으며 그가 그들을 뒷배경으로 삼기에 결코 모자람이 없는 좋은 재목이라는 믿음에는 지금도 변함이 없다. 지금 내가 이 글에서 문제로 삼고자 하는 것은 민병일의 시세계를 정확히 읽었는가 하는 비평의 객관성의 문제가 아니라 비평가의 자세, 좀더 정확히 말하면 양심의 문제이다. 그것은 어쩌면 비평 이전의 문제인지도 모른다. 하지만 비평이 타인의 '양심의 기록으로서의 문학'을 문제삼아 글을 쓰는 일종의 기생적 재창조라고 할 수 있다면 그 행위에는 무엇보다 우선 자신의 양심을 끝없이 문제삼는 자세가 밑받침되어 있어야 할 것이다. 자신의 양심을 걸지 않고 남의 양심을 문제삼을 수 있을까? 죽은 김수영은 김재원의 시 「입춘에 묶여온 개나리」 한 편을 비평하기 위하여 「엔카운터지」를 써서 자신의 양심을 점검했다. 그런데 여기 인용된 나의 글에는 그런 양심 앞에서의 두려움이 없었다. 그 점이 두고두고 나를 후회하게 만든다. 나는 그의 시를 읽고 그의 시적 정서의 특질과 그 문학사적 의미를 먼저 어림잡았지만 그보다 먼저 그의 시를 거울삼아 나의 삶을 돌아보아야 했다. 그 절절하고 아름다운 시편들을 빚어내기까지 그가 지불한 오랜 망설임과 결단의 고통을 먼저 마음으로 읽어냈어야 했다. 나는 아무것도 지불하지 않고 그의 고뇌의 여정에 적당히 편승해서는 안되는 것이었다. 그의 양심을 가지고 나의 위선을 치장해서는 안되는 것이었다. 그런데 나는 아무렇지도 않게 그런 도덕적 범죄를 저질렀다. 만일 내가 그때 그의 시 앞에서 내 양심을 제대로 걸었다면 아마도 최소한 오늘과 같은 후회는 하지 않았을 것이다. 그때 내가 민병일과 그의 시를 제대로 읽었다면 나는 적어도 이렇게 역사 앞에 무력한 모습을 보이고 있지는 않을 것이다.

3.

　이제 그의 두번째 시집이 나오게 되었다. 첫시집과는 달리 이 두번째 시집『여수로 가는 막차』는 나와는 거의 무관한 상태에서 씌어진 시들로 채워져 있다. 이번 시들을 읽으면 나와는 그저 가끔씩 만나고 전화하고 그가 만든 책들을 보내주고 받고 하는, 그저 인연의 끈을 아주 놓아버리지는 않을 정도로만 이어져 있던 지난 3, 4년 동안 그가 무슨 생각을 하고 어떤 내면의 삶을 살았는지 보일 성싶었다. 그래 분명히 나는 내 삶을 살았고 그는 그의 삶을 살았구나! 그의 이번 시집을 읽고 내게 떠오른 것은 그런 별로 새삼스러울 것도 없는 생각이었다. 그런데 그런 당연한 사실의 확인이 나를 또 한번 괴롭힌다. 민병일과 나뿐만이 아니라 우리 모두가 지난 몇년 동안을 그렇게 살아왔다. 서로 개입하지 않고 서로에게 성내지도 않고 서로 위로하지도 않고 도대체 절망이건 희망이건 서로 조금도 나누지 않고 죽은 듯이 혼자서들 견디며 살아왔다. 한때 우리를 서로 묶고 있다고 믿었던 밧줄들은 어느결엔가 뭉텅뭉텅 삭아내리고 우리는 멀리 혹은 가까이 그저 이전까지 존재했던 '그저 서로 알고 있을 뿐인' 관계만을 그대로 유지한 채 그렇게 따로따로들 살아왔다. 그러한 죽어 있는 관계는 차라리 적대적인 관계만도 못하다. 누군가와 적대적인 관계를 유지할 때 그 사이에선 변증법적 상호지양이 가능해진다. 하지만 누군가와 그저 망연히 바라보기만 하는 관계는 아무것도 생산해내지 못한다. 나와 민병일 사이의 먼 듯 가까운 듯 알 수 없었던 지난 몇년간의 관계도 그런 것이었음을 인정하지 않을 수 없다. 그렇듯 죽은 관계의 연속 속에서 어떤 시가 아름다울 수 있겠는가, 어떤 비평이 폐부를 찌를 수 있겠는가. 내가 세상과 인간에 대해서 안타까울 때 나의 비평은 스스로도 읽을 만한 것이었다. 민병일이 세상에 대해 안타까울

때 그는 나에 대해서도 늘 안타까웠다. 그런데 그 안타까움의 열도가 주
전자 뚜껑을 달각달각 밀어올리는 소리가 들리지 않던 지난 몇년 동안
씌어진 그의 시는 과연 어떤 모습을 보이고 있는가?

그러나 당신의 조붓한 가슴에는 꽃향기 머금은 숨결 일지 않고 끝
내 달빛도 빛나지 않았습니다 산나리꽃 같은 당신 순정에 산산이 부
서지는 그리움이고 싶었습니다 온몸을 태우고도 남을 뜨거움 솟구쳐
눈시울 적시는 찬란한 사랑이고 싶었습니다 그리하여 당신의 상처받
은 영혼과 죽은 신과 꺼져가는 사랑을 나의 사랑으로 깁는 혁명이고
싶었습니다

—「소양강 나루터에서」

그리움과 사랑의 힘으로 "상처받은 영혼과 죽은 신과 꺼져가는 사랑"
을 치유하는 일은 분명히 시인의 몫일 것이다. 그리고 그것을 혁명으로
간주하는 일도 시적 상상력으로 보면 얼마든지 가능한 일이다. 민병일
시의 중심언어로는 이 '사랑'과 '그리움' 외에도 '아름다움'(「설악국민학
교」), '희망'(「아침 햇살처럼 아름다운 너에게」), '기다림'(「먼 해후」) 등이 있
다. 이런 중심언어들은 그의 시가 전반적으로 어떤 '간절함'을 지니게
하는 데 큰 역할을 하고 있다. 그리고 이 간절함은 우리가 놓인 역사적
사회적 상황을 간접적 배경으로 하여 단순히 소년적 감성이 아닌 보편
적 공감을 일정하게 획득하고 있다. 그리고 이 인용한 시에서 보듯 영혼
의 상처, 신의 죽음, 사랑의 상실이라는 일정한 상황진단은 "혁명이고
싶었습니다"라는 과거형의 진술과 어울려 우리가 직면한 상실감과 좌
절을 드러내고 있다. 하지만 그가 이번 시집에 수록된 시들을 통해 우리
에게 전해줄 수 있는 것은 그 정도의 상황확인과 그로부터 파생하는 현
실로부터의 낭만적 도피에의 유혹을 크게 넘지 못하고 있다. 특히 이 시

집의 2부에 실린 시들에서 보이는 '사랑' 그 자체에 대한 허기진 집착이
나 3부의 시들이 보여주는 그리움이란 이름 아래 이루어지는 낭만적 방
황의 흔적은 4부와 5부의 시들에서 보여주려고 애쓰는 역사나 현실을
감당하는 자의 자세에 관한 시인의 천착을 무색하게 만들 정도로 차라
리 '퇴영적'이라고 하는 편이 정확할 어두운 그림자를 이 시집 전체에
깊이 드리우고 있다.

　이번 시집에서 보이는 이러한 전반적인 퇴영적 낭만주의는 그의 첫
시집과는 여러모로 비교가 된다. 그의 첫시집이 연애면 연애, 결혼이면
결혼, 생활이면 생활, 군대경험이면 군대경험, 현실인식이면 현실인
식…… 이 모든 것들의 구체성이 살아 있는 가운데 사랑과 희망과 그리
움과 아름다움에 대한 갈망이 물결치고 있었다면 그의 이번 시집을 지
배하는 사랑과 그리움 등의 중심언어들은 그러한 구체적 사상(事象)의
옷을 입지 못하고 추상적이고 관념적인 수준에서의 반복적 확인에 머무
르고 있을 뿐이다. 한마디로 그의 시의 발은 지금 허공에 떠서 그것이
무엇을 의미하는지 채 깨닫지 못하고, 또는 그 깨달음 자체를 버거워하
면서 자신의 채워지지 않는 갈망의 바다를 유영하는 형국이라고 할 수
있다. 나는 지금 그에게 리얼리즘 시론을 들이밀고 싶은 것이 아니다.
나는 이러한 변화를 어떻게 이해해야 할지를 생각하고 있다. 그리고 그
변화를 나 자신과 시인에게 그리고 그의 시를 읽는 이들에게 어떻게 설
명해야 할지를 생각하고 있다.

　마음의 갈망은 있으되 그 갈망을 현실화할 몸이 없는 시대──우리
시대를 이런 식으로 설명해도 괜찮을까 모르겠다. 세상을 구원하러 가
는 길이 곧 자신을 구원하는 길이 될 수 있다고 믿었던 시대에 우리의
갈망은 우리의 삶 속에서 구체적인 매개를 통해 하나하나 해소될 수 있
었다. 하지만 우리의 성실성, 우리의 믿음, 우리의 한걸음 한걸음이 도
달하는 그곳에도 세상과 우리의 구원은 기다리고 있지 않을지 모른다는

생각이 고개를 들 때, 우리의 갈망은 정처를 잃는다. 단지 목마름만 남는다. 일상의 민중적 자세를 가다듬고 그릇된 체제와 늘 대결하며 가슴 깊은 곳에 혁명을 품고 나의 삶을 하나하나 마치 도장 찍듯 살아간다는 것이 한갓 주관적인 자기만족에 지나지 않을지도 모른다고 생각될 때, 우리의 삶은 그대로 하나의 질병이 된다. 우리 마음속 창공에 빛나는 별은 아직 있지만 그 별로 우리를 인도한다고 믿었던 사다리는 무너지고 없다. 광신과 몽상의 사다리는 아직 얻기 쉬우나 이성의 사다리는 좀처럼 얻어지지 않는다. 그러나 시간의 파도는 우리를 기다리지 않고 쉬임없이 밀려왔다 밀려가면서 우리의 허약한 일상의 발밑을 무너뜨린다. 진퇴유곡의 삶이다. 민병일의 목마름이 일상의 구체성의 옷을 입지 못하고 허공을 헤매고 있는 것은 그 때문이다. 일상의 성실한 걸음걸음이 구원을 보장하지 못하기 때문이다. 그것은 민병일만의 문제가 아니라 마치 전염병처럼 우리 시대를 휩쓸고 있는 문제이다. 우리 시대의 그 어느 시도 이 질병으로부터 면역되어 있지 않다. 단언컨대 면역된 것처럼 보이는 시야말로 이 시대에는 가짜다.

그럼에도 불구하고 (그리고 민병일의 목마른 삶과 시에 내가 일단의 책임이 있음에도 불구하고, 이 글이 그의 두번째 시집에 덕담이 되어야 할 발문임에도 불구하고, 나 역시 무너진 사다리 앞에서 하릴없음에도 불구하고) 민병일의 두번째 시집은 이렇게 씌어져서는 안된다. 이렇게 허망하게 발디딜 곳 없이 떠돌아서는 안된다. 아무리 우리 삶이 진퇴유곡이라 해도 허망한 사랑, 허망한 그리움, 허망한 기다림에 하염없이 목말라하기만 하면 안된다. 그 사랑은 아름답지 않다. 그 그리움은 희망이 아니다. 그 기다림의 길목으론 누구도 오지 않는다. 그리고 무엇보다도 그런 이름없는 갈망은 민병일과는 어울리지 않는다. 고작 이런 목마름에 도달하기 위한 것이라면 왜 시인의 삶을 선택했는가? 왜 그때 나를 찾아왔는가?

우리는 우리들의 모든 떠도는 갈망에 다시 이름을 붙여주어야 한다. 그리고 그것들을 우리의 일상으로, 삶의 매순간으로 끌어내려야 한다. 무너진 사다리 앞에서의 망연함은 이제 끝나야 한다. 먼 별을 바라는 목마름 대신 우리 앞에서 거침없이 전개되는 엄숙한 삶의 이름으로 다시 자신을 돌아보고 이웃을 돌아보고 떨리는 손으로 다시 단추를 끼워나가야 한다. 무너진 사다리를 한 단씩이라도 다시 세워야 한다. 삶에 대한 애증에 부대낌 없이, 자기 삶의 한순간 한순간을 안타까워하며 지독하게 살아낼 마음가짐 없이, 허공에 뜬 이름없는 목마름에 영혼을 팔아서는 안된다. 바로 눈앞의 삶을 돌아보아야 한다. 그곳에 혹시라도 마음에 걸리는 일들이 있다면 바로 그것을 먼저 해결해야 한다. 삶의 어느 구석엔가 맑은 정신이 미치지 못하는 어둡고 피하고 싶은 일들이 있다면 우선 그것과 대결해나가야 한다. 그것이 우리의 삶을 막연히 지배하는 이 정체없는 목마름에 이름을 붙이는 일이다. 다시 이 광대한 전선에 나서는 첫걸음이다. 그러면 시가 뒤따라올 것이다. 시가 걸리적거리면 시를 버리자. 삶에 의해 버림받은 시가 다시 돌아올 때 그것은 삶의 이름으로 되살아온다.

이 말들이 제발 나 자신과 함께 민병일이라는 한 순결한 인간의 삶에 대한 안타까움을 함부로 방치했던 지나간 세월에 대한 변명과 반성에 값하는 무게를 지녔으면 좋겠다. 이 말들이 다시는 또하나의 위선이 되지 않았으면 좋겠다. 제발 양심이었으면 싶다. 지금 우리 모두가 서로에게 살아 있는 인간이 되기 위하여 우리가 할 일은 서로를 감싸는 일이 아니라 서로의 삶을 모욕하는 일인지도 모른다. 김수영이 그렇게 하고 싶었던 것처럼 '이 지루한 횡설수설을 그치고, 당신의, 당신의, 당신의 얼굴에 침을 뱉는 일'인지도 모른다. 이 세상이 우리에게 침뱉기 전에…… 모욕이 되고 상처가 되고 칼날이 되더라도 그게 나은 일인 것 같다. 이 글이 축복이 되지 못하고 모욕이 될지도 몰라 미안하다 민병일, 아니 미안하지 않다. 당신은 당신의 시를 이기고, 나는 나의 글을 이기면 된다. 그러면 우리는 세상을 이길 수 있다.

> 달빛에도 절망은 있다
> 별빛에도 절망은 있다
> 불에 데인 상처로 하여
> 유랑하는 사람아
> 고흐의 해바라기 속으로 들어가 보라
> 이글거리는 고독 없이
> 껍질은 깨어지지 않나니
> 중섭의 소 눈깔에 박힌 우수와 연민 없이
> 삶 또한 융성해지지 않나니
> 절망의 끝에 이르러
> 솟구쳐오르는 그리움에 야위어보라
>
> ─「달빛에도 절망은 있다」
> ─ 민병일 『여수로 가는 막차』, 실천문학 1995

발문으로는 조금 긴 우리들의 자서전

김영현의 시

1.

　두달쯤 전이었을까? 분주한 책상머리에서 곧 출간될 소설의 교정지를 훑어보고 있던 내게 영현〔金永顯〕 형이 전화를 걸어왔다. 그리 멀지 않은 곳에 있던 형의 사무실로 좀 방문해주지 않겠냐는 전화였다. 형은 그때 근 5년이나 다니고 있던 안정된 직장을 '때려치우고' 나와서, 조그마한 개인 사무실을 내고 있었다. 마침 형의 전화가 없었어도 한번 사무실을 찾아가보리라고 마음먹고 있던 나는 형과 점심약속을 하고 겸사겸사 서대문로터리 근방에 있는 형의 사무실을 찾아갔다. 자그마한 적산건물의 삐걱거리는 2층 계단을 올라가서 들어선 다섯 평도 채 못 되는 그의 사무실에는 작은 책상 두 개와 어울리지 않게 커다란 회의용 탁자가 하나 놓여 있었고 그 위에선 조그만 워크맨 카세트에 연결된 소형 스피커가 음악소리를 내고 있었다. 그가 끓여준 커피 한잔을 거의 비우고 있을 때 그는 내게 한번 읽어보라고 대수롭지 않게 대학노트장 묶음 하나를 내밀었다. 그것은 난데없는(?) 시묶음이었다. 그의 조브장한 몸

피만큼이나 자잘한 글씨로 씌어진 50편 남짓한 시들이 거기 있었던 것이다.

형이 언제 이렇게 시를 많이 썼소? 나는 무엇보다 놀라움에 이렇게 물었다. 영현 형이 대학시절부터 소설을 써서 「닭」이라는 단편으로 대학문학상을 받은 적이 있고 1984년에는 창비 신작소설집에 「깊은 강은 멀리 흐른다」라는 단편으로 주목을 받으며 등단이란 걸 하고 이후에도 「불울음소리」라는 단편을 발표하는 등 소설에 대한 의지를 굳혀왔다는 것은 익히 알고 있던 바이지만 그가 그렇게 많은 시를 써서 고스란히 간직하고 있다가 불쑥 내밀 줄은 꿈에도 몰랐기 때문이다. 그리고 그렇게 불쑥 내밀어진 시를 읽어내려가는 동안 나는 또 한차례 놀라지 않을 수 없었다. 선배가 쓴 시니까 한번 읽어나 보자고 했던 것이 전혀 그게 아니었다. 그 50여편의 시에는 대학에서 감옥으로, 감옥에서 군대로, 군대에서 다시 대학, 그리고 대학에서 사회로 전전하면서 살아온 그의 10년 세월이, 그리고 그와 같은 경로를 거쳐 이제 서른을 넘긴 70년대 후반 학생운동 출신들의 지나간 10년 세월이 숨김없이 녹아 있었다. 때론 차분한 목소리로, 때론 격정으로, 때론 따뜻함으로, 때론 얼음 같은 냉정함으로 그러나 결코 절도를 잃지 않고 씌어진 그의 시들은 나를 포함한 70년대 후반 학생운동 세대들의 초상이며 자전(自傳)이었다. 그랬다. 그는 우리 세대의 자전을 쓴 것이었다. 낭만주의적 기대에 부풀어 대학을 들어와 그 낭만도 서툰 자유도 모조리 황폐화시킨 유신체제의 말기적 폭압과의 대결을 통해 역사의 문안으로 뛰어들고, 고독하고 조금은 고전적인 감옥생활에서야 비로소 민중의 정서에 접할 수 있었고 징역도 모자라 전방엘 끌려가서 박박 기면서 악을 배운, 그리고 그 긴 유형 끝에 다시 대학에 들어와 졸업장을 타고 변화된 80년대의 상황 속에서 결혼도 하고 애도 낳고 마침내 약간 부끄럽기도 하고 어떻게 보면 당연하고 자연스럽기도 한, 한 사람의 '민주시민'이 되어가는 우리들의 이야기를. 그의 시를 읽는 동안 나는 마치 지난날의 내 일기장을 읽는 것 같아서 허허 웃기도 하고 목이 메어 헛기침을 하기도 하였다.

2.

1977년 봄, 그때 나는 대학 신입생이었다. 모범생으로 양육된 탓에 입시가 있기 얼마 전에도 아까운 머리에 바리깡을 댔던 나는 3월이 다 가도록 아직 떠꺼머리였다. 떠꺼머리인 채로 다니던 대학의 첫봄은 바람이 유난히 드셌다. 황량한 분지 한켠에 세워진 정문을 지나 터무니없이 넓고 긴 아스팔트길을 지나 너무 나무가 없던 교정에 어울리지 않게 비죽비죽 솟은 오리나무 흙길을 걸어오르면, 갑자기 무슨 병영이나 아니면 병동처럼 눈앞에 층층이 덧쌓여오던 대학건물들은 대학에 대해 내가 간직해오던 오래된 기대를 늘 배반하곤 했다. 그리고 서북향의 산자락에서 불어내리던 산바람은 그 완강한 콘크리트 건물들 사이로 휘파람 소리를 내며 몰려다녔다. 그 바람 어디에도 따스한 자유의 냄새가 밸 틈은 없었을 것 같았다. 그저 갓 깬 병아리새끼처럼 옹송그리던 내게 불어오던 그 바람의 어딘가에는 늘 더 설명되어야 할 어떤 것이 감추어져 있을 것만 같았다. 멋모르고 끌려갔던 선배들과의 술자리가 그랬고 변죽만 울리던 강의실이 그랬다. 모든 것에서 무언가 한가지씩 빠진 것 같은 느낌이었다. 그것은 소금기 없는 국을 먹을 때의 견딜 수 없는 아쉬움 같기도 했고 구멍난 바지를 입고 거리에 나섰을 때의 초조감 같기도 했다.

그것은 나 자신에게는 존재에의 갈증으로, 또 인식에의 충격을 기대하는 간절한 바람으로 나타났다. 나는 그것을 얻기 위해 바람난 처녀처럼 교정을 헤매고 다녔다. 예나 지금이나 흉악한 선배들은 나처럼 바람들어 쏘다니는 후배들을 가만두지 않았다. 그들은 향기로운 낚싯밥을 던졌고 나는 누가 먼저 채갈세라 지체없이 그 미끼를 물었다. 물론 날카로운 바늘은 어김없이 내 인중을 꿰뚫었고 나는 아직까지도 그 바늘에 끌려다니며 살고 있다. 그러나 그것은 유혹도 함정도 아니었다. 나를 낚은 것은 역사였다. 그로부터 몸을 숨기는 것은 불가능했다.

그 시절을 또 그 시절로부터 비롯된 대학시절 내내를 사랑하는 선배들을 연상하지 않고 돌이켜보는 것은 불가능하다. 그들은 선배가 아니라 모두 내 스승들이었다. 그들이 지금 어디서 무엇을 한들, 그리하여 이제는 어느 바람부는 저녁에서 마주쳐도 고작 쓸쓸한 악수 한차례로 곧 지나쳐버린다 한들 그들은 지금의 나를 만들어낸 존경하는 교사들이었다. 그들이 그들의 선배들에 대해 그러했듯이 나도 흡사 거미새끼처럼 그들의 속살을 파먹고야 세상으로 기어나올 수 있었던 것이다.

영현 형도 내가 속살을 파먹은 선배들 중의 하나였다. 그를 처음 본 것은 내가 신입생이던 해의 4월이었다. ‘인문대 교지 편집실’이라는 이름의, 하루 중 다만 한순간인들 햇볕이라곤 들지 않았던(것으로 기억되는), 국문·중문과 강의동과 독문·불문과 강의동의 경계지점 3층에 있던 우중충한 방에서였다.

나는 이른바 수습편집위원을 지원하여 그 방을 찾은 것이었고 그는 편집실 신참들이 얼마나 귀엽고 똑똑할 것인가를 가늠하러 온 것이었다. 처음 본 그는 분명 나보다도 작았고 어깨도 조브장한 게 전형적인 ‘문리대 약골’풍이었고 앞이마가 벗겨지지만 않았어도 영 더 어려 보였을 테지만, 그는 산전수전 다 겪은 4학년 할아버지였고 나는 솜털도 채 못 벗은 1학년 꼬마였다.

요즘은 어떨까 모르지만 4학년 앞에 선 1학년은 제대로 숨도 못 쉬던 게 우리 시절이었다. 누군 그걸 봉건유제라 매도하기도 했지만 대개 그러한 숨막힘은 자발적이었고 말하자면 질량 차이가 다른 두 물체 사이에서 일어나는 현상처럼 자연스러운 것이었다. 꼭 지구가 태양의 주위를 돌듯이 특히 이제 막 대학 맛을 보기 시작한 신입생들은 3학년 혹은 4학년 선배들에게 더 가까이 다가서지도, 또 벗어나지도 못하고 그들 주위를 애태우며 맴돌던 게 그 시절이었다. 그들 선배들도 나처럼 늘 불완전하고 싸워야 할 것들로부터 도망하고 싶어하고 그래서 괴로워하고 '아는 것'의 부담과 '모르는 것'에의 두려움 때문에 번민하는 같은 동아리의 인간에 불과하다는 것을 알기에는 좀더 시간이 필요했고, 그들도 결국 유신시대라는 어두운 시간과 공간의 손바닥을 끝내 벗어나지 못한 이십대 초반의 젊은 대학생들에 불과했다는 것까지를 알기 위해선 그보다 훨씬 더 긴 시간이 필요했다.

영현 형은 그냥 선배이기만 해도 내겐 버거웠는데 게다가 스스로도 참을 수 없다는 듯이 반짝반짝하는 사람이었다. 편집실의 다른 4학년 선배들과는 달리 그는 3학년 주도의 쎄미나에 대체로 빠지지 않고 참여하여 후배들과의 토론을 즐겼는데 그의 말에는 늘 독설기가 묻어 있었으며 누구와의 토론에서도 대강 넘어가는 대목이 없이 철저히 논쟁적이었다. 6월인가 우리가 함께 공부했던 교재는 독일계 미국 신학자 라인홀드 니버(R. Niebuhr)의 『도덕적 인간과 비도덕적 사회』(*Moral man and immoral society*)라는 책이었다. 요즈음에야 어디 공부할 책이 없어서 그런 책으로 쎄미나를 하느냐고 하겠지만 1977년 무렵만 해도 대학은 좀 허술했다. 본격적인 사회과학의 시대는 아직 도래하지 않았고 그런만큼 이른바 쎄미나 커리큘럼도 제대로 짜여지기 이전이었다. 특히 인문대는 말 그대로 인문주의적 전통이 완강했다. 그것은 종합화로 인해 문리대가 해체되면서 그나마 '문리대적인 어떤 것'을 가장 순정하게 간직하면서 출발한 인문대에 문리대를 제대로 이식하고자 한 선배들의 집요한 노력 덕이기도 했고, 문학·철학·역사를 하겠다고 모여드는 친구들에게 능히 예상될 수 있는 독특한 경향성 덕이기도 했다. 영현 형과 내가 만난 인문대 교지편집실이라는 곳 자체가 문리대 선배들이 과거 대학언론의 꽃이었던 문리대 교지 『형성(形成)』의 맥을 잇기 위해 학교 당국과의 싸움 끝에 얻어낸 공간이었으며 문리대 물을 먹고 입학한 영현 형을 비롯한 74학번 선배들은 문리대 보수주의의 특공대들인 셈이었다. 그래서 다른 써클에서는 『서양경제사요론』을 공부할 때 우리는 라인홀드 니버를 공부했던 것이다. 그리고 그 공부를 통해 우리는 '존재'의 문제를 보는 시각을 다듬기를 원했다. 내겐 지금도 편집실의 그 허술하던 쎄미나는 소중하기 그지없는 경험이 되고 있다. 그리고 그 소중한 기억 속엔 늘 영현 형의 그 팽팽한 독설과 논쟁적 태도가 함께 자리하고 있다. 특히 문리대 특공대의 대표선수격인 영현 형과 종합화세대, 혹은 관악세대의 대표선수격인 75학번 연성만 형(우리는 그를 늘 놀부라고 불렀다)과의 사사건건 폭발하는 논쟁은 정말 볼 만한 구경거리였다. 그러나 나는 그 논쟁을 인문주의와 과학적 세계관과의 대립으로 이해하지 않았다. 그것은 오히려 두 세계관이 치열하게 만나서 통일되는 우리 시대정신사의 한 뜨거운 현장이었다. 나는 그 논쟁들을 통해서, 그리고 그 논쟁으로 상징되는 당시 대학의 지적 분위기의 세례를 받으며 부쩍 클 수 있었다.

1977년 가을, 10월 7일이던가…… 학교에서는 사회학과 주최의 학술 씸포지엄 '민족운동의 사회학'이 공전의 열기 속에 열렸고 이를 허가해주지 않았던 학교 당국의 방관 속에 경찰은 씸포지엄을 강행하던 주최측과 그 방청인들을 전원 연행했다. 그 직후 어둠이 내려깔린 교정에서는 1975년 '5·22사건' 이후 끝없는 침묵의 길로 접어들었던 대학을 다시 일깨운 자발적 시위가 한동안 계속되었다. 그날 나는 방청인의 하나로 관악서에 연행되었다가 다음날 아침 훈방되었다. 그것은 첫경험이었다. 경찰서의 철제의자에 앉아 취조를 받고 '권력의 얼굴'을 마주한.

사흘이 다 가도록 선배들은 나올 줄을 몰랐다. 딱히 주동이 있었던 사건이 아니었기에 모두들 나올 것으로 알았는데 그게 아니었다. 매우 가까웠던, 사랑보다 진하게 소중했던 선배들이 갑자기 끌려가서 못 나오고 있었던 것이다. 거기 영현 형도 포함되어 있었다. 그들이 구속될 것이라는 전망이 지배적이었다. 나는 그들의 부재를 믿을 수 없었다. 어떤 선배들인데, 어떻게 만난 좋은 사람들인데…… 그리고 그들의 부재가 확인된 순간 나는 걷잡을 수 없이 울부짖으며 발버둥쳤다. 방문을 걸어잠그고 정신이 까무룩해질 때까지 울었다. 그러곤 집동네 포장마차에서 술을 억병으로 마셨다. 그 울음은 대학 입학 후 첫울음이었다. 그 울음은 옳은 생각, 옳은 일을 한 죄밖에 없는 사람들을 갑자기 모든 것으로부터 단절시키는 어처구니없는 폭력에 대한 분노였으며, 구속되고 징역가는 이유가 그 정도뿐이라면 나도 언제든지, 얼마든지 그 뒤를 따르겠다는 첫 결단의 표현이기도 했다. 두려움은 없었다. 오직 뜨거운 사랑에의 다짐이 나를 더 울게 했다.

영현 형은 다행히 한 열흘이 지나자 풀려났다. 그러나 그는 풀려난 사람같이 보이지는 않았다. 늘 찾던 편집실로의 발걸음도 뜸해졌다. 그러던 중 11월 11일 놀부 연성만 형의 주도로 대규모 교내시위가 있었고 분위기는 달아오를 대로 달아올랐으나 기말고사며 방학이며 자꾸 다가오던 11월 중순 어느날, 영현 형은 김사인 형, 이을호 형 등과 함께 대학 4학년을 다 채운 것도 부끄럽다는 듯이 역사의 페이지로 몸을 던져갔다. 그들은 대학시절 내내 그들이 부대꼈던 사랑이니, 존재로의 탐험이니, 역사니 하던 것들이 모두 그 한차례의 결연한 행동을 위한 것임을 가르쳐주기나 하려는 듯이 그렇게 대학을 떠났던 것이다.

영현 형의 시는 그 어름에서부터 시작되고 있다.

…… 우리는 깡마른 가슴으로
긴급조치의 겨울을 허덕이며 보내고 있었다.

위장은 빵구가 났고 군대가는 놈은 술에 뻗었다.
대변엔 피가 섞였다. 자유라는 말 하나에
우리는 우울해졌다. 우리에 갇힌 짐승처럼
우리는 자신의 가슴에서 울리는 소리를 들었다.
우리에겐 우리를 달래줄 아무런 위안도
없었다. 눈은 내리지 않았고 바람은 건조하게
허파를 부풀렸다. 유리창에 이마를 대고
비겁하다 비겁하다고 독백을 했다.
잔인한 언론통제가 눈알에다 못을 박았다.
일판에서 쫓겨난 선배가 고문당한
이야기를 해주었고, 우리는 언젠가 그게
우리에게도 올 거라고 생각했다

—「우리들의 겨울날」

　긴급조치시대를 양심의 날을 갈며 살아가는 일은 늘 어떤 예감과 함께하는 일이었다. 그것은 '어느날 갑자기' 그 순간이 찾아오리라는 것이었다. 개처럼 끌려가는 순간, 소리지르는 목울대가 왁살스럽게 조여지는 순간, 지하실에 처박혀져 구타당하고 물먹는 순간 말이다. 우리들의 머릿속엔 아직 대규모의 운동조직은 망상이었고 오랜 주저와 망설임과 방황 끝에 무슨 결정(結晶)처럼 남은 행동에의 결단과, 그 결단을 얼마든지 기다리고 있던 능숙한 정치적 폭력, 그 둘 사이의 불꽃튀는 대결만이 꽉 들어차 있었다.

　우리가 벌였던 반유신투쟁은 캄캄한 어둠에 성냥불을 하나 켜는 일이었다. 그리고 그 불꽃이 어둠을 조금이라도 밀어내면 막 꺼져가는 불씨를 다시 두번째 성냥에 옮겨붙이는 일이었다. 그렇게 엮어낸 작은 불꽃들의 릴레이였다. 우리는 민중의 투사라기보다는 차라리 실존의 투사였다.

우리는 간다 추운 겨울의 밤 가운데로
바닥만 뜨거운 값싼 여인숙 이층
등사기와 담배 꽁초와 소주잔 틈에서
사랑하는 친구들이 잠들어 있다.
(…)
우리는 간다 가슴 깊이 출정가 부르며
돌아오지 않으리 결코
봄과 함께 아니라면 결코
사랑하는 여자여, 기다리지 말라.
돌아오지 않으리
결코 결코……

—「전야」

　그는 정말 오랫동안 돌아오지 않았다. 1979년 봄엔가 징역살이를 끝
내고 또 얼마 안 가 군대엘 끌려갔고, 그가 정말로 돌아온 1982년, 이번
엔 내가 징역살이중이었다. 물론 그때도 봄일 리 없었다. 우리는 누구도
봄과 함께 돌아오지 못했다.

　　3.

　요즈음도 그렇겠지만 우리는 교도소를 대학원이라고 즐겨 불렀다.
그것은 여러가지 의미에서 그랬다. 우선 독방에 앉아 하염없이 책을 읽
고 공부를 하게 되어 그랬다. 사람마다 편차가 있겠지만 한 일년쯤 독방
에 있는다면 대체로 꽤 부피가 나가는 책들을 한 백권씩들은 읽을 수 있

었을 것이다. 우리는 시위를 준비하면서 흔히 '이번에 들어가면 한 1, 2
년 푹 썩으면서 공부 좀 해야지'라고 다짐하고들 했다. 재학중 산만하고
늘 충분히 정리가 안되었던 인식들을 체계적으로 정리해내는 데 있어서
징역만큼 좋은 기회는 달리 없었다.

또 교도소는 분명히 인생학교라는 점에서 그랬다. 근 16년 동안을 제
도학교의 울타리 속에서 지낸 우리들에게 교도소에서 맞닥뜨리는 모든
현실과 인간들이 다 대학원 공부보다 많은 것을 가르쳐주었다. 담당 교
도관들이 그랬고 무엇보다도 '도둑놈들'로 통칭되는 일반수들이 그랬
다. 우리는 그들로부터 가장 억압받는 자들의 얼굴과 목소리를 읽을 수
있었다. 그들의 꼴통, 그들의 약삭빠름, 그들의 의리, 그들의 여유, 그들
의 불꽃튀는 악착같음 등은 비극도 희극도 아닌 그대로의 민중의 현실
이었다.

우리는 이 고린내 나는 대학원 교정에서 인간과 역사를 배우고 민중
의 현실을 배우고 이윽고 이를 통일적으로 하나로 묶어낸 혁명적 철학
을 체득하게 된다.

> 그리하여, 사방벽에 포로가 되어 유년의 강
> 흰 모래와 못생긴 이웃을 생각한다. 오로지
> 미치지 않기 위하여, 가슴을 뒤흔드는
> 가시같은 분노를 잠재우기 위하여, 그리고
> 나 자신을 사랑하기 위하여,
> 비오는 밤, 견고한 벽에는 낙서들이
> 빛나고 이 방을 스쳐간 수많은 인간들의
> 한숨처럼, 내 고향의 앞강
> 푸른 물살소리 듣고 싶었다.

—「벽」

　　모든 유서깊은 교실이 그러하듯 교도소 벽에는 어김없이 낙서들이 대를 물리고 있었다. 우리들의 영등포구치소도 마찬가지였다.

　　비오는 밤, 구죽죽하고 쓸쓸한 밤, 보안과장 순시도 지나가고 사동을 지키는 담당도 빗소리 하염없이 듣고 있는 밤, 견고한 벽, 새로 회칠한 벽 밑으로 깊이 패어진 낙서가 정말 유난히 빛나는 것같이 느껴질 때, 우리는 낮에 운동 나갔다가 주워온 녹슨 쇠못조각을 들어 그 낙서의 역사에 가담하곤 했다. 선배가 파놓은 경구가 오늘 내 가슴을 저며오듯 오늘 내가 파놓은 시가 내 후배에게 힘을 주리라는 것을 믿고 또 믿었기 때문이다.

가수왕이 되겠다던 그 친군 요즘 어금니가 아프다.
아픈 어금니에 아스피린을 물고 노래를 불렀다.
뺑끼통 뒤 철창에 매달려 도둑놈들의 갈채 속에서
우울하고도 명랑한 스물한살의 불꽃같은 가슴으로
노래를 불렀다. 늙은 죄수들은 얼굴을 감춘다.
철창 속에도 시간은 흐르고 청춘은 가는 법이다.
　　　　　　　　　　　　　　　　　　　　　　—「가수왕」

근데, 그는 이른바 개털이고 꼴통이다. 성깔이 휘딱,
뒤틀리면 눈에 뵈는 게 없다.
자기 자지에다 대못을 박고 사금파리로 배를 찍찍,
그어대며 입에 허옇게 거품을 문다.
(…)
〈김형.〉
그는 선량하게 웃으며 공손히 말을 건넨다.

<안티푸라민 없소?>

—「꼴통」

새들도 세상을 뜨는구나.
겨울이 오면
늙은 죄수는 나이를 잊어버리고
푸른 옷의 까까머리들
웅숭거리며 앉아서 떠나는구나
낡은 잔디밭 철책 너머
아침
새들도 세상을 뜨는구나.

—「이감」 전문

징역을 좀 살다보면 별의별 도둑놈들을 다 만나게 된다. 사기·절도·폭행·강도·강간·폭력·살인·소매치기·간통, 갖가지 미수, 과실·치상·치사·무전취식·막걸리 반공법…… 사기꾼은 징역에서도 역시 사기를 치며, 폭행은 사람을 패고 절도는 같은 도둑놈들의 소소한 징역살림을 훔치고 강간범은 밤마다 자기 전공(專攻)자랑에 바쁘고 과실범은 눈물을 흘리며 참회한다. 말하자면 그들은 대개 천성적으로 '범죄형'이고 갈데없는 '인간말종'들인 것이며 늘 그렇게 취급받는다.

그러나 그들과 혼거(混居, 일반수들과 같은 방에서 생활하는 것)를 하든 독거(獨居, 일반수들과 분리되어 독방에서 생활하는 것)를 하든 한 철창 안에서 만나는 그들이 우리 눈에는 결코 가해자로 보이지 않는다. 오히려 그들은 더 크고 잘 보이지 않는 구조적이고 조직적인 범죄에 의해, 가장 앞줄에 섰다가 피해를 받는 피해자들로 보이는 것이다. 그들의 단순성, 참을성 없음, 광폭함 등 이른바 '성품상의 고약함'이란 것은 그들이 공통적으로 짊어지고 있는 '가난'이라는 압도적인 사회적 죄악에 비하면 아주 하찮은 것들이라는 사실을 우리는 빵잽이로서의 동료애 속에서 몸으로 깨닫게 된다. 그들의 모습은 가장 불행한 민중의 모습인 것이다.

영현 형의 옥중시들은 이러한 인식을 노골적으로 풀어서 설명하는 대신, 그 특유의 따뜻한 시선으로 감싸안아 표현해주고 있다. 그의 '따뜻함'은 이러한 '초짜 학삐리'들의 혁명적 발견을 시적 감수성으로 충분히 걸러낸 정서적 결정물이다.

우리들에게 징역살이의 정서는 결코 한두 개의 상투화된 어떤 것들일 수 없었다. 그것은 때로는 "어둡고 외로운 노래소리 바다보다 깊어/점호는 끝나고 철문은 굳게 잠기고/(…)/이대로 벽이 되어버렸으면 차라리/온몸으로 버팅겨 서 있는 상처투성이 벽의/무서운 침묵이 되어버린다면"(「봄밤」) 하는 지독한 외로움일 수도 있고, "민들머리 좋다! 개썹/자존심 주체성 깡통이다./늙은 이발사 죄수는 낄낄/(…)/나도 못내 쓰디쓰게 웃으며/눈물 찔금찔금/좋다, 좋아!"(「삭발」) 하는 오기일 수도 있으며, 때로는 "약한 맘 따윈 아예 버려뿌라/못박힌 손 내미시던 어머님/(…)/얕은 어깨 너머 내리는 눈발/겨울 하늘 떠나보내고 돌아서서/눈물을 감춘다"(「첫 면회」)에서의 슬픔, 그리고 "내 사랑 내 고통 우리들 그리움 있는 곳으로 뚜벅,/자유의 깃발이 하늘 높이 노을처럼 걸려 펄럭이는 광장으로/돌아가리 언젠가는, 튼튼한 다리 튼튼한 팔 튼튼한 위장으로"(「노을」)에서의 혁명적 다짐으로 나타나며 이는 구체적으로 "우리는 철문을 차고 식기를 던지며/민주주의 만세, 유신헌법 긴급조치 철폐/파쇼타도를 외치며, 며칠째 굶주린/창자들이 들꼬여 일어나며 불같이,/이대로 죽어도 좋아라, 울부짖었다"(「그해 여름, 비가 내렸다」)는 불퇴전의 옥중투쟁으로 승화되기도 하였다.

그러나 우리의 징역살이가 남겨준 가장 소중한 가르침은 고독과 그리움, 분노와 부정, 그리고 투쟁이라기보다는 삶에의 사랑과 긍정, 양심

범이건 도둑놈이건 살아남은 자들의 연대에 대한 믿음이었다.

  "체온을 나누는 진득한 욕설이 한바탕 / 이놈 입에서 저놈 입으로 / 저놈 입에서 이놈 입으로 오가며 / 이토록 견고한 건축물 속에 / 자유의 묘지 속에 / 밤과 밤 사이에 / 생명의 크낙한 날개 퍼득임을 / 듣는다. / (…) / 손수건만한 햇살 눈부신 / 행복한 아침"(「구치소의 아침」)에서의 행복감이나 "멋진 세상, 멋진 세상, 아주 많은 사람들이여! / 가볍게 춤까지 곁들이며 부르는 소년수의 노래에 / 심심해 자빠졌던 사동(舍棟)의 모든 죄수들은 / 환장한 놈들처럼 들뜨는 것이었다"(「어떤 일요일」)의 슬픈 흥겨움, "눈이 내린다. / 배식리어카가 하얗게 / 김을 날리며 달린다. 하얗게 / 눈이 쏟아진다. / 높은 담장 아래서 사형수 황씨가 / 토끼처럼 뜀박질을 하고 있다. / (…) / 즐겁다, 우리들 살아가는 것! / 뺑끼통에 붙어서 다정히 / 통방을 나누며 바라보는 / 단순하고 부드러운 풍경은"(「눈 내리는 날」)에서의 사형수의 남은 삶도 끌어안는, 생동하는 삶에 대한 설렘 등은 그 어떤 혁명적 비장감보다도 더 우리를 고양시키는 정서일 수 있는 것이다.

  슬픔과 노여움은 앙금처럼 물무늬지어 가라앉고, 맑은 사랑과 믿음과 긍정이 못내 견딜 수 없는 새로운 삶의 질서에 대한 그리움으로 잔잔히 파동치는 것——이것이 이 시대 우리 시가 도달해야 할 한 절정의 정서라고 한다면, 영현 형은 부정과 긍정이 끈질기게 교차한 그 자신의 징역생활을 통해 다음과 같이 진주 같은 한 편의 시를 결정(結晶)해냄으로써 이러한 경지에 이미 성큼 도달하고 있다.

  오메 오메 나 여기 있오
  영점 칠평 독방 얻어 걱정 없이 살고 있오
  세끼밥 잘 씹어먹고 남은 콩은 새 나눠주오
  어리석고 착한 사람 서로서로 생각하니
  날랑은 걱정마소

흙덩이 같은 오메 손 보고 싶소
태천밭 보리도 무성하겠지요
자운영 꽃도 피었구요

봄날 오후, 발길 따라 나선 것이
가슴 속에 사무쳐 여기까지 내가 왔오
무진무진 밥 잘 먹고 돼지처럼 살쪘으니
날랑은 걱정마소
오늘같이 바람 미친 날
날 길다 어쩝니까

—「편지」 전문

4.

　영현 형은 1년 6월의 징역살이를 마치고 1979년 5월에 다시 세상을 보게 된다. 그는 물론 학교로 돌아올 수 없었다. 출소환영의 술자리도 청진동의 평양집이나 포석정 같은, 학교와는 멀리 떨어진 시내의 빈대떡집에서 이루어졌고 모두들 그러려니 여길 수밖에 없었다. 돌아온 '빵잽이'(징역살이한 선배·동료들을 우리는 그렇게 불렀다)들은 아픈 추억처럼 학교와의 인연을 냉정히 잘랐고, 워낙 그물망처럼 짜여진 학원사찰의 지배력이 부담스러웠던 유신 말기의 대학에서 재학생 활동가들은 학교에서 자기 소임을 다하고 떠난 선배들과의 만남에 대해 존경과 예우 이상의 의미를 두지 않았다. 나 역시 당시엔 이미 3학년, 신입생 시절의 치기와 지적 호기심도, 선배·동료들과의 피눈물나는 생이별도, 그릇된 세계에 대한 노여움도, 새 세계에 대한 희망도 모두 안으로 다스</p>

려 응결시켜야만 하는 '선배'가 되어 있었고 자기 소임을 다한 선배들을 만나고, 다시 가까워지고 하는 깃보다 목전에 닥친 자기 일, 자기 소명을 치명적으로 받아들이고 그곳에 자기의 모든 것을 집중시키는 것이 더 중요했다.

지금 생각해보면 유신시대 빵잽이들이 가는 길은 무척 외로웠다. 기독교 계통 단체들 외엔 변변하고 마음에 드는 사회운동단체도 없었고, 같은 처지의 동아리들끼리 모여서 함께 호구라도 할 만한 일정한 물질적 기초도 형성되어 있지 못했다. 물론 일반회사에의 취직도 지금보다도 훨씬 어려웠다. 그런만큼 연대의 힘도 약해서 모두들 뿔뿔이 개인들이기 쉬웠다. 시대의 중압을 대개는 혼자서 견뎌내야 했던 것이다.

그 무엇보다도 견디기 어려웠을 시련은 출소 후의 강제징집이었다. 많은 선배들이 이러한 강제된 고난에 맞서 싸웠지만 70년대 내내 선배들은 징역을 살고도 꼬박 3년간의 보복적 군대생활을 겪었다. 징역이 독재정권이 가하는 유형(流刑)이라면 징집은 3년간에 걸친 태형(笞刑)이었다.

> 내 다시 푸른 옷의 포로다. 끝없는 도망질이다.
> 햇살 짙노란 읍사무소 옆길, 九月도 끝이다.
> 형사는 앞서가고 병무청 직원도 앞서가고 한적하고
> 조용하게 나는 포로다.
>
> —「군대 가던 날」

영현 형은 징역에서 벗어난 지 4개월 후인 1979년 9월말경, 내려가 쉬고 있던 고향집에서 연로하신 부친과 함께 집을 지키던 낮에 군대에 끌려가게 된다. "흰머리 늙은 아버지가 문간에 지팡이 짚고 서서 끝없는 기침 소리" "가슴에 탕탕 울리는 못질"로 배웅하던 고향을 떠나 신병훈련을 받고 "삼팔선을 넘어 차디찬 바다는/물거품 뒤척이고, 어디로 가는 걸까/(…)/저 산너머 철조망이란다, 내 조국이여/깊은 한숨처럼 뒤척이는 바다여//어디에나 사람은 살겠지/어디에나 이 나라 사람 살겠지"(「삼팔선을 넘으며」) 하는 절망 속의 희망 한낱을 지니고 동해안 부근 동부전선으로 배속받아 군대생활을 시작하게 된 것이다.

징역은 유형이고 징집은 태형이었다. 징역에는 출가(出家)와도 같은 고전적 낭만의 울림이 있었지만, 징집은 철저히 구조화된 폭력의 체험이었고 인간적 품위에 대한 가차없는 모욕이었다. 우리의 젊은날, 군대는 꿈의 패배, 낭만의 패배, 그리고 파쇼가 지배하는 신식민지체제에 대한 항복을 의미했다.

> 어떤 놈은 군바리 쌍욕 한번 않았다고 고상한 척 이빨을 까더라만
> 나는 먼저 고상하고 급진적인 내 입에다 똥부터 발랐다.
> 논산 제식훈련 시절엔 나도 철저히 고상하여 나의 조국을 부르라면
> 너의 조국을 부르고, 외돌토리 깡다귀도 부려보았지만
> 까라면 까고 박으라면 박으면서 안으로 크는 법을 배웠다.
>
> ―「똥 푸는 일요일」

그러고는 안으로만 컸다. 아니 안으로만 크기에도 벅찼고 그렇게 내 버려두지도 않았다. 특히 문제학생 출신들, 게다가 빵잽이 출신들은 그들의 밥이었다. 영현 형은 1980년, 광주대학살이 자행되던 그해, 모모한 사건에 어렴풋이 연루되어 그 자체 거대한 합법적 폭력기관인 군에서도 또 허가받은 폭력기관인 보안대에 끌려가 "영문조차 모르고" "원한도 안면도 없는 사내들에 싸여/피멍꽃으로 울부짖던 시절"(「80년……」)을 경험하게 된다. 그 시절은 "등이 가려워, 묶인 손 찢긴 등이/

가려워 보초에게/담배 한 대만 달라고 사정"해도 "(씨팔 새끼!)" 하는 욕설과 함께 "그의 군화가 얼굴로 날아"(「어떤 풍경」)오는 절망적 폭력의 상황, "순결하게 버림받은 땅"인 민통선 저쪽의 땅을 생각하는 순간에도 "철조망 아래서 '엎드려 뻗쳐'를 하고 있"어야 하는 잔인한 상황이 내내 지배하고 있었다.

이런 상황에서 "아직도 철조망을 믿지 못하는 사람들이랑/벌써 별을 키워내어 그리워하는 나랑/이밤, 강원도 하늘에 함께 서 있습니다"(「강원도의 별」) 하는 분단현실에 대한 감상이나, "오오랜 사랑이여 빼앗긴 바다여!/열국의 군함들이 지나가는 우리들의 바다/더·씨·오브·저팬"(「동해」) 하는 신식민지적 현실에 대한 노여움, 그리고 "다시 감옥에 가고 다시 숨어 쫓기는/벗들의 소식"(「늦은 봄, 보초를 서며」)이나 "남도에 열병이 돌던 오월"(「五月」)에 대한 근심은 차라리 사치스러운 것이었는지도 모른다. 게다가 그는 그 악마의 3년 동안 아버지를 여의었고(「부고」), 사랑하던 사람도 그의 곁을 떠났다(「희미한 옛사랑의 그림자」). 이런 상황에서 그의 다음과 같은 독백만이 절절한 현실이었는지도 모른다.

> 가까이 가면 바다는 너무 크고
> 우리는 너무 작았다.
> 모든 게 지겨워서 그만, 울고 싶었다.
> 도무지 술이 취하지 않았다.
>
> —「휴가길」

5.

도무지 끝날 것 같지 않던 절망적 폭력의 구렁텅이에서 그래도 그는 살아 돌아왔다. 1982년 1월, 추운 날이었다.

> 날 보내시던 병드신 아버지 없고
> (…)
> 독재는 죽고 또 다시 살아나
> 어둡고, 추운 겨울 밤, 내가 돌아왔다.
>
> —「귀향」

그리고 그는 한동안을 그가 겪었던 일년 반의 유형과 3년의 모진 태형의 악몽 속을 헤맸다.

> 사년 반 동안 길들여진 나는, 노예처럼
> 수많은 대가리에 섞인 하나의 대가리가 되어
> 번호가 매겨지고 아침이면 아침
> 낮이면 낮, 밤이면 밤
> 내 이름 석자 채찍처럼 날아오길 기다린다.
> (…)
> 누군가 나를 불러세우고 흠을 잡고
> 가슴패기를 차고 뺨이라도 올릴 것 같다.
> 그러면 차라리 편하겠다.
> 그러면 차라리 안전하겠다.
> 그러면 차라리 자유롭겠다.
>
> —「흔적」

그러나 오래지 않아 그는 자리를 털고 일어났다. 그러고는 마지막 남은 한 학기를 마치기 위해 다시 살아난 독재가 길길이 뛰던 대학으로 돌아왔다. 대학에 돌아온 그를 나는 만날 수 없었다. 이번엔 내가 유형중이었기 때문이다.

　다만 그가 우리 모두가 그랬듯 그 4년 반의 어두운 기억 저편의 흔적들을 다시금 찾아내 깁고 추슬러 자기 한몸을 든든히 일으켜세울 준비를 했으리란 생각이다. 그러나 무엇보다 먼저 찾아오는 것은 회한이었다.

　　그래, 우린 바람으로 살았구나
　　꽃과 꽃 사이를 거니는
　　향기로운 바람이 아니라
　　철조망 가시끝 찢어져 우는
　　거친 바람으로 살았구나

　　(…)

　　어디 있는가?
　　내 오랜 추억의 번쩍이는 시간은

　　(…)

　　사슬에 묶인 우리들의 청춘
　　이리도 빨리 지나가는구나.
　　　　　　　　　　　　　—「1982년 4월, 바람 불던 날」

　　너를 본다 풀마른 붉은 언덕에 앉아
　　숲 그늘 한 점 없이 먼지 날리는 거리 몰려다니는 소리
　　(…)

너를 본다 눈물 어린 추억으로
긴긴 우리의 그림자가 묻혀 있는 언덕에 앉아

—「언덕에 앉아」

밀양 촌놈, 뭐할라 왔노
싱겁게 웃으며, 뭐할라 왔노
아리랑 아리랑 부르면 장땡인감
흙바람 속에 묻혀 그렇게 갈 걸.

불꽃이야 얼음 속에서도 타지
바람 불면 새도 뒤집어 날지
빈털터리 자취방 몽당 숟가락 하나
아리랑 아리랑 네 곡조 눈물만 나네

—「아리랑 청년, 박병태」 전문

어디 있는가? 내 오랜 추억의 번쩍이는 시간은. 4월의 바람 속을 걸으면서, 4년간의 불꽃튀던 추억이 흐르는 캠퍼스가 내려다보이는 산허리에 올라서, 그리고 함께할 수 없었던 사랑하던 후배의 죽음을 생각하면서 그는, 그리고 우리는 수없이 되물었던 것이다.

그러나 우리는 다시 일어섰다. 홀로 일어선 것이 아니라 여럿이서 손잡고 일어섰다.

용서하리 살아 있음조차 반가운 우리들의 해후
(…)
모진 고문 소리치며 울부짖던 지하실, 감옥 먹방 이야기
(…)

잔 받게나, 우리 살아서 다시 만난 물굽이 같은 세월.

(…)

용서하지 않으리 살아 있음조차 부끄러운 우리들의 해후
(…)
독재는 다시 살아나 휘파람 불며, 조롱하듯 휘파람 불며
(…)
가자 우리의 전선, 동지로 다시 만날 때까지
죽고 다시 살아나 하나가 될 때까지

—「우리들의 해후」

그리고 그것은 대학을 나와 존재정착을 하게 됨으로써 본격적으로 시작되었다. 우리들 중 누구는 화이트칼라가 되었고 누구는 블루칼라가 되었다. 때로는 화이트칼라에서 블루칼라로 블루칼라에서 화이트칼라로 이전하기도 했다. 아직은 무정부적이지만 어딜 가든지 무엇을 하든지 우리에겐 밀서처럼 가슴에 깊이 품은 무엇이 있었다. 우리는 서로 만나면 가슴속에서 그것을 꺼내 서로에게 펼쳐 보였다. 누구의 것은 조금 빛바래기도 하고 누구의 것은 손때묻어 어둠속에서도 파랗게 인광이 일었다. 누구도, 우리들 중 누구도 그것을 버릴 수 없었다. 그것은 '역사의 명령'이었다. 이 고난의 민족사가 우리를 은밀히 불러 목메어 울면서 건네준 눈물젖은 밀지를 어떻게 버릴 수 있을 것인가? 우리는 죽을 때까지 그것을 품고 살아갈 것이다. 그리고 우리들의 아들딸에게 물려줄 것이다. 해방과 통일에의 아픈 약속을.

영현 형은 1982년 가을 졸업을 하고 이내 아동도서와 참고서를 만드는 출판사의 편집부장으로 취직했다. 적막한 시절이었다. 모두가 1980

년의 충격에서 채 헤어나오지 못했고 독재는 갈수록 희희낙락했다. 대
학에서, 노동판에서 들려오느니 깨져나가는 소리뿐이었다. 영현 형은
그 동안 징역살고 나오거나 제대하고 돌아오는 후배들을 자기가 다니는
출판사에 부지런히 거두어 먹이면서 살았다. 그 세월 동안 그를 지켜준
것은 오랜 징역과 군대생활에서 키워온 악이었을까? 독기였을까? 그랬
다. 그즈음에 씌어진 것으로 여겨지는 다음의 시에는 어딘가 피학적인
분위기가 진하게 묻어나고 있다.

싸우는 법을 배워야지
철사줄 같은 신경으로 시퍼렇게
독이 오른 풀처럼 끈질기게
소곤거리는 속임수 속으면 안돼
가슴패기 허벅지 짓밟아 부수는 아픔
욕설과 빰치기 침, 참을 만한 거야
참을 만한 거야
독초처럼 고함치며 울부짖으며!
고통은 그림자처럼 잠깐일 뿐
인간적으로 달래도 속으면 안돼
두려움과 외로움, 굴복하면 안돼
외로우면 크게 노래 불러야지
가슴 뜨거운 동지들과 만나던 밤의 노래를
이 땅에 살다가 불꽃으로 죽어간
동지들의 노래를
노래 속에서 다시 죽고 살아나
똥 먹은 얼굴로 밟으면 밟히는 대로
눈빛 세워 떠들고

독종이다 이 자식 정말 독종이다.
그럴수록 우리의 싸움은 강하고 아름다워지는 것
싸우는 법을 배워야지
쉽게 타협하지 않고
타협을 두려워하지 않고
말할 수 있을 때까지 말하고
독초처럼 퍼렇게, 여우같이
독사와 같이 가시나무같이 살아
이기는 법을 배워야지.

―「싸움꾼의 노래」 전문

그러던 중 1983년 8월엔 나도 다시 세상에 나왔다. 그리고 호구를 위해서, 오래 격리되어 있던 세상을 다시 읽기 위해서 조그마한 수입 오퍼상에 취직했다. 그리고 1984년이 왔다. 파쇼정권의 필요와 어렵게 지켜낸 민주운동 역량의 성장이 만나서 이루어낸 이른바 유화국면의 시작이었다. 감옥에서 많은 동지들이 쏟아져나왔고 많은 빵잽이·제적생들이 대학으로 돌아갔다. 그리고 뿔뿔이 흩어져 잠복해 있던 우리들은 지상으로 올라와 내놓고 활동하기 시작했다. 그것은 파쇼정권도 원했지만 우리도 원한 것이었다.

그해 9월, 나는 수입 오퍼상 대리직을 그만두고 출판사로 전직했다. 그리고 결혼을 했고 복학을 했다. 패배주의를 딛고 운동력을 복원시킨다는 슬로건이 광범하게 설득력을 얻어나갔고 많은 운동단체들이 결성되었다. 우리들은 그중 어딘가에 속하건 속하지 않건 그 힘으로 서서히 가두로 가두로 나아갔다.

이 당시 영현 형이나 나나 '민주청년'이라는 통칭으로 불리었다. 그것은 어떤 활발한 자신감의 다른 표현이기도 했다. 우리는 "아침이면 전쟁터로 싸움터로 일터로 / 꾸벅꾸벅 졸면서 만원 지하철에 실려"가면서도, "입에서 입으로, 가슴에서 가슴으로 / 힘차고 굳센 전진가를"(「출근길」) 불렀고 "그렇다, 변화가 오고 / 진저리쳐지는 억압의 사슬도 끊어터진다. / 나무도 돌도 무진무진 자라서 / 반도 가득이 자라서 / 더러운 것들은 비행기로 떠나고 / 허겁지겁 보트를 타고 떠나고 / (더러는 바다 속에 빠지고) / 부서져라! 흔들려라! / 두려워하지 말라"(「창조적 파괴」)고 단언하기에 이른다.

이 무렵 나는 아직 미혼이던 형에게 튼튼한 형수감을 소개해줬다. 우리 마누라와 한 직장에서 일하던 오지랖 넓고 푸근한, 형과 동갑내기인 노처녀였다. 둘은 썰렁한 가을 창경원에서 처음 만나서 몇달을 서로 밀고 당기다가 결혼을 하기로 결심했고, 그 다음엔 빵잽이 신랑을 한사코 배척하는 형수 집안과 또 한참을 싸우고 나서야 결혼식을 올릴 수 있었다. 그게 1985년 6월이었다. 우리 동아리 중 신부 집안과 싸우지 않고 순탄하게 장가들 수 있는 사람은 아무도 없었으니 늘 그러려니 했다.

그 와중에 1985년 하반기부터 다시 '탄압국면'이 시작되고 일년 남짓 동안 건설되었다고 믿었던 모든 역량들이 탄압 앞에서 속수무책 무너지기 시작했다. 그러면서도 사상투쟁은 계속되었고 대중은 위기 앞에 벌거벗은 채 내몰렸고 탄압이 이제는 바닥에 이르렀다고 생각되었을 때 1987년이 성큼 다가왔고 박종철이 고문으로 목숨을 잃었고 대중은 마침내 자위를 결정했고 가두엔 최루탄 향기가 휘날렸으며 영현 형은 잠언처럼 「서울통신」을 썼고 우리는 마침내 대중과 함께 6월의 승리 아닌 승리를 전취했고 7월과 8월에는 노동자 대중의 전국적인 눈부신 진출에 한몫 거들지 못함을 안타까워했다.

그리고 10월부터 12월까지 이른바 자서전은 이렇게 끝나간다.

그러나 그 참담한 실패의 수렁에서 일어서 승리의 자서전을 다시 써나가기 위해 우리는 또 버팅겨 싸워나갈 것이다.

6.

맨앞에서 영현 형의 시를 처음 보았을 때의 두 겹의 놀라움에 대해 이야기했다. '영현 형이 시를 썼다니!' 하는 것과 '이렇게 좋은 시를 썼다니!' 하는 것, 그것은 놀라움이자 기쁨이자 어느 정도는 시새움이었다.

그런데 그는 이 시들을 내게 건네주면서 더이상 시를 쓰지 않겠다고 했다. 언뜻 왜 그러느냐고 힐난하고 싶었지만 나는 참기로 했다. 그것은 그가 시를 그만두고 이제 본격적으로 소설을 쓰기로 한 결심을 행여 산란하게 하지는 않을까 하는 우려에서이기도 했고, 한편으로는 시는 앞으로 그가 쓸 수도 쓰지 않을 수도 있는 것이고 그것이 그렇게 중요한 것은 아니라는 판단에서이기도 했다. 나는 시의 민주화는 이미 움직일 수 없는 대세이며 '시인'이라는 지칭은 더이상 신비화될 수 없다고 생각하고 있기 때문이다.

그럼에도 불구하고 이 발문을 끝내가는 지금까지도 영현 형의 시 절필선언이 아쉬운 앙금으로 남는 것은 왜일까? 50편 남짓한 영현 형의 시들이 내게 그토록 매력적이어서 이렇게 기나긴 발문을 쏟아붓도록 하는 것이, 과연 형과 비슷한 젊은날들을 보내온 나의 주관적 편향에만 기인하는 것일까?

그렇지는 않다. 형의 시는 누구에게건 아름다울 수밖에 없다. 그의 시에는 그의 2, 3년 선배들인 이성복, 황지우, 김정환 그리고 동료인 김사인 등이 지닌 시적 장점이 모두 들어 있고 그들이 각기 못 지닌 것들까지도 들어 있기 때문이다.

그의 시에는 우울함에조차도 속도가 있고 꽉 짜인 리듬이 있다. 그리고 놀라운 신선함과 상식을 뒤집는 날카로움이 있다. 그리고 비감하고 섬세한 따뜻함이 넘쳐나고 있다. 그러나 그의 시에는 설명되지 않는 몽

롱함은 없다. 그리고 무책임한 의식의 조작도 절제되지 않은 관념의 모험도 없다. 그리고 그 따뜻함이 감상에의 탐닉이 되지 않게끔 끊임없이 자기 감정을 건져내고 있다. 무엇보다 그의 시에는 타작이 단 한 편도 없다.

이 시집을 읽는 이들은 이 시집에서 한 시대의 절정을 가는 서정을 발견할 것이다. 그리고 진정한 서정이 무엇인가를 깨달을 것이다. 이 혼탁한 서정시의 시대에 말이다.

이제 영현 형이 이 시집에서 보여준 풍부한 감성과 팽팽한 절제가 그가 쓰고자 하는 소설 속에서 정말 불꽃처럼 살아오길 기대하면서 나는 이 글을 마치고자 한다. 이제 영현 형에겐 같이 싸웠고 같이 징역살고 같이 이 시대를 살며 문학을 하는 한 감동하기 잘하는 후배의, 이 장황하지만 뜨거운 헌사에 그의 삶과 글로 대답해야 할 의무가 지워졌다.

그것은 그에겐 아마도 고통스러운 기꺼움이리라.

— 김영현 「겨울바다」, 풀빛 1988

찾아보기